# HISTOIRE DE LISEY

STEPHEN KING

# HISTOIRE DE LISEY

*Traduit de l'anglais (États-Unis)
par Nadine Gassie*

ÉDITIONS FRANCE LOISIRS

*Édition originale:* LISEY'S STORY

Édition du Club France Loisirs,
avec l'autorisation des Éditions Albin Michel.

Éditions France Loisirs,
123, boulevard de Grenelle, Paris.
www.franceloisirs.com

Le Code de la propriété intellectuelle n'autorisant, aux termes des paragraphes 2 et 3 de l'article L. 122-5, d'une part, que les « copies ou reproductions strictement réservées à l'usage privé du copiste et non destinées à une utilisation collective » et, d'autre part, sous réserve du nom de l'auteur et de la source, que les « analyses et les courtes citations justifiées par le caractère critique, polémique, pédagogique, scientifique ou d'information », toute représentation ou reproduction intégrale ou partielle, faite sans le consentement de l'auteur ou de ses ayants droit ou ayants cause, est illicite (article L. 122-4). Cette représentation ou reproduction, par quelque procédé que ce soit, constituerait donc une contrefaçon sanctionnée par les articles L. 335-2 et suivants du Code de la propriété intellectuelle.

© Éditions Albin Michel, 2007 *pour la traduction française*

© Stephen King 2006

Publié en accord avec l'auteur, représenté par Ralph Vicinanza, Ltd.

ISBN : 978-2-298-01294-1

## II. Lisey et le Forcené
## (Les Ténèbres l'Aiment)

1

Le lendemain matin, Lisey était assise en tailleur par terre dans le coin-souvenir de Scott, les yeux fixés de l'autre côté de la pièce sur les piles, les tas, les monceaux de revues, bulletins d'anciens élèves, publications de départements d'anglais et journaux d'universités qui couraient sur toute la longueur du mur sud du bureau. Il lui était venu à l'esprit que regarder suffirait peut-être à dissiper l'emprise sournoise que toutes ces photos encore à découvrir exerçaient désormais sur son imagination. Maintenant qu'elle se trouvait là, elle savait que cet espoir était vain. Elle n'aurait pas non plus besoin du petit carnet ramolli d'Amanda avec tous ces nombres à l'intérieur. Il gisait oublié par terre non loin de là, et Lisey le glissa dans la poche arrière de son jean. Elle n'aimait pas son aspect, celui d'artefact vénéré d'un cerveau pas tout à fait d'aplomb.

Elle mesura encore une fois ce long entassement de livres et de revues adossé au mur sud, un serpent-livres poussiéreux d'un mètre vingt de haut sur facilement neuf de long. Sans Amanda, elle les aurait sans doute enfermés jusqu'au dernier dans des cartons récupérés à la boutique de vins et spiritueux du coin sans leur accorder un regard ni même se demander à quoi pensait Scott en gardant tout ça.

*Mon esprit fonctionne tout simplement pas de cette façon*, se dit-elle en elle-même. *Je suis pas tellement une penseuse du tout.*

*Peut-être, mais tu as toujours été un crack pour te souvenir.*

Ça c'était Scott au sommet de son charme, taquin et irrésistible, mais la vérité c'était qu'elle avait été meilleure pour *oublier*. Lui aussi. Et ils avaient eu l'un et l'autre leurs raisons. Et cependant, comme pour confirmer ses dires, un extrait fantomatique de conversation résonna à ses oreilles. Une voix – celle de Scott – était familière. L'autre avait une légère nonchalance du Sud. Une légère nonchalance *affectée* du Sud, peut-être.

– *... Tony ici consignera le tout par écrit pour la* (machin truc chouette ratatapouette). *Aimeriez-vous en recevoir une copie, monsieur Landon ?*

– *... Hmmmm ? Ah oui, bien sûr !*

Des voix bourdonnantes tout autour. Scott s'entendant à peine signaler que Tony consignerait le tout par écrit. Il avait eu ce qui était quasiment un don de politicien pour s'offrir entièrement à ceux qui venaient le voir quand il se produisait en public. Scott écoutait les voix de la foule grossissante et pensait déjà à trouver la prise de courant, ce moment jouissif où l'électricité passait de lui à eux et lui revenait ensuite multipliée par deux ou même trois, il adorait cette électricité mais Lisey était convaincue qu'il avait encore plus adoré l'instant de brancher le courant. Pourtant, il avait pris son temps pour répondre.

– *... Vous pouvez m'envoyer photos, articles du journal du campus, communications du département, tout écrit de ce genre. Je vous en prie. Tout m'intéresse. Le Bureau, RFD N° 2, Sugar Top Hill Road, Castle Rock, Maine. Lisey connaît le code postal. Je l'oublie toujours.*

Rien d'autre à son sujet, rien que *Lisey connaît le code postal*. Manda aurait hurlé en entendant ça ! Mais Lisey avait toujours *voulu* être oubliée lors de ces déplacements. À la fois là et pas là. Elle aimait observer.

*Comme le voyeur dans les films porno ?* lui avait un jour demandé Scott, et elle lui avait retourné le mince sourire en croissant de lune qui lui signifiait qu'il côtoyait l'abîme. *Si tu le dis, mon chéri,* avait-elle répondu.

Il la présentait toujours à leur arrivée, puis encore ici et là, à d'autres personnes, quand cela était nécessaire, ce qui était rarement le cas. Hors de leur propre champ, les universitaires manquaient singulièrement de curiosité. La plupart d'entre eux se contentaient d'être ravis d'avoir l'auteur de *La Fille du garde-côte*

(Prix National du Livre) et de *Reliques* (Prix Pulitzer) parmi eux. Et aussi, il y avait eu une période d'environ dix ans où Scott était d'une certaine manière devenu plus grand que nature – aux yeux des autres, et quelquefois aux siens propres. (Pas aux yeux de Lisey ; c'était elle qui devait lui apporter un nouveau rouleau de papier quand il se trouvait à court sur le trône.) Personne ne prenait exactement la scène d'assaut quand il se tenait debout micro en main, mais même Lisey sentait la connexion qu'il établissait avec son public. Ces volts. Il était sous haute tension, et cela n'avait que peu à voir avec son travail d'écrivain. Rien peut-être. Cela avait à voir avec sa *Scottitude*, en quelque sorte. Ça semblait dingue à entendre, mais c'était vrai. Et ça n'avait jamais paru beaucoup l'altérer, ou le blesser, du moins jusqu'à...

Ses yeux s'immobilisèrent, fixés sur le dos d'une reliure frappé de lettres dorées à la feuille : *U-Tenn Nashville 1988 Review – Revue de l'Université du Tennessee à Nashville 1988*.

1988, l'année du roman rockabilly. Celui qu'il n'avait jamais écrit.

1988, l'année du forcené.

– ... *Tony ici consignera le tout par écrit*

« Non, dit Lisey. Faux. Il a pas dit Tony, il a dit... »

– ... *Tonèh*

Oui, c'était bien ça, il avait dit *Tonèh*, il avait dit

*Tonèh icèh consignerah le tout par écrèh*

« ... consignera le tout par écrit pour la *Revue de l'Université du Tennessee à Nashville 1988*, dit Lisey. Il a dit...

– ... *Je pourrèh vous le postèh en Exprèss*

Sauf qu'elle voulait bien être bougredamnée si le petit aspirant Tennessee Williams n'avait pas quasiment prononcé *Esspre̋ss*. C'était bien sa voix, absolument, c'était la voix de cette fiente molle de poulet frit façon Tennessee. Daschnock ? Daschmol ? Pour courir à dache, ça oui, le type avait couru, une vraie star de la cendrée, mais ça n'était pas ça. C'était...

« Dashmiel ! » murmura Lisey à l'adresse des pièces vides, et elle serra les poings. Elle regarda fixement l'ouvrage frappé de lettres d'or comme s'il risquait de disparaître dans la seconde où elle en détacherait les yeux. « Ce petit péteux du Sud s'appelait Dashmiel, et il A COURU COMME UN LAPIN ! »

Scott avait dû décliner l'offre d'envoi en Express ou Federal Express ; convaincu de l'inutilité de telles dépenses. Question correspondance, rien ne pressait jamais – quand la lettre arrivait portée par le courant, il la repêchait. S'agissant des critiques de ses romans, son côté « Cool Raoul » cédait largement devant « Qu'est-ce qui fait courir Scotty », mais pour les comptes rendus de ses apparitions publiques, le courrier pépère lui allait tout à fait. Étant donné que Le Bureau disposait de sa propre adresse, Lisey s'avisa qu'elle aurait été bien en peine de voir ces publications quand elles arrivaient. Et une fois qu'elles étaient là... eh bien, ces vastes pièces bien éclairées avaient été le terrain des jeux créatifs de Scott, pas le sien, un cercle masculin très privé à un seul membre, rien que de très banal en somme, où il écrivait ses histoires et écoutait sa musique aussi fort qu'il en avait envie dans la partie isolée contre le bruit qu'il appelait Ma Cellule Capitonnée. Il n'y avait jamais eu d'écriteau NE PAS DÉRANGER sur la porte, elle y était montée quantité de fois de son vivant et Scott était toujours content de la voir, mais il avait fallu Amanda pour lui faire voir ce que ce serpent-livres endormi contre le mur sud avait dans le ventre. Amanda la soupe au lait, Amanda la suspicieuse, Amanda la TOC-quée qui s'était, allez savoir pourquoi, convaincue que sa maison serait réduite en cendres si elle ne chargeait pas la cuisinière à bois de sa cuisine d'exactement trois bûches d'érable à la fois, ni plus ni moins. Amanda dont l'habitude immuable était de tourner trois fois sur elle-même sur le perron de sa maison si par hasard elle devait retourner à l'intérieur chercher quelque chose qu'elle avait oublié. Tu regardais des trucs comme ça (ou l'écoutais compter les coups quand elle se brossait les dents), et tu pouvais facilement reléguer Amanda dans la catégorie vieilles filles frappa-dingues, quelqu'un peut-il rédiger une ordonnance de Zoloft ou Prozac pour cette dame ? Mais sans Manda, petite Lisey aurait-elle jamais réalisé que là, devant elle, des centaines de photos de son défunt mari attendaient juste qu'elle veuille bien les regarder ? Des centaines de souvenirs attendant d'être ranimés ? Et la plupart d'entre eux assurément plus agréables que le souvenir de Dashmiel ce trouillard, cette fiente molle de poulet frit façon Tennessee...

« Arrête ça, murmura-t-elle. Arrête ça tout de suite. Lisa Debusher Landon, ouvre le poing et laisse tomber. »

Mais elle n'y était apparemment pas prête, car elle se leva, traversa la pièce, et s'agenouilla devant les livres. Sa main droite flotta devant elle comme la baguette d'un magicien et s'empara du volume marqué *U-Tenn Nashville 1988 Review*. Son cœur cognait fort, pas d'excitation mais d'appréhension. La raison pouvait raconter au cœur tout ce qui s'était déroulé dix-huit ans auparavant, mais sur le terrain des émotions, le cœur avait son propre vocabulaire ébouriffant. Les cheveux du forcené avaient été si blonds qu'ils en paraissaient blancs. C'était un forcené *de troisième cycle*, dégoisant ce qui ne pouvait pas être tout à fait du charabia. Le lendemain des coups de feu – quand l'état de Scott était remonté de critique à satisfaisant – elle avait demandé à Scott si le forcené de troisième cycle avait *arrimé le barda*, et Scott avait chuchoté qu'il ignorait si un fou était capable d'arrimer le barda. *Arrimer le barda* était un acte d'héroïsme, un acte de volonté, et les fous n'étaient pas très gâtés en fait de volonté... ou pensait-elle autrement ?

– ... *Je ne sais pas, Scott. J'y réfléchirai.*

Tu parles. Ne voulant plus jamais y repenser, si elle pouvait l'éviter. En ce qui la concernait, le foutu (*toufu*) ahuri de dessin animé avec son revolver riquiqui pouvait rejoindre toutes les autres choses qu'elle avait avec bonheur oubliées depuis sa rencontre avec Scott.

– ... *Faisait chaud, hein ?*

Alité. Encore pâle, beaucoup *trop* pâle, mais commençant à reprendre un peu de couleur. Ton désinvolte, aucune expression particulière, faisant juste la conversation. Et Lisey Maintenant, Lisey Toute Seule, la veuve Landon, frissonna.

« Il se rappelait pas », murmura-t-elle.

Elle était quasiment sûre qu'il ne se rappelait pas. Plus rien de ce moment où il était resté couché sur le bitume pendant que tous deux croyaient qu'il ne se relèverait jamais. Qu'il agonisait et que ce qui passait entre eux à ce moment-là, quoi que ce fût, serait tout ce qui passerait jamais, eux qui avaient toujours trouvé tant à se dire. Le neurologue auquel elle dégota le courage de parler lui expliqua qu'une amnésie après un choc traumatique n'avait rien de surprenant, que les personnes récupérant de tels traumatismes découvraient souvent que, dans le film de leurs souvenirs, un pan entier avait été coupé au montage. Ce pan pouvait s'étendre sur cinq minutes, comme sur cinq heures, ou cinq jours. Parfois des fragments et des images déconnectées refaisaient surface des années, voire des décennies, plus tard. Le neurologue avait appelé ça un mécanisme de défense.

Cela avait du sens pour Lisey.

De l'hôpital, elle avait regagné le motel où elle était descendue. Ce n'était pas une très bonne chambre – donnant sur l'arrière, sans rien à regarder qu'une palissade en planches et rien à entendre que des chiens aboyant par centaines – mais ce genre de détails avait cessé de la préoccuper depuis longtemps. Tout ce qu'elle voulait c'était ne plus rien avoir à faire avec le campus où son mari avait été pris pour cible. Et tandis qu'elle ôtait ses chaussures d'un coup de talon et s'allongeait sur le dur lit double, elle pensa : *Les ténèbres l'aiment.*

Était-ce vrai ?

Comment pouvait-elle le dire, quand elle ne savait même pas ce que cela signifiait ?

*Tu le sais. La récompense de Papa c'était un baiser.*

Lisey détourna si vivement la tête sur l'oreiller qu'elle aurait pu avoir été giflée par une main invisible. *Chut, ne parle pas de ça !*

Aucune réponse... aucune réponse... et puis, perfide : *Les ténèbres l'aiment. Il danse avec elles comme un amant et la lune se lève sur la colline pourpre et les parfums doux deviennent amers. Comme du poison.*

Elle avait ramené la tête de l'autre côté. Et à l'extérieur de la chambre du motel, les chiens – le moindre toufu chien de Nashville, aurait-on dit – avaient aboyé tandis que le soleil descendait dans une fumée orange d'août, faisant son trou pour la nuit. Quand elle était petite, sa mère lui avait dit qu'il n'y avait rien à craindre dans l'obscurité, et elle avait absolument cru que c'était vrai. Elle jubilait carrément dans l'obscurité, même incendiée par les éclairs et déchirée par le tonnerre. Alors que sa sœur Manda, son aînée de plusieurs années, battait en retraite sous ses couvertures, petite Lisey s'asseyait sur son lit en suçant son pouce et réclamait que quelqu'un apporte la lampe de poche et lui lise une histoire. Elle avait raconté ça à Scott une fois et il avait dit, en lui prenant les mains, « Tu seras *ma* lumière, alors. Sois *ma* lumière, Lisey. » Et elle avait essayé, mais...

« J'étais dans un endroit obscur, murmura Lisey, assise par terre dans le bureau déserté de Scott, la *U-Tenn Nashville 1988 Review* entre les mains. Tu as bien dit ça, Scott ? Hein, tu l'as dit ? »

– ... *J'étais dans un endroit obscur et tu m'as trouvé. Tu m'as sauvé.*

Ç'avait peut-être été vrai à Nashville. Pas à la fin.

– ... *Tu étais toujours en train de me sauver, Lisey. Tu te rappelles la première nuit que j'ai passée à ton appartement ?*

Assise là aujourd'hui, la revue sur les genoux, Lisey sourit. Comment ne pas sourire. Son souvenir le plus vivace c'était trop de vodka menthe ; elle avait eu des aigreurs d'estomac. Et lui avait eu du mal à avoir, d'abord, puis à maintenir une érection, même si en fin de compte tout s'était bien passé. Elle avait alors présumé que c'était l'alcool. Ce n'était que plus tard qu'il lui avait confié qu'il n'avait *jamais* réussi avant elle : elle était la première, elle était la seule, et toutes les histoires qu'il avait pu raconter à elle ou aux autres sur sa folle vie de sexe adolescent, tant homo qu'hétéro, n'était que mensonges. Et Lisey ? Lisey avait vu Scott comme un projet inachevé, un truc à faire avant d'aller se coucher. Amener délicatement le lave-vaisselle au-delà de la partie bruyante de son cycle ; mettre à tremper le plat du four ; biberonner le petit écrivain géant jusqu'à ce qu'il grandisse un peu.

– ... *Quand ça a été fini et que tu t'es endormie, je suis resté allongé à écouter le réveil sur ta table de nuit et le vent dehors et j'ai compris que j'étais vraiment à la maison, qu'au lit avec toi j'étais chez moi, et quelque chose qui se rapprochait toujours dans l'obscurité s'en était allé d'un seul coup. Ça ne pouvait pas rester. Ça avait été chassé. Ça saurait comment revenir, j'en étais sûr, mais ça ne pourrait pas rester, et je pouvais vraiment m'endormir. Mon cœur craquait de gratitude. Je crois que c'est la première vraie gratitude que j'aie jamais connue. J'étais allongé là près de toi et les larmes coulaient sur mes joues et sur l'oreiller. Je t'aimais alors et je t'aime maintenant et je t'ai aimée chaque seconde entre. Tant pis si tu me comprends pas. Comprendre est un concept largement surévalué, par contre personne ne reçoit jamais assez de sécurité. Je n'ai jamais oublié la sécurité que j'ai ressentie avec cette chose enfuie des ténèbres.*

« La récompense de Papa c'était un baiser. »

Lisey le dit tout haut cette fois, et même s'il faisait bon dans le bureau, elle frissonna. Elle ignorait toujours ce que cela signifiait, mais elle était à peu près certaine de se rappeler quand Scott lui avait dit que la récompense de Papa c'était un baiser, qu'elle était la première, et que personne ne reçoit jamais assez de sécurité : juste avant qu'ils se marient. Elle lui avait donné toute la sécurité qu'elle avait su donner, mais cela n'avait pas suffi. À la fin, *la chose* de Scott était quand même revenue le chercher – cette chose qu'il voyait parfois passer dans les miroirs et la transparence des verres, la chose au vaste flanc tigré. Le petit gars long.

Une fraction de seconde, Lisey regarda avec frayeur autour d'elle dans le bureau en se demandant si ça l'observait.

2

Elle ouvrit la *U-Tenn Nashville 1988 Review.* Le dos de la reliure craqua comme un coup de pistolet. Avec un cri de surprise, elle lâcha le livre. Puis elle se mit à rire (un rire un peu tremblant, il est vrai). « Lisette, bébête. »

Cette fois, un morceau de papier journal plié, jauni et friable au toucher, s'en échappa. Quand elle le déplia, elle vit que c'était une photo à gros grain, légende comprise, d'un type d'environ vingt-trois ans que son air hébété faisait paraître beaucoup plus jeune. Dans la main droite il tenait une bêche à manche court et lame d'argent. Lame gravée d'une inscription illisible sur la photo, mais dont Lisey se souvint : *COMMENCEMENT, BIBLIOTHÈQUE SHIPMAN.*

Le jeune type semblait... voyons... *hypnotisé* par cette bêche, et Lisey savait non seulement à sa mine mais encore à toute la posture gauche et désarticulée de son grand corps maigre qu'il n'avait pas la moindre idée de ce qu'il contemplait. Ç'aurait pu être un obus de mortier, un bonzaï japonais, un détecteur de radiations ou un cochon en porcelaine avec une fente sur le dos pour les piécettes dorées ; ç'aurait pu être un digue-dondon, un phylactère témoignant du cholirev d'amour, ou un bonnet en poil de coyote. Ç'aurait pu être le pénis du poète Pindare. Ce gars-là était trop à la masse pour savoir. Pas plus, aurait parié Lisey, qu'il ne se rendait compte que, cramponnant sa main gauche, lui aussi figé à jamais dans des essaims noirs de grains photographiques, il y avait un homme affublé de ce qui ressemblait à une panoplie d'uniforme de flic de la police des routes : pas de revolver, mais le torse barré d'un ceinturon à baudrier et sur lequel étincelait ce que Scott, riant et riboulant des yeux, aurait appelé un « vach'tement *hhhénaurme* insigne d'insigne ». Le type avait un vach'tement *hhhénaurme* sourire en travers de la figure aussi, le genre de sourire oh-mon-Dieu-merci-Seigneur archi-soulagé qui disait *Fils, t'auras plus jamais à débourser un centime pour boire un coup dans un bar si jamais je suis présent et que j'ai encore deux malheureux dollars qui se battent en duel au fond de ma poche.* En arrière-plan elle distinguait Dashmiel, le petit péteux du Sud qui s'était carapaté. Roger *F.* Dashmiel, se souvint Lisey, le F majuscule pour fiente molle de poulet frit.

Elle, petite Lisey Landon, avait-elle vu le joyeux vigile du campus secouer la pogne du jeune homme hébété ? Non, mais... dites voir...

Dites voir, les p'tits z'éléphants... donnez-y donc un coup de périscope par ici... ça vous dirait-y de voir une image de la vie réelle capable de rivaliser avec des visions de conte de fées telle Alice dégringolant dans un terrier de lapin ou un crapaud en haut-de-forme au volant d'une torpédo ? Alors visez-moi *ça*, mes chéris, là sur le côté droit de la photo !

Lisey se pencha jusqu'à ce que son nez touche presque la photo jaunie de l'*American* de Nashville. Il y avait une loupe dans le large tiroir central du grand bureau de Scott. Elle l'y avait vue en maintes occasions, à sa place attitrée entre le plus vieux paquet de cigarettes Herbert Tareyton non entamé au monde et le plus vieux cahier de fidélité non réclamée de Timbres Verts S & H. Elle aurait pu aller la chercher mais ne se donna pas cette peine. Pas besoin de grossissement optique pour confirmer ce qu'elle voyait : un demi-mocassin en cuir. Un demi-mocassin en *cordouan*, très exactement, avec une semelle légèrement compensée. Elle se souvenait très bien de ces mocassins. Ce qu'ils étaient confortables. Et elle les avait bien aux pieds ce jour-là, non ? Elle n'avait pas vu le joyeux vigile, ni le jeune homme hébété (Tony, elle en était sûre, le Tony d'illustre *Tonèh-icèh-consigneràh-le-tout-par-écrèh* mémoire), pas plus qu'elle n'avait remarqué Dashmiel, la fiente molle de poulet frit façon Tennessee, une fois que les pruneaux avaient commencé à gicler. Tous ces gens avaient cessé de compter pour elle, toute leur toufue clique. À ce moment-là elle n'avait plus qu'une chose en tête : Scott. Il n'était sûrement pas à plus de trois mètres d'elle, mais elle avait su que si elle ne le rejoignait pas illico, la foule autour de lui la tiendrait en dehors... et si elle était tenue en dehors, la foule risquait de le tuer. Le tuer de son amour dangereux et de sa sollicitude vorace. Et parbleu, Violette, peut-être était-il mourant, de toute façon. Et s'il l'était, elle voulait être là quand il quitterait la scène. Quand il passerait, comme auraient dit les gens de la génération de ses parents.

« J'étais *sûre* qu'il allait mourir », dit Lisey à la pièce silencieuse inondée de soleil, au sinueux amas poussiéreux du serpent-livres.

Aussi avait-elle couru jusqu'à son mari tombé, et le photographe de presse – qui n'était là que pour prendre le cliché de rigueur des dignitaires de la fac et du célèbre auteur en visite réunis pour creuser la rituelle Première Pelletée de Terre là où se dresserait la nouvelle bibliothèque – s'était retrouvé le doigt sur le déclencheur pour prendre une photo infiniment plus dynamique, non ? Cette photo-là était une photo de *une*, peut-être même une photo de *panthéon*, de cette sorte qui vous fait vous figer, une cuillerée de céréales à mi-chemin entre le bol et la bouche, lait dégouttant sur les annonces classées, telle la photo d'Oswald les mains sur le ventre et la bouche ouverte dans un ultime jappement d'agonie, cette sorte d'image figée que tu n'oublies jamais. À ceci près que Lisey serait la seule à réaliser jamais que l'épouse de l'écrivain figurait aussi sur la photo. Plus exactement, un talon à semelle compensée de l'épouse.

La légende sous la photo disait :

> Le Capitaine **S. Heffernan** du Campus de l'Université du Tennessee félicite **Tony Eddington** qui, quelques secondes à peine avant la photo, vient de sauver la vie du célèbre auteur invité **Scott Landon**. « C'est un véritable héros », a déclaré le Capt. Heffernan. « Personne d'autre n'était assez près pour s'interposer. » (Suite pages 4 et 9.)

Contre le bord gauche de la photo quelqu'un avait rédigé, d'une écriture qu'elle ne reconnaissait pas, un message plutôt long. Contre le bord droit figuraient deux lignes de l'écriture large et généreuse de Scott, la première légèrement plus grande que la deuxième... et une petite flèche, par Dieu, pointée vers le soulier ! Elle sut ce que cette flèche signifiait ; il avait reconnu la chose pour ce qu'elle était. L'avait recoupée avec l'histoire racontée par son épouse – appelle-la Lisey et le Forcené, un vibrant récit d'aventure vécue –, et il avait tout compris. Était-il courroucé ? Non. Parce qu'il avait su que son épouse ne serait pas courroucée. Il avait su qu'elle trouverait ça drôle, et c'*était* drôle, d'un comique achevé, alors pourquoi était-elle à deux doigts de pleurer ? Jamais dans le cours de toute sa vie elle n'avait été à ce point surprise, mystifiée, et malmenée par ses émotions comme au cours de ces derniers jours.

Lisey laissa choir la coupure de presse sur la couverture du livre, craignant qu'un soudain flot de larmes ne la dissolve comme la salive dissout une bouchée de barbe-à-papa. Elle mit ses paumes en coupe sur ses yeux et attendit. Quand elle fut sûre que les larmes n'allaient pas déborder, elle récupéra la coupure et lut ce que Scott avait écrit :

*À montrer à Lisey ! Ce qu'elle va RIRE*
*Mais comprendra-t-elle ? (D'après notre enquête OUI)*

Il avait fait du gros point d'exclamation un gros visage style soleil souriant des années soixante-dix, comme pour lui dire de passer une bonne journée. Et Lisey comprenait en effet. Avec dix-huit ans de retard, mais bon, et après ? La mémoire est relative.

*Très zen, ça, ma sauterelle*, qu'aurait pu dire Scott.

« Zen, *schmen*. Je me demande ce que devient Tony ces temps-ci, voilà ce que *je* me demande. Sauveur du célèbre Scott Landon. » Elle rit, et les larmes qui étaient encore en suspens dans ses yeux roulèrent sur ses joues.

Elle tourna la photo dans le sens inverse des aiguilles d'une montre et lut l'autre mention, plus longue.

*18 – 8 – 88*
*Cher Scott (si je puis) : j'ai pensé que vous souhaiteriez avoir cette photo de C. Anthony (« Tony ») Eddington III,*

*le jeune étudiant de 3ᵉ cycle qui vous a sauvé la vie. L'U. du Tenn. l'honorera, bien sûr ; et il nous a semblé que vous aussi pourriez vouloir vous mettre en rapport.*

*Son adresse : 748 Coldview Avenue, Nashville North, Nashville, Tennessee 37235. M. Eddington, fils de gens « pauvres mais fiers » (une excellente famille du sud du Tennessee), est un remarquable poète étudiant. Vous souhaiterez certainement le remercier (et peut-être le récompenser) à votre façon.*

*Toujours, monsieur, respectueusement vôtre,*
*Roger C. Dashmiel, Prof., Dépt. d'Anglais,*
*Université du Tennessee, Nashville*

Lisey relut ça d'un bout à l'autre une fois, deux fois (« jamais deux sans trois », aurait chanté Scott à ce moment-là), sans cesser de sourire, mais avec un mélange de plus en plus amer de stupeur et de clairvoyance finale. Roger Dashmiel était probablement aussi ignorant que le vigile du campus de ce qui s'était réellement passé. Ce qui signifiait qu'il y avait seulement deux personnes sur toute la planète bleue à connaître la vérité sur cet après-midi-là : Lisey Landon et Tony Eddington, le gus qui *consignerèh le tout par écrèh* pour la revue annuelle. Il était possible que même « Tonèh » en personne n'ait pas réalisé ce qui s'était passé après la cérémonie de la première pelletée de terre. Peut-être était-il dans un black-out saturé de peur. Pige bien : *il avait vraiment pu croire qu'il avait sauvé la vie de Scott Landon.*

Non. Elle n'y croyait pas. Ce qu'elle croyait c'était que cette coupure de presse et le petit mot obséquieux étaient la revanche minable de Dashmiel sur Scott pour... pour quoi au juste ?

Pour s'être simplement montré poli ?

Pour avoir regardé *Monsieur de Litérâture*[1] Dashmiel sans le voir ?

Pour être un gros morveux pété de thune qui se la racontait et allait se mettre mille dollars dans les fouilles juste pour avoir dit

---

1. En « français » dans le texte.

deux trois mots exaltants et retourné une pelletée de terre ? De la terre *déjà préparée*, qui plus est ?

Toutes ces choses-là. Et plus. Lisey pensait que Dashmiel avait sûrement la conviction que dans un monde plus juste et plus vrai leurs places auraient été inversées ; que lui, Roger Dashmiel, aurait été le centre de l'intérêt intellectuel et l'objet de l'adulation estudiantine, tandis que Scott Landon et sa petite souris de bonne femme qui n'oserait pas péter même si sa vie en dépendait aurait trimé dans les vignes du campus, toujours s'insinuant dans les bonnes grâces, toujours flairant le vent des politiques de département, toujours cavalant après l'avancement suivant.

« Peu importe la raison, il n'aimait pas Scott et voilà sa revanche, dit-elle d'une voix songeuse aux pièces ensoleillées et désertes au-dessus de la longue grange. Cette coupure à l'encre empoisonnée. »

Elle considéra cette idée un instant, puis partit de grands éclats de rire joyeux en se frappant à deux mains le plat de la poitrine au-dessus des seins.

Quand elle se fut un peu ressaisie, elle feuilleta la revue jusqu'à trouver l'article qu'elle cherchait : LE PLUS CÉLÈBRE ROMANCIER AMÉRICAIN INAUGURE LE RÊVE DE BIBLIOTHÈQUE SI LONGTEMPS AJOURNÉ. Il portait en chapeau la signature de **Anthony Eddington**, parfois connu sous le nom de Tonèh. Et, à mesure que Lisey le survolait, elle se découvrit capable de colère, après tout. De fureur, même. Car il n'y était nulle part fait mention de la façon dont les festivités du jour s'étaient achevées, pas plus, d'ailleurs, que de l'héroïsme supposé de l'auteur de la *Review* soi-même. La seule suggestion que quelque chose avait follement dérapé figurait dans les lignes de conclusion : « Le discours de M. Landon qui devait suivre le creusement de la première pelletée de terre ainsi que la lecture au foyer des étudiants prévue dans la soirée ont été annulés suite à des développements inattendus, mais nous espérons revoir bientôt sur notre campus ce géant des lettres américaines. Peut-être pour couper le ruban quand la bibliothèque Shipman ouvrira ses portes en 1991 ! »

Se souvenir que c'était la *revue* de l'université, par tous les diables, un truc chic et cher en papier glacé destiné à des anciens élèves censément pleins aux as, contribua un peu à désamorcer sa colère ; croyait-elle vraiment que la *U-Tenn Review* allait laisser son écrivaillon de service se répandre sur la sanglante pantalonnade de l'après-midi ? Combien de dollars supplémentaires d'anciens élèves cela aurait-il apporté dans les caisses ? Se souvenir que Scott aussi s'en serait amusé l'y aida un peu... mais pas tant que ça. Scott, après tout, n'était plus là pour l'entourer de son bras, l'embrasser sur la joue, distraire ses pensées en lui taquinant la pointe d'un sein et en lui disant qu'il y avait une saison pour tout – un temps pour semer, un temps pour récolter, un temps pour arrimer le barda, un temps pour le désarrimer. En vérité.

Scott, que le diable l'emporte, n'était plus. Et...

« Et il a *saigné* pour vous tous, murmura-t-elle d'une voix pleine de ressentiment qui résonna d'une façon aussi sinistre que celle de Manda. Il a failli *mourir* pour vous tous, les gens. C'est quasiment un miracle de beauté qu'il en ait réchappé. »

Et de nouveau Scott s'adressa à elle, comme il avait le chic pour le faire. Elle savait que c'était seulement la ventriloque en elle qui contrefaisait sa voix – car qui l'avait le plus aimée, cette voix, et s'en souvenait le mieux ? – sauf que l'impression n'était pas celle-là. L'impression était que c'était *lui*.

*C'est toi qui fus mon miracle*, dit Scott. *Mon miracle de beauté. Et pas juste ce jour-là, mais toujours. Tu étais celle qui maintenait l'obscurité en respect, Lisey. Tu éclairais.*

« Je veux croire qu'à certains moments tu l'as pensé », dit-elle d'un ton distrait.

– ... *Faisait chaud, hein ?*

Oui, il avait fait chaud. Mais pas *juste* chaud. Il faisait...

« Humide, dit Lisey. *Lourd*. Et j'avais eu un mauvais pressentiment dès le départ. »

Assise devant le serpent-livres, la revue ouverte oubliée sur les genoux, Lisey eut une vision fugitive mais lumineuse de Granny D en train de soigner les poules, il y avait beau temps de ça, dans la ferme familiale. « C'est dans la salle de bains que je me suis sentie mal. Quand j'ai cassé

3

Elle n'arrête pas de penser au verre, le toufu verre brisé. Du moins quand elle ne pense pas à l'envie qu'elle a d'échapper à cette chaleur.

Lisey est debout en retrait un peu à la droite de Scott, les mains sagement jointes devant elle, et elle le regarde se tenir en équilibre sur un pied, l'autre posé sur cette bêche ridicule à moitié enfouie dans de la terre meuble qui a clairement été apportée pour l'occasion. La chaleur de cette journée l'excède, l'humidité l'excède, la touffeur de l'air l'excède, et la foule considérable qui s'est attroupée ne fait que rendre l'atmosphère plus irrespirable. Contrairement aux personnalités, les badi-badauds sont loin d'être sur leur trente et un, et même si ce n'est peut-être pas exactement du confort que leur procurent leurs jeans, shorts et pantacourts sous la couverture moite de l'air, Lisey les envie tout pareil alors qu'elle est plantée là au premier rang de la foule, à rôtir dans la chaleur de four à succion de cet après-midi dans le Tennessee. Être là piquet-plantée, sur son trente et un le plus estival, à redouter que sous peu sa sueur ne s'étale en cercles foncés sur le lin havane de la veste qu'elle porte par-dessus le petit bustier de soie bleue, est particulièrement stressant. Elle a mis un soutien-gorge extra pour les grosses chaleurs, et pourtant il lui rentre dans la chair en dessous des seins comme c'est pas permis. Ah les beaux jours, baby-love.

Scott, pendant ce temps, continue de se tenir en équilibre sur un pied pendant que ses cheveux, trop longs dans le dos – il a méchamment besoin d'aller chez le coiffeur, elle sait qu'il se regarde dans la glace et voit une rock-star mais elle le regarde et voit un vagabond sorti d'une chanson de Woody Guthrie –, ondulent dans les rares bouffées de vent chaud. Il attend, bon prince, pendant que le photographe décrit des cercles. *Sacrément* bon prince. Il est flanqué sur sa gauche d'un type nommé Tony Eddington, qui est censé raconter toutes ces joyeusetés dans une feuille universitaire ou une autre, et sur sa droite par leur hôte délégué, un dénommé Roger Dashmiel, loyal représentant du département d'anglais. Dashmiel est l'un de ces hommes qui font plus que leur âge non seulement parce qu'ils ont perdu beaucoup de cheveux et gagné beaucoup de ventre, mais parce qu'ils s'obstinent à traîner après eux une gravité quasi étouffante. Même leurs traits d'esprit résonnaient aux oreilles de Lisey comme une lecture à haute voix de clauses de polices d'assurance. Pour aggraver les choses, il y a aussi le fait que Dashmiel n'aime pas son mari. Elle l'a senti d'emblée (c'est facile, parce que la plupart des hommes l'aiment *bien*), et cela lui a donné un point sur lequel focaliser son malaise. Car elle *est* mal à l'aise, profondément mal à l'aise. Elle a tenté de se persuader que ce n'est rien d'autre que l'humidité et les nuages qui s'amoncellent à l'ouest, laissant présager de gros orages pour l'après-midi, voire des tornades : une affaire de basse pression. Mais le baromètre était au beau fixe ce matin dans le Maine quand elle est sortie du lit à sept heures moins le quart ; c'était déjà un splendide matin d'été, le soleil tout juste levé faisant étinceler des millions de gouttes de rosée dans l'herbe entre la maison et le bureau de Scott. Pas un nuage à l'horizon, ce que ce bon vieux Dandy Dave Debusher aurait appelé « une vraie journée œufs-au-bacon ». Or, à l'instant où son pied avait touché les lames de chêne du parquet de la chambre et que ses pensées s'étaient tournées vers cette expédition à Nashville – départ pour le Jetport de Portland à huit heures, décollage sur un vol Delta à neuf heures quarante –, son cœur s'était serré d'appréhension et son estomac vide du matin, d'ordinaire doux comme un agneau, avait écumé d'une terreur immotivée. Elle avait accueilli ces sensations avec une perplexité étonnée, car d'habitude elle *aimait* voyager, surtout avec Scott ; tous deux assis côte à côte comme de vieux amis, lui avec son livre ouvert, elle avec le sien. Parfois il lui lisait un passage du sien et parfois elle lui rendait la pareille. Parfois elle le sentait, levait les yeux et croisait son regard. Son regard solennel. Comme si elle était encore un mystère pour lui. Oui, et parfois il y avait des turbulences, et elle aimait bien ça aussi. C'était comme les manèges à la Foire de Topsham quand elle et ses sœurs étaient jeunes, les Tasses à Thé et la Souris Folle. Les interludes agités ne dérangeaient pas Scott non plus. Elle se souvenait d'une approche particulièrement coton de l'aéroport de Denver – vents forts, têtes de cumulo-nimbus, toufu petit zinc-navette à hélice affrété par Tête de Mort Airlines baladé dans tous les sens dans le ciel – où elle avait vu Scott carrément danser le pogo dans son siège comme un petit gosse qui a envie d'aller aux toilettes, avec ce sourire déjanté sur la tronche. Non, les déplacements qui terrifiaient Scott étaient ceux, descendants et sans heurt, qu'il lui arrivait d'effectuer au beau milieu de la nuit. De temps à autre il parlait – avec lucidité, souriant même – des choses que tu peux voir dans un écran de télé éteint. Ou dans un verre à whisky, pour peu que tu le tiennes incliné juste comme il fallait. Ça effrayait terriblement Lisey de l'entendre parler comme ça. Parce que c'était fou, et parce qu'elle croyait savoir de quoi il parlait, même si elle n'avait pas envie de savoir.

Donc ce ne sont pas les basses pressions qui l'inquiètent et ce n'est sûrement pas la perspective d'embarquer sur un autre vol encore. Mais à la salle de bains, en se tendant pour allumer la lumière au-dessus du lavabo, un geste qu'elle avait fait sans incident ni accident jour après jour depuis les huit ans qu'ils habitaient à Sugar Top Hill – soit approximativement trois mille jours, moins le temps passé sur la route – le dos de sa main avait heurté le verre contenant leurs brosses à dents, l'envoyant bouler sur le carrelage où il s'était brisé en approximativement trois mille stupides morceaux.

« Merde, chiez des bulles, économisez le savon ! » cria-t-elle, effrayée et irritée de se découvrir soudain si... car elle ne croyait pas aux présages, non, pas elle Lisey Landon, l'épouse de l'écrivain, pas non plus petite Lisey Debusher de Sabbatus Road, à Lisbon Falls. Les présages, bons ou mauvais, c'était pour les folkeux d'Irlandais.

Scott, qui venait de revenir dans la chambre avec deux tasses de café et une assiette de toasts beurrés, s'arrêta net. « T'as cassé quéque chose, babylove ?

– Ri'n qui soye sorti du cul du chien », répliqua sauvagement Lisey, et elle en resta quelque peu interloquée. C'était une formule de Granny Debusher, et Granny D *croyait* dur comme fer aux présages, mais cette vieille jeunesse irlandaise avait été couchée sur la planche à refroidir quand Lisey avait à peine quatre ans. Était-il possible que Lisey puisse même se souvenir d'elle ? Apparemment oui, car alors qu'elle restait plantée là à contempler les éclats de verre à dents, l'*articulation* effective de ce présage lui était venue, lui était venue avec la voix éraillée par le tabac de Granny D... et lui revient maintenant alors que, plantée là, elle observe son mari se baisser, bon prince, dans son veston d'été le plus léger (qu'il ne tardera pas néanmoins à mouiller sous les bras).

– *Matin brise du verre, soir brise des cœurs.*

C'était bien les écritures de Granny D, sûr, mémorisées par au moins une petite fille, emmagasinées avant le jour où Granny D avait piqué du nez dans la basse-cour et était morte, un râle dans la gorge, un tablier rempli de grain autour de la taille, et un sac de brisures de faînes enroulé au bras.

Voilà.

Pas la chaleur, ni le voyage, ni ce type-là Dashmiel, qui ne s'est retrouvé à faire les salamalecs que parce que le directeur du département d'anglais est à l'hôpital suite à une ablation d'urgence, la veille, de la vésicule biliaire. C'est un toufu... *verre à dents*... brisé associé au dicton d'une vieille grand-mère irlandaise morte depuis des lustres. Et le plus drôle (comme Scott le fera observer par la suite), c'est que ça suffit à la mettre à cran. Ça suffit pour qu'elle arrime le barda quand même à moitié.

*Quelquefois*, lui dira-t-il d'ici peu, parlant depuis un lit d'hôpital (ah, mais il aurait pu si facilement être couché lui-même sur la planche à refroidir, terminées toutes ses nuits de veille pensives), parlant de sa nouvelle voix, pénible, chuchotante, *quelquefois il suffit d'un rien. Comme on dit.*

Et elle saura exactement de quoi il parle.

4

Roger Dashmiel a son lot de maux de tête aujourd'hui, Lisey le sait, mais ça ne le lui rend pas plus sympathique pour autant. S'il y a jamais eu un scénario précis pour la cérémonie, le professeur Hegstrom (celui de l'ablation de la vésicule biliaire) était trop vaseux au lendemain de l'anesthésie pour confier à Dashmiel, ou qui que ce soit d'autre, la nature de ce scénario ou l'endroit où il se trouve. Dashmiel a par conséquent hérité de guère plus qu'un horaire et une distribution de personnages où figure un écrivain qu'il a aussitôt pris en grippe. Lorsque le petit groupe d'officiels a quitté le Hall Inman pour entamer la marche, brève mais sous une chaleur excessive, jusqu'au site de la bibliothèque à venir, Dashmiel a confié à Scott qu'il leur faudrait plus ou moins jouer à l'oreille. Scott, bon enfant, a haussé les épaules. Il est totalement à l'aise avec ça. Pour Scott Landon, jouer à l'oreille est un art de vivre.

« Je vèh vous présentèh », a poursuivi l'homme à qui Lisey, des années plus tard, en viendrait à penser comme à la fiente molle de poulet frit façon Tennessee. Tout ceci en marchant vers le lopin de terre cuit par le soleil qui chatoyait là où se dresserait la nouvelle bibliothèque (mot prononcé *BIBIO-thèhque* en Dashmiellaid). Le photographe chargé d'immortaliser l'évènement virevoltait sans relâche d'avant en arrière, et clic par-ci et clic par-là, aussi affairé qu'un moucheron. En face, pas très loin, Lisey apercevait un rectangle brun de terre fraîche, d'environ trois mètres sur deux, jugea-t-elle, et déversée par un camion le matin même, vu son début d'aspect vitreux. Personne n'avait eu l'idée de dresser un dais de toile, et déjà la surface de la terre fraîche avait pris une teinte terne et grisâtre.

« Faut bien que *quelqu'un* le fasse », répondit Scott.

Il parlait d'un ton enjoué, mais Dashmiel s'était rembruni, comme blessé par quelque pique imméritée. Puis, avec un soupir consistant, il avait poursuivi : « Les applaudissements suivent les présentations…

– Comme le jour suit la nuit, murmura Scott.

– … et là vous pourrèh dire unh mot ou deuh », avait terminé Dashmiel. Au-delà de la friche de terre cuite attendant la bibliothèque, un parking goudronné de frais étincelait sous le soleil, tout bitume lisse et lignes jaunes éblouissantes. Lisey voyait onduler de fantastiques vagues d'eau inexistante à sa plus lointaine extrémité.

« Ce sera avec plaisir », dit Scott.

La bonne humeur invariable de ses réponses semblait contrarier Dashmiel. « J'èhspère que vous ne voudrèh pas en dire trop à l'occasion de la premièhre pelletèh », prévint-il Scott tandis qu'ils approchaient de la zone délimitée par des cordons. Celle-ci avait été tenue dégagée, mais la foule était assez vaste pour s'étirer presque jusqu'au parking au-delà. Une foule encore plus importante avait emboîté le pas à Dashmiel et aux Landon à leur sortie du Hall Inman. Bientôt les deux se rejoindraient, et Lisey – que d'ordinaire les foules ne dérangeaient pas plus que les turbulences à vingt mille pieds d'altitude – ne vit pas non plus cela d'un bon œil. Il lui traversa l'esprit que des gens en si grand nombre, par une journée si chaude, risquaient de sucer tout l'air de l'air... Idée idiote, mais...

« I fèh drôlement chôh, même pour un mois d'août à Nashvèhll, qu'èh-ce vous en pensèh, Tonèh ? »

Tony Eddington hocha obligeamment la tête mais ne dit rien. Sa seule intervention jusque-là avait été pour signaler que le photographe dansant infatigablement autour d'eux était Stefan Queensland de l'*American* de Nashville – et aussi de l'Université du Tennessee, promo 85. « J'espère qu'vous z'ôtres tous lui faciliterez la tâche s'vous pouvez », avait dit Tony Eddington à Scott alors qu'ils entamaient leur marche jusque là-bas.

« Quand vous aurèh fini vos remàhrques, continua Dashmiel, il y auràh encore des applaudissements. *Alorlàh*, meussieuh Landon...

– Scott. »

Là pendant une fraction de seconde, Dashmiel s'était fendu d'un sourire en forme de rictus. « Alorlàh, *Scott*, vous pourrèh vzavancèh prallèh creuser stefàhmeûhse premièhre pelletèh de tèhrre. » *Vzavancèh ? Prallèh ? Stefàhmeûse ?* s'extasia mentalement Lisey, et il lui vint à l'esprit que Dashmiel disait très certainement à Scott qu'il pourrait *s'avancer pour aller creuser cette fameuse* première pelletée de terre, avec son accent traînant de Louisiane à peine croyable.

« Tout ça ne me semble poser aucun problème », répondit Scott, et ce fut tout ce qu'il eut le temps de dire, car ils étaient arrivés.

5

Peut-être que c'est un arrière-goût laissé par le verre à dents brisé – ce *mauvais* pressentiment – mais le lopin de terre fraîchement remuée ressemble à une tombe pour Lisey : taille extralarge, comme pour un géant. Les deux foules se fondent en une seule tout autour et créent au centre cette impression d'étouffement de four suceur. Un vigile du campus se tient maintenant à chaque coin de la barrière décorative en cordons de velours, sous laquelle Dashmiel, Scott et « Tonèh » Eddington sont passés en se courbant. Queensland, le photographe, danse sans relâche avec son gros Nikon tenu devant son visage. *Petit Weegee*[1], pense Lisey, et elle s'aperçoit qu'elle l'envie. Il est si libre, virevoltant tel un moucheron dans la chaleur ; il a vingt-cinq ans et toute sa quincaillerie encore en état de marche. Dashmiel, cependant, l'observe avec une impatience grandissante que Queensland affecte de ne pas voir jusqu'à ce qu'il ait exactement le cliché qu'il désire. Lisey a idée que c'est celui de Scott seul, le pied sur la stupide bêche d'argent, les cheveux flottant en arrière dans le vent. En tout cas, Weegee Junior abaisse enfin son gros appareil et recule à la lisière de la foule. Et c'est en suivant la progression de Queensland de son œil vaguement nostalgique que Lisey aperçoit pour la première fois le forcené. Il a la physionomie, écrira plus tard un journaliste local, « de John Lennon dans les derniers jours de son aventure avec l'héroïne – les orbites creuses, le regard aux aguets en troublante et étrange contradiction avec son visage par ailleurs d'une mélancolie enfantine ».

Sur le moment, Lisey ne remarque pas beaucoup plus que les cheveux en bataille du lascar. Elle n'a pas beaucoup de goût pour observer les gens aujourd'hui. Elle a juste envie que tout ceci se termine au plus vite afin qu'elle puisse trouver des toilettes dans le bâtiment du département d'anglais là-bas, de l'autre côté du parking, et se sortir sa petite culotte rebelle de la raie des fesses. Elle a envie de faire pipi aussi, mais pour le moment, c'est encore assez secondaire.

« Mesdames et messieurs ! lance Dashmiel d'une voix qui porte. J'èh le plèhsir distinguèh de vous présentèh M. Scott Landon, lauréat du Prix Pulitzer pour *Reliques* et du Prix National du Livre pour *La Fille du garde-côh*. Il est descendu tout exprès du Maine avec sa charmante épouse Lisa pour inaugurer le lancement des travaux – oui, c'est officiel, enfin – de notre BIBIO-thèhque Shipman ! Scott Landon, mesdames et messieurs, je veux vous entendre lui réserver un accueil digne de Nashvèhll ! »

La foule applaudit aussitôt, *con brio*. La charmante épouse se joint aux applaudissements, tapotant ses paumes l'une contre l'autre, regardant Dashmiel et songeant, *Il est lauréat du PNL pour*

---

1. Arthur H. Fellig, devenu le stéréotype hollywoodien du photographe de presse à sensation.

La Fille du garde-côte. *C'est* garde-côte, *pas* garde-corps. *Et je pense que tu le sais. Je pense que tu as fait exprès de le massacrer. Pourquoi est-ce que tu n'aimes pas mon mari, petit homme mesquin ?*

Puis son regard le dépasse et cette fois-ci elle remarque *vraiment* Gerd Allen Cole, simplement planté là avec toute cette fabuleuse chevelure blonde en bataille dans les yeux et les manches d'une chemise blanche beaucoup trop grande pour lui retroussées sur ses biceps atrophiés. Les pans de sa chemise ressortent et pendent quasiment jusqu'aux genoux blanchis de son jean. Aux pieds il a des bottes de chantier fermées par une boucle sur le côté. À Lisey elles paraissent atrocement chaudes pour le temps qu'il fait. Au lieu d'applaudir, Blondie a joint les mains d'une manière plutôt prude et il y a un sourire d'une inquiétante douceur sur ses lèvres, qui remuent légèrement, comme en une silencieuse prière. Ses yeux sont fixés sur Scott et ils ne dévient pas. Lisey étiquette Blondie tout de suite. Il y a des types – c'est quasiment toujours des types – qu'elle appelle les Cow-Boys de l'HyperEspace de Scott. Les Cow-Boys de l'HyperEspace ont beaucoup à dire. Ils veulent prendre Scott par le bras et lui raconter qu'ils comprennent les messages secrets contenus dans ses livres ; ils comprennent que ses livres sont en réalité des guides vers Dieu, Satan ou peut-être bien les Évangiles Gnostiques. Les Cow-Boys de l'Hyper Espace peuvent être branchés Scientologie ou numérologie ou (dans un cas précis) sur Les Mensonges Cosmiques de Brigham Young[1]. Parfois ils veulent s'entretenir d'autres mondes. Il y a deux ans, un jeune Cow-Boy de l'HyperEspace est monté en stop du Texas jusque dans le Maine afin de parler à Scott de ce qu'il appelait les *vestiges*. Ceux-ci se trouvaient le plus communément, disait-il, dans des îles désertes de l'hémisphère sud. Il savait que c'était sur *eux* que Scott avait écrit dans *Reliques*. Il montra à Scott les mots soulignés qui le prouvaient. Ce gars-là avait rendu Lisey très nerveuse – il avait comme un air *absent* avec des murs dans les yeux – mais Scott lui avait parlé, offert une bière, avait discuté un petit moment avec lui des monolithes de l'île de Pâques, accepté deux ou trois de ses écrits, signé au gosse un exemplaire neuf de *Reliques*, et lui avait souhaité bonne chance. L'autre s'en était allé

---

1. « Le Moïse mormon ».

heureux. Heureux ? Dansant sur la couche d'atmosphère, tu veux dire. Quand Scott a solidement arrimé le barda, il est sidérant. Il n'y a pas d'autre mot.

L'idée de violence réelle – que Blondie ait effectivement l'intention de jouer les Mark David Chapman[1] avec son époux – n'effleure pas Lisey. *Mon esprit fonctionne pas de cette façon-là*, aurait-elle pu dire. *J'ai pas aimé la façon dont ses lèvres remuaient, c'est tout.*

Scott salue les applaudissements – plus quelques braillements de rebelles tapageurs – du fameux sourire Scott Landon que l'on a pu voir sur la jaquette de millions de livres, non sans garder tout le temps un pied posé sur le fer de cette ridicule bêche dont la lame s'enfonce lentement dans la terre importée. Il laisse les applaudissements se prolonger dix ou quinze secondes, guidé par son intuition (et son intuition le trompe rarement), puis les fait taire d'un geste de la main. Et ils se taisent. D'un seul coup. *Vvoum.* Plutôt classe, dans un registre légèrement effrayant.

Quand il parle, sa voix est loin d'être aussi forte que celle de Dashmiel, mais Lisey sait bien que même sans micro ni mégaphone à batterie (l'absence de l'un ou l'autre dispositif cet après-midi résulte sans doute de la négligence de quelqu'un), elle portera sans problème jusqu'aux derniers rangs de la foule. Et la foule se tend pour capter le moindre mot. Un Homme Célèbre est venu parmi eux. Un Penseur et un Auteur. Il va maintenant répandre des perles de sagesse.

*Des perles devant des pourceaux,* pense Lisey. *Des pourceaux en sueur, en plus.* Mais est-ce que son père ne lui a pas dit un jour que les cochons ne suent pas ?

En face d'elle Blondie repousse ses cheveux en bataille de son blanc front raffiné. Ses mains sont aussi blanches que son front et Lisey pense, *Voilà un petit cochon qui reste beaucoup à la maison. Un pourceau casanier, et pourquoi pas ? Il a toutes sortes d'idées étranges à rattraper.*

Elle passe le poids du corps d'un pied sur l'autre, et la soie de sa petite culotte lui *couine* quasiment dans la raie des fesses. Ah, exaspérant ! Elle en oublie encore Blondie, cherchant à calculer si

---

[1]. Assassin de John Lennon.

par hasard elle ne pourrait pas... pendant que Scott fait ses remarques... très subrepticement, tu penses bien...

Bonne Ma élève la voix. Sévère. Trois mots. Sans réplique. *Non, Lisey. Attends.*

« J'vais pas vous sermonnancer », dit Scott, et elle reconnaît le patois de Gulliver Foyle, le personnage principal de *Terminus les étoiles* d'Alfred Bester. Le roman préféré de Scott. « Trop chaud pour les sermons.

— *Remonte-nous, Scotty !* » hurle avec exubérance quelqu'un au cinquième ou sixième rang de la foule côté parking. La foule rit et acclame.

« J'peux pas, frère, répond Scott. Les transporteurs sont HS et on a plus de cristaux de lithium. »

La foule, qui entend pour la première fois la réplique tout autant que la saillie (Lisey les a entendues l'une et l'autre au moins cinquante fois), rugit son approbation et applaudit. En face Blondie esquisse un mince sourire, sans suer, et étreint son délicat poignet gauche avec les doigts effilés de sa main droite. Scott ôte son pied de la bêche, non comme s'il en avait assez de cet instrument mais comme si – pour le moment en tout cas – il lui avait trouvé une autre utilisation. Et apparemment c'est le cas. Lisey observe, non sans fascination, car c'est là Scott au mieux de sa forme, improvisant tout simplement.

« C'est l'an mil neuf-cent quatre-vingt-huit et le monde s'est obscurci », dit-il. Il fait aisément coulisser le court manche de bois de la bêche de cérémonie dans son poing peu serré. Le fer lance un clin d'œil de soleil dans les yeux de Lisey, avant d'être presque entièrement masqué par la manche du veston léger de Scott. Fer et lame cachés par le bras, il se sert du mince manche en bois comme d'une baguette pour cocher les cases Désordre et Tragédie dans l'air devant lui.

« En mars, Oliver North et le vice-amiral Poindexter sont inculpés sous le chef d'accusation de conspiration – c'est le monde merveilleux de l'Irangate, où les armes gouvernent la politique et l'argent gouverne le monde.

« À Gibraltar, des membres du Special Air Service britannique tuent trois membres désarmés de l'IRA. Peut-être devraient-ils changer la devise du SAS "Qui ose, vainc" en "Tirez d'abord, questionnez ensuite." »

Cascade de rires dans la foule. Roger Dashmiel paraît échaudé et contrarié par cette leçon inattendue sur les événements courants, mais Tony Eddington se décide enfin à prendre des notes.

« Ou nous devrions en faire la nôtre. Au mois de juillet, nous commettons une grosse bourde et abattons un avion de ligne iranien avec deux cent quatre-vingt-dix civils à bord. Dont soixante-six enfants.

« L'épidémie de sida tue par milliers, fait des malades par... voyons personne ne sait, n'est-ce pas ? Centaines de milliers ? Millions ?

« Le monde s'obscurcit. La mer noircie de sang de M. Yeats est grosse. Elle monte. Elle monte. »

Il baisse les yeux sur rien sinon de la terre en train de virer au gris, et Lisey, soudain terrifiée, se dit qu'il est en train de la voir, la chose tigrée à l'interminable flanc pie, et qu'il va déjanter, peut-être même craquer comme elle sait qu'il redoute de le faire (en vérité elle le redoute autant que lui). Avant que son cœur ait pu faire plus que commencer à accélérer, le voilà qui relève la tête, sourit comme un gosse à la fête foraine du comté, et d'une détente du bras fait de nouveau coulisser le manche de la bêche à l'intérieur de son poing peu serré jusqu'à le tenir par le milieu. C'est un mouvement d'esbroufe de requin d'aquarium, et les gens au premier rang font *oooh*. Mais Scott n'a pas terminé. Brandissant la bêche devant lui, il fait lestement tournoyer le manche entre ses doigts, et accélère son invraisemblable rotation. C'est aussi éblouissant qu'un maniement de canne de tambour-major – à cause du fer d'argent qui étincelle dans le soleil – et délicieusement inattendu. Elle est mariée avec lui depuis 1979 et n'avait pas la moindre *idée* qu'il avait à son répertoire un geste si sublimement décontracté. (Combien d'années faut-il, se demandera-t-elle deux nuits plus tard, couchée seule dans sa chambre de motel bas de gamme et écoutant les chiens aboyer sous une lune rousse incandescente, combien d'années avant que le poids stupide des jours accumulés ne suce jusqu'à la dernière goutte tout l'émerveillement d'un couple ? Combien de chance vous faut-il pour que votre amour survive à votre temps ?) Le fer d'argent de la bêche qui tournoie à toute allure envoie un éclat de soleil, *Réveille-toi !*, *Réveille-toi !*, sur la surface poisseuse de sueur, hébétée de chaleur de la foule. Le mari de Lisey est soudain Scott le

Bateleur, et elle n'a jamais été aussi soulagée de voir sur son visage ce large sourire de bonimenteur *C'est-moi-que-v'là, babylove* absolument méphistophélique. Il les a estomaqués ; maintenant il va chercher à leur vendre une potion aux vertus curatives douteuses, la panacée avec laquelle il espère les renvoyer chez eux. Et elle pense qu'ils achèteront, après-midi d'août étouffant ou pas. Quand il est comme ça, Scott pourrait vendre des Frigidaires aux Inuits, comme dirait l'autre... et Dieu bénisse la mare du langage où tous nous descendons boire, comme Scott lui-même ne manquerait pas d'ajouter (et l'a fait).

« Mais si chaque livre est une petite lumière dans cette obscurité – et je le crois, tartignol ou pas, je me dois de le croire, puisque j'écris ces maudits bouquins, pas vrai ? – alors chaque bibliothèque est un vieux et grandiose feu de joie toujours en train de flamber autour duquel dix mille personnes viennent se réchauffer tous les jours et toutes les nuits. Plus question de Fahrenheit quatre cent cinquante et un ici. Cherchez plutôt du côté de Fahrenheit quatre *mille*, les amis, car nous ne parlons pas de petits fourneaux de cuisine ici, nous parlons des gros et vieux hauts fourneaux du cerveau, du creuset chauffé au rouge de l'intellect. Nous célébrons cet après-midi la construction d'un de ces grandioses brasiers, et je suis fier d'en être une étincelle. C'est ici que nous tenons tête à l'oubli et balançons un coup de pied à l'ignorance dans ses vieux *cojones*[1] fripés. *Ohé photographe !* »

Stefan Queensland déclenche, souriant.

Scott, souriant aussi, dit : « Prends donc une photo de ceci. L'état-major ne voudra peut-être pas l'utiliser, mais toi, je parie que tu aimeras l'avoir dans ton portfolio. »

Scott brandit la bêche de cérémonie comme s'il entendait la faire tournoyer encore. La foule lâche un petit hoquet plein d'espoir, mais cette fois-ci c'est seulement pour aguicher. Faisant coulisser sa main gauche jusqu'à l'emmanchement de la bêche, le voilà qui creuse, et enfouit la lame profond, éteignant son scintillement brûlant dans la terre. Il rejette sa pelletée de terre sur le côté et s'écrie : « *Je déclare le chantier de construction de la bibliothèque Shipman OUVERT !* »

---

1. *Couilles* en espagnol.

Les applaudissements qui accueillent cette déclaration ravalent les précédentes salves au rang de tapotements de mains polis tels que tu peux en entendre dans les matches de tennis des collèges privés. Lisey ignore si le jeune M. Queensland a immortalisé le creusement de la première pelletée officielle, mais quand Scott brandit plusieurs fois vers le ciel la ridicule petite bêche d'argent comme un trophée olympique, Queensland, riant derrière son objectif tandis qu'il déclenche, ne rate sûrement pas celle-là. Scott tient la pose un moment (Lisey, qui se trouve jeter un coup d'œil en direction de Dashmiel, surprend cet homme raffiné en train de rouler des yeux à l'adresse de M. Eddington – Tonèh). Puis il abaisse la bêche en position « Présentez armes », et se tient ainsi au garde-à-vous, un grand sourire aux lèvres. La sueur a perlé en fines gouttelettes sur ses joues et son front. Les applaudissements commencent à décroître. La foule pense qu'il a terminé. Lisey pense qu'il embraye seulement pour passer la deuxième vitesse.

Quand il sait qu'on peut l'entendre à nouveau, Scott creuse encore un coup en guise de rappel. « Celle-ci est pour ce Sauvage à l'Ouest de Bill Yeats ! lance-t-il. Le coucou au-dessus du nid de coucou ! Et celle-ci est pour Poe, Eddie de Baltimore pour les intimes ! Celle-ci pour Alfie Bester, et si vous ne l'avez pas lu, vous devriez avoir honte ! » Il semble à bout de souffle, et Lisey commence à être un peu alarmée. Il fait si *chaud*. Elle tente de se rappeler ce qu'il a mangé pour déjeuner – était-ce quelque chose de lourd ou de léger ?

« Et celle-ci... » Il plonge la bêche dans ce qui est maintenant une respectable petite dépression et soulève l'ultime pelletée de terre. Le devant de sa chemise est assombri par la sueur. « Vous savez quoi ? Et si vous pensiez à l'auteur, il ou elle, qui a écrit votre premier *bon livre* ? Je vous parle de celui qui s'est glissé comme un tapis volant sous vos pieds et vous a transportés. Vous voyez de quoi je parle ? »

Ils voient. C'est écrit sur le moindre visage qui fait face au sien.

« Le livre que, dans un monde parfait, vous rechercheriez en premier quand la bibliothèque Shipman ouvrira enfin ses portes. Celle-ci est pour l'auteur de ce livre-là. » Il brandit la bêche dans une ultime secousse d'adieu, puis se tourne vers Dashmiel, qui devrait être satisfait du talent d'histrion de Scott – on lui a demandé de jouer à l'oreille, et Scott a joué brillamment – mais qui a plutôt l'air congestionné et excédé. « Je crois que nous en avons fini ici », dit-il, et il fait le geste de confier la bêche à Dashmiel.

« Non, vous la gardèh, dit Dashmiel. En souvenir. C'est un cadeau, et un témoignage de notre gratitude. Avèh votre chèhque, bien sûr. » Son sourire en forme de rictus apparaît et disparaît tel un spasme musculaire. « Si on allèh s'offrir un peu d'air conditionnèh ?

– Mais volontiers », répond Scott, l'air perplexe, et c'est là qu'il tend la bêche à Lisey, comme il lui a tendu tant de cadeaux non désirés au cours des douze dernières années de sa célébrité : tout, des pagaies cérémonielles aux casquettes des Boston Red Sox en inclusion sous résine en passant par les masques de la comédie et la tragédie... mais surtout des parures de stylo et crayon à mines assortis à n'en plus finir. Une kyrielle de parures de stylo et crayon à mines assortis. Waterman, Scripto, Schaeffer, Mont Blanc, tu n'as qu'à dire le nom. Aussi perplexe que son bien-aimé (il reste son bien-aimé), elle pose les yeux sur le fer d'argent étincelant de la bêche. Il y a quelques particules de terre dans les lettres gravées de l'inscription : *COMMENCEMENT, BIBLIOTHÈQUE SHIPMAN,* et Lisey les chasse en soufflant dessus. Où un objet aussi invraisemblable finira-t-il ? En cet été 1988, le bureau de Scott est encore en chantier, même si l'adresse fonctionne et qu'il a déjà commencé à entasser du bazar dans les stalles et les réduits au rez-de-chaussée de la grange. En travers de beaucoup des cartons il a marqué **SCOTT ! LES JEUNES ANNÉES !** à grands traits de feutre noir. Il y a de fortes chances pour que la bêche d'argent atterrisse avec ce bazar, gaspillant ses reflets dans la pénombre. Peut-être l'y placera-t-elle elle-même, puis l'étiquettera-t-elle **SCOTT ! LES MOYENNES ANNÉES !** en forme de boutade... ou de récompense. Le genre de cadeau inattendu et loufoque que Scott appelle un...

Mais Dashmiel a déjà démarré. Sans un autre mot – comme s'il était écœuré de toute cette histoire et décidé à y mettre un terme le plus tôt possible – il traverse lourdement le rectangle de terre fraîche, contournant la dépression que la dernière pelletée de Scott a quasiment réussi à élever au rang de trou. Le talon des souliers noirs brillants je-suis-un-assistant-professeur-qui-monte-attention-à-pas-l'oublier de Dashmiel s'enfonce profondément dans la terre à chaque pesante enjambée. Dashmiel doit s'appliquer à garder l'équilibre, et Lisey devine que cela ne fait rien pour arranger son humeur. Tony Eddington lui emboîte la semelle, l'air songeur. Scott marque un temps d'arrêt, comme s'il ne savait pas très bien ce qui se passe, puis commence aussi à bouger, se glissant entre son hôte et son biographe d'un jour. Lisey suit, comme de coutume. Il l'a enchantée au point de lui faire oublier son *mauvais* pressentiment

(*matin brise du verre*)

pendant un petit moment, mais voilà qu'il revient

(*soir brise des cœurs*)

et *fort*. Elle pense que ce doit être la raison pour laquelle tous ces détails lui paraissent si gros. Elle est sûre que le monde va revenir à des proportions plus normales dès qu'elle retrouvera l'air conditionné. Et qu'elle se sera sorti cet infernal échantillon de tissu d'entre les fesses.

*C'est presque fini*, se rappelle-t-elle en son for intérieur, et – ce que la vie peut être drôle – c'est à ce moment précis que la journée commence à dérailler.

Sur ce détail-ci, un vigile du campus plus âgé que les autres (elle l'identifiera dix-huit ans plus tard d'après la photo du journaliste Queensland comme étant le Capitaine S. Heffernan) soulève le cordon de l'autre côté du rectangle de terre. Tout ce qu'elle remarque chez lui c'est qu'il porte ce que son époux aurait pu appeler *un vach'tement hhhénaurme insigne d'insigne* sur sa chemise kaki. Son époux, flanqué de ses escortes, se courbe pour passer sous le cordon dans un mouvement si bien synchronisé qu'il aurait pu être chorégraphié.

La foule se déplace vers le parking avec les vedettes... à une exception près. *Blondie* ne se déplace pas vers le parking. Blondie reste planté immobile près du lopin de terre du commencement, côté parking. Quelques personnes le bousculent et il est *forcé* à reculer, en fin de compte, repoussé sur la terre cuite et morte où la bibliothèque Shipman se dressera d'ici à 1991 (si l'on peut se fier aux promesses de l'entrepreneur, soit dit en passant). Puis le voilà qui se déplace effectivement vers l'avant à contre-courant, ses mains se disjoignent pour lui permettre de repousser sur son passage une fille à gauche puis un gars sur sa droite. Sa bouche remue toujours. D'abord Lisey pense une nouvelle fois qu'il arti-

cule une prière silencieuse, et puis elle entend le charabia décousu
– comme un machin qu'aurait pu avoir écrit un mauvais imitateur de James Joyce – et pour la première fois elle est sérieusement alarmée. Les yeux bleus quelque peu étranges de Blondie sont fixés sur son mari, là et nulle part ailleurs, mais Lisey comprend qu'il ne souhaite pas s'entretenir des *vestiges* ni des sous-textes religieux des romans de Scott. Celui-ci n'est pas un simple Cow-Boy De l'HyperEspace.

« Les cloches de l'église dévalaient Angel Street », dit Blondie – dit Gerd Allen Cole – qui, s'avérera-t-il plus tard, a passé la majeure part de ses dix-sept ans dans une coûteuse institution psychiatrique de Virginie d'où il a été libéré censément guéri et apte à la vie en société. Lisey saisit chacun de ses mots. Ils tranchent dans le bavardage croissant de la foule, ce bourdonnement de conversation, comme un couteau dans quelque gâteau fondant et léger. « Ce bruit assourdissant, comme la pluie sur un toit de tôle ! Des fleurs sales, sales et suaves, voilà comment résonnent les cloches dans ma cave *comme si tu le savais pas !* »

Une main qui semble toute de longs doigts pâles soulève les pans de la chemise blanche et Lisey comprend exactement ce qui est en train de se passer. Cela lui revient en brèves images télévisées

*(George Wallace Arthur Bremer)*[1]

de son enfance. Elle regarde dans la direction de Scott mais Scott est en train de parler à Dashmiel. Dashmiel regarde Stefan Queensland, la grimace irritée sur le visage de Dashmiel disant qu'il en a eu *Plus ! Qu'assez ! De photos ! Pour la journée ! Merci !* Queensland, les yeux baissés sur son appareil, est en train de faire quelques réglages, et Anthony « Tonèh » Eddington rédige une note sur son bloc. Elle repère le vigile le plus âgé, celui de la chemise kaki et du vach'tement *hhhénaurme* insigne d'insigne ; il regarde la foule, mais du *toufu mauvais côté*. Il est impossible qu'elle puisse voir tous ces gens, et Blondie aussi, mais si elle peut, elle voit, elle voit même les lèvres de Scott articuler les mots *trouve que ça s'est pas mal passé*, ce qui est une remarque-ballon

---

1. Sénateur américain et son meurtrier (une partie des images de la fusillade filmées par le photographe de CBS Laurens Pierce figure dans le film *Forrest Gump*).

sonde qu'il lance souvent à la fin d'événements comme celui-ci, et oh mon Dieu, oh Jésus Marie et Jojo le Charpentier, elle veut crier le nom de Scott pour l'avertir mais sa gorge *se bloque*, se change en une sèche cavité sans salive, elle ne peut rien dire, et Blondie a retroussé jusqu'en haut le bas de sa gigantesque chemise blanche, et en dessous il y a des passants de ceinture vides et un ventre plat et glabre, un ventre de truite, et reposant contre cette peau blanche il y a la crosse d'un revolver dont il s'empare maintenant et elle l'entend dire, en se rapprochant de Scott par la droite, « Si ça cloue le bec des cloches, ça sera un bon boulot de fait. Pardon, Papa. »

Elle s'élance en courant, ou veut le faire, mais elle a de ces vach'tement *hhhénaurmes* semelles de plomb et les épaules de quelqu'un devant elle, une étudiante costaude, les cheveux liés par un large ruban de soie blanche avec le mot NASHVILLE imprimé dessus en lettres bleues surlignées de rouge (tu vois un peu comme elle voit tout ?), et Lisey la pousse de la main qui tient la bêche d'argent, et la fille croasse « *Hé !* » sauf que ça rend un son plus lent et plus traînant que ça, comme *Hé* enregistré en 45 tours et repassé en 33 ou peut-être même en 16. Le monde entier s'est mué en goudron brûlant et pendant une éternité l'étudiante costaude avec NASHVILLE dans les cheveux bloque Scott à sa vue ; tout ce qu'elle voit c'est l'épaule de Dashmiel. Et Tony Eddington, feuilletant les pages de son maudit carnet.

Puis l'étudiante finit par dégager le champ de vision de Lisey, et à l'instant où Dashmiel et son mari réapparaissent tout entiers à sa vue, Lisey voit la tête du prof d'anglais se redresser brusquement et son corps passer en alerte rouge. Cela se produit en une fraction de seconde. Lisey voit ce que voit Dashmiel. Elle voit Blondie tenir le revolver (qui s'avérera être un Ladysmith .22 fabriqué en Corée et acheté dans un vide-grenier à Nashville-Sud pour la somme de trente-sept dollars) dirigé vers son mari, qui a enfin vu le danger et s'est arrêté. Dans le temps-de-Lisey, tout ceci se déroule très, très lentement. Elle ne voit pas véritablement la balle jaillir de la gueule du calibre .22 – pas exactement – mais elle entend Scott dire, avec une grande douceur, semblant étirer les mots sur une durée de dix ou même quinze secondes : « On va en parler, fils, tu veux ? » Et ensuite elle voit du feu éclore de la bouche nickelée du revolver en un petit bouquet blanc-jaune irrégulier. Elle entend un *pop* – stupide, insignifiant, le bruit de quelqu'un crevant un sac en papier avec la paume de la main. Elle voit Dashmiel, cette espèce de fiente molle de poulet frit façon Tennessee, détaler comme un lapin de garenne en bifurquant directement sur sa gauche. Elle voit Scott se cabrer en arrière sur ses talons. En même temps, son menton se projette en avant. La combinaison des deux a quelque chose d'étrange et de gracieux, comme un mouvement de danse. Un trou noir cligne sur le côté droit de son veston d'été. « Diantre honnêtement fils, tu vas pas faire ça », dit-il de sa voix traînante du temps-de-Lisey, et même dans le temps-de-Lisey elle entend combien sa voix s'amenuise à chaque mot jusqu'à ce qu'il donne l'impression de parler comme un pilote d'essai dans un caisson de haute altitude. Pourtant Lisey pense qu'il ne sait pas encore qu'il a été touché. Elle en jurerait. Son veston s'ouvre comme un vantail quand il tend la main devant lui dans un geste qui dit *Arrête ça*, et elle réalise deux choses simultanément. La première est que la chemise sous le veston est en train de virer au rouge. La deuxième est qu'elle s'est enfin arrachée en un semblant de galop.

« Faut que j'arrête tous ces ding-dong, dit Gerd Allen Cole avec une parfaite clarté geignarde. Faut que j'arrête tous ces ding-dong pour les freesias. » Et Lisey a la soudaine certitude que Scott une fois mort, le mal une fois fait, Blondie soit se tuera soit fera mine d'essayer. Pour le moment, toutefois, il a ce boulot à finir. Le boulot de l'écrivain. Blondie tourne légèrement le poignet de telle sorte que le canon fumant du Ladysmith .22 se trouve dirigé vers le côté gauche de la poitrine de Scott ; dans le temps-de-Lisey son mouvement est élastique et lent. Il a fait le poumon ; maintenant il va faire le cœur. Lisey sait qu'elle ne peut pas laisser faire ça. Si son mari doit avoir la plus petite chance, il ne faut pas laisser cet énergumène meurtrier le truffer de plus de plomb.

Comme pour la récuser, Gerd Allen Cole dit, « Ça finira jamais tant que tu seras pas tombé. T'es responsable de toutes ces répétitions, mon vieux. Tu es l'enfer, tu es un singe, et maintenant tu es *mon* singe ! »

Ce discours est ce qu'il fera de plus sensé, et qu'il le fasse donne juste le temps à Lisey d'armer la bêche d'argent – le corps a ses réflexes et ses mains ont déjà trouvé leur prise près de l'extrémité du manche de quatre-vingt-dix centimètres de long – et puis d'en balancer un coup. Ça passe quand même rasibus. Si c'était une course de chevaux, les totalisateurs afficheraient sûrement le message clignotant PHOTO GARDEZ VOS TICKETS. Mais quand c'est une course entre un homme armé d'un revolver et une femme armée d'une bêche, t'as pas besoin de photo. Dans son temps-de-Lisey ralenti, elle voit le fer d'argent frapper le revolver, l'expédier en l'air pile à l'instant où ce petit bouquet de feu éclot à nouveau (elle n'en voit qu'une partie cette fois, et la gueule du canon est complètement masquée par la lame de la bêche). Elle voit l'extrémité utile de la bêche de cérémonie continuer sa course en avant et vers le haut tandis que le deuxième coup de feu va se perdre, inoffensif, dans le brûlant ciel d'août. Elle voit voler le revolver et elle a le temps de penser *Sapristouffe ! J'y suis pas allée de main morte !* avant que la bêche n'entre en contact avec la figure de Blondie. Il a toujours la main sur la trajectoire (trois de ses longs doigts maigres seront fracturés), mais le fer d'argent de la bêche établit solidement le contact tout pareil, fracturant le nez de Cole, lui explosant la pommette droite et l'orbite osseuse qui encercle son œil droit au regard fixe, réduisant aussi neuf dents en miettes. Un gros bras de la Mafia armé d'un coup-de-poing américain n'aurait pas fait mieux.

Et maintenant – toujours lentement, toujours dans le temps-de-Lisey – les éléments de la photo lauréate de Stefan Queensland se mettent en place.

Le capitaine S. Heffernan a vu ce qui est en train de se passer une seconde ou deux seulement après Lisey, mais il a aussi le problème des spectateurs à gérer – dans son cas un gros gaillard boutonneux vêtu d'un bermuda flottant et d'un T-shirt à l'effigie souriante de Scott Landon. Le capitaine Heffernan écarte d'une épaule musclée ce jeune gaillard du passage.

Déjà Blondie chavire par terre (et hors du champ de la photo qui vient), une expression hébétée dans un œil, du sang ruisselant de l'autre. Du sang jaillit aussi du trou qui, à quelque date ultérieure, pourra peut-être lui servir encore de bouche. Heffernan rate complètement le coup de bêche.

Roger Dashmiel, se souvenant peut-être qu'il est censé être le maître de cérémonie et pas un bon gros lapin, se retourne vers Eddington, son protégé, et Landon, son encombrant invité d'honneur, juste à temps pour prendre sa place sous la forme d'un visage légèrement flou, au regard fixe, à l'arrière-plan de la photo qui vient.

Scott Landon, entre-temps, titube sous le choc et sort carrément de la photo lauréate. Il marche comme s'il ne ressentait pas la chaleur, se dirigeant à grandes enjambées vers le parking et le Hall Nelson qui abrite le département d'anglais et l'air bienheureusement conditionné. Il marche avec une surprenante vivacité, du moins pour commencer, et une bonne partie de la foule marche avec lui, sans avoir conscience pour la plupart qu'il est arrivé quoi que ce soit. Lisey est à la fois furieuse et pas étonnée. Après tout, combien d'entre eux ont vu Blondie avec ce petit revolver à la con dans la main ? Combien d'entre eux ont reconnu des coups de feu dans les claquements de sac en papier ? Le trou dans le veston de Scott pourrait être une trace de terre laissée par sa corvée de creusement, et le sang qui a trempé sa chemise est encore invisible au monde extérieur. Il produit maintenant un étrange bruit sifflant à chaque fois qu'il inhale, mais combien d'entre eux l'entendent ? Non, c'est *elle* qu'ils regardent – certains d'entre eux, en tout cas – la minette allumée qui s'est inexplicablement propulsée en avant pour assommer un type avec la bêche d'argent de cérémonie. Beaucoup *sourient* en fait, comme s'ils étaient convaincus que tout ça fait partie d'un spectacle monté à leur intention, Scott Landon en Tournée. Ben, qu'ils aillent se faire foutre, et que Dashmiel aille se faire foutre, et que le vigile du campus arrivé trois ans et dix jours après la bataille avec son vach'tement *hhhénaurme* insigne d'insigne aille se faire foutre. Son seul souci maintenant c'est Scott. Dans un geste pas tout à fait aveugle, elle tend la bêche vers la droite et Eddington, leur Boswell[1] de location, la saisit. C'est ça ou la prendre sur le nez. Puis, toujours dans cet horrible ralenti, Lisey court après son mari. Derrière elle, Tony Eddington scrute la bêche d'argent comme si ça risquait d'être un obus de mortier, un détecteur de radiations, ou le *vestige* de quelque grande race oubliée, et voilà que vient à lui le capitaine S. Heffernan avec sa supposition erronée sur la véritable identité du héros du jour. Lisey n'a pas conscience de ce développement, n'en saura rien jusqu'à ce qu'elle voie la photo de

---

1. Biographe de Samuel Johnson, célèbre auteur anglais du XVIII$^e$.

Queensland dix-huit ans plus tard, s'en moquerait même si elle *savait* ; toute son attention est fixée sur son époux, qui vient juste de s'affaisser à quatre pattes dans le parking. Elle cherche à répudier le temps-de-Lisey, à courir plus vite. Et c'est là que Queensland prend sa photo, capturant juste une moitié de soulier à l'extrémité droite du cadre, chose qu'il ne réalisera pas à ce moment-là, ni jamais.

6

Le lauréat du Prix Pulitzer, l'*enfant terrible*[1] qui publia son premier roman à l'âge tendre de vingt-deux ans, s'écroule. Scott Landon *va au tapis*, comme dirait l'autre.

Lisey fait un suprême effort pour se sortir de cette exaspérante poix temporelle dans laquelle elle semble être engluée. Elle doit s'en libérer car si elle ne rejoint pas Scott avant que la foule l'encercle et la rejette en dehors, ils le tueront assurément de leur sollicitude. De leur amour cannibale.

– *Iiiiiil est blesséééééé*, hurle quelqu'un.

Lisey se hurle à elle-même en son for intérieur

(*arrime le barda* ARRIME-MOI ÇA COMME IL FAUT MAINTENANT)

et finalement ça le fait. La poix dans laquelle elle était engluée disparaît. Soudain elle *fonce* en avant ; le monde entier est bruit, chaleur, sueur et corps qui se bousculent. Elle bénit sa réalité accélérée tout en se servant de sa main gauche pour se choper la fesse gauche et, *d'un bon coup*, s'extirper sa maudite petite culotte de sa raie maudite du cul, voilà, au moins un truc de cette saloperie de journée bousillée est maintenant réparé.

Une étudiante avec ce genre de petit haut à bretelles qui se nouent sur les épaules avec de grandes rosettes molles menace de bloquer son passage vers Scott qui se rétrécit, mais Lisey se courbe pour passer sous elle et racle le revêtement brûlant. Elle ne remarquera que beaucoup plus tard ses genoux écorchés et cloqués – pas avant l'hôpital, en fait, où une infirmière aura la gentillesse de s'en apercevoir et y appliquera une solution, un produit si frais et

---

1. En français dans le texte.

apaisant qu'elle en pleurera de soulagement. Mais ça c'est pour plus tard. Pour l'heure ça pourrait aussi bien être juste elle et Scott seuls au bord de ce parking brûlant, ce terrible parquet de bal jaune et noir qui doit bien atteindre soixante degrés au moins, peut-être même soixante-cinq. Son cerveau veut lui suggérer l'image d'un œuf miroir en train de frire dans la vieille poêle noire de Bonne Ma et Lisey l'efface.

Scott la regarde.

Il a les yeux tournés vers le haut et à présent son visage est d'une pâleur de cire en dehors des cernes noir de suie en train de se former sous ses yeux noisette et de l'épais filet de sang qui a commencé à couler du coin droit de sa bouche et le long de sa mâchoire. « Lisey ! » Cette mince voix convulsive de caisson de haute altitude. « Est-ce que ce gars-là m'a vraiment flingué ?

– N'essaie pas de parler. » Elle pose une main sur son torse. Sa chemise, oh Seigneur Dieu, est *trempée* de sang, et en dessous elle sent son cœur galoper, si rapide et léger ; ce n'est pas le battement cardiaque d'un être humain mais d'un oiseau. *Pouls de pigeon*, pense-t-elle, et c'est là que la fille aux grandes boucles molles sur les épaules lui tombe dessus. Elle atterrirait sur Scott si Lisey, instinctivement, ne lui faisait un bouclier de son corps, encaissant avec son dos le plus gros du poids de la fille (« *Hé ! Merde ! CHIER !* » glapit la fille estomaquée) ; ce poids ne reste là qu'une seconde, avant de s'alléger. Lisey voit la fille lancer les mains en avant pour amortir sa chute – *oh, les divins réflexes des jeunes*, pense-t-elle, comme si elle-même était très vieille au lieu d'avoir seulement trente et un ans – et la fille s'en tire bien, mais soudain voilà qu'elle glapit « Aouh, *aouh, AOUH !* » quand le bitume lui brûle la peau.

« Lisey », chuchote Scott, et oh Seigneur, comme son souffle est strident quand il le reprend, on dirait du vent dans une cheminée.

« *Qui m'a poussée ?* » veut savoir la fille aux boucles nouées sur les épaules. Elle est accroupie, cheveux échappés de sa queue-de-cheval défaite en bataille dans les yeux, pleurant sous le choc, la douleur, et l'embarras.

Lisey se penche tout près de Scott. La chaleur qu'il dégage la terrifie et l'emplit d'une pitié plus profonde que toute celle qu'elle croyait possible d'éprouver. Il *tremble* carrément de froid malgré la chaleur. Gauchement, se servant d'un seul bras, elle se débarrasse de sa veste. « Oui, il t'a tiré dessus. Alors chut, et n'essaie pas de...

— Je brûle », dit-il, et il se met à trembler plus fort. Quoi ensuite, des convulsions ? Ses yeux noisette levés sont plantés dans ses yeux bleus à elle. Du sang ruisselle du coin de sa bouche. Elle sent l'odeur. Même le col de sa chemise est trempé de rouge. *Son bain de thé ne servirait pas à grand-chose ici*, pense-t-elle, sans même très bien savoir à quoi elle pense. *Trop de sang cette fois-ci. Vach'tement de trop.* « Je brûle, Lisey, donne-moi... de la glace.

— Je vais t'en donner, dit-elle, et elle lui glisse sa veste sous la tête. Je vais t'en donner, Scott. » *Dieu merci, il porte son veston léger*, pense-t-elle, et là elle a une idée. Elle chope par le bras la fille recroquevillée, en pleurs. « Comment t'appelles-tu ? »

La fille a le regard fixe comme si elle était folle, mais elle répond à la question. « Lisa Lemke. »

*Une autre Lisa, le monde est petit*, pense Lisey mais elle ne le dit pas. Ce qu'elle dit c'est, « On a tiré sur mon mari, Lisa. Peux-tu aller là-bas jusqu'au... » Elle n'arrive pas à se rappeler le nom du bâtiment, seulement sa fonction. « ... jusqu'au département d'anglais, et appeler une ambulance ? Fais le 911...

— Ma'ame ? M'dame Landon ? » C'est le vigile du campus au vach'tement *hhhénaurme* insigne d'insigne, qui se fraye un chemin parmi la foule à grand renfort de ses coudes charnus. Il s'accroupit près d'elle et ses genoux craquent. *Plus fort que le revolver de Blondie*, pense Lisey. Il tient un talkie-walkie dans une main. Il parle lentement et précautionneusement, comme à un enfant en détresse. « J'ai appelé l'infirmerie du campus, madame Landon. Leur ambulance arrive, qui emmènera votre mari au Nashville Memorial Hospital. Est-ce que vous me comprenez ? »

Elle comprend, et sa gratitude (le vigile, de l'avis de Lisey, a regagné ses trois ans et dix jours de retard sur la bataille) est presque aussi profonde que la pitié qu'elle éprouve pour son mari, gisant sur le macadam bouillant, et tremblant comme un chien malade. Elle fait oui de la tête, en versant ce qui sera la première de nombreuses larmes avant qu'elle ait ramené Scott dans le Maine — non à bord d'un vol Delta mais dans un avion privé avec une infirmière privée, et une autre ambulance et une autre infirmière privée les attendant au terminal de l'Aviation Civile du

Jetport de Portland. Maintenant elle se retourne vers la fille Lemke, et dit, « Il est brûlant – y a-t-il de la glace quelque part, ma chérie ? Peux-tu penser à un endroit où il pourrait y avoir de la glace ? N'importe où ? »

Elle dit cela sans grand espoir, et grande est donc sa surprise de voir Lisa Lemke acquiescer tout de suite de la tête. « Il y a un distributeur de Coca juste là-bas. » Elle montre la direction du Hall Nelson, que Lisey ne voit pas. Tout ce qu'elle voit c'est une forêt dense de jambes nues, certaines poilues, d'autres lisses, certaines bronzées, d'autres rougies de coups de soleil. Elle réalise qu'ils sont complètement cernés, qu'elle soigne son mari tombé dans une trouée de la forme d'un gros cachet de vitamines ou d'une pastille pour la toux, et ressent une pointe de peur panique de la foule. Est-ce que le mot pour ça est agoraphobie ? Scott le saurait.

« Si tu peux ramener de la glace, vas-y je t'en prie, dit Lisey. Et cours. » Elle se tourne vers le vigile du campus, qui s'avère occupé à prendre le pouls de Scott – activité complètement inutile, de l'avis de Lisey. « Pouvez-vous les faire reculer ? » demande-t-elle. Implore-t-elle presque. « Il fait si *chaud*, et... »

Avant qu'elle puisse terminer, il a bondi comme un diable hors de sa boîte et rugit : « Reculez ! Laissez passer cette demoiselle ! Reculez et laissez passer cette demoiselle ! Laissez-le respirer, vous tous, s'il vous plaît ! »

La foule recule dans un traînement de pieds... très à contrecœur, à ce qu'il semble à Lisey. Ils ne veulent pas louper une goutte de sang, lui semble-t-il.

La chaleur monte de la sole de four du macadam. Elle s'était presque attendue à s'y habituer, comme on s'habitue à une douche brûlante, mais non. Elle guette la sirène de l'ambulance qui approche et n'entend rien. Puis elle l'entend. Elle entend Scott aussi, qui dit son nom. Qui *croasse* son nom. Au même moment, il tiraille le côté du bustier trempé de sueur qu'elle porte (son soutien-gorge tranche contre la soie aussi crûment qu'un tatouage enflé). Elle baisse les yeux et voit quelque chose qui ne lui plaît pas du tout. Scott sourit. Le sang a nappé ses lèvres d'un rouge bonbon, du haut jusqu'en bas, d'un bord à l'autre, de sorte que le sourire en fait ressemble plus au rictus d'un clown. *Personne n'aime un clown à minuit*, pense-t-elle, et elle se demande d'où *cela* lui vient. Ce sera seulement à un certain point au cours de la longue nuit pratiquement blanche qui l'attend, à écouter aboyer sous la chaude lune d'août jusqu'au dernier toufu chien de Nashville, lui semblera-t-il, qu'elle se souviendra que c'était l'épigramme du troisième roman de Scott, le seul qu'elle-même et les critiques ont détesté, celui qui les a rendus riches. *Les Démons vides.*

Scott continue de tirailler son bustier de soie bleue, les yeux toujours aussi brillants et fiévreux dans leurs orbites noircissantes. Il a quelque chose à dire, et – à contrecœur – elle se penche pour entendre quoi. Il aspire de petites quantités d'air à la fois, par semi-hoquets. C'est un processus bruyant et terrifiant. L'odeur du sang est encore plus forte de près. Répugnante. Une odeur minérale.

*C'est la mort. C'est l'odeur de la mort.*

Comme pour confirmer, Scott dit : « Il est tout près, trésor. Je le vois pas, mais je... » Encore une longue, stridente aspiration d'air. « Je l'entends bâfrer. Et grogner. » Souriant de ce sanglant sourire de clown en disant ça.

« Scott, je sais pas de quoi tu parl... »

La main qui tiraille son bustier a encore un peu de force, après tout. Elle lui pince le flanc, et cruellement – lorsqu'elle ôtera son bustier beaucoup plus tard, dans la chambre de motel, elle découvrira une ecchymose, un vrai coquelicot d'amant.

« Tu... » Respiration stridente. « Sais... » Autre inspiration stridente, plus profonde. Et toujours avec ce rictus de clown, comme s'ils partageaient quelque horrible secret. Un secret *pourpre*, couleur d'ecchymose. Couleur de certaines fleurs qui croissent sur certains

*(chut Lisey oh chut)*

oui, sur certains flancs de collines. « Tu... sais... alors... n'insulte pas... mon intelligence. » Encore une inspiration stridente, sifflante. « Ni la tienne. »

Et elle suppose que oui, elle en sait une partie. Le petit gars long, comme il l'appelle. Ou la chose à l'interminable flanc pie. Un temps, elle a eu l'intention de chercher *pie* dans le dictionnaire, mais elle a oublié – l'oubli est un talent qu'elle a eu matière à fourbir au cours des années depuis qu'elle et Scott sont ensemble. Mais elle sait de quoi il parle, oui.

Il lâche prise, ou perd peut-être simplement la force de s'accrocher. Lisey se recule un peu – pas loin. Les yeux de Scott la dévisagent du fond de leurs orbites creuses et noircissantes. Ils sont aussi brillants que jamais, mais elle voit aussi qu'ils sont pleins de terreur et (c'est ça qui l'épouvante le plus) de quelque inexplicable, incorrigible amusement. Continuant à parler bas – peut-être pour qu'elle seule entende, ou parce qu'il ne peut pas faire mieux – Scott dit, « Écoute ça, petite Lisey. Je vais te faire le bruit que ça fait quand ça te cherche des yeux.
– Scott, non – il faut que tu arrêtes. »
Il l'ignore. Il prend une autre de ces inspirations stridentes, arrondit ses lèvres humides et rouges en un **O** dur, et produit un halètement bas, incroyablement répugnant. Cela fait remonter de sa gorge serrée une fine pulvérisation de sang qui jaillit dans l'air étouffant. Une fille la voit et hurle. Cette fois-ci la foule n'a pas besoin que le vigile lui demande de reculer ; ils le font d'eux-mêmes, laissant à Lisey, Scott et au capitaine Heffernan un espace d'au moins un mètre vingt de tous côtés.
Le son qu'il produit – mon Dieu Seigneur, c'est *vraiment* un genre de grognement – par bonheur dure peu. Scott tousse, sa poitrine se soulève, la plaie verse plus de sang par pulsations rythmiques, puis il rappelle Lisey à lui d'un doigt. Elle vient, en appui sur ses mains cuisantes. Ses yeux enfoncés dans les orbites la rivent à lui ; de même que son rictus mortel.
Il détourne la tête, crache du sang à demi coagulé sur l'asphalte brûlant, puis se tourne à nouveau vers elle. « Je pourrais... l'appeler de ce côté, chuchote-t-il. Il viendrait. Tu serais... débarrassée... de ma parlotte... éperdue. »
Elle comprend qu'il est sérieux, et un instant (c'est sûrement le pouvoir de ses yeux) elle a l'intime conviction que c'est vrai. Il va encore produire ce son, un peu plus fort seulement, et dans quelque autre monde le petit gars long, ce seigneur des nuits blanches, tournera son innommable tête vorace. Un instant plus tard dans ce monde-ci, Scott Landon frissonnera simplement sur le bitume et mourra. Le certificat de décès donnera une cause sensée, mais elle saura : sa chose obscure aura fini par le repérer, sera venue le trouver et l'aura dévoré vivant.
Voici venir ce dont ils ne reparleront jamais plus tard, ni aux autres ni entre eux. Trop atroce. Tout mariage a deux cœurs, l'un

clair l'autre obscur. Celui-ci est le cœur obscur du leur, le seul vrai secret insensé. Elle se penche tout près de lui sur la sole de four du macadam, persuadée qu'il se meurt, résolue néanmoins à se cramponner à lui si elle peut. Si cela signifie affronter pour lui le petit gars long – sans rien d'autre que ses ongles, si elle doit en arriver là – elle le fera.

« Alors… Lisey ? » Souriant de ce terrible, de ce répugnant sourire entendu. « Qu'est-ce que… tu… en dis ? »

Se penchant encore plus près. Dans sa frémissante puanteur de sang et de sueur. Se penchant jusqu'à ce qu'elle respire le dernier fantôme le plus blême du shampoing qu'il a utilisé ce matin-là et de la mousse avec laquelle il s'est rasé. Se penchant jusqu'à ce que ses lèvres touchent son oreille. Elle chuchote, « Chut, Scott. Pour une fois dans ta vie, je t'en supplie, chut. »

Quand elle le regarde à nouveau, ses yeux sont différents. L'éclat farouche a disparu. Il s'affaiblit, mais peut-être est-ce mieux ainsi, car il a de nouveau l'air sain d'esprit. « Lisey… ? »

Chuchotant toujours. Le regardant droit dans les yeux. « *Laisse cette toufue chose tranquille et elle s'en ira.* » Un instant elle ajoute presque, *Tu t'occuperas de ça et du reste plus tard*, mais c'est ridicule – car pour l'instant la seule chose dont Scott puisse s'occuper c'est de ne pas mourir. Ce qu'elle dit c'est, « Ne t'avise jamais de refaire ce bruit. »

Il se lèche les lèvres. Elle voit le sang sur sa langue et cela lui tourne l'estomac, mais elle ne s'éloigne pas de lui. Elle suppose que c'est sa responsabilité maintenant jusqu'à ce que l'ambulance l'emporte ou qu'il cesse de respirer là sur ce parking brûlant à quelques centaines de mètres à peine de son dernier triomphe ; si elle peut tenir bon et traverser cette dernière épreuve, elle suppose qu'elle pourra tenir bon et traverser n'importe quelle épreuve.

« Je brûle, dit-il. Si seulement j'avais un glaçon à sucer…

— Bientôt, dit Lisey, sans savoir si elle promet à la légère et s'en moquant. Je t'en fais apporter. » Enfin elle entend la sirène de l'ambulance approcher. C'est déjà quelque chose.

Et là, une espèce de miracle. La fille aux nœuds sur les épaules et aux écorchures fraîches sur les paumes des mains lutte pour se frayer un passage à travers la foule. Elle halète comme quelqu'un qui vient de courir un cent mètres et de la sueur lui ruisselle le long des joues et dans le cou, mais elle a deux gros gobelets en papier ciré dans les mains. « J'ai renversé la moitié de ce putain de Coke en revenant ici, dit-elle en jetant par-dessus son épaule un bref coup d'œil vengeur à la foule, mais j'ai rapporté toute la glace. Tout passe sauf la gl... » Puis ses yeux se révulsent presque à lui voir le blanc et elle titube en arrière, toute flagada dans ses baskets. Le vigile du campus – oh grâce lui soit rendue entre tous, hhhénaurme insigne d'insigne et tout – l'attrape, la remet d'aplomb, et prend un des gobelets. Il le tend à Lisey, puis incite la deuxième Lisa à boire dans l'autre. Lisey Landon ne s'occupe pas d'eux. Plus tard, en se repassant tout le film, elle sera quelque peu atterrée de sa propre détermination aveugle. À présent, elle pense seulement *Empêche-la de me retomber dessus si elle tourne de l'œil, Gentil Vigile*, et elle retourne à Scott.

Il tremble plus que jamais et ses yeux se ternissent, perdant leur emprise sur elle. Et pourtant, il essaie encore. « Lisey... brûle... glace...

— J'ai ta glace, Scott. Maintenant voudrais-tu bien pour une fois fermer ton moulin à paroles éperdu.

— Une a volé vers le nord, une a volé vers le sud », croasse-t-il, puis il fait ce qu'elle demande. Peut-être n'a-t-il plus rien à dire, ce qui serait une première pour Scott Landon.

Lisey plonge la main au fond du gobelet, faisant remonter jusqu'en haut le niveau du coca qui passe par-dessus bord. Le froid est un choc absolument délicieux. Elle agrippe une bonne poignée de copeaux de glace, et l'ironie de l'instant ne lui échappe pas : chaque fois que Scott et elle s'arrêtent sur une aire de repos d'autoroute et qu'elle se sert à un distributeur de gobelets et pas de bouteilles ou de canettes, elle enfonce toujours le bouton SANS GLACE avec un sentiment de vertu récompensée – d'autres peuvent bien laisser les roublards fabricants de sodas les arnaquer en dispensant un demi-gobelet de soda perdu sous un demi-gobelet de glace, mais pas Lisa la petite dernière de Dave Debusher. Quelle était la formule du bon vieux Dandy ? *Je suis pas tombé de la dernière meule de foin !* Et maintenant regarde-la, à regretter qu'il n'y ait pas plus de glace et moins de coca... encore que ça ne ferait sûrement pas grande différence. Sauf que sur ce coup-là, elle est bonne pour une surprise.

« Tiens, Scott. Ta glace. »

Il a les yeux mi-clos, mais il ouvre la bouche et quand elle commence par caresser ses lèvres avec son poing rempli de glace avant de lâcher l'un des copeaux fondant sur sa langue sanglante, son tremblement cesse d'un coup. Seigneur, c'est de la magie. Enhardie, elle lui passe sa main glaciale et ruisselante sur la joue droite, la gauche, et enfin sur le front d'où des gouttes d'eau couleur coca lui dégoulinent dans les sourcils puis le long des ailes du nez.

« Oh, Lisey, c'est divin », dit-il, et quoique encore stridente, sa voix lui semble plus pondérée... plus *présente*. L'ambulance s'est rangée sur le côté gauche de la foule dans un râle de sirène mourante et quelques secondes plus tard elle entend une impatiente voix masculine tonner, *« Ambulanciers ! Faites place ! Ambulanciers, allons vous tous faites place, laissez-nous faire notre travail, d'aaaccord ? »*

Dashmiel, ce trou-du-cul frit façon Tennessee, choisit cet instant pour parler à l'oreille de Lisey. La sollicitude de sa voix, compte tenu de la vitesse à laquelle il a détalé, lui donne envie de grincer des dents. « Comment s'en sort-il, ma chèhre ? »

Sans se retourner, elle répond : « En tâchant de vivre. »

7

« En tâchant de vivre », murmura-t-elle en passant la paume de la main sur le papier glacé de la *U-Tenn Nashville 1988 Review*. Sur la photo de Scott, le pied posé sur cette stupide bêche d'argent. Elle referma l'ouvrage d'un coup sec et le jeta sur le dos poussiéreux du serpent-livres. Sa soif de photos – de *souvenirs* – était plus qu'étanchée pour la journée. Une palpitation douloureuse s'était déclenchée dans le fond de son œil droit. Elle voulait prendre un truc pour faire passer ça, pas de ce Tylenol de gonzesse mais plutôt ce que son défunt mari appelait son détartrant à cafetière. Deux des comprimés d'Excedrin de Scott feraient l'affaire, s'ils n'étaient pas périmés depuis trop longtemps. Puis elle s'allongerait un peu dans leur chambre, en attendant que passe ce mal de tête naissant. Peut-être même pourrait-elle dormir un peu.

*Je continue à penser à notre chambre,* songea-t-elle en descendant l'escalier menant au rez-de-chaussée de la grange, qui n'était plus vraiment une grange à présent mais plutôt une série de compartiments de rangement... bien que fleurant toujours le foin, la corde et le gasoil de tracteur, toutes ces bonnes vieilles odeurs de ferme à la douceur entêtante. *Toujours la nôtre, même après deux ans.*

Et alors ? Quelque chose à redire à ça ?

Elle haussa les épaules. « Non rien, je pense. »

Elle eut un petit choc en entendant le son pâteux, moitié ivre, de sa voix. Elle supposa que toute cette re-souvenance haute en couleur l'avait éreintée. Toute cette tension revécue. Il y avait une seule chose dont elle pouvait se réjouir : aucune autre photo de Scott dans le ventre du serpent-livres ne pourrait convoquer d'aussi violents souvenirs, on ne lui avait tiré dessus qu'une seule fois et aucune de ces facs ne lui aurait envoyé de photos de son pè...

*(Chut ! ne parle pas de ça d'accord ?)*

« C'est exact », convint-elle alors qu'elle atteignait le bas des marches, et sans avoir d'idée précise de ce qu'elle avait été sur le point

*(Scoot vieux Scoot)*

de penser. Elle avait la tête lourde et se sentait tout en sueur, comme une qui vient de réchapper à un accident. « Taire ta gueule à la récré, assez c'est assez. »

Et, comme si sa voix l'avait activée, une sonnerie de téléphone se déclencha derrière le battant de bois de la porte fermée sur sa droite. Lisey se figea dans le couloir central du rez-de-chaussée de la grange. Naguère cette porte avait donné accès à une stalle assez vaste pour trois chevaux. Aujourd'hui la pancarte qui y était apposée disait simplement **HAUTE TENSION !** C'était une blague de Lisey. Elle avait eu l'intention d'installer là un petit bureau, un endroit où tenir ses comptes et payer ses factures (ils avaient eu – et elle avait encore – un comptable à plein-temps, mais il était à New York et on ne pouvait attendre de lui qu'il veille à d'aussi menus détails que son ardoise mensuelle à l'épicerie de Hilltop). Elle était allée jusqu'à l'installation de la table de travail, du téléphone-fax, et de quelques classeurs à dossiers... et puis Scott était mort. Était-elle même entrée dans cette pièce depuis lors ? Une fois, se souvint-elle. Au début de ce printemps-ci. Fin mars. Quelques vieilles plaques de neige grise attardées sur le sol. Avec juste pour mission de vider les messages du téléphone-fax-répondeur. Le nombre **21** s'affichait sur l'écran du gadget. Les messages un à dix-sept et dix-neuf à vingt et un émanaient de ces démarcheurs que Scott appelaient les « poux-du-téléphone ». Le dix-huitième (ce qui ne surprit aucunement Lisey) était d'Amanda. « Je voulais juste savoir si cela t'arrivait de raccrocher ce maudit engin, disait-elle. Tu nous as donné le numéro, à Darla, Canty et moi, avant la mort de Scott. » Un blanc. « Je suppose que tu as dû le faire. » Un blanc. « Le raccrocher, je veux dire. » Un blanc. Puis d'une traite : « Mais il y a eu un *très* long temps d'attente entre le message et le blip, peuh !, tu dois avoir une cargaison de messages là-dessus, petite Lisey, je te conseillerai de les vérifier de temps à autre, des fois que quelqu'un voudrait t'offrir un service de porcelaine anglaise Spode, ou autre. » Silence. « Bon ben... Arvoire. »

Maintenant, debout devant la porte fermée du bureau, sentant la douleur palpiter au fond de son orbite droite au rythme des battements de son cœur, elle écouta le téléphone sonner une troisième, et une quatrième fois. À la moitié de la cinquième sonnerie, il y eut un déclic, suivi de sa propre voix, informant quiconque se trouvait au bout du fil qu'il ou elle était bien au 727-5932. Nulle promesse de rappel, pas même d'invitation à laisser un message après ce qu'Amanda appelait le *blip*. Quel intérêt, de toute façon ? Qui appellerait *ici* pour lui parler à *elle* ? Scott mort, cet endroit avait perdu son moteur. Le seul pion qui restait n'était à la vérité que petite Lisey Debusher de Lisbon Falls, aujourd'hui veuve Landon. Petite Lisey vivait seule dans une maison beaucoup trop grande pour elle et écrivait des listes de courses, pas des romans.

Le blanc entre le message et le bip fut si long qu'elle pensa que la cassette des messages devait être pleine. Même si elle ne l'était pas, l'interlocuteur ou –trice se lasserait d'attendre et raccrocherait, tout ce qu'elle entendrait à travers la porte fermée du bureau serait cette voix de téléphone artificielle et agaçante entre toutes, de la femme qui te renseigne (qui te *rembarre*, oui !). « Pour passer un appel... merci de raccrocher et de composer le numéro de votre *opérateur !* » La femme n'ajoute pas *tête de piaf* ou *fleur de nave*, mais Lisey a toujours eu le sentiment que c'était bien cela le « sous-texte ».

À la place elle entendit une voix masculine lui dire deux mots. Il n'y avait aucune raison pour que ces deux mots la glacent, mais c'est pourtant ce qu'ils firent. « Je réessayerai », dit la voix.
Il y eut un déclic.
Puis du silence.

8

*Ce présent-ci est beaucoup plus agréable*, pense-t-elle, tout en sachant que ce n'est ni passé ni présent ; c'est juste un rêve. Elle était couchée sur le grand lit double de la
*(notre notre notre notre notre)*
chambre, sous le ventilateur brassant mollement l'air ; malgré les cent trente milligrammes de caféine des deux comprimés d'Excedrin de Scott (À utiliser avant : 10-2007) qu'elle avait piochés dans la réserve des « médocs-à-Scott » qui allait s'amenuisant dans l'armoire de la salle de bains, elle s'était endormie. Si elle a le moindre doute à ce sujet, il lui suffit de regarder où elle se trouve – l'unité de Soins Intensifs au deuxième étage du Nashville Memorial Hospital – et son moyen unique de locomotion : elle se transporte une fois de plus sur une grande pièce d'étoffe où sont imprimés les mots FARINE PILLSBURY'S BEST. Encore une fois elle est ravie de voir que les coins de ce fruste tapis volant, où elle siège les bras royalement croisés sous le buste, sont noués comme ceux d'un mouchoir. Elle flotte si près du plafond que, lorsque FARINE PILLSBURY'S BEST se glisse sous les ventilateurs brassant mollement l'air (dans son rêve, ils ressemblent tout à fait à celui de leur chambre), elle doit se mettre à plat ventre pour éviter d'être assommée et déchiquetée par les pales. *Chioup, chioup, chioup*, répètent inlassablement ces pagaies de bois vernies tout en effectuant leurs lentes et somme toute majestueuses révolutions. En contrebas, des infirmières vont et viennent sur leurs semelles couinantes. Certaines portent les blouses de couleur qui finiront par dominer dans la profession, mais la plupart d'entre elles portent encore l'uniforme blanc, et les collants blancs, et ces coiffes qui évoquent toujours pour Lisey des colombes empaillées. Deux médecins – elle suppose qu'ils doivent être médecins, encore qu'un des deux ne paraisse pas en âge de se raser – bavardent près

de la fontaine à eau. Les murs carrelés sont d'un vert frais. La chaleur du jour ne semble pas pouvoir s'introduire ici. Il doit y avoir l'air conditionné en plus des ventilateurs, suppose-t-elle, mais elle ne l'entend pas.

*Pas dans mon rêve, bien sûr que non*, se dit-elle en elle-même, et ça semble sensé. En face se trouve la chambre 319, où Scott a été placé pour récupérer après l'extraction de la balle. Elle n'a aucun mal à atteindre la porte, mais découvre, une fois arrivée, qu'elle est trop haute pour la franchir. Et elle veut entrer. Elle ne s'est pas décidée à lui dire *Tu t'occuperas de ça et du reste plus tard*, mais était-ce bien nécessaire ? Scott Landon, après tout, n'est pas *tombé de la dernière meule de foin*. La vraie question, lui semble-t-il, c'est quel est le mot magique exact pour faire redescendre un tapis volant PILLSBURY'S BEST ?

Il lui vient. Ce n'est pas un mot qu'elle a envie d'entendre sortir de sa propre bouche (c'est un mot à Blondie), mais *Faut savoir chevaucher le dos du diable quand c'est lui qui conduit* – comme disait *aussi* Dandy – et donc...

« Freesias », dit Lisey, et l'étoffe décolorée aux coins noués chute docilement de trois pieds en dessous de son point de vol stationnaire sous le plafond de l'hôpital. Elle regarde par la porte ouverte et voit Scott, maintenant sorti de la salle d'opération depuis presque cinq heures, étendu sur un lit étroit mais étonnamment beau avec dosseret et pied joliment chantournés. Des écrans de contrôle qui émettent des bruits de répondeurs téléphoniques couiquent et blipent. Deux poches d'un machin transparent pendent d'une potence entre lui et le mur. Apparemment il dort. De l'autre côté du lit par rapport à lui, Lisey-1988 est assise dans un fauteuil à dossier droit, la main de son mari repliée dans l'une des siennes. Dans l'autre main de Lisey-1988 il y a le roman qu'elle a emporté dans le Tennessee – elle n'aurait jamais cru qu'elle avancerait autant dans sa lecture. Scott lit des auteurs comme Borges, Pynchon, Tyler, et Atwood ; Lisey lit Maeve Binchy, Colleen McCullough, Jean Auel (encore que les hommes des cavernes en rut de Mme Auel commencent un peu à l'agacer), Joyce Carol Oates, et, tout récemment, Shirley Conran. Ce qu'elle a dans la chambre 319 c'est justement *Sauvages*, son dernier livre, et Lisey l'aime beaucoup. Elle en est au passage où les femmes perdues dans la jungle apprennent à faire des lance-pierres avec leurs soutiens-gorge. Tout ce Lycra. Lisey ne sait pas si les lecteurs et -trices américains de romans sentimentaux sont prêts pour ce dernier opus de Mme Conran, mais elle-même le trouve courageux et assez beau, à sa façon. Le courage n'est-il pas toujours beau en un sens ?

Les dernières lueurs du jour entrent à flots par la fenêtre de la chambre dans un ruissellement de rouge et d'or. Cela a quelque chose d'inquiétant et de magnifique. Lisey-1988 est très lasse : émotionnellement, physiquement, et aussi d'être dans le Sud. Elle pense que si quelqu'un lui donne encore du *vouzôtres*, elle va hurler. Le bon côté ? Elle ne pense pas qu'elle va être là aussi longtemps qu'*ils* le croient, parce que... eh bien... elle a de bonnes raisons de savoir que Scott cicatrise vite.

Bientôt elle retournera au motel et essaiera de garder la même chambre qu'ils ont prise en arrivant plus tôt dans la journée (Scott leur retient pratiquement toujours un refuge secret, même si son « concert » se résume à un « bonjour-bonsoir », comme il dit). Elle a idée qu'elle ne pourra pas la garder – on te traite très différemment quand tu es avec un homme, qu'il soit célèbre ou pas – mais le motel est à une distance commode aussi bien de l'hôpital que de l'université, et du moment qu'ils lui trouvent une chambre dans un coin, ça lui est égal. Le Dr Sattherwaite, qui s'occupe de Scott, lui a promis qu'elle pourra esquiver les journalistes en sortant par l'arrière ce soir, et les prochains jours. Il dit que Mme McKinney de la réception lui appellera un taxi qui l'attendra devant la porte de service de la cafétéria, « dès que vous lui aurez donné le feu vert ». Elle serait déjà partie mais Scott a été agité cette dernière heure. Sattherwaite a dit qu'il serait inconscient au moins jusqu'à minuit, mais Sattherwaite ne connaît pas Scott comme elle le connaît, et Lisey n'est guère étonnée quand il commence à émerger à brefs intervalles à mesure que le soleil descend. Deux fois il l'a reconnue, deux fois il lui a demandé ce qui était arrivé, et deux fois elle lui a répondu qu'un individu mentalement dérangé lui avait tiré dessus. La deuxième fois il lui a dit *« Oh-yé-le-Blond-Platine »* avant de refermer les yeux, et ça l'a carrément fait rire. Maintenant elle veut qu'il émerge encore une fois pour qu'elle puisse lui dire qu'elle ne s'en va pas dans le Maine, seulement au motel, et qu'elle reviendra le voir demain matin.

Tout ceci, Lisey-2006 le sait. S'en souvient. Le pige. Ou autre. Du haut de son tapis volant PILLSBURY'S BEST, elle pense : *Il ouvre les yeux. Il me regarde. Il dit, « J'étais perdu dans l'obscurité et tu m'as trouvé. J'avais chaud – tellement chaud – et tu m'as donné de la glace. »*

Mais est-ce vraiment ce qu'il a dit ? Est-ce vraiment ce qui s'est passé ? Ou était-ce plus tard ? Et si elle dissimule des choses – se les dissimule à elle-même – pourquoi les dissimule-t-elle ?

Dans le lit, dans la lumière rouge, Scott ouvre les yeux. Regarde sa femme pendant qu'elle lit son livre. Sa respiration n'est plus stridente à présent, mais ça fait encore un bruit de vent quand il inspire aussi profondément qu'il peut et dit son nom, mi-croassant, mi-chuchotant. Lisey-1988 pose son livre et le regarde.

« Ah, te voilà à nouveau réveillé, dit-elle. Alors écoute bien : interro surprise. Te souviens-tu de ce qui t'est arrivé ?

– Balle, chuchote-t-il. Gamin. Poumon. Mal. Au dos.

– Tu pourras avoir quelque chose pour la douleur dans un petit moment, dit-elle. En attendant, est-ce que tu as envie... »

Il lui presse la main, pour lui faire comprendre que c'est bon. *Maintenant il va me dire qu'il était perdu dans l'obscurité et que je lui ai donné de la glace,* pense Lisey-2006.

Mais ce qu'il dit à son épouse – laquelle un peu plus tôt dans la journée lui a sauvé la vie en fracassant le crâne d'un forcené avec une bêche d'argent – c'est seulement ceci : « Faisait chaud, hein ? » Ton désinvolte. Aucune expression particulière ; faisant juste la conversation. Tuant simplement le temps pendant que la lumière rouge s'épaissit et que les machines couiquent et blipent, et de son point de vol stationnaire dans l'embrasure de la porte, Lisey-2006 voit le frisson – subtil mais indéniable – qui parcourt son plus jeune moi ; voit l'index de la main gauche de son plus jeune moi lâcher l'endroit où elle se trouve dans son *Sauvages* en livre de poche.

*Je suis en train de me dire : « Ou bien il ne se souvient pas, ou bien il fait semblant de ne pas se souvenir de ce qu'il a dit quand il était à terre – comme quoi il pouvait l'appeler s'il le voulait, comme quoi il pouvait appeler le petit gars long si je voulais être débarrassée de lui – et ma réponse comme quoi il ferait mieux de la fermer et de le laisser tranquille... que s'il voulait bien juste fermer sa toufue grande gueule, ça s'en irait. » Je suis en train de me demander si c'est un véritable cas d'amnésie – comme le fait qu'il ait oublié qu'on lui avait tiré dessus – ou s'il s'agit encore de* notre *amnésie particulière à tous les deux, laquelle s'apparente plus à fourrer la mauvaise merde dans une boîte et à fermer soigneusement le couvercle. Je suis en train de me demander si ça compte même, du moment qu'il se rappelle comment faire pour se soigner.*

Étendue sur son lit (et volant sur son tapis magique dans le présent éternel de son rêve), Lisey s'agita et tenta de crier pour attirer l'attention de son jeune moi, tenta de lui hurler que *oui*, ça *comptait*, ça *comptait. Ne le laisse pas s'en tirer comme ça !* voulut-elle hurler. *Tu ne peux pas éternellement oublier !* Mais une autre formule du passé lui revint, tirée celle-là de leurs interminables parties de Hearts and Whist l'été à Sabbath Day Lake, un truc qu'on glapissait toujours quand un joueur voulait regarder dans le talon plus loin que le dernier pli : *Laisse ça tranquille ! Tu peux pas déterrer les morts !*

On ne peut pas déterrer les morts.

Pourtant, elle essaye encore une fois. De toute la force considérable de son esprit et de sa volonté, Lisey-2006 se penche en avant sur son tapis volant et envoie *Il joue la comédie !* SCOTT SE SOUVIENT DE TOUT *!* à son plus jeune moi.

Et une fraction de folle seconde, elle pense qu'elle y parvient... *sait* qu'elle est en train d'y parvenir. Lisey-1988 s'agite dans son fauteuil et son livre lui glisse carrément de la main et heurte le sol avec un claquement mat. Mais avant que cette version-là d'elle-même puisse regarder autour d'elle, Scott Landon regarde dans la direction de la femme qui plane dans l'encadrement de la porte, la version de son épouse qui vivra pour être sa veuve. Il retrousse encore les lèvres, mais au lieu d'émettre cet horrible bruit de halètement, il *souffle.* La bouffée n'est pas bien grosse ; comment pourrait-elle l'être après ce qu'il a traversé ? Mais ça suffit pour repousser en arrière le tapis volant PILLSBURY'S BEST, qui pique et plonge comme une gousse de polygale dans l'ouragan. Lisey se cramponne à la vie tandis que les murs de l'hôpital défilent en cahotant, mais le maudit machin penche et elle tombe et

9

Lisey se réveilla assise droite comme un I sur le lit, de la sueur refroidissant sur le front et sous les bras. Il faisait assez frais ici grâce au ventilateur du plafond, et pourtant elle avait aussi chaud que...

Aussi chaud que dans un four à succion.

« Peu importe ce qu'un tel engin peut bien être », dit-elle, et elle eut un rire tremblant.

Le rêve s'effilochait déjà – la seule chose qu'elle parvenait à se rappeler avec une indiscutable clarté était la lumière rouge d'autre monde de certain soleil couchant – mais elle s'était réveillée avec une folle certitude plantée au premier plan de son esprit, un impératif fou : elle devait retrouver cette toufue bêche. La fameuse bêche d'argent.

« Pourquoi ? » demanda-t-elle à la pièce vide. Elle souleva le réveil de la table de nuit et le rapprocha de son visage, certaine qu'il lui dirait qu'une heure s'était écoulée, peut-être même deux. Elle fut stupéfaite de voir qu'elle avait dormi douze minutes exactement. Elle reposa le réveil sur la table de nuit et s'essuya les mains sur le devant de son chemisier comme si elle venait de toucher un objet sale et grouillant de microbes. « Pourquoi ce *truc-là* ? »

*Peu importe.* C'était la voix de Scott, pas la sienne. Elle l'entendait rarement avec une telle clarté ces temps-ci, mais ohlala, ce qu'elle l'entendait clairement maintenant. Forte et claire. *T'occupe. Contente-toi de la retrouver et de la mettre... ben, là où tu sais.*

Bien sûr qu'elle savait.

« Là où je peux l'arrimer avec le barda », murmura-t-elle, et elle se frotta le visage avec les mains et lâcha un petit rire.

*C'est ça, babylove,* approuva son défunt mari. *Quand faut y aller faut y aller.*

## III. Lisey et la Bêche d'Argent
## (Attends Que le Vent Tourne)

1

Son rêve haut en couleur ne fit rien du tout pour libérer Lisey de ses souvenirs de Nashville, et d'un souvenir en particulier : Gerd Allen Cole tournant le revolver pour passer du coup au poumon, auquel Scott risquait de survivre, au coup au cœur, auquel il ne survivrait très certainement pas. Déjà le monde entier s'était ralenti, et ce qu'elle n'arrêtait pas de se repasser – comme la langue passe et repasse sur la surface d'une dent méchamment ébréchée – c'était l'absolue *fluidité* qu'avait eue ce mouvement, comme si le revolver avait été monté sur cardan.

Lisey passa l'aspirateur au salon, qui n'avait pas besoin d'être aspiré, puis fit une machine de linge à moitié remplie ; le panier à linge sale se remplissait avec une telle *lenteur* maintenant qu'elle était toute seule. Deux ans et elle n'arrivait toujours pas à s'y faire. Finalement elle enfila son vieux maillot une pièce et fit des longueurs dans la piscine derrière : cinq, dix, quinze, dix-sept puis à bout de souffle. Elle se cramponna à la margelle côté petit bassin, jambes traînant derrière elle, pantelante, ses cheveux bruns collés à ses joues, à son front et sa nuque comme un casque brillant, et toujours elle revoyait la main pâle aux longs doigts pivoter, voyait le Ladysmith (impossible de dire juste « revolver » une fois que tu connais ce petit nom meurtrier à la con) pivoter, voyait le petit trou noir avec la mort de Scott logée dedans se déplacer vers la gauche, et la bêche d'argent était si *lourde*. Il semblait impossible qu'elle arrive à temps, qu'elle prenne de vitesse la folie Cole.

Elle battit des pieds lentement, produisant de petits éclaboussements. Scott avait adoré la piscine, mais ne s'y baignait en fait qu'en de rares occasions ; il était plutôt du genre bouquin, bière et vidéo perso. Quand il n'était pas sur la route, cela dit. Ou dans son bureau, en train d'écrire avec la musique à bloc. Ou assis dans le fauteuil à bascule de la chambre d'amis, au cœur en pièces d'une nuit d'hiver, blotti jusqu'au menton dans l'une des couvertures afghanes tricotées par Bonne Ma Debusher, deux heures du matin et les yeux grand-grand-grand ouverts tandis qu'un vent terrible, un vent du Grand Nord descendu tout droit de Yellowknife, tonnait au-dehors – ça c'était l'autre Scott ; un a volé vers le nord, un a volé vers le sud, et oh mon Dieu, elle les avait aimés tous les deux tout pareil, *tout idem*.

« Arrête, dit Lisey d'un ton grincheux. Je suis arrivée à temps, j'y suis *arrivée*, alors laisse tomber. Le coup au poumon, c'est tout ce que p'tit-bébé-jeté-avec-l'eau-du-bain a réussi à avoir. » Pourtant dans sa vision intérieure (où le passé est toujours présent), elle voyait le Ladysmith se mettre encore une fois à pivoter, et dans un effort pour chasser physiquement la vision Lisey se hissa d'un rétablissement hors de la piscine. Cela marcha, mais Blondie revint encore alors qu'elle se séchait dans la cabine de bain après un rapide rinçage à la douche, Gerd Allen Cole est revenu, *revient*, disant *Faut que j'arrête tous ces ding-dong pour les freesias*, et Lisey-1988 balance la bêche d'argent, mais cette fois-ci le toufu air dans le toufu-temps-de-Lisey est trop toufument épais, et elle va arriver juste une seconde trop tard, elle va *tout* voir du deuxième bouquet de feu au lieu d'un tout petit peu, et un trou noir va s'ouvrir aussi dans le revers gauche de Scott tandis que son veston sport deviendra son vêtement de mort...

« Ça *suffit* ! gronda Lisey, et elle lança sa serviette dans la panière. Laisse ça *où c'est* ! »

Elle regagna la maison au pas de charge, à poil, ses vêtements sous le bras – la haute palissade tout autour du jardin était là pour ça.

2

Sa baignade l'avait creusée – affamée, même – et bien qu'il ne soit pas tout à fait cinq heures, elle décida de se faire un bon gros rata. Ce que Darla, la deuxième des filles Debusher, aurait appelé de la bouffe-réconfort, et ce que Scott – en se léchant les babines – aurait appelé *manger grrras*. Il y avait une livre de viande hachée au frigo et, rôdant quelque part sur une étagère au fond du cellier, une spécialité merveilleusement grrrasse : du Hamburger Helper variété Cheeseburger Pie. Lisey jeta le tout dans la poêle avec la viande hachée. Pendant que ça mijotait, elle se prépara un pichet de Kool-Aid au citron vert avec double ration de sucre. À cinq heures vingt, le fumet montant de la poêle avait empli la cuisine, et toute pensée pour Gerd Allen Cole avait déserté son esprit, du moins provisoirement. Elle n'avait rien d'autre en tête que la bouffe. Elle mangea deux plâtrées de son rata au Hamburger Helper, et avala deux grands verres de Kool-Aid. Quand la deuxième plâtrée fut engloutie et le deuxième verre liquidé jusqu'à la dernière goutte (il ne restait que les cristaux de sucre au fond), elle rota généreusement et dit : « Je fumerais bien une toufue clope. »

C'était vrai ; elle en avait rarement eu une si méchante envie. Une Salem Light. Scott fumait quand ils s'étaient rencontrés à l'Université du Maine, où il était à la fois étudiant en troisième cycle et *Plus Jeune Écrivain en Résidence au Monde*, qu'il disait. Elle était étudiante à mi-temps (ce qui ne dura guère) et serveuse à plein-temps au *Pat's Café* en ville, où elle balançait pizzas et hamburgers à tour de bras. Elle avait pris l'habitude de fumer avec Scott, qui était adepte exclusif des Herbert Tareyton. Ils avaient arrêté ensemble, se donnant mutuellement de l'élan pour semer la frangine nicotine. C'était en 1987, l'année avant que Gerd Allen Cole ne fasse la démonstration bruyante que la cigarette n'est pas la seule menace pour les poumons des gens. Au cours des années écoulées depuis, Lisey avait passé des journées entières sans même penser à la clope et chuté aussi dans d'horribles abîmes de manque. Mais dans un sens, penser à la clope était un progrès. Ça valait mieux que penser à

(Faut que j'arrête tout ces ding-dong pour les freesias, *articule Gerd Allen Cole avec une parfaite clarté geignarde en pivotant légèrement le poignet*)
Blondie
(*d'un geste fluide*)
et Nashville
(*de telle sorte que le canon fumant du Ladysmith est dirigé vers le côté gauche de la poitrine de Scott*)
et merdre, voilà qu'elle se reprenait à le faire.

Il y avait un quatre-quarts du commerce pour le dessert, avec de la Cool Whip – peut-être bien le summum suprême du *manger grrras* – à napper dessus, mais Lisey était trop repue pour s'y intéresser encore. Et, désespérée, elle se rendait compte que ces ignobles vieux souvenirs revenaient même après s'être gavée de bouffe brûlante et riche en calories. Elle supposait que maintenant elle avait une petite idée de ce que les vétérans devaient affronter. Celui-ci avait été son seul combat, mais
(*non, Lisey*)
« Ça suffit », chuchota-t-elle, et elle repoussa son assiette
(*non, babylove*)
violemment. *Seigneur*, ce qu'elle avait envie
(*ne fais pas cette bêtise*)
d'une cigarette. Et encore plus que d'une clope, elle avait envie que ces vieux souvenirs se b...

*Lisey !*

C'était la voix de Scott, à tue-tête dans la sienne pour changer et si claire qu'elle lui répondit à voix haute, et sans la moindre gêne, par-dessus la table de la cuisine : « Quoi, chou ? »

*Trouve la bêche d'argent et toute cette merdre se dispersera aux quatre vents... comme la puanteur de l'usine quand le vent tournait au sud. T'souviens ?*

Bien sûr qu'elle se souvenait. Son appartement était situé dans la petite bourgade de Cleaves Mills, la première à l'est à partir d'Orono. Il n'y avait plus de manufactures à Cleaves Mills à l'époque où Lisey y vivait, mais il y en avait encore des tas à Oldtown, et quand le vent soufflait du nord – surtout si le temps était couvert et humide – la puanteur était ignoble. Ensuite, si le vent tournait... Oh Dieu ! Tu pouvais sentir l'odeur de l'océan, et c'était comme une résurrection. Un temps, *attends que le vent tourne* avait fait partie du langage intime de leur couple, comme *Arrime le barda*, MIRALBA, et *toufu* pour *foutu*. Puis la formule était tombée en désuétude quelque part en chemin, et Lisey n'y avait pas repensé depuis des années : *Attends que le vent tourne*, ce qui signifiait Tiens bon, babylove. Ce qui signifiait *Ne renonce pas encore*. Peut-être que ç'avait été le genre d'attitude adorablement optimiste que seul un couple de jeunes mariés peut adopter. Elle n'en savait rien. Scott aurait peut-être été en mesure de fournir une opinion éclairée ; il tenait déjà un journal à l'époque, dans leurs

**(JEUNES ANNÉES !)**

années de vache maigre, journal dans lequel il passait un quart d'heure à écrire tous les soirs pendant qu'elle regardait des feuilletons ou tenait les comptes du foyer. Et quelquefois, au lieu de regarder la télé ou de rédiger des chèques, elle le regardait. Elle aimait la façon dont la lumière de la lampe brillait dans ses cheveux et dessinait de profondes ombres triangulaires sur ses joues alors qu'il était assis là, tête penchée sur son bloc-notes. Ses cheveux étaient plus longs et plus foncés à cette époque, sans aucune trace du gris qui avait commencé à pointer son nez vers la fin de sa vie. Elle aimait ses histoires, mais elle aimait tout autant l'aspect de ses cheveux dans le flot de lumière de la lampe. Elle trouvait que ses cheveux à la lumière de la lampe étaient leur propre histoire, mais lui ne le savait pas. Elle aimait sentir le grain de sa peau sous ses doigts, aussi. Front ou fesse, les deux étaient bons à toucher. Elle n'aurait pas troqué l'un pour l'autre. Ce qui marchait pour elle, c'était l'emballage complet.

*Lisey ! Retrouve la bêche !*

Elle débarrassa la table, puis versa le reste de Cheeseburger Pie dans une boîte Tupperware. Elle était sûre qu'elle n'en remangerait plus maintenant que sa folie était passée, mais il y en restait beaucoup trop pour le balancer dans l'auge aux cochons ; la Bonne Ma Debusher qui tenait toujours la maisonnée dans sa tête aurait poussé les hauts cris devant pareil gaspillage ! Mieux valait, et de loin, le cacher dans le frigo derrière les asperges et les yaourts, où il vieillirait doucement. Et tandis qu'elle s'acquittait de ces simples tâches, elle se demanda comment diable, au nom de Jésus, Marie et Jojo le Charpentier, le fait de retrouver cette stupide bêche de cérémonie lui apaiserait l'esprit. Quelque chose à voir avec les propriétés magiques de l'argent, peut-être ? Elle se souvenait d'avoir vu un de ces films du *Late Show* à la télé avec Darla et Canty, un truc censé faire peur, une histoire de loup-garou... sauf qu'elle n'avait pas eu bien peur, si ce n'est pas du tout. Elle avait trouvé le loup-garou plus triste qu'effrayant, et d'ailleurs tu voyais bien que les gens qui avaient fait le film transformaient son visage en arrêtant de temps en temps la caméra pour rajouter du maquillage, avant de la remettre en route. Tu devais les féliciter de l'effort, mais le produit fini n'était pas si crédible que ça, du moins à son humble opinion. L'*histoire*, cependant, n'était pas inintéressante. La première partie se déroulait dans un pub anglais, et l'un des vieux piliers de bar disait qu'on pouvait tuer un loup-garou seulement avec une balle d'argent. Et est-ce que Gerd Allen Cole n'avait pas été un loup-garou à sa façon ?

« Allons donc, petite, dit-elle en passant son assiette sous l'eau et la fourrant dans le lave-vaisselle quasi vide, Scott pouvait bien faire gober ça à ses lecteurs, mais toi, les histoires à dormir debout, ça n'a jamais été ton rayon. » Elle claqua la porte du lave-vaisselle. Au rythme où il se remplissait, elle serait prête à le faire tourner autour du 4 juillet. « Si tu veux vraiment chercher cette bêche, vas-y ! Tu *veux* ? »

Avant qu'elle puisse répondre à cette question de pure forme, la voix de Scott retentit encore – la voix claire à tue-tête dans la sienne.

*Je t'ai laissé un mot, babylove.*

Lisey se figea dans le geste d'attraper un torchon pour s'essuyer les mains. Elle connaissait cette voix, évidemment qu'elle la connaissait. Elle continuait à l'entendre trois ou quatre fois par semaine, sa propre voix imitant celle de Scott, un petit peu d'inoffensive compagnie dans une grande maison vide. Sauf que, si vite après toute cette merdre à propos de la bêche...

Un mot ?

*Quel* mot ?

Lisey s'essuya les mains et remit le torchon à sécher sur sa tringle. Puis elle tourna le dos à l'évier et elle eut toute sa cuisine devant elle. La pièce était remplie de jolie lumière d'été (et d'un relent de Hamburger Helper, nettement moins alléchant maintenant que son bas appétit pour ce truc avait été assouvi). Elle ferma les yeux, compta jusqu'à dix, puis les rouvrit d'un coup. La lumière de fin d'après-midi d'été *explosa* autour d'elle. En elle.

« Scott ? » dit-elle, avec le sentiment absurde de ressembler à sa grande sœur Amanda. À moitié toquée, autrement dit. « Tu t'es pas fait fantôme pour me hanter, dis ? »

Elle n'attendait aucune réponse – pas elle, pas petite Lisey Debusher, qui jubilait sous l'orage et faisait la nique au loup-garou du dimanche soir, dans lequel elle ne voyait qu'une photographie accélérée. Mais la soudaine bourrasque de vent qui s'engouffra par la fenêtre ouverte au-dessus de l'évier – gonflant les rideaux, soulevant ses pointes de cheveux encore mouillées, et apportant un poignant parfum de fleurs – aurait presque pu être prise pour une réponse. Elle referma les yeux et il lui sembla entendre une musique ténue, non pas celle des sphères, juste un air de country du vieux Hank Williams : *Goodbye Joe, me gotta go, me-oh-my-oh...*

Elle en eut la chair de poule sur les bras.

Puis le vent se dissipa et elle redevint tout bonnement Lisey. Ni Mandy, ni Canty, ni Darla ; et sûrement pas

*(une a volé vers le sud)*

Jodi déguerpie-à-Miami. Elle était Lisey d'Aujourd'hui, Lisey-2006, la veuve Landon. Il y avait zéro fantôme. Elle était Lisey Toute Seule.

Mais elle *voulait* retrouver cette bêche d'argent, celle qui avait sauvé la vie de son mari pour encore seize années et sept romans. Sans parler du *Newsweek* de 1992 avec un Scott psychédélique en couverture et le titre LE RÉALISME MAGIQUE ET LE CULTE DE SCOTT LANDON en caractères Peter Max. Elle se demanda si Roger « Gros-Lapin » Dashmiel avait trouvé ces pommes-là à son goût.

Lisey décida de chercher la bêche sur-le-champ, tant que la longue lumière de cette soirée de début d'été se prolongeait. Fantômes ou pas fantômes, elle ne tenait pas à se trouver dehors dans la grange – ni même dans le bureau au-dessus – une fois le soleil couché.

3

Les stalles en face de son bureau inachevé étaient des réduits obscurs à l'odeur de moisi qui avaient jadis abrité outils, selles et harnais, pièces détachées de tracteurs et machinerie agricole du temps où la maison des Landon était encore Sugar Top Farm. Le compartiment le plus grand avait abrité des poules, et bien qu'il eût été désinfecté par une société de nettoyage spécialisée puis blanchi à la chaux (par Scott, qui l'avait fait avec moult références à *Tom Sawyer*), il gardait encore ce relent ténu d'ammoniaque de volailles depuis longtemps disparues. C'était une odeur que Lisey se rappelait de sa petite enfance, et haïssait... sans doute parce que sa vieille Granny D avait piqué du nez et trépassé alors qu'elle soignait ses poules.

Deux des réduits étaient remplis de cartons – provenant de la boutique de vins et spiritueux pour la plupart – mais il n'y avait aucun instrument pour creuser, qu'il soit de fer ou d'argent. Dans l'ancien parc à poules, il y avait un grand lit double garni d'une housse, seul reste de leur brève expérience de neuf mois en Allemagne. Ils avaient acheté ce lit à Brême et l'avaient rapatrié en bateau à un prix exorbitant – mais Scott avait insisté. Elle avait complètement oublié le lit de Brême jusqu'à maintenant.

*Vise un peu ce qui vient de tomber du cul du chien !* pensa-t-elle avec une sorte d'exultation misérable, puis elle dit tout haut, « Si tu crois que je redormirai un jour dans un lit qui a passé vingt ans et pas que des poussières dans une maudite cage à poules, Scott... »

– ... *alors t'es cinglé !* entendait-elle terminer, et ne put. Elle éclata plutôt de rire. Mon Dieu, la malédiction de l'argent ! La toufue *malédiction* du fric ! Combien avait bien pu coûter ce lit ? Mille dollars américains ? Disons mille. Et combien pour le ramener en bateau ? Mille de plus ? Peut-être. Et maintenant il trônait ici, *iciGO*, aurait pu dire Scott, dans les ombres de fiente de poule. Et icigo il pouvait continuer à trôner, pour ce qui la concernait, jusqu'à ce que le monde finisse dans le feu ou la glace. Tout l'épisode Allemagne s'était soldé par un tel *fiasco*, zéro bouquin pour Scott, un engueulo avec le proprio qui était passé à un cheveu de dégénérer en combat aux poings, même les conférences de Scott s'étaient mal passées, soit que le public n'eût aucun sens de l'humour soit qu'il ne comprît pas le sien, et...

Et derrière la porte d'en face, celle qui portait le panneau **HAUTE TENSION !**, le téléphone recommença à vociférer. Lisey se figea sur place, avec encore la chair de poule. Et pourtant, il y avait aussi un sentiment d'inévitable, comme si c'était dans ce but qu'elle était venue jusque-là, non pas chercher une hypothétique bêche d'argent, mais prendre un appel.

Elle se retourna alors que le téléphone sonnait pour la deuxième fois, et traversa l'allée centrale de la grange dans la pénombre. Elle atteignit la porte au moment où la troisième sonnerie commençait. Du pouce elle souleva le loquet à l'ancienne et la porte s'ouvrit facilement, en grinçant juste un peu sur ses gonds endormis, bienvenue dans la crypte, petite Lisey, nous *mourions* d'envie de te rencontrer, hé-hé-hé. Un courant d'air s'engouffra avec elle, plaquant son chemisier contre ses reins. Elle tendit la main vers l'interrupteur et le bascula, sans bien savoir à quoi s'attendre, mais le plafonnier s'alluma. Bien sûr qu'il s'allumait. Pour la compagnie d'électricité Central Maine Power, toute cette partie était Le Bureau, RFD N° 2, Sugar Top Hill Road. Étage ou rez-de-chaussée, pour la CMP, c'était du pareil au même, clairement tout idem.

Le téléphone sur le bureau sonna une quatrième fois. Avant que la sonnerie n° 5 ne réveille le répondeur, Lisey s'empara du combiné. « Allô ? »

Il y eut une seconde de silence. Elle s'apprêtait à répéter allô quand la voix au bout du fil le fit pour elle. L'intonation était perplexe, mais Lisey reconnut qui c'était, tout pareil. Cet unique mot avait suffi. Tu reconnais les tiens.

« Darla ?
— Lisey – c'est *bien* toi !
— Ben oui, c'est moi.
— Où es-tu ?
— L'ancien bureau de Scott.
— Non, tu n'y es pas. J'ai déjà essayé plusieurs fois. »

Lisey n'eut pas à s'attarder longtemps là-dessus. Scott avait toujours aimé écouter sa musique très fort – en vérité à des niveaux sonores qui auraient horrifié des gens normaux – et le téléphone là-haut était installé dans la partie isolée phoniquement qu'il s'amusait à appeler Ma Cellule Capitonnée. Rien d'étonnant à ce qu'elle ne l'ait pas entendu d'en bas. Rien de tout ça ne valait la peine qu'elle l'explique à sa sœur.

« Darla, comment t'es-tu procuré ce numéro, et pourquoi appelles-tu ici ? »

Il y eut encore un silence. Puis Darla expliqua, « Je suis chez Amanda. J'ai trouvé le numéro dans son calepin. Elle en a quatre pour toi. Je les ai tous faits. Celui-ci était le dernier. »

Lisey sentit que quelque chose se décrochait dans sa poitrine et son estomac. Enfants, Amanda et Darla avaient été d'impitoyables rivales. Elles s'étaient crêpé le chignon pour tout – poupées, livres de bibliothèque, vêtements. Leur dernière et plus bruyante confrontation leur avait été inspirée par un garçon du nom de Richie Stanchfield, et avait été suffisamment sanglante pour que Darla atterrisse aux urgences du Central Maine General Hospital, où il avait fallu six points de suture pour lui refermer l'arcade sourcilière gauche. Elle avait encore la cicatrice, une mince estafilade blanche. Elles s'entendaient mieux depuis qu'elles étaient adultes dans la mesure seulement où les altercations restaient nombreuses mais le sang n'était plus versé. Elles se tenaient à distance l'une de l'autre autant que faire se pouvait. Les repas de dimanche mensuels ou bi-mensuels (en compagnie des conjoints) ou les déjeuners entre sœurs à l'*Olive Garden* ou à l'*Outback* pouvaient présenter quelques difficultés, même avec Manda et Darla assises à l'opposé l'une de l'autre et Lisey et Canty jouant les médiatrices. Que Darla appelle de chez Amanda était mauvais signe.

« Quelque chose ne va pas avec Amanda, Darl ? » Question idiote. La seule vraie question était *à quel point* cela n'allait pas.

« Mme Jones l'a entendu crier et tempêter et casser des trucs. Piquer une autre de ses BGC. »

Bonnes Grosses Colères. Cochez la bonne case.

« Elle a d'abord essayé chez Canty, mais Canty et Rich sont à Boston. Quand Mme Jones l'a su par leur répondeur, elle m'a appelée. »

Logique. Canty et Rich habitaient à moins de deux kilomètres de chez Amanda, en remontant la Route 19 vers le nord ; Darla approximativement à trois kilomètres au sud. En un sens, c'était comme dans la vieille comptine de leur père : une a volé vers le nord, une a volé vers le sud, la troisième n'a pu fermer son moulin à paroles éperdu. Lisey elle-même était à huit kilomètres à peu près. Mme Jones, la voisine d'en face, avait été bien avisée d'essayer d'avoir Canty d'abord, et pas seulement parce que Canty était la plus proche question distance.

*Crier et tempêter et casser des trucs.*

« C'est grave comment cette fois ? s'entendit demander Lisey sur un ton neutre, étrangement professionnel. Faut-il que je vienne ? » Ce qui signifiait, bien sûr, *Dois-je venir vite ou pas ?*

« Elle est... je pense qu'elle est hors de danger maintenant, dit Darla. Mais elle a recommencé. Sur les bras, et deux ou trois endroits sur le haut des cuisses. De... tu sais. »

Lisey savait, oui. En trois occasions déjà, Amanda était tombée dans ce que Jane Whitlow, sa psy, appelait de la « semi-catatonie passive ». C'était différent de ce qui était arrivé

*(chut pas un mot là-dessus)*

*(si je veux)*

de ce qui était arrivé à Scott en 1996, mais sacrément terrifiant, tout de même. Et chaque fois, l'épisode avait été précédé d'une poussée d'excitabilité – le genre d'excitabilité dont Manda avait donné des signes dans le bureau de Scott, s'aperçut Lisey – suivie par une crise d'hystérie, puis de brefs accès d'automutilation. Au cours de l'un d'eux, Manda avait apparemment tenté de s'exciser le nombril. Ce qui lui avait laissé tout autour un fantomatique cercle de sorcière de tissu cicatriciel boursouflé. Lisey avait un jour évoqué la possibilité de la chirurgie esthétique, sans savoir si ce serait possible mais désirant que Manda sache qu'elle, Lisey, était prête à payer si Amanda voulait au moins explorer cette possibilité. Amanda avait décliné avec un âpre croassement d'amusement. « J'aime bien cet anneau, avait-elle dit. Si jamais l'envie me reprend de me couper, peut-être qu'en voyant ça, je m'arrêterai. »

*Peut-être*, à ce qu'il semblait, avait été le mot-clé.

« Dis-moi comment c'est grave, Darl ? Vraiment ?

– Lisey... chouchou... »

Lisey se rendit compte avec alarme (et un nouveau plongeon du cœur au fond de la poitrine) que sa grande sœur luttait avec les larmes. « *Darla !* Respire un bon coup et réponds-moi.

– Ça va aller. C'est juste... que j'ai eu une longue journée.

– Quand Matt rentre-t-il de Montréal ?

– Pas la semaine prochaine, l'autre après. Et ne me demande pas de l'appeler, je n'en ferai rien – il est en train de gagner notre voyage à St Bart de l'hiver prochain, et ne doit être dérangé sous aucun prétexte. Nous pouvons prendre ça en main toutes seules.

— Ah oui ?

— Absolument.

— Alors si tu te décidais à me dire ce que nous sommes censées prendre en main ?

— Oui. D'accord. » Lisey entendit Darla prendre son souffle. « Les coupures sur le haut des bras étaient superficielles. Je lui ai mis des pansements, ça suffisait. Celles en haut des cuisses étaient plus profondes et elles laisseront des cicatrices, mais le sang a coagulé et elles se referment, Dieu merci. Pas d'artères touchées. Hum, Lisey ?

— Quoi ? Arri… vas-y, dis. »

Elle avait bien failli dire à Darla d'arrimer le barda, ce qui aurait signifié que dalle pour sa sœur. Quoi que Darla ait à lui dire ensuite, ce serait forcément une vacherie. Elle le pressentait à sa voix, qui avait résonné par intervalles aux oreilles de Lisey depuis le berceau. Elle voulut se préparer à l'encaisser. Elle s'appuya contre le bureau, son regard se déplaça… et sainte Mère de Dieu, elle était là dans le coin, nonchalamment appuyée contre un autre empilement de cartons à bouteilles (qui étaient effectivement étiquetés **SCOTT ! LES JEUNES ANNÉES !**). Dans l'angle où le mur nord rejoignait le mur est : la bêche d'argent de Nashville, grosse comme une maison ! C'était une merveille de beauté qu'elle ne l'ait pas vue en entrant, et sans doute l'aurait-elle vue si elle ne s'était pas jetée sur le téléphone pour décrocher avant que le répondeur se déclenche. Elle arrivait à lire d'ici l'inscription gravée sur la lame d'argent : *COMMENCEMENT, BIBLIOTHÈQUE SHIPMAN.* Elle entendait presque la fiente molle de poulet frit façon Tennessee dire à son mari que Tonèh icèh consignerèh le tout par écrèh pour la revue de fin d'année, et en souhaitait-il une *copèh*. Et Scott de répondre…

« Lisey ? » Darla, le ton vraiment angoissé pour la première fois, et Lisey revint en toute hâte au présent. Bien *sûr* que Darla avait un ton angoissé. Canty était à Boston pour une semaine ou peut-être plus, s'employant à faire les magasins pendant que son mari s'occupait de son affaire de grossiste en automobiles — autos en ventes spéciales, autos aux enchères, autos de location en fin de crédit-bail, dans des endroits comme Malden et Lynn *(Lynn,*

*Lynn, the City of Sin*[1]). Son Matt à elle, pendant ce temps, était au Canada, occupé à gagner de quoi financer leurs prochaines vacances en donnant des conférences sur les modes migratoires de différentes tribus indiennes d'Amérique du Nord. Une entreprise, avait un jour confié Darla à Lisey, étonnamment lucrative. Non que l'argent soit le nerf de la guerre en cet instant précis. Maintenant, c'était elles deux face au monde entier. Le pouvoir des sœurs. « Lise, tu m'as entendue ? Tu es toujours l... ?

— Je suis là, dit Lisey. Je t'ai juste perdue pendant quelques secondes, désolée. C'est peut-être le téléphone — personne ne s'est servi de ce téléphone depuis des lustres. Il est au rez-de-chaussée à la grange. Dans ce qui devait être mon bureau, avant la mort de Scott.

— Ah, ouais. Je vois. » Darla avait l'air complètement ahurie. *N'a pas la moindre toufue idée de ce que je raconte*, pensa Lisey. « Tu m'entends maintenant ?

— Comme un son de cloche. » Regardant la bêche d'argent tout en parlant. Pensant à Gerd Allen Cole. Pensant *Faut que j'arrête tout ces ding-dong pour les freesias*.

Darla inspira profondément. Lisey l'entendit, comme un souffle de vent dans la ligne du téléphone. « Elle ne veut pas précisément l'admettre, mais je crois qu'elle... enfin... qu'elle a bu son sang cette fois-ci, Lisey — elle avait les lèvres et le menton ensanglantés quand je suis arrivée, mais elle n'a aucune plaie dans la bouche. On aurait dit les barbouillages qu'on se faisait quand Bonne Ma nous donnait un de ses vieux rouges à lèvres pour jouer. »

L'image qui sauta aux yeux de Lisey ne fut pas celle de ces jours anciens passés à se déguiser et se maquiller, et claquer des talons dans la maison avec les chaussures de Bonne Ma aux pieds, mais celle de l'après-midi brûlant de Nashville, de Scott gisant sur le bitume, frissonnant comme un chien, les lèvres barbouillées de sang couleur de sucrerie. Personne n'aime un clown à minuit.

---

1. *Ville du péché*, allusion au refrain populaire : *Lynn, Lynn, city of sin, you never come out the way you went in* (Lynn, Lynn, ville du péché, tu n'en sors jamais comme tu y étais entré).

*Écoute, petite Lisey. Je vais te faire le bruit que ça fait quand ça te cherche des yeux.*

Mais dans le coin la bêche d'argent luisait... et était-elle *cabossée* ? Lisey était convaincue qu'elle l'était. S'il lui arrivait jamais de douter qu'elle était arrivée à temps... s'il lui arrivait jamais de se réveiller dans le noir, en sueur, certaine qu'elle était arrivée juste une seconde trop tard et que les années de sa vie de couple encore à vivre avaient par conséquent été perdues...

« Lisey, tu vas venir ? Quand elle émerge, elle demande après toi. »

Des signaux d'alarme se déclenchèrent dans la tête de Lisey. « Qu'est-ce que tu racontes, quand elle émerge ? Je croyais que tu avais dit qu'elle était tirée d'affaire ?

– Elle l'est... je *crois* qu'elle l'est. » Un silence. « Elle a demandé après toi, et elle a demandé du thé. Je lui en ai fait, et elle l'a bu. C'est bon signe, non ?

– Oui, dit Lisey. Darl, sais-tu ce qui a provoqué ça ?

– Oh, je te le donne en mille. Je suppose que tout le monde est au courant en ville, même si je n'en savais rien avant que Mme Jones m'en parle au téléphone.

– Quoi ? » Mais Lisey avait sa petite idée.

« Charlie Corriveau est revenu », dit Darla. Puis, baissant le ton : « Ce bon vieux Vas-y-du-mou. Notre banquier préféré. Il a ramené une fille. Une petite carte postale française olé olé de la St. John Valley. » Avec la prononciation du Maine qu'elle leur donna, ces mots se parèrent d'une indolence lyrique, quelque chose comme *Senjun*.

Lisey regardait toujours la bêche d'argent, attendant que la deuxième pièce tombe dans la fente. Car elle n'avait aucun doute qu'il y avait bel et bien une deuxième pièce en suspens.

« Ils sont mariés, Lisey », dit Darla, et Lisey perçut à l'autre bout du fil une série de gargouillis étouffés qu'elle prit d'abord pour des sanglots refoulés. Un instant plus tard, elle comprit que sa sœur essayait de rire sans être entendue d'Amanda, qui se trouvait Dieu sait où dans la maison.

« Je serai là aussi vite que je peux, dit-elle. Et, Darl ? »

Pas de réponse, rien que quelques couinements étouffés de plus – *gnig, gnig, gnig*, voilà à quoi ça ressemblait dans le téléphone.

« Si elle t'entend rire, la prochaine qu'il lui prendra l'envie de charcuter risque d'être toi. »

Aussitôt, les bruits de rire cessèrent. Lisey entendit Darla prendre une longue inspiration pour se calmer. « Sa psy n'est plus dans le coin, tu sais, dit enfin Darla. Le Dr Whitlow, c'est ça ? La femme aux colliers ? Elle a déménagé – en Alaska, je crois que c'était. »

Lisey pensa Montana, mais ça n'avait pas grande importance. « Bon, nous verrons de quoi il retourne. Si elle va vraiment mal, il y a cet endroit que Scott avait repéré... Greenlawn, là-bas à Auburn...

– Oh, *Lisey !* » La voix de Bonne Ma, sa propre voix.

« Lisey-quoi ? demanda-t-elle sèchement. Lisey-*quoi* ? Est-ce que *tu* vas t'installer chez elle pour l'empêcher de se graver les initiales de Charlie Corriveau sur les nichons la prochaine fois qu'elle entendra ding-dong pour les freesias ? À moins que tu n'aies branché Canty sur le coup ?

– Lisey, je ne voulais pas...

– Ou Billy peut peut-être laisser tomber la fac et rentrer à la maison pour s'occuper d'elle ? Après tout, qu'est-ce que ça change, un gentil petit étudiant de plus ou de moins dans la Liste du Doyen ?

– Lisey...

– Alors qu'est-ce que *tu* proposes ? » Elle entendit le ton autoritaire de sa voix et le détesta. Voilà un autre truc que te faisait l'argent après dix ou vingt ans – il te faisait croire que tu avais le droit de taper dans le tas pour te sortir de n'importe quel coin dans lequel tu te retrouvais acculée. Elle se souvenait de Scott disant qu'on devrait pas autoriser les gens à vivre dans des maisons avec plus de deux cabinets où chier, ça leur donnait la folie des grandeurs. Elle jeta un nouveau coup d'œil à la bêche. Qui lui renvoya son éclat luisant. La calma. *Tu l'as sauvé*, disait-elle. *Mieux qu'un chien de garde.* Était-ce vrai ? Elle n'arrivait pas à se le rappeler. Était-ce encore une des choses qu'elle avait oubliées exprès ? Ça non plus, elle arrivait pas à se le rappeler. Ah, il y avait de quoi rire. De quoi rire jaune.

« Lisey, je suis désolée... Je ne voulais...

– Je sais. » Ce qu'elle savait, c'était qu'elle était fatiguée, désorientée et honteuse de sa sortie. « On va s'en tirer. J'arrive de suite. D'ac ?

— Oui. » Soulagement dans la voix de Darla. « D'accord.
— Ce franchouillard, là, dit Lisey. Quel pauvre type. À mauvaise camelote, bon débarras.
— Arrive dès que tu peux.
— J'arrive. À toute. »

Lisey raccrocha. Elle se dirigea vers l'angle nord-est de la pièce et empoigna le manche de la bêche d'argent. C'était comme si elle faisait ce geste pour la première fois, et qu'y avait-il de si étrange ? Lorsque Scott la lui avait passée, elle ne s'était intéressée qu'à sa lame d'argent étincelante et à l'inscription gravée dessus, et le temps qu'elle se retrouve prête à balancer ce fichu machin, ses mains obéissaient déjà à leur propre volonté... du moins avait-il semblé ; elle supposait que certaine partie primitive de son cerveau, orientée vers la survie, les avait mues en réalité, prenant la relève pour le reste d'elle-même, pour Lisey Résolument d'Aujourd'hui.

Elle fit glisser sa paume le long du bois lisse, savourant le glissement sans heurt, et alors qu'elle se penchait, son regard se posa encore une fois sur les trois cartons empilés avec leur inscription exubérante griffonnée au marqueur noir en travers du flanc de chacun d'eux : **SCOTT ! LES JEUNES ANNÉES !** Le carton du dessus avait à l'origine contenu du gin Gilbey's, et ses rabats avaient été entrecroisés, sans être scotchés. Lisey l'épousseta, frappée de la couche de poussière qui le recouvrait, frappée par la pensée que les dernières mains à avoir touché ce carton – à l'avoir rempli, à en avoir entrecroisé les rabats et à l'avoir perché sur les autres – gisaient désormais, elles-mêmes croisées, sous la terre.

Le carton était rempli de papier. Des manuscrits, présuma-t-elle. La page de titre légèrement jaunie sur le dessus était imprimée en capitales, centrées, et soulignées. Le nom de Scott proprement dactylographié en dessous, centré lui aussi. Tout ceci, elle le reconnut comme elle aurait reconnu son sourire – c'était son style de présentation à l'époque où elle l'avait rencontré jeune homme, et ce style n'avait jamais changé. Ce qu'elle ne reconnut pas en revanche fut le titre de ce bouquin-ci :

```
LE RETOUR DE IKE
par Scott Landon
```

S'agissait-il d'un roman ? D'une nouvelle ? Sans regarder plus avant dans le carton, c'était impossible à dire. Mais il devait y avoir un bon millier de feuillets ou plus là-dedans, la plupart empilés sous cette page de titre mais une quantité d'autres coincés sur les côtés, en longueur et en largeur, colmatant tous les interstices. S'il s'agissait d'un roman, et que ce carton le contenait tout entier, il devait être plus long qu'*Autant en emporte le vent*. Était-ce possible ? Lisey supposa que oui. Scott lui montrait toujours son travail achevé, et il était toujours heureux de lui montrer son travail en cours si elle le lui demandait (privilège qu'il n'accordait à personne d'autre, pas même à son éditeur de toujours, Carson Foray), mais si elle ne demandait rien, il le gardait généralement pour lui. Et il s'était montré prolifique jusqu'à la veille de sa mort. À la maison ou sur la route, Scott Landon *écrivait*.

*Mais un truc de mille pages ? Sûrement qu'il m'en aurait parlé. Je parie que c'est seulement une nouvelle, et une qu'il aimait pas, par-dessus le marché. Et tout ce papier qu'il a fourré dans ce carton, tout ce papier en dessous et sur les côtés ? Des copies de ses tout premiers romans, sans doute. Ou des épreuves. Ce qu'il appelait sa « matière peu louable ».*

Mais une fois qu'il en avait terminé avec elle, n'expédiait-il pas toute cette « matière peu louable » à Pitt, pour le Fonds Scott Landon de leur bibliothèque ? Pour que les Incups bavent dessus, en d'autres termes ? Et s'il y avait des copies de ses tout premiers manuscrits dans ces cartons, comment se faisait-il qu'il y en ait encore d'autres (des copies carbone remontant à la plus haute antiquité, essentiellement) dans les placards marqués ARCHIVES à l'étage ? Et maintenant qu'elle y pensait, qu'y avait-il dans les réduits situés de part et d'autre du poulailler d'antan ? Qu'avait-il entreposé là ?

Elle leva les yeux au plafond, un peu comme si elle était Super-girl capable de détecter la réponse grâce à sa vision radioscopique, et ce fut à ce moment-là que le téléphone sur son bureau se remit à sonner.

4

Elle retraversa la pièce et enroula ses doigts autour du combiné avec un mélange d'appréhension et d'irritation... où dominait tout de même l'irritation. Il était possible – à la rigueur – qu'Amanda ait décidé de se trancher une oreille à la Van Gogh voire de se taillader la gorge plutôt que juste une cuisse ou un bras, mais Lisey en doutait. Toute sa vie, Darla avait été la sœur la plus apte à rappeler dans les trois minutes, en commençant par *Je viens juste de me rappeler* ou *J'ai oublié de te dire*.

« Quoi encore, Darl ? »

Il y eut une seconde ou deux de silence, et puis une voix masculine – une voix qu'elle crut connaître – demanda : « M'ème Landon ? »

Ce fut au tour de Lisey de marquer un temps d'arrêt tandis qu'elle consultait mentalement une liste de noms masculins. Liste plutôt courte par les temps qui couraient : c'était stupéfiant de voir comment la mort de ton mari élaguait le catalogue de tes relations. Il y avait Jacob Montano, leur conseiller juridique à Portland ; Arthur Williams, le comptable new-yorkais qui ne lâchait pas un dollar avant que l'aigle n'ait glapi pour demander grâce (ou ne soit mort d'asphyxie dans son poing fermé) ; Deke Williams – sans rapport avec Arthur – l'entrepreneur de Brighton qui avait transformé le grenier à foin de la grange en bureau pour Scott et avait aussi refait le premier étage de leur maison, transformant des pièces précédemment sombres en paradis de lumière ; Smiley Flanders, le plombier de Motton, puits sans fond de blagues tant correctes que cochonnes ; Charlie Haddonfield, l'agent de Scott, qui appelait pour affaires de temps en temps (droits étrangers et anthologies de nouvelles, surtout) ; plus la poignée d'amis de Scott qui continuaient à garder le contact. Mais aucun de ces personnages n'aurait appelé à ce numéro, assurément, même s'il figurait dans l'annuaire. Y figurait-il du reste ? Elle ne s'en souvenait pas. De toute façon, aucun des noms ne semblait correspondre à ce que lui disait (ou qu'elle pensait que lui disait) cette voix. Mais, nom d'une pipe...

« M'ème Landon ?

– Qui est à l'appareil ? demanda-t-elle.

– Mon nom a pas d'importance, m'dème », répondit la voix, et Lisey eut soudain une image très nette de Gerd Allen Cole, lèvres remuant dans ce qui pouvait avoir été une prière. Si l'on faisait abstraction du revolver dans sa main de poète aux doigts effilés. *De grâce mon Dieu, faites que ce soit pas un autre de ces fous furieux,* pensa-t-elle. *Faites que ce soit pas un autre Blondie.* Mais elle s'avisa qu'elle avait encore une fois la bêche d'argent à la main – elle avait empoigné son manche en bois sans réfléchir pour aller répondre au téléphone – et cela semblait lui promettre que oui, oui ça l'était.

« Il en a pour moi », dit-elle et le ton professionnel de sa voix la stupéfia. Comment une affirmation aussi vigoureuse, aussi directe, pouvait-elle sortir d'une bouche soudain si sèche ? Et puis, whouff, juste comme ça, lui revinrent où et quand elle avait déjà entendu cette voix : cet après-midi même, sur le répondeur intégré de ce même téléphone. Et qu'elle n'ait pas fait le rapprochement tout de suite n'avait vraiment rien d'étonnant car alors la voix n'avait prononcé que deux mots : *Je réessayerai.* « Vous vous présentez immédiatement ou je raccroche. »

Il y eut un soupir au bout du fil. Fait tout à la fois de lassitude et de bonhomie. « Allez pas me rendre le boulot difficile, médème ; je cherche à vous aider là. Vraiment. »

Lisey pensa aux voix poussiéreuses du film préféré de Scott, *La Dernière Séance* ; elle repensa à Hank Williams chantant *Jambalaya. Dress in style, go hog-wile, me-oh-my-oh.* Elle dit, « Je raccroche alors, au revoir, et bonne vie. » Quoique sans rien faire de plus qu'éloigner le téléphone de son oreille. Pas encore.

« Z'avez qu'à m'appeler Zack, m'dème. C't'un nom aussi bon qu'un autre. D'accord ?

– Zack comment ?

– Zack McCool.

– Ha-ha, et moi je suis Liz Taylor.

– Vous vouliez un nom, vous l'avez. »

Un point pour lui. « Et comment vous êtes-vous procuré ce numéro, Zack ?

– Renseignements. » Le numéro était donc dans l'annuaire – ceci expliquait cela. Peut-être. « Main'nant vous voulez bien écouter une minute ?

— J'écoute. » Elle écoutait... cramponnée à la bêche d'argent... attendant que le vent tourne. Ça plus que le reste peut-être. Parce qu'un changement de vent s'annonçait. Toutes les terminaisons nerveuses de son corps le lui disaient.

« Médème, n'y a qu'unqu'un qu'est venu vous voir n'y a pas si longtemps pour jeter un œil aux papiers de feu vot'époux, paix à son âme. »

Lisey ignora cette dernière remarque. « Des tas de gens m'ont demandé de les laisser jeter un coup d'œil aux papiers de Scott depuis sa mort. » Elle espérait que l'homme à l'autre bout du fil ne pourrait deviner ni soupçonner combien son cœur battait fort maintenant. « Je leur ai dit à tous la même chose : que le jour viendrait où je serai en mesure de...

— Ce gars-là est de l'université maternelle de feu vot'époux, m'dème. I'dit c'est le choix logique, vu ksé papiers finiront par atterrir là-bas, t'façon. »

Un instant, Lisey ne dit rien. Elle réfléchissait à la façon dont son interlocuteur avait articulé *quelqu'un* – presque *kunkun* – et comment il l'appelait *médème*. Ce n'était pas un natif du Maine, ni un Yankee, et sans doute pas un homme « instruit », du moins au sens où Scott aurait employé le mot ; elle supposait que « Zack McCool » n'était jamais allé à l'université. Elle se fit aussi la remarque que le vent avait changé en effet. Elle n'avait plus peur. Ce qu'elle éprouvait, du moins pour le moment, c'était de la colère. Une *grosse* colère. Une fureur de grizzly.

D'une voix basse et étranglée qu'elle reconnut à peine, elle dit : « Hurlyburly. C'est de lui que vous parlez, n'est-ce pas ? Joseph Hurlyburly. Ce salopard d'Incup. »

Il y eut un silence au bout du fil. Puis son nouvel ami dit : « Je vous suis pas là, m'dème. »

Lisey sentit la rage l'envahir et l'accueillit à bras ouverts. « Je crois que vous me suivez très bien. Le professeur Hurlyburly, Roi des Incups, vous a acheté pour essayer de me faire peur par téléphone et me forcer à... à quoi ? Carrément lui remettre les clés du bureau de mon mari pour qu'il puisse venir mettre son nez dans les manuscrits de Scott et emporter ce qui lui plaît ? Est-ce que c'est... croit-il vraiment... » Elle se contint. C'était pas facile. La colère avait un goût amer mais elle était délectable, aussi, et elle avait envie de surfer sur sa vague. « Dites-moi, Zack. Oui ou non. Travaillez-vous pour le professeur Joseph Hurlyburly ?

– Ça vous re'arde pas, m'dème. »

Lisey fut incapable de répondre à ça. Elle était sans voix, du moins provisoirement, devant l'absolue effronterie du personnage. Ce que Scott aurait appelé la vach'tement *hhhénaurme*

*(vous re'arde pas)*

trou-du-cuterie du personnage.

« Et personne m'a acheté pour *essayer* de rien faire. » Un silence. « Quê'chose, je veux dire. Bon, m'dème. Maintenant vous allez vous taire et écouter. Ça y est-y, vous m'écoutez ? »

Debout, le combiné du téléphone collé à l'oreille, elle considéra ces mots – *ça yéti* – et ne dit rien.

« Je vous entends respirer, alors je sais qu'oui. Tant mieux. Quand qu'unqu'un me paye, m'dème, j'*essaye* pas, je *fais*. Je sais vous me connaissez pas, mais c'est votre prob'ème, pas le mien. C'est pas jusse… juste pour me vanter que je dis ça. J'*essaye* pas, je *fais*. Bon, vous allez donner à ce meussieu ski veut, d'accord ? I'va me conta'ter par téléphone ou par émile de cette petite façon espéciale qu'on a lui et moi et me dire, "Tout est impec, j'ai ske je veux." S'i'le fait pas… s'i'le faissait pas dans un court laspe de temps, je viendrerais vous trouver oùsque vous êtes pour vous arranger. *Je m'en va vous arranger dans qu'unques endroits que vous laissiez pas les garçons toucher aux bals du lycée.* »

Lisey avait fermé les yeux à un moment ou un autre de ce discours à rallonge, qui avait tout l'air d'une récitation apprise par cœur. Elle sentait des larmes brûlantes ruisseler sur ses joues, et se demandait si c'étaient des larmes de rage ou…

De honte ? Se pouvait-il que ce soit vraiment des larmes de honte ? Oui, il y avait quelque chose de honteux à s'entendre traiter ainsi par un inconnu. C'était comme débarquer dans une nouvelle école et te faire engueuler dès le premier jour par la maîtresse.

*Qu'il aille se faire touffe, babylove*, dit Scott. *Tu sais quoi faire.*

Pour savoir, elle savait. Dans une situation pareille, soit t'arrimes le barda, soit tu l'arrimes pas. Elle ne s'était encore jamais véritablement *trouvée* dans une situation pareille, mais c'était quand même assez évident.

« Médème ? Vous comprenez ske je viens de vous dire ? »

Elle savait ce qu'elle avait envie de lui dire, mais il risquait de ne pas comprendre. Lisey décida donc de se rabattre sur les propos d'usage plus courant.

« Zack ? » À voix très basse.

« Oui, m'dème. » Il adopta aussitôt le même ton. Qu'il prenait peut-être pour un ton de conspirateurs.

« Vous m'entendez ?

– Pas très fort, mais... oui, m'dème. »

Elle inspira profondément. Garda ses poumons gonflés un instant, tout en se représentant mentalement cet homme qui disait *médème* et *qu'unqu'un* et *viendrerais* au lieu de *viendrais*. Se le représenta avec le téléphone vissé étroitement au crâne, tendant l'oreille pour distinguer le son de sa voix. Quand elle eut l'image bien nette au premier plan de son esprit, elle hurla de toutes ses forces dans cette oreille-là : « *ALORS ALLEZ VOUS FAIRE FOUTRE !* »

Lisey raccrocha avec une telle violence qu'un nuage de poussière s'envola.

5

Le téléphone se remit à sonner presque aussitôt, mais Lisey n'avait aucune intention de poursuivre la conversation avec « Zack McCool ». Elle soupçonnait que toute chance d'avoir ce que les présentateurs télé appelaient un *dialogue* s'était envolée. Elle n'en souhaitait pas d'ailleurs. Pas plus qu'elle n'avait envie de l'écouter sur le répondeur pour savoir s'il avait perdu ce ton de bonhomie un peu lasse et se disposait maintenant à la traiter de salope, de connasse, ou de pute. Elle remonta le fil du téléphone jusqu'au mur – la prise était juste à côté de la pile de cartons – et tira d'un coup sec. Le téléphone se tut au milieu de la troisième sonnerie. Bon vent « Meussieu Zack McCool », du moins pour le moment. Elle risquait de s'entretenir encore avec lui plus tard, elle s'en doutait – ou *à propos* de lui – mais pour le moment c'était de Manda qu'il fallait s'occuper. Sans parler de Darla, qui l'attendait et comptait sur elle. Elle allait repasser par la cuisine, attraper ses clés de voiture sur le crochet... et elle prendrait deux minutes pour fermer la maison à clé, aussi, chose qu'elle ne se donnait pas toujours la peine de faire en plein jour.

La maison *et* la grange *et* le bureau.

Oui, surtout le bureau, sauf qu'elle voulait bien être pendue plutôt que d'y mettre des majuscules comme Scott l'avait fait, comme si c'était un truc archi-extra spécial. Mais à propos de truc archi-extra spécial...

Elle se surprit à regarder encore le carton du dessus. Elle n'avait pas replié les rabats, de sorte que la page de titre était bien visible.

<pre>
         LE RETOUR DE IKE
         par Scott Landon
</pre>

Curieuse – et cela, après tout, ne prendrait qu'une seconde –, Lisey appuya la bêche d'argent contre le mur, souleva la page de titre, et regarda dessous. Sur le deuxième feuillet, il y avait ceci :

<pre>
Ike rentra dard-dard à la maison,
    et tout rentra dans l'ordre.
          NARD ! FIN !
</pre>

Rien d'autre.

Lisey regarda ça pendant près d'une minute, même si Dieu sait qu'elle avait des choses à faire et des gens à voir. Sa peau fourmillait de nouveau, mais cette fois-ci la sensation était presque plaisante... et zut, elle pouvait même se passer du presque, non ? Un petit sourire incrédule erra sur ses lèvres. Depuis qu'elle avait entrepris de débarrasser son bureau – depuis qu'elle avait pété un câble et saccagé ce que Scott s'amusait à appeler son « coin-souvenir », pour être plus précise –, elle avait senti sa présence... mais jamais aussi fort qu'en cet instant. Jamais aussi *réelle*. Elle glissa le pouce dans le carton et feuilleta une grosse liasse de feuillets, quasiment sûre de ce qu'elle allait trouver. Et qu'elle trouva. Toutes les pages étaient blanches. Elle feuilleta celles qui étaient fourrées sur les côtés, et elles étaient blanches aussi. Dans le vocabulaire d'enfance de Scott, faire *dard-dard* était effectuer un petit voyage dare-dare, et un *nard*... eh bien, c'était un petit peu plus compliqué, mais dans ce contexte-ci, cela signifiait presque assurément une bonne blague, une farce sans conséquence. Cet énorme faux roman était l'idée que Scott Landon se faisait d'une fameuse rigolade.

Les deux autres cartons de la pile contenaient-ils aussi des nards ? Et ceux des réduits de l'autre côté du couloir ? La farce était-elle à ce point élaborée ? Et si c'était le cas, de qui entendait-il se moquer ? D'elle ? Des Incups comme Hurlyburly ? Ça n'aurait pas été illogique, Scott adorait mettre en boîte ces gens qu'il appelait des « fanatixtes », mais cette idée-là en fit ressortir une autre, assez terrible : qu'il ait pu avoir l'intuition de son propre
*(Mort Jeune)*
effondrement proche
*(Avant Son Heure)*
et ne lui ait rien dit. Ce qui entraînait une question : l'aurait-elle cru s'il le lui avait dit ? Son premier réflexe fut de répondre non – de dire, ne fût-ce qu'en elle-même, *J'étais celle qui avait les pieds sur terre, celle qui vérifiait ses bagages pour voir s'il avait pris assez de slips et appelait les compagnies aériennes pour m'assurer que les vols n'étaient pas retardés.* Mais elle se souvint comment le sang sur ses lèvres lui avait fait un sourire de clown ; elle se souvint comment il lui avait un jour expliqué – avec ce qui avait semblé une lucidité parfaite – qu'il était dangereux de manger toute espèce de fruit après le crépuscule, et que les nourritures de quelque nature que ce soit devaient être évitées entre minuit et six heures du matin. Selon Scott, la « nourricturne » était souvent vénéneuse, et quand il le disait, ça paraissait logique. Parce que...
*(chut)*
« Je l'aurais cru n'importe comment, contente-toi de dire ça », chuchota-t-elle et, baissant la tête, elle ferma les yeux pour refouler des larmes qui ne vinrent pas. Les yeux qui avaient pleuré en entendant le discours préfabriqué de « Zack McCool » étaient maintenant secs comme les pierres. Toufus yeux à la noix !

Les manuscrits dans les tiroirs encombrés de ses bureaux et du plus grand classeur à dossiers à l'étage n'étaient certainement pas des nards ; cela Lisey le savait. Certains étaient des doubles de ses nouvelles publiées, d'autres étaient des versions différentes de ces mêmes nouvelles. Dans le grand bureau que Scott appelait Grosse Maman Jumbo, elle avait étiqueté au moins trois romans inachevés et ce qui semblait être un court roman achevé – ah ce que Hurlyburly en baverait. Il y avait aussi une demi-douzaine de nouvelles terminées que Scott n'avait jamais jugé bon d'envoyer à la publication, la plupart assez anciennes si l'on en croyait la police de caractère. Elle n'était pas qualifiée pour séparer le bon grain de l'ivraie, mais elle ne doutait pas que tout serait d'un intérêt égal pour les spécialistes de Scott Landon. Ce... ce *nard*, en revanche, pour reprendre le mot de Scott...

Voilà qu'elle étreignait de nouveau le manche de la bêche, et fort. C'était un objet réel dans ce qui soudain ressemblait à un monde très vaseux. Elle rouvrit les yeux et dit, « Scott, c'était juste pour t'amuser, ou est-ce que tu me cherches encore ? »

Pas de réponse. Évidemment. Et pendant ce temps, elle avait deux sœurs qui attendaient. Sûrement Scott aurait compris qu'elle mette provisoirement tout ça de côté.

Quoi qu'il en soit, elle décida d'emporter la bêche.

Elle aimait la sentir dans sa main.

6

Lisey rebrancha le téléphone puis sortit en toute hâte, avant que le maudit engin ne recommence à sonner. Dehors le soleil se couchait et un fort vent d'ouest s'était levé, expliquant le courant d'air qui s'était engouffré avec elle quand elle avait ouvert la porte pour prendre le premier de ses deux fâcheux coups de téléphone : zéro fantôme là, babylove. Cette journée semblait déjà aussi longue qu'un mois, mais ce vent, délicieux et d'une texture fine en quelque sorte, comme celui de son rêve de la nuit passée, la rafraîchit et l'apaisa. Elle traversa la cour, de la grange à la cuisine, sans crainte que « Zack McCool » soit embusqué quelque part par là. Elle savait à quoi ressemblaient les appels de portables dans le secteur : parasités et à peine audibles. D'après Scott, c'était dû aux lignes électriques (qu'il s'amusait à appeler les « stations-service pour OVNI »). La voix de son pote « Zack » avait résonné aussi clair qu'une cloche. Ce Cow-Boy de l'HyperEspace particulier appelait d'un téléphone fixe, et elle doutait fort que ses voisins d'à côté lui aient permis d'user de leur téléphone pour la menacer.

Elle attrapa ses clés de voiture et les glissa dans la poche revolver de son jean (sans s'aviser qu'elle trimballait encore le Petit Carnet d'Obsessions Compulsives d'Amanda dans la poche arrière – ce dont elle *finirait* toutefois par s'aviser, en temps et en heure) ; elle attrapa aussi le trousseau plus fourni comprenant toutes les clés du royaume domestique des Landon, chacune encore étiquetée de la belle main de Scott Landon. Elle ferma la maison à clé, puis se traîna de nouveau jusqu'à la grange pour verrouiller les grandes portes coulissantes et la porte d'entrée du bureau de Scott en haut de l'escalier extérieur. Cela fait, elle gagna sa voiture, bêche à l'épaule et son ombre s'étirant à côté d'elle sur la terre de la cour, dans les derniers feux de lumière rouge déclinante de ce soir de juin.

# IV. Lisey et le Nard-de-Sang
## (Toute la Crapouasse)

1

Se rendre en voiture chez Amanda par la route 17 récemment élargie et regoudronnée ne prenait qu'un quart d'heure, même en ralentissant au feu clignotant au croisement de la 17 et de la Deep Cut Road menant à Harlow. Lisey en passa une plus grande partie qu'elle n'aurait voulu à penser aux nards-de-sang en général et à un nard-de-sang en particulier : le premier. Celui-là n'avait pas été une plaisanterie.

« Mais la petite idiote de Lisbon Falls a quand même foncé tête baissée et l'a épousé », dit-elle en riant avant de lever le pied de l'accélérateur. *Patel's Market* se profilait sur sa gauche – pompes en libre-service Texaco, asphalte noire rutilante et aveuglantes lumières blanches – et elle ressentit un désir étonnamment pressant de s'arrêter acheter un paquet de cigarettes. Des bonnes vieilles Salem Light. Et tant qu'elle y était, elle pourrait prendre quelques-uns de ces beignets Nissen qu'aimait Amanda, ceux à la courge, et pourquoi pas quelques HoHos pour elle.

« T'es le bébé jeté numéro un, ma fille », dit-elle en souriant, et elle réappuya un bon coup sur le champignon. *Patel's Market* disparut au loin. Elle roulait en code maintenant, même si la lumière du crépuscule était encore très bonne. Elle jeta un coup d'œil dans le rétroviseur, vit la ridicule bêche d'argent couchée sur le siège arrière, et le répéta, en riant cette fois : « T'es le bébé jeté-avec-l'eau-du-bain numéro un, *ach so* ! »

Et après, si elle l'était ? Après *quoi* ?

2

Lisey se rangea derrière la Prius de Darla et elle n'était qu'à mi-chemin de la porte d'entrée de la coquette petite villa Cape Cod d'Amanda quand Darla sortit, courant presque, au bord des larmes.

« Dieu merci, tu es là », dit-elle, et quand Lisey vit le sang sur les mains de Darla, elle repensa aux nards-de-sang, revit son futur mari d'alors surgissant de l'ombre en lui tendant *sa* propre main, sauf que ça ne ressemblait plus vraiment à une main.

« Darla, que...

— Elle a recommencé ! Cette putain de folle s'est encore coupée ! Tout ce que j'ai fait c'est d'aller aux cabinets... je l'ai laissée à la cuisine en train de boire son thé... "Ça ira, Manda", j'ai dit... et...

— Respire », lui dit Lisey en se forçant au moins à paraître calme. Elle avait toujours été *la* stoïque de la famille, ou celle qui savait donner le change ; celle qui disait des trucs comme *Respire* et *Ce n'est peut-être pas si grave*. N'était-ce pas censé être le rôle de l'aînée ? Enfin, peut-être pas si l'aînée de la famille se trouvait être une touffue embourbée du chignon.

« Oh, elle n'est pas à l'article de la *mort*, mais quelle *poisse* », dit Darla en se mettant à pleurer tout compte fait. *Mais bien sûr, maintenant que je suis là, tu peux craquer*, pensa Lisey. *Jamais il ne vous viendrait à l'idée à aucune d'entre vous que petite Lisey pourrait avoir quelques problèmes de son côté ?*

Darla se pressa une narine, puis l'autre, et en deux coups de trompe fort peu féminins moucha son nez sur la pelouse d'Amanda gagnée par l'obscurité. « Quelle effroyable *poisse*, peut-être que tu as raison, peut-être qu'un endroit comme Greenlawn est la bonne réponse... si c'est privé, cela dit... et discret... Je ne sais pas... peut-être que tu peux arriver à quelque chose avec elle, sûrement que tu peux, elle t'écoute, toi, elle t'a toujours écoutée, moi je ne sais plus quoi faire...

— Allons, Darl », dit Lisey d'un ton apaisant, et là, révélation : elle n'avait pas du tout envie d'une cigarette, en fait. Les cigarettes, c'était une mauvaise habitude du passé. Les cigarettes étaient aussi défuntes que son défunt mari, terrassé lors d'une lecture deux ans plus tôt et décédé peu après dans un hôpital du Kentucky, nard, fin. Ce qu'elle voulait avoir en main ce n'était pas une Salem Light mais le manche de cette petite bêche d'argent.

Il y a du réconfort que tu n'as même pas besoin d'allumer.

3

*C'est un nard, Lisey !*
Elle l'entendit encore en allumant la lumière dans la cuisine d'Amanda. Et elle le vit encore, remontant vers elle sur la pelouse plongée dans l'ombre derrière son appartement de Cleaves Mills. Scott qui pouvait être fou, Scott qui pouvait être brave, Scott qui pouvait être les deux à la fois, selon les circonstances.

*Et pas n'importe quel nard, c'est un nard-de-sang !*
Derrière l'appartement où elle lui avait enseigné les joies d'être foutu et où il lui avait appris à dire « toufu » et où ils s'étaient appris mutuellement à attendre, attendre, attendre que le vent tourne... Scott nageant parmi les lourdes, les entêtantes senteurs mêlées de tant de fleurs, car c'était presque l'été et les Serres de Parks en contrebas étaient ouvertes pour laisser entrer l'air de la nuit. Scott émergeant de toutes ces exhalaisons parfumées, de cette nuit de fin de printemps, et surgissant dans la lumière de la porte de derrière où elle s'était postée pour l'attendre. En rogne contre lui, mais déjà *moins* en rogne qu'avant ; en fait quasiment prête à se réconcilier. On lui avait, après tout, posé des lapins avant (pas lui, cependant), et elle avait eu des petits copains qui s'étaient pointés chez elle bourrés avant (dont lui). Et oh quand elle l'avait *vu*...

Son premier nard-de-sang.

Et maintenant voilà qu'elle en découvrait un autre. La cuisine d'Amanda était maculée, barbouillée, éclaboussée de ce que Scott s'était parfois amusé à appeler – généralement dans une mauvaise imitation de Howard Cosell – « le raisin ». Raisin donc, dont des gouttelettes rouges constellaient le jaune joyeux du comptoir en Formica d'Amanda ; dont un aplat obscurcissait la porte en verre du micro-ondes ; dont coulures et dégoulinures et même une unique empreinte de pas ornaient le linoléum. Un torchon abandonné dans l'évier en était imprégné.

Lisey observa tout ça et sentit son cœur s'accélérer. Réaction naturelle, songea-t-elle : la vue du sang fait ça aux gens. En plus, elle arrivait au bout d'une longue et stressante journée. *Le truc que tu dois garder à l'esprit c'est que c'est certainement moins grave que ça en a l'air. Tu peux parier qu'elle l'a étalé partout exprès – s'il y a quelque chose chez Amanda qui n'a jamais été altéré, c'est bien son sens de la théâtralité. Et tu as vu pire, Lisey. Ce qu'elle a fait à son nombril, par exemple. Ou Scott quand vous étiez à Cleaves. D'accord ?*

« Quoi ? demanda Darla.

– Je n'ai rien dit », répondit Lisey. Elles étaient debout sur le pas de la porte, les yeux posés sur leur malheureuse grande sœur, assise à la table de la cuisine – en Formica jaune soleil aussi –, la tête basse et ses cheveux lui pendant dans la figure.

« Si, tu as dit d'accord.

– D'accord, j'ai dit d'accord, répliqua Lisey avec mauvaise humeur. Bonne Ma disait toujours que les gens qui parlent tout seuls ont de l'argent à la banque. » Et elle en avait. Grâce à Scott, elle avait un petit peu plus ou un petit peu moins de vingt millions, selon le cours des bons du Trésor et de certaines actions.

Mais penser à l'argent n'apporte guère d'eau au moulin quand tu te trouves dans une cuisine souillée de sang. Lisey se demanda si Amanda n'avait jamais étalé de merde parce qu'elle n'y avait jamais pensé. Si tel était le cas, on pouvait vraiment appeler ça une chiée chance, pas vrai ?

« Tu avais retiré les couteaux ? demanda-t-elle à Darla à mi-voix.

– Bien sûr que je l'avais fait, se récria Darla avec indignation... mais de la même voix basse. Elle l'a fait avec des morceaux de sa putain de *tasse à thé*, Lisey. Pendant que j'étais allée pisser. »

Lisey avait déjà constaté ça par elle-même et noté dans un coin de sa tête d'aller à Wal-Mart en acheter d'autres dès qu'elle pourrait. Jaune sympa si possible pour aller avec le reste de la cuisine, mais le seul vrai impératif était qu'elles soient en plastique avec les petites étiquettes autocollantes INCASSABLE sur le côté.

Elle s'agenouilla à côté d'Amanda et fit le geste de prendre sa main. Darla dit, « C'est là qu'elle s'est coupée, Lise. L'intérieur des deux mains. »

Avec beaucoup de délicatesse, Lisey souleva les mains d'Amanda de ses genoux. Elle les retourna et grimaça. Les plaies commençaient à coaguler, mais leur vue lui barbouilla quand même l'estomac. Et bien sûr elles lui rappelèrent encore Scott surgissant de la nuit d'été et lui tendant sa main dégoulinante comme une maudite offrande d'amour, un geste d'expiation pour avoir commis les terribles péchés de s'être soûlé et d'avoir oublié leur rendez-vous. Peuh, et on tenait Cole pour fou ?

Amanda avait coupé en diagonale, de la base du pouce à la base de l'auriculaire, sectionnant les lignes de cœur, de vie, et toutes les autres lignes en chemin. Lisey pouvait comprendre comment elle s'y était prise pour faire la première, mais l'autre ? Ç'avait pas dû être de la tarte (selon la formule). Mais elle y était arrivée, et ensuite elle avait fait le tour de la cuisine comme une femme saupoudrant de sucre glace sa folle pâtisserie – *Hé, r'g'rde-moi ! R'g'rde-moi ! C'est pas* toi *le bébé jeté numéro un ! Numéro un c'est* moi *! Bébé jeté numéro un, c'est* Manda*, na na na !* Tout ça pendant que Darla était sur le trône, juste pour ouvrir les écluses et s'humecter la fourrure, bien joué Amanda, t'es aussi bébé diabolo-rapido numéro un.

« Darla – l'eau oxygénée et les pansements y suffiront pas cette fois, chou. Il faut l'emmener aux urgences.

– Oh, crotte de putois », lâcha Darla d'un ton lugubre, et elle se remit à pleurer.

Lisey chercha le visage d'Amanda, à peine visible derrière l'écran de ses cheveux. « Amanda », dit-elle.

Rien.

« Manda. »

Rien. La tête d'Amanda retombait comme celle d'une poupée. *Maudit Charlie Corriveau !* pensa Lisey. *Maudit toufu franchouillard de Corriveau !* Mais naturellement, si ç'avait pas été « Vas-y-du-mou », ç'aurait été quelqu'un ou quelque chose d'autre. Parce que les Amanda de ce monde sont ainsi faites. Tu t'attends à les voir s'écrouler d'un moment à l'autre et tu te dis que c'est un miracle qu'elles tiennent debout, et puis un jour le miracle en a marre d'arriver, et il pique du nez, il se chope une attaque, et il crève.

« Man'a-Bunny. »

Ce fut le surnom enfantin qui força enfin le barrage. Amanda releva lentement la tête. Et ce que vit Lisey sur son visage ne fut pas la vacuité sanglante et droguée à laquelle elle s'attendait (oui, Amanda *avait* les lèvres rouges, et c'était sûrement pas du Max Factor qu'elle s'était tartiné) mais bien plutôt cette expression enfantine de hauteur, effrontée et pétulante, celle qui signifiait qu'Amanda Savait Des Choses, et que des larmes se préparaient pour quelqu'un.

« Nard », chuchota-t-elle, et la température intérieure de Lisey Landon sembla chuter d'un coup de dix degrés.

### 4

Elles la firent passer au salon, Amanda marchant docilement entre elles, et l'assirent sur le canapé. Puis Lisey et Darla regagnèrent l'embrasure de la porte de la cuisine, d'où elles pouvaient l'avoir à l'œil et se consulter quand même sans être entendues.

« Que t'a-t-elle dit, Lisey ? Tu es aussi blanche qu'un fichu fantôme. »

Lisey aurait préféré que Darla dise linge. Elle n'aimait pas entendre le mot fantôme, surtout maintenant que le soleil était couché. Ridicule mais vrai.

« Rien, dit-elle. Enfin... na. Comme, "Nananère, Lisey, je suis pleine de sang, ça te fait quoi ?" Écoute, Darl, t'es pas la seule à flipper ici.

– Si on l'emmène aux urgences, que vont-ils lui faire ? La garder sous surveillance-suicide, ou quelque chose comme ça ?

– C'est possible », admit Lisey. Elle avait les idées plus claires à présent. Ce mot, ce *nard*, avait opéré sur elle d'étrange façon, comme une gifle, ou une bouffée de sels volatils. Bien sûr il lui avait aussi flanqué une terrible frousse, mais... si Amanda avait quelque chose à lui dire, Lisey voulait savoir ce que c'était. Elle avait le sentiment que toutes les choses qui lui étaient arrivées dernièrement, y compris peut-être le coup de fil de « Zack McCool », étaient en quelque sorte reliées les unes aux autres par... quoi ? Le fantôme de Scott ? Ridicule. Par le nard-de-sang de Scott, alors ? Que pensait-elle de ça ?

Ou alors son petit gars long ? La chose à l'interminable flanc pie ?

*Ça n'existe pas, Lisey, ça n'a jamais existé ailleurs que dans son imagination... qui était parfois assez puissante pour se projeter sur les gens qui étaient proches de lui. Assez puissante pour te mettre mal à l'aise à l'idée de manger des fruits après la tombée de la nuit, par exemple, même si tu savais que ça n'était qu'une superstition d'enfance dont il ne s'était jamais complètement débarrassé. Et le petit gars long c'était un truc comme ça, aussi. Tu le sais, non ?*

Le savait-elle ? Alors pourquoi, quand elle cherchait à l'envisager, une sorte de brume semblait-elle s'insinuer dans ses pensées, et les désorganiser ? Pourquoi cette voix intérieure lui conseillait-elle de la boucler ?

Darla la considérait bizarrement. Lisey se ressaisit et se reporta au moment présent, aux gens présents, au problème présent. Et pour la première fois remarqua combien Darl paraissait *fatiguée* : les sillons de rides autour de sa bouche et les cernes noirs sous ses yeux. Elle prit sa sœur par les bras, et n'aima pas leur maigreur osseuse sous ses doigts, ni la mollesse avec laquelle ses bretelles de soutien-gorge glissèrent entre ses pouces et les omoplates trop creuses de Darla. Lisey se souvenait comme si c'était hier d'avoir regardé avec envie ses grandes sœurs partir pour le lycée de Lisbon Falls, patrie de l'équipe des Greyhound. Aujourd'hui Amanda frisait les soixante ans et Darla n'était pas loin derrière. Elles étaient devenues des vieilles taupes, vrai de vrai.

« Mais tu sais, ma choute, dit-elle à Darla, ils n'appellent pas ça surveillance-suicide – c'est moche. Ils disent simplement observation. » Pas très sûre de savoir d'où elle tenait ça, mais quasiment formelle, tout pareil. « Ils les gardent en observation pendant vingt-quatre heures, je crois. Ou quarante-huit.

— Peuvent-ils le faire sans permission ?

— À moins que la personne ait commis un crime et soit amenée par les flics, je pense pas.

— Peut-être devrais-tu appeler ton avocat pour t'en assurer. Machin Montana.

— Il s'appelle Montano, et il est sûrement rentré chez lui à l'heure qu'il est. Et son numéro est sur liste rouge. Je l'ai dans mon carnet d'adresses, mais mon calepin est resté à la maison. Écoute, Darl, je pense que si nous l'emmenons au Stephens Memorial, à No Soapa, tout ira très bien. »

No Soapa[1] était le surnom que les gens du coin donnaient à Norway-South Paris, dans le comté d'Oxford voisin, deux villes situées à quelques encablures de hauts-lieux aux noms tout aussi

---

1. Variation sur *No soap* : des clous ! rien à faire !

exotiques que Mexico, Madrid, Gilead, China et Corinthe. À la différence des hôpitaux citadins de Portland et Lewiston, le Stephens Memorial était un somnolent petit établissement de campagne.

« Je pense qu'ils vont lui panser les mains et nous laisser la ramener à la maison sans trop de problèmes. » Lisey s'interrompit. « *Si*.

– Si ?

– Si nous *voulons* la ramener à la maison. Et *si* elle veut venir. Je veux dire, on ne ment pas et on ne raconte pas des blagues, d'accord ? S'ils posent la question – et ils vont la poser, j'en suis sûre –, on dit la vérité. Oui, elle l'a déjà fait avant quand elle était déprimée, mais pas depuis très longtemps.

– Cinq ans, ça ne fait pas si long...

– Tout est relatif, dit Lisey. Et *elle* peut expliquer que son copain de plusieurs années vient de rentrer au pays avec une toute nouvelle épouse à son bras et que ça l'a mise plutôt en rogne.

– Et si elle veut pas parler ?

– Si elle veut pas parler, Darl, je pense qu'ils la garderont au moins vingt-quatre heures, avec notre permission à *toutes* les deux. Entends-moi bien, est-ce que tu tiens à l'avoir ici si elle est encore en train de faire du tourisme dans la Voie Lactée ? »

Darla y réfléchit, soupira, et secoua la tête.

« Je pense que beaucoup dépend d'Amanda dans l'histoire, dit Lisey. Primo, la nettoyer. J'irai sous la douche avec elle s'il faut.

– Ouais, approuva Darla en fourrageant dans ses cheveux coupés courts. Je crois qu'il faut commencer par là. » Elle bâilla soudain. À se décrocher la mâchoire. Un surprenant bâillement qui aurait exposé ses amygdales si elle en avait eu. Lisey épia de nouveau les cernes sombres sous ses yeux et comprit une chose qu'elle aurait pu piger beaucoup plus tôt, sans le coup de fil de « Zack ».

Elle reprit Darla par les bras, doucement mais avec fermeté. « Mme Jones ne t'a pas appelée aujourd'hui, si ? »

Darla la regarda en clignant des yeux effarés de chouette. « Non, chouchou, dit-elle. *Hier*. Tard hier après-midi. Je suis venue, je lui ai fait des pansements aussi bien que j'ai pu, et je suis restée assise avec elle une bonne partie de la nuit. Je ne t'ai pas raconté ça ?

– Non. Je pensais que tout ça s'était passé aujourd'hui.

— Lisette bébête, dit Darla, avec un sourire blême.
— Pourquoi ne m'as-tu pas appelée plus tôt ?
— Je ne voulais pas te déranger. Tu en fais déjà tellement pour nous toutes.
— Ce n'est pas vrai », dit Lisey. Elle était toujours blessée d'entendre Darla ou Canty (ou même Jodotha, au téléphone) sortir des conneries pareilles. Elle savait que c'était complètement fou, mais fou ou pas, c'était comme ça. « C'est seulement l'argent de Scott.
— Non, Lisey. C'est toi. Toujours toi. » Darla se tut une seconde, puis secoua la tête. « Peu importe. En fait, je pensais qu'on pourrait s'en sortir seules, elle et moi. Je me suis trompée. »
Lisey embrassa sa sœur sur la joue, la serra contre elle, avant d'aller trouver Amanda et de s'asseoir près d'elle sur le canapé.

5

« Manda. »
Rien.
« Man'a-Bunny ? » Sapristouffe, ça avait marché avant.
Et en effet, Amanda releva la tête. « Tu. Veux quoi.
— Nous devons te conduire à l'hôpital, Man'a-Bunny.
— Je. Veux. Pas. Y aller. »
Lisey avait hoché la tête au milieu de cette déclaration brève mais torturée, et commençait à déboutonner le chemisier taché de sang d'Amanda. « Je sais, mais tes pauvres vieilles mains ont besoin de plus de soins que ce que Darl et moi pouvons leur apporter. Maintenant la question est de savoir si oui ou non tu veux rentrer ici ou passer la nuit à l'hôpital là-bas à No Soapa. Si tu veux rentrer ici, tu m'as comme camarade de chambrée. » *Et peut-être qu'on pourra parler de nards en général et de nards-de-sang en particulier.* « Qu'en dis-tu, Manda ? Veux-tu rentrer ici ou penses-tu que tu as besoin de rester quelque temps à St. Steve ?
— Veux. Rentrer. Ici. » Quand Lisey incita Amanda à se mettre debout afin qu'elle puisse lui retirer son pantalon cargo, Amanda se leva assez complaisamment, mais sembla s'absorber dans la contemplation du plafonnier. Si c'était pas ce que sa psy appelait

« semi-catatonie », c'en était assez proche pour mettre Lisey mal à l'aise, et elle éprouva un vif soulagement en constatant que les paroles qui sortirent ensuite de la bouche d'Amanda ressemblaient plus à celles d'un être humain et moins à celles d'un robot : « Si on va... quelque part... pourquoi tu me *déshabilles* ?

— Parce que tu as besoin de passer sous la douche, dit Lisey en la poussant vers la salle de bains. Et d'enfiler des vêtements propres. Ceux-ci sont... sales. » D'un coup d'œil en arrière, elle vit Darla ramasser le chemisier et le pantalon abandonnés. Amanda, pendant ce temps, trottinait assez docilement en direction de la salle de bains, mais la voir s'éloigner devant elle serra le cœur de Lisey. Ce n'était pas tant son corps couturé de cicatrices et de plaies que le fond de sa culotte, un simple caleçon blanc Boxercraft. Amanda avait toujours porté des sous-vêtements de garçon : ils seyaient à son corps anguleux, étaient même sexy sur elle. Mais ce soir, la fesse droite de son boxer-short était souillée de marron caca.

*Oh Manda*, songea Lisey. *Oh ma fille.*

Puis Manda passa la porte de la salle de bains, squelette antisocial de cliché radiographique en soutien-gorge, caleçon et chaussettes tube blanches. Lisey se tourna vers Darla. Darla était là. L'espace d'un instant, toutes les années et toutes les voix tonitruantes des Debusher furent là aussi. Puis Lisey se détourna et entra dans la salle de bains à la suite de celle qu'elle appelait naguère gran'sœur Man'a-Bunny, et qui se tenait maintenant piquet-plantée sur le tapis de bain, tête basse, bras ballants, attendant qu'on finisse de la déshabiller.

Lisey tendait la main vers l'attache de son soutien-gorge quand Amanda se retourna d'un bloc et la saisit par le bras. Ses mains étaient horriblement froides. Un instant, Lisey fut convaincue que gran'sœur Man'a-Bunny allait cracher tout le morceau, nards-de-sang et tout le bataclan. Mais non, elle dévisagea Lisey avec des yeux qui étaient parfaitement clairs, parfaitement *là*, et dit : « Mon Charles en a épousé une autre. » Puis elle posa son front à la fraîcheur de cire sur l'épaule de Lisey et se mit à pleurer.

6

Le reste de cette soirée rappela à Lisey ce que Scott appelait Règle Landon du Mauvais Temps : quand tu dormais tard, comptant que l'ouragan s'éloignerait au large, il s'installait à l'intérieur des terres et emportait ta toiture. Quand tu te levais tôt pour barricader la maison, tu ne récoltais que des peluches de neige.

*Conclusion ?* avait demandé Lisey. Ils étaient au lit – un lit, un des lits du début – heureux et exténués après l'amour, lui avec une de ses Herbert Tarreyton, un cendrier posé sur le torse, et un vent furieux mugissant au-dehors. Quel lit, quel vent, quelle tempête, ou quelle année, elle avait tout oublié.

*Conclusion ?* MIRALBA, avait-il répondu – de *ça* elle se souvenait, même si elle avait cru d'abord avoir mal compris ou mal entendu.

MIRALBA ? *Comment ça mire alba ?*

Il avait écrasé sa cigarette et posé le cendrier sur la table de chevet. Il avait pris le visage de Lisey entre ses mains, lui couvrant les oreilles avec les paumes, oblitérant une minute le reste du monde. Il baisa ses lèvres, puis retira ses mains pour qu'elle l'entende. Scott Landon entendait toujours être entendu.

MIRALBA, *babylove—ArRIMe Le BardA quand faut y aller faut y aller.*

Elle avait retourné la formule dans sa tête – elle était pas rapide comme lui, mais elle finissait en général par y arriver – et comprit que MIRALBA était un genre de conpetètrerie, comme disait Scott, d'*ArRIMe Le BardA*. La formule lui plut. Elle était un peu bébête, ce qui la lui fit aimer encore plus. Elle se mit à rire. Scott rit avec elle, et bien vite il se retrouva aussi blotti en elle qu'ils étaient blottis dans la maison pendant que le vent furieux cognait et tempêtait au-dehors.

Avec Scott, elle avait toujours beaucoup ri.

7

Sa théorie voulant que la tempête dévie quand tu t'étais barricadée contre elle lui revint plusieurs fois à l'esprit avant que leur petite expédition aux urgences ne soit terminée et qu'elles soient revenues à la maisonnette Cape Cod d'Amanda entre Castle View et la Deep Cut de Harlow. Pour commencer, Amanda y mit du sien en se déridant considérablement. Tendance morbide ou pas, Lisey n'arrêtait pas de se dire qu'une ampoule en fin de course donne parfois une lumière éblouissante durant une heure ou deux avant de s'éteindre à jamais. Ce mieux débuta sous la douche. Lisey se déshabilla et entra dans la cabine avec sa sœur, qui d'abord se contenta de rester plantée là le dos voûté et les bras ballants comme un grand singe. Puis, même en se servant du pommeau amovible et en procédant avec la plus extrême précaution, Lisey réussit à diriger le jet d'eau chaude droit sur la paume gauche tailladée de Manda.

« Aouh ! *Aouh !* cria Manda en retirant précipitamment sa main. Ça fait *mal*, Lisey ! Fais attention quand tu m'asperges avec ce truc, d'accord ? »

Lisey répliqua tout aussi vertement – même le cul à l'air toutes les deux, Amanda ne se serait pas attendue à moins – tout en se réjouissant d'entendre sa sœur piquer une colère. Une colère *vivante*. « Oh pardon, mes plus plates excuses, mais ce n'est pas *moi* qui ai fait joujou avec une tasse cassée dans mes mains.

– Ben, je pouvais difficilement m'en prendre à *lui*, non ? » remarqua Amanda avant de lâcher une ahurissante bordée d'injures à l'endroit de Charlie Corriveau et sa nouvelle épouse – un mélange d'obscénités paillardes et de puéril pipi-caca-beurk qui laissa Lisey pantoise de stupeur, d'amusement et d'admiration.

Quand elle s'interrompit pour reprendre son souffle, Lisey risqua : « Enfoiré de loncheur à la p'tite queuillère, hein ? Ouah ! »

Amanda, renfrognée : « Va te faire foutre aussi, Lisey Landon.

– Si tu tiens à rentrer à la maison, je m'abstiendrais à ta place d'employer beaucoup de ces mots-là avec le toubib qui te soignera les mains.

– Tu crois que je suis idiote, c'est ça ?

– Non. Pas du tout. Simplement... dire que tu étais furieuse contre lui suffira.

– Mes mains recommencent à saigner.

– Beaucoup ?

– Juste un peu. Je crois que tu ferais bien de m'y mettre un peu de vaseline.

– Tu crois ? Ça ne va pas faire mal ?

– *L'amour* fait mal », dit solennellement Amanda... avant de lâcher un petit ébrouement de rire qui allégea le cœur de Lisey.

Le temps qu'elle et Darla l'embarquent dans la BMW de Lisey et qu'elles prennent la route de Norway, Manda demandait des nouvelles des progrès de Lisey dans le bureau, presque comme si ceci marquait la fin d'une journée normale. Lisey ne mentionna pas l'appel de « Zack McCool », mais elle leur parla du *« Retour de Ike »* et cita la ligne unique de texte : « Ike rentra dard-dard à la maison, et tout rentra dans l'ordre. NARD ! FIN ! » Elle voulait glisser ce mot, ce *nard*, en présence de Mandy. Voulait voir comment elle réagirait.

Darla répondit la première. « Tu as épousé un homme très étrange, Lisey, dit-elle

– Raconte-moi quelque chose que je ne *sais* pas, ma chérie. » Lisey jeta un coup d'œil dans le rétroviseur et vit Amanda assise toute seule sur la banquette arrière. *Dans toute sa splendeur solitaire*, aurait dit Bonne Ma. « Qu'en penses-tu, Manda ? »

Amanda haussa les épaules, et Lisey crut d'abord que ce serait sa seule réponse. Puis les vannes s'ouvrirent.

« C'était *lui*, c'est tout. Je me souviens d'un jour où il m'a emmenée en ville – il avait besoin de fournitures de bureau et j'avais besoin de nouvelles chaussures, vous savez, des bonnes grosses godasses pour pouvoir aller marcher dans les bois, tout ça. Et on est passés devant le bazar d'Auburn. Il ne l'avait encore jamais vu et rien n'y a fait, il a fallu qu'il s'arrête et entre. Il était comme un gamin de dix ans ! Moi j'avais besoin de mes écrase-merdes Eddie Bauer pour pouvoir aller me balader dans les bois sans me mettre du sumac vénéneux partout et *lui* tout ce qu'il voulait faire c'était acheter tout ce fichu magasin. Poil-à-gratter, pâte péteuse, chewing-gum au poivre, vomi en plastoque, lunettes à rayons X, tout ce que tu peux imaginer, il en a fait un tas sur le comptoir à côté de ces sucettes, quand tu les suçais, y avait une femme à poil à l'intérieur. Il a dû acheter pour cent dollars de ces merdres extravagantes fabriquées à Taiwan, Lisey. Tu te souviens ? »

Elle se souvenait. Plus que tout, elle se souvenait de sa mine quand il était rentré à la maison ce jour-là, les bras remplis de sacs avec des têtes de dessins animés hilares et les mots RIGOL'ART imprimés dessus dans tous les sens. Et ses joues pleines de couleurs. Et merdre, c'était bien ainsi qu'il avait appelé tout ça, pas *merde* mais *merdre*, ça c'était un mot qu'il tenait d'*elle*, le croirais-tu. Enfin, puisqu'il faut rendre à César ce qui est à César, comme Bonne Ma s'était toujours plu à l'affirmer, *merdre* était un mot de leur Bon Pa, tout comme c'était Dandy Dave qui disait parfois aux gens que tel truc ne valait rien, *alors je l'ai largomuché*. Scott avait adoré ça, disant que ça vous ôtait un poids de la langue d'une façon que des expressions comme *je l'ai jeté* ou même *je l'ai fichu en l'air* ne pourraient jamais égaler.

Scott et ses prises dans la mare-aux-mots, la mare-aux-histoires, la mare-mythologique.

Toufu Scott Landon.

Des fois elle passait un jour entier sans penser à lui ou sans qu'il lui manque. Et pourquoi pas ? Elle avait une vie plutôt bien remplie, et vraiment, il avait souvent été difficile à supporter et difficile à vivre. *Un cas*, auraient dit les Yankees vieux de la vieille comme son propre vieux Pa. Et puis voilà qu'un jour arrivait, un jour de grisaille (ou un jour de soleil) où il lui manquait si violemment qu'elle se sentait vide, plus une femme du tout, rien qu'un arbre mort empli du vent froid de novembre. C'était ainsi qu'elle se sentait en ce moment, avec l'envie de hurler son nom, de hurler très fort pour le rappeler à la maison, et son cœur se souleva à la pensée des années à venir, et elle se demanda à quoi l'amour était bon si c'était pour en arriver là, à éprouver seulement dix secondes de ça.

8

Qu'Amanda se déride fut le premier point. Que Munsinger, le médecin de garde, ne soit pas un patron grisonnant fut le deuxième. Il ne paraissait pas aussi jeune que Jantzen, le toubib que Lisey avait connu lors de la maladie fatale de Scott, mais elle aurait été étonnée qu'il ait beaucoup plus de trente ans. Le troisième bon point – quoiqu'elle n'aurait jamais voulu le croire si quelqu'un le lui avait prédit — fut l'arrivée de la troupe d'accidentés de la route de Sweden.

Ils n'étaient pas là quand Lisey et Darla escortèrent Amanda jusqu'aux urgences du Stephens Memorial ; à ce moment-là, en dehors d'un gamin de dix ans environ et sa mère, la salle d'attente était déserte. Le gosse avait une éruption cutanée et sa mère n'arrêtait pas de japper pour l'empêcher de se gratter. Elle était encore en train de japper quand tous deux furent appelés dans l'une des salles d'examen. Cinq minutes plus tard, le gamin reparut avec des pansements sur les bras et un air renfrogné sur la figure. Môman avait quelques tubes d'échantillons de pommade à la main et aboyait toujours.

L'infirmière appela Amanda Debusher. « Le docteur Munsinger va vous voir, ma chère. » Elle prononça « *ma Schéhére* » à la façon du Maine, comme si elle comptait sur son interlocuteur pour ajouter « *razade* » dans sa tête.

Amanda adressa d'abord à Lisey, ensuite à Darla son regard hautain style Reine Elizabeth par-dessus ses joues empourprées. « Je préfère le voir seule, dit-elle.

— Naturellement, votre Grande et Mystérieuse Altesse », dit Lisey, et elle tira la langue à Amanda. À ce moment-là, elle se fichait qu'ils gardent sa Grande et Emmerdeuse Maigreur pour la nuit, la semaine, le mois ou même l'année entière. Qui se souciait de ce qu'Amanda avait bien pu chuchoter à la table de la cuisine quand Lisey était agenouillée près d'elle ? Sans doute que c'était *na*, comme elle l'avait dit à Darla. Même si ç'avait été l'*autre* mot, tenait-elle vraiment à retourner chez Amanda, dormir dans la même chambre qu'elle, et respirer ses folles vapeurs alors qu'elle avait un lit parfaitement confortable chez elle ? *Toufue affaire classée, babylove*, aurait dit Scott.

« N'oublie pas ce qu'on a convenu, lui rappela Darla. Tu as piqué une crise et tu t'es coupée parce qu'il n'était pas là. Tu vas mieux maintenant. Tu t'en es remise. »

Amanda adressa à Darla un regard que Lisey fut absolument incapable de décrypter. « C'est exact, dit-elle. Je m'en suis remise. »

9

La troupe des accidentés de la route en provenance de la petite bourgade de Sweden débarqua peu après. Lisey n'aurait pas vu ça comme un bon point si quiconque parmi eux avait été sérieusement blessé, mais apparemment ça n'était pas le cas. Tous déambulaient sur leurs deux jambes, et deux hommes riaient entre eux. Seule une jeune fille d'environ dix-sept ans était en pleurs. Elle avait du sang dans les cheveux et de la morve sur la lèvre supérieure. Ils étaient six en tout, sans doute passagers de deux véhicules différents, et une forte odeur de bière émanait des deux rieurs, dont l'un avait apparemment un coude luxé. Le sextuor fut introduit dans le service par deux urgentistes équipés de gilets East Stoneham Rescue par-dessus leurs vêtements civils, et deux flics : un policier de l'État et un de la police montée du Comté. D'un coup, la petite salle d'attente des urgences sembla complètement bondée. L'infirmière qui avait appelé Amanda *Schéhère* sortit sa tête interloquée pour voir, et un instant plus tard le jeune Dr Munsinger l'imita. Peu de temps après ça, l'adolescente piqua une bruyante crise d'hystérie, annonçant à qui voulait l'entendre que sa belle-mère allait la massacrer. Au bout de quelques instants, l'infirmière vint la chercher (elle n'appela pas l'adolescente hystérique *Schéhère*, nota Lisey), et Amanda sortit alors de la SALLE D'EXAMEN N° 2, tenant gauchement ses propres tubes d'échantillons. Deux feuilles d'ordonnances pliées dépassaient aussi de la poche gauche de son jean large.

« Je crois que nous pouvons y aller », dit Amanda, toujours sur le mode Grande Dame de la Haute.

Trop beau pour être vrai, se dit Lisey, même compte tenu de la relative jeunesse du médecin de garde et de l'afflux de nouveaux patients, et elle avait raison. L'infirmière sortit la tête de la SALLE D'EXAMEN N° 1 comme un mécano d'une cabine de locomotive et dit, « Êtes-vous les sœurs de Mlle Debusher, mesdames ? »

Lisey et Darla opinèrent. Coupables des faits, madame le Juge.

« Le docteur aimerait vous voir une minute avant que vous ne partiez. » Là-dessus elle rentra la tête à l'intérieur de la salle des machines, où la fille continuait à sangloter.

À l'autre bout de la salle d'attente, les deux hommes fleurant la bière éclatèrent encore de rire, et Lisey pensa : *Quoi qu'ils aient pu s'enfiler dans le gosier, ils doivent pas être responsables de l'accident.* Et de fait, les flics semblaient se concentrer sur un gamin aux joues blêmes du même âge à peu près que la fille avec du sang dans les cheveux. Un autre garçon avait réquisitionné le publiphone. Il avait une vilaine entaille à la joue qui, Lisey en était sûre, lui vaudrait des points de suture. Un troisième garçon attendait son tour pour téléphoner. Celui-là n'avait aucune blessure visible.

On avait enduit les paumes d'Amanda d'une crème blanchâtre. « Il a dit que des points ne tiendraient pas, leur expliqua-t-elle, presque fièrement. Et j'imagine que des pansements se décolleraient. Je suis censée garder ce truc-là dessus – pouah, ça pue, hein ? – et les bassiner dans une solution trois fois par jour pendant trois jours. J'ai une ordonnance pour la crème et une pour la solution. Il a dit de pas trop essayer de fermer mes mains. De saisir les choses entre les doigts, comme ceci. » Elle pinça un numéro préhistorique du magazine *People* entre le pouce et l'index de la main droite, le souleva un peu, puis le laissa retomber.

L'infirmière parut. « Le Dr Munsinger peut vous recevoir maintenant. L'une de vous ou toutes les deux. » Son ton disait clairement qu'il n'y avait pas de temps à perdre. Lisey était assise d'un côté d'Amanda, Darla de l'autre. Elles s'entre-regardèrent par-dessus leur sœur. Amanda ne remarqua rien. Elle examinait les gens installés de l'autre côté de la pièce avec un franc intérêt.

« Tu y vas, Lisey, dit Darla. Je reste avec elle. »

10

L'infirmière fit passer Lisey dans la SALLE D'EXAMEN N° 2, avant de retourner à la fille en sanglots, les lèvres si étroitement pincées qu'elles en disparaissaient presque. Lisey prit place sur la seule chaise de la pièce et leva les yeux vers la seule photo de la pièce : un épagneul à poil long dans une prairie remplie de jonquilles. Au bout de quelques secondes à peine (elle était sûre qu'elle aurait dû attendre plus longtemps si elle n'avait pas été un truc dont il fallait se débarrasser), le Dr Munsinger entra en coup de vent. Il referma la porte sur les sanglots bruyants de l'adolescente et percha une fesse osseuse sur la table d'examen.

« Bonsoir, Hal Munsinger, dit-il.

– Lisa Landon. » Elle tendit la main. Le Dr Hal Munsinger la serra brièvement.

« J'aimerais avoir beaucoup plus de renseignements sur la situation de votre sœur – pour le dossier, vous savez – mais comme vous le voyez, je suis un peu bousculé, là. J'ai appelé du renfort, mais en attendant, c'est ce qu'on appelle le coup de feu.

— J'apprécie d'autant plus le temps que vous nous accordez », dit Lisey, et ce qu'elle appréciait encore plus était la voix calme qu'elle entendait sortir de sa propre bouche. C'était une voix qui disait *tout est sous contrôle*. « Je suis toute disposée à certifier que ma sœur Amanda ne représente pas un danger pour elle-même, si c'est cela qui vous inquiète.

— Bien, vous savez que cela m'inquiète un peu, oui, un peu, mais je suis prêt à accepter votre parole là-dessus. Et la sienne. Elle n'est pas mineure, et en tout état de cause, ceci n'était clairement pas une tentative de suicide. » Il avait consulté son écritoire à pinces tout en parlant. Il leva maintenant les yeux sur Lisey, et son regard se fit désagréablement pénétrant. « Je me trompe ?

— Non.

— Non. D'autre part, il n'est pas besoin d'être Sherlock Holmes pour voir que ceci n'est pas le premier épisode d'automutilation chez votre sœur. »

Lisey soupira.

« Elle m'a dit qu'elle était en thérapie, mais que sa thérapeute a déménagé dans l'Idaho. »

*Idaho ? Alaska ? Mars ? On s'en fout de savoir où est passée la connasse aux colliers.* Tout haut elle dit, « C'est bien ça, je crois.

— Elle doit recommencer à travailler sur elle-même, madame Landon, d'accord ? Et sans tarder. L'automutilation n'est pas plus du suicide que ne l'est l'anorexie, mais l'un et l'autre sont *suicidaires*, si vous voyez ce que je veux dire. » Il tira un bloc-notes de la poche de sa blouse blanche et se mit à écrire. « Je veux vous recommander un livre, à vous et votre sœur. Il s'agit de *Attitudes tranchantes*, d'un certain... »

« Peter Mark Tasch », dit Lisey.

Le Dr Munsinger leva les yeux, surpris.

« Mon mari se l'était procuré après qu'Amanda nous a eu fait sa dernière... après ce que M. Tasch nomme... »

*(son nard son dernier nard-de-sang)*

Le jeune Dr Munsinger la regardait, attendant qu'elle termine.

*(vas-y donc Lisey dis-le dis nard-de-sang)*

Elle rattrapa la bride de ses pensées emballées. « Après ce que Tasch appellerait son dernier *épanchement*. C'est le mot qu'il utilise, n'est-ce pas ? Épanchement ? » Sa voix était toujours calme, mais elle sentait un peu de sueur humecter le creux de ses tempes. Car cette voix en elle disait vrai. Appeler ça épanchement ou nard-de-sang, c'était du pareil au même. *Tout idem.*

« Je crois bien, confirma Munsinger, même si ça fait déjà plusieurs années que j'ai lu ce livre.

— Comme je vous l'ai dit, mon mari se l'est procuré et l'a lu, puis m'a incitée à le lire. Je vais le retrouver et le passer à ma sœur Darla. Et nous avons une autre sœur dans la région. Elle est à Boston en ce moment, mais quand elle rentrera, je veillerai à ce qu'elle le lise aussi. Et nous garderons toutes un œil sur Amanda. Elle peut être difficile, mais nous l'aimons.

— Très bien, parfait. » Il fit glisser sa maigre cuisse à bas de la table d'examen. Le papier protecteur crissa. « Landon. Votre mari était l'écrivain.

— Oui.

— Je compatis à votre perte. »

Voilà une des plus étranges choses qu'entraînait le fait d'avoir été mariée à un homme illustre, découvrait-elle ; deux ans après sa mort, les gens continuaient à lui présenter leurs condoléances. Elle imaginait que ceci serait encore vrai dans deux ans. Peut-être dix. L'idée était déprimante. « Merci, docteur Munsinger. »

Il inclina la tête, puis ouf, retourna à ses moutons. « Les cas de femmes adultes se livrant à ce genre de pratique sont plutôt rares. Plus communément, les cas d'automutilation concernent... »

Lisey n'eut que le temps de l'imaginer terminant par... *des adolescents comme cette chouineuse d'à côté,* avant qu'un formidable fracas ne retentisse dans la salle d'attente, suivi par une cacophonie de cris. La porte de la SALLE D'EXAMEN N° 2 s'ouvrit à la volée et l'infirmière était là. Elle semblait curieusement plus *grande,* comme si la poussée d'adrénaline lui avait fait prendre du lest. « Docteur, pouvez-vous venir ? »

Munsinger ne prit pas la peine de s'excuser, il fila. Lisey le respecta pour cela : MIRALBA.

Elle parvint à la porte à temps pour voir le bon docteur manquer renverser l'adolescente, qui avait émergé de la SALLE D'EXAMEN N° 1 pour voir ce qui se passait, avant de heurter une Amanda bras ballants et bouche bée et l'expédier si rudement dans les bras de sa sœur que toutes deux faillirent rouler au tapis. Le flic d'État et celui de la Police montée du Comté entouraient le garçon apparemment indemne qui avait attendu son tour pour téléphoner. Il gisait maintenant sur le sol, évanoui ou inconscient. Le garçon à la joue entaillée continuait à parler dans le combiné comme si rien ne s'était passé. Cela rappela à Lisey un poème que Scott lui avait lu un jour – un merveilleux, un terrible poème disant comment le monde continuait simplement à tourner sans le moindre

*(toufu)*

foutu égard pour l'intensité de ta douleur. Qui avait écrit ce poème ? Eliot ? Auden ? Le même qui avait aussi écrit « La mort du tireur-pointeur dans le tourelleau »[1] ? Scott aurait pu le lui dire. À cet instant précis, elle aurait donné jusqu'à son dernier sou pour pouvoir se tourner vers lui et lui demander qui avait écrit ce poème sur la souffrance.

11

« Tu es sûre que ça va aller ? » demanda Darla. Elle se tenait sur le pas de la porte ouverte de la maisonnette d'Amanda, une heure plus tard environ, la tiède brise nocturne de la mi-juin s'enroulant autour de leurs chevilles et feuilletant les pages d'un magazine posé sur la table de l'entrée.

Lisey lui fit une grimace. « Si tu me poses encore une fois la question, je te jette dehors la tête la première. Ça ira *très* bien. Un chocolat chaud – que je l'aiderai à tenir, vu que les tasses et elle risquent d'être fâchées pendant quelque temps –

– Oui, dit Darla. Vu ce qu'elle a fait avec la dernière en date.

– Alors file te coucher. C'est rien que deux vieilles filles Debusher, sans même un seul godemiché à se partager.

– Très drôle.

– Demain, debout au chant du coq ! Café ! Céréales ! Direction la pharmacie pour prendre les ordonnances ! Retour ici pour le bain de mains ! Ensuite, Darla-darling, c'est *toi* qui es de garde !

---

1. « À trente mille pieds de la terre, décollé du rêve de la vie,/ Je me suis réveillé à la mitraille noire et aux chasseurs de cauchemar./ Quand je mourus, ils m'expulsèrent au jet du tourelleau. » (Randall Jarrell, 1914-1965).

– Si tu es si sûre de toi.
– Je le suis. Rentre chez toi soigner ton chat. »

Darla lui adressa un ultime regard dubitatif, suivi d'un petit baiser sec sur la joue accompagné de son étreinte oblique brevetée. Puis elle descendit l'allée dallée de pavés en zigzag pour rejoindre sa petite auto. Lisey ferma la porte, la verrouilla et jeta un coup d'œil à Amanda, assise sur le canapé dans une chemise de nuit en coton, l'air serein et en paix. Le titre d'un vieux roman gothique vint flotter dans l'esprit de Lisey... un qu'elle avait dû lire ado. *Madame, parlerez-vous ?*

« Manda ? » appela-t-elle doucement.

Amanda leva la tête pour la regarder, et ses yeux bleus des Debusher étaient si grands et confiants que Lisey se dit qu'elle ne pouvait pas entraîner Amanda vers ce dont elle, Lisey, souhaitait entendre parler : Scott et les nards, Scott et les nards-de-sang. Si Amanda y venait d'elle-même, peut-être lorsqu'elles seraient couchées ensemble dans l'obscurité, soit. Mais l'entraîner sur ce sujet, après la journée qu'Amanda venait juste de passer ?

*Toi aussi, tu as eu une fameuse journée, petite Lisey.*

C'était vrai, mais elle ne pensait pas que cela justifiait de troubler la paix qu'elle lisait maintenant dans les yeux d'Amanda.

« Que veux-tu, Petite ?
– *Aimerais*-tu un chocolat chaud avant d'aller te coucher ? »

Amanda sourit. Ce qui la rajeunit de plusieurs années. « Un chocolat chaud avant d'aller au dodo, mmmh, ça me tente. »

Elles prirent donc un chocolat chaud, et lorsque Amanda eut des difficultés avec sa tasse, elle se dégota une paille en plastique aux circonvolutions bizarroïdes -- qui aurait été parfaitement à sa place dans les rayons du Bazar d'Auburn – dans un de ses placards de cuisine. Avant de la plonger dans son chocolat, elle la présenta à Lisey (pincée entre le pouce et l'index, exactement comme le médecin lui avait montré) et dit, « Tu as vu, Lisey, c'est mon *cerveau.* »

Un instant, Lisey resta bouche bée, incapable de croire qu'elle avait bien entendu Amanda sortir une blague. Puis elle s'esclaffa. Elles s'esclaffèrent toutes les deux.

## 12

Leur chocolat bu, elles se brossèrent les dents à tour de rôle comme elles l'avaient fait jadis à la ferme où elles avaient grandi, puis allèrent se coucher. Et une fois la lampe de chevet éteinte et la chambre plongée dans l'obscurité, Amanda dit le nom de sa sœur.

*Ooh, nous y voilà*, songea Lisey avec inquiétude. *Une autre diatribe contre le bon vieux Charlie. Ou... serait-ce le nard ? Va-t-elle me parler de ça, en fin de compte ? Et si elle le fait, ai-je vraiment envie de l'entendre ?*

« Quoi, Manda ?

– Merci de m'aider, dit Amanda. Le machin que ce docteur m'a mis sur les mains me fait beaucoup de bien. » Puis elle se tourna sur le côté.

Lisey était de nouveau intriguée – était-ce vraiment tout ? Apparemment oui, car une ou deux minutes plus tard, la respiration d'Amanda prit le rythme plus lent, plus syncopé du sommeil. Elle risquait de se réveiller en pleine nuit pour réclamer du Tylenol, mais pour le moment, elle était dans les bras de Morphée.

Lisey ne comptait pas avoir la même chance. Elle n'avait plus dormi avec personne depuis la nuit qui avait précédé le départ de son mari pour son dernier voyage, et en avait perdu l'habitude. Et aussi, elle avait « Zack McCool » à qui penser, sans parler de l'employeur de « Zack », ce salopard d'Incup de Hurlyburly. Elle causerait bientôt à Hurlyburly. Demain, en fait. Entretemps, elle avait intérêt à se résigner à quelques heures d'insomnie, peut-être même une nuit blanche, dont elle passerait les deux ou trois dernières heures dans le fauteuil à bascule d'Amanda au rez-de-chaussée... pour peu, cela dit, qu'elle trouve quelque chose de lisible sur les rayonnages d'Amanda...

*Madame, voulez-vous parler ?* songea-t-elle. *C'est peut-être bien Helen MacInnes qui a écrit ce livre. Ou alors Mary Stewart. En tout cas, c'est sûrement pas le même qui a écrit le poème sur la mort du tireur-pointeur dans le tourelleau...*

Et sur cette pensée, elle sombra dans un lourd et profond sommeil. Sans aucun rêve du tapis volant PILLSBURY'S BEST. Ni de rien d'autre.

13

Elle s'éveilla dans le fossé le plus profond de la nuit, quand la lune est couchée et l'heure indéfinissable. Elle était à peine consciente d'être éveillée, et de s'être pelotonnée contre le dos chaud d'Amanda comme elle se pelotonnait naguère contre celui de Scott, et d'avoir encastré ses genoux dans le creux de ceux de Manda, comme elle le faisait naguère avec Scott – dans leur lit, dans cent lits de motels. Dans cinq cents, tu veux dire, peut-être sept cents, quelqu'un a dit mille ? j'ai entendu mille, mille une fois, mille deux fois, adjugé pour mille. Elle pensait aux nards et aux nards-de-sang. À MIRALBA et comment certaines fois tout ce que tu peux faire c'est rentrer la tête dans les épaules et attendre que le vent tourne. Elle pensait que si les ténèbres avaient aimé Scott, alors ç'avait été un vrai amour, non, car il les avait aimées aussi ; il avait dansé avec elles à travers la salle de bal des ans jusqu'à ce qu'elles finissent par l'emporter dans leurs tournoiements.

Elle pensa : *Voilà que j'y retourne.*

Et le Scott qu'elle gardait dans sa tête (du moins *croyait*-elle que c'était ce Scott-là, mais qui pouvait l'affirmer ?) dit : *Où retournes-tu, Lisey ? Où maintenant, babylove ?*

Elle pensa : *Retour vers le présent.*

Et Scott dit : *Ce film s'appelait* Retour vers le futur. *Nous l'avons vu ensemble.*

Elle pensa : *C'était pas un film, c'est notre vie.*

Et Scott dit : *Bien arrimé, baby ?*

Elle pensa : *Pourquoi suis-je amoureuse de ce fieffé*

14

*Quelle fieffée imbécile,* pense-t-elle. *C'est un imbécile et j'en suis une autre de m'embêter avec lui.*

Pourtant elle reste debout à scruter la pelouse de derrière, ne voulant pas l'appeler, mais gagnée maintenant par la nervosité car cela fait dix minutes qu'il a franchi la porte de la cuisine et descendu la pelouse, s'enfonçant dans les ombres de la nuit, onze heures du soir et que peut-il bien fabriquer ? Il n'y a rien en contrebas qu'une haie et...

D'un lointain proche parviennent des crissements de pneus, un bruit de verre brisé, un aboiement de chien, le cri de guerre d'un ivrogne. Tous les bruits d'un vendredi soir dans une ville universitaire, en d'autres mots. Et elle est tentée de hurler son nom dans la nuit, mais si elle fait ça, ne serait-ce que hurler pour l'appeler, il saura qu'elle n'est plus en rogne contre lui. Plus *aussi* en rogne, en tout cas.

Elle ne l'est pas, en fait. Mais le truc, c'est qu'il a choisi vraiment un très mauvais vendredi soir pour rentrer blindé (c'est la sixième ou septième fois), et vraiment très tard (c'est la première fois). Le plan avait été d'aller voir un film qu'il tenait absolument à voir, un truc d'un cinéaste suédois, et elle espérait vraiment que le film serait doublé en anglais et pas en VO sous-titrée. Aussi avait-elle avalé une salade vite fait en rentrant du boulot, se disant que Scott l'emmènerait au *Bear's Den* manger un hamburger après la séance. (S'il ne le faisait pas, *elle* l'y emmènerait.) Puis le téléphone avait sonné et elle s'attendait à ce que ce soit lui, espérant qu'il avait eu des remords et voulait l'emmener voir le film avec Redford au ciné de Bangor (mais par pitié pas danser à *The Anchorage* après avoir passé huit heures debout). Et au lieu de ça ç'avait été Darla, disant qu'elle « appelait juste pour bavarder » puis entrant dans le vif du sujet, autrement dit l'abreuvant de sarcasmes (encore) pour s'être tirée au Pays de Nulle-Part (le propre mot de Darla) en les laissant, elle, Amanda et Cantata aux prises avec tous les problèmes (par quoi elle entendait Bonne Ma, qui en 1979 était devenue Grosse Ma, Miro Ma, et – pire que tout – Gaga Ma) pendant que Lisey « batifolait avec les jeunes étudiants ». Comme si faire serveuse huit heures par jour était une partie de plaisir. Pour Lisey, le Pays de Nulle-Part était une pizzeria à cinq kilomètres du campus de l'Université du Maine et les Garçons Perdus étaient surtout des Delta Taus qui n'arrêtaient pas d'essayer de lui fourrer les mains sous la jupe. Dieu sait que ses vagues rêves de suivre quelques cours – le soir peut-être – s'étaient racornis et envolés. C'était pas la cervelle qui lui manquait ; c'était le temps et l'énergie. Elle avait écouté les délires de Darla en s'efforçant de garder son calme et, comme de bien entendu, elle l'avait perdu pour finir et les deux sœurs avaient terminé en s'envoyant des invectives à travers deux cent cinquante kilomètres de ligne téléphonique et toute leur histoire commune. Ç'avait été ce que son petit copain appellerait sans doute un toufoir complet, Darla finissant par dire ce qu'elle disait toujours : « Fais ce que tu veux – c'est ce que tu feras de toute façon, c'est ce que tu as toujours fait. »

Après ça, elle n'avait plus eu envie de la part de cheesecake qu'elle avait rapportée du restaurant pour dessert, et elle n'avait certainement aucune envie d'aller voir un quelconque film d'Ingmar Bergman... mais elle avait envie de Scott. Oui. Parce qu'au cours des deux derniers mois, et plus particulièrement des quatre ou cinq dernières semaines, elle en était venue à dépendre de Scott d'une drôle de façon. C'est peut-être un peu cucul-la-praline – c'est *sûrement* cucul-la-praline – mais il y a ce sentiment de sécurité quand il passe ses bras autour d'elle qu'elle n'a jamais eu avec aucun de ses précédents copains ; ce qu'elle ressentait avec eux et envers la plupart d'entre eux, c'était soit de l'impatience, soit de la méfiance. (Occasionnellement une fugitive concupiscence.) Mais il y a une gentillesse chez Scott, et dès le début elle a senti de l'intérêt venant de lui – de l'intérêt pour *elle* – auquel elle n'arrivait pas à croire, parce que Scott est tellement plus *intelligent* et si talentueux. (Pour Lisey, la gentillesse compte plus que l'intelligence et le talent.) Mais maintenant elle y *croit*. Et il parle une langue dont elle s'est emparée tout de suite avec avidité. Pas la langue des Debusher, mais une langue qu'elle connaît très bien, tout pareil – c'est comme si elle la parlait depuis toujours en rêve.

Mais à quoi rime de parler, et à quoi rime une langue spéciale, s'il n'y a personne avec *qui* parler ? Personne avec qui *pleurer*, même ? C'est de ça qu'elle avait besoin ce soir. Elle ne lui a jamais parlé de sa foutue famille de dingues – oh pardon, c'est *toufue* famille de dingues, en parler-Scott – mais elle avait l'intention de le faire ce soir. Sentait qu'elle *devait* le faire sous peine d'exploser de détresse absolue. Alors bien sûr il avait choisi ce soir entre tous les soirs pour pas se pointer. Pendant qu'elle attendait, elle tenta de se dire que *Scott* ne pouvait pas savoir qu'elle venait d'avoir la pire prise de bec de tous les temps avec sa connasse de grande sœur, mais à mesure que six heures se changeaient en sept qui se changeaient en huit, quelqu'un a dit neuf, j'ai entendu neuf, neuf une fois, neuf deux fois, adjugé pour neuf, à mesure qu'elle picorait un peu plus de cheesecake et finissait par le jeter à la poubelle parce qu'elle était trop toufement... non, trop *foutrement* furieuse pour le manger, neuf c'est fait, je veux entendre dix maintenant, ça y est j'ai dix heures ici et toujours pas de Ford 73 avec un phare qui tremblote freinant devant son appartement de North Main Street, elle devint de plus en plus furieuse, j'attends que quelqu'un dise *folle furieuse*.

Elle était assise devant la télé avec un verre à peine entamé de vin à côté d'elle et un documentaire qu'elle ne regardait pas sur la nature défilant à l'écran lorsque sa colère franchit la limite de la fureur, et ce fut aussi le moment où elle eut la certitude que Scott ne lui poserait pas complètement un lapin. Il lui ferait *la grande scène du II*, comme dirait l'autre. Dans l'espoir de *tremper son biscuit*. Encore une des prises de Scott dans la mare-aux-mots où tous nous descendons jeter nos filets, et ce que c'était charmant ! Ce qu'elles étaient charmantes, toutes ces expressions ! Il y avait aussi *prendre le thé, jouer au bilboquet, faire la bête à deux dos, bourriner,* et le très raffiné *dégorger son poireau*. Ils vous avaient tous un côté Pays de Nulle-Part, et tandis qu'elle était assise là guettant le bruit de la Ford Fairlane 73 de son Garçon Perdu à elle – on pouvait pas louper ce gargouillement enroué, il y avait un trou dans le pot d'échappement ou quelque chose – elle pensait à Darla disant, *Fais ce que tu veux, c'est ce que tu as toujours fait.* Oui, et voilà où elle en était, petite Lisey, reine du monde, faisant ce qu'elle voulait, assise dans ce petit appartement cradingue, à attendre son copain qui se pointerait bourré et en retard aussi – mais voulant quand même prendre le thé parce qu'ils voulaient tous ça, que c'en était même une blague. *Hé, serveuse, apportez-moi la Spéciale du Berger, un café et la cuisse de la bergère.* Voilà où elle en était, assise dans un fauteuil bosselé de l'Armée du Salut, avec mal aux pieds à un bout et mal au crâne à l'autre, pendant qu'à la télé – toute brouillée parce que l'antenne portative du K-mart donnait que dalle question réception – elle regardait une hyène bouffer une marmotte crevée. Lisey Debusher, reine du monde, menant la vie de château.

Et pourtant, à mesure que les aiguilles de l'horloge dépassaient laborieusement le dix, n'avait-elle pas aussi senti une joie mauvaise, perverse, l'envahir ? Maintenant, alors qu'elle scrute avec anxiété la pelouse plongée dans l'ombre, Lisey pense que la réponse est *oui*. *Sait* que la réponse est oui. Car assise là avec son mal de crâne et son verre de rouge râpeux, regardant la hyène dévorer la marmotte pendant que la voix du narrateur entonnait, « Le prédateur sait qu'il n'aura peut-être plus l'occasion de faire un aussi bon repas pendant des jours », Lisey avait eu la nette conviction qu'elle l'aimait et savait des choses capables de le blesser.

Que lui aussi l'aimait ? Était-ce l'une de ces choses ?

Oui, mais en l'occurrence son amour pour elle était secondaire. Ce qui comptait c'était comment elle le voyait : à sa hauteur. Ses autres amis voyaient son talent, et en étaient éblouis. Elle voyait comment il se forçait parfois pour croiser le regard d'inconnus. Elle comprenait que, sous toute son intelligente (et parfois brillante) conversation, en dépit de ses deux romans publiés, elle pouvait le blesser méchamment, si elle voulait. Il tendait les verges pour se faire battre, pour reprendre la formule de son père. Il l'avait fait toute sa toufue – non, arrête avec ça – toute sa putain de vie bénie des dieux. Ce soir c'en serait fini de la bénédiction. Et qui le ramènerait les pieds sur terre ? Elle.

Petite Lisey.

Elle avait éteint la télé, gagné la cuisine avec son verre de vin, et l'avait vidé dans l'évier. Elle n'en voulait plus. Il prenait maintenant un goût non plus âpre mais aigre dans sa bouche. *Tu le fais virer à l'aigre*, songea-t-elle. *Voilà à quel point t'es furax.* Elle n'en doutait pas une seule seconde. Il y a un vieux poste de radio posé en équilibre précaire sur l'appui de fenêtre au-dessus de l'évier, un vieux Philco à la coque fêlée. Ç'avait été celui de Dandy ; il le gardait au hangar et l'écoutait pendant qu'il vaquait aux travaux de la ferme. C'est le seul objet de lui qui reste à Lisey, et elle le garde sur la fenêtre car c'est le seul endroit où il arrive à capter les stations locales. Jodotha avait offert à leur père un Noël, et c'était déjà un poste d'occasion à l'époque, mais quand le papier avait été retiré et qu'il avait vu ce que c'était, il avait souri jusqu'aux oreilles et ce qu'il avait remercié sa fille aînée ! Remerciée et remerciée ! Ç'avait toujours été Jodi sa préférée, et c'était Jodi qui à la table du repas un dimanche avait annoncé à leurs parents – diable, le leur avait annoncé à toutes les quatre – qu'elle était enceinte et que le garçon qui l'avait mise dans cet état s'était taillé pour s'engager dans la Marine. Elle voulait savoir si par hasard Tante Cynthia là-bas à Wolfeboro, dans le New Hampshire, pourrait la prendre jusqu'à ce que le bébé soit *mis à l'adoption* – ce furent les termes de Jodi, comme si c'était un vieux bidet en porcelaine dans un vide-grenier. Sa nouvelle avait été accueillie par un silence inaccoutumé à la table du dimanche. Pour une des rares fois dans le souvenir de Lisey – peut-être pour la *seule* fois dans le souvenir de Lisey – la conversation joyeuse et ininterrompue des couteaux et des fourchettes contre les assiettes pendant que sept Debusher affamés coursaient le rôti jusqu'à l'os s'était arrêtée. Enfin Bonne Ma avait demandé, *En as-tu parlé à Dieu ?* Et Jodi – vlan, prends-toi ça dans les dents, Bonne Ma – : *C'est Don Cloutier qui m'a mise en cloque, pas Dieu.* C'était là que Pa avait quitté la table et sa fille préférée sans un mot ni un regard en arrière. Un petit moment après, Lisey avait entendu le son de sa radio venant du hangar, très en sourdine. Trois semaines plus tard, il avait eu sa première attaque. Maintenant Jodi est partie (pas encore pour Miami, ça, ce sera pour dans quelques années) et c'est Lisey qui encaisse tout le choc des appels scandalisés de Darla, petite Lisey, et pourquoi ça ? Parce que Canty est du côté de Darla et qu'appeler Jodi ne leur ferait aucun bien à aucune des deux. Jodi est différente des autres filles Debusher. Darla la dit froide, Canty la dit égoïste, et toutes deux la disent sans cœur, mais Lisey croit que c'est autre chose – quelque chose de mieux et plus classe. Des cinq filles, Jodi est la seule vraie survivante, complètement immunisée contre les fumées de culpabilité montant du vieux tipi familial. Granny D jadis générait ces fumées toxiques, puis ç'avait été le tour de leur mère, et Darla et Canty se tiennent ^^es à prendre la relève, comprenant déjà que si tu donnes à ^^ fumée addictive, cette fumée venimeuse, le nom de « devoir », personne te demande d'éteindre le feu. Quant à Lisey, elle regrette de pas ressembler davantage à Jodi, de pas être capable, quand Darla appelle, de rire en lui disant, *Carre-toi ça dans le cul, Darla-darling ; comme t'as fait ton lit, couche-toi et dors.*

15

Debout à la porte de la cuisine. Les yeux tournés vers la longue pelouse en pente de derrière. Désirant le voir revenir, émerger de l'obscurité. Désirant hurler son nom pour qu'il revienne – oui, plus que jamais – mais le retenant obstinément prisonnier derrière ses lèvres. Elle l'a attendu toute la soirée. Elle va l'attendre encore un peu.

Mais rien qu'un peu.

Elle commence à avoir vraiment peur.

16

La radio de Dandy est exclusivement en ondes moyennes. La station WGUY est une vieillerie depuis longtemps disparue des ondes mais WDER passait les vieux classiques lorsqu'elle rinça son verre de vin – un héros ou un autre des années cinquante chantant l'amour tout neuf – et retourna au salon et bingo, il était là, debout à la porte, une cannette de bière dans une main et son sourire de traviole sur les lèvres. Sans doute n'avait-elle pas entendu le bruit de sa Ford à cause de la musique. Ou du martèlement sous son crâne. Ou les deux.

« Ohé, Lisey, dit-il. Désolé j'suis en retard. *Vraiment* désolé. On est quelques-uns à être restés après les TP pour s'empoigner à propos de Thomas Hardy, et... »

Elle se détourna de lui sans un mot et repassa à la cuisine, repassa dans le son du Philco. Maintenant c'était un groupe de jeunes voix masculines chantant « Sh-Boom ». Il la suivit. Elle savait qu'il la suivrait, ainsi en allait-il de ces choses-là. Elle sentait tout ce qu'elle avait à lui dire s'accumuler dans sa gorge, des propos acides, des propos venimeux, et une petite voix solitaire et effrayée lui souffla de ne pas les dire, pas à cet homme-ci, et elle largua cette voix au diable. Dans sa colère elle ne pouvait rien faire d'autre.

Il orienta un pouce vers la radio et, ridiculement fier de son savoir inutile, dit : « C'est les Chords. La version noire originale. »

Elle se tourna vers lui et dit, « Tu crois pas que je m'en bats l'œil de savoir qui chante à la radio après avoir passé huit heures à bosser et cinq autres à t'attendre ? Et tu finis par te pointer à onze heures moins le quart la gueule enfarinée et une bière à la main en me servant une histoire comme quoi une espèce de poète mort depuis des lunes est plus important pour toi que moi ? »

Le sourire béat qu'il avait était toujours là mais elle le vit rapetisser, se ratatiner jusqu'à n'être guère plus qu'un rictus ponctué d'une minuscule fossette. Ses yeux, entre-temps, s'étaient remplis de larmes. La petite voix effrayée et perdue tenta de réitérer sa mise en garde mais elle l'ignora. Les couteaux étaient tirés, il fallait trancher. Dans le sourire qui rapetissait sur ses lèvres et la douleur qui grandissait dans ses yeux, elle vit combien il l'aimait, et sut que cela augmentait son pouvoir de le blesser. Elle trancherait quand même. Et pourquoi ? Parce qu'elle le pouvait.

Debout à la porte de la cuisine et attendant qu'il revienne, elle n'arrive pas à se rappeler tout ce qu'elle lui a dit, seulement que chaque chose était un peu plus vache que la précédente, un peu mieux conçue pour blesser. À un moment, elle a été atterrée de s'entendre parler comme Darla dans ses pires dispositions – et une harpie Debusher de plus, une – et quand ce moment est arrivé, son sourire ne flottait même plus entre eux. Il la considérait gravement et elle était terrifiée de voir combien ses yeux étaient immenses, grossis par les larmes qui luisaient à leur surface jusqu'à sembler lui dévorer le visage. Elle s'arrêta au milieu d'une tirade comme quoi ses ongles étaient toujours sales et il les rongeait comme un rat quand il lisait. Elle s'arrêta et à cet instant précis il n'y avait aucun bruit de moteur vrombissant devant le *Shamrock* et le *Mill* en ville, aucun crissement de pneus, pas même l'écho du groupe du week-end jouant au *Rock*. Le silence était phénoménal et elle se rendit compte qu'elle voulait faire marche arrière et ne savait absolument pas comment s'y prendre. La chose la plus simple – *je t'aime quand même, Scott, viens te coucher* – ne lui viendra à l'esprit qu'après coup. Qu'après l'offrande du nard.

« Scott... Je... »

Elle n'avait aucune idée de la direction à prendre à partir de là, et apparemment elle n'en avait pas besoin. Scott brandit l'index de sa main gauche à la manière d'un professeur se préparant à faire une remarque particulièrement importante, et le sourire reparut même sur ses lèvres. Enfin, une sorte de sourire.

« Attends, dit-il.

– Attendre ? »

Il parut satisfait, comme si elle avait saisi un concept ardu. « Attends. »

Et avant qu'elle ait pu dire autre chose, il s'éloigna simplement dans l'obscurité, le dos droit, marchant droit (rien d'ivre chez lui à présent), hanches étroites ondoyant sous son jean. Elle dit son nom une fois – « Scott ? » – mais il se contenta de brandir encore ce même index : *attends*. Puis les ombres l'avalèrent.

17

Maintenant elle se tient là guettant avec angoisse son retour. Elle a éteint la lumière de la cuisine en se disant qu'elle l'apercevra peut-être plus facilement ainsi, mais même avec le lampadaire allumé dans le jardin d'à côté, les ombres se reforment à mi-pente pour envahir la pelouse. Dans le jardin d'à côté, un chien lance un aboiement enroué. Ce chien s'appelle Pluto, elle le sait parce qu'elle a déjà entendu les voisins lui gueuler de se taire, tu parles comme c'est efficace. Elle repense au bris de verre qu'elle a entendu il y a une minute : comme l'aboiement, il semblait tout proche. Plus proche que les autres bruits qui peuplent cette houleuse, cette malheureuse soirée.

Pourquoi oh pourquoi a-t-il fallu qu'elle lui rentre dans le lard comme ça ? Elle n'avait même pas envie de voir ce stupide film suédois pour commencer ! Et pourquoi avait-elle éprouvé une telle joie à le faire ? Une telle joie perverse et dégueulasse ?

À ça elle n'a aucune réponse. La nuit tardive de printemps respire autour d'elle, et depuis exactement combien de temps est-il *parti* dans l'obscurité ? Seulement deux minutes ? Cinq, peut-être ? Et ce bris de verre, cela avait-il un rapport quelconque avec Scott ?

*Les serres sont là en contrebas. Les Serres de Parks.*

Il n'y a aucune raison que cela lui fasse accélérer le cœur, mais c'est pourtant le cas. Et juste au moment où elle sent ce rythme accéléré, elle aperçoit un mouvement au-delà du point où ses yeux perdent leur capacité à distinguer grand-chose. Une seconde, et la chose mouvante se compose en une silhouette d'homme. Elle ressent du soulagement, mais ça ne dissipe pas sa crainte. Elle n'arrête pas de penser au bruit de verre brisé. Et il y a quelque chose qui ne va pas dans sa façon de marcher. Plus de démarche souple ni de trajectoire rectiligne.

*Maintenant* elle l'appelle, mais ce qui sort n'est guère plus qu'un chuchotement : « Scott ? » En même temps sa main tâtonne sur le mur, cherchant fébrilement l'interrupteur de la lumière du perron.

Elle n'a pas appelé fort, mais la silhouette d'ombre qui remonte la pelouse d'un pas lent et lourd – oui, c'est ça, un pas lent et lourd de bête de trait, pas une démarche d'homme – Son lève sa tête à l'instant précis où les doigts curieusement gourds de Lisey trouvent l'interrupteur et l'actionnent. « *C'est un nard, Lisey!* » crie-t-il alors que la lumière jaillit, et l'aurait-il mieux synchronisé s'il l'avait mis en scène ? Elle ne pense pas. Dans sa voix, elle entend un soulagement jubilant et fou, comme s'il avait tout arrangé. « *Et pas n'importe quel nard, c'est un nard-de-sang!* »

Elle n'a jamais entendu ce mot auparavant, mais elle ne le confond avec aucun autre, ni *dard* ni *mare* ni rien d'autre. C'est *nard*, encore un mot-à-Scott, et pas n'importe quel nard mais un nard-de-sang. La lumière de la cuisine dévale la pelouse à sa rencontre et il lui tend sa main gauche comme un cadeau, elle est sûre qu'il l'entend comme un cadeau, de même qu'elle est quasiment sûre qu'il y a encore une main quelque part là-dessous, oh par pitié Jésus Marie et Jojo le brave charpentier faites qu'il y ait encore une main quelque part là-dessous sinon il va devoir terminer le livre sur lequel il travaille en ce moment, plus tous ceux qui pourraient suivre, en tapant d'une seule main. Car à la place de sa main gauche il n'y a plus maintenant qu'une *masse* rouge et sanguinolente. Du sang dégouline entre les branches d'étoile de mer écartées dont elle suppose que ce sont ses doigts, et alors même qu'elle s'élance à sa rencontre, ses pieds bafouillant en négociant les marches du perron de derrière, elle compte déjà ces formes rouges écartées, une deux trois quatre et oh merci mon Dieu, cette cinquième là est le pouce. Tout y est encore, mais son jean est maculé de sang et il continue de lui tendre sa main déchiquetée et sanglante, celle qu'il a passée à travers un panneau du verre épais de la serre, après s'être faufilé à travers la haie en contrebas de la pelouse pour l'atteindre. Maintenant il lui tend son cadeau, son offrande expiatoire pour avoir été en retard, son nard-de-sang.

« C'est pour toi », dit-il alors qu'elle arrache son chemisier pour en envelopper la masse rouge et dégoulinante, qu'elle sent imbiber aussitôt l'étoffe. Elle sent sa folle chaleur et sait – bien sûr ! –

pourquoi cette petite voix éprouvait un tel effroi des choses qu'elle lui jetait au visage, ce que cette petite voix savait tout du long : non seulement que cet homme est amoureux d'elle, mais qu'il est aussi à demi amoureux de la mort et plus que prêt à acquiescer à la moindre remarque mesquine et blessante que quiconque fera sur lui.

Quiconque ?

Non, pas tout à fait. Il n'est pas tout à fait aussi vulnérable. Il l'acceptera seulement de toute personne qu'il aime. Et Lisey s'aperçoit soudain qu'elle n'est pas la seule à n'avoir quasiment rien raconté de son passé.

« C'est pour toi. Pour te dire que je regrette d'avoir oublié et que ça ne se reproduira plus. C'est un nard. Ça...

– Scott, chut. C'est bon. Je suis pas...

– Ça s'appelle un nard-de-sang. C'est spécial. Papa nous disait à Paul et moi...

– Je suis pas fâchée contre toi. J'ai jamais été fâchée contre toi. »

Il s'arrête au bas des marches en bois craquelé, et la regarde bouche bée. À sa mine, on lui donnerait dix ans. Le chemisier hâtivement noué autour de sa main ressemble à un gantelet de chevalier ; sur son fond jaune, des fleurs de sang sont maintenant écloses. Elle est là debout sur la pelouse dans son soutien-gorge de jeune fille, sentant l'herbe chatouiller ses chevilles nues. La lumière jaune crépusculaire qui pleut sur eux, venant de la cuisine, creuse un profond sillon d'ombre entre ses seins. « Tu veux bien l'accepter ? »

Il la considère avec une telle supplication enfantine. L'homme en lui a pour le moment entièrement disparu. Elle lit la souffrance dans son long regard désirant et sait qu'elle ne provient pas de sa main déchiquetée, mais elle ne sait que dire. Ceci la dépasse complètement. Elle a bien réagi en trouvant aussitôt une compresse de fortune à mettre sur l'horrible gâchis qu'il a fait au bout de son bras, mais à présent elle est figée sur place. Y a-t-il quelque chose de bien fondé à dire ? Plus important, y a-t-il quelque chose de mal fondé ? Quelque chose qui le fera repartir immédiatement ?

Il lui vient en aide. « Si tu acceptes un nard – surtout un nard-de-sang – alors c'est pardonné. C'est papa qui l'a dit. Papa y nous le disait tout le temps à moi et Paul. » *Moi et Paul,* pas *Paul et moi*. Il a régressé à la diction de son enfance. Oh là là là là. Oh là là Lisette.

Lisey dit, « Je suppose que je l'accepte, parce que j'avais aucune envie d'aller voir un film suédois imbuvable en version sous-titrée pour commencer. J'ai mal aux pieds. J'avais juste envie d'aller au lit avec toi. Et maintenant regarde, il faut qu'on aille aux toufues urgences à la place. »

Il secoue la tête, lentement mais fermement.

« *Scott...*

— Si t'étais pas fâchée, pourquoi t'as crié et tu m'as balancé à la figure toute la crapouasse ? »

*Toute la crapouasse.* Sans doute une autre carte postale de son enfance. Elle en prend note, la met de côté pour examen ultérieur.

« Parce que je pouvais plus crier après ma sœur », dit-elle. La drôlerie de la chose la frappe et elle commence à rire. Un rire dur, et le son de ce rire la choque tellement qu'elle commence à pleurer. Puis elle a le vertige. Elle s'assoit sur les marches du perron, pensant qu'elle risque de s'évanouir.

Scott s'assoit près d'elle. Il a vingt-quatre ans, les cheveux presque aux épaules, le visage mangé par une barbe de deux jours, et il est aussi maigre qu'un clou. À la main gauche, il porte son chemisier, dont une manche déroulée pend. Il pose un baiser dans le creux palpitant de sa tempe, puis la regarde avec une tendre et absolue compréhension. Quand il parle, on le dirait quasiment redevenu lui-même.

« Je comprends, dit-il. Les familles font chier.

— *Ouais* c'est bien vrai », chuchote-t-elle.

Il l'enlace de son bras — le gauche, celui qui est déjà pour elle le bras du nard-de-sang, son cadeau pour elle, son toufu cadeau fou de ce vendredi soir.

« Elles ont plus besoin de compter », dit-il. Sa voix est d'une étrange sérénité. Comme s'il ne venait pas de transformer sa main gauche en un morceau de viande crue et saignante. « Écoute, Lisey : les êtres ont le pouvoir de tout oublier. »

Elle le considère avec un air de doute. « Crois-tu ?

— Oui. Ce temps est le nôtre maintenant. Toi et moi. C'est ça qui compte. »

*Toi et moi.* Mais désire-t-elle cela ? Maintenant qu'elle voit combien son équilibre est fragile ? Maintenant qu'elle a une image de ce que risque d'être la vie avec lui ? Alors elle repense au contact de ses lèvres dans le creux de sa tempe, effleurant ce point secret particulier, et elle se dit, *Peut-être bien que je le veux. N'y a-t-il pas un œil au centre de tous les cyclones ?*

« Tu crois ? » demande-t-elle.

Durant quelques secondes, il ne dit rien. Se contente de la tenir. Du centre-bourg dérisoire de Cleaves leur parviennent grondements de moteurs, glapissements et hurlements de rire en cascade. C'est vendredi soir et les Garçons Perdus sont de sortie. Mais tout ça n'est pas ici. Ici tout n'est que parfum de sa longue pelouse assoupie descendant en pente douce vers l'été, aboiement de Pluto sous le lampadaire d'à côté, et sensation du bras de Scott autour d'elle. Même la pression chaude et humide de sa main blessée est réconfortante, elle marque la peau nue de sa taille comme un fer rouge.

« Baby », dit-il enfin.

Silence.

Puis : « Babylove. »

Pour Lisey Debusher, vingt-deux ans, lasse de sa famille et tout aussi lasse d'être seule, c'est suffisant. C'est enfin suffisant. Il a hurlé très fort pour la rappeler à la raison, et dans l'obscurité elle s'abandonne à ce Scott en lui. Dorénavant et jusqu'à la fin, elle ne regardera plus jamais en arrière.

18

Quand ils sont de nouveau dans la cuisine, elle déroule son chemisier et voit le carnage. En découvrant ça, une autre vague de vertige la soulève vers la brillante lumière du plafond et puis la précipite vers les ténèbres ; elle doit lutter pour rester consciente, et y parvient en se répétant *Il a besoin de moi. Il a besoin de moi pour le conduire aux urgences à Derry Home.*

Il a par miracle – un miracle de beauté – réussi à ne pas se trancher les veines du poignet si proches de la surface mais la paume est coupée en au moins quatre endroits différents, un lambeau de peau pend comme du papier peint décollé, et trois des « gros gras doigts » comme les appelait son père sont aussi tailladés. La *pièce de résistance* est une horrible entaille dans l'avant-bras d'où un triangle de verre vert épais dépasse comme un aileron de requin. Elle s'entend lâcher un *outch !* atterré quand il l'arrache – presque avec désinvolture – et le jette à la poubelle. Ce faisant, il garde soigneusement le chemisier trempé de sang sous sa main et son bras pour éviter de mettre du sang sur le sol de sa cuisine. Il en sème quand même quelques gouttes sur le lino, mais c'est étonnamment peu à nettoyer par la suite. Il y a un tabouret de bar devant le comptoir, sur lequel elle s'assoit parfois quand elle épluche des légumes, ou même quand elle fait la vaisselle (quand tu restes debout huit heures par jour, tu profites de t'asseoir quand tu peux), et Scott l'attire avec un pied pour pouvoir s'asseoir et laisser sa main saigner dans l'évier. Il dit qu'il va lui expliquer ce qu'elle doit faire.

« Tu dois aller aux urgences, lui dit-elle. Scott, sois raisonnable ! Les mains sont pleines de tendons et de trucs ! Tu tiens à en perdre l'usage ? Parce que tu pourrais, tu sais ! Tu pourrais vraiment ! Si tu t'inquiètes de ce qu'ils vont dire, tu n'as qu'à inventer une histoire, après tout inventer des histoires c'est ton métier, et je serai là pour conf...

– Si tu tiens toujours à ce que j'y aille demain, nous irons », lui dit-il. À présent, il est *entièrement* redevenu lui-même, rationnel, charmant et persuasif à un point quasi hypnotique. « Je vais pas mourir de ça ce soir, ça saigne presque plus, et d'ailleurs – tu sais à quoi ressemblent les urgences le vendredi soir ? Au Boulevard des Ivrognes ! Tôt le samedi matin ce sera *nettement* mieux. » Il lui sourit largement à présent, de ce sourire ravi qui dit *mon chou, j'm'y connais* et exige presque qu'on lui rende son sourire, et elle tâche de ne pas le lui rendre, mais c'est une bataille perdue d'avance. « D'ailleurs, tous les Landon cicatrisent vite. Tu avais intérêt. Je vais te montrer ce qu'il faut faire.

– On croirait que tu as déjà passé ta main à travers des dizaines de vitres de serres.

– Non, dit-il, et le sourire flanche un peu. Jamais rentré dans le chou d'une serre avant ce soir. Mais j'ai appris une chose ou deux sur les blessures et le sang. Paul et moi tous les deux on a appris.

– C'était ton frère ?

– Ouais. Il est mort. Remplis une bassine d'eau chaude, Lisey, tu veux bien ? Plutôt tiède, pas trop chaude. »

Elle a envie de lui poser toutes sortes de questions sur ce frère

(*Papa y nous le disait tout le temps à moi et Paul*)

dont elle ignorait l'existence, mais c'est pas le moment. Elle le houspillera plus non plus pour aller aux urgences, pas maintenant en tout cas. D'abord, s'il acceptait d'y aller il faudrait qu'elle l'y conduise en voiture, et elle est pas sûre d'en être capable, elle se sent toute tremblante en dedans. Et il a raison, ça saigne plus autant. Dieu soit loué des moindres bienfaits.

Lisey attrape sa cuvette blanche en plastique (*Mammoth Mart*, soixante-quinze cents) sous l'évier et la remplit d'eau tiède. Il plonge dedans sa main déchiquetée. D'abord, elle supporte – les volutes de sang montant paresseusement à la surface ne la dérangent pas trop – mais quand il plonge l'autre main pour frotter doucement, l'eau devient rose et Lisey se détourne en lui demandant pourquoi diable il faut qu'il rouvre les plaies et recommence à les faire saigner.

« Je veux m'assurer qu'elles sont propres, dit-il. Il faut qu'elles soient propres quand j'irai... » Il marque un temps d'arrêt, puis termine : « ... me coucher. Je peux dormir ici, hein ? S'il te plaît ?

– Oui, dit-elle, bien sûr que tu peux. » Et pense : *C'est pas ce que tu allais dire.*

Quand il a fini de bassiner sa main, il vide lui-même l'eau sanglante pour qu'elle n'ait pas à le faire, puis lui montre sa main. Mouillées et luisantes, les coupures paraissent moins sérieuses et cependant plus horribles, comme des ouïes de poisson entrecroisées, roses en surface et rouge profond à l'intérieur.

« Je peux utiliser ta réserve de thé, Lisey ? Je t'en rachèterai, je te promets. J'ai un chèque de droits d'auteur qui va arriver. Plus de cinq mille dollars. Mon agent me l'a juré sur la tête de sa mère. Première nouvelle, je lui ai dit, qu'il ait une mère. C'est une blague, hein.

– Je sais que c'est une blague, je suis pas si *idiote*...

– T'as rien d'une idiote.

– Scott, pourquoi as-tu besoin de toute une boîte de sachets de thé ?

– Donne-la-moi et tu verras. »

Elle attrape la boîte. Toujours assis sur le tabouret et procédant avec soin d'une seule main, Scott remplit à nouveau la cuvette d'eau pas trop chaude. Puis il ouvre la boîte de sachets de thé Lipton. « C'est Paul qui a eu l'idée », dit-il avec excitation. C'est une excitation de gosse, pense-t-elle. *Regarde le chouette modèle réduit d'avion que j'ai monté moi tout seul, regarde l'encre invisible que j'ai fabriquée avec les produits de mon coffret de chimie.* Il renverse tous les sachets de thé, dix-huit à peu près, dans la cuvette. En coulant vers le fond, ils colorent immédiatement l'eau d'une teinte ambrée. « Ça pique un peu mais ça marche vraiment vraiment bien. Regarde ! »

*Vraiment vraiment bien*, note Lisey.

Il enfonce la main dans le thé peu corsé qu'il a fait, et l'espace d'un court instant, ses lèvres découvrent ses gencives et il montre les dents, qu'il a de travers et un peu jaunies. « Ça fait un peu mal, dit-il, mais ça marche. Ça marche vraiment vraiment bien, Lisey.

– Oui », dit-elle. C'est bizarre, mais elle se dit que ça pourrait bel et bien être efficace pour prévenir l'infection, ou favoriser la cicatrisation, ou les deux. Chuckie Gendron, le cuisinier de restauration rapide au restaurant où elle travaille, est un grand fan du magazine *Insider*, et il arrive à Lisey d'y jeter un coup d'œil. Et il n'y a pas très longtemps, justement, elle a lu un article sur le thé et ses vertus supposées pour toutes sortes de choses. Évidemment, cet article figurait sur la même page qu'un autre sur la découverte d'ossements de Bigfoot[1] dans le Minnesota... « Oui, je suppose que tu as raison.

– Pas moi, Paul. » Il est excité, et ses couleurs lui sont revenues. *C'est comme s'il s'était même pas blessé*, pense-t-elle.

Scott tend le menton vers sa poche de poitrine. « Cigarette-moi, babylove.

– Tu crois que tu devrais fumer avec ta main toute –

– Oui, oui, pas de problème. »

Elle retire donc le paquet de cigarettes de sa poche de poitrine, lui en glisse une entre les lèvres et la lui allume. Une fumée odorante (elle adorera toujours cette odeur) monte en ligne bleue vers

---

1. Sorte de yéti des forêts d'Amérique du Nord.

le plafond bombé, taché d'humidité. Elle a envie d'en savoir plus sur les nards, les nards-de-sang en particulier. Elle commence à avoir sa petite idée.

« Scott, est-ce que ton père et ta mère vous ont élevés, ton frère et toi ?

– Nan. » Il a la cigarette fichée au coin de la bouche et un œil plissé contre la fumée. « Ma mère est morte en me faisant naître. Papa a toujours dit que je l'avais tuée à force de trop roupiller dans son ventre et de devenir trop gros. » Il rit à ce souvenir comme si c'était la meilleure blague du monde, mais c'est un rire nerveux aussi, un rire de gosse face à une blague cochonne qu'il ne comprend pas vraiment.

Elle ne dit rien. Elle a peur de parler.

Il baisse les yeux vers l'endroit où sa main disparaît dans la cuvette, maintenant remplie d'un thé sanguinolent. Il tire rapidement sur sa Herbert Tareyton et la cendre s'allonge. Son œil est resté plissé et cela lui donne l'air de quelqu'un d'autre, comme qui dirait. Pas vraiment d'un inconnu, mais de *quelqu'un d'autre*, oui. Comme...

Oh, disons comme un grand frère. Un grand frère qui serait mort.

« Mais Papa disait que c'était pas ma faute si je m'étais pas réveillé quand c'était le moment de sortir. Il disait qu'elle aurait dû m'en coller une pour me réveiller et comme elle l'a pas fait je suis devenu trop gros et ça l'a tuée, nard, fin. » Il rit. La cendre de sa cigarette tombe sur la paillasse. Il n'a pas l'air de le remarquer. Il regarde sa main dans le thé trouble mais ne dit plus rien.

Ce qui place Lisey dans un douloureux dilemme. Doit-elle poser une autre question, ou pas ? Elle craint qu'il ne réponde pas, qu'il lui cloue le bec (il *sait* clouer le bec aux gens, ça elle sait ; il lui est arrivé d'assister à ses TP de Lettres Modernes). Elle craint aussi qu'il *réponde*. Elle pense qu'il répondra.

« Scott ? » Elle le dit d'une voix très douce.

« Mmmm ? » La cigarette est déjà aux trois quarts consumée et la cendre se rapproche de ce qui ressemble à un filtre mais qui, sur une Herbert Tareyton, est seulement une sorte d'embout.

« Est-ce que ton père faisait des nards ?

– Des nards-de-sang, ça oui. Quand on avait pas eu de cran ou pour évacuer la crapouasse. Paul lui y faisait des *bons* nards, des *bonnards*. Des nards marrants. Comme des chasses au trésor. Suivre les indices. "Nard ! Fin !" et toucher la récompense. Comme des confiseries ou un coca RC[1]. » La cendre tombe encore de sa cigarette. Les yeux de Scott sont fixés sur le thé sanguinolent dans la bassine. « Mais Papa y donne un baiser. » Il la regarde et elle comprend soudain qu'il sait toutes les questions qu'elle a été trop timide pour poser et qu'il est en train d'y répondre du mieux qu'il peut. Du mieux qu'il ose. « C'est ça la récompense de Papa. Un baiser quand ça s'arrête de faire mal. »

19

Lisey n'a aucun pansement dans son armoire à pharmacie qui puisse faire l'affaire, aussi se résoud-elle à déchirer un drap en longues bandes. C'est un vieux drap, mais elle déplore quand même sa perte – avec un salaire de serveuse (augmenté des chiches pourboires des Garçons Perdus et de ceux, à peine meilleurs, des profs de fac qui déjeunent au *Pat's*), elle peut difficilement se permettre de piller son armoire à linge. Mais quand elle pense aux coupures entrecroisées dans la main de Scottt – et l'ouïe de poisson plus longue et plus profonde qu'il a dans l'avant-bras – elle n'hésite pas.

Scott dort déjà avant d'avoir posé la tête sur l'oreiller de son côté du lit ridiculement étroit de Lisey ; elle pense qu'elle va rester réveillée un bon moment, à ruminer les choses qu'il lui a racontées. Au lieu de quoi, elle s'endort presque aussitôt.

Elle se réveille deux fois au cours de la nuit, la première parce qu'elle a envie de pipi. Elle part en somnambule vers la salle de bains, remontant sur ses hanches le T-shirt géant *University of Maine* qui lui sert de chemise de nuit et grommelant « Scott, dépêche, j'ai vraiment envie... » Mais quand elle entre dans la salle de bains, la veilleuse qu'elle y laisse toujours allumée lui révèle une pièce vide. Scott n'est pas là. La lunette des WC n'est pas non plus relevée, comme il la laisse toujours quand il a fini de pisser.

---

1. *Royal Crown*.

Tout d'un coup, Lisey n'a plus du tout envie. Tout d'un coup, elle est terrorisée à l'idée que la douleur l'ait réveillé, qu'il se soit souvenu de toutes les choses qu'il lui a racontées, et ait été anéanti par – comment appellent-ils ça dans les *Insider* de Chukie ? – le retour des souvenirs refoulés.

*Étaient*-ils refoulés, ou bien se contentait-il de les garder pour lui ? Elle ne sait pas très bien, mais ce dont elle est sûre c'est que cette façon enfantine qu'il a eue de parler pendant un moment avait de quoi te faire froid dans le dos... et suppose qu'il soit reparti aux Serres de Parks terminer le travail ? Se trancher la gorge cette fois au lieu de la main ?

Elle se tourne vers la bouche obscure de la cuisine – l'appartement se limite à ça plus la chambre – et l'aperçoit roulé en boule dans le lit. Il dort comme à son habitude dans une position semi-fœtale, genoux remontés presque contre la poitrine, front contre le mur (quand ils quitteront cet appartement à l'automne, il y aura une marque discrète mais visible à cet endroit-là – la marque de Scott). Elle lui a dit plusieurs fois qu'il aurait plus de place s'il dormait sur le côté extérieur, mais il ne veut pas. Voilà qu'il remue un peu, le sommier grince, et dans la lumière du réverbère entrant par la fenêtre, Lisey voit une aile sombre de cheveux retomber sur sa joue.

*Il était pas au lit.*

Mais voilà qu'il y est, côté mur. Si elle en doute, elle pourrait glisser sa main sous cette mèche de cheveux qu'elle est en train de contempler, la soulever, éprouver son poids.

*J'ai peut-être rêvé qu'il était pas là ?*

Ça tombe sous le sens – enfin, presque – mais alors qu'elle fait demi-tour pour entrer dans la salle de bains et s'asseoir sur les toilettes, elle pense à nouveau : *Il était pas là. Quand je me suis levée, le toufu lit était* vide.

Elle relève la lunette quand elle a fini, parce que s'*il* se lève dans la nuit, il sera trop endormi pour le faire. Puis elle retourne se coucher. Elle somnole déjà avant d'avoir atteint le lit. Il est à côté d'elle à présent, et c'est ça qui compte. Sûrement, c'est ça qui compte.

20

La deuxième fois elle ne se réveille pas spontanément.

« Lisey. »

C'est Scott, il la secoue.

« Lisey, petite Lisey. »

Elle lutte contre le réveil, elle a eu une dure journée – merde, elle a eu une dure *semaine* – mais Scott insiste.

« Lisey, réveille-toi ! »

Elle s'attend à ce que la lumière du jour lui perce les yeux, mais il fait encore noir.

« Scott. Skia ? »

Elle voudrait demander s'il a recommencé à saigner, ou si le pansement qu'elle lui a mis s'est défait, mais ces idées semblent trop énormes et compliquées pour son cerveau embrumé. *Skia* devra faire l'affaire.

Son visage se profile au-dessus d'elle, complètement réveillé. Il paraît excité, mais pas accablé ni souffrant. Il dit, « On peut pas vivre longtemps ainsi. »

Voilà qui la réveille presque tout à fait, parce que ça la terrifie. Qu'est-ce qu'il dit ? Qu'il veut rompre ?

« *Scott ?* » Elle tâtonne sur le plancher, met la main sur sa Timex, cligne des yeux. « Il est quatre heures et quart du matin ! » Le ton abasourdi, le ton exaspéré, et elle *est* tout ça, mais elle est aussi effrayée.

« Lisey, on devrait vivre dans une vraie maison. S'en acheter une. » Il secoue la tête. « Non, je commence par la fin, là. Je pense qu'on devrait se marier. »

Le soulagement l'inonde et elle se laisse retomber en arrière. La montre échappe à ses doigts qui se relâchent et tombe par terre en cliquetant. Pas de problème ; une Timex, ça prend des gadins et ça continue son train-train. Le soulagement est suivi par l'étonnement ; on vient de lui faire sa demande, comme à une dame dans un roman de chevalerie. Et l'étonnement est suivi par une petite lanterne rouge de terreur. Le type qui est en train de lui faire sa demande (à quatre heures et quart du matin, notez bien) est le même type qui lui a posé un lapin la veille au soir, s'est bousillé la main quand elle lui a gueulé ses quatre vérités (et deux ou trois autres gentillesses en plus, ouais, d'accord, elle le reconnaît) et s'est ramené ensuite en lui offrant cette main en charpie comme une espèce de toufu cadeau de Noël. C'est le type au frère mort dont elle n'a découvert l'existence que la veille au soir, et à la mère morte qu'il est censé avoir tuée parce qu'il – quelle était la formule employée par le petit écrivain géant ? – était devenu trop gros.

« Lisey ?

– Ferme-la, Scott, je réfléchis. » Ah mais c'est dur de réfléchir quand la lune est couchée et l'heure indéfinissable, quoi que puisse en dire ta fidèle Timex.

« Je t'aime, dit-il gentiment.

– Je sais, moi aussi je t'aime. C'est pas la question.

– Ça pourrait l'être, dit-il. Que tu m'aimes, je veux dire. Ça pourrait tout à fait être la question. Personne m'a aimé depuis Paul. » Un long silence. « Et Papa, je pense. »

Elle se soulève sur un coude. « Scott, il y a des *tas* de gens qui t'aiment. Pour ta lecture de ton dernier livre – et de celui que tu écris en ce moment... » Elle fronce le nez. Le nouveau s'appelle *Les Démons vides*, et ce qu'elle en a lu et lui en a entendu lire ne lui plaît pas. « Pour ta lecture, près de cinq cents personnes sont venues ! Ils ont dû te déplacer du Salon Maine à l'Amphithéâtre Hauck ! Et à la fin, tu as eu droit à une ovation debout !

– C'est pas de l'amour, ça, dit-il, c'est de la curiosité. Et juste entre vous et moi, ma chère, c'est du registre de l'attraction de foire. Quand tu publies ton premier roman à vingt et un ans, tu tombes direct dedans, même si ton bouquin file dans les bibliothèques et ne sort pas en édition de poche. Mais me dis pas que tout ce truc d'enfant prodige t'importe, Lisey...

– Si, ça m'importe. » Complètement réveillée maintenant, ou tout comme.

« Oui, mais... cigarette-moi, babylove. » Ses cigarettes sont par terre, dans le cendrier-tortue qu'elle garde pour lui. Elle lui tend le cendrier, lui glisse une cigarette entre les lèvres, et la lui allume. Il reprend. « Mais ce qui t'importe aussi, c'est que je me lave les dents régulièrement...

– *Ouais*, ça aussi...

– Et que mon shampooing anti-pelliculaire soit efficace et aggrave pas... »

Ça lui rappelle un truc. « J'ai acheté de ce shampoing Tegrin dont je t'ai parlé. Il est dans la douche. Je veux que tu l'essaies. »

Il éclate de rire. « Tu vois ? Tu vois ? Illustration parfaite. Tu adoptes l'approche holistique.

– Je connais pas ce mot-là », dit-elle en se renfrognant.

Il écrase sa cigarette à peine entamée. « Ça veut dire que quand tu me regardes tu me vois tout entier haut bas devant derrière et pour toi tout pèse idem. »

Elle y réfléchit, et acquiesce. « Oui je crois, bien sûr.

– Tu ne peux pas savoir ce que ça représente. Toute mon enfance je n'ai été que... j'étais une seule chose. Les six dernières années, j'en ai été une autre. Meilleure, mais n'importe, pour la plupart des gens de par ici et de chez moi à Pitt, Scott Landon n'est rien qu'un... qu'un fichu juke-box. Mettez-lui quelques pièces dans le ventre et hop il crache une autre toufue histoire. » Il n'y a pas de colère dans sa voix, mais elle pressent qu'il *pourrait* y en avoir un jour. À la longue. S'il ne trouve pas d'endroit où être en sécurité, un endroit à sa mesure. Et oui, elle pourrait être cette personne-là. Elle pourrait lui faire cet endroit-là. Il l'y aiderait. Dans une certaine mesure, ils ont déjà commencé.

« Tu es différente, Lisey. Je l'ai su dès notre première rencontre, la Nuit du Blues au Salon Maine – tu te souviens ? »

Jésus Marie et Jojo le Charpentier, si elle se souvient. Elle était allée à l'université ce soir-là pour voir l'exposition Hartgen d'art universitaire devant l'Amphi Hauck, et entendant de la musique provenant du salon, elle était entrée, sur guère plus qu'un coup de tête en somme. Il était entré quelques minutes plus tard, avait promené un regard circulaire sur la salle presque comble, et lui avait demandé si la place à l'autre bout du sofa qu'elle occupait était prise. Dire qu'elle avait failli faire l'impasse sur la musique. Elle aurait pu attraper le bus de vingt heures trente pour Cleaves si elle n'avait pas poussé la porte du salon. Voilà comment elle était passée à un cheveu d'être au lit toute seule ce soir. Penser à ça lui fait le même effet que regarder tout en bas depuis une fenêtre très haute.

Elle ne dit rien de ceci, se contente de faire oui de la tête.

« Pour moi tu es comme... » Scott s'interrompt, puis sourit. Il a un sourire divin, dents de travers et tout. « Tu es comme notre mare où nous descendons boire. Je t'ai déjà parlé de notre mare ? »

Elle refait oui de la tête, souriant à son tour. Il ne lui en a pas parlé – pas directement – mais elle l'a entendu l'évoquer lors de ses lectures, et dans les conférences qu'elle est allée écouter sur son invitation enthousiaste, en s'asseyant toujours tout au fond de la salle, Boardman 101 ou Little 112. Quand il évoque la mare, il tend toujours ses mains en avant comme s'il était tout disposé à les tremper dedans s'il le pouvait, ou à y recueillir des choses – des petits poissons-mots, peut-être. Elle trouve que c'est un geste de petit garçon, un geste attendrissant. Parfois il l'appelle la mare-mythologique ; parfois la mare-aux-mots. Il prétend que chaque fois que vous traitez quelqu'un de joli cœur ou de mauvais cheval, vous buvez l'eau de la mare ou attrapez des têtards au bord ; que chaque fois que vous envoyez un enfant à la guerre et l'exposez au danger et à la mort parce que vous aimez le drapeau et avez enseigné à l'enfant à l'aimer aussi, vous nagez en plein milieu de la mare... là où vous n'avez plus pied, et où les gros affamés aux dents acérées nagent aussi.

« Je viens à toi et tu me vois tout entier, dit-il. Tu m'aimes jusqu'à la lune et retour et pas juste pour une histoire ou une autre que j'ai pu écrire. Quand ta porte se ferme et que le monde reste dehors, nous nous regardons à la même hauteur.

– Tu es beaucoup plus grand que moi, Scott.

– Tu sais ce que je veux dire. »

Elle suppose que oui. Mais elle est trop émue pour accepter au cœur de la nuit quelque chose qu'elle pourrait regretter au matin. « Nous en reparlerons demain », dit-elle. Elle récupère son matériel de fumeur et le repose par terre. « Redemande-moi demain, si tu en as toujours envie.

– Oh, j'en aurai envie, dit-il avec une confiance absolue.

– On verra. En attendant, rendors-toi. »

Il se tourne sur le côté. Il est allongé presque de tout son long maintenant, mais à mesure qu'il cédera au sommeil, il commencera à se recroqueviller. Ses genoux remonteront vers son torse étroit et son front, derrière lequel nagent tous ces poissons-histoires exotiques, ira s'appuyer contre le mur.

*Je le connais. Commence à le connaître, enfin.*

À cette idée, elle ressent une nouvelle vague d'amour pour lui, et doit fermer les lèvres pour retenir des mots dangereux. De ceux qu'il est dur de retirer une fois qu'ils ont été prononcés. Peut-être même impossible. Elle se contente de plaquer ses seins contre son dos et son ventre contre ses fesses nues. Quelques grillons attardés chantent dehors sous la fenêtre et Pluto se remet à aboyer, entamant un nouveau quart nocturne. Elle recommence à s'assoupir.

« Lisey ? » Sa voix vient quasiment d'un autre monde.

« Hmmmm ?

— Je sais que tu n'aimes pas *Les Démons*...

— Jdteste, parvient-elle à articuler, ce qui est la critique la plus élaborée qu'elle puisse se permettre dans l'état où elle se trouve ; elle sombre, sombre, sombre dans le sommeil.

— Ouais et tu seras pas la seule. Mais mon éditeur l'adore. Il dit que tout le monde à Sayler House a décidé que c'était un roman d'horreur. Ça me va. C'est comment, déjà, la vieille formule ? "Appelle-moi comme tu veux, mais m'appelle pas en retard pour dîner." »

Elle sombre, sombre. Sa voix lui parvient du fond d'un long corridor noir.

« J'ai pas besoin de Carson Foray ni de mon agent pour me dire que *Les Démons vides* va rapporter un paquet. J'ai fini de glander, Lisey. Ça y est, je décolle, mais je veux pas m'envoler tout seul. Je veux que tu viennes avec moi.

— Ferm, Gal. Doh. »

Elle ignore s'il finit par dormir ou pas, mais ô merveille des merveilles (merveille *de beauté*) Scott Landon finit par la fermer.

21

C'est samedi et Lisey Debusher se réveille — volupté incroyable — à neuf heures du matin, les narines chatouillées par l'odeur du bacon à la poêle. Le soleil s'étire sur le plancher et le lit en une rayure lumineuse. Elle va à la cuisine. Scott, en caleçon, fait frire du bacon, et elle est horrifiée de voir qu'il s'est débarrassé du pansement qu'elle a si soigneusement appliqué. Quand elle le gronde, Scott lui dit simplement que ça démangeait.

« Et puis, ajoute-t-il en lui présentant sa main (ce geste lui rappelle tellement la façon dont il a émergé des ombres la nuit dernière qu'elle doit réprimer un frisson), ça paraît pas si terrible à la lumière du jour, si ? »

Elle prend sa main, se penche comme si elle avait l'intention d'en lire les lignes, et regarde jusqu'à ce qu'il la retire en disant que s'il ne retourne pas le bacon il va brûler. Elle n'est pas stupéfaite, pas désorientée ; ce sont peut-être là des émotions réservées aux nuits sombres et aux chambres obscures, pas aux matins ensoleillés de fins de semaines, avec le Philco sur la fenêtre qui diffuse cette chanson de cow-boy de bas-étage qu'elle a jamais comprise mais toujours aimée. Pas stupéfaite, pas désorientée... mais perplexe, *oui*. Tout ce qui lui vient à l'esprit c'est qu'elle a dû croire les plaies beaucoup plus profondes qu'elles ne s'avèrent l'être. Qu'elle a paniqué. Car ces blessures-ci, sans être exactement des égratignures, sont loin d'être aussi graves qu'elle pensait. Elles n'ont pas seulement coagulé ; elles ont déjà commencé à *cicatriser*. Si elle l'avait emmené aux urgences à Derry Home, on lui aurait sûrement dit d'aller se faire voir ailleurs.

*Tous les Landon cicatrisent vite. Tu avais intérêt.*

Pendant ce temps, Scott pique avec une fourchette le bacon croustillant dans la poêle et le dépose sur deux épaisseurs de serviettes en papier. En ce qui la concerne il est p't-êt'ben un bon écrivain, mais question friture, il est un *grand* cuisinier. Du moins quand il s'y plonge vraiment. Mais il a besoin de caleçons neufs ; le fond de celui-ci lui pend sous les fesses d'une façon comique, et l'élastique à la taille tient par l'opération du Saint-Esprit. Elle verra ce qu'elle peut faire pour le convaincre d'investir dans des caleçons quand le chèque de droits d'auteur qu'on lui a promis arrivera, et bien entendu, c'est pas des caleçons qu'elle a en tête, pas vraiment ; ce qu'elle a en tête, c'est comparer ce qu'elle a vu hier soir – ces ouïes profondes et écœurantes, du rose saumon au rouge foie de veau – avec ce qui est en promo ce matin. C'est toute la différence entre de simples coupures et des entailles, et croit-elle vraiment que *quelqu'un* peut cicatriser si vite, en dehors des histoires de la Bible ? Le croit-elle vraiment ? Parce que c'est pas dans un carreau de *fenêtre* qu'il a passé la main mais dans une vitre de *serre*, ce qui lui rappelle qu'ils vont devoir s'occuper de ça, Scott va devoir...

« Lisey. »

Elle sort en sursaut de sa rêverie et se découvre assise à la table de la cuisine, triturant nerveusement son T-shirt entre ses cuisses. « Quoi ?

— Un œuf ou deux ? »

Elle réfléchit. « Deux. Je crois.

— Dessus dessous ou tu veux qu'i't'regardent ?

— Dessus dessous, dit-elle.

— Et nos épousailles ? » demande-t-il exactement du même ton tout en cassant les deux œufs de sa main droite valide et en les laissant choir dans la poêle, *k-plof.*

Elle sourit un peu, pas tant de son ton terre à terre que du contraste avec la tournure archaïque et plaisante, et s'avise qu'elle est pas du tout étonnée. Elle s'y attendait... à ce, comment dire, cette reprise des pourparlers ; elle a dû retourner sa demande en mariage dans un profond recoin de sa tête pendant son sommeil.

« Tu es sûr ? demande-t-elle.

— Sûr de sûr, dit-il. Qu'est-ce que tu en penses, babylove ?

— Babylove pense que ça ressemble bien à un projet.

— Bien, dit-il. C'est bien. » Il s'interrompt. Puis : « Merci. »

Durant une minute ou deux, ni l'un ni l'autre ne parle. Sur l'appui de fenêtre, le vieux Philco fêlé diffuse le genre de musique que Pa Debusher n'écoutait jamais. Dans la poêle, les œufs crépitent. Elle a faim. Et elle est heureuse.

« Cet automne », dit-elle.

Il approuve de la tête en attrapant une assiette. « Bien. Octobre ?

— Peut-être un peu trop tôt. Disons autour de Thanksgiving. Il te reste des œufs pour toi ?

— Il n'en reste qu'un, mais je ne veux que celui-là. »

Elle ajoute, « Je ne t'épouse pas si tu ne t'achètes pas des caleçons neufs. »

Il ne rit pas. « Alors j'en ferai une priorité. »

Il pose l'assiette devant elle. Œufs-au-bacon. Elle est affamée. Elle attaque et il casse le dernier œuf dans la poêle.

« Lisa Landon, dit-il. Qu'est-ce que tu en penses ?

— Je pense que ça sonne bien. C'est... comment dis-tu quand tous les mots commencent par le même son ?

— Allitération.

– Ouais, ça. » Et elle le dit. « Lisa Landon. » Comme les œufs, ça glisse tout seul sur la langue.

« Petite Lisey Landon », dit-il, et il expédie son œuf en l'air. L'œuf fait un double saut périlleux et retombe pile dans la graisse de bacon, *plap*.

« Vous, Scott Landon, promettez-vous d'arrimer le barda et de garder le toufu barda arrimé ? demande-t-elle.

– Arrimé jusqu'à ce que mort s'ensuive », répond-il, et ils se mettent à rire comme deux baleines heureuses pendant que la radio chante dans le soleil.

## 22

Avec Scott, elle a toujours beaucoup ri. Et une semaine plus tard ses coupures à la main, et même l'entaille à l'avant-bras, étaient pratiquement guéries.

Sans même une cicatrice.

## 23

Quand Lisey se réveille à nouveau, elle ne savait plus *quand* elle était – maintenant ou avant. Mais il pénétrait dans la chambre suffisamment de la première clarté de l'aube pour qu'elle distingue le papier peint bleu lagon et le paysage marin sur le mur. C'était donc la chambre d'Amanda, et ça paraissait normal, mais ça paraît anormal aussi ; il lui semble que c'est un rêve de l'avenir qu'elle est en train de faire dans son petit lit étroit de l'appartement, le lit qu'elle partage encore avec Scott la plupart des nuits de la semaine, et qu'ils partageront encore jusqu'au mariage en novembre.

Qu'est-ce qui l'a réveillée ?

Amanda lui tournait le dos et Lisey était encore ajustée à elle comme une cuillère, ses seins collés au dos de Manda, son ventre contre le postérieur maigrichon de Manda, et qu'est-ce qui a bien pu la réveiller ? Elle n'a pas envie de faire pipi... pas avec frénésie, en tout cas, *alors*... ?

*Amanda, tu as dit quelque chose ? Tu veux quelque chose ? Un verre d'eau, peut-être ? Un morceau de vitre de serre pour te taillader les poignets ?*
Ces choses-là lui traversèrent l'esprit, mais Lisey n'avait pas réellement envie de dire quoi que ce soit, car une drôle d'idée lui est venue. L'idée c'est que, même si elle a vue sur le balai à franges grisonnant à vitesse grand V d'Amanda et sur le volant de dentelle entourant le col de la chemise de nuit d'Amanda, elle était en fait au lit avec Scott. Oui ! Qu'à un certain moment de la nuit, Scott est... quoi ? Passé à travers l'objectif des souvenirs de Lisey pour s'introduire dans le corps d'Amanda ? Quelque chose dans ce goût-là. C'est une idée saugrenue, d'accord, et pourtant elle n'a aucune envie de dire quoi que ce soit, parce qu'elle a peur que, si elle parle, Amanda lui réponde avec la voix de Scott. Et que ferait-elle alors ? Hurlerait-elle ? Hurlerait-elle *à réveiller les morts*, comme le veut la formule ? Certainement, cette idée est absurde, mais...
Et là, dans ce fossé des cinq heures qui précède l'aube, le visage détourné de sorte que Lisey ne peut pas le voir, Amanda parla.
« *Baby* », dit-elle.
Il y a un silence.
Puis : « *Babylove.* »
Si la température interne de Lisey a semblé chuter de dix degrés la veille au soir, elle semble maintenant chuter de vingt, car bien que la voix qui a parlé soit indéniablement féminine, c'est aussi celle de Scott. Lisey a vécu avec lui pendant plus de vingt ans. Elle sait reconnaître Scott quand il parle.
*C'est un rêve,* se dit-elle. *Voilà pourquoi je suis même pas capable de dire si c'est maintenant ou avant. Si je regarde autour de moi, je vais voir le tapis volant PILLSBURY'S BEST flotter dans un coin de la pièce.*
Mais elle était incapable de chercher des yeux. Un long moment, elle fut incapable du moindre geste. Ce qui en fin de compte la force à parler, c'est la lumière qui se renforce. La nuit touche presque à sa fin. Si Scott est revenu – si elle est vraiment réveillée et pas seulement en train de rêver tout ceci – alors il doit y avoir une raison. Et ce serait pas pour lui faire du mal. Jamais pour lui faire du mal. Du moins... pas de propos délibéré. Mais elle découvre qu'elle ne peut prononcer ni son nom ni celui

d'Amanda. Ni l'un ni l'autre ne semble convenir. Tous deux semblent faux. Elle se vit attraper Amanda par l'épaule et la faire rouler sur le flanc. Le visage de qui verrait-elle surgir sous la frange grisonnante de Manda ? Imagine que ce soit celui de Scott ? Oh, doux Jésus, *imagine*.

Le jour point. Et soudain elle eut la certitude que si elle laissait le soleil se lever sans avoir parlé, la porte entre le passé et le présent se refermerait et tout espoir d'obtenir des réponses s'envolerait.

*Peu importe le nom, alors. Peu importe qui diable est dans cette chemise de nuit.*

« Pourquoi Amanda a-t-elle dit nard ? » questionna-t-elle. Sa voix dans la chambre – encore plongée dans la pénombre mais s'éclairant, s'éclairant – rend un son rauque, un peu sec.

« Je t'ai laissé un nard », observe l'autre personne dans le lit, la personne contre le postérieur de qui Lisey a le ventre collé.

*Oh mon Dieu mon Dieu mon Dieu c'est la crapouasse si jamais la crapouasse a jamais existé, la voilà...*

Et alors : *Ressaisis-toi. Nom de Dieu arrime le barda. Et de suite.*

« Est-ce que... » Sa voix était plus sèche et plus enrouée que jamais. Et soudain la chambre semble s'illuminer trop vite. Le soleil va franchir la ligne d'horizon à l'est d'un instant à l'autre maintenant. « Est-ce que c'est un nard-de-sang ?

– Attends-toi à un nard-de-sang », lui dit la voix, sur un ton de vague regret. Et oh on dirait tellement Scott. Pourtant on aurait plutôt dit Amanda aussi, à présent, et voilà qui terrifia Lisey plus que tout.

Puis la voix s'illumina. « Tu es sur un *bon* nard, Lisey. Ça passe derrière le pourpre. Tu as déjà trouvé les trois premières stations. Encore quelques-unes et tu auras ta récompense.

– Quelle sera ma récompense ? demande-t-elle.

– Une boisson. » La réponse est immédiate.

« Un Coke ? Un RC ?

– Chut. On veut contempler l'ellébore. »

La voix avait parlé avec une étrange et infinie nostalgie, et qu'y a-t-il de si familier là-dedans ? Pourquoi ce nom semble-t-il désigner quelque chose plutôt qu'une simple fleur ? Est-ce encore une chose dissimulée derrière le rideau pourpre qui tient parfois ses propres souvenirs à distance d'elle ? Il n'y avait guère de temps pour réfléchir à ça, encore moins questionner, car un rai oblique de lumière rouge passait tel un doigt par la fenêtre. Lisey sentit le temps se remettre à tourner à l'endroit, et, si intense qu'ait été son effroi, elle éprouva un douloureux regret.

« Quand viendra le nard-de-sang ? demanda-t-elle. Dis-le-moi. »

Il n'y eut pas de réponse. Elle savait qu'il n'y en aurait pas, et pourtant sa frustration augmenta, remplaçant dans la pièce la terreur et la perplexité qui l'avaient emplie avant que le soleil se pointe à l'horizon, ses rayons dissipant les ombres.

« *Quand viendra-t-il ? Merde à la fin, quand ?* » Elle criait maintenant, et secouait l'épaule vêtue de la chemise de nuit blanche assez fort pour faire trembloter la chevelure... et toujours pas de réponse. La fureur de Lisey se brisa. « *Me fais pas marcher comme ça, Scott, quand ?* »

Cette fois elle *tira* d'un coup sec l'épaule en chemise au lieu de seulement la secouer, et l'autre corps dans le lit roula mollement vers elle. C'était Amanda, bien sûr. Elle avait les yeux ouverts et elle respirait encore, il y avait même un soupçon de couleur terne sur ses joues, mais Lisey reconnut ce regard qui traversait les galaxies pour l'avoir vu lors des autres décrochages avec la réalité de gran'sœur Man'a-Bunny. Et pas seulement les siens. Lisey ne savait plus du tout si Scott était réellement venu à elle ou si elle s'était seulement abusée elle-même dans un état de semi-éveil, mais d'une chose elle était parfaitement sûre : à un moment ou un autre de la nuit, Amanda s'en était encore allée. Et cette fois peut-être pour de bon.

DEUXIÈME PARTIE

# MIRALBA

« Elle se retourna, et vit une immense lune blanche qui la regardait par-dessus la colline. Et son sein s'ouvrit à l'astre, elle fut fendue comme un joyau transparent dans sa lumière. Elle s'offrit, debout, emplie par la pleine lune. Ses deux seins s'écartèrent pour lui livrer passage, son corps s'ouvrit tout grand comme une anémone frémissante, invitation dilatée et molle touchée par la lune. »

D. H. LAWRENCE, *L'Arc-en-ciel*

## V. Lisey et le Long, Long Jeudi (Les Stations du Chemin de Nard)

1

Il ne fallut pas longtemps à Lisey pour comprendre que ceci était bien pire que les trois autres décrochages d'Amanda avec la réalité – ses épisodes de « semi-catatonie passive », pour employer les mots de la psy. C'était comme si sa sœur généralement agaçante et quelquefois épuisante était devenue une grande poupée qui respirait. Lisey parvint (avec un effort considérable) à hisser Amanda en position assise et à la faire pivoter de telle sorte qu'elle se retrouve assise au bord du lit, mais la femme en chemise de nuit de coton blanc – qui peut-être avait ou n'avait pas parlé avec la voix du défunt mari de Lisey quelques secondes avec l'aube – refusait de répondre à son nom, que celui-ci soit parlé, crié, vociféré, quasi désespérément, sous son nez. Elle se contentait d'être assise, les mains sur les genoux, et de regarder fixement sa plus jeune sœur. Et quand Lisey s'écarta, Amanda regarda fixement l'espace qu'elle avait laissé vacant.

Lisey passa à la salle de bains pour humecter un linge d'eau froide, et quand elle revint, Amanda s'était affaissée de nouveau en position semi-couchée, la partie supérieure de son corps sur le lit et les pieds au sol. Lisey entreprit encore une fois de la redresser, puis s'interrompit quand les fesses d'Amanda, déjà près du bord, commencèrent à glisser. Si elle persistait, Amanda allait se retrouver par terre.

« Man'a-Bunny ! »

Pas de réponse au surnom d'enfance cette fois. Lisey décida de mettre le paquet.

« Gran'sœur Man'a-Bunny ! »

Rien. Au lieu d'avoir peur (cela viendrait sous peu), Lisey fut soulevée par le genre de rage qu'Amanda avait rarement réussi à susciter chez elle les fois où elle s'y était essayée.

*« Arrête ça ! Arrête ça et ramène ton cul sur le lit pour pouvoir t'asseoir ! »*

Que pouic. Zéro. Elle se pencha, essuya le visage inexpressif d'Amanda avec le linge froid, et obtint un peu plus de rien. Les yeux ne cillèrent pas, même quand le linge passa sur eux. C'est *là* que Lisey commença à avoir peur. Elle consulta le radio-réveil digital près du lit et vit qu'il était six heures à peine passées. Elle pouvait appeler Darla sans se soucier de réveiller Matt, qui devait dormir du sommeil du juste là-bas à Montréal, mais elle n'y tenait pas. Pas encore. Appeler Darla équivaudrait à admettre la défaite, et elle n'était pas prête à ça.

Elle contourna le lit, attrapa Amanda sous les aisselles, et la tira en arrière. Ce fut plus dur qu'elle ne s'y attendait compte tenu de la carcasse efflanquée d'Amanda.

*Parce que c'est un poids mort maintenant, babylove. Voilà pourquoi.*

« Écrase, dit-elle, sans savoir du tout à qui elle parlait. Écrase, tu veux. »

Elle grimpa elle-même sur le lit, les genoux de part et d'autre des cuisses d'Amanda, les mains plantées de chaque côté du cou d'Amanda. Dans cette position, celle de l'amant dominant, elle pouvait regarder droit dans le visage aux yeux fixes de sa sœur tourné vers le haut. Lors de ses décrochages précédents, Manda s'était montrée docile... un peu comme une personne sous hypnose est docile, avait pensé Lisey à l'époque. Voici qui semblait très différent. Elle pouvait seulement espérer qu'elle se trompait, car il y a certaines choses qu'une personne est censée faire le matin. Au cas où, évidemment, cette personne souhaite continuer à mener sa petite vie privée dans sa petite maison Cape Cod.

« *Amanda !* » hurla-t-elle à la tête de sa sœur. Puis, pour faire bonne mesure, et en se sentant à peine ridicule (il n'y avait qu'elles deux, après tout) : « *Gran'e... sœur... Man'a-Bunny ! Je veux... que tu te lèves... lève-TOI !... et que t'ailles aux cabinets...* PISSER *! Va* PISSER*, Man'a-Bunny ! À trois !* UN*... et* DEUX *!... et*

TROIS ! » À TROIS, Lisey tira de nouveau Amanda en position assise, mais Amanda ne voulait toujours pas tenir droite.

Une fois, aux alentours de six heures vingt, Lisey parvint enfin à la redresser dans une sorte de position recroquevillée à cheval sur une fesse. Elle ressentait ce qu'elle avait ressenti quand elle avait eu sa première voiture, une Pinto 1974, et qu'après deux minutes interminables passées à tirer sur le démarreur, le moteur avait fini par ronfler et tourner rond juste avant que la batterie ne rende l'âme. Mais au lieu de se redresser tout à fait et de laisser Lisey la conduire aux toilettes, Amanda retomba sur le lit – de guingois, pour tout arranger –, si bien que Lisey dut se jeter en avant pour la rattraper sous les bras et la repousser en arrière en l'injuriant pour lui éviter de se retrouver par terre.

« *Tu fais semblant, sale emmerdeuse !* » cria-t-elle à Amanda, sachant pertinemment que ce n'était pas le cas. « *Eh ben, vas-y ! Continue et...* » Elle s'entendit vociférer – elle allait réveiller Mme Jones, la voisine d'en face, si elle ne faisait pas attention – et s'obligea à baisser le ton. « Continue et reste vautrée là. Ouais. Si tu crois que je vais passer toute la matinée à papillonner autour de toi, tu te fourres le doigt dans l'œil. Je descends me faire un café et du porridge. Si les narines de Ta Royale Majesté sont agréablement chatouillées par l'un ou l'autre, appelle. Ou, je ne sais pas moi, envoie ton toufu grand chambellan avec un plateau. »

Elle ne sut pas si les narines de gran'sœur Man'a-Bunny furent agréablement chatouillées, mais celles de Lisey, oui, surtout par le café. Elle en prit un noir avant son bol de porridge, puis un autre avec crème et sucre ensuite. Tout en sirotant celui-là, elle pensa : *Me manque plus qu'une cibiche et je pourrais chevaucher cette journée comme un poney. Une toufue Salem Light.*

Son esprit voulut se tourner vers ses rêves et souvenirs de la nuit passée (**SCOTT ET LISEY LES JEUNES ANNÉES**, *sûr et certain*, pensa-t-elle), et elle ne l'y autorisa pas. Pas plus qu'elle ne voulut lui laisser explorer ce qui lui était arrivé au réveil. Peut-être aurait-elle du temps pour y penser plus tard, mais pas maintenant. Maintenant, elle avait gran'e sœur sur les bras.

*Et imagine que gran'e sœur ait dégoté un joli rasoir rose jetable tout en haut du meuble de l'armoire à pharmacie et décidé de se trancher les poignets avec ? Ou la gorge ?*

Lisey se leva de table en hâte en se demandant si Darla avait pensé à débarrasser tous les objets tranchants de la salle de bains de l'étage... de toutes les pièces de l'étage, par le fait. Elle monta l'escalier en courant presque, redoutant ce qu'elle risquait de trouver dans la chambre principale, s'armant de courage pour retrouver dans le lit rien de plus qu'une paire d'oreillers cabossés.

Amanda était toujours là, toujours les yeux au plafond. Elle ne donnait pas l'impression d'avoir bougé d'un iota. Le soulagement de Lisey fut remplacé par un sombre pressentiment. Elle s'assit sur le lit et prit la main de sa sœur dans la sienne. Elle était chaude mais inerte. Lisey força les doigts de Manda à se refermer sur les siens mais ils restèrent mous. Cireux.

« Amanda, qu'est-ce qu'on va faire de toi ? »

Il n'y eut pas de réponse.

Et puis, parce qu'elles étaient seules en dehors de leur reflet dans la glace, Lisey dit : « Scott a pas fait ça, dis, Manda ? S'te plaît, dis-moi que Scott a pas fait ça de... je sais pas moi... revenir ? »

Amanda ne confirma ni n'infirma, et au bout d'un petit moment Lisey s'en fut prospecter dans la salle de bains en quête d'objets tranchants. Elle supposa que Darla était passée par là avant elle, car tout ce qu'elle trouva fut une paire de ciseaux à ongles au fond du compartiment inférieur du petit vanity pas si vaniteux de Manda. Bien sûr, ces p'tits bouts ronds auraient suffi, dans une main décidée. Tu penses, le propre père de Scott

*(chut Lisey non Lisey).*

« D'accord », dit-elle, alarmée par la panique qui lui emplit la bouche d'un goût de cuivre, la lumière pourpre qui sembla lui éclore dans le fond des yeux, et la façon dont sa main se contracta sur la paire de ciseaux minuscules. « D'accord, n'en parlons plus. Laissons tomber. »

Elle cacha les ciseaux derrière une poignée d'échantillons de shampoings poussiéreux tout en haut du placard à serviettes d'Amanda, et puis – parce qu'elle ne voyait rien d'autre à faire – prit une douche. En sortant de la salle de bains, elle vit tout de suite la large auréole qui s'étalait sous les fesses d'Amanda, et comprit qu'elle était en présence de quelque chose que les sœurs Debusher ne pourraient résoudre toutes seules. Elle glissa une serviette de toilette sous le postérieur trempé d'Amanda. Puis jetant un coup d'œil au réveil sur la table de nuit, soupira, décrocha le téléphone, et composa le numéro de Darla.

2

Lisey avait entendu Scott dans sa tête la veille. Une voix claire et forte : *Je t'ai laissé un mot, babylove.* Elle l'avait rejetée comme étant sa propre voix intérieure, singeant celle de Scott. Peut-être était-ce le cas – *sûrement* l'était-ce – mais arrivées trois heures de ce long et chaud jeudi après-midi, alors qu'elle était assise au *Pop's Café* de Lewinston avec Darla, elle savait qu'une chose était sûre : il lui avait laissé un sacré cadeau posthume. Un sacré bonnard, en parler-Scott. Ç'avait été coton comme journée, mais ç'aurait été bien pire sans Scott Landon, défunt ou pas depuis deux ans.

Darla accusait la fatigue que Lisey éprouvait. Quelque part en cours de route elle avait trouvé le temps d'appliquer un peu de maquillage, mais elle avait manqué de munitions dans son sac à main pour masquer les cernes sous les yeux. Assurément il n'y avait plus trace de la trentenaire énervée qui s'était fait un devoir à la fin des années soixante-dix d'appeler Lisey une fois par semaine pour lui rappeler d'autorité ses devoirs familiaux.

« À quoi tu penses, petite Lisey ? » dit-elle maintenant.

Lisey avait la main tendue vers le distributeur de sucrettes Sweet'n Low. Au son de la voix de Darla, elle changea de cap, referma plutôt les doigts sur la saupoudreuse à l'ancienne, et fit couler un flot de sucre mahousse costaud dans sa tasse. « Je me disais que ç'avait été Jeudi Café, dit-elle. Jeudi Café Archisucré. Ça doit faire mon dixième.

— Moi itou, renchérit Darla. Je suis allée pisser une demi-douzaine de fois, et je compte y aller encore avant que nous quittions ce charmant établissement. Heureusement qu'on a Pepcid AC. »

Lisey touilla son café, grimaça, puis se remit à siroter. « Tu es sûre que tu veux lui préparer une valise ?

— Ben, faut bien que quelqu'un le fasse, et tu as une tête à faire peur.

— Je te remercie foutrement.

— Si ta sœur ne te dit pas la vérité, qui le fera. »

Lisey lui avait entendu dire ça quantité de fois, de même que *Le devoir n'attend pas* et Numéro Un au Hit-Parade des Plus Grands Succès de Darla, *La vie est injuste*. Aujourd'hui, ça ne la piqua pas. Au contraire, cela réveilla même le fantôme d'un sourire. « Si tu as envie de le faire, Darl, je vais pas te disputer ce privilège au bras de fer.

– J'ai pas dit que j'en avais envie, j'ai simplement dit que j'allais le faire. Tu as passé la nuit dernière avec elle et tu t'es occupée d'elle au réveil. Je dirais que tu as fait ta part. Excuse-moi, faut que j'aille dépenser un penny. »

Lisey la regarda s'éloigner en pensant *En v'là une autre*. Dans la famille Debusher, où il y avait une expression pittoresque pour tout, uriner était *dépenser un penny*, et pour vider ses intestins – étrange mais vrai – c'était *enterrer un Quaker*. Scott l'avait adorée, celle-là, disant qu'il s'agissait sans doute d'une vieille dérivation écossaise. Lisey supposait que c'était possible ; la plupart des Debusher venaient d'Irlande et tous les Anderson d'Angleterre, du moins aux dires de Bonne Ma, mais toutes les familles avaient leurs chiens perdus sans collier, non ? Et puis ça ne l'intéressait pas particulièrement. Ce qui l'intéressait c'était que *dépenser un penny* et *enterrer un Quaker* étaient des prises de la mare, la mare de Scott, et depuis hier il semblait toufoutument près d'elle...

*C'était un rêve ce matin, Lisey... tu sais ça, n'est-ce pas ?*

Elle n'était pas sûre de ce qu'elle savait ou ne savait pas quant à ce qui s'était passé dans la chambre d'Amanda ce matin – tout ça ressemblait à un rêve, y compris ses tentatives pour mettre Amanda debout et la faire aller aux toilettes – mais d'une chose elle pouvait être sûre : Amanda était désormais casée à Greenlawn, Réadaptation et Repos, pour au moins une semaine, tout avait été plus facile que Darla et elle n'auraient pu l'espérer, et de cela elles pouvaient remercier Scott. Ici

*(iciGO)*

et maintenant, disons que ça semblait suffisant.

### 3

Darla était arrivée à la douillette petite maison Cape Cod d'Amanda avant sept heures, sa chevelure d'ordinaire travaillée à peine peignée, un bouton de son chemisier déboutonné laissant le rose de son soutien-gorge pointer effrontément le nez. À cette heure-là, Lisey avait déjà confirmé le fait qu'Amanda ne voulait pas non plus manger. Elle avait laissé Lisey lui introduire une cuillerée d'œufs brouillés dans la bouche, après avoir été poussée et tirée en position assise et adossée à la tête du lit, ce qui avait donné quelque espoir à Lisey – Amanda avalait bien de l'eau, alors peut-être avalerait-elle les œufs – mais l'espoir fut vain. Après être simplement restée assise là pendant peut-être trente secondes avec les œufs dépassant des lèvres (pour Lisey cette pointe de jaune avait quelque chose d'assez ignoble, comme si sa sœur avait voulu manger un canari), Amanda éjecta simplement la nourriture avec la langue. Quelques bribes se collèrent à son menton. Le reste dégringola sur le devant de sa chemise de nuit. Les yeux d'Amanda restèrent sereinement plongés dans le lointain. Ou le mystique, si t'étais fan de Van Morrison. Scott assurément l'avait été, encore que sa passion pour *Van the Man* ait quelque peu décru au début des années quatre-vingt-dix. C'était l'époque où Scott avait amorcé un retour vers Hank Williams et Loretta Lynn.

Darla refusa de croire qu'Amanda ne voulait pas manger tant qu'elle n'eut pas tenté l'expérience des œufs elle-même. Elle dut en brouiller de nouveaux pour ce faire ; Lisey avait jeté à la poubelle ce qui restait des deux premiers. Ce regard d'Amanda traversant les galaxies lui avait ôté tout l'appétit qu'elle aurait pu avoir pour les restes de gran'sœur.

Le temps que Darla entre d'un pas martial dans la chambre, Amanda avait à nouveau glissé – *coulé* – de sa position assise à sa position prostrée et Darla aida Lisey à la redresser encore. Lisey était soulagée d'avoir de l'aide. Son dos la faisait déjà souffrir. Elle osait à peine imaginer le coût toujours plus élevé que s'occuper d'une personne dans cet état devait représenter, jour après jour, durant une période illimitée.

« Amanda, je veux que tu manges ceci », annonça Darla sur le ton sévère, je-ne-veux-pas-d'histoires-tu-m'entends, que Lisey avait entendu mainte et mainte fois au téléphone dans ses jeunes années. Le ton, associé à la mâchoire crispée et au corps raide, indiquait clairement que Darla pensait qu'Amanda simulait. *Aussi simulatrice qu'une locomotrice*, qu'aurait dit Dandy : une parmi sa centaine ou plus de joyeuses expressions pittoresques et absurdes. Mais (songea rêveusement Lisey) est-ce que ça n'avait pas toujours été la conclusion de Darla quand tu faisais pas ce qu'elle voulait ? Que tu étais *aussi simulatrice qu'une locomotrice* ?

« Je veux que tu manges ces œufs brouillés, Amanda – *de suite* ! »

Lisey ouvrit la bouche pour émettre une opinion, puis se ravisa. Elles arriveraient plus vite à destination si Darla constatait par elle-même. Et quelle était leur destination ? Greenlawn, très vraisemblablement. Greenlawn, Réa et Repos à Auburn. La clinique que Scott et elle avaient brièvement envisagée après le dernier épanchement d'Amanda, au printemps 2001. Il s'était simplement avéré que les investigations de Scott en ce qui concernait Greenlawn avaient été un peu plus poussées que son épouse n'avait soupçonné, et grâce lui en soit rendue.

Darla parvint à fourrer les œufs dans la bouche d'Amanda et se tourna vers Lisey avec le début d'un sourire triomphant. « Là ! Je pense qu'elle avait juste besoin d'une main f... »

Sur ce, la langue d'Amanda apparut entre ses lèvres molles, poussant encore une fois les œufs jaune canari devant elle, et *plop*. Sur le devant de sa chemise de nuit, encore humide du dernier épongeage.

« Tu disais ? » interrogea tranquillement Lisey.

Darla jeta un long, long regard à sa sœur aînée. Quand elle le reporta sur Lisey, la détermination mâchoires-serrées s'était envolée. Elle ressemblait à ce qu'elle était : une femme d'âge mûr tirée trop tôt du lit par une urgence familiale. Elle ne pleurait pas, mais elle n'en était pas loin ; ses yeux, du bleu vif qui était le lot de toutes les filles Debusher, étaient noyés de larmes. « C'est pas comme avant, dis ?

– Non.

– Il s'est passé quelque chose hier soir ?

– Non. » Lisey n'eut pas d'hésitation.

« Pas de crises de larmes ni de colère ?

– Non.

– Oh, chouchou, qu'allons-nous faire ? »

Lisey avait une réponse pratique à la question, et à cela rien d'étonnant ; Darla avait beau penser différemment, l'esprit pratique avait toujours été l'apanage de Jodi et de Lisey. « La rallonger, attendre l'ouverture des bureaux, et appeler cette clinique, dit-elle. Greenlawn. Et espérer qu'elle repisse pas au lit entre-temps. »

4

Elles attendirent en buvant du café et en jouant au cribble, jeu que chacune des filles Debusher avait appris de Dandy longtemps avant leurs premières équipées à bord du grand bus scolaire jaune de Lisbon Falls. Toutes les trois ou quatre mains, l'une d'elles allait jeter un coup d'œil sur Amanda. Elle était toujours idem, couchée sur le dos et les yeux au plafond. Dans la première partie, Darla mit sa petite sœur « skunk » ; dans la seconde, elle passa la ligne des 121 en remportant une série de trois dans le crib, laissant Lisey dans le bourbier. Que ça la mette en joie, même avec Manda azimutée à l'étage, donna du grain à moudre à Lisey... mais rien qu'elle souhaitât exprimer à haute voix. Ç'allait être une longue journée, et si Darla la commençait avec le sourire aux lèvres, génial. Lisey déclina une troisième partie et toutes les deux regardèrent un quelconque chanteur de country dans la dernière séquence de l'émission *Today*. Lisey pouvait presque entendre Scott commenter, *Il est pas près de mettre le Vieux Hank au rancart*. Entendant par là Hank Williams, bien sûr. S'agissant de musique country, pour Scott, il y avait toujours eu le Vieux Hank... et puis les autres.

À neuf heures cinq, Lisey s'assit devant le téléphone et obtint le numéro de Greenlawn par les Renseignements. Elle adressa un sourire nerveux et faiblard à Darla. « Souhaite-moi bonne chance, Darl.

— Oh, c'est ce que je fais. Crois-moi, c'est ce que je fais. »

Lisey composa le numéro. La sonnerie à l'autre bout du fil retentit exactement une fois. « Allô, dit une agréable voix féminine. Greenlawn, Réadaptation et Repos, un établissement de la Fedders, société américaine de santé.

— Bonjour, je suis... » Lisey en était là quand l'agréable voix féminine commença à énumérer toutes les destinations possibles vers lesquelles on pouvait aller... à condition, cela dit, d'être en possession d'un téléphone à touches. C'était un enregistrement. Lisey s'était fait narder.

*Ouais, mais qu'ils croient pas s'en tirer à si bon compte*, pensa-t-elle en enfonçant la touche 5 pour Informations Relatives à l'Admission d'un Patient.

« Ne quittez pas, nous recherchons votre correspondant », l'informa l'agréable voix féminine, avant d'être remplacée par l'Orchestre Prozac jouant un truc qui ressemblait vaguement à *Homeward Bound* de Paul Simon.

Lisey tourna la tête pour informer Darla qu'elle était en attente, mais Darla était montée jeter un œil sur Amanda.

*Tu parles*, se dit-elle. *C'est qu'elle supportait pas le susp...*

« Bonjour, Cassandra à votre service, que puis-je faire pour vous ? »

*Prénom de mauvais augure, babylove*, émit le Scott qui avait élu domicile dans sa tête.

« Je suis Lisa Landon... Mme Scott Landon. »

Elle avait dû s'identifier sous le nom de Mme Scott Landon moins d'une demi-douzaine de fois dans toutes ses années de mariage, et pas une seule au cours de ses vingt-six mois de veuvage. C'était pas dur de comprendre pourquoi elle l'avait fait maintenant. C'était ce que Scott appelait « la carte de la célébrité », et lui-même l'avait jouée avec parcimonie. En partie, disait-il, parce que ça lui donnait le sentiment d'être un connard vaniteux, et en partie parce qu'il craignait que ça ne marche pas ; que s'il murmurait une version quelconque de *Ne savez-vous pas qui je suis ?* au creux de l'oreille du chef de rang, le chef de rang ne lui murmure en retour, *Non,* Monsieur[1] – *et vous z'êtes qui foutredieu ?*

Tandis que Lisey parlait, relatant les épisodes antérieurs d'automutilation et de semi-catatonie de sa sœur et le grand bond en avant de ce matin, elle entendait le doux cliquètement d'un clavier d'ordinateur. Quand Lisey s'interrompit, Cassandra dit : « Je comprends votre préoccupation, madame Landon, mais Greenlawn est au maximum de sa capacité actuellement. »

Le cœur de Lisey chavira. Elle se représenta instantanément Amanda dans une chambre de la taille d'un placard au Stephens Memorial de No Soapa, vêtue d'une chemise d'hôpital tachée de nourriture et regardant par une fenêtre à barreaux le feu clignotant à l'intersection de la Route 117 avec la 19. « Ah. Je vois. Hum... en êtes-vous sûre ? Ce ne serait ni Medicaid ni Blue Cross ni rien de tout ça – je paierai cash, voyez-vous... » Se rac-

---

1. En français dans le texte.

crochant aux branches. Passant pour une andouille. Quand tout le reste échoue, envoyez la monnaie. « Si cela fait une différence, acheva-t-elle piteusement.

— Vraiment cela n'en fait pas, madame Landon. » Elle croyait détecter une légère froideur dans la voix de Cassandra à présent, et son cœur coula un peu plus à pic. « C'est une question de places et d'engagements. Voyez-vous, nous avons seulement… »

Lisey entendit alors un faible *bing !* Très semblable à celui qu'émettait son mini-four quand les Pop-Tarts ou les burritos du petit déjeuner étaient prêts.

« Madame Landon, puis-je vous faire patienter ?

— Si vous le devez, bien sûr. »

Il y eut un faible déclic et l'Orchestre Prozac revint, cette fois-ci avec ce qui un jour avait pu être le thème de *Shaft*. Lisey écouta avec un léger sentiment d'irréalité en se disant que si Isaac Hayes avait entendu ça, il aurait sans doute plongé au fond de sa baignoire avec un sac en plastique sur la tête. Le temps d'attente s'allongea jusqu'à ce qu'elle commence à soupçonner qu'elle avait été oubliée – Dieu sait que ça lui était arrivé avant, surtout lorsqu'il s'agissait d'acheter des billets d'avion ou de modifier une location de voiture. Darla redescendit l'escalier et écarta les mains dans un geste qui signifiait *Alors ? Qu'est-ce qu'ils disent ?* Lisey secoua la tête pour dire à la fois *Rien* et *Je sais pas*.

À cet instant, l'horrifique musique d'attente se tut et Cassandra fut là. La froideur avait disparu de sa voix, et pour la première fois Lisey eut l'impression d'avoir affaire à un être humain. En fait, elle eut même l'impression que sa voix lui était *familière*. « Madame Landon ?

— Oui ?

— Je suis désolée de vous avoir fait attendre si longtemps, mais j'avais un message sur mon ordinateur me demandant de prendre contact avec le Dr Alberness si vous ou votre mari appeliez. Le Dr Alberness est dans son bureau en ce moment. Puis-je vous le passer ?

— Oui », lui dit Lisey. *Maintenant* elle savait où elle en était, exactement où elle en était. Elle savait qu'avant toute chose, le Dr Alberness lui dirait combien il compatissait à sa perte, comme si Scott était mort la veille ou l'avant-veille. Et elle le remercierait. En fait, si le Dr Alberness promettait de les débarrasser de l'épuisante Amanda malgré la limite de capacité présentement atteinte à Greenlawn, Lisey serait trop heureuse de s'agenouiller pour lui tailler une jolie pipe en biseau. Un fou rire menaça de lui échapper à cette idée, et elle dut pincer étroitement les lèvres pendant quelques secondes. Et elle sut pourquoi la voix de Cassandra avait soudain semblé si familière : c'était l'intonation que prenaient les gens quand ils reconnaissaient soudain Scott, se rendaient compte qu'ils avaient affaire à quelqu'un qui avait fait la couverture du troufu magazine *Newsweek*. Et si ce célèbre quelqu'un avait son célèbre bras autour d'une quelqu'une, alors elle devait être célèbre, *elle* aussi, ne serait-ce que par association. Ou, comme Scott lui-même l'avait dit un jour, par injection.

« Allô ? interrogea une voix masculine agréablement rocailleuse. Ici Hugh Alberness. C'est vous, madame Landon ?

– Oui, docteur, dit Lisey, faisant signe à Darla de s'asseoir et d'arrêter de tourner en rond devant elle. Je suis Lisa Landon.

– Madame Landon, laissez-moi avant toute chose vous dire combien je compatis à votre perte. Votre époux m'avait dédicacé cinq de ses livres, et ils figurent parmi mes biens les plus précieux.

– Merci, docteur Alberness, dit-elle, et pour Darla elle fit le signe *C'est-dans-la-poche* – un cercle formé par le pouce et l'index. C'est vraiment très gentil à vous. »

5

Quand Darla revint des toilettes pour dames du *Pop's Café*, Lisey dit qu'elle pensait qu'elle ferait mieux d'y aller aussi – il y avait plus de trente kilomètres jusqu'à Castle View, et bien souvent la circulation de l'après-midi était ralentie. Pour Darla, ce ne serait que la première étape. Après avoir bouclé une valise pour Amanda – une corvée qui leur était passée au-dessus de la tête à toutes les deux ce matin-là – il lui faudrait reprendre la route de Greenlawn avec. Une fois la valise livrée, deuxième trajet de retour jusqu'à Castle View. Elle tournerait enfin dans son allée aux alentours de huit heures et demie, minimum, et seulement si la chance – et la circulation – était avec elle.

« À ta place je respirerais à fond et je retiendrais ma respiration, dit Darla.

– Crade ? »

Darla haussa les épaules, puis bâilla. « J'ai vu pire. »

Lisey aussi, surtout lors de ses déplacements avec Scott. Elle se posta les cuisses contractées et les fesses en apesanteur au-dessus de la lunette – la fameuse Posture Cavalière des Tournées Promotion de Roman –, tira la chasse, se lava les mains, s'aspergea d'eau le visage, se donna un coup de peigne, puis se regarda dans la glace. « Une femme nouvelle, déclara-t-elle à son reflet. *American Beauty.* » Elle exhiba, pour sa pomme, un bel échantillonnage de coûteux travail dentaire. Les yeux au-dessus de ce sourire carnassier exprimaient cependant un doute.

« *M. Landon m'a dit, si je devais un jour vous rencontrer, de vous demander...* »

*Arrête avec ça, laisse tomber.*

« *Vous demander comment il a nargué cette infirmière...* »

« Sauf que Scott n'a jamais dit *nargué* », expliqua-t-elle à son reflet.

*Chut, petite Lisey !*

« *... comment il a nargué cette infirmière cette fois-là à Nashville.* »

« Scott a dit *nardé*. Pas vrai ? »

Elle avait de nouveau ce goût de cuivre dans la bouche, ce goût de pennies et de panique. Oui, Scott avait dit *nardé*. Sûr. Scott avait dit au Dr Alberness de demander à Lisey (si jamais il la rencontrait) comment Scott avait nardé l'infirmière cette fois-là à Nashville, Scott sachant pertinemment qu'elle recevrait le message.

Lui envoyait-il des messages ? *Déjà*, à cette époque ?

« Laisse ça *tranquille* », chuchota-t-elle à son reflet, et elle quitta les toilettes pour dames. Ç'aurait été chouette de laisser cette voix-là piégée à l'intérieur, mais désormais elle semblait toujours l'accompagner. Pendant longtemps, elle s'était tue, soit endormie soit convenant avec l'esprit conscient de Lisey qu'il y a certaines choses dont on ne parle pas, voilà, même avec les versions variées de son moi. Ce qu'avait dit l'infirmière le lendemain des coups de feu, par exemple. Ou bien

*(chut toi chut)*

ce qui s'était passé pendant

*(Chut !)*

l'hiver 1996.

(*CHUT TOI MAINTENANT !*)

Et merveille de beauté, cette voix se tut en effet... mais Lisey la sentit observer et écouter, et elle eut peur.

## 6

Lisey sortit des toilettes pour dames au moment précis où Darla raccrochait le publiphone.

« J'appelais ce motel-là en face de Greenlawn, dit-elle. Il paraissait propre, alors j'ai réservé une chambre pour ce soir. J'ai vraiment pas envie de me taper un deuxième trajet de retour jusqu'à Castle View, et comme ça je peux aller voir Manda au saut du lit demain matin. Tout ce que j'ai à faire, c'est comme les poules, traverser la route. » Elle considéra sa plus jeune sœur avec une mine pleine d'appréhension que Lisey trouva assez surréelle, compte tenu du nombre d'années qu'elle avait passées à entendre Darla faire la loi, d'un ton généralement strident et sans appel. « Tu crois que c'est ridicule ?

– Je crois que c'est une super idée. » Lisey pressa la main de Darla, et le sourire soulagé de sa sœur lui serra un peu le cœur. Elle pensa : *Voilà encore ce que fait l'argent. Il fait de toi le malin. Il fait de toi le chef.* « Allez, Darl, on y va – je conduis pour rentrer, d'accord ?

– Ça me va », dit Darla, et elle suivit sa sœur dans le jour finissant.

## 7

Le retour jusqu'à Castle View fut aussi lent que Lisey l'avait redouté ; elles se retrouvèrent coincées derrière un poids-lourd oscillant, surchargé de pâte à papier, et dans les côtes et les virages il n'y avait pas la place de doubler. Le mieux que put faire Lisey fut de garder suffisamment ses distances pour qu'elles n'aient pas à bouffer trop de ses gaz d'échappement à moitié cramés. Cela lui laissa du temps pour méditer sur la journée. C'était au moins ça de gagné.

Parler avec le Dr Alberness lui avait fait le même effet qu'arriver à un match de base-ball à la fin de la quatrième manche, mais ça n'avait rien de nouveau ; combler ses lacunes avait toujours fait partie de la vie avec Scott. Elle se souvenait du jour où un fourgon de meubles de Portland s'était pointé avec un canapé modulaire à deux mille dollars. Scott était dans son bureau, occupé à écrire avec la musique poussée à son assourdissant niveau habituel – elle entendait faiblement Steve Earle chanter *Guitar Town* dans la maison, même avec l'insonorisation – et l'interrompre était susceptible de causer pour deux mille dollars supplémentaires de dommage à ses oreilles, de l'avis de Lisey. D'après les livreurs, « le monsieur » leur avait dit qu'elle leur indiquerait où installer le nouveau canapé. Lisey les avait rondement guidés pour qu'ils emportent le canapé courant – le parfaitement *bon* canapé courant – à la grange, et placent le nouveau canapé modulaire à sa place. La couleur était au moins assortie à la pièce, et c'était un soulagement. Elle savait que Scott et elle n'avaient jamais discuté d'un nouveau canapé, modulaire ou autre, tout comme elle savait que Scott affirmerait – oh oui, avec la plus extrême véhémence – qu'ils l'avaient *fait*. Elle était sûre qu'il en avait discuté avec elle dans sa tête ; il oubliait juste parfois de donner voix à ces discussions. Oublier était un talent aigu chez lui.

Son déjeuner avec Hugh Alberness aurait pu en être une autre illustration. Il avait peut-être eu l'intention de le raconter en détail à Lisey, et si tu lui avais posé la question six mois ou un an plus tard, il aurait fort bien pu t'affirmer que *oui* il le lui avait raconté en détail : *Le déjeuner avec Alberness ? Sûr, elle a eu tous les détails le soir même*. Quand ce qu'il avait vraiment fait ce soir-là c'était monter dans son bureau, mettre le nouveau CD de Dylan sur la platine, et travailler à une autre nouvelle.

Ou peut-être que c'était différent cette fois – Scott ne se contentant pas d'oublier (comme il avait naguère oublié qu'ils avaient rendez-vous, comme il avait oublié de lui raconter son enfance *extrêmement* toufoutue), mais Scott dissimulant des indices pour qu'elle les trouve après une mort qu'il avait déjà prévue ; préparant ce qu'il aurait lui-même appelé des « stations du chemin de nard ».

Oubli ou dissimulation, Lisey avait déjà comblé des lacunes avec lui auparavant, et elle se fit remplir tous les blancs au téléphone en disant *Mm-mm* et *Ah, oui !* et *Figurez-vous que je l'avais oublié !* à tous les endroits qu'il fallait.

Quand Amanda avait voulu s'exciser le nombril au printemps 2001 avant de sombrer pendant une semaine dans un état vaseux que sa psy avait appelé semi-catatonie, ils avaient discuté en famille de la possibilité de l'envoyer à Greenlawn (ou un *autre* centre de santé mentale) autour d'un repas long, riche en émotions et parfois en rancœurs, dont Lisey se souvenait bien. Elle se souvenait aussi que Scott avait été inhabituellement silencieux pendant presque toute la conversation, et avait mangé du bout des lèvres ce jour-là. Quand la discussion avait commencé à se tarir, il avait dit que si personne n'y voyait d'objection, il avait apporté quelques brochures et dépliants qu'ils pouvaient tous consulter.

« Tu en parles comme d'une croisière d'agrément », avait dit Cantata – d'un ton plutôt narquois, avait trouvé Lisey.

Scott avait haussé les épaules, se souvint Lisey tandis qu'elle suivait le camion de pâte à papier et dépassait le panneau criblé de plombs annonçant CASTLE COUNTY VOUS SOUHAITE LA BIENVENUE. « Elle est en voyage, c'est un fait, avait-il dit. Et il pourrait être important que quelqu'un lui montre le chemin du retour tant qu'elle a encore envie de rentrer. »

Le mari de Canty avait reniflé avec mépris en entendant ça. Le fait que Scott ait gagné des millions avec ses livres n'avait jamais empêché Richard de le considérer comme le doux rêveur de service, et quand Rich avançait une opinion, on pouvait compter sur Canty Lawlor pour l'appuyer. Il n'était jamais venu à l'esprit de Lisey de leur dire que Scott savait de quoi il parlait, mais maintenant qu'elle y repensait, elle n'avait pas beaucoup mangé elle non plus ce jour-là.

Toujours est-il que Scott avait rapporté à la maison un certain nombre de brochures et de dépliants sur Greenlawn ; Lisey se rappelait les avoir trouvés étalés sur le comptoir de la cuisine. L'un, montrant la photo d'une grande bâtisse qui ressemblait assez à Tara dans *Autant en emporte le vent*, s'intitulait *La maladie mentale, votre famille, et vous*. Mais elle ne se souvenait pas de discussions plus approfondies sur Greenlawn, et franchement, pourquoi s'en serait-elle souvenue ? Une fois qu'Amanda avait commencé à aller mieux, son état s'était rapidement amélioré. Et Scott n'avait absolument jamais mentionné son déjeuner avec le Dr Alberness, lequel avait eu lieu en octobre 2001 – des mois après qu'Amanda eut retrouvé ce qui, chez elle, passait pour la normalité.

Selon le Dr Alberness (Lisey glana ceci par téléphone, en réponse à ses petits *Mm-mm, Ah oui* et *Figurez-vous que je l'avais oublié* complaisants), Scott lui avait confié au cours de leur fameux déjeuner qu'il était convaincu qu'Amanda Debusher courait tout droit à un décrochage plus sérieux avec la réalité, peut-être permanent celui-là, et après avoir lu les brochures et eu droit à une visite guidée des lieux en compagnie du bon docteur, il avait été persuadé que Greenlawn serait exactement l'endroit qu'il fallait pour elle, si d'aventure cela arrivait. Que Scott ait extorqué au Dr Alberness la promesse d'une place pour sa belle-sœur le moment venu (s'il venait) – le tout en échange d'un seul déjeuner et de cinq bouquins dédicacés –, ne surprit pas Lisey le moins du monde. Pas après les années qu'elle avait passées à observer l'effet grisant que la célébrité produisait sur certaines personnes.

Elle tendit la main vers la radio de la voiture, avec l'envie d'écouter bien fort de la bonne grosse musique country (c'était une autre mauvaise habitude que Scott lui avait passée dans les dernières années de sa vie, une à laquelle elle n'avait pas encore renoncé), puis jetant un coup d'œil à Darla, elle vit qu'elle s'était endormie, la tête contre la vitre du passager. Pas le moment pour Shooter Jennings ou Big & Rich. Avec un soupir, Lisey ôta sa main de la radio.

8

Le Dr Alberness avait tenu à revenir en détail sur son déjeuner avec le grand Scott Landon, et Lisey l'avait obligeamment laissé faire en dépit des signaux répétés de Darla, dont la plupart signifiaient *Tu peux pas le faire accélérer ?*

Lisey aurait sans doute pu, mais elle pensait que le faire aurait risqué de nuire à leur cause. D'autre part, elle était curieuse. Mieux, elle était avide. De quoi ? De nouvelles de Scott. En un sens, écouter le Dr Alberness avait été comme examiner ces vieux souvenirs cachés dans le serpent-livres du bureau. Elle ne savait pas si la *totalité* des réminiscences d'Alberness constituait une des

« stations du chemin de nard » de Scott – elle soupçonnait que non – mais elle savait qu'elles faisaient sourdre une souffrance sèche et cependant impérieuse en elle. Était-ce là ce qui restait du chagrin au bout de deux ans ? Cette dure tristesse de cendres ?

D'abord Scott avait appelé Alberness par téléphone. Avait-il su à l'avance que le docteur était un vach'tement *hhhénaurme* fan, ou était-ce juste une coïncidence ? Lisey ne croyait pas que ç'avait été une coïncidence, trouvait que c'était un peu, disons, trop coïncidant, mais si Scott l'avait su, *comment* l'avait-il su ? Aucun moyen de s'en enquérir sans troubler le flot de réminiscences du médecin ne lui était venu à l'esprit, et c'était très bien ainsi ; ça n'avait sans doute aucune importance. Toujours est-il qu'Alberness avait été extraordinairement flatté de recevoir son appel (carrément *sidéré*, comme dirait l'autre), et plus que réceptif à la fois aux investigations de Scott concernant sa belle-sœur et à sa suggestion qu'ils déjeunent ensemble. Cela le dérangerait-il, avait demandé le Dr Alberness, s'il apportait quelques-uns de ses Landon préférés pour une dédicace ? Au contraire, avait répondu Scott, il serait ravi de le faire.

Alberness avait apporté ses Landon préférés ; Scott avait apporté le dossier médical d'Amanda. Ce qui conduisit Lisey, maintenant à moins d'un kilomètre de la maisonnette Cape Cod d'Amanda, à encore une autre interrogation : comment Scott avait-il mis la main dessus ? Avait-il charmé Amanda pour qu'elle le lui remette ? Avait-il charmé Jane Whitlow, la psy aux colliers ? Les avait-il charmées toutes les deux ? Lisey savait la chose possible. La capacité de Scott à charmer n'était pas universelle – Dashmiel, la fiente molle de poulet frit façon Tennessee, en était l'illustration – mais beaucoup de gens y avaient été sensibles. Forcément Amanda l'avait perçue, même si Lisey avait la certitude que sa sœur n'avait jamais entièrement fait confiance à Scott (Manda *avait* lu tous ses livres, y compris *Les Démons vides*... après quoi, disait-elle, elle avait dormi avec les lumières allumées pendant toute une semaine). Quant à Jane Whitlow, Lisey n'avait aucune idée.

Comment Scott avait obtenu le dossier médical risquait d'être un autre point sur lequel la curiosité de Lisey ne serait jamais satisfaite. Elle risquait de devoir se contenter de savoir qu'il l'avait obtenu, que le Dr Alberness l'avait obligeamment consulté, et avait abondé dans le sens de Scott : Amanda Debusher était sans doute promise à d'autres ennuis dans le futur. Et à un certain point (sans doute longtemps avant qu'ils aient fini leur dessert), Alberness avait promis à son écrivain préféré que si le décrochage redouté arrivait, il trouverait une place pour Mme Debusher à Greenlawn.

« C'était vraiment formidable de votre part », lui avait dit Lisey avec chaleur, et à présent – s'engageant dans l'allée d'Amanda pour la deuxième fois de la journée – elle se demanda à quel moment de la conversation le médecin avait demandé à Scott d'où lui venaient ses idées. Au début ou à la fin ? Avec les hors-d'œuvre ou le café ?

« Réveille-toi, Darla-darling, dit-elle en coupant le contact. On y est. »

Darla se redressa, regarda la maison d'Amanda, et dit : « Oh, merde. »

Lisey éclata de rire. Ce fut plus fort qu'elle.

9

Préparer des affaires pour Manda se révéla une entreprise d'une tristesse inattendue pour toutes les deux. Elles trouvèrent ses bagages dans le placard qui lui servait de grenier au deuxième étage. C'était juste deux valises Samsonite, fatiguées et portant encore les étiquettes MIA du voyage en Floride qu'elle avait fait pour aller voir Jodotha... quand ? Sept ans de ça ?

*Non*, pensa Lisey, *dix*. Elle les considéra tristement, puis descendit la plus grande.

« Peut-être qu'on devrait prendre les deux, dit Darla d'un ton indécis, et elle s'essuya le visage. Whouh ! Quelle chaleur ici en haut !

– Contentons-nous de la grande », dit Lisey. Elle faillit ajouter qu'elle ne croyait pas qu'Amanda assisterait au Bal des Catatoniques cette année, puis se mordit la langue. Un seul regard au visage en sueur, fatigué, de Darla suffit à lui dire que ce n'était absolument pas le moment d'essayer de faire de l'esprit. « On peut y mettre assez d'affaires pour une semaine, au moins. Elle n'ira pas loin. Te rappelles ce qu'a dit le toubib ? »

Darla hocha la tête et s'essuya à nouveau le visage. « Cantonnée à sa chambre, au moins pour commencer. »

Dans des circonstances ordinaires, Greenlawn aurait envoyé un médecin pour examiner Amanda *in situ*, mais grâce à Scott, Alberness avait passé outre. Après s'être assuré que le Dr Whitlow était partie et qu'Amanda ne pouvait ou ne voulait pas marcher (et qu'elle était incontinente), il avait prévenu Lisey qu'il envoyait une ambulance de Greenlawn – banalisée, précisa-t-il. Pour la plupart des gens, ce n'était qu'un fourgon de livraison comme un autre. Lisey et Darla avaient suivi l'ambulance jusqu'à Greenlawn à bord de la BMW de Lisey, extrêmement reconnaissantes l'une et l'autre – Darla envers le Dr Alberness, Lisey envers Scott. L'attente pendant qu'Alberness examinait Amanda, cependant, avait semblé dépasser les quarante minutes, et son diagnostic était loin d'avoir été encourageant. Le seul élément sur lequel Lisey souhaitait se concentrer pour le moment était celui que Darla venait de mentionner : Amanda passerait le plus clair de sa première semaine en étroite observation, dans sa chambre ou sur la petite terrasse extérieure si elle pouvait être persuadée de déambuler aussi loin. Elle ne se rendrait même pas dans la Salle Commune Hay au bout du couloir à moins de présenter une amélioration soudaine et majeure. « Ce que je n'envisage pas, leur avait confié le Dr Alberness. Cela arrive, mais c'est rare. Je préfère toujours dire la vérité, mesdames, et la vérité est que Mme Debusher est probablement ici pour une longue escale. »

« D'ailleurs, poursuivit Lisey en examinant la plus grande des deux valises, j'ai bien envie de lui offrir de nouveaux bagages. Ces valises sont à l'article de la mort.

– Laisse-moi le faire », dit Darla. Sa voix était devenue pâteuse et tremblotante. « Tu en fais tellement, Lisey. Chère petite Lisey. » Elle prit la main de Lisey, l'éleva jusqu'à ses lèvres et y posa un baiser.

Lisey fut surprise – quasi choquée. Elle et Darla avaient enterré leurs anciennes querelles, mais ce genre de démonstration d'affection ressemblait quand même très peu à sa grande sœur.

« Tu le veux vraiment, Darl ? »

Darla hocha vigoureusement la tête, ouvrit la bouche pour parler, puis se mit en devoir de se frotter encore la figure.

« Tu vas bien ? »

Darla commença à faire oui de la tête, puis la secoua. « Des bagages neufs ! s'écria-t-elle. Cette blague ! Crois-tu qu'elle aura encore besoin de bagages neufs ? Tu as entendu ce qu'il a dit – aucune réaction aux tests réflexologiques ! Je sais comment les infirmières appellent les gens comme elle, elles les appellent des *légumes*, et il peut bien parler de thérapie et de médicaments de pointe, mon œil ! Si jamais elle revient ça sera un miracle de beauté ! »

*Comme disait l'autre*, pensa Lisey, et elle sourit... mais seulement en dedans, où il était inoffensif de sourire. Elle conduisit sa sœur épuisée et vaguement larmoyante dans la courte et raide volée de marches du grenier et la moindre chaleur du dessous. Puis, au lieu de lui dire que « là où y a de la vie y a de l'espoir », ou « de faire d'un sourire son bouclier », ou qu'il fait toujours plus noir juste avant l'aube, ou toute autre perle venant juste de tomber du cul du chien, elle la tint simplement contre elle. Car des fois, il n'y a rien de mieux que de se prendre dans les bras. C'était une des choses qu'elle avait apprises à l'homme dont elle avait choisi de prendre le nom – que parfois mieux vaut te taire ; parfois mieux vaut fermer ton moulin à paroles éperdu et tenir bon, tenir bon, tenir bon.

10

Lisey demanda encore si Darla ne voulait pas de compagnie pour retourner à Greenlawn, mais Darla secoua la tête. Elle avait un vieux roman sur cassettes de Michael Noonan, dit-elle, et ce serait une bonne occasion de commencer à l'écouter. À ce stade-là, elle s'était lavé la figure dans la salle de bains d'Amanda, avait rafraîchi son maquillage, et relevé ses cheveux. Elle avait fière allure, et l'expérience avait appris à Lisey qu'une femme qui a fière allure se sent généralement idem. Aussi pressa-t-elle légèrement la main de Darla, lui conseilla-t-elle d'être prudente, et la suivit-elle des yeux jusqu'à ce qu'elle disparaisse à sa vue. Puis elle fit lentement le tour de la maison d'Amanda, d'abord dedans puis dehors, s'assurant que tout était verrouillé : fenêtres, portes extérieures, porte de communication avec la cave, garage. Elle laissa deux des fenêtres du garage ouvertes de quelques millimètres pour éviter à la chaleur de stagner. C'était un truc que Scott lui avait appris à *elle*, un truc qu'il tenait de son père, le redoutable Sparky Landon... lequel lui avait aussi appris à lire (à l'âge précoce de deux ans), à faire des additions sur le petit tableau noir posé près du fourneau de la cuisine, à sauter du banc du vestibule de devant au cri de *Géronimo !*... et à concocter des nards-de-sang, naturellement.

« *Des stations du chemin de nard... comme les stations du chemin de croix, je suppose.* »

*Il dit ça et puis il rit. C'est un rire nerveux, le rire méfiant de qui regarde par-dessus son épaule. Un rire d'enfant face à une blague cochonne.*

« Ouais, exactement comme ça », murmura Lisey, et elle frissonna en dépit de la chaleur de fin d'après-midi. La façon dont ces vieux souvenirs continuaient à remonter comme des bulles à la surface, et au présent, était troublante. C'était comme si le passé n'était jamais mort ; comme si à quelque étage de l'immense tour du temps, tout était encore en train d'arriver.

*Ça c'est une mauvaise façon de penser, penser de cette façon te mettra dans la crapouasse.*

« J'en doute pas », dit Lisey, et elle lâcha son propre rire nerveux. Elle se dirigea vers sa voiture avec le trousseau de clés d'Amanda – étonnamment lourd, plus lourd que le sien, bien que la maison de Lisey soit beaucoup plus grande – pendu à l'index de la main droite. Elle avait comme l'impression qu'elle était *déjà* dans la crapouasse. Amanda dans la cage aux folingues, c'était juste le début. Il y avait aussi « Zack McCool » et ce détestable Incup, Professeur Hurlyburly. Les événements du jour avaient poussé ces deux-là hors de son esprit, mais cela ne signifiait pas qu'ils avaient cessé d'exister. Elle se sentait trop fatiguée et abattue pour s'attaquer à Hurlyburly ce soir, trop fatiguée et abattue même pour le traquer en son repaire... mais elle pensa qu'elle avait intérêt à le faire quand même, ne serait-ce que parce que « Zack », son petit correspondant téléphonique, avait quelque chose dans la voix disant qu'il pouvait vraiment être dangereux.

Elle monta dans sa voiture, mit les clés de gran'sœur Man'a-Bunny dans la boîte à gants, et recula dans l'allée. Au même moment, le soleil déclinant se refléta sur un objet derrière elle et projeta un brillant réseau de reflets au plafond. Surprise, Lisey enfonça la pédale de frein, regarda par-dessus son épaule – et vit la bêche d'argent. *COMMENCEMENT, BIBLIOTHÈQUE SHIPMAN.* Tendant le bras en arrière, elle toucha le manche en bois, et sentit son esprit se calmer un peu. Elle regarda des deux côtés de la rue, ne vit rien venir, et tourna en direction de chez elle. Mme Jones était assise sur son perron de devant, et elle leva la main pour la saluer. Lisey lui rendit son salut. Puis elle repassa la main entre les sièges baquet de la BMW pour pouvoir la refermer sur le manche de la bêche.

11

Si elle était honnête avec elle-même, pensa-t-elle alors qu'elle entamait le court trajet pour rentrer chez elle, alors elle devait admettre qu'elle était plus effrayée par le retour de ces souvenirs – par cette impression qu'ils se produisaient *à nouveau*, se produisaient *maintenant* – qu'elle ne l'était par ce qui avait pu ou n'avait pas pu se passer au lit juste avant l'aube. Ça, elle pouvait l'écarter (enfin... presque) comme le rêve semi-éveillé d'un esprit soucieux. Mais elle n'avait plus repensé à Gerd Allen Cole depuis si longtemps, et si on lui avait demandé le nom du père de Scott ou l'endroit où il travaillait, elle aurait dit qu'honnêtement elle ne s'en souvenait pas.

« Plâtres U.S., dit-elle. Sauf que Sparky disait Platrouilles U.S. » Et alors, d'un ton bas et féroce, grondant presque : « Arrête, maintenant. Ça suffit. Tu arrêtes. »

Mais le *pouvait*-elle ? Là était la question. Et c'était une *importante* question, parce que son défunt mari n'était pas le seul à avoir mis de côté certains douloureux et effrayants souvenirs. Elle avait tendu une sorte de rideau mental entre **LISEY MAINTENANT** et **LISEY ! LES JEUNES ANNÉES !**, et elle avait toujours pensé qu'il était solide, mais ce soir elle ne savait plus très bien. Certes il comportait des trous, et si tu regardais au travers, tu courais le risque de voir des choses dans la brume pourpre au-delà que peut-être tu n'avais pas envie de voir. Mieux valait ne pas regarder, tout comme il valait mieux même pas jeter un œil à ton reflet dans la glace après la tombée de la nuit sauf si toutes les lumières dans la pièce étaient allumées, ni manger

*(de la nourricturne)*

une orange ou une coupe de fraises après le coucher du soleil. Certains souvenirs ne posaient pas de problèmes, mais d'autres étaient dangereux. Mieux valait vivre dans le présent. Parce que si tu mets la main sur le mauvais souvenir, tu risques...

« Risques *quoi* ? se questionna Lisey d'une voix tremblante, pleine de colère, et puis, aussitôt : Je veux pas savoir. »

Un PT Cruiser circulant en sens inverse surgit du soleil déclinant, et le type au volant lui virgula un petit signe de la main. Lisey lui en virgula un autre aussi sec, même si elle ne voyait personne de sa connaissance qui possédait un PT Cruiser. Peu importe, par ici à Cambrousebourg, tu rendais systématiquement les saluts ; simple courtoisie campagnarde. Elle avait l'esprit ailleurs, de toute façon. Le fait est qu'elle ne pouvait se payer le luxe de refuser *tous* ses souvenirs sous prétexte qu'il y avait certaines choses

*(Scott dans le fauteuil à bascule, rien que deux yeux pendant que le vent mugit au-dehors, une tempête monstre descendue tout droit de Yellowknife)*

qu'elle ne se sentait pas capable de regarder en face. Tous n'étaient pas non plus perdus dans le pourpre ; certains étaient juste rangés dans son propre serpent-livres mental, parfaitement accessibles. L'histoire des nards, par exemple. Scott l'avait complètement affranchie sur le sujet naguère, non ?

« Oui, dit-elle en abaissant son pare-soleil pour se protéger de l'éclat du couchant. Dans le New Hampshire. Un mois avant notre mariage. Mais je me souviens pas exactement où. »

*Ça s'appelle* À la Ramure de Cerf.

D'accord, très bien, la belle affaire. *À la Ramure de Cerf*. Et Scott avait dit qu'il s'agissait de leur lune de miel anticipée, ou quelque chose comme ça...

*Lune de miel avancée. Il l'appelle leur lune de miel avancée. Dit « En route, babylove, boucle le sac et arrime le barda. »*

« Et quand babylove a demandé où on allait... » murmura-t-elle.

*... et quand Lisey demande où ils vont, il dit, « Nous le saurons quand nous y arriverons. » Ce qu'ils font. Le temps qu'ils arrivent le ciel est blanc et la radio annonce l'arrivée de la neige, aussi incroyable que cela paraisse, alors que les feuilles sont encore sur les arbres et commencent seulement à roussir...*

Ils étaient allés là-bas fêter la vente en poche des *Démons vides*, le terrifiant, l'horrible roman qui avait installé Scott Landon dans la liste des best-sellers pour la première fois et les avait rendus riches. Ils étaient les seuls clients, en fin de compte. Et il fit une tempête de neige pas banale de début d'automne. Le samedi, ils chaussèrent des raquettes, empruntèrent un sentier qui s'enfonçait dans les bois et s'assirent sous
*(l'arbre miam-miam)*
un arbre, un arbre spécial, et il alluma une cigarette et dit qu'il y avait quelque chose qu'il devait lui dire, quelque chose de dur, et si ça la faisait changer d'avis quant à son mariage avec lui il serait navré... merde, il en aurait son toufoutu cœur *brisé*, mais...

Lisey fit un brusque crochet vers le bas-côté de la Route 17 et stoppa dans un dérapage, soulevant un nuage de poussière derrière elle. La lumière était encore vive, mais sa qualité se modifiait, acquérant progressivement cette extravagante et soyeuse texture des rêves qui est la propriété exclusive des soirs de juin en Nouvelle-Angleterre, ce rougeoiement d'été qui pour les adultes nés au nord du Massachusetts est le plus clair souvenir de leur enfance.

*Je veux pas retourner à* La Ramure de Cerf *ni à ce week-end-là. Pas à cette neige qu'on a trouvée si magique, pas à l'arbre miam-miam où on a mangé les sandwiches et bu le vin, pas au lit qu'on a partagé cette nuit-là ni aux histoires qu'il a racontées – bancs et nards et pères déments. J'ai tellement peur que tout ce que je peux atteindre me conduise à tout ce que je n'ose pas voir. De grâce, assez.*

Lisey s'aperçut qu'elle était en train de le dire à haute voix d'un ton bas, de le répéter et le répéter : « Assez. Assez. Assez. »

Mais elle était lancée dans un traque-nard, et peut-être était-il déjà trop tard pour dire assez. À en croire la chose au lit avec elle ce matin, elle avait déjà trouvé les trois premières stations. Encore quelques-unes et elle pourrait réclamer sa récompense. Parfois une barre au chocolat ! Parfois une boisson, un Coke ou un RC ! Toujours un mot disant **NARD ! FIN !**

*Je t'ai laissé un nard*, avait dit la chose dans la chemise de nuit d'Amanda... et maintenant que le soleil était en train de se coucher, elle trouvait encore une fois dur à croire que cette chose-là ait réellement *été* Amanda. Ou *seulement* Amanda.

*Attends-toi à un nard-de-sang.*

« Mais d'abord un *bon* nard, murmura Lisey. Encore quelques stations et à moi la récompense. Une boisson. J'aimerais bien un double whiskey, s'il vous plaît. » Elle rit, plutôt sauvagement. « Mais si les stations passent derrière le pourpre, comment diable cela peut-il être *bon* ? Je *veux* pas aller derrière le pourpre. »

Ses *souvenirs* étaient-ils des stations du chemin de nard ? Dans ce cas, elle pouvait en compter trois très vifs au cours des dernières vingt-quatre heures : désarmer le forcené, s'agenouiller avec Scott sur l'asphalte brûlant, et le voir émerger de l'obscurité en lui tendant sa main sanglante comme une offrande... c'est-à-dire exactement ce qu'il entendait qu'elle soit.

*C'est un nard, Lisey ! Et pas n'importe quel nard, c'est un nard-de-sang !*

Étendu sur l'asphalte, il lui avait dit que son petit gars long – la chose à l'interminable flanc pie – était tout proche. *Je peux pas le voir, mais je l'entends bâfrer*, avait-il dit.

« *Je veux plus penser à ce truc !* » s'entendit-elle presque hurler, mais sa voix semblait venir de terriblement loin, par-dessus un effroyable gouffre ; soudain le monde réel parut mince, comme de la glace. Ou un miroir dans lequel on n'ose pas se regarder plus d'une seconde ou deux.

*Je pourrais l'appeler de ce côté. Il viendrait.*

Assise au volant de sa BM, Lisey se rappela comment son mari avait mendié de la glace et comment la glace était arrivée – une sorte de miracle – et elle porta ses mains à son visage. L'improvisation romanesque avait été la spécialité de Scott, pas celle de Lisey, mais quand le Dr Alberness l'avait questionnée sur l'infirmière de Nashville, Lisey avait fait de son mieux, inventant une histoire dans laquelle Scott avait retenu son souffle en révulsant les yeux – faisant le mort, autrement dit – et Alberness avait ri comme si c'était la chose la plus drôle qu'il eût jamais entendue. Ça n'avait pas conduit Lisey à envier le personnel placé sous les ordres du bon docteur, mais du moins cela lui avait fourni la clé pour sortir de Greenlawn et atterrir finalement ici, rangée sur le bas-côté d'une nationale de campagne avec de vieux souvenirs lui aboyant autour des mollets comme des chiens affamés et tirant à coups de dents sur son rideau pourpre... son précieux, odieux rideau pourpre.

« Oh là là, je suis perdue », dit-elle, et elle laissa retomber ses mains. Elle força un rire fragile. « Perdue dans les toufus bois les plus profonds et les plus obscurs. »

*Non, je pense que les bois les plus profonds et les plus obscurs seront pour plus tard... où les arbres sont denses et leur parfum doux et le passé continue d'arriver. De toujours arriver. Te souviens-tu comment tu l'as suivi ce jour-là ? Comment tu l'as suivi sous cette étrange neige d'octobre et au cœur de la forêt ?*

Bien sûr qu'elle se souvenait. Il avait ouvert la voie et elle avait suivi, tâchant de placer ses raquettes dans les traces de son déconcertant jeune fiancé. Et ceci ressemble beaucoup à cela, pas vrai ? Sauf que si elle doit y aller, il y a quelque chose dont elle a besoin d'abord. Une autre pièce du passé.

Lisey ramena le levier de vitesse en position Route, vérifia dans son rétro qu'aucune voiture n'arrivait puis effectua un demi-tour pour reprendre la direction d'où elle venait, en faisant joliment scater sa BMW.

12

Naresh Patel, le propriétaire de *Patel's Market*, était lui-même à la caisse quand Lisey entra à cinq heures pile de l'après-midi de ce long, long jeudi. Assis dans un fauteuil de jardin derrière la caisse, il mangeait un curry en regardant Shania Twain vibrionner sur Country Music Television. Il posa son curry de côté et se leva carrément pour Lisey. Son T-shirt disait I ♥ **DARK SCORE LAKE**.

« Je voudrais un paquet de Salem Light, s'il vous plaît, dit Lisey. Oh, et puis, mettez-m'en deux. »

M. Patel était épicier depuis bientôt quarante ans – il avait commencé commis dans le magasin de son père dans le New Jersey, avant de devenir propriétaire du sien – et il avait appris à se dispenser de commentaire quand d'apparents anti-alcooliques se mettaient soudain à acheter du tord-boyaux ou des non-fumeurs notoires à acheter des cigarettes. Il mit simplement la main sur le poison spécial de cette dame parmi ses rayonnages de came bien garnis, le posa sur le comptoir, et l'accompagna d'un commentaire sur la beauté du jour. Il affecta de ne pas remarquer l'expression de choc de Mme Landon à l'annonce du prix de son poison.

Cela montrait seulement combien avait duré son intervalle entre arrêt et reprise. Au moins celle-ci avait les moyens de son poison ; M. Patel avait des clients qui retiraient le pain de la bouche de leurs enfants pour acheter le leur.

« Merci, dit-elle.

– À votre service, au plaisir de vous revoir », dit M. Patel et il se réinstalla pour regarder Darryl Worley chanter *Awful, Beautiful Life*. Une de ses chansons préférées.

13

Lisey s'était garée à côté du magasin pour ne pas gêner l'accès aux pompes à essence – il y en avait quatorze, sur sept refuges d'une propreté éclatante – et une fois réinstallée au volant, elle mit le contact afin de pouvoir baisser la vitre. La radio XM encastrée sous le tableau de bord (Scott aurait adoré toutes ces stations musicales !) s'alluma en même temps, jouant en sourdine. Elle était réglée sur *The 50s on 5*, et Lisey ne fut pas surprise outre mesure d'entendre *Sh-Boom*. Pas par les Chords, toutefois ; là, c'était la reprise due à un quatuor que Scott tenait à appeler les Quatre Petits Blancs. Sauf quand il était soûl. Là il les appelait Les Quatre Blancs-Becs.

Elle déchira le haut d'un de ses paquets neufs et glissa une Salem Light entre ses lèvres pour la première fois depuis… de quand datait sa dernière rechute ? Cinq ans ? Sept ? Quand l'allume-cigare de la Béhème sauta, elle l'appliqua sur l'extrémité de sa cigarette et aspira une prudente bouffée de fumée mentholée. Elle toussa illico, et ses yeux s'emplirent de larmes. Elle risqua une deuxième bouffée. Celle-là passa un peu mieux, mais voilà que la tête commençait à lui tourner. Une troisième bouffée. Zéro quinte de toux maintenant, juste l'impression qu'elle allait s'évanouir. Si elle tombait en avant contre le volant, le klaxon allait se déclencher et M. Patel sortirait en courant voir ce qui se passait. Peut-être arriverait-il à temps pour l'empêcher de cramer sa stupide carcasse – cette sorte de mort s'appelait-elle immolation ou défenestration ? Scott saurait, lui, comme il avait su de qui était la version noire de *Sh-Boom* – les Chords – et qui était le propriétaire de la salle de billard dans *La Dernière Séance* – Sam le Lion.

Mais Scott, les Chords, et Sam le Lion s'en étaient tous allés.

Elle écrasa la cigarette dans le cendrier précédemment immaculé. Elle n'arrivait pas non plus à se rappeler le nom du motel de Nashville, celui où elle était retournée quand elle avait finalement quitté l'hôpital (« Ouiii en vérité, tu y retournas comme un ivrogne à son vin et un chien à son vomi », entendit-elle Scott psalmodier dans sa tête), seulement que le réceptionniste lui avait donné une des chambres les plus pourries à l'arrière sans rien à regarder qu'une haute palissade en planches. Il lui avait semblé que tous les chiens de Nashville étaient derrière, en train d'aboyer d'aboyer, d'aboyer. À côté de ces chiens-là, le vieux Pluto d'antan faisait figure de minable. Elle s'était étendue sur le lit dur, sachant qu'elle n'arriverait jamais à dormir, qu'à chaque fois qu'elle frôlerait le sommeil, elle reverrait Blondie braquant le canon de son petit revolver à la con vers le cœur de Scott, entendrait Blondie dire *Faut que j'arrête tous ces ding-dong pour les freesias*, et rouvrirait grand les yeux illico. Mais elle avait *fini* par dormir, récupérant juste assez pour tenir debout, titubante, toute la journée du lendemain – trois, quatre heures de sommeil peut-être – et comment avait-elle accompli ce remarquable exploit ? Grâce à la bêche d'argent, voilà comment. Elle l'avait posée par terre près du lit où elle pouvait la toucher en tendant le bras chaque fois qu'elle se mettait à penser qu'elle était arrivée trop tard, avec des gestes trop lents. Ou que l'état de Scott allait s'aggraver dans la nuit. Et voilà encore une chose à laquelle elle n'avait plus repensé depuis toutes ces années. Lisey tendit la main et toucha la bêche sur le siège arrière. Elle alluma une autre Salem Light de sa main libre et s'obligea à se souvenir de sa visite à Scott le lendemain matin, comment elle avait grimpé les deux étages jusqu'à l'unité de soins intensifs dans la chaleur déjà oppressante du jour parce qu'il y avait un panneau devant les deux seuls ascenseurs pour les patients dans cette aile de l'hôpital, un panneau qui disait **EN PANNE**. Elle repensa à ce qui s'était produit alors qu'elle approchait de sa chambre. C'était idiot, vraiment, juste un de ces trucs

14

C'est le truc idiot, quand tu flanques une trouille monstre à quelqu'un sans le vouloir. Lisey longe le couloir, venant de l'escalier au bout du service, et l'infirmière sort de la chambre 319, un plateau dans les mains, jetant un coup d'œil en arrière dans la chambre et fronçant les sourcils. Lisey dit bonjour pour que l'infirmière (qui ne doit pas avoir plus de vingt-trois ans et paraît même plus jeune) sache qu'elle est là. C'est un salut discret, un bonjour de petite Lisey c'est sûr, mais l'infirmière pousse un tout petit cri aigu et lâche le plateau. L'assiette et la tasse à café survivent l'une et l'autre – c'est du vieux fourniment costaud de cafète – mais le verre vole en éclats, aspergeant de jus d'orange le linoléum et les chaussures auparavant d'un blanc immaculé de l'infirmière. Elle décoche à Lisey un regard de cerf pris dans le pinceau des phares, semble un instant sur le point de prendre la fuite, puis reprend le contrôle d'elle-même et prononce les mots convenus : « Oh, pardon, vous m'avez fait peur. » Elle s'accroupit, l'ourlet de son uniforme remonte sur ses genoux en collants blancs de Nancy Nurse, et repose l'assiette et la tasse sur le plateau. Puis, avec une grâce à la fois vive et prudente, elle commence à cueillir les morceaux de verre brisé. Lisey s'accroupit et se met en devoir de l'aider.

« Oh, m'me, c'pas la peine », dit l'infirmière. Elle parle avec un fort accent chantant du Sud. « C'est complètement ma faute. Je regardais pas où j'allais.

– Ne vous en faites pas », dit Lisey. Elle parvient à devancer la jeune infirmière sur quelques tessons qu'elle dépose sur le plateau. Puis elle se sert de la serviette de table pour commencer à éponger le jus renversé. « C'est le plateau du petit déjeuner de mon mari. Je me sentirais coupable de ne pas vous aider. »

L'infirmière lui jette un drôle de regard – proche du regard éberlué *Quoi, vous êtes mariée avec LUI ?* auquel Lisey a plus ou moins fini par s'habituer – mais ce n'est pas *tout à fait* ce regard-là. Puis elle rabaisse les yeux par terre pour se mettre en quête du moindre petit éclat de verre qui aurait pu lui échapper.

« Il a mangé, dites-moi ? dit Lisey en souriant.

– Oui, m'me. Il a très bien mangé, vu par quoi il est passé. Une demi-tasse de café – il a pas droit à plus pour le moment –, un œuf brouillé, de la compote de pommes et un peu de gelée de fruits. Le jus d'orange, il en a laissé. Comme vous voyez. » Elle se relève avec le plateau. « Je vais chercher un linge à l'office pour finir de nettoyer tout ça. »

La jeune infirmière hésite, puis lâche un petit rire nerveux.

« Vot' mari il est un peu magicien sur les bords, non ? »

Sans aucune raison valable, Lisey pense : *MIRALBA : ArRIMe Le BardA quand faut y aller faut y aller.* Mais elle se borne à sourire et dit, « Il a pas mal de tours dans son sac, c'est vrai. Qu'il soit malade ou en bonne santé. Lequel vous a-t-il joué ? » Et quelque part au fond d'elle-même se souvient-elle de la nuit du premier nard, quand elle s'est dirigée en somnambule vers les toilettes dans son appartement de Cleaves Mill en disant *Dépêche, Scott* ? Disant ça parce qu'il doit y être, sûr, puisqu'il n'est plus au lit avec elle ?

« Je suis entrée pour voir comment il allait, dit l'infirmière, et j'aurais mis ma main au feu que le lit était vide. Je veux dire, la potence de la perf était là, avec les poches toujours en suspens et tout, mais... je me suis dit qu'il avait dû retirer l'aiguille et aller aux toilettes. Les patients font tout un tas de choses étranges quand ils sont drogués, vous savez. »

Lisey hoche la tête, espérant que le même petit sourire patient est sur ses lèvres. Celui qui dit *J'ai déjà entendu cette histoire avant mais je ne m'en suis pas encore lassée.*

« Alors j'ai ouvert la porte du cabinet de toilettes et le cabinet de toilettes était *vide*. Et puis, quand je me suis retournée...

– Il était là », termine Lisey pour elle. Elle parle avec douceur, toujours avec le petit sourire. « Abracadabra, et voilà. » *Et nard, Fin*, pense-t-elle.

« Oui, comment le savez-vous ?

– Eh bien, dit Lisey, souriant toujours. Scott a le don de se fondre dans son élément. »

Voilà qui devrait résonner comme une remarque délicieusement stupide – le mensonge d'une personne dotée d'une piètre imagination –, mais non. Car ça n'a rien d'un mensonge. Elle est tout le temps en train de le perdre dans les supermarchés et les grands magasins (endroits où, pour une raison inconnue, il arrive pratiquement toujours à passer incognito), et une fois elle l'a même cherché pendant près d'une demi-heure dans la bibliothèque de l'Université du Maine avant de le repérer dans la Salle des Périodiques, qu'elle avait déjà vérifiée à deux reprises. Quand elle l'avait engueulé de l'avoir laissée en plan en l'obligeant à lui courir après dans un endroit où elle ne pouvait même pas élever la voix pour l'appeler, Scott avait haussé les épaules en protestant de son innocence : il était resté tout le temps aux Périodiques, à feuilleter les nouvelles revues de poésie. Et le plus fort, c'était qu'elle ne pensait pas qu'il se fichait d'elle, et encore moins qu'il lui mentait. Non, c'était seulement que... ben, elle ne l'avait pas vu.

L'infirmière se déride et lui dit, « C'est exactement ce que Scott a dit – qu'il se fond tout bonnement dans le décor. » Elle rougit. « Il nous a priées de l'appeler Scott. L'a pratiquement exigé. J'espère que vous n'y voyez pas d'inconvénient, m'me Landon. » Dans la bouche de cette jeune infirmière du Sud, *madame* devient *m'me*, mais son accent n'écorche pas les oreilles de Lisey comme celui de Dashmiel.

« Ça me va tout à fait. Il le demande à toutes les demoiselles, surtout si elles sont jolies. »

L'infirmière sourit et rougit plus fort. « Il a dit qu'il m'avait vue passer devant lui et regarder droit à travers lui. Il a dit quelque chose du genre, "J'ai toujours été un Blanc plus blanc que blanc, mais avec tout le sang que j'ai perdu, je dois être dans les dix premiers." »

Lisey rit poliment, mais son estomac se serre.

« Et bien sûr au milieu des draps blancs et avec la chemise blanche qu'il porte... » La jeune infirmière commence à ralentir le débit. Elle *veut* y croire, et Lisey ne doute pas un seul instant qu'elle y a *cru* quand Scott lui a parlé en la considérant avec ses brillants yeux noisette, mais maintenant elle commence à sentir l'absurdité pointer son nez sous ce qu'elle est en train de dire.

Lisey vole à son secours. « Et aussi, il a un don pour rester parfaitement *immobile* », dit-elle, bien que Scott soit l'homme le plus *remuant* qu'elle connaisse. Même quand il lit un livre, il gigote continuellement dans son fauteuil, se ronge les ongles (habitude dont il s'est défait pendant un temps après la tirade de Lisey avant de reprendre de plus belle), se gratte les bras comme un toxico en manque d'un fix, fait parfois même des moulinets avec les petites haltères de cinq livres qui sont toujours rangées sous son fauteuil de repos préféré. Elle ne le connaît paisible que dans la profondeur du sommeil et quand il écrit et que l'écriture avance exceptionnellement bien. Mais l'infirmière continue d'afficher un air de doute, alors Lisey fonce tête baissée, parlant sur un ton gai qui sonne horriblement faux à ses propres oreilles. « Parfois, je vous jure qu'il est ni plus ni moins qu'un meuble. Je suis moi-même passé devant lui sans le voir un nombre incalculable de fois. » Elle touche la main de l'infirmière. « Je suis sûre que c'est ce que vous avez fait, mon petit. »

Elle n'est sûre de rien de tel, mais l'infirmière la gratifie d'un sourire reconnaissant et le sujet de l'absence de Scott est clos. *Ou plutôt évacué*, songe Lisey. *Comme un petit calcul.*

« Il va incroyablement mieux aujourd'hui, dit l'infirmière. Le Dr Wendlestadt a fait sa ronde ce matin de bonne heure et il en a été absolument *sidéré*. »

Et comment, songe Lisey. Et elle confie à l'infirmière ce que Scott lui a confié il y a tant d'années, dans son appartement de Cleaves Mills. Elle a cru à l'époque que c'était juste un de ces trucs qu'on dit comme ça, mais aujourd'hui elle y croit. Oh oui, aujourd'hui elle y croit dur comme fer.

« Tous les Landon cicatrisent vite », dit-elle, et puis elle entre voir son mari.

### 15

Il est étendu là, les yeux fermés et la tête tournée de côté, un homme très blanc dans un lit très blanc – voilà au moins qui est parfaitement exact –, mais il est impossible de manquer cette tignasse de cheveux bruns longs aux épaules. Le fauteuil qu'elle a occupé la veille au soir est là où elle l'a laissé, et elle reprend sa place près du lit. Elle sort son livre – *Sauvages* de Shirley Conran. Elle est en train de retirer le rabat déchiré d'une pochette d'allumettes qui lui sert de marque-pages quand elle sent les yeux de Scott sur elle et lève la tête.

« Comment vas-tu ce matin, mon chéri ? » lui demande-t-elle.

Durant un long moment, il ne dit rien. Sa respiration est sifflante, mais plus *stridente* comme elle l'était quand il gisait sur le parking, suppliant pour avoir de la glace. *Il va vraiment mieux*, pense-t-elle. Puis, avec effort, il déplace sa main jusqu'à couvrir celle de Lisey. Qu'il presse. Ses lèvres (qui paraissent effroyablement sèches, elle lui apportera un baume, Chap Stick ou Carmex, plus tard) s'écartent dans un sourire.

« Lisey, dit-il. Petite Lisey. »

Il se rendort, sa main couvrant toujours la sienne, et ça lui va parfaitement. Elle peut tourner d'une main les pages de son livre.

16

Lisey s'étira comme une femme s'éveillant d'un somme, regarda par la vitre du conducteur de sa BM et vit que l'ombre de sa voiture s'était considérablement étirée sur le macadam noir rutilant de M. Patel. Il n'y avait pas un mégot, ni deux, dans son cendrier, mais trois. Elle regarda à travers le pare-brise et aperçut un visage qui lui renvoyait son regard derrière l'une des petites fenêtres du fond de *Patel's Market*, dans ce qui devait être la réserve. Le visage disparut avant qu'elle ait pu dire si c'était l'épouse de M. Patel ou l'une de ses deux filles adolescentes, mais elle eut le temps de noter l'expression. Inquiétude ou curiosité, il était temps pour elle de dégager. Lisey recula pour quitter sa place de stationnement, soulagée d'avoir au moins écrasé ses cigarettes dans son propre cendrier plutôt que de les avoir expédiées par la fenêtre sur ce bitume à la propreté surnaturelle, et reprit pour la deuxième fois la direction de chez elle.

*Me souvenir de ce jour-là à l'hôpital – et des propos de l'infirmière – c'était une autre station du chemin de nard.*

Oui ? Oui.

*Quelque chose* était couché avec elle ce matin, et pour le moment elle continuerait de croire que c'était Scott. Il l'avait pour une raison inconnue embarquée dans un traque-nard, tout à fait comme ceux que son grand frère Paul lui préparait quand ils étaient un tandem de petits garçons malheureux poussant dans un coin perdu de campagne en Pennsylvanie. Sauf qu'au lieu de petites énigmes la promenant d'une station à l'autre, elle se voyait menée...

« Tu me mènes dans le passé, dit-elle à mi-voix. Mais pourquoi ferais-tu une chose pareille ? *Pourquoi*, quand c'est là que se trouve la crapouasse ? »

Tu es sur un *bon* nard. Il passe derrière le pourpre.

« Scott, je ne veux pas aller derrière le pourpre. » Plus très loin de la maison à présent. « Je veux bien être *bougredamnée* si je veux aller derrière le pourpre. »

*Mais je ne pense pas avoir le choix.*

Et si c'était vrai, et si la prochaine station du chemin de nard était de revivre le week-end qu'ils avaient passé à *La Ramure de Cerf* – la lune de miel avancée de Scott – alors elle voulait retrouver la boîte en cèdre de Bonne Ma. C'était tout ce qui lui restait de sa mère maintenant que les

*(africaines)*

les afghanes n'existaient plus, et Lisey supposa que la boîte en cèdre était son humble version personnelle du coin-souvenir de Scott. C'était là qu'elle avait rangé toutes sortes de babioles récoltées au cours des

**(SCOTT ET LISEY ! LES JEUNES ANNÉES !)**

dix premières années de leur mariage : photos, cartes postales, serviettes en papier, pochettes d'allumettes, menus, sous-verres, ce genre de trucs idiots. Pendant combien de temps avait-elle collectionné ces trucs-là ? Dix ans ? Non, pas autant. Six au maximum. Sans doute moins. Après *Les Démons vides*, les changements étaient intervenus vite et fort – pas seulement l'expérience allemande mais *tout*. Leur mariage était devenu ce manège fou (tiens, ça fait comme un jeu de mots, songea-t-elle, manège fou-mariage fou) qui s'emballe à la fin de *L'Inconnu du Nord-Express* d'Alfred Hitchcock. Si elle avait arrêté de récupérer les petites serviettes de cocktail et les pochettes d'allumettes c'est qu'il y avait trop de salles de bar, trop de restaurants, trop d'hôtels. Bien vite elle avait cessé de récupérer quoi que ce soit. Et la boîte en cèdre de Bonne Ma qui sentait si bon quand on l'ouvrait, où était-elle ? *Quelque part* dans la maison, elle en était sûre, et elle entendait la trouver.

*Peut-être se révélera-t-elle être la prochaine station du chemin de nard*, pensa-t-elle, et c'est alors qu'elle aperçut sa boîte à lettres au loin. La porte en était abaissée et une liasse de lettres y était fixée par un bracelet élastique. Intriguée, Lisey se rangea à côté. Du vivant de Scott, elle était souvent rentrée à la maison pour trouver une boîte à lettres pleine, mais depuis, son courrier avait tendance à être réduit à la portion congrue, et adressé plus souvent qu'à son tour à OCCUPANT DU N° X OU M. ET MME LES PROPRIÉTAIRES DU N° Y. À vrai dire, la liasse ici présente paraissait plutôt mince : quatre enveloppes et une carte postale. M. Simmons, le facteur du district rural n° 3, avait dû placer un colis dans la boîte, même si par beau temps il préférait souvent l'attacher à la hampe solide du fanion avec un ou deux bracelets élastiques. Lisey jeta un coup d'œil aux lettres – factures, réclames, carte postale de Cantata – puis plongea la main dans la boîte, et toucha quelque chose de doux, humide, et velu. Elle cria de surprise, retira vivement sa main, vit le sang sur ses doigts et cria encore, d'horreur cette fois. Dans ce premier instant, elle aurait juré avoir été mordue : une bestiole avait grimpé au mât en cèdre de la boîte aux lettres et s'était faufilée à l'intérieur. Un rat peut-être, ou pire encore une bestiole enragée, genre marmotte ou bébé raton-laveur.

Respirant avec des hoquets audibles, qui n'étaient pas tout à fait des gémissements, elle essuya sa main sur son chemisier puis l'éleva, à contrecœur, pour constater le nombre de morsures. Et leur gravité. Un instant, sa conviction d'avoir été mordue était si forte qu'elle vit effectivement les marques. Puis elle cilla et la réalité reprit le dessus. Il y avait des traces de sang, mais pas plus de coupure que de morsure ou d'égratignure. Il y avait quelque chose dans la boîte aux lettres, sûr, une horrible surprise poilue, mais qui avait perdu toute faculté de mordre.

Lisey ouvrit la boîte à gants de sa voiture et son paquet de cigarettes intact en dégringola. Elle fouilla pour mettre la main sur la petite lampe de poche jetable qu'elle avait transférée de la boîte à gants de son ancienne voiture, une Lexus qu'elle avait gardée quatre ans. Une bonne voiture, cette Lexus. Elle ne s'en était défaite que parce qu'elle lui rappelait trop Scott, qui l'appelait la Sexy Lexus de Lisey. Tu n'imagines pas à quel point la plus petite chose devient douloureuse quand tu perds un être proche ; pire que la princesse avec son petit pois. Il n'y avait plus qu'à espérer, maintenant, que la pile de la lampe de poche n'était pas morte.

Elle ne l'était pas. Le faisceau se projeta, bien droit et net. Lisey se plaça en oblique sur son siège, prit une forte inspiration, et éclaira l'intérieur de la boîte à lettres. Elle avait une conscience lointaine d'avoir aspiré ses lèvres entre ses dents et de les serrer fort à se faire mal. D'abord elle ne vit rien qu'une forme obscure et une lueur verte, comme de la lumière reflétée par une bille de verre. Et quelque chose d'humide sur le fond en tôle ondulée de la boîte. Sans doute le sang qu'elle s'était mis sur les doigts. Elle se déplaça encore un peu sur le côté, pressant tout le côté de son corps contre la portière, et poussa prudemment la lampe plus loin dans la cavité. La forme obscure se couvrit de fourrure, il lui poussa des oreilles, et un museau qui aurait sûrement été rose à la lumière du jour. Impossible de se méprendre sur les yeux ; même ternis par la mort, leur forme était caractéristique. Il y avait un chat crevé dans sa boîte à lettres.

Lisey se mit à rire. Ce n'était pas un rire tout à fait normal, mais il n'était pas non plus totalement hystérique. Il renfermait un authentique amusement. Elle n'avait pas besoin de Scott pour lui dire qu'un chat égorgé dans la boîte à lettres faisait vraiment trop, trop *Liaison fatale*. Pas un indigeste film suédois sous-titré, celui-là, et Lisey l'avait vu deux fois. Et ce qui rendait la chose amusante, c'est qu'elle n'avait *pas* de chat.

Elle laissa son rire s'épuiser de lui-même, alluma une Salem Light et s'engagea dans son allée.

## VI. Lisey et le Professeur
(Voilà Ce Qu'On Récolte)

1

Lisey ne ressentait aucune peur à présent, et son accès d'hilarité momentané avait été remplacé par une rage dure et froide. Elle laissa la BMW garée devant les portes verrouillées de la grange et se dirigea d'un pas raide vers la maison, se demandant si elle trouverait la missive de son nouvel ami à la porte d'entrée ou à celle de la cuisine. Elle ne doutait pas qu'il y aurait une missive, et elle avait raison. Elle la trouva à l'arrière de la maison, une enveloppe au format commercial coincée entre le montant et la porte à moustiquaire. Cigarette entre les dents, Lisey déchira l'enveloppe et déplia un unique feuillet. Le message était dactylographié.

```
   Mme : Je regrette de faire ça vu que j'aime
les animaux mais mieux vaut votre Chat que Vous.
Je veux pas vous faire du mal. Je veux pas mais
vous devez appeler le 412-298-8188 et dire a
« L'Homme » que vous donnez les papierq qu'on a
parlé à la bibiotèque de l'université par son
intermedière. On ne veut pas laisser trainer les
choses avec Vous Mme, alors apelez à 8 h ce soir
et Il me contatera. Finissons-en avec ça sans
que personne y laisse des plumes que votre pzuvre
Animal de Compagnie et ça je le REGRETTE.

   Votre zmi,

                                           Zack
```

PS : Je vous en veux pas du tout de m'avoir dit d'aller me faire « F ». Je sais que vous éteiz pas dans votre assiete.

Z

Lisey observa le Z marquant la fin du petit brin de communication de « Zack McCool » avec elle et pensa à Zorro, galopant à travers la nuit, sa cape flottant derrière lui. Ses yeux étaient gonflés de larmes. Elle crut un instant qu'elle pleurait, avant de s'apercevoir que c'était la fumée. La cigarette coincée entre ses dents s'était consumée jusqu'au filtre. Elle la cracha sur le dallage en briques de l'allée et l'écrasa d'un coup de talon féroce. Elle leva les yeux sur la haute palissade en planches qui entourait leur arrière-cour – uniquement par souci de symétrie, vu que leurs seuls voisins se trouvaient côté sud, soit à gauche de Lisey alors qu'elle se tenait debout face à la porte de sa cuisine, la missive grossièrement tapée, exaspérante, de « Zack McCool » à la main. Son toufu ultimatum. C'étaient les Galloway de l'autre côté de la palissade, et les Galloway avaient une demi-douzaine de chats – des « chats d'étable » comme on les appelait dans le pays. Et il leur arrivait de rôder dans la cour des Landon, surtout quand il n'y avait personne à la maison. Lisey était sûre que c'était un chat des Galloway qui se trouvait dans sa boîte à lettres, tout comme elle était sûre que c'était Zack qui conduisait le PT Cruiser qu'elle avait croisé peu après avoir quitté la maison d'Amanda. Monsieur PT Cruiser se dirigeait vers l'est, surgissant quasiment du soleil couchant, si bien qu'elle n'avait pas pu distinguer son visage. Ce salaud avait même eu le culot de lui virguler un petit salut. *Bien le bonsoir, médème, vous-z'ai laissé un 'tit quéchose dans votre boîte à lettres !* Et elle avait rendu le salut, parce que c'était ce qui se faisait ici à Cambrousebourg.

« Espèce de fumier », murmura-t-elle, si furieuse qu'elle ne savait même pas qui elle injuriait, de Zack ou de l'Incup exalté qui avait lancé Zack à ses trousses. Mais puisque Zack lui avait si obligeamment fourni le numéro de téléphone de Hurlyburly (elle avait immédiatement reconnu le préfixe local de Pittsburgh), elle sut duquel des deux elle allait s'occuper en premier, et ce n'était pas l'envie qui lui manquait, découvrit-elle. Mais avant toute chose, elle avait une corvée domestique peu ragoûtante à accomplir.

Lisey fourra la lettre de « Zack McCool » dans sa poche arrière, effleurant brièvement le Petit Carnet d'Obsessions Compulsives d'Amanda sans même s'en rendre compte, et tira ses clés de maison d'un geste sec. Elle était encore trop furieuse pour avoir conscience de grand-chose, y compris du fait que les empreintes digitales de l'expéditeur pouvaient figurer sur la lettre. Pas plus qu'elle ne pensa à appeler le Bureau du Shérif du Comté, même si cela avait bel et bien figuré précédemment sur son pense-bête. La rage avait rétréci sa pensée cohérente à quelque chose qui ressemblait beaucoup au faisceau de la petite lampe de poche dont elle s'était servie pour regarder dans la boîte à lettres, et pour le moment ce rétrécissement la limitait à deux idées : se débarrasser du chat, puis appeler Hurlyburly pour lui dire de tenir son « Zack McCool ». De le rappeler au pied. Ou autre.

## 2

Dans le placard sous l'évier de la cuisine, elle prit deux seaux, quelques chiffons propres, une vieille paire de gants en caoutchouc, et un sac poubelle qu'elle coinça dans la poche de son jean. Elle versa un bouchon de Top Job dans l'un des seaux et l'emplit d'eau chaude en se servant de la douchette de l'évier pour faire mousser le mélange plus vite. Puis elle sortit, ne faisant qu'une brève halte devant ce que Scott appelait le Tiroir du Bazar de la cuisine pour se munir de pincettes – les grandes dont elle ne se servait que rarement, quand elle décidait de se faire des grillades. Elle s'entendit chanter le dernier vers de *Jambalaya*, le répéter inlassablement tandis qu'elle accomplissait ces menues tâches macabres : « *Son of a gun, we'll have big fun on the bayou*[1] ! »

Sacrément s'amuser. Pas de doute.

Dehors, elle remplit le deuxième seau d'eau froide au robinet du jardin puis remonta l'allée, un seau dans chaque main, les chiffons sur l'épaule, les longues pincettes dépassant d'une de ses

---

1. Fils de pistolet, on va sacrément s'amuser sur le bayou !

poches arrière et le sac poubelle vert de l'autre. Quand elle arriva devant la boîte aux lettres, elle déposa son chargement à terre et fronça le nez. Reniflait-elle l'odeur du sang, ou bien était-ce seulement son imagination ? Elle glissa un œil dans la boîte. Difficile d'y voir ; la lumière éclairait de l'autre côté. *J'aurais dû apporter la torche*, pensa-t-elle, mais zut, elle n'allait pas retourner la chercher maintenant. Pas maintenant qu'elle avait le barda arrimé et bien arrimé.

Lisey tâta avec les pincettes, arrêtant son geste quand elles rencontrèrent une surface qui n'était ni souple ni tout à fait dure non plus. Elle les ouvrit aussi grand que possible, les referma en les abaissant, et tira. Au début il ne se passa rien. Puis le chat – en fait juste une sensation de poids au bout de son bras – commença à avancer avec réticence vers elle.

Les pincettes lâchèrent prise et claquèrent l'une contre l'autre. Lisey les retira. Il y avait du sang et quelques poils gris sur les extrémités spatulées – la partie que Scott avait toujours appelée « les chopeuses ». Elle se rappelait lui avoir dit que *chopeuses* devait être un poisson mort qu'il avait trouvé flottant le ventre en l'air à la surface de sa précieuse mare. Ça l'avait fait rire.

Lisey se pencha et glissa un œil dans la boîte à lettres. Parvenu à peu près à mi-chemin, le chat était assez facile à voir à présent. D'un gris fumée indéfinissable, c'était un chat d'étable des Galloway, pas de doute. Elle fit claquer les pincettes deux fois – pour la chance – et se préparait à les replonger à l'intérieur quand elle entendit une voiture approcher par l'est. Elle se retourna avec un haut-le-cœur. Elle ne se contentait pas de *penser* que c'était Zack s'en revenant à bord de son petit PT Cruiser de sport ; elle le *savait*. Il s'arrêterait à sa hauteur, se pencherait à la fenêtre et lui demanderait si elle voulait un petit coup de main. Qu'il prononcerait *coude main*. *Médème*, dirait-il, *vous voulez pas un peutit coude main ?* Mais c'était un espèce de 4×4 de frime, avec une femme au volant.

*Tu deviens paranoïaque, petite Lisey.*

Possible. Et vu les circonstances, elle en avait bien le droit.

*Termine ce que t'as commencé. T'es venue ici pour le faire, alors fais-le.*

Elle enfonça de nouveau les pincettes à l'intérieur, en regardant ce qu'elle faisait cette fois, et tandis qu'elle écartait les chopeuses et les plaçait de part et d'autre d'une patte déjà raide du malheureux chat d'étable des Galloway, elle pensa à Dick Powell dans un vieux film en noir et blanc dont elle ne se rappelait plus le titre, découpant une dinde et demandant *Qui veut la cuisse ?* Et, oui, elle reniflait l'odeur du sang de la bestiole. Elle s'étrangla un peu, baissa la tête, cracha entre ses tennis.

*Termine ce que t'as commencé.*

Lisey referma les chopeuses (pas un mauvais mot en fin de compte, une fois que tu l'avais apprivoisé) et tira. De l'autre main elle se hâta de secouer le sac poubelle pour l'ouvrir et hop, le chat dégringola à l'intérieur, tête la première. Prestement elle entortilla la gueule du sac et la noua, car stupide petite Lisey avait aussi oublié d'emporter un de ces liens de fermeture en plastique jaune. Puis elle s'attela résolument au lessivage de sa boîte à lettres pour la débarrasser du sang et des poils.

### 3

Quand elle en eut terminé avec la boîte à lettres, Lisey, chargée de ses seaux, reprit lourdement le chemin de la maison dans la longue lumière du soir. Son petit déjeuner avait consisté en un café et du porridge, son déjeuner en guère plus qu'une cuillerée de thon mayonnaise sur un brin de laitue, et, chat crevé ou pas, elle était affamée. Elle décida de repousser son coup de fil à Hurlyburly jusqu'à ce qu'elle ait le ventre plein. L'idée d'appeler le Bureau du Shérif – d'alerter n'importe qui en uniforme bleu, en fait – ne lui était pas encore revenue.

Elle se lava les mains pendant trois minutes, à l'eau très chaude et en s'assurant qu'il n'y avait plus la moindre trace de sang sous ses ongles. Puis elle attrapa le Tupperware contenant le reste de Cheeseburger Pie, le vida sur une assiette et l'expédia au micro-ondes. En attendant que le carillon retentisse, elle fouilla le frigo à la recherche d'un Pepsi. Elle se souvint d'avoir pensé qu'elle ne terminerait jamais cette tambouille au Hamburger Helper une fois assouvie sa fringale initiale. Tu pouvais ajouter ça à la longue, longue liste des Trucs Sur Lesquels Lisey S'Était Plantée Dans La Vie, et puis après ? Pas de quoi en frire un plat, comme se plaisait à dire Cantata quand elle était ado.

« J'ai jamais prétendu être le cerveau de l'équipe », déclara Lisey à la cuisine déserte, et le micro-ondes carillonna au même moment comme pour renchérir.

Le rata réchauffé était presque trop brûlant pour l'avaler mais Lisey l'engloutit quand même, en se rafraîchissant la bouche à grandes goulées pétillantes de Pepsi. Comme elle avalait sa dernière bouchée, elle se souvint du murmure étouffé qu'avait produit la fourrure du chat en frottant contre le fond métallique de la boîte à lettres, et de l'étrange sensation de *traction* qu'elle avait éprouvée lorsque le cadavre avait commencé, avec réticence, à glisser vers elle. *Il a vraiment dû le tasser là au fond*, pensa-t-elle, et l'image de Dick Powell lui revint à l'esprit, un Dick Powell en noir et blanc, qui disait cette fois *Avec un peu de farce !*

Elle se dressa et bondit vers l'évier si vite qu'elle renversa sa chaise, certaine qu'elle allait vomir tout ce qu'elle venait d'ingurgiter, qu'elle allait *lâcher une fusée, rendre ses comptes, refiler sa came, aller au renard...* Elle resta suspendue au-dessus de l'évier, les yeux fermés, la bouche ouverte, l'œsophage contracté luttant contre les spasmes. Après un lourd silence de cinq secondes, elle lâcha un monstrueux renvoi de cola qui stridula comme une cigale. Elle resta penchée encore un moment, pour être absolument sûre que c'était tout. Quand elle en fut sûre, elle se rinça la bouche, cracha, et tira la lettre de « Zack McCool » de la poche de son jean. C'était le moment d'appeler Joseph Hurlyburly.

4

Elle s'attendait à tomber sur son bureau de Pitt – qui irait donner à un branquignol comme son nouveau copain Zack son numéro de téléphone privé ? – et elle se disposait à laisser ce que Scott aurait pu appeler un « message *hhhénaurmément* provocant » sur le répondeur de Hurlyburly. Mais quelqu'un décrocha à la deuxième sonnerie et une voix de femme, assez plaisante et peut-être bien lubrifiée par ce que Scott appelait ce « primordial premier pot pré-prandial », l'informa qu'elle était en communication avec la résidence des Hurlyburly avant de demander qui était à l'appareil. Pour la deuxième fois de la journée, Lisey se présenta comme Mme Scott Landon.

« J'aimerais parler au Professeur Hurlyburly », dit-elle. Elle avait le ton léger et agréable.

« Puis-je savoir à quel sujet ?

— Les écrits de feu mon époux », dit Lisey en faisant tournoyer devant elle sur la table basse son paquet ouvert de Salem Light. Elle s'avisa qu'une fois encore elle avait des cigarettes et pas de feu. C'était peut-être un avertissement pour qu'elle arrête vite fait de fumer, avant que la frangine nicotine lui replante ses petites griffes jaunes dans le bulbe rachidien. Elle pensa ajouter *Je suis sûre qu'il souhaitera me parler* mais ne se fatigua pas. La femme de Hurlyburly devait s'en douter.

« Un instant, s'il vous plaît. »

Lisey attendit. Elle n'avait pas préparé ce qu'elle allait dire. Encore une Règle d'Or des Landon : tu prépares ta diatribe seulement en cas de *litige*. Mais quand t'es vraiment furax — quand t'es parti pour *tailler un nouveau costard* à quelqu'un, comme dirait l'autre — vaut mieux en général laisser gonfler le flot et puis lâcher les vannes.

Elle resta donc assise là, cerveau prudemment vide, à faire tournoyer son paquet de cigarettes. Vrrrr-vrrrr-vrrrr.

Enfin, une voix masculine onctueuse dont elle crut se souvenir dit, « Bonsoir, madame Landon, quelle agréable surprise. »

MIRALBA, pensa-t-elle. MIRALBA, *babylove*.

« Non, répliqua Lisey, ça ne va pas être agréable du tout. »

Il y eut un silence. Puis, du bout des lèvres : « Je vous demande pardon ? Vous êtes bien Lisa Landon ? Madame Scott L... ?

— Écoutez-moi, espèce de salopard. Il y a un homme qui me harcèle. Je crois que cet homme est dangereux. Hier il m'a menacée de sévices.

— Madame Landon...

— *De m'arranger*, selon ses propres mots, *dans quelques endroits que je ne laissais pas les garçons toucher aux bals du lycée*. Et ce soir...

— Madame Landon, je ne...

— *Ce soir* il a déposé un chat crevé dans ma boîte à lettres et une lettre coincée dans ma porte, et cette lettre comportait un numéro de téléphone, *ce* numéro de téléphone, le *vôtre*, alors ne me dites pas que vous ne savez pas de quoi je parle quand vous le savez *pertinemment* ! » Sur ce dernier mot, Lisey frappa le paquet de cigarettes du tranchant de la main. Le frappa comme un volant de badminton. Le paquet de cigarettes vola à travers la pièce, pleuvant des Salem Light sur son passage. Lisey respirait vite et fort, mais avec la bouche grande ouverte. Elle ne tenait pas à ce que Hurlyburly l'entende et prenne sa fureur pour de la peur.

Hurlyburly ne répondit rien. Lisey lui laissa le temps. Comme il persistait dans son silence, elle dit, « Vous êtes là ? Vous avez intérêt. »

Elle savait que celui qui répondit était le même homme, mais les intonations liées, enveloppées de conférencier avaient disparu. Cet homme-ci semblait à la fois plus jeune et curieusement plus âgé. « Je vais devoir vous mettre en attente, madame Landon, et prendre cette communication dans mon bureau.

– Où votre femme n'entendra pas, voulez-vous dire.

– Ne quittez pas, je vous prie.

– Ne traînez pas, Hurluberlu, sinon... »

Il y eut un déclic, puis du silence. Lisey regrettait de ne pas avoir pris le téléphone sans fil de la cuisine ; elle avait envie de faire les cent pas, voire de ramasser une de ses cigarettes pour l'allumer à un brûleur de la cuisinière. Mais peut-être était-ce mieux ainsi. Ainsi, sa colère ne s'envolerait pas avec la fumée. Ainsi elle devait garder le barda tellement arrimé qu'elle en tremblait.

Dix secondes passèrent. Vingt. Trente. Elle se disposait à raccrocher quand il y eut un autre déclic au bout du fil et le Roi des Incups s'adressa de nouveau à elle avec sa nouvelle voix de vieux jeune. Qui avait attrapé un drôle de petit frémissement voisin du hoquet. *C'est son pouls*, pensa-t-elle. C'était une pensée à elle, mais ç'aurait pu être l'intuition de Scott. *Son cœur bat si fort que je peux l'entendre. Je voulais lui fiche la trouille ? C'est fait. Alors pourquoi c'est* moi *qui devrais avoir la trouille ?*

Parce que, vrai, tout d'un coup, elle *avait* peur. Une peur semblable à un long fil de laine jaune serpentant à travers la couverture rouge écarlate de sa colère.

« Madame Landon, s'agit-il d'un homme du nom de Dooley ? James ou Jim Dooley ? Un grand maigre, avec un petit accent de la campagne ? Je dirais Virginie occ...

– J'ignore son nom. Il s'est présenté sous celui de Zack McCool au téléphone, et c'est ainsi qu'il a signé sa...

– Merde », dit Hurlyburly. Sauf qu'il l'étira – *mee-eeerde* – si bien que le résultat prit un tour quasi incantatoire. Il fut suivi par un son qui aurait pu être un grognement. Dans l'esprit de Lisey, un deuxième fil jaune vif rejoignit le premier.

« Quoi ? interrogea-t-elle d'un ton bref.

– C'est lui, dit Hurlyburly. C'est forcément lui. L'adresse électronique qu'il m'a donnée était Zack991.

– Vous l'avez chargé de me terroriser pour que je vous remette les écrits posthumes de Scott, c'est bien ça ? C'était votre marché.

– Madame Landon. Vous ne compr...

– Je crois que je comprends très bien. J'ai eu affaire à quelques individus particulièrement atteints depuis la disparition de Scott, et les universitaires battent les collectionneurs à plates coutures, mais à côté de vous, les autres universitaires paraissent normaux, Hurluberlu. C'est sans doute la raison pour laquelle vous l'avez si bien caché au départ. Les gens vraiment fous doivent être capables de le cacher. C'est une technique de survie.

– Madame Landon, si vous vouliez seulement me laisser expl...

– Je reçois des menaces et vous êtes responsable, inutile d'expliquer ça. Alors écoutez, et écoutez bien : rappelez ce type et annulez votre contrat immédiatement. Je n'ai pas encore donné votre nom aux autorités, mais je pense que la police est le cadet de vos soucis. Alors si je reçois un seul coup de fil de plus, une seule lettre de plus, une seule bestiole crevée de plus de la part de ce Cow-Boy de l'HyperEspace, j'alerte la presse. » L'inspiration avait frappé. « Je commencerai par les journaux de Pittsburgh. Ils adoreront ça. UN PROFESSEUR DÉTRAQUÉ MENACE LA VEUVE D'UN CÉLÈBRE ÉCRIVAIN. Quand *ce* titre paraîtra à la une, un petit interrogatoire par les flics du Maine *sera* le cadet de vos soucis. Salut, titulaire. »

Tout cela résonna plutôt bien aux oreilles de Lisey, et dissimula – du moins temporairement – les fils jaunes de la peur. Hélas, ce que Hurlyburly ajouta ensuite les fit réapparaître, plus vifs que jamais.

« Vous ne comprenez pas, madame Landon. Je ne peux pas le rappeler. »

5

Un instant, Lisey fut trop abasourdie pour parler. Puis elle dit, « Que voulez-vous *dire*, vous ne pouvez pas ?

— Je veux dire que j'ai déjà essayé.

— Vous avez son adresse électronique ! Zack999 ou je ne sais trop quoi...

— Zack991-arobase-sail-point-com, pour ce que ça vaut. Autant dire tripette. Elle ne donne rien. Elle a fonctionné les deux premières fois que je l'ai utilisée, mais depuis, mes courriers électroniques me reviennent avec la mention ADRESSE INVALIDE. »

Il se mit à bafouiller comme quoi il allait réessayer, mais Lisey ne l'écoutait plus. Elle se repassait sa conversation avec « Zack McCool » – ou Jim Dooley si c'était là son nom véritable. Il avait dit que Hurlyburly allait soit lui téléphoner soit...

« Auriez-vous un compte de messagerie électronique spécial ? s'enquit-elle, interrompant Hurlyburly dans son élan. Il m'a dit que vous lui passeriez un e-mail par une voie spéciale pour l'avertir dès que vous auriez obtenu ce que vous souhaitiez. Alors où est ce compte ? À votre bureau de l'université ? Dans un cyber-café ?

— *Non !* » Hurlyburly vagissait presque. « Écoutez-moi – *bien sûr* que je dispose d'une adresse e-mail à Pitt, mais je ne l'ai jamais donnée à Dooley ! C'eût été de la folie ! J'ai deux doctorants qui y ont régulièrement accès, sans parler de la secrétaire du département d'anglais !

— Et à la maison ?

— Je lui ai donné mon adresse e-mail personnelle, oui, mais il ne l'a jamais utilisée.

— Et le numéro de téléphone où vous pouvez le joindre ? »

Il y eut un moment de silence au bout du fil, et quand Hurlyburly reprit la parole, il semblait franchement perplexe. Ce qui acheva de la terrifier. Elle regarda par la large fenêtre du salon et vit que le ciel au nord-est prenait une teinte lavande. Il ferait bientôt nuit. Elle avait dans l'idée que cela risquait d'être une longue nuit.

« Numéro de téléphone ? dit Hurlyburly. Il ne m'a jamais donné de numéro de téléphone. Seulement une adresse électronique qui a fonctionné deux fois, puis s'est arrêtée. Soit il mentait soit il fantasmait.

— À votre avis ? »

Hurlyburly chuchota presque, « Je l'ignore. »

Lisey songea que c'était la façon merdeuse qu'avait cette fiente molle de Hurlyburly d'essayer de se défiler pour ne pas admettre ce qu'il pensait vraiment : à savoir que Dooley était détraqué.

« Ne quittez pas une seconde. » Elle s'apprêtait à poser le combiné sur le canapé, puis se ravisa. « Vous avez intérêt à être là quand je reviens, Professeur. »

Pas besoin d'allumer un brûleur de la cuisinière, en définitive. Il y avait de longues allumettes décoratives pour allumer le feu de cheminée dans un crachoir en laiton à côté des accessoires. Elle ramassa une Salem Light par terre et gratta une longue allumette sur la pierre du foyer. Elle prit un vase en céramique comme cendrier provisoire, déposant les fleurs qu'il contenait sur la grille du foyer et se faisant la réflexion (pas pour la première fois, non plus) que fumer était vraiment une des habitudes les plus ignobles du monde. Puis elle regagna le canapé, s'assit, et ramassa le téléphone. « Racontez-moi ce qui s'est passé.

— Madame Landon, mon épouse et moi avons des projets pour la soirée...

— Vos projets ont changé, dit Lisey. Commencez par le commencement. »

6

Bon, évidemment au commencement étaient les Incups, ces adorateurs païens de textes originaux et de manuscrits inédits, et le Professeur Joseph Hurlyburly, qui était leur roi, en ce qui concernait Lisey. Dieu sait combien d'articles universitaires il avait publié sur les œuvres de Scott Landon, et combien d'entre eux pouvaient bien, en cet instant précis, être en train de ramasser tranquillement la poussière dans le serpent-livres au-dessus de la grange. De cela Lisey se moquait comme elle se moquait de la terrible torture qu'avait endurée le Professeur Hurlyburly à la pensée des œuvres inédites qui pouvaient bien, aussi, être en train de ramasser la poussière dans le bureau de Scott. Ce qui comptait c'était l'habitude qu'avait prise Hurlyburly d'avaler deux ou trois bières deux ou trois soirs par semaine en rentrant chez lui après la fac, toujours au même endroit, un bar appelé Le Bar. Il y avait des tas de débits de boissons fréquentés par une clientèle universitaire dans les environs de Pitt, des bouges à bière servie à la pinte pour certains, des pubs chics pour d'autres où profs et étudiants de troisième cycle dotés d'une conscience de classe se retrouvaient pour boire – le genre avec plantes grimpantes aux fenêtres et Bright Eyes plutôt que My Chemical Romance dans le juke-box. Le Bar était un bar de travailleurs, situé à moins de deux kilomètres du campus, où ce qui ressemblait le plus à du rock dans le juke-box était un duo Travis Tritt-John Mellencamp. Hurlyburly aimait y aller, dit-il, car c'était calme en semaine l'après-midi et le soir, et aussi parce que l'ambiance lui rappelait son père, qui avait travaillé aux laminoirs dans une des aciéries de U.S. Steel (Lisey se contretouffait doucement du père de Hurlyburly). C'était dans ce bar qu'il avait rencontré l'homme qui disait s'appeler Jim Dooley. Dooley était lui aussi un habitué du soir et des fins d'après-midi, un type à la voix douce qui affectionnait les chemises en toile chambray bleue et le genre de pantalon de travail à revers qu'avait toujours porté le père de Hurlyburly. Hurlyburly décrivit Dooley comme un type d'environ un mètre quatre-vingt-cinq, dégingandé, légèrement voûté, dont les cheveux bruns clairsemés lui retombaient souvent sur le front. Il pensait que Dooley avait les yeux bleus, mais n'en était pas sûr, bien qu'ils aient bu ensemble sur une période de six semaines et soient devenus, selon les termes de Hurlyburly, « plutôt bons copains ». Ils avaient échangé non pas l'Histoire de leur vie mais des morceaux en patchwork d'histoires de leurs vies, comme font les hommes dans les bars. Pour sa part, Hurlyburly affirmait avoir dit la vérité. Il avait à présent des raisons de douter de la sincérité de Dooley. Oui, il était possible que Dooley soit monté de sa Virginie occidentale pour s'implanter dans le Burg douze ou quatorze ans plus tôt, probable aussi qu'il avait occupé une série d'emplois de manœuvre sous-payé depuis lors. Non, il n'était pas impossible qu'il ait fait un peu de prison ; il avait cette dégaine carcérale, semblant toujours risquer un œil dans le miroir derrière le comptoir quand il tendait la main vers sa bière, regardant toujours au moins une fois par-dessus son épaule quand il se rendait aux toilettes. Et, oui, il avait fort bien pu récolter la cicatrice qu'il avait juste au-dessus du poignet droit au cours d'une brève mais vilaine bagarre à la blanchisserie de la prison. Ou pas. Hé, peut-être avait-il juste trébuché sur son tricycle quand il était môme et fait une mauvaise chute. Tout ce que savait Hurlyburly sans l'ombre d'un doute, c'était que Dooley avait lu tous les livres de Scott Landon et qu'il était capable d'en parler intelligemment. Et il avait prêté une oreille compatissante au récit des malheurs de Hurlyburly avec l'intransigeante veuve Landon, laquelle siégeait sur une mine d'or de manuscrits Landon inédits, dont un roman achevé, d'après la rumeur. Mais compassion était vraiment un mot trop faible. Il avait écouté avec une indignation grandissante.

D'après Hurlyburly, c'était Dooley qui avait commencé à la surnommer Yoko.

Hurlyburly qualifia leurs rencontres au bar Le Bar d'« occasionnelles, frisant le régulier ». Lisey procéda à l'analyse logique de ces conneries intellectuelles et décida qu'elles signifiaient que les bavasseries du duo Hurlyburly-Dooley sur Yoko Landon avaient eu lieu quatre à cinq fois par semaine, et que lorsque Hurlyburly disait « une bière ou deux », il voulait sans doute dire une pinte ou deux. Voilà le tableau, cette paire d'Oscar et Félix intellectuels, se pochardant à peu près tous les soirs de la semaine, causant d'abord du génie des bouquins de Scott Landon puis évoluant naturellement vers des considérations sur la misérable salope avaricieuse que s'était révélée être sa veuve.

À en croire Hurlyburly, c'était Dooley qui avait orienté la conversation dans cette direction. Lisey, qui savait le ton que prenait Hurlyburly quand on lui refusait quelque chose, imaginait que ça n'avait pas coûté grand effort à son acolyte.

Et à un certain moment, Dooley avait confié à Hurlyburly que lui, Dooley, était capable de convaincre la veuve de changer d'avis au sujet desdits manuscrits. Après tout, ça ne devait pas être bien difficile de la ramener à la raison puisque, de toute façon, les écrits du défunt étaient pratiquement voués à rejoindre le reste du Fonds Landon à la bibliothèque de l'Université de Pittsburgh ? Il s'y entendait, avait dit Dooley, pour faire changer les gens d'avis. Il avait le don pour ça. Le Roi des Incups (épiant son nouvel ami avec une sagacité passablement envapée, Lisey voyait ça d'ici) avait demandé à Dooley combien il demanderait pour un tel service. Dooley avait répondu qu'il ne cherchait pas à en tirer *béné-*

*fice*. Ils parlaient là d'un service rendu à l'humanité, non ? Arracher un inestimable trésor à une femme trop idiote pour comprendre sur quoi elle était assise, comme une maudite poule sur sa couvée. Oui bon, d'accord, avait répondu Hurlyburly, mais tout travail mérite salaire. Dooley avait médité là-dessus et annoncé qu'il tiendrait le compte de ses frais divers. Puis, quand ils se retrouveraient et qu'il transmettrait les documents à Hurlyburly, ils pourraient discuter la question du paiement. Sur quoi, Dooley avait tendu la main à son nouvel ami par-dessus le comptoir, comme s'ils venaient de sceller un accord parfaitement sensé. Hurlyburly avait pris cette main et l'avait serrée, avec des sentiments mêlés de ravissement et de dégoût. Au cours des cinq ou sept semaines où il avait connu le bonhomme, confia-t-il à Lisey, ç'avait été la valse-hésitation dans sa tête au sujet de Dooley. Il y avait des jours où il pensait que Dooley était une véritable frappe, un autodidacte qui s'était cultivé en prison et dont les histoires à vous glacer le sang d'attaques à main armée, de bagarres et de surinage au manche de cuillère étaient toutes vraies. Et puis il y avait des jours (le jour de la poignée de mains était l'un d'eux) où il était convaincu que Jim Dooley n'était qu'une baudruche, et que le crime le plus affreux qu'il eût jamais commis était le vol d'un ou deux bidons de diluant pour peinture au Wal-Mart de Monroeville où il avait travaillé pendant environ six mois en 2004. Donc pour Hurlyburly tout ça n'avait pas été autre chose qu'une plaisanterie vaguement alcoolisée, surtout quand Dooley lui avait plus ou moins dit qu'il convaincrait Lisey de céder les écrits de son défunt mari pour l'amour de l'Art. Voilà, en tout cas, ce que raconta le Roi des Incups à Lisey en cet après-midi de juin, mais bien évidemment c'était ce même Roi des Incups qui, à moitié bourré dans un bar, avait serré la main d'un homme qu'il connaissait à peine, un homme qui de son propre aveu était « un dur de dur », tous deux la surnommant Yoko et convenant que Scott devait l'avoir gardée sous la main pour un truc et un truc seulement, car à quoi d'autre aurait-elle bien pu lui servir ? Hurlyburly réaffirma qu'en ce qui le concernait, toute cette histoire n'avait pas été autre chose qu'une plaisanterie, rien que deux types se montant le bourrichon dans un bar. Il *était* vrai que les deux types en question avaient échangé leurs adresses e-mail, oui ils l'avaient fait. Mais après le jour de la poignée de mains, le Roi des

Incups n'avait rencontré son loyal sujet qu'une dernière fois. Cela s'était passé deux après-midis plus tard. Dooley s'était limité à une seule bière cette fois-là, annonçant à Hurlyburly qu'il était en « phase d'entraînement ». Après cette seule et unique bière, il avait glissé à bas de son tabouret de bar, disant qu'il avait rendez-vous pour « voir un gonze ». Il avait aussi dit à Hurlyburly qu'il le verrait le lendemain sans doute, la semaine prochaine à coup sûr. Mais Hurlyburly n'avait jamais revu Jim Dooley. Après deux ou trois semaines, il avait cessé de l'attendre. Et l'adresse e-mail Zack991 avait cessé de fonctionner. En un sens, avait-il pensé, perdre la trace de Jim Dooley était une bonne chose. Il buvait trop, et il y avait quelque chose chez ce type qui ne tournait vraiment pas rond. (*Un peu tard pour t'en rendre compte, non ?* pensa Lisey avec aigreur.) La consommation de Hurlyburly était retombée à son niveau antérieur, une à deux bières par soirée, et, sans même y penser vraiment, il s'était transporté dans un autre bar à deux ou trois rues de là. Il ne s'était avisé que plus tard (*quand j'eus retrouvé mes esprits*, fut sa formule) qu'il mettait inconsciemment de la distance entre lui et le dernier endroit où il avait vu Dooley ; qu'en fait, il se repentait de toute l'histoire. Si, toutefois, il s'agissait d'autre chose qu'un fantasme, autre chose qu'un des châteaux en Espagne de Jim Dooley que Joe Hurlyburly l'avait aidé à meubler tout en faisant passer à coups de lampées de bière les semaines blafardes d'un autre triste hiver à Pittsburgh. Et c'était bien là ce qu'il avait *cru*, termina-t-il, résumant la situation aussi sérieusement qu'un avocat dont le client risque l'injection létale s'il foire. Il en était arrivé à la conclusion que la plupart des histoires de Jim Dooley, brigandage et survie à la prison de Brushy Mountain, étaient de l'invention pure et simple, et que son idée d'amener Mme Landon à céder les derniers manuscrits de son mari en était une autre. Leur marché n'avait pas été autre chose qu'un jeu, comme les enfants qui jouent à « On dirait qu'on était... »

« Si tout cela est vrai, dites-moi une chose, intervint Lisey. Si Dooley s'était ramené avec un camion plein de manuscrits de Scott, cela vous aurait-il empêché de les prendre ?

– Je ne sais. »

Voilà, pensa-t-elle, qui était effectivement honnête, aussi lui demanda-t-elle encore une chose. « Savez-vous ce que vous avez fait ? Ce que vous avez mis en branle ? »

À cela le Professeur Hurlyburly ne répondit rien, et elle trouva aussi que c'était honnête. Aussi honnête, peut-être bien, qu'il pouvait l'être.

7

Après une seconde de réflexion, Lisey reprit : « Lui avez-vous donné le numéro auquel il m'a appelée ? Dois-je vous remercier pour ça, aussi ?

– Non ! Absolument pas ! Je ne lui ai donné aucun numéro, je vous le promets ! »

Lisey le crut. « Vous allez faire quelque chose pour moi, Professeur, dit-elle. Si Dooley décide de reprendre contact avec vous, peut-être simplement pour vous dire qu'il est sur la piste et que les choses se présentent bien, vous allez lui dire que le marché est annulé. Totalement annulé.

– Je le ferai. » L'empressement de l'homme était presque abject. « Croyez-moi, je... » Il fut interrompu par une voix de femme – sa femme, Lisey en était sûre – le questionnant. Puis il y eut un froissement quand il couvrit le micro du téléphone avec sa main.

Lisey s'en fichait. Elle était en train d'additionner les points de sa situation et la somme ne lui disait rien qui vaille. Dooley lui avait dit qu'elle pouvait inverser la vapeur en remettant à Hurlyburly les écrits de Scott et ses manuscrits inédits. Le Professeur appellerait alors le détraqué, lui dirait que tout était en ordre, et on en resterait là. Sauf que l'ancien Roi des Incups prétendait qu'il n'avait plus aucun moyen de joindre Dooley, et Lisey le croyait. Était-ce une négligence de la part de Dooley ? Une défaillance de son plan ? À son avis, non. Elle pensait que Dooley pouvait réellement avoir la vague intention de se pointer au bureau de Hurlyburly (ou à son château de banlieue) avec les écrits de Scott... mais avant toute chose, il avait l'intention premièrement de la terroriser, deuxièmement de l'arranger dans des endroits qu'elle n'avait jamais laissé les garçons toucher aux bals du lycée. Et pourquoi voudrait-il faire une chose pareille, après s'être donné tant de mal pour assurer au Professeur et à Lisey elle-même qu'un système de sécurité était en place pour éviter que des choses désagréables ne se produisent si elle coopérait ?

*Peut-être parce qu'il a besoin de se donner la permission de le faire.*

Voilà qui sonnait juste. Et plus tard – quand elle serait morte, peut-être, ou si monstrueusement estropiée qu'elle *regretterait* de ne pas être morte – la conscience de Dooley pourrait se convaincre que Lisey elle-même en portait la responsabilité. *Je lui ai donné toutes ses chances*, penserait son ami « Zack ». *C'est sa faute et celle de personne d'autre. Il fallait qu'elle fasse sa Yoko jusqu'au bout.*

D'accord. Alors, d'accord. S'il se pointait, elle lui donnerait simplement les clés de la grange et du bureau et lui dirait de prendre tout ce qu'il voudrait. *Je lui dirai de s'en donner à cœur joie, de s'éclater.*

Mais à cette idée, les lèvres de Lisey s'amincirent dans un sourire en demi-lune dépourvu d'humour que seules ses sœurs peut-être et son défunt mari, qui l'appelait la Mine d'Ouragan de Lisey, auraient reconnu. « Des clopinettes », marmonna-t-elle, et elle chercha des yeux la bêche d'argent. Elle n'était pas là. Elle l'avait laissée dans la voiture. Si elle la voulait, elle avait intérêt à sortir la chercher avant que la nuit ne soit complètement tomb...

« Madame Landon ? » C'était le Professeur, le ton plus inquiet que jamais. Elle l'avait tout à fait oublié. « Êtes-vous toujours là ?

– Ouais, dit-elle. Voilà ce qu'on récolte, voyez.

– Je vous demande pardon ?

– Vous savez de quoi je parle. Tout ce que vous désiriez si fort, tout ce que vous estimiez devoir posséder ? Voilà ce que vous récoltez. Ce que vous éprouvez en ce moment même. Plus les questions auxquelles vous devrez répondre quand j'aurai raccroché, naturellement.

– Madame Landon, je ne...

– Si la police vous appelle, je veux que vous leur disiez tout ce que vous m'avez dit. Ce qui signifie que vous feriez mieux de répondre d'abord aux questions de votre épouse, vous ne croyez pas ?

– Madame Landon, *je vous en prie !* » Il y avait de la panique dans la voix de Hurlyburly à présent.

« Vous avez attiré tout cela sur votre tête. Vous et votre ami Dooley.

– Cessez de l'appeler mon *ami* ! »

La Mine d'Ouragan de Lisey s'assombrit, ses lèvres s'amincirent encore jusqu'à laisser voir ses dents. Dans le même temps, ses yeux s'effilèrent jusqu'à n'être plus que deux braises bleues. C'était une physionomie carnassière, et elle portait la marque de fabrique Debusher.

« Mais il l'*est* ! s'écria-t-elle. C'est vous qui avez bu le pion avec lui, vous qui lui avez servi la litanie de vos malheurs, vous qui avez ri quand il m'a baptisée Yoko Landon. C'est vous qui l'avez lancé à mes trousses, que vous l'ayez dit expressément ou pas, et maintenant il s'avère qu'il est fou à lier et que vous ne pouvez plus le rattraper. Alors *oui*, Professeur, je m'en vais téléphoner au Shérif du Comté, et *ouida*, je m'en vais lui donner votre nom, je leur donnerai tout ce qui pourra les aider à retrouver votre ami, parce qu'il n'en a pas terminé, vous le savez et je le sais, parce qu'il n'a pas *envie* d'en avoir terminé, il s'amuse *toufument joliment*, et voilà ce que vous *récoltez*. Vous l'avez cherché, vous allez le payer ! D'accord ? *D'accord ?* »

Pas de réponse. Mais lui parvenait le bruit mouillé d'une respiration et elle en conclut que le Roi des Incups faisait de son mieux pour ne pas pleurer. Elle raccrocha, ramassa une autre cigarette par terre, l'alluma. Elle retourna au téléphone, puis secoua la tête. Elle appellerait le Bureau du Shérif dans une minute. D'abord, elle voulait récupérer la bêche d'argent dans la Bohème, et elle voulait le faire illico, avant que toute la lumière ait disparu et que sa partie du monde ait troqué le jour pour la nuit.

8

Le jardin latéral – qu'à son avis elle appellerait la cour de devant jusqu'à la tombe – était déjà trop sombre pour inspirer confiance, même si Vénus, l'étoile du Berger, n'avait pas encore fait son apparition dans le ciel. Les ombres, au point de jonction entre la grange et la remise à outils, étaient particulièrement obscures, et la BMW était stationnée à moins de six mètres de là. Bien sûr, Dooley n'était pas tapi dans ce puits d'ombre, et s'il *était* dans le secteur, il pouvait être n'importe où : appuyé à la cabine de bains au bord de la piscine, glissant un œil au coin de la maison côté cuisine, accroupi dans le renfoncement de la cave...

Lisey pivota sur ses talons à cette idée, mais il restait encore assez de lumière pour voir qu'il n'y avait rien de part et d'autre du renfoncement. Et les portes extérieures de la cave étaient verrouillées, donc elle n'avait pas à s'inquiéter que Dooley soit tapi au sous-sol. À moins, évidemment, qu'il ne se soit introduit d'une façon ou d'une autre dans la maison et ne s'y soit caché en son absence.

*Arrête, Lisey, tu te flanques toi-même la pét...*

Elle s'arrêta, la main refermée sur la poignée de la portière arrière de la BMW. Elle resta debout dans cette position pendant peut-être cinq secondes, puis laissa choir sa cigarette de sa main libre et l'écrasa du pied. Il y avait quelqu'un debout dans l'angle, là où la grange rejoignait la remise à outils. Debout là, très droit et très immobile.

Lisey ouvrit la portière de la Béhème et attrapa la bêche d'argent. La lumière de l'habitacle resta allumée quand elle referma la portière. Elle avait oublié ça, que les lumières intérieures des voitures restaient maintenant allumées quelques secondes, lumière de courtoisie qu'ils appelaient ça, mais elle ne trouvait rien de courtois au fait que Dooley puisse la voir alors qu'elle-même ne pouvait plus le distinguer parce que cette toufue lumière l'avait éblouie. Elle s'éloigna de la voiture, tenant le manche de la bêche en travers de sa poitrine. La lumière finit par s'éteindre à l'intérieur de la Béhème. Un instant, cela ne fit qu'aggraver les choses. Elle ne voyait plus qu'un monde indistinct de formes pourpres sous le ciel lavande qui s'estompait, et elle s'attendait vraiment à ce qu'il bondisse sur elle en l'appelant Médème et en demandant pourquoi elle ne l'avait pas écouté tandis qu'il refermerait ses mains autour de son cou et que son souffle s'éteindrait dans un râle.

Rien de tel n'arriva et, au bout de quelque trois secondes environ, ses yeux se réhabituèrent à la pénombre. Voilà qu'elle le distinguait à nouveau, grand et droit, grave et immobile, debout là dans l'angle profond formé par la grande bâtisse et la plus petite.

Avec quelque chose à ses pieds. Une sorte de carton d'emballage carré. Ç'aurait pu être une valise.

*Grand Dieu, il n'imagine pas qu'il peut faire tenir tous les écrits de Scott là-dedans, si ?* pensa-t-elle, et elle fit un autre pas prudent vers la gauche, étreignant si fort la bêche d'argent que ses poignets palpitèrent. « Zack, c'est vous ? » Encore un pas. Deux. Trois.

Elle entendit une voiture arriver et comprit que les phares allaient balayer la cour, et le révéler complètement. Quand cela se produirait, il bondirait sur elle. Elle arma la bêche au-dessus de son épaule, exactement comme elle l'avait fait en août 1988, achevant son geste à l'instant où la voiture abordait la crête de Sugar Top Hill, inondant sa cour d'un flot de lumière momentanée et révélant la tondeuse à gazon qu'elle avait elle-même laissée dans l'angle de la grange et de la remise. L'ombre de sa poignée bondit vers le haut sur la façade de la grange, puis s'estompa à mesure que les phares de la voiture disparaissaient. De nouveau la tondeuse aurait pu être un homme avec une valise à ses pieds, se dit-elle, encore que, une fois que tu avais vu la vérité...

*Dans un film d'horreur*, pensa-t-elle, *c'est là que le monstre surgirait des ténèbres et me tomberait dessus. Juste au moment où je commence à décompresser.*

Rien ne surgit pour lui tomber dessus, mais Lisey pensa que ça ne coûtait rien d'emporter la bêche d'argent à l'intérieur, ne serait-ce qu'en guise de porte-bonheur. La tenant d'une seule main à présent, refermée au niveau de la garde où le manche était rivé à la plaque d'argent, Lisey s'en fut appeler Norris Ridgewick, le Shérif de Castle County.

## VII. Lisey et les Forces de l'Ordre
## (L'Obsession et l'Esprit Harassé)

1

La femme qui prit l'appel de Lisey se présenta sous le nom d'Officier des Communications Soames et expliqua à Lisey qu'elle ne pouvait pas lui passer le Shérif Ridgewick car le Shérif Ridgewick s'était marié la semaine d'avant. Lui et sa jeune épouse étaient sur l'île de Maui, et y seraient encore les dix prochains jours.

« À *qui* puis-je parler ? » demanda Lisey. Elle n'aimait pas l'inflexion quasi stridente de sa voix, mais elle la comprenait. Oh oui, comme elle la comprenait. Ç'avait été une bon Dieu de longue journée.

« Ne quittez pas, m'dame », annonça l'OC Soames. Puis Lisey resta dans les limbes en compagnie de McGruff le Chien Policier, qui parlait des patrouilles bénévoles de quartiers. De l'avis de Lisey, c'était une nette amélioration par rapport à l'Orchestre à Cordes Comateux. Au bout d'une minute et quelque de McGruff, un flic avec un nom qu'aurait aimé Scott fut en ligne.

« Ici l'adjoint Andy Clutterbuck, m'dame, en quoi puis-je vous aider ? »

Pour la troisième fois ce jour-là – *Jamais deux sans trois*, aurait dit Bonne Ma, *trois fois t'es le roi* – Lisey se présenta comme Mme Scott Landon. Puis elle relata à l'adjoint Clutterbuck une version légèrement remaniée de l'histoire Zack McCool, en commençant par le coup de fil qu'elle avait reçu la veille au soir pour finir par celui qu'elle avait passé ce soir, celui qui lui avait valu de ramener dans son filet le nom de Jim Dooley. Clutterbuck se contenta de hm-hmm et de variations sur le même thème jusqu'à ce qu'elle ait terminé, puis demanda qui lui avait donné l'autre nom potentiellement réel de « Zack McCool ».

Avec un soupçon de remords
*(bisque bisque rage mange du cirage)*
qui lui causa un instant de désillusion amusée, Lisey cafta le Roi des Incups. Sans l'appeler Hurluberlu.

« Allez-vous lui parler, adjoint Clutterbuck ?

— Cela me semble indiqué, qu'en pensez-vous ?

— Je crois que oui », dit Lisey en se demandant ce que le Shérif intérimaire de Castle County pourrait tirer de Hurlyburly qu'elle-même n'avait pas réussi à lui soutirer. Elle supposait qu'il pourrait bien y avoir quelque chose, en effet — elle était vraiment remontée à bloc... Elle s'avisa aussi que ce n'était pas ça qui la tracassait. « Allez-vous l'arrêter ?

— Sur la base de ce que vous m'avez relaté ? Pas la plus petite chance. Vous pourriez avoir des motifs pour une action en justice — il faudrait que vous en parliez à votre avocat — mais au tribunal je suis sûr qu'il dirait que pour lui, en toute *bonne foi*, tout ce que ce Dooley avait en tête, c'était de frapper à votre porte et d'y aller d'un bon baratin de représentant de commerce. Il prétendrait ne rien savoir de chats crevés dans des boîtes aux lettres ni de menaces de blessures volontaires... et il dirait la vérité, si j'en crois ce que vous venez de me dire. Exact ? »

Lisey, quelque peu dépitée, convint que c'*était* exact.

« Je vais avoir besoin de la lettre que ce maniaque vous a laissée, dit Clutterbuck, et je vais avoir besoin du chat. Qu'avez-vous fait des restes ?

— Nous avons un machin-chose en bois sur le côté de la maison », dit Lisey. Elle cueillit une cigarette, l'examina, la reposa. « Mon mari avait un mot pour ce truc — mon mari avait un mot pour pratiquement *tous* les trucs — mais j'ai beau me creuser la cervelle, je n'arrive pas à m'en souvenir. Peu importe, cela éloigne les ratons laveurs du robinet de jardin. J'ai mis le cadavre du chat dans un sac poubelle et le sac poubelle dans l'orlop. » Maintenant qu'elle ne s'acharnait plus à le chercher, le mot de Scott lui revint sans effort.

« Hm-hmm, hm-hmm, avez-vous un congélateur ?

– Oui... » Redoutant déjà ce qu'il allait lui demander de faire ensuite.

« Je veux que vous placiez le chat dans votre congélateur, madame Landon. Vous pouvez le laisser dans le sac, c'est parfait. Quelqu'un passera le prendre demain pour l'emmener chez Kendall et Jesperson. Ce sont les vétérinaires avec qui nous travaillons. Ils tenteront de déterminer la cause de la mort...

– Ça ne devrait pas être difficile, dit Lisey. La boîte à lettres était pleine de sang.

– Hm-hmm. Dommage que vous n'ayez pas pris quelques clichés Polaroïd avant de tout nettoyer.

– Oh je vous prie d'accepter mes plus plates excuses ! s'écria Lisey, piquée au vif.

– Calmez-vous », dit Clutterbuck. Calme lui-même. « Je comprends que vous étiez choquée. N'importe qui l'aurait été. »

*Pas vous*, pensa Lisey avec rancune. *Vous seriez resté aussi froid que... qu'un chat au congélateur.*

Elle dit, « Voilà qui règle la question du Professeur Hurlyburly et du chat crevé ; maintenant si l'on parlait de moi ? »

L'adjoint Clutterbuck l'informa qu'il envoyait un autre adjoint immédiatement – l'adjoint Boeckman ou l'adjoint Alston, celui qui serait le plus proche – prendre possession de la lettre. Maintenant qu'il y pensait, dit-il, l'adjoint qui viendrait lui rendre visite pourrait aussi prendre quelques clichés du chat crevé. Tous les adjoints transportaient un Polaroïd dans leur véhicule. Puis l'adjoint (et, plus tard, sa relève de onze heures du soir) se placerait en faction sur la Route 19 d'où il pourrait surveiller sa maison. Sauf, évidemment, en cas d'appel d'urgence – accident ou événement de même nature. Si Dooley « passait par là » (étrange délicatesse d'expression de Clutterbuck), il verrait la voiture de patrouille du Comté et passerait son chemin.

Lisey espéra que Clutterbuck ne se trompait pas là-dessus.

Des types comme ce Dooley, poursuivit Clutterbuck, fanfaronnent généralement plus qu'ils ne passent à l'action. S'ils ne parviennent pas à leurs fins en terrorisant la personne dont ils veulent obtenir quelque chose, ils ont tendance à laisser tomber toute l'affaire. « À mon avis, vous n'entendrez plus jamais parler de lui. »

Lisey espéra qu'il avait aussi raison là-dessus. Elle-même avait des doutes. Ce qu'elle ne cessait de ressasser, c'était la façon dont « Zack » avait tout organisé. Comment il s'était arrangé pour ne pas pouvoir être rappelé, du moins par l'homme qui l'avait mis sur le coup.

2

Moins de vingt minutes après la fin de sa conversation avec l'adjoint Clutterbuck (que son esprit fatigué s'acharnait à vouloir appeler soit adjoint Buttercup soit – par interférence sans doute avec les appareils Polaroïd – adjoint Shutterbug[1]), un homme mince en kaki, avec un gros revolver sur la hanche, se pointa à sa porte d'entrée. Il se présenta comme l'adjoint Dan Boeckman et l'informa qu'il avait reçu ordre d'emmener « certaine lettre » en lieu sûr et de photographier « certain animal décédé ». Lisey réussit à garder son sérieux en l'entendant, même si, pour accomplir cet exploit, elle dut se mordre cruellement l'intérieur fragile des joues. Boeckman plaça la lettre (accompagnée de son enveloppe blanche ordinaire) dans un sac à congélation que Lisey lui fournit, puis demanda si elle avait mis « l'animal décédé » au congélateur. Lisey l'avait fait aussitôt après avoir fini de parler avec Clutterbuck, déposant le sac poubelle vert dans le coin gauche au fond de son gros Trawlsen, qui ne contenait rien qu'un antique stock de steaks d'orignal en sacs plastique blancs de givre, cadeau que leur avait fait, à Scott et elle, leur électricien Smiley Flanders. Smiley avait gagné un permis de chasse à la loterie de l'orignal 2001 ou 2002 – Lisey ne se souvenait plus très bien – et en avait abattu « un passab'ment gros » là-haut dans la St. John Valley. Là où Charlie Corriveau s'était dégoté sa nouvelle épouse, maintenant que Lisey y pensait. À côté de la viande d'orignal, que très vraisemblablement elle ne se déciderait jamais à manger (sauf peut-être en cas de guerre nucléaire), c'était le seul endroit approprié pour un chat d'étable des Galloway, crevé de surcroît, et elle demanda à l'adjoint Boeckman de s'assurer qu'il le remettait bien

---

1. *Shutter* : obturateur.

au même endroit et nulle part ailleurs quand il aurait fini de le photographier. Il promit avec un parfait sérieux qu'il « satisferait à sa requête », et elle dut une fois encore se mordre l'intérieur des joues. Malgré tout, il s'en fallut de peu qu'elle n'éclate de rire. Dès qu'il se fut engagé d'un pas lourd et imperturbable dans l'escalier du sous-sol, Lisey se tourna vers le mur comme une vilaine petite fille, le front contre le plâtre et les mains sur la bouche, et éclata en sourds glapissements de rire étouffé.

Ce fut au moment où cette quinte passait qu'elle repensa à la boîte en cèdre de Bonne Ma (elle était à Lisey depuis plus de trente-cinq ans, mais elle ne l'avait jamais considérée comme *sienne*). Se souvenir de la boîte et de toutes les babioles-souvenirs qu'elle avait sauvegardées à l'intérieur l'aida à surmonter l'hystérie qui sourdait du tréfonds d'elle-même. Ce qui l'y aida encore plus fut sa certitude croissante qu'elle avait rangé la boîte au grenier. Ce qui était parfaitement logique, bien sûr. Les détritus de la vie professionnelle de Scott étaient dehors dans la grange et dans le bureau ; les détritus de la vie qu'elle avait vécue pendant qu'il travaillait seraient ici, dans la maison qu'elle avait choisie et qu'ils avaient tous deux appris à aimer.

Au grenier se trouvaient pas moins de quatre coûteux tapis turcs qu'elle avait naguère adorés et qui, à un certain moment, pour des raisons qu'elle ne comprenait pas, avaient commencé à lui faire horreur...

Pas moins de trois ensembles de bagages à la retraite qui avaient encaissé tout ce qu'avaient pu leur infliger deux douzaines de compagnies aériennes, dont bon nombre étaient de petites boîtes locales de rien du tout avec navettes en sauts de puces : des guerriers meurtris qui méritaient médailles et honneurs militaires, mais devraient se contenter d'une honorable retraite de grenier (et zut, les mecs, c'est mieux que la déchèterie du coin, non...)

Le mobilier de séjour Danois-Moderne dont Scott disait qu'il faisait m'as-tu-vu, et ce qu'elle lui en avait voulu alors, principalement parce qu'elle pensait qu'il avait sans doute raison...

Le bureau à cylindre, une « affaire » qui s'était révélée avoir un pied trop court qu'il avait fallu caler, sauf que la cale sautait toujours, jusqu'au jour où le cylindre s'était refermé sur les doigts de Lisey et alors, ç'avait été *la goutte d'eau*, toi, mon pote, tu montes au toufu grenier et tu y restes...

Des cendriers sur pied datant de leur époque de fumeurs...

La vieille IBM Selectric de Scott, qu'elle avait utilisée pour sa correspondance jusqu'au jour où il était devenu difficile de se procurer les rubans encreurs et correcteurs...

Des trucs *con-ci*, et des trucs *con-ça*, et des trucs *que-personne-i-peut-savoir*. Un autre monde, vraiment, et pourtant tout était *iciGO*, ou du moins *làGO*... Et quelque part – sans doute derrière une pile de revues ou posé sur le fauteuil à bascule instable au dossier fendu – il y aurait la boîte en cèdre. Y penser était comme penser à de l'eau froide quand tu es assoiffé un jour de canicule. Elle ignorait pourquoi, mais c'était comme ça.

Le temps que l'adjoint Boeckman remonte de la cave avec ses Polaroïd, elle avait hâte de lui voir les talons. Avec perversité, il s'incrusta (*s'incrusta comme le mal aux dents*, qu'aurait dit Pa Debusher), commençant par lui dire qu'apparemment le chat avait été poignardé avec une sorte d'outil (peut-être bien un tournevis), puis lui assurant qu'il stationnerait juste à l'entrée de chez elle. La devise de leurs unités (il les appela des unités) n'était peut-être pas SERVIR ET PROTÉGER, mais l'esprit y était à chaque instant, et il tenait à ce qu'elle se sente en parfaite sécurité. Lisey répondit qu'elle se sentait tellement en sécurité qu'elle envisageait sérieusement d'aller se coucher – ç'avait été une longue journée, elle avait eu une urgence familiale à traiter en même temps que cette histoire de désaxé qui la traquait, et elle était sur les rotules. L'adjoint Boeckman finit par saisir l'allusion et prit congé, non sans lui avoir répété une dernière fois qu'elle était aussi en sécurité qu'on pouvait l'être, qu'elle pouvait être tranquille comme Baptiste, dormir sur ses deux oreilles. Puis il descendit les marches du perron de devant du même pas lourd et imperturbable qu'il avait descendu les marches de la cave, passant une dernière fois en revue ses photos de chat crevé pendant qu'il avait encore assez de lumière pour les voir. Une ou deux minutes plus tard, elle entendit ce qui résonna comme un vach'tement *hhhénaurme* moteur ronfler deux fois avant de démarrer. Un flot de lumière de phares doucha la pelouse et la maison, puis mourut d'un coup. Elle imagina l'adjoint Daniel Boeckman assis de l'autre côté de la route, sa voiture de patrouille stationnée bien en évidence sur l'accotement. Avec un sourire, elle monta au grenier, sans savoir que deux heures plus tard, elle se jetterait tout habillée sur son lit, harassée et en larmes.

3

L'esprit harassé est la proie la plus facile pour l'obsession. Après une demi-heure de recherches infructueuses au grenier, où l'air était étouffant et figé, la lumière faiblarde, et où les ombres semblaient sournoisement résolues à dissimuler le moindre recoin qu'elle voulait explorer, Lisey se laissa gagner par l'obsession sans même s'en apercevoir. Pour commencer, elle n'avait aucune raison claire de vouloir la boîte, rien qu'une forte intuition que quelque chose à l'intérieur, quelque souvenir datant des premiers temps de son mariage, était la station suivante du chemin de nard. Au bout d'un moment, cependant, la boîte elle-même devint son objectif, la boîte en cèdre de Bonne Ma. Que les nards aillent se faire pendre ailleurs, si elle ne mettait pas la main sur cette boîte en cèdre – un pied de long, sur peut-être neuf pouces de large et six de haut – elle n'arriverait jamais à fermer l'œil. Elle passerait la nuit sans dormir torturée par des visions de chats crevés, de maris défunts, de lits vides, de guerriers incups, de sœurs qui se coupaient elles-mêmes, de pères qui coupaient –
*(chut Lisey chut)*
Elle passerait la nuit sans dormir, point.
Une heure de recherche suffit à la convaincre que la boîte en cèdre n'était pas au grenier, en fin de compte. Mais maintenant, elle était sûre qu'elle devait se trouver dans la chambre d'amis. Il était parfaitement raisonnable de penser qu'elle avait migré là... sauf que quarante minutes supplémentaires (exploration de l'étagère supérieure du placard comprise, perchée sur un escabeau chancelant) la convainquirent que la chambre d'amis était un autre trou d'eau asséché. Alors la boîte était en bas à la cave. *Devait* être en bas à la cave. À tous les coups, elle avait dû atterrir sous l'escalier, où se trouvaient tout un tas de cartons pleins de rideaux, de bouts de moquette, de vieux éléments de chaîne stéréo, et de matériel de sport dépareillé : patins à glace, jeu de croquet, filet de badminton troué. Alors qu'elle dévalait l'escalier de la cave (sans plus du tout penser au chat crevé couché maintenant dans le congélateur à côté du tas de viande pétrifiée d'orignal), Lisey se mit à croire qu'elle avait même *vu* la boîte en bas. À ce

stade-là, elle était très fatiguée mais n'avait qu'une conscience très lointaine de ce fait.

Il lui fallut vingt minutes pour traîner tous les cartons hors de leur tombeau séculaire. Certains étaient humides et s'ouvrirent en se déchirant. Le temps qu'elle ait fini de passer en revue le bazar qu'ils contenaient, ses membres tremblaient d'épuisement, ses vêtements lui collaient à la peau, et un méchant petit mal de tête avait commencé à lui taper sur le cervelet. Elle repoussa sous l'escalier les cartons qui tenaient encore et abandonna les défoncés où ils étaient. La boîte en cèdre de Bonne Ma était au grenier en définitive. Devait y être, y avait toujours été. Pendant qu'elle perdait son temps ici en bas au milieu des patins à glace rouillés et des puzzles oubliés, la boîte en cèdre attendait patiemment en haut. Lisey pensait tout à coup à une demi-douzaine d'endroits où elle avait négligé de chercher, y compris l'espace de gnome sous les faux combles. C'était l'endroit le plus plausible. Elle avait dû fourrer la boîte là et puis complètement oublier...

Cette pensée se brisa net quand elle s'aperçut que quelqu'un était debout derrière elle. Elle le voyait du coin de l'œil. Qu'il s'appelle Jim Dooley ou Zack McCool, qu'il réponde à l'un ou l'autre nom, il allait d'une seconde à l'autre abattre une main sur son épaule en sueur et l'appeler Médème. Alors là elle aurait *vraiment* une bonne raison de s'affoler.

Cette sensation était si réelle que Lisey entendit effectivement le traînement de pieds de Dooley. Elle pivota sur les talons, mains levées pour protéger son visage, et n'eut qu'un instant pour apercevoir l'aspirateur Hoover qu'elle-même avait tiré de sous l'escalier. Puis elle trébucha sur le carton en décomposition dans lequel était fourré en boule le vieux filet de badminton. Elle battit des bras pour reprendre l'équilibre, faillit le retrouver, le perdit, eut le temps de penser *bordel-de-merde*, et alla au tapis. Le sommet de sa tête loupa d'un poil le dessous des marches et ouf, car ç'aurait été un fameux coup sur le cigare, de ceux, si ça se trouve, qui t'expédient dans les bégonias. Qui t'expédient même de vie à trépas, pour peu que tu fasses une chute assez dure sur le sol en ciment. Lisey parvint à amortir la sienne de ses mains écartées, un genou se posant sain et sauf sur la masse élastique du filet de badminton désagrégé, l'autre effectuant un atterrissage forcé sur le sol de la cave. Heureusement qu'elle était encore en jean.

Sa chute avait été heureuse par un autre côté, pensa-t-elle un quart d'heure plus tard, vautrée sur son lit, encore toute habillée mais venue à bout de sa grosse crise de larmes ; elle en était aux derniers sanglots isolés et aux grands hoquets malheureux et mouillés qui sont les lendemains de cuite des émotions fortes. La chute – et l'effroi qui l'avait précédée, supposait-elle – lui avait éclairci les idées. Elle aurait pu passer encore deux heures à faire la chasse à la boîte – plus longtemps si la force avait été avec elle. Retour dans le grenier, retour dans la chambre d'amis, retour dans la cave. *Retour dans le futur*, n'aurait pas manqué d'ajouter Scott ; il avait le don pour sortir des vannes pile au mauvais moment. Ou ce qui s'avérait, plus tard, avoir été pile le bon moment.

Toujours est-il qu'elle aurait fort bien pu continuer jusqu'à la première lueur de l'aube pour récolter du vent dans une main et goutte dans l'autre. Lisey était à présent convaincue que la boîte était soit dans un endroit si évident qu'elle était passée devant une demi-douzaine de fois sans la voir, soit qu'elle avait tout bonnement *disparu*, volée peut-être par une des femmes de ménage qui avaient travaillé pour les Landon au cours des années ou par un ouvrier qui l'avait repérée et s'était dit qu'une jolie boîte comme ça plairait bien à sa femme et que Médème (marrant comme ce mot t'entrait dans la caboche) Landon ne s'en apercevrait jamais.

*Bout d'ficelle, c'est la vie, p'tite Lisey*, intervint le Scott qui conservait sa place dans sa tête. *Laisse ça pour demain, car demain est un autre jour.*

« Ouaip », approuva Lisey, puis elle se redressa, soudain consciente de la femme suante et puante qui vivait dans un tas de vêtements sales et suants. Elle s'en débarrassa au plus vite, les abandonna en tas au pied du lit, et prit le chemin de la douche. Elle s'était écorché la paume des deux mains en amortissant sa chute dans la cave, mais elle resta sourde à leur picotement et se shampouina deux fois la tête en laissant ruisseler la mousse sur ses joues. Puis, après avoir somnolé sous l'eau chaude pendant cinq bonnes minutes, elle braqua résolument le levier de la douche vers le bleu et se rinça sous les aiguilles quasi glaciales du jet avant de sortir, le souffle coupé. Elle se sécha avec une des grandes serviettes, et quand elle la lâcha dans la corbeille, elle s'avisa qu'elle se sentait elle-même à nouveau saine d'esprit et prête à laisser s'achever cette journée.

Elle se coucha, et sa dernière pensée avant que le sommeil ne l'expédie dans les ténèbres fut pour l'adjoint Boeckman montant la garde. Ce fut une pensée réconfortante, surtout après son coup de frayeur à la cave, et elle dormit profondément, sans rêves, jusqu'à ce que la stridence du téléphone la réveille.

4

C'était Cantata, appelant de Boston. Il fallait que ce soit elle. Darla l'avait appelée. Darla appelait toujours Canty quand il y avait du grabuge, et plutôt trop tôt que trop tard. Canty voulait savoir si elle devait rentrer à la maison. Lisey assura sa sœur qu'elle n'avait absolument aucune raison d'écourter son séjour à Boston, quel que soit l'émoi qu'elle avait pu percevoir dans la voix de Darla. Amanda se reposait confortablement, et il n'y avait vraiment rien que Canty puisse faire. « Tu peux lui rendre visite, bien sûr, mais à moins d'une grosse amélioration – à quoi le Dr Alberness nous a recommandé de ne pas nous attendre – tu ne pourras pas dire si elle s'aperçoit même que tu es là.

– Seigneur Jésus, dit Canty. Mais c'est épouvantable, Lisa.

– Oui. Mais elle est entre les mains de gens qui comprennent sa situation – ou comprennent, du moins, comment il faut s'occuper de gens dans sa situation. Et Darla et moi te tiendrons au parfum. Garde ton ress... »

Lisey, qui faisait les cent pas dans la chambre avec le téléphone sans fil, s'arrêta soudain, les yeux fixés sur le carnet qui avait presque complètement glissé de la poche arrière de son jean jeté par terre. C'était le Petit Carnet d'Obsessions Compulsives d'Amanda, sauf que maintenant c'était Lisey qui se sentait prise de compulsion.

« Lisa ? » Canty était la seule à l'appeler couramment Lisa, et cela donnait toujours l'impression à Lisey d'être la bonne femme qui vient présenter les lots sur le plateau d'un jeu télévisé quelconque – *Lisa, montrez à Hank et Martha ce qu'ils ont gagné !* – « Lisa, tu es toujours là ?

– Ouais, ma choute. » Les yeux sur le carnet. Petite spirale luisant au soleil. Petit ressort métallique. « Je disais que Darla et moi te tiendrons au parfum. Garde ton *ressort* pour plus tard. » Le carnet gardait la courbe de son postérieur contre lequel il avait longuement séjourné, et tandis qu'elle le regardait, la voix de Canty sembla s'estomper. Lisey s'entendit lui dire qu'elle était certaine que Canty aurait agi exactement de la même façon si c'était elle qui avait été là. Elle se pencha et fit glisser complètement le carnet hors de la poche du jean. Elle dit à Cantata qu'elle l'appellerait le soir même, dit à Cantata qu'elle l'aimait, dit à Cantata au revoir et jeta le téléphone sans fil sur le lit sans même lui accorder un regard. Elle n'avait d'yeux que pour le petit carnet écorné, soixante-quinze cents dans n'importe quel magasin Walgreen ou Rexall. Et pourquoi une telle fascination ? Pourquoi, alors que c'était le matin et qu'elle était reposée ? Propre et reposée ? Avec un soleil tout neuf qui entrait à flots, sa recherche compulsive de la veille semblait bien ridicule, rien de plus qu'un phénomène de décompensation après l'accumulation de soucis de la journée, mais ce petit carnet-là ne semblait pas ridicule, non, pas du tout.

Et juste pour ajouter à la rigolade, la voix de Scott s'adressa à elle, plus nette que jamais. Bon Dieu, ce que cette voix était nette ! Et forte.

*Je t'ai laissé un mot, babylove. Je t'ai laissé un nard.*

Elle pensa à Scott sous l'arbre miam-miam. Scott sous l'étrange neige d'octobre, lui racontant que Paul le taquinait parfois avec un dur nard... mais jamais *trop* dur. Elle n'avait pas repensé à ça depuis des années. L'avait mis au rancart, bien sûr, avec toutes les autres choses auxquelles elle ne voulait pas penser ; elle l'avait fourré derrière le rideau pourpre. Mais qu'y avait-il de si mal à ça ?

« Il a jamais été méchant », avait dit Scott. Il avait des larmes dans les yeux mais pas dans la voix ; sa voix était claire et ferme. Comme toujours quand il avait une histoire à raconter, il entendait être entendu. « Quand j'étais petit, Paul a jamais été méchant avec moi et j'ai jamais été méchant avec lui. On se tenait les coudes. Il fallait. Je l'aimais, Lisey. Je l'adorais. »

Déjà, Lisey avait passé les pages de nombres – les nombres de la pauvre Amanda, tous serrés les uns contre les autres comme des sardines folles. Elle ne trouva que des pages blanches au-delà. Du pouce, Lisey les feuilleta de plus en plus vite, alors que s'amenuisait sa certitude qu'il y avait là quelque chose à trouver, avant de tomber sur une page, près de la fin, avec ce seul mot écrit :

## ELLÉBORE

Pourquoi ce nom-là était-il familier ? Ça ne voulut pas lui revenir d'abord, et puis ça revint. *Quelle est ma récompense ?* avait-elle demandé à la chose dans la chemise de nuit d'Amanda, la chose qui lui tournait le dos. *Une boisson*, avait-elle répondu. *Un Coca ? Un RC ?* avait-elle insisté, et la chose avait dit…

« Elle a dit… il ou elle a dit… "Chut, on veut contempler l'ellébore" », murmura Lisey.

Oui, c'était ça, ou presque ça ; assez près de la vérité pour le ministère public, en tout cas. Pour elle, ça ne signifiait rien, et pourtant, ça signifiait presque quelque chose. Elle fixa le mot une ou deux secondes de plus, puis feuilleta le carnet jusqu'à la fin. Toutes les pages étaient blanches. Elle s'apprêtait à le balancer quand elle aperçut des mots fantomatiques écrits *derrière* la dernière page. Elle le rouvrit, alla droit à la fin et découvrit ceci, inscrit sur l'intérieur incurvé de la couverture du carnet :

### 4ᵉ Station : Regarde Sous Le Lit

Mais avant de regarder sous le lit, Lisey feuilleta d'abord le calepin à rebours jusqu'aux nombres du début, puis repartit jusqu'à **ELLÉBORE**, qu'elle avait trouvé à une demi-douzaine de pages de la fin, confirmant ce qu'elle savait déjà : Amanda faisait ses quatre en angle droit avec un trait vertical, comme on leur avait appris à le faire à l'école primaire : **4**. C'était *Scott* qui avait toujours fait des quatre qui ressemblaient un peu à une esperluette : **4**. C'était *Scott* qui ne fermait pas ses *g* et avait l'habitude de tirer un trait sous ses notes manuscrites et ses pense-bêtes. Et ç'avait toujours été l'habitude d'Amanda d'écrire en toutes petites capitales… avec des lettres légèrement rondes et paresseuses : les E, les L, les B et les R.

Lisey fit plusieurs allers et retours entre ellébore et *4ᵉ Station : Regarde Sous Le Lit*. Elle pensa que si elle plaçait les deux échantillons d'écriture sous les yeux de Darla et Canty, ses sœurs attribueraient sans hésiter le premier à Amanda et le deuxième à Scott.

Et la chose au lit avec elle hier matin…

« Avait la voix de *tous* les deux », murmura-t-elle. Sa peau se hérissa. C'était la première fois qu'elle réalisait que la peau pouvait effectivement se hérisser. « On me prendrait pour une folle, mais ça avait vraiment leur voix à tous les deux. »
*Regarde sous le lit.*
À la fin elle obéit à l'injonction. Et le seul nard qu'elle repéra fut une vieille paire de pantoufles.

5

Lisey Landon était assise dans un rai de soleil, jambes croisées aux mollets, mains en appui sur l'arrondi des genoux. Elle avait dormi en stricte tenue d'Ève et était assise de même à présent ; l'ombre des rideaux de mousseline tirés sur la fenêtre à l'est gainait son corps mince comme l'ombre d'un collant de nylon. Elle regarda encore le mot lui indiquant la quatrième station du chemin de nard – un petit nard, un bonnard, encore quelques étapes et elle aurait sa récompense.
*Des fois Paul me taquinait avec un dur nard... mais jamais* trop *dur.*
*Jamais trop dur.* Ces mots-là en tête, elle referma le calepin d'un coup sec et regarda au dos de la couverture. Là, écrit en toutes petites lettres noires sous la marque Dennison, il y avait ceci :

**mein Gott**

Lisey se mit debout et commença rapidement à s'habiller.

6

L'arbre les clôt dans leur propre monde. Au-delà il y a la neige. Et sous l'arbre miam-miam il y a la voix de Scott, la voix hypnotique de Scott. Avait-elle cru que *Les Démons vides* était son histoire d'horreur ? *La* voici son histoire d'horreur, et à part ses larmes quand il parle de Paul et comment ils se sont tenu les coudes pour traverser toutes les années de mutilation, de terreur et de sang versé sur le sol, il raconte sans flancher.

« On faisait jamais de traque-nards quand Papa était à la maison, dit-il, seulement quand il était au travail. » Scott a en grande part évacué de sa diction son accent de Pennsylvanie occidentale, mais là, il revient s'y glisser, beaucoup plus marqué que le propre accent yankee de Lisey, et en quelque sorte plus enfantin : pas *maison* mais *meuson*, pas *travail* mais une étrange distorsion gutturale qui résonne comme *trovoil.* « Paul plaçait toujours la première station tout près. Ça pouvait dire par exemple "5 stations du chemin de nard" – pour que tu saches combien d'indices t'aurais à trouver – et puis quelque chose comme "Va voir dans le placard". La première était quelquefois une énigme, mais les autres l'étaient pratiquement toujours. Je m'en souviens d'une qui disait, "Va là où Papa a balancé le chat", et b'en sûr c'était le vieux puits. Une autre qui disait "Va là où on 'a massé Ferguson'." Et après un petit moment j'ai compris que ça voulait dire le vieux tracteur Massey-Ferguson en bas dans le champ est près de la falaise, et b'en sûr tu parles, y avait une autre station du chemin de nard juste là sur le siège, retenue avec une pierre. Parce qu'une station du chemin de nard c'était rien qu'un bout de papier, tu sais, avec des mots écrits dessus et plié en deux. Je trouvais presque toujours les devinettes, mais si j'étais coincé, Paul me donnait des indices jusqu'à ce que je trouve. Et à la fin je recevais ma récompense, un Coca ou un RC ou une barre au chocolat. »

Il la regarde. Derrière lui rien que du blanc – une paroi de blanc. L'arbre miam-miam – c'est un saule, en fait – se penche tout autour d'eux en un cercle magique, excluant le monde.

Il dit : « Des fois quand Papa attrapait la crapouasse, ça suffisait pas qu'il se coupe lui-même pour l'évacuer, Lisey. Un jour qu'il était comme ça il m'a mis

7

*debout sur le banc de l'entrée* », voilà ce qu'il avait dit ensuite, elle arrivait à s'en souvenir à présent (qu'elle le veuille ou non), mais avant qu'elle puisse poursuivre le souvenir plus loin derrière le pourpre où il était resté caché tout ce temps, elle vit un homme debout sur son perron de derrière. Et c'*était* un homme, pas une tondeuse à gazon ni un aspirateur mais un homme véritable. Par chance, elle eut le temps d'enregistrer le fait que, bien que ce ne soit pas l'adjoint Boeckman, il était également vêtu du kaki de Castle County. Ce qui lui épargna la gêne du hurlement de frayeur à la Jamie Lee Curtis dans un film de la saga *Halloween*.

Son visiteur se présenta comme l'adjoint Alston. Il était là pour débarrasser son congélateur du chat crevé, et aussi pour l'assurer qu'il passerait lui rendre visite régulièrement tout au long de la journée. Il demanda si elle avait un téléphone portable et Lisey dit que oui. Il était dans la Béhême et elle pensait qu'il était même possible qu'il fonctionne. L'adjoint Alston lui suggéra de le garder sur elle à chaque instant, et de programmer le Bureau du Shérif dans son répertoire de numéros-flash. Il vit sa mine et lui signala qu'il voulait bien le faire pour elle, si elle « n'était pas au fait de cette fonction ».

Lisey, qui se servait rarement sinon jamais du petit portable, conduisit l'adjoint Alston à sa BMW. Le gadget s'avéra n'être qu'à moitié chargé, mais le chargeur se trouvait dans l'espace de rangement entre les sièges. L'adjoint Alston tendit la main pour retirer l'allume-cigare, vit le léger poudroiement de cendres qui l'entourait, et suspendit son geste.

« Allez-y, lui dit Lisey. J'ai cru que j'allais me remettre à fumer, mais je pense avoir changé d'avis.

– Sans doute une sage décision, m'dame », répondit l'adjoint Alston sans sourire. Il retira l'allume-cigare de la BM et brancha le téléphone. Lisey n'avait pas eu la moindre idée qu'on pouvait faire ça ; quand il lui arrivait d'y penser, elle rechargeait toujours le petit Motorola dans la cuisine. Deux ans, et elle ne s'était pas encore faite à l'idée qu'il n'y avait aucun homme dans les parages pour lire les instructions et décrypter le sens des Fig. 1 et 2.

Elle demanda à l'adjoint Alston combien de temps prendrait le chargement.

« Pour une recharge complète ? Pas plus d'une heure, peut-être moins. Vous aurez un téléphone à portée de main pendant ce temps ? »

« Oui, j'ai des choses à faire à la grange. Il y en a un là-bas.

– Très bien. Une fois que celui-ci est chargé, agrafez-le à votre ceinture ou un passant de pantalon. À la moindre alerte, vous faites le 1 et bam, vous tombez sur un flic.

– Merci.

– Pas de quoi. Et comme je vous disais, je passerai vérifier que tout va bien. Dan Boeckman fera la même chose ce soir à partir de vingt heures, à moins qu'il doive filer sur une urgence. Ça risque fort d'arriver – dans les petits patelins comme ici, les vendredis soir sont toujours animés – mais vous avez votre portable et votre numéro-flash, et Dan reviendra toujours ici.

– C'est parfait. Avez-vous eu des nouvelles de l'homme qui me harcèle ?

– Que nenni, m'dame », répondit l'adjoint Alston, assez plaisamment... mais évidemment il pouvait se *permettre* de prendre les choses plaisamment, personne n'avait menacé de lui couper ses choses, et il y avait fort à parier que personne ne le ferait. Il devait mesurer dans les un mètre quatre-vingt-dix-huit et avoisiner les cent quinze kilos. *I'descendrait en d'ssous de cent vêtu et pendu*, aurait pu ajouter son père ; à Lisbon, Dandy Debusher était connu pour ce genre de traits d'esprit.

« Si Andy entend parler de quoi que ce soit – l'adjoint Clutterbuck, je veux dire, c'est lui qui assure l'intérim jusqu'au retour de voyage de noces du Shérif Ridgewick – je suis sûr qu'il vous en fera part de suite. Tout ce que vous avez à faire en attendant, c'est prendre quelques précautions de bon sens. Portes verrouillées quand vous êtes à l'intérieur, d'accord ? Surtout après la nuit tombée.

– Entendu.

– Et gardez ce téléphone sous la main.

– C'est promis. »

Il lui fit signe, deux pouces brandis, et sourit quand elle le lui rendit aussi sec. « Je vais y aller et récupérer ce matou maintenant. J'parie que vous serez pas mécontente d'en être débarrassée.

– Bien vu », répondit Lisey, mais ce dont elle avait franchement envie d'être débarrassée, du moins pour le moment, c'était de l'adjoint Alston lui-même. Pour pouvoir aller à la grange et regarder sous le lit. Celui qui avait passé les vingt dernières années ou environ à trôner dans un courtil à poulets blanchi à la chaux. Celui qu'ils avaient acheté

*(mein Gott)*

en Allemagne. En Allemagne où

8

*tout ce qui peut empirer ne fait qu'empirer.*
Lisey ne se rappelle pas où elle a entendu cette phrase et bien sûr cela n'a aucune importance, mais elle lui revient avec une fréquence croissante au cours de leurs neuf mois à Brême : *tout ce qui* peut *empirer ne* fait *qu'empirer.*
Tout ce qui *peut*, le *fait.*
La maison sur l'anneau routier de Bergenstrasse est pleine de courants d'air en automne, froide en hiver, et prend l'eau quand le simulacre de printemps, pluvieux et couvert, finit par arriver. Les deux douches sont récalcitrantes. Le cabinet du rez-de-chaussée est une horreur secouée de ricanements. Le propriétaire fait des promesses, puis cesse de prendre les appels de Scott. Scott embauche une société d'avocats allemands pour un prix exorbitant – principalement, explique-t-il à Lisey, parce qu'il ne peut pas supporter de laisser l'enflure de proprio s'en tirer comme ça, ne supporte pas de le laisser gagner. L'enflure de proprio, qui parfois adresse des clins d'œil entendus à Lisey quand Scott a le dos tourné (elle n'a jamais osé le dire à Scott, qui n'a aucun sens de l'humour quand il s'agit de l'enflure de proprio), ne gagne pas. Sous menace d'action en justice, il fait quelques réparations : le toit cesse de fuir et le cabinet du rez-de-chaussée cesse son horrible ricanement de minuit. L'enflure de proprio va jusqu'à remplacer la chaudière. Un miracle de beauté. Puis il se pointe un soir, ivre, et braille sur Scott dans un mélange d'allemand et d'anglais, appelant Scott *le prolétaire communiste américain*, une formule que son mari chérira jusqu'à la fin de ses jours. À un moment, Scott, loin d'être sobre lui-même (en Allemagne, Scott et sobre sont carrément loin d'être en bons termes), offre une cigarette à l'enflure de proprio et lui dit *Vas-y-zie ! Vas-y-zie, mein Führer, bitte, bitte !* Cette année-là, Scott boit, Scott plaisante, Scott lâche des meutes d'avocats sur des enflures de proprios, mais Scott n'écrit pas. N'écrit pas parce qu'il est toujours soûl ou toujours soûl parce qu'il n'écrit pas ? Lisey ne sait pas. C'est cinquante pour cent l'un et moitié l'autre. Quand mai arrive et que son cycle de cours s'achève grâce à Dieu, elle a cessé de s'en soucier. Quand mai arrive, elle n'a qu'une envie, être dans un endroit où

les conversations au supermarché ou dans les boutiques de la rue principale ne résonneront pas à ses oreilles comme les manimaux de ce film, *L'Île du Dr Moreau*. Elle sait que c'est pas honnête, mais elle sait aussi qu'elle n'a pas réussi à se faire une seule amie à Brême, même pas parmi les épouses anglophones des profs de la fac, et que son mari passe trop de son temps à l'université. Elle-même passe trop du sien dans la maison aux courants d'air, emmitouflée dans un châle mais sans jamais réussir à se réchauffer, pratiquement toujours misérable et solitaire, regardant des émissions de télé qu'elle ne comprend pas et écoutant des camions tourner avec fracas autour du rond-point en haut de la côte. Les gros, les Peugeot, font trembler les planchers. Le fait que Scott soit tout aussi misérable, que ses cours se passent mal et ses conférences frisent le désastre, ne lui fait aucun bien. Quel bien, au nom du Ciel, cela pourrait-il lui faire ? Qui a dit *Misère aime compagnie* ? Un gros naze. *Tout ce qui peut empirer ne fera qu'empirer*, de toute façon... *celui-là* n'était pas la moitié d'un con.

Quand Scott *est* à la maison, elle l'a sous les yeux beaucoup plus qu'elle n'en a l'habitude, parce qu'il ne disparaît pas dans la petite pièce sinistre qui lui a été attribuée comme bureau pour écrire des histoires. Il *tente* d'en écrire au début, mais quand vient décembre, ses efforts sont devenus sporadiques et à l'approche de février il a définitivement renoncé. L'homme capable d'écrire dans un Motel 6 avec la circulation assourdissante de huit voies rapides au-dehors et une fiesta d'étudiants battant son plein au-dessus se retrouve totalement et rigoureusement *désarrimen-zie*. Mais il n'en broie pas du noir pour autant, pas à ce qu'elle peut voir. Au lieu d'écrire, il passe de longs, hilarants, et au bout du compte épuisants, week-ends avec sa femme. Bien souvent elle boit avec lui et s'enivre avec lui, parce qu'à part baiser avec lui, elle ne voit pas quoi faire d'autre. Il y a des lundis bleus de lendemains de cuites, où Lisey est carrément contente de lui voir les talons, même si quand dix heures du soir arrivent et qu'il n'est toujours pas rentré, elle est invariablement postée à la fenêtre du salon donnant sur l'Anneau Routier, attendant avec anxiété l'apparition de son Audi de location, se demandant où il est et en compagnie de qui il boit. Quelle *quantité* il boit. Il y a des samedis où il la persuade de faire des parties de cache-cache enragées avec lui dans la grande maison aux courants d'air ; il dit que ça leur tiendra chaud, au moins, et là-dessus il n'a pas tort. Ou alors ils se pourchassent l'un l'autre, galopant dans les escaliers ou cavalant dans les couloirs vêtus de leurs ridicules *lederhosen*, riant comme une paire de gosses cuculs-la-praline (et obsédés de cul et de praline), gueulant à tout va leurs mots allemands fétiches : *Achtung!* et *Jawohl!* et *Ich habe Kopfschmerzen!* et – le plus fréquent – *Mein Gott!* Plus souvent qu'à leur tour, ces jeux débiles se terminent au pieu. Cet hiver et ce printemps-là, avec ou sans alcool (mais le plus souvent avec), Scott a toujours envie de baiser, et Lisey croit bien qu'avant d'avoir quitté la maison aux courants d'air, ils l'auront fait dans toutes les pièces, toutes les salles de bains (y compris celle où l'ignoble cabinet ricane), et même dans quelques placards. Toute cette baise est une des raisons pour lesquelles elle ne s'inquiète jamais (enfin, *quasiment* jamais) qu'il ait une aventure, en dépit de ses longues heures d'absence, en dépit de sa grave soûlographie, en dépit du fait qu'il ne fait pas ce pour quoi il est *fait*, à savoir écrire des histoires.

Mais si on va par là, *elle* non plus ne fait pas ce pour quoi elle est faite, et il y a des fois où cette évidence la rattrape. Elle ne pourra pas dire qu'il lui a menti, ou qu'il l'a même induite en erreur ; non, elle ne pourra jamais dire ça. Il ne le lui a dit qu'une seule fois, mais cette seule fois-là il a posé cartes sur table : il ne pourrait pas y avoir d'enfants. Si elle avait le sentiment qu'elle *devait* avoir des enfants – et il savait qu'elle venait d'une famille nombreuse – alors ils ne pourraient pas se marier. Il en aurait le cœur brisé, mais si c'était ce qu'elle ressentait, alors il faudrait en passer par là. Il lui avait dit cela sous l'arbre miam-miam, où ils s'étaient installés, cloîtrés par l'étrange neige d'octobre. Elle ne s'autorise à se souvenir de cette conversation qu'au cours des après-midis de semaine solitaires de Brême, quand le ciel semble être toujours blanc et l'heure indéfinissable, quand les camions grondent sans fin et le lit tremble sous elle. Le lit qu'il a acheté et qu'il insistera plus tard pour faire ramener en bateau en Amérique. Souvent elle gît là, le bras replié sur les yeux, pensant que ce lit a vraiment été une *terrible* idée en dépit de leurs week-ends de rigolade et de parties de jambes en l'air passionnées (et quelquefois désespérées). Ils ont fait des trucs pendant ces parties de jambes en l'air qu'elle n'aurait jamais imaginés il y a six mois à peine, et Lisey a bien conscience que ces variations ont peu à voir avec l'amour ; et tout à voir avec l'ennui, le mal du pays, l'alcool, et la mélancolie. La consommation d'alcool de Scott, qui a toujours été forte, commence maintenant à l'épouvanter. Elle voit venir l'inévitable catastrophe s'il ne ralentit pas. Et la vacuité de son utérus commence à la déprimer. Ils ont passé un marché, ouais, d'accord, mais sous l'arbre miam-miam elle n'a pas mesuré pleinement que les années passent et que le temps pèse. Il se peut qu'il se remette à écrire quand ils seront de retour en Amérique, mais *elle*, que fera-t-elle ? *Il ne m'a jamais menti*, pense-t-elle, étendue sur le lit de Brême, le bras replié sur les yeux, mais elle voit se profiler un temps – pas si lointain – où ce fait ne la satisfera plus, et cette perspective l'effraie. Quelquefois elle aimerait ne s'être jamais assise sous ce toufu saule en compagnie de Scott Landon.

Quelquefois elle aimerait ne l'avoir jamais rencontré du tout.

9

« Ce n'est pas vrai », chuchota-t-elle aux ombres de la grange, mais elle sentit le poids mort du bureau de Scott au-dessus d'elle comme un déni – tous ces livres, toutes ces histoires, toute cette vie enfuie. Non, elle ne regrettait pas son mariage, mais oui quelquefois, elle aurait *aimé* n'avoir jamais rencontré son troublant et semeur de troubles de mari. Avoir rencontré quelqu'un d'autre à la place. Un gentil et inoffensif programmeur informatique, par exemple, un gars qui toucherait soixante-dix mille dollars par an et lui aurait fait trois enfants. Deux garçons et une fille, le plus grand maintenant adulte et marié, deux encore au lycée. Mais ce n'était pas la vie qu'elle avait trouvée. Ou celle qui l'avait trouvée.

Au lieu de se tourner immédiatement vers le lit de Brême (ça semblait trop, et trop vite), Lisey s'orienta vers son pitoyable simulacre de bureau, ouvrit la porte et y jeta un coup d'œil. Qu'avait-elle eu l'intention d'y faire pendant que Scott écrivait ses histoires là-haut ? Elle n'arrivait pas à se le rappeler, mais savait ce qui l'avait attirée ici maintenant : le répondeur. Elle regarda le **1** rouge qui brillait dans la fenêtre avec NOUVEAUX MESSAGES écrit dessous, et se demanda si elle devait appeler l'adjoint Alston pour écouter avec elle. Elle décida que non. Si c'était Dooley, elle pourrait lui faire réécouter le message plus tard.

*Bien sûr que c'est Dooley – qui d'autre ?*

Elle s'arma de courage pour encaisser une nouvelle salve de menaces proférées par cette voix calme, et raisonnable en surface, et enfonça la touche LECTURE. Quelques secondes plus tard une jeune femme s'étant présentée sous le nom d'Emma expliquait les réductions réellement *extraordinaires* dont Lisey profiterait si elle passait chez MCI. Lisey coupa cet ineffable message sur sa lancée, pressa la touche EFFACER et pensa : *Autant pour l'intuition féminine.*

Elle quitta le bureau en riant.

10

Lisey regarda la forme emmaillotée du lit de Brême sans chagrin ni nostalgie, même si elle voulait bien croire qu'elle et Scott avaient fait l'amour dans ce lit – baisé, en tout cas (elle n'arrivait pas à se rappeler combien d'*amour* authentique il y avait eu durant la période **SCOTT ET LISEY EN ALLEMAGNE**) – des centaines de fois. *Centaines ?* Cela était-il possible sur une durée de seulement neuf mois, surtout qu'il y avait eu des jours, parfois des semaines entières, où elle ne le voyait pas de la minute où il passait la porte comme un somnambule à sept heures du matin, sa sacoche lui battant le genou, jusqu'à l'heure où il rentrait en traînant les pieds, généralement moitié paf, à dix heures du soir ou onze heures moins le quart ? Oui, elle supposait que c'était possible, pour peu que tu passes des week-ends entiers à te taper ce que Scott appelait parfois des « touffarathons ». Pourquoi aurait-elle conçu une affection quelconque pour cette silencieuse monstruosité drapée, quel que soit le nombre de fois qu'ils s'y étaient envoyés en l'air ? Elle avait plutôt motif à la haïr, car elle comprenait, d'une manière qui n'était pas intuitive mais relevait plutôt d'une logique subconsciente en action (*Lisey est maline comme un démon, tant qu'elle n'y pense pas,* avait-elle une fois entendu Scott confier à quelqu'un lors d'une soirée, et elle s'était demandé si elle devait se sentir honteuse ou flattée), que leur mariage avait bien failli se briser dans ce lit. Peu importe que le sexe eût été odieux et génial, peu importent les orgasmes multiples auxquels il l'avait amenée sans effort et comment il lui avait tellement secoué le cresson qu'elle avait cru en perdre la boule à force de plaisir à t'en faire péter les synapses ; peu importe le point qu'elle avait trouvé, celui qu'elle pouvait toucher avant qu'il jouisse, et parfois il tressaillait seulement mais d'autres fois il criait, à lui donner la chair de poule sur tout le corps, même quand il était profond en elle et aussi brûlant que... ben, aussi brûlant qu'un four à succion. Elle songea qu'il n'était que justice que ce maudit paddock fût couvert d'un linceul tel un énorme cadavre, car – dans son souvenir, au moins – tout ce qui s'était passé entre eux sur ce pieu avait été craignos et violent, un j'te chope-et-j'te-secoue après l'autre à la gorge de leur amour. Amour ? Faire l'*amour* ? Voire. Quelques fois peut-être. Ce dont elle se souvenait surtout c'était d'une overdose de baise. Serrer le kiki... secouer... relâcher. Serrer le kiki... secouer... relâcher. Et à chaque fois, il fallait plus de temps à la chose qui était Scott-et-Lisey pour respirer à nouveau. Enfin ils quittèrent l'Allemagne. Ils prirent le *Queen Elizabeth II* pour New York au départ de Southampton, et le deuxième jour en mer, alors qu'elle revenait d'une promenade sur le pont, elle s'était arrêtée devant la porte de leur cabine, sa clé à la main, tête penchée, écoutant. De l'intérieur parvenait le cliquètement lent mais régulier de la machine à écrire de Scott, et Lisey avait souri.

Elle ne voulait pas s'autoriser à croire que tout était rentré dans l'ordre, mais debout devant cette porte, entendant que Scott s'était remis au travail, elle avait su que c'était *possible*. Et ça l'était. Quand il lui annonça qu'il avait pris des dispositions pour que le « Lit Mein Gott » comme il l'appelait soit embarqué pour les États-Unis, elle n'avait rien dit, sachant qu'ils ne dormiraient plus dans ce lit et n'y feraient plus jamais l'amour. Si Scott avait suggéré qu'ils le fassent – *Rien qu'une vois, bidide Lizzi, en soufenir tu pon vieux demps !* – elle aurait refusé. En fait, elle lui aurait dit d'aller se faire touffe. S'il avait jamais existé un meuble hanté, c'était bien celui-là.

Elle s'approcha du lit, tomba à genoux, souleva le bord du tissu tombant qui le recouvrait, et glissa un œil en dessous. Et là, dans cet espace confiné fleurant le moisi, où l'odeur de vieille fiente de poule était revenue en tapinois *(comme un chien à son vomi*, pensa-t-elle), il y avait ce qu'elle cherchait.

Là dans les ombres il y avait la boîte en cèdre de Bonne Ma Debusher.

## VIII. Lisey et Scott
## (Sous l'arbre miam-miam)

### 1

Elle était à peine entrée dans sa cuisine ensoleillée, les bras refermés sur la boîte en cèdre, que le téléphone se mit à sonner. Elle posa la boîte sur la table et répondit d'un allô absent, ne craignant plus la voix de Jim Dooley. Si c'était lui, elle se bornerait à lui dire qu'elle avait prévenu la police et raccrocherait. Elle était trop occupée sur le moment pour avoir peur.

C'était Darla, pas Dooley, appelant du Salon d'Attente Visiteurs de Greenlawn, et Lisey ne fut pas plus étonnée que ça d'apprendre que Darla culpabilisait d'avoir appelé Canty à Boston. Et si la situation avait été inverse, Canty dans le Maine et Darla à Boston ? Lisey pensait que ça n'aurait rien changé à l'affaire. Elle ne savait pas jusqu'à quel point Canty et Darla s'aimaient encore, mais elles se servaient encore l'une de l'autre comme des ivrognes se servent de la gnôle. Quand elles étaient petites, Bonne Ma disait couramment que si Canty attrapait la grippe, Darla avait la fièvre pour elle.

Lisey tâcha de donner toutes les réponses adéquates, tout comme elle l'avait fait plus tôt au téléphone avec Canty, et pour exactement la même raison : pour se dépatouiller au plus vite de cette merdre et retourner à ses affaires. Elle supposait – elle espérait – qu'elle recommencerait à s'intéresser à ses sœurs plus tard mais là tout de suite, les remords de conscience de Darla comptaient aussi peu que l'état de légume azimuté d'Amanda. Aussi peu que les allées et venues de Jim Dooley, du moment qu'il n'était pas dans la pièce avec elle, en train d'agiter un couteau.

Non, rassura-t-elle Darla, elle n'avait pas eu tort d'appeler Canty. Oui, elle avait bien fait de lui dire d'attendre tranquillement à Boston. Et oui sans faute, Lisey irait voir Amanda plus tard dans la journée.

« C'est affreux, dit Darla, et malgré sa propre préoccupation, Lisey perçut l'accablement dans la voix de sa sœur. *Elle* est affreuse. » Puis, immédiatement, d'une traite : « Ce n'est pas ce que je voulais dire, non bien sûr que non, elle ne l'est pas, mais c'est affreux de la *voir*. Elle reste *assise* comme ça, Lisey. Le soleil donnait sur un côté de son visage quand j'y étais, et sa peau a l'air tellement grise et *vieille*...

– Calme-toi, ma choute », dit Lisey en passant le bout de ses doigts sur la surface laquée, douce de la boîte en cèdre de Bonne Ma. Même fermée, son odeur suave lui parvenait. Quand elle l'ouvrirait, elle se pencherait tout entière dans cet arôme et ce serait comme respirer le passé.

« Ils l'alimentent par un tuyau, dit Darla. Ils le lui enfoncent et ils le lui retirent. Si elle ne recommence pas à s'alimenter toute seule, je pense qu'ils vont le lui laisser en permanence. » Elle lâcha un énorme reniflement larmoyant. « Ils l'alimentent par un *tuyau* alors qu'elle est déjà tellement *maigre* et elle ne veut pas *parler* et j'ai discuté avec une infirmière qui m'a dit que parfois ça dure comme ça pendant des *années*, parfois ils ne reviennent *pas*, oh Lisey, je ne crois pas que je pourrai le *supporter* ! »

Lisey esquissa un sourire en entendant ça tandis que ses doigts palpaient les charnières de la boîte. C'était un sourire de soulagement. Voilà Darla la Tragédienne, Darla la Diva, ce qui signifiait qu'elles étaient revenues en territoire connu, deux sœurs avec en main de bons vieux scénarios éprouvés. D'un côté, nous avons Darla la Sensible. Mesdames et Messieurs, je veux entendre vos encouragements. À l'autre bout du fil, Petite Lisey, Petite mais Coriace Lisey. Applaudissez-la, s'il vous plaît.

« J'irai là-bas cet après-midi, Darla, et j'aurai un autre entretien avec le Dr Alberness. Ils auront une idée plus précise de son état à ce moment-là... »

Darla, le doute dans la voix : « Tu crois vraiment ? »

Lisey, qui n'en a pas la moindre toufue idée : « Absolument. Et *toi*, tu devrais rentrer chez toi te reposer maintenant. Faire une petite sieste, même. »

Darla, des intonations de proclamation mélodramatique dans la voix : « Oh, Lisey, *jamais* je ne pourrai dormir ! »

Lisey se foutait bien que Darla dorme, mange, pète un câble ou pisse dans les orties. Tout ce qu'elle voulait, c'était raccrocher. « Bon, tu vas rentrer à la maison, ma choute, et essayer d'oublier tout ça pendant un petit moment en tout cas. Je dois raccrocher maintenant – j'ai quelque chose au four. »

Darla, instantanément ravie : « Oh, Lisey ! *Toi ?* » Lisey trouva la remarque particulièrement irritante, comme si elle n'avait jamais cuisiné autre chose de plus foulant dans sa vie que... ben, du Hamburger Helper. « C'est un cake à la banane ?

– Presque. Cake au cassis. Faut que j'aille y jeter un coup d'œil.

– Mais tu viendras voir Amanda plus tard, hein ? »

Lisey eut envie de hurler. Elle se força à dire, « Oui, Darla. Cet après-midi.

– Bon, dans ce cas... » Le doute était revenu. *Convaincs-moi*, disait-il. *Reste encore un quart d'heure au téléphone et convaincs-moi.* « Je crois que je vais rentrer à la maison.

– Impec. Ciao, Darla.

– Et vraiment, tu ne crois pas que j'ai eu tort d'appeler Canty ? »

*Non ! Appelle Bruce Springsteen ! Appelle Hal Holbrook ! Appelle la Condi toufue Rice ! Mais* FOUS-MOI LA PAIX *!*

« Pas du tout. Je crois que c'est bien que tu l'aies fait. Pour qu'elle... » Lisey repensa au Petit Carnet d'Obsessions Compulsives d'Amanda. « ...reste au parfum, tu vois, et garde son ressort.

– D'accord... bon. Au revoir, Lisey. À plus tard alors, je pense.

– Salut, Darl. »

*Clic.*

Enfin.

Lisey ferma les yeux, ouvrit la boîte, et inspira la puissante senteur de cèdre. Un instant, elle s'accorda le luxe d'avoir cinq ans à nouveau, d'être une fillette vêtue d'un vieux short trop petit pour Darla et de ses propres petites bottes de cow-boy, des Li'l Rider tout éraflées mais adorées, celles qui avaient les tirants roses fanés sur les côtés.

Puis elle ouvrit les yeux pour voir ce que la boîte contenait, et où cela l'emmènerait.

2

Sur le dessus se trouvait un paquet enveloppé de papier d'alu – six ou huit pouces de long sur peut-être quatre de haut et deux de large. Deux morceaux dépassaient aux extrémités. Lisey le prit sans savoir ce que c'était, capta un fantôme d'effluve de menthe – l'avait-elle capté avant, avec le parfum de cèdre de la boîte ? –, et alors elle se souvint, avant même d'avoir déplié un côté du papier d'alu et découvert la part de gâteau de mariage dure comme la pierre. Enchâssées dedans, il y avait deux figurines en plastique : une poupée-garçon en queue-de-pie et chapeau haut-de-forme, une poupée-fille en robe blanche de mariée. L'intention de Lisey avait été de conserver le tout pendant un an et puis de le partager avec Scott à l'occasion de leur premier anniversaire. N'était-ce pas ce que voulait la superstition ? Auquel cas, elle aurait mieux fait de le mettre au congélateur. À la place, il avait atterri là.

Lisey cassa de l'ongle un petit morceau du glaçage et le mit dans sa bouche. Il n'avait pratiquement aucun goût, à peine un fantôme de saveur sucrée suivi d'un ultime chuchotement de menthe évanescent. Scott et elle s'étaient mariés à la Newman Chapel de l'Université du Maine, au cours d'une cérémonie civile. Toutes ses sœurs avaient fait le déplacement, même Jodi. Lincoln, le frère survivant de Pa Debusher, était monté de Sabbatus pour donner le bras à la mariée. Les amis que Scott avaient à Pitt et à l'Université du Maine à Orono étaient présents, et son agent littéraire avait fait office de garçon d'honneur. Aucun parent côté Landon, évidemment ; la famille de Scott était morte.

Sous la part de gâteau pétrifiée se trouvaient deux invitations au mariage. Scott et elle les avaient rédigées à la main, la moitié chacun, et Lisey en avait gardé deux, une de la main de Scott et une de la sienne. Sous les invitations se trouvait une pochette d'allumettes souvenir. Scott et elle avaient discuté de l'opportunité de faire imprimer les invitations et les pochettes d'allumettes, c'était une dépense qu'ils auraient sans doute pu se permettre même si les droits sur les ventes des *Démons vides* en poche n'avaient pas encore commencé à tomber, mais finalement, ils avaient opté pour le fait-main, plus intime (et aussi, plus tendance). Lisey se souvenait d'avoir acheté une boîte de cinquante pochettes d'allumettes en carton ordinaire au bazar de Cleaves Mills et de les avoir calligraphiées elle-même, au feutre rouge à pointe extra-fine. Il y avait de fortes chances pour que la pochette qu'elle tenait à la main soit la dernière survivante de cette tribu, et elle l'examina avec une curiosité d'archéologue et un chagrin d'amoureuse.

### Scott et Lisey Landon
### 19 novembre 1979
### « Maintenant nous sommes deux. »

Lisey sentit des larmes lui piquer les yeux. *Maintenant nous sommes deux* avait été l'idée de Scott, il disait que c'était une variation sur un titre de Winnie l'Ourson. Lisey s'était tout de suite souvenue de quel livre il parlait — combien de fois n'avait-elle pas harcelé ses grandes sœurs, Jodotha ou Amanda, pour qu'elles la transportent par la lecture au Bois des Rêves Bleus ? — et avait trouvé *Maintenant nous sommes deux* génial, parfait. Elle avait embrassé Scott pour sa trouvaille. Maintenant c'était à peine si elle supportait de regarder la pochette d'allumettes et la ridicule témérité de sa devise. Maintenant c'était l'autre côté de l'arc-en-ciel, maintenant elle était une, et qu'est-ce que ce nombre pouvait être stupide. Elle fourra la pochette dans la poche de poitrine de son chemisier puis écrasa des larmes sur ses joues — quelques-unes avaient réussi à couler, en fin de compte. Il semblait qu'à plonger dans le passé, tu t'exposes à te mouiller.

*Que m'arrive-t-il ?*

Elle aurait payé ce que coûtait sa chère Béhème, et plus, pour avoir la réponse à cette question. Tout avait semblé si bien se passer pour elle ! Elle avait porté le deuil de Scott et continué d'aller de l'avant ; ôté ses vêtements de deuil et continué de l'avant. Depuis plus de deux ans maintenant, la vieille chanson semblait se vérifier : Je me porte très bien sans toi. Et puis elle avait entrepris de nettoyer son bureau, et voilà qui avait réveillé son fantôme, non pas dans quelque autre monde d'esprits éthéré mais *ici*, dans le *sien*. Elle savait même où et quand cela avait commencé : à la fin du premier jour, dans cet angle pas tout à fait triangulaire du bureau de Scott qu'il aimait appeler son coin-souvenir. Là où ses prix littéraires étaient accrochés au mur, des distinctions sous verre : son Prix National du Livre, son Pulitzer pour la fiction, son World Fantasy Award pour *Les Démons vides*. Et que s'était-il passé ?

« J'ai craqué », dit Lisey d'une petite voix effrayée, et elle replia le papier d'alu sur le gâteau de mariage fossilisé.

Il n'y avait pas d'autre mot pour le dire. Elle avait *craqué*. Elle n'en gardait pas un souvenir très clair, seulement que ça s'était déclenché parce qu'elle avait soif. Elle était allée chercher un verre d'eau derrière ce stupide comptoir de bar – stupide parce que Scott n'avait plus besoin d'alcool depuis belle lurette, bien que ses aventures avec la bouteille aient duré quelques années de plus que sa liaison avec la frangine nicotine – et l'eau n'avait pas voulu couler, rien n'était sorti que le bruit exaspérant de tuyaux éructants te renvoyant des remontées d'air à la figure, et elle aurait pu attendre que l'eau arrive – car l'eau aurait fini par arriver – mais elle avait vivement refermé le robinet et était retournée sur le pas de la porte séparant le coin-bar du fameux coin-souvenir. Le plafonnier était allumé, mais c'était un éclairage à rhéostat et il était réglé sur un bas niveau. Sous cette lumière-là, tout paraissait normal – tout idem, ha ha ! Tu te serais presque attendue à le voir surgir par la porte de l'escalier extérieur, entrer d'un bon pas, mettre la stéréo à bloc et commencer à écrire. Comme s'il n'avait pas désarrimé le barda pour toujours. Et que s'était-elle attendue à éprouver ? De la tristesse ? De la *nostalgie* ? Vraiment ? Quelque chose d'aussi poli, d'aussi oh-là-là-ma-chère, que la *nostalgie* ? Dans ce cas, c'était vraiment à se bidonner, car ce qui lui était tombé dessus alors, à la fois brûlant comme la fièvre et d'un froid glacial, c'était

3

Ce qui lui tombe dessus – à la petite Lisey à l'esprit pratique, petite Lisey qui reste toujours calme (sauf peut-être le jour où elle a dû balancer la bêche d'argent, et même ce jour-là elle se flatte d'avoir assuré), petite Lisey qui garde la tête sur les épaules quand toutes autour d'elle la perdent – ce qui lui tombe dessus est une sorte de fureur débridée et incontrôlable, une sainte colère qui semble balayer son bon sens et établir sa domination sur son corps. Pourtant (elle ne sait pas si c'est un paradoxe ou pas) cette fureur semble aussi lui éclaircir les idées, *doit* bel et bien les lui éclaircir car elle comprend enfin. Deux ans c'est long, mais elle *pige* enfin. *Ça fait crac. Boum. Hue.*

Il a *cassé sa pipe*, comme on dit. (Qu'est-ce que tu en dis ?)

Il a *fait couic*. (Et celle-ci, elle te plaît ?)

Il *bouffe les pissenlits par la racine*. (Celle-là, c'est une fameuse que j'ai chopée dans la mare où on descend tous boire et pêcher.)

Et en résumé, ça te dit quoi ? Ben, qu'il l'a plaquée. Qu'il a foutu le camp. Levé le pied, taillé la route, Jack, pris le Midnight Express Pour Le Pays d'Où l'On Ne Revient Pas. Il a décampé pour les Territoires. Il a laissé la femme qui l'aimait de toutes les fibres de son corps et de toutes les cellules de son cerveau pas plus malin que ça, et elle n'a plus maintenant que sa toufue... *carcasse*... de merde sur les bras.

Et elle craque. Lisey craque. Alors qu'elle fonce tête baissée dans ce toufu coin-souvenir débile, elle a l'impression de l'entendre lui dire MIRALBA, *babylove – ArRIMe Le BardA quand faut y aller faut y aller –*, et puis ça aussi ça se *barre* et elle se met à arracher des murs ses photos, ses plaques et ses distinctions sous verre. Elle soulève le buste de Lovecraft que le jury du World Fantasy Award lui a remis pour *Les Démons vides*, ce livre infâme, et le balance à l'autre bout du bureau en hurlant, « Va *te* faire *foutre*, Scott, va *te* faire *foutre* ! » Cette fois-là est l'une des rares, depuis la nuit où il a passé sa main à travers la vitre de la serre, la nuit du nard-de-sang, où elle a employé ce mot dans sa forme brute. Elle en avait après lui ce soir-là, mais jamais de sa vie elle n'a été aussi furieuse contre lui que maintenant ; s'il était là, elle pourrait le tuer de ses propres mains, lui faire repasser l'arme à gauche à nouveau. Elle est dans un état de déchaînement absolu, arrachant des murs jusqu'à ce qu'ils soient nus toutes ces conneries d'une vanité imbécile (parmi tout ce qu'elle balance par terre, peu de choses se cassent à cause de la moquette en laine épaisse – c'est une chance, elle s'en rendra compte plus tard, quand elle retrouvera ses esprits). Tandis qu'elle tournoie, tournoie, une vraie tornade à présent, elle hurle, hurle son nom, hurle *Scott, Scott, Scott* en pleurant de chagrin, en pleurant de manque, en pleurant de fureur ; en pleurant et criant pour qu'il s'explique, qu'il explique comment il a pu la laisser en plan comme ça, en pleurant et en lui criant de revenir, oh de revenir. *Tout idem* mon cul, *rien* n'est idem sans lui, elle le déteste, elle le vomit, elle est en manque de lui, il y a un trou en elle, un vent encore plus froid que celui qui descendait tout droit du Canada souffle maintenant à travers *elle*, le monde est si vide et sans amour quand il n'y a plus personne pour hurler votre nom et vous rappeler très fort à la maison. À la fin, elle saisit à bras-le-corps l'écran de l'ordinateur qui trône dans le coin-souvenir et quand elle le soulève, quelque chose dans son dos émet un craquement d'alarme, mais que son dos aille se faire *touffe*, les murs nus la narguent et elle est en rage. Elle tourne comme une toupie en fin de course avec l'écran dans ses bras et le projette contre le mur. Dans une explosion caverneuse – comme un *PLOUNC !* – l'écran tombe à terre, et c'est de nouveau le silence.

Non, il y a des grillons dehors.

Lisey s'effondre sur la moquette jonchée, sanglotant faiblement, cassée. Et l'a-t-elle alors rappelé à elle d'une façon ou d'une autre ? L'a-t-elle rappelé dans sa vie par la force absolue de son furieux chagrin à retardement ? Remonte-t-il comme l'eau dans une canalisation restée longtemps vide ? Elle croit que la réponse à tout cela est

4

« Non », murmura Lisey. Car – aussi fou que cela paraisse – on aurait dit que Scott avait œuvré pour placer à son intention les stations de ce traque-nard *longtemps avant sa mort*. Prendre contact avec le Dr Alberness, par exemple, qui comme par hasard s'était trouvé être un vach'tement *hhhénaurme* fan. S'arranger pour mettre la main sur le dossier médical d'Amanda et le lui apporter au déjeuner, pour l'amour du ciel. Et le clou de l'histoire : *M. Landon m'a dit de vous demander, si je vous rencontrais un jour, comment il s'y est pris pour narguer cette infirmière cette fois-là à Nashville.*

Et... quand avait-il placé la boîte en cèdre de Bonne Ma sous le lit de Brême dehors dans la grange ? Parce que forcément c'était lui, elle savait qu'elle-même ne l'avait jamais mise là.

1996 ?

*(chut)*

Pendant l'hiver 1996, quand la raison de Scott avait vacillé et qu'elle...

*(CHUT MAINTENANT LISEY !)*

Très bien... très bien, elle n'en dirait pas plus sur l'hiver 1996 – pour le moment – mais ça semblait assez plausible. Et...

Un traque-nard. Mais *pourquoi* ? Dans quel but ? Pour lui permettre d'affronter par étapes quelque chose qu'elle ne pouvait affronter d'un seul coup ? Peut-être. *Sans doute*. Scott en connaissait un rayon là-dessus, avait forcément dû se sentir en empathie avec un esprit acharné à tirer le rideau sur ses plus terribles souvenirs ou à les entreposer tel un écureuil dans une boîte parfumée.

*Un bon nard.*

*Oh Scott, qu'y a-t-il de bon à ceci ? Qu'y a-t-il de bon à tant de chagrin et de douleur ?*

*Un petit nard.*

Dans ce cas, la boîte en cèdre était soit la fin, soit pas loin de la fin, et elle avait idée que si elle prospectait un peu plus avant, il n'y aurait plus de marche arrière possible.

*Baby,* soupira-t-il... mais seulement dans sa tête. Il y avait zéro fantôme. Rien que le souvenir. Rien que la voix de son défunt mari. Elle croyait ça ; elle *savait* ça. Elle pouvait refermer la boîte. Elle pouvait tirer le rideau. Elle pouvait laisser le passé rester passé.

*Babylove.*

Il aurait toujours son mot à dire. Même mort, il aurait son mot à dire.

Elle soupira – ce fut un son misérable, lourd de solitude qui résonna à ses propres oreilles – et décida d'aller de l'avant. De jouer les Pandore après tout.

### 5

Le seul autre souvenir du jour de leur mariage de fauchés, et non religieux (mais il avait quand même bien tenu, très bien tenu), qu'elle avait mis de côté dans cette boîte était une photo prise à la réception, qui avait eu lieu au *Rock* – le bar rock-and-roll de bas étage le plus crado, le plus tapageur et le plus grivois de Cleaves Mills. Sur cette photo, Scott et elle, sur la piste, attaquaient la première danse. Elle portait sa robe en dentelle blanche et Scott un simple costume noir – *mon costume de croque-mort*, comme il l'appelait – qu'il avait acheté spécialement pour l'occasion (et porté et encore porté l'hiver suivant pour sa tournée de promotion des *Démons vides*). À l'arrière-plan, elle apercevait Jodotha et Amanda, toutes deux impossiblement jeunes et jolies, la coiffure savante, les mains figées en plein applaudissement. Lisey avait les yeux levés vers Scott et il lui souriait, les mains posées sur sa taille, et oh là là, ce qu'il avait les cheveux longs, ils lui arrivaient presque aux épaules, elle avait oublié ça.

Lisey effleura du bout des doigts la surface de la photo, caressant les personnes qu'ils avaient été à l'époque de **SCOTT ET LISEY, LES DÉBUTS !** et découvrant qu'elle pouvait même se souvenir du nom du groupe venu de Boston (The Swinging Johnsons, plutôt rigolo) et de la chanson sur laquelle ils avaient ouvert le bal devant tous leurs amis : une reprise de *Too Late to Turn Back Now*[1], de Cornelius Brothers and Sister Rose.

« Oh Scott », dit-elle. Une autre larme roula sur sa joue et elle l'essuya d'un geste absent. Puis elle posa la photo sur la table de la cuisine ensoleillée et prospecta plus profond. Apparut alors un petit paquet de menus, serviettes de bar et pochettes d'allumettes publicitaires de motels du Midwest, ainsi qu'un programme de l'Université d'Indiana à Bloomington annonçant une lecture des *Démons vides* par Scott Linden. Elle se rappelait l'avoir gardé pour la faute d'imprimerie, assurant à Scott qu'il vaudrait une fortune un jour, et Scott avait répondu *N'y compte pas trop, babylove*. La date sur le programme était le 19 mars 1980... alors où étaient donc ses souvenirs de *La Ramure de Cerf* ? N'avait-elle rien emporté ? À cette époque-là, elle emportait pratiquement toujours quelque chose, c'était un genre de dada, et elle aurait *juré...*

Elle souleva le programme « Scott Linden » et en dessous apparut un menu violet-pourpre sur lequel **À la Ramure de Cerf** et **Rome, New Hampshire** étaient imprimés en lettres dorées. Et elle entendit Scott aussi clairement que s'il était en train de lui parler à l'oreille : *À Rome, faisons comme les Romains*. Il l'avait dit ce soir-là dans la salle à manger (déserte en dehors d'eux et d'une

---

[1]. Trop tard pour faire demi-tour à présent.

unique serveuse) en commandant un Plat du Chef pour chacun. Et redit, plus tard, dans leur chambre, en allongeant son corps nu sur le sien.

« J'avais proposé au patron de le payer, murmura-t-elle en montrant le menu à sa cuisine ensoleillée et déserte, et le patron a dit que je n'avais qu'à le prendre, point. Parce que nous étions ses seuls clients. Et à cause de la tempête de neige. »

Cette étrange tempête de neige en octobre. Ils étaient restés deux nuits au lieu d'une comme il était prévu au départ, et le deuxième soir Lisey était restée éveillée longtemps après que Scott s'était endormi. Déjà le front froid qui avait apporté la neige prématurée était en train de se déplacer et elle entendait la neige fondre, dégoutter des avant-toits. Elle était étendue dans ce lit inconnu (le premier de tant de lits inconnus qu'elle partagerait avec Scott), pensant à Andrew « Sparky » Landon, à Paul Landon, à Scott Landon – Scott le survivant. Pensant aux nards. Les bons nards et les nards-de-sang.

Pensant au pourpre. Pensant à cela, aussi.

À un moment, les nuages avaient crevé et la chambre avait été inondée d'un clair de lune venté. Dans cette clarté, elle avait fini par s'endormir. Le lendemain, un dimanche, ils avaient roulé à travers la campagne qui faisait demi-tour vers l'automne, et moins d'un mois après ils dansaient au son des Swinging Johnsons jouant *Too Late to Turn Back Now*.

Elle ouvrit le menu aux lettres d'or pour voir ce que le Plat du Chef avait été ce soir-là il y avait si longtemps, et une photo s'en échappa. Lisey se souvint aussitôt. C'était le patron de l'auberge qui l'avait prise avec le petit Nikon de Scott. L'homme avait déniché deux paires de raquettes (ses skis de fond étaient encore entreposés à North Conway, avait-il dit, de même que ses quatre motoneiges), et avait insisté pour que Scott et Lisey aillent se promener sur le sentier de randonnée qui passait derrière l'auberge. Lisey se souvint qu'il avait dit, *Les bois sont magiques sous la neige, et vous les aurez pour vous tout seuls – pas un seul skieur, pas un seul chasse-neige. C'est la chance de toute une vie.*

Il leur avait même préparé un pique-nique à emporter avec une bouteille de vin offerte par la maison. Et les voilà, harnachés de pantalons de ski, de parkas et de cache-oreilles que l'épouse attentionnée du patron avait retrouvés pour eux (Lisey parfaitement comique avec sa parka trop grande qui lui pendait aux genoux), posant pour la photo devant la façade d'une auberge de campagne dans ce qui ressemblait à un effet spécial de blizzard hollywoodien, chaussés de raquettes et souriant jusqu'aux oreilles comme une paire de joyeux nigauds. Le sac à dos que portait Scott pour transporter leur pique-nique et la dive bouteille leur avait été obligeamment prêté lui aussi. Scott et Lisey, en route pour l'arbre miam-miam, bien que ni l'un ni l'autre ne le sache encore. En route pour une remontée dans le temps. Sauf que pour Scott, la machine à remonter le temps c'était retour vers l'horreur, et ce n'était pas étonnant qu'il n'ait pas envie d'y aller plus souvent.

*Pourtant*, songea-t-elle en promenant le bout de ses doigts sur cette photo comme elle l'avait fait sur celle de leur danse de mariage, *tu devais savoir qu'il te faudrait y aller au moins une fois avant que je t'épouse, que cela te plaise ou non. Tu avais quelque chose à me dire, n'est-ce pas ? L'histoire qui appuierait ta seule condition non négociable. Tu devais avoir cherché le moment et le lieu adéquats depuis des semaines. Et lorsque tu as vu cet arbre, ce saule pleureur tellement alourdi de neige qu'il formait une grotte à l'intérieur, tu as su que tu l'avais trouvé et que tu ne pouvais pas reporter plus longtemps le moment. Dans quel état de nervosité étais-tu, je me le demande ? Dans quel état de peur ? Peur que je t'écoute jusqu'au bout et te dise ensuite que je ne voulais plus t'épouser en fin de compte ?*

Lisey pensait qu'il avait été nerveux, ça oui. Elle se souvenait de son silence en voiture. Ne s'était-elle pas dit à ce moment-là qu'il avait quelque chose derrière la tête ? Oui, parce que Scott était si bavard d'habitude.

« Mais tu devais déjà me connaître assez bien à ce moment-là... », commença-t-elle, avant de se taire. Le truc agréable, quand tu te parles à toi-même, c'est que tu n'as pas besoin de finir tes phrases. Au mois d'octobre 1979, il devait déjà la connaître assez bien pour croire qu'elle resterait. Bon sang, est-ce qu'elle lui avait dit d'aller se faire voir ailleurs quand il s'était mis la main en charpie dans une vitre des Serres de Parks ? Il avait bien dû croire qu'elle était embarquée pour la longue traversée. Alors c'était le fait de réveiller ces vieux souvenirs, de toucher ces vieux nerfs à vif qui l'avait rendu nerveux ? Ça oui, elle supposait que ça l'avait rendu *plus* que nerveux. Ça oui, elle supposait que ça lui avait fichu une trouille mortelle.

Mais ça ne l'avait pas empêché de prendre sa main gantée dans la sienne, de montrer l'arbre du doigt et de dire, « Allons manger là, Lisey – installons-nous sous

6

« Allons manger sous ce saule », dit-il, et Lisey est plus que d'accord avec cette idée. Primo, elle a une faim de loup. Deuxio, elle a les jambes – surtout les mollets – qui tirent à cause de l'exercice inhabituel qu'implique l'usage des raquettes : lève, tourne, *secoue*... lève, tourne, *secoue*. Mais surtout elle a envie de faire une pause parce qu'elle en a assez de regarder la neige tomber sans relâche. La promenade a été en tout point aussi somptueuse que le promettait le patron de l'auberge, et le silence est quelque chose dont elle pense qu'elle se souviendra le restant de sa vie, les seuls sons étant le crissement de leurs raquettes, le bruit de leur respiration, et le tacatac infatigable d'un pivert lointain. Pourtant le déluge (il n'y a vraiment pas d'autre mot) ininterrompu d'énormes flocons commence à l'affoler. Leur chute est si dense et rapide que sa vision en est brouillée, et elle se sent désorientée et prise d'un léger vertige. Le saule se dresse à l'orée d'une clairière, ses frondaisons encore vertes alourdies par un épais glaçage blanc.

*Est-ce qu'on dit des frondaisons ?* se demande Lisey, et elle se dit qu'elle posera la question à Scott en mangeant. Scott saura. Elle ne posera jamais la question. D'autres sujets se présenteront.

Scott s'approche du saule et Lisey le suit, levant les pieds et tournant pour secouer la raquette, marchant dans les traces de son fiancé. Quand il atteint l'arbre, Scott écarte les frondaisons – frondaisons, branches ou autres – comme un rideau, et glisse un œil à l'intérieur. Son postérieur en jean se tend vers elle comme une invitation.

« Lisey ! crie-t-il. C'est super chouette ! Viens voir un p... »

Mais Lisey soulève Raquette A et l'applique contre Postérieur en Jean B. Fiancé C disparaît sous Saule Enneigé D (avec un juron de surprise). C'est amusant, ouais vraiment amusant, et

Lisey, toujours debout sous l'averse de neige, glousse de joie. Elle est couverte d'un manteau blanc ; même ses sourcils sont lourds.

« Lisey ? » Voix provenant de sous le parapluie blanc retombant.

« Oui, Scott ?
— Est-ce que tu me vois ?
— Non.
— Approche-toi un peu plus, alors. »

Ce qu'elle fait, mettant ses pas dans ses pas, sachant à quoi s'attendre, mais quand le bras de Scott jaillit du rideau enneigé et que sa main se referme sur son poignet, ça reste quand même une surprise et elle hurle de rire car elle est même un peu plus que surprise ; elle est carrément effrayée. Il la tire en avant et une blancheur froide lui passe sur le visage, l'aveuglant un instant. La capuche de sa parka est descendue et de la neige lui glisse dans le cou, glaciale contre sa peau tiède. Ses cache-oreilles sont de travers. Elle entend un *plouf* assourdi quand de lourds paquets de neige tombent de l'arbre derrière elle.

« Scott ! crie-t-elle dans un hoquet. Scott, tu m'as fait p... » Mais là elle se tait.

Il est agenouillé devant elle, la capuche de sa propre parka repoussée en arrière révélant un flot de cheveux bruns presque aussi longs que ceux de Lisey. Il porte ses cache-oreilles autour du cou comme des écouteurs. Le sac à dos est à côté de lui, appuyé au tronc de l'arbre. Il la regarde, souriant, attendant qu'elle pige. Et Lisey pige. Elle ne pourrait pas mieux piger. *N'importe qui pigerait*, pense-t-elle.

C'est un peu comme être admise dans le vieux club-house où sa grande sœur Manda et ses copines jouaient aux piratesses...

Mais non. C'est mieux que ça, parce que ça ne sent pas le bois ancien, les magazines humides et les vieilles crottes de souris moisies. C'est comme s'il l'avait emmenée dans un tout autre monde, happée à l'intérieur d'un cercle secret, un dôme blanc qui n'appartient qu'à eux. Il fait bien six mètres de diamètre. Au centre se trouve le tronc du saule. L'herbe qui s'étend autour de son pied est encore du vert parfait de l'été.

« Oh, Scott », dit-elle, et aucune vapeur ne sort de sa bouche. Il fait *bon* ici, réalise-t-elle. La neige gelée sur les branches retombantes a isolé l'espace captif en dessous. Elle ouvre sa parka.

« Chouette, hein ? Écoute un peu ce silence. »

Il se tait. Elle aussi. D'abord elle croit qu'il n'y a aucun bruit du tout, mais ce n'est pas tout à fait vrai. Il y en a un. Elle perçoit un tambour lent assourdi par du velours. C'est son cœur. Scott tend les bras, la débarrasse de ses gants, prend ses mains. Il dépose un baiser, profond, dans le creux de chaque paume. Pendant un temps, ni l'un ni l'autre ne parle. C'est Lisey qui rompt le silence : son estomac gargouille. Scott éclate de rire, se renverse contre le tronc de l'arbre et la montre du doigt.

« Moi aussi, dit-il. J'avais comme une envie de te dépiauter de ce pantalon de ski... pour qu'on tire un coup ici, Lisey – il fait assez bon – mais après tout cet exercice, j'ai trop faim.

– Peut-être plus tard », dit-elle. Sachant que plus tard, elle sera sans doute trop repue pour tirer un coup, mais ce n'est pas grave ; si la neige tient, ils passeront sans doute une autre nuit à *La Ramure de Cerf*, et cela lui va très bien.

Elle ouvre le sac à dos et sort le pique-nique. Il y a deux gros sandwiches au poulet (avec des tonnes de mayo), une salade, et deux belles parts de ce qui s'avère être de la tarte aux raisins secs. « Miam, dit-il lorsqu'elle lui tend une des assiettes en carton.

– Bien sûr miam, dit-elle. On est sous l'arbre miam-miam. »

Il rit. « Sous l'arbre miam-miam. Ça me plaît bien. » Puis son sourire s'efface et il la considère gravement. « C'est parfait ici, hein ?

– Oui, Scott. Absolument parfait. »

Il se penche par-dessus la nourriture ; elle se penche à sa rencontre ; ils s'embrassent sur la salade. « Je t'aime, petite Lisey.

– Moi aussi, je t'aime. » Et en cet instant, à l'écart du monde dans ce vert et secret cercle de silence, elle ne l'a jamais aimé plus fort. C'est ici maintenant.

7

Malgré sa faim proclamée, Scott mange seulement la moitié de son sandwich et quelques bouchées de salade. La tarte aux raisins, il n'y touche pas du tout, mais il boit plus que sa part de la bouteille de vin. Lisey mange de meilleur appétit, mais pas avec autant d'entrain qu'elle l'aurait cru. Le ver du malaise s'insinue en elle. Quoi que Scott ait derrière la tête, il va lui être dur de le dire et peut-être encore plus dur pour elle de l'entendre. Ce qui la met mal à l'aise c'est qu'elle ne voit pas ce que ça pourrait être. Des ennuis avec la justice quand il était jeune dans le petit village de la Pennsylvanie rurale où il a grandi ? Aurait-il fait un gosse à une fille ? Y aurait-il même eu quelque espèce de mariage adolescent, un truc vite fait bien fait qui s'était soldé par un divorce ou une annulation deux mois plus tard ? S'agit-il de Paul, le frère mort ? Peu importe ce dont il s'agit, cela vient maintenant. *Aussi sûr que la pluie vient après le tonnerre,* aurait dit Bonne Ma. Il regarde sa part de tarte, semble envisager d'y goûter, et sort son paquet de cigarettes à la place.

Elle se souvient de sa formule, *Les familles font chier,* et pense, *C'est l'histoire des nards. Il m'a emmenée ici pour me parler des nards.* Elle n'est pas étonnée de découvrir que cette idée lui fiche une trouille mortelle.

« Lisey, dit-il. Il y a quelque chose que je dois expliquer. Et si cela doit te dissuader de m'épous...

– Scott, je sais pas si j'ai envie d'entendre. »

Scott esquisse un petit sourire las et effrayé. « Je me doute que tu as pas envie. Et je sais que j'ai pas envie de raconter. Mais c'est comme aller se faire vacciner chez le docteur... non, pire, comme se faire inciser un kyste ou percer un abcès. Il y a certaines choses qui doivent être faites. » Ses brillants yeux noisette sont fixés sur elle. « Lisey, si nous nous marions, nous ne pourrons pas avoir d'enfants. Voilà, c'est carré. Je sais pas si tu as très envie d'en avoir là tout de suite, mais tu viens d'une famille nombreuse et je suppose que ce serait naturel qu'un jour tu veuilles remplir une grande maison de ta grande famille à toi. Il faut que tu saches que si tu es avec moi, ça pourra pas arriver. Je veux pas te voir te dresser devant moi dans cinq ou dix ans d'ici en me hurlant à la figure que je t'avais pas dit que ça faisait partie du contrat. »

Il tire sur sa cigarette et expulse la fumée par le nez. Elle s'élève en un nuage gris-bleu. Il se tourne à nouveau vers elle. Il a le visage très pâle, les yeux immenses. *Comme des joyaux,* pense-t-elle, fascinée. Pour la première et la seule fois, elle le trouve non pas beau comme un homme peut être beau (car il ne l'est pas, même si sous une lumière flatteuse il peut être saisissant), mais beau comme certaines femmes sont belles. Cette découverte la fascine, et pour quelque raison étrange, l'horrifie.

« Je t'aime trop pour te mentir, Lisey. Je t'aime de tout ce qui me tient lieu de cœur. Je soupçonne que cette sorte d'amour exclusif peut devenir un fardeau pour une femme au fil du temps, mais c'est l'unique sorte que j'ai à donner. Je crois que nous allons être un couple plutôt gâté question argent, mais je suis pratiquement assuré de rester un indigent sur le plan affectif toute ma vie. Je vais toucher beaucoup d'argent, mais pour ce qui est du reste, j'en ai juste assez pour toi, et jamais je ne le salirai ni ne le diluerai avec des mensonges. » Il soupire – un long soupir qui le fait frissonner – et de la base de la main qui tient la cigarette, se presse le centre du front, comme si sa tête le faisait souffrir. Puis il la retire et regarde encore Lisey. « Pas d'enfants, Lisey. On ne peut pas. *Je* ne peux pas.

– Scott, es-tu... est-ce qu'un médecin... »

Il secoue la tête. « Ce n'est rien de physique. Écoute, babylove. C'est ici. » Il se frappe le front, entre les yeux. « La démence et les Landon s'entendent comme larrons en foire, et je te parle pas d'une histoire à la Edgar Allan Poe ou d'un distingué roman victorien pour dames avec tata-enfermée-au-grenier ; je te parle de la démence dangereuse, celle du monde réel, qui se transmet par le sang.

– Scott, tu n'es pas fou... » Mais elle le revoit émerger de l'obscurité, tendant devant lui les ruines ensanglantées de sa main, la voix débordante de jubilation et de soulagement. De *folle* jubilation. Elle se rappelle ce qu'elle a pensé tandis qu'elle enveloppait cette ruine dans son chemisier : qu'il était peut-être bien amoureux d'elle, mais qu'il était aussi à moitié amoureux de la mort.

« *Si*, je le suis, dit-il doucement. Je *suis* fou. J'ai des délires et des visions. Je les écris, c'est tout. Je les écris et les gens me paient pour les lire. »

Un instant, elle est trop assommée par ça (ou alors c'est le souvenir de sa main estropiée, qu'elle a délibérément écarté, qui l'a assommée) pour répondre. Il parle de son métier – c'est toujours ainsi qu'il dit dans ses conférences, jamais son *art* mais son *métier* – comme d'un délire. Et *ça* c'est fou.

« Scott, dit-elle enfin, écrire est ton *travail*.

– Tu crois comprendre ça, dit-il, mais tu ne comprends pas l'aspect *barré* de la chose. J'espère que tu auras toujours cette chance, petite Lisey. Et je ne vais pas rester des heures assis sous cet arbre à te brosser l'histoire des Landon parce que je n'en sais que bien peu. Je suis remonté sur trois générations, j'ai pris peur avec tout ce sang que j'ai découvert sur les murs, et laissé tomber. J'ai vu couler assez de sang – dont le mien – quand j'étais gosse. Cru mon père sur parole pour le reste. Quand j'étais petit, Papa disait que les Landon – et les Landreau avant eux – se séparaient en deux catégories : les jobrés et la crapouasse. La crapouasse, c'était mieux, parce que tu pouvais l'évacuer en coupant. Tu *devais* couper, si tu voulais pas passer ta vie à l'asile ou en prison. Il disait que c'était le seul moyen.

– Es-tu en train de parler d'automutilation, Scott ? »

Il hausse les épaules, comme s'il ne savait pas très bien. Elle ne sait pas très bien non plus. Elle l'a vu nu, après tout. Il a bien quelques cicatrices, mais peu.

« Des nards-de-sang ? » demande-t-elle.

Cette fois, il est plus affirmatif. « Des nards-de-sang, ouais.

– Ce soir-là quand tu as passé ta main dans la vitre de la serre, tu évacuais la… crapouasse ?

– Je crois. Oui. En quelque sorte. » Il écrase sa cigarette dans l'herbe. Il y met le temps, et ne regarde pas Lisey pendant qu'il le fait. « C'est compliqué. Il faut que tu te rappelles à quel point je me sentais mal ce soir-là, tant de choses s'étaient accumulées…

– Je n'aurais jamais dû…

– Non, dit-il, laisse-moi finir. Je ne pourrai dire ceci qu'une fois. »

Elle ne bronche pas.

« J'étais soûl, je me sentais horriblement mal, et j'avais pas évacué… ça… depuis longtemps. J'avais pas eu besoin de le faire. Principalement grâce à toi, Lisey. »

Lisey a une sœur qui est passée par une période alarmante d'automutilation vers l'âge de vingt ans. Tout ça est derrière Amanda maintenant – Dieu en soit loué – mais elle a encore les cicatrices, la plupart en haut de la face interne des bras et des cuisses. « Scott, si tu t'es coupé avant, est-ce que tu ne devrais pas avoir des cicatrices… »

C'est comme s'il ne l'avait pas entendue. « Et puis au printemps dernier, alors que ça faisait longtemps que je pensais qu'il s'était tu pour de bon, du diable si je l'entends pas recommencer à me parler. "Ça coule dans tes veines, Scott", je l'entendais me dire. "Tu l'as dans le sang comme un foutriqué que tu es. Hein, que tu l'as ?"

– Qui, Scott ? Qui a recommencé à te parler ? » Sachant que c'est soit Paul soit son père, et sans doute pas Paul.

« Papa. Il me dit, "Scooter, si tu veux être juste et bon, t'as intérêt à m'évacuer cette crapouasse. Chope-la-moi, de suite, attends pas, bougredamné de toi." Alors je l'ai fait. À petit... petit... » Il esquisse de petits gestes tranchants – un sur la joue, un sur le bras – pour illustrer. « Et puis ce soir-là, quand t'étais colère... » Il hausse les épaules. « J'ai chopé le reste. Vlan et le tour est joué. Vlan et ça sort. Et nous impec. Nous *impec*. Vais t'dire une chose, plutôt me saigner à mort comme un porc au bout d'une chaîne que t'faire du mal à *toi*. Que *jamais* t'faire du mal à *toi*. » Son visage s'allonge, tiré par une expression de mépris qu'elle ne lui a jamais vue avant. « C'pas demain la veille que ch'serai comme *lui*. Mon *Pôpa*. » Et puis, le crachant presque : « Troufu Môssieu *Sparky*. »

Elle ne parle pas. Elle n'ose pas. N'est pas sûre de pouvoir, de toute façon. Pour la première fois depuis des mois elle se demande comment il a pu se couper aussi salement la main et avoir si peu de cicatrices. Assurément ce n'est pas possible. Elle pense : *Sa main était pas juste coupée ; sa main était massacrée.*

Scott, entre-temps, a allumé une autre Herbert Tareyton, avec des mains qui tremblent juste un tout petit peu. « Je vais te raconter une histoire, dit-il. Juste une seule histoire, et elle parlera pour toutes les histoires de l'enfance d'un certain homme. Parce que les histoires, c'est mon truc. » Il regarde s'élever la fumée de cigarette. « Je les prends au filet dans la mare. Je t'ai parlé de la mare, hein ?

– Oui, Scott. Où tous nous descendons boire.

– Ouaip. Et lancer nos filets. Quelquefois les pêcheurs vraiment courageux – les Austen, les Dostoïevski, les Faulkner – s'embarquent même pour aller à la pêche au gros, mais cette mare-là est traîtresse. Elle est plus grande qu'elle n'en a l'air, elle est plus profonde que n'importe quel homme peut dire, et elle change d'apparence, surtout après la tombée de la nuit. »

Elle ne répond rien à ça. La main de Scott se glisse autour de son cou. À un certain point, elle s'insinue à l'intérieur de sa parka ouverte pour prendre en coupe un sein. Pas par concupiscence, Lisey en est à peu près sûre ; mais pour le réconfort.

« Allons-y, dit-il. C'est l'heure de l'histoire. Ferme tes yeux, petite Lisey. »

Elle les ferme. Un instant, tout est sombre aussi bien que silencieux sous l'arbre miam-miam, mais elle n'a pas peur ; il y a l'odeur de Scott, sa masse à côté d'elle ; il y a la sensation de sa main, maintenant posée à la saillie de son omoplate. Il pourrait l'étrangler comme un rien avec cette main-là, mais elle n'a pas besoin qu'il lui dise qu'il ne lui fera jamais du mal, pas physiquement du moins ; c'est une chose que Lisey sait très bien. Il lui causera de la souffrance, sûr, mais surtout par la parole. Son moulin à *paroles* éperdu.

« Allons-y, dit l'homme qu'elle épousera dans moins d'un mois. Cette histoire pourrait avoir quatre parties. La Première Partie s'appelle, "Scooter sur le banc". »

« Il était une fois un petit garçon, un petit garçon effrayé, tout maigrichon, du nom de Scott, sauf que quand son Papa était dans la crapouasse et que se couper lui-même suffisait pas à l'évacuer, son papa l'appelait Scooter. Et un jour – un jour fou, un sale jour – le petit garçon s'est retrouvé debout sur une hauteur, les yeux posés sur une plaine en bois ciré loin en contrebas, obligé de regarder pendant que le sang de son frère

8

coule lentement le long de la fente entre deux lames.

– *Saute*, lui ordonne son père. Pas pour la première fois non plus. *Saute, 'spèce de p'tit bâtard, 'spèce de foutriqueur de youp'mouillé, saute de suite !*

– *Papa, j'ai peur ! C'est trop haut !*

– *C'est pas haut et je me contrefous que t'aies peur ou pas, tu vas sauter toufoutriqué ou je vais t'en faire baver et en faire baver encore plus à ton copain, et maintenant parachutistes par-dessus bord !*

Papa s'interrompt un instant, regarde à l'entour, ses yeux en boule de loto remuent comme ils remuent quand il est dans la crapouasse, *rebondissent* quasiment d'un côté à l'autre, et puis il les ramène sur le gamin de trois ans perché tremblant sur le long banc du vestibule d'entrée de la grande vieille ferme en ruines aux millions de courants d'air asthmatiques. Perché là, le dos plaqué contre les feuilles peintes au pochoir sur le mur rose de ce corps de ferme dans un coin perdu de campagne où les gens se mêlent de leurs oignons.

– *Tu peux dire Géronimo si tu veux, Scoot. On dit que des fois ça aide. Si tu le brailles vraiment fort quand tu sautes de l'avion.*

Alors Scott le fait, il veut bien essayer tout ce qui pourra l'aider, il braille GÉROMINO ! – ce qui n'est pas tout à fait exact et ne l'aide pas de toute façon parce qu'il ne peut toujours pas sauter du haut du banc dans la plaine en bois ciré si loin en contrebas.

– *Ahhhh, troufoutu* Christ *de youtr'trouillard.*

Papa tire brutalement Paul en avant. Paul a six ans maintenant, bientôt sept, il est grand et il a les cheveux blond châtain, longs devant et sur les côtés, il a besoin d'une bonne coupe, il a besoin d'aller chez M. Baumer le barbier de Martensburg, M. Baumer avec sa tête d'élan accrochée au mur et sa décalcomanie fanée sur la vitrine avec un drapeauméricain et J'AI SERVI écrit dessus, mais il faudra attendre un moment avant qu'ils aillent du côté de Martensburg et Scott le sait. Ils vont pas en ville quand Papa est dans la crapouasse et Papa ira même pas travailler d'ici un moment parce que c'est ses congés de chez les Platrouilles U.S.

Paul a les yeux bleus et Scott l'aime plus que personne, plus qu'il s'aime lui-même. Ce matin les bras de Paul sont couverts de sang, tout zébrés de coupures entrecroisées, et maintenant Papa remet la main sur son canif, l'horrible canif qui a bu tellement de leur sang, et le brandit pour refléter la lumière du matin. Papa est arrivé en bas de l'escalier en gueulant pour les appeler, en gueulant – *Nard ! Nard ! R'nards ! Venez-moi ici, tous les deux !* Si le renard est sur Paul il coupe Scott et si le renard est sur Scott il coupe Paul. Même dans la crapouasse jusqu'au cou Papa y sait ce que c'est l'amour.

– *Tu vas sauter 'spèce de trouillard ou est-ce qu'y va falloir que je le coupe encore ?*

– *Le coupe pas, Papa !* crie Scott d'une voix perçante. *Si te plaît Papa, le coupe pas plus, j'va sauter !*

— *Alors vas-y !* Papa retrousse sa lèvre du haut et on voit ses dents. Ses yeux roulent dans leurs orbites, ils roulent roulent roulent comme s'ils cherchaient des gens dans les coins, et peut-être bien qu'il en cherche, *probab*, pasque des fois ils l'entendent parler à des gens qui sont pas là. Des fois Scott et son frère les appellent les Porteurs de Crapouasse et parfois la Tribu des Renards-de-Sang.

— *Tu vas le faire, Scooter ! Tu vas le faire, vieux Scoot ! Gueule Géronimo et alors parachutistes par-dessus bord ! Pas de youtr'trouillard dans cette famille ! Maintenant !*

— *GÉROMINO !* hurle-t-il, et quand bien même il a les pieds qui tremblent et des spasmes dans les jambes, il arrive pas à sauter. Trouillardes de jambes, trouillardes de jamb's de youtr'. Papa lui donne pas une autre chance. Papa tranche profond dans le bras de Paul et le sang coule comme un rideau. Il en tombe un peu sur le short de Paul et il en tombe un peu sur ses tennis mais le plus qui tombe c'est par terre. Paul grimace mais y crie pas. Ses yeux supplient Scott de faire arrêter ça, mais sa bouche reste fermée. Sa bouche suppliera pas.

Aux Platrouilles U.S. (les garçons disent Platrouilles U.S. parce que c'est comme ça que dit leur Papa), les hommes appellent Andrew Landon « Sparky » ou parfois « Mister Sparks[1] ». Maintenant on voit sa figure grossir par-dessus l'épaule de Paul et ses cheveux un peu blancs sont tout droits sur sa tête comme si toute l'ectricité avec quoi y travaille au boulot lui avait passé dedans et il a un sourire d'Halloween qui laisse voir ses dents de travers et ses yeux sont vides parce que Papa est barré, barré *grave*, y a rien dans ses godasses que la crapouasse, c'est plus un homme ni un papa mais rien qu'un r'nard-de-sang avec des yeux.

— *Reste encore cloué là-haut cette fois-ci et j'ui coupe l'oreille*, dit la chose qu'a les cheveux lectriques de leur Papa, la chose qu'est plantée dans les godasses de leur Papa.

— *Reste encore cloué là-haut la prochaine fois et j'y coupe sa troutoufue gorge, j'en ai rien à péter. À toi de choisir, Scooter Scooter vieux Scooter. Tu dis que tu l'aimes mais tu l'aimes pas assez pour m'empêcher de le couper, hein ? Quand tout ce que t'as à faire c'est sauter d'un toufoutriqué de banc de trois pieds de haut ! Qu'est-ce tu*

---

1. Étincelles. Électricien, en argot.

*penses de ça, Paul ? Qu'est-ce t'as à dire à ton youp'mouillé de 'tit frère m'tenant ?*

Mais Paul dit rien, regarde seulement son frère, yeux bleu foncé rivés sur yeux noisette, et cet enfer se poursuivra encore pendant deux mille cinq cent cinquante-cinq jours ; sept interminables années. *Fais ce que tu peux et laisse courir le reste*, voilà ce que les yeux de Paul disent à Scott et ça lui déchire le cœur et quand enfin il saute du banc (vers ce dont une partie de lui est intimement convaincue que ce sera sa mort), ce n'est pas à cause des menaces de son père mais parce que les yeux de son frère lui ont donné la permission de rester exactement où il est si en fin de compte il a trop peur pour sauter.

De rester sur le banc même si ça doit faire que Paul Landon sera tué.

Il atterrit et tombe à genoux dans le sang sur les lames du plancher et se met à pleurer, choqué de découvrir qu'il est encore en vie, et alors le bras de son père l'entoure, le bras fort de son père le soulève, plein d'amour maintenant plutôt que de colère. Les lèvres de son père sont d'abord sur sa joue puis pressées fermement au coin de sa bouche.

— *Tu vois, Scooter vieux Scooter, va, vieux Scoot ? Je savais que tu pouvais le faire.*

Alors Papa dit que c'est fini, que le r'nard-de-sang est parti et que Scott peut aller soigner son frère. Son père lui dit qu'il est brave, qu'il est un brave petit troudfion, son père dit qu'il l'aime, et en cet instant de victoire Scott ne pense même plus au sang par terre, il aime son père lui aussi, il aime son cinglé de renard-de-sang de père pour avoir permis que ça s'arrête cette fois-ci, même s'il sait, même à trois ans il sait que la prochaine fois viendra.

9

Scott se tait, regarde autour de lui, repère le vin. Il ne se fatigue pas à prendre un verre et boit directement au goulot. « C'était pas un bien grand saut vraiment, dit-il, et il hausse les épaules. Mais ça paraissait beaucoup pour un petit de trois ans.

— Scott, mon Dieu, dit Lisey. Ça lui arrivait souvent d'être comme ça ?

– Assez souvent. Beaucoup de ces fois, je les ai refoulées. Mais celle-là sur le banc, celle-là est claire comme de l'eau de roche. Et comme je te disais, elle peut parler pour toutes les autres.

– Était-ce… était-il ivre ?

– Non. Il ne buvait pratiquement jamais. Est-ce que tu es prête pour la Deuxième Partie de l'histoire, Lisey ?

– Si elle ressemble à la Première, je suis pas sûre de l'être.

– T'inquiète. La Deuxième Partie s'intitule "Paul et le Bon Nard". Non, je reprends, c'est "Paul et le *Génial* Nard", et c'était juste quelques jours après que le père m'avait fait sauter du banc. Ils l'avaient appelé au boulot, et dès que son camion a eu disparu au tournant, Paul m'a dit d'être sage pendant qu'il descendait chez Mulet. »

Il s'arrête, rit, et secoue la tête comme font les gens quand ils se rendent compte qu'ils disent des bêtises. « Chez *Mueller*. C'était ça le vrai nom en fait. Je t'ai raconté que je suis retourné à Martensburg quand la banque a mis aux enchères la ferme familiale, hein ? Juste avant de te rencontrer ?

– Non, Scott. »

Il a l'air étonné – si brièvement hagard que c'en est presque effrayant. « Non ?

– Non. » Ce n'est pas le moment de lui dire qu'il ne lui a pratiquement rien raconté de son enfance…

*Pratiquement* rien ? Absolument rien. Jusqu'à aujourd'hui, sous l'arbre miam-miam.

« Bon, dit-il (un brin dubitatif), j'avais reçu une lettre de la banque de Papa – la Première Caisse Rurale de Pennsylvanie… tu sais, comme si y avait une *Deuxième* Caisse Rurale par là quelque part… et ils disaient que l'affaire était sortie des mains de la justice après toutes ces années et que j'avais droit à une part de la vente. Alors j'ai dit, ben voyons, et j'y suis retourné. Première fois en sept ans. J'ai eu mon bac à seize ans au lycée de Martensburg Township. Passé un tas de tests, obtenu une dispense papale. Je t'ai sûrement dit *ça*, non ?

– Non, Scott. »

Il rit, gêné. « Bon, ben je l'ai fait. *Allez, les Corbeaux*[1], *plantez les serres et mettez-les par terre…* » Il imite un croassement, rit avec

---

1. Les *Crows*, équipe de football américain de Baltimore.

plus de gêne encore, puis prend une bonne lampée de vin. La bouteille est presque vide. « La ferme familiale est partie pour soixante-dix mille dollars, quelque chose comme ça, dont trente-deux mille me sont revenus, super affaire, hein ? Mais bon, avant les enchères j'ai roulé un peu en voiture dans notre secteur de Martensburg et le magasin était toujours là, à moins de deux kilomètres de chez nous sur la route, et si tu m'avais dit quand j'étais môme que ça faisait moins de deux kilomètres je t'aurais dit que tu déconnais à pleins tubes, mon vieux. Il était désert, barricadé avec des planches, avec un écriteau sur la façade, À VENDRE, mais tellement décoloré que tu pouvais à peine le lire. Le panneau sur le toit était carrément en meilleur état, et sur celui-là, il y avait écrit CHEZ MUELLER MAGASIN GÉNÉRAL. Sauf que nous on disait toujours chez *Mulet*, tu vois, pasque c'est comme ça qu'y disait, Papa. Comme y disait pour *U.S. Steel, U.S. Beg Borrow and Steal*[1]... et il appelait le Burg *Pittsburgh Shitty*[2]... et oh merdre de merdre, Lisey, est-ce que je pleure là ?

– Oui, Scott. » Sa voix semble très lointaine à ses propres oreilles.

Il prend une des serviettes en papier fournies avec le pique-nique et s'essuie les yeux. Quand il repose la serviette, il sourit. « Paul m'a dit d'être sage pendant qu'il allait chez Mulet et j'ai fait ce que Paul a dit. Je faisais toujours ce qu'y disait. Tu sais ? »

Elle fait oui de la tête. Tu es bon envers ceux que tu aimes. Tu *veux* être bon avec ceux que tu aimes, parce que tu sais que ton temps avec eux, si long soit-il, finira par être trop court.

« Toujours est-il que, quand il est revenu, j'ai vu qu'il avait deux bouteilles de RC et j'ai compris qu'il allait nous faire un bon nard, et ça m'a rendu heureux. Il m'a dit d'aller dans ma chambre et de regarder mes livres un moment pour qu'il ait le temps de le préparer. Ça lui a pris longtemps et j'ai compris que ça allait être un *long* bon nard, et j'ai été content de ça, aussi. Finalement il m'a crié très fort de descendre à la cuisine et de regarder sur la table.

---

1. *U.S. Steel* : Acier états-unien. ; *U.S. Beg Borrow and Steal* : Mendier, Emprunter et Voler à l'états-unienne.

2. Jeu de mots sur *city* (ville) et *shitty* (merdique) : Pittsburgh Shitty = Pittsburgh City.

– Est-ce que des fois il t'appelait Scooter ? demande Lisey.
– Pas lui, non jamais. Le temps que j'arrive à la cuisine, il était plus là. Y s'cachait. Mais je savais qu'y me surveillait. Y avait un bout de papier sur la table avec NARD ! écrit dessus, et puis en dessous...
– Attends une seconde », dit Lisey.
Scott la regarde, sourcils levés.
« Tu avais trois ans... il en avait six, ou presque sept...
– Exact.
– Mais il *savait* t'écrire des petites énigmes et *toi* tu savais les lire. Pas seulement les lire mais les résoudre.
– Oui ? » Levant encore plus haut les sourcils pour demander ce qu'il y a là d'extraordinaire.
« Scott... est-ce que ton cinglé de père se rendait compte qu'il martyrisait deux toufus petits mômes surdoués ? »
Scott la surprend en renversant la tête en arrière et en éclatant de rire. « Voilà qui devait bien être le cadet de ses soucis ! dit-il. Mais écoute-moi, Lisey. Parce que ç'a été le meilleur jour que je me rappelle avoir eu quand j'étais petit, peut-être parce que ç'a été un jour tellement *long*. Quelqu'un avait dû faire une couille aux Platrouilles et le père a dû se cogner un paquet d'heures sup, je sais pas, mais on a eu la maison pour nous tout seuls de huit heures du matin jusqu'à la nuit.
– Pas de baby-sitter ? »
Il ne répond pas, se borne à la regarder comme si elle avait p't-êt' b'en une case en moins.
« Aucune voisine pour passer voir ce que vous faisiez ?
– Nos plus proches voisins étaient à six kilomètres. C'était chez Mulet le plus près. Ça convenait bien à Papa, et crois-moi, ça convenait bien aux gens du village, aussi.
– D'accord. Raconte-moi la Deuxième Partie. "Scott et le Bon Nard."
– "*Paul* et le Bon Nard. Paul et le Génial Nard. L'*Excellent* Nard."» Son visage devient lisse à ce souvenir-là. Au moins un pour contrebalancer l'horreur du banc. « Paul avait un carnet à rayures bleues, un carnet Dennison, et quand il faisait les stations du chemin de nard, il en arrachait une feuille, puis la pliait pour pouvoir la déchirer en bandelettes. Comme ça le carnet durait plus longtemps, tu comprends ?
– Oui.

– Mais ce jour-là il a dû arracher deux ou même *trois* feuilles – Lisey, c'était un nard *tellement* long ! » Dans son plaisir retrouvé, Lisey peut voir l'enfant qu'il a été. « Sur la bandelette posée sur la table y avait écrit NARD ! – y avait toujours écrit ça sur la première et la dernière – et puis, juste en dessous

10

Juste sous NARD ! il y a écrit, dans les grandes majuscules appliquées de Paul :

**1 TROUVE MOI PRÈS DANS UN TRUC SUCRÉ ! 16**

Mais avant même de considérer l'énigme, Scott regarde le nombre, savourant ce **16**. Seize stations ! Il est rempli d'un fourmillement d'excitation délicieux. Le meilleur côté des choses c'est de savoir que Paul ne charrie jamais. S'il promet seize stations, il y aura quinze énigmes. Et si Scott bute sur l'une d'elles, Paul l'aidera. Paul appellera de sa cachette d'une sinistre voix de spectre (c'est une Voix-de-Papa, même si Scott ne le réalisera que des années plus tard, quand il écrira une sinistre histoire de spectres intitulée *Les Démons vides*), en lui donnant des indices jusqu'à ce que Scott y *arrive*. De plus en plus souvent, cependant, Scott n'a pas besoin d'indices. Il progresse rapidement dans l'art de résoudre, tout comme Paul progresse rapidement dans l'art de combiner.

*Trouve-moi près dans un truc sucré.*

Scott regarde autour de lui et presque aussitôt s'arrête sur le grand pot blanc posé sur la table dans un rayon de soleil matinal traversé de grains de poussière. Il doit monter sur une chaise pour l'attraper et il glousse quand Paul lance de sa spectrale Voix-de-Papa –*Le renverse pas, 'spèce de p'tit foutriqué !*

Scott soulève le couvercle, et sur le dessus du sucre est posée une deuxième bandelette de papier avec un deuxième message rédigé dans les grandes majuscules appliquées de son frère :

**2 JE SUIS OÙ CLIDE AIMAIT JOUER
AVEC DES BOBINES AU SOLEIL**

Jusqu'à ce qu'il disparaisse au printemps, Clyde était leur chat et les deux garçons l'adoraient, mais *Papa* ne l'adorait pas du tout parce que Clyde arrêtait pas de *miaouler* tout le temps pour rentrer ou sortir, et même si aucun des deux ne le dit tout haut (et aucun n'oserait *jamais* poser la question à Papa), ils ont bien idée que quelque chose de beaucoup plus gros et de beaucoup plus méchant qu'un renard ou un pêcheur a attrapé Clyde. En tout cas, Scott sait parfaitement bien où Clyde aimait jouer au soleil et il se précipite là-bas maintenant, trottant sur toute la longueur du grand vestibule pour rejoindre la véranda de derrière sans même jeter un seul coup d'œil (ou alors, rien qu'un peut-être) aux taches de sang et au terrible banc. Sur la véranda de derrière il y a un grand canapé bosselé qui exhale des odeurs bizarres quand on s'assoit dessus. – *Ça sent comme des pets panés*, a dit Paul un jour, et Scott a tellement ri qu'il s'est pissé aux culottes. (Si Papa avait été là, se pisser aux culottes lui aurait coûté TRÈS CHER, mais Papa était au boulot.) Scott va droit au canapé maintenant, où Clyde aimait se prélasser sur le dos et jouer avec les bobines de fil que Paul et Scott lui agitaient au-dessus du nez, tendant en l'air ses pattes avant et dessinant un chat-boxeur géant en ombre chinoise sur le mur. Maintenant Scott s'agenouille et regarde sous les coussins bosselés, un par un, jusqu'à ce qu'il trouve la troisième languette de papier, la troisième station du chemin de nard, et celle-ci l'envoie

Peu importe où elle l'envoie. Ce qui importe c'est ce long jour suspendu. Où deux petits garçons passent la matinée à aller et venir dedans dehors et tout autour d'un vieux corps de ferme affaissé peint à la chaux et aux pigments dans un trou perdu de campagne tandis que le soleil grimpe lentement dans le ciel vers le midi sans ombre et sans épaisseur. Ceci est un conte tout simple, fait de cris et de rires, de poussière de la cour et de chaussettes en accordéon autour de chevilles sales ; ceci est une histoire de petits garçons trop occupés pour rentrer pisser à l'intérieur et qui préfèrent arroser les ronces sur le mur sud de la maison. C'est celle d'un petit bonhomme, encore dans ses couches il y a peu, récoltant des bandelettes de papier au pied de l'échelle menant au grenier de la grange, sous les marches du perron de devant, derrière la carcasse de la vieille machine à laver Maytag abandonnée dans la cour du fond, et sous une pierre près du vieux puits à sec. (–*Tombe pas d'dans, p'tit bougre de toi !* dit la spectrale Voix-de-Papa, montant maintenant des hautes herbes à la lisière du champ de haricots laissé en jachère cette année.) Et finalement, Scott reçoit cette instruction :

## 15 JE SUIS SOUS TOUS TES RÊVES

*Sous tous mes rêves,* pense-t-il. *Sous tous mes rêves... où c'est ça ?*
– *Besoin d'aide, bougredamné de toi ?* entonne la voix de spectre. *Parce que j'commence à avoir faim pour déjeuner.*

Scott aussi a faim. C'est l'après-midi, maintenant, ça fait des *heures* qu'il joue à ça, mais il demande encore une minute. *Sous tous mes rêves... Sous tous mes...*

Il est fort heureusement dépourvu d'idées en rapport avec le subconscient ou le *ça*, mais il a déjà commencé à penser en métaphores, et la réponse lui vient en un éclair joyeux, divin. Il galope dans les escaliers, aussi vite que ses petites jambes peuvent le porter, ses cheveux flottant en arrière dégageant son front bruni et crasseux. Il va à son lit dans la chambre qu'il partage avec Paul, regarde sous son oreiller, et bien sûr, voici sa bouteille de RC Cola – une *grande !* – accompagnée d'une ultime languette de papier. Le message dessus est le même qu'à chaque fois :

## 16 NARD ! FIN !

Il brandit la bouteille comme il brandira beaucoup plus tard certaine petite bêche d'argent (un héros, il se sent un héros), puis se retourne. Paul passe nonchalamment la porte, tenant sa propre bouteille de RC et l'ouvre-boîte-décapsuleur gros comme une clé d'église qui sort du Tiroir du Bazar de la cuisine.

– *Pas mal, Scott-O. T'en a fallu du temps mais t'y es arrivé.*

Paul décapsule sa bouteille, puis celle de Scott. Ils trinquent en choquant les deux longs goulots. Paul dit que ça s'appelle « recevoir un hôte », et que quand tu le fais tu dois faire un vœu.

– *C'est quoi ton vœu, Scott ?*
– *Que le Bibliobus y vienne cet été. Et toi Paul, c'est quoi ton vœu ?*

Son frère le regarde calmement. Dans un petit moment, il descendra leur préparer des sandwiches au beurre de cacahuètes et à la gelée, en prenant l'escabeau sur la véranda de derrière, où dormait et jouait naguère leur animal de compagnie au miaulement fatal, pour pouvoir attraper un nouveau pot de Shedd's sur l'étagère du haut dans le cellier. Et il dit

11

Mais là, Scott se tait. Il regarde la bouteille de vin, mais la bouteille de vin est vide. Lisey et lui se sont débarrassés de leurs parkas et les ont mises de côté. Il fait maintenant plus que bon sous l'arbre miam-miam ; il fait chaud, l'atmosphère est même pas loin d'être étouffante, et Lisey pense : *Nous allons devoir filer sans tarder. Sinon, la neige entassée sur les frondaisons va fondre assez pour nous tomber sur la tête.*

12

Assise dans sa cuisine, le menu de *La Ramure de Cerf* entre les mains, Lisey pensa, *Je vais devoir laisser filer ces* souvenirs *sans tarder, moi aussi. Sinon, quelque chose de beaucoup plus lourd que de la neige va me tomber sur la tête.*
Mais n'est-ce pas ce que Scott a voulu ? Ce qu'il a prévu ? Et avec ce traque-nard, ne tient-elle pas sa chance d'arrimer le barda ?
*Ah, mais j'ai peur. Parce que je suis si près maintenant.*
*Près de quoi ? Près de quoi ?*
« Chut », murmura-t-elle, et elle frissonna, comme face à un vent froid. Un vent descendu tout droit de Yellowknife, peut-être. Mais alors, parce qu'elle avait double esprit, double cœur : « Encore un peu… »
*C'est dangereux. Dangereux, petite Lisey.*
Elle savait que c'était dangereux, voyait déjà luire des bribes de la vérité par des trous dans son rideau pourpre. Luire comme des yeux. Entendait des voix chuchoter qu'il y avait des *raisons* pour ne pas regarder dans les miroirs, à moins d'avoir réellement besoin

de le faire (le moins possible après la tombée de la nuit et *jamais* au crépuscule), des *raisons* d'éviter les fruits frais après le coucher du soleil et de jeûner entre minuit et six heures du matin.

Des raisons pour ne pas déterrer les morts.

Mais elle ne voulait pas quitter l'arbre miam-miam. Pas encore.

Ne voulait pas le quitter, *lui*.

Il avait fait le vœu que vienne le Bibliobus, « très Scott » ça comme vœu, même à l'âge de trois ans. Et Paul ? C'était quoi le vœu

### 13

« C'était quoi, Scott ? lui demande-t-elle. C'était quoi, le vœu de Paul ?

– Il a dit, "Je fais le vœu que Papa meure au travail. Qu'y se fasse lectercuté et qu'y meure." »

Elle le regarde, muette d'horreur et de pitié.

Abruptement, Scott commence à tout remettre pêle-mêle dans le sac à dos. « Allons-nous-en d'ici avant de rôtir, dit-il. Je croyais pouvoir t'en raconter beaucoup plus, Lisey, mais je peux pas. Et me dis pas que je suis pas comme le paternel, parce que c'est pas ça le truc, d'accord ? Le truc c'est que *tous*, dans ma famille, on en hérite un peu.

– Paul aussi ?

– Je sais pas si je peux continuer à parler de Paul maintenant.

– D'accord, dit-elle. Rentrons. On va faire une sieste, et puis on fera un bonhomme de neige, ou un truc comme ça. »

Le regard d'intense gratitude qu'il lui adresse l'emplit de gêne, car vraiment, c'est *elle* qui voulait qu'il en reste là – elle a absorbé tout ce qu'elle est capable de digérer, du moins pour le moment. En un mot, elle angoisse. Mais elle ne peut pas laisser tomber complètement, car elle a une idée assez précise de la suite logique de cette histoire. Elle pense presque qu'elle pourrait la finir *pour* lui. Mais d'abord elle a une question.

« Scott, quand ton frère est allé chercher les colas RC ce matin-là... les récompenses pour le bon nard... »

Il approuve de la tête, souriant. « Le *génial* nard.

« – Mmm-mmm. Quand il est allé à la petite épicerie... chez Mulet... est-ce que personne n'a trouvé bizarre qu'un petit garçon de six ans arrive tout taillardé ? Même si ses coupures étaient recouvertes de pansements ? »

Il arrête de boucler le sac à dos et la regarde très sérieusement. Il sourit encore, mais la rougeur a presque entièrement quitté ses joues ; sa peau a un aspect pâle, presque cireux. « Les Landon cicatrisent vite, dit-il. Je t'ai jamais dit ça ?

– Si, convient-elle. Tu me l'as déjà dit. » Et là, angoisse ou pas, elle pousse le bouchon un peu plus loin. « Encore sept ans, dit-elle.

– Sept, oui. » Il la regarde, le sac à dos entre ses genoux en jean. Ses yeux demandent combien elle voudra en savoir. Combien elle *osera* en savoir.

« Et Paul avait treize ans quand il est mort ?

– Treize. Oui. » Sa voix est assez calme, et à présent il n'y a plus aucune trace de rougeur sur ses joues, même si elle y voit ruisseler de la sueur, et ses cheveux sont tout moites. « Presque quatorze.

– Et ton père l'a tué avec son couteau ?

– Non, dit Scott de cette même voix calme, avec sa carabine. Sa .30-06. Dans la cave. Mais Lisey, c'est pas ce que tu penses. »

Pas dans une crise de rage, voilà ce qu'elle croit qu'il veut lui dire. Pas dans une crise de rage, mais de sang-froid. Voilà ce qu'elle pense sous l'arbre miam-miam, quand elle voit encore la Troisième Partie de l'histoire de son fiancé s'intituler « Le Meurtre du Grand Frère Sacré ».

14

*Chut, Lisey, chut, petite Lisey,* s'enjoignit-elle dans la cuisine – salement terrifiée maintenant, et pas seulement parce qu'elle s'était fait des idées bien fausses sur la mort de Paul Landon. Elle était terrifiée parce qu'elle s'avisait – trop tard, trop tard – que ce qui est fait ne peut être défait, et que ce dont tu te souviens, tu dois t'arranger ensuite pour vivre avec.

Même si ce sont des souvenirs démentiels.

« Je ne suis pas *obligée* de me souvenir, dit-elle en roulant à gestes vifs le menu entre ses mains. Je ne suis pas *obligée*, je ne suis pas *obligée*, je ne suis pas *obligée* de déterrer les morts, des horreurs folles pareilles, ça n'existe pas, ça

<br>

15

« Ce n'est pas ce que tu penses. »
Elle pense ce qu'elle veut, d'accord ; elle a beau aimer Scott Landon, elle n'est pas liée à la roue de son terrible passé, et elle pense ce qu'elle veut. Elle sait ce qu'elle sait.
« Et tu avais dix ans quand c'est arrivé ? Quand ton père... ?
– Oui. »
Juste dix ans quand son père a tué son grand frère bien-aimé. Quand son père a *assassiné* son grand frère bien-aimé. Et la Quatrième Partie de cette histoire ne relève-t-elle pas de sa propre logique, sombre et inéluctable ? Cela ne fait aucun doute dans son esprit. Elle sait ce qu'elle sait. Le fait qu'il n'ait eu que dix ans n'y change rien. Il était, après tout, un prodige dans d'autres domaines.
« Et *lui*, tu l'as tué, Scott ? Tu l'as tué, hein ? Est-ce que tu as tué ton père ? »
Il a la tête baissée. Ses cheveux pendent, masquant son visage. Puis de sous ce rideau sombre monte un unique sanglot, comme un aboiement sec et dur. Il est suivi de silence, mais Lisey voit la poitrine de Scott se soulever, cherchant à se débloquer. Puis :
« J'ui a planté un pic dans la tête pendant qu'y dormait et p'is je l'a jeté dans le vieux puits à sec. C'était en mars, pendant la grosse tempête de pluie et de neige. Je l'a tiré dehors par les pieds. J'a essayé de l'emmener là où Paul l'est enterré mais j'a pas pu. J'a 'ssayé, 'ssayé, mais Lisey y voulait pas partir. Il était comme la première petite pelle. Alors je l'ai jeté dans le puits. À ce que je sais, il y est toujours, même si lors de la vente aux enchères de la ferme j'ai... je... Lisey... je... je... j'ai eu *peur*... »
Il tend les bras à l'aveuglette vers elle et, si elle n'avait pas été là, il serait tombé face contre terre, mais elle est *là* et alors ils sont
Ils sont
Sans qu'elle sache comment ils sont

16

« *Non !* » gronda Lisey. Elle rejeta le menu, si trituré à présent qu'il formait presque un tube, dans la boîte en cèdre dont elle claqua violemment le couvercle. Mais il était trop tard. Elle était allée trop loin. Il était trop tard car

17

Sans qu'elle sache comment, ils sont dehors sous la neige qui tombe dru.

Elle l'a pris dans ses bras sous l'arbre miam-miam, et puis
(barrés ! nardés !)
ils sont dehors sous la neige.

18

Lisey était assise dans sa cuisine, les yeux clos, la boîte en cèdre sur la table devant elle. Le soleil entrant à flots par la fenêtre à l'est faisait derrière ses paupières une soupe à la betterave rouge sombre qui palpitait au rythme de son cœur – un rythme qui était à présent beaucoup trop rapide.

Elle pensa : *D'accord, celui-là est passé au travers. Mais je peux bien vivre avec un seul, je pense. Un seul ne va pas me tuer.*

*J'a 'ssayé, 'ssayé.*

Elle ouvrit les yeux et regarda la boîte en cèdre posée là sur la table. La boîte qu'elle avait si diligemment cherchée. Et repensa à quelque chose que le père de Scott avait dit à son fils. *Les Landon – et les Landreau avant eux – se séparent en deux catégories : les jobrés et la crapouasse.*

La crapouasse était – entre autres choses – une sorte de folie homicide.

Et les jobrés ? Scott l'avait rancardée sur ceux-là ce même soir. Les jobrés c'étaient les catatoniques classiques à l'état végétatif, comme sa propre sœur, là-bas à Greenlawn.

« Si t'as fait tout ça pour que je sauve Amanda, Scott, chuchota Lisey, tu peux laisser tomber. C'est ma sœur et je l'aime, mais quand même pas autant que ça. J'accepterais de retourner dans ce... dans cet *enfer*... pour toi, Scott, mais pour elle non, ni pour personne d'autre. »

Au salon la sonnerie du téléphone se déclencha. Lisey sursauta comme si on l'avait poignardée sur sa chaise, et poussa un cri perçant.

## IX. Lisey et le Prince Noir des Incups
## (Le Devoir d'Amour)

### 1

Si Lisey n'avait pas sa voix de d'habitude, Darla ne le remarqua pas. Elle se sentait trop coupable. Et aussi trop heureuse et soulagée. Canty rentrait de Boston afin d'« aider pour Mandy ». Comme si elle y pouvait quelque chose. *Comme si quelqu'un y peut quelque chose, y compris Hugh Alberness et le personnel de Greenlawn au complet,* pensa Lisey en écoutant Darla continuer à chabraquer.

*Toi tu y peux quelque chose,* murmura Scott – Scott qui aurait toujours son mot à dire. Il semblait que même la mort n'arriverait pas à l'arrêter. *Tu peux, babylove.*

« ...entièrement son idée, assurait Darla.

– Mmm-mmm », dit Lisey. Elle aurait pu faire observer que Canty serait encore en train de prendre du bon temps à Boston avec son mari, totalement ignorante du problème d'Amanda, si Darla n'avait pas éprouvé le besoin de l'appeler (n'était pas allée *mettre son grain de sel,* comme on dit), mais la dernière chose que Lisey souhaitait en cet instant précis était une dispute. Tout ce qu'elle souhaitait, c'était remettre la maudite boîte en cèdre sous le lit *mein gott* et voir si pour commencer elle pouvait oublier qu'elle l'y avait jamais trouvée. Pendant qu'elle parlait à Darla, une autre des vieilles maximes de Scott lui était revenue à l'esprit : plus tu t'escrimes à ouvrir un paquet, moins tu finis par attacher d'importance à ce qu'il contient. Elle était sûre qu'on pouvait étendre ça aux objets perdus – aux boîtes en cèdre, par exemple.

« Son vol arrive au Jetport de Portland un peu après midi, disait Darla tout d'une traite. Elle a dit qu'elle allait louer une voiture mais j'ai dit non c'est stupide, j'ai dit je vais descendre à Portland te chercher. » Là elle s'interrompit, reprenant son souffle pour la dernière ligne droite. « Tu pourrais nous retrouver là-bas Lisey. Si tu voulais. Nous pourrions aller déjeuner au *Snow Squall* – juste nous les filles comme au bon vieux temps. Puis nous pourrions monter à Auburn voir Amanda. »

*Du bon vieux temps de qui tu me parles là ?* pensa Lisey. *Le bon vieux temps où tu me tirais les cheveux, ou celui où Canty me pourchassait en m'appelant Miss Lisa Sans Nénés ?*

Ce qu'elle dit fut, « Tu y vas et je vous rejoindrai si je peux, Darl. J'ai des choses à faire ic...

« Tu cuisines encore ? » Maintenant qu'elle avait confessé avoir culpabilisé Cantata pour la faire remonter dans le nord, Darla avait le ton carrément débordant de malice.

« Non, c'est au sujet de la cession des vieux écrits de Scott. » Et en un sens, c'était la vérité. Car quelle que soit l'issue de l'affaire Dooley/McCool, elle tenait à ce que le bureau de Scott soit définitivement *vidé*. Fini de lambiner. Que les écrits s'en aillent à Pitt, c'était sans aucun doute *là* qu'était leur place, mais à la condition expresse que son pote le Prof n'ait rien à faire avec eux. Qu'Hurluberlu aille se faire pendre.

« Ah, dit Darla, sur le ton impressionné qui convenait. Ah alors, dans *ce* cas...

– Je vous rejoindrai si je peux, répéta Lisey. Sinon, je vous verrai toutes les deux cet après-midi, à Greenlawn. »

C'était OK pour Darla. Elle énuméra les détails du vol de Canty, que Lisey nota docilement avant de raccrocher. Et zut, elle supposait même qu'elle risquait de descendre à Portland. Au minimum, ça l'éloignerait de chez elle – du téléphone, de la boîte en cèdre, et de la plupart des souvenirs qui semblaient maintenant suspendus au-dessus de sa tête comme le contenu de quelque terrible *piñata* prête à rompre.

Et puis, avant qu'elle ait pu l'empêcher, un autre lui tomba sur le coin du nez. Elle pensa : *Tu ne t'es pas contentée de... gicler en un clin d'œil de sous le saule pour te retrouver sous la neige, Lisey. Il y a eu un petit peu plus que ça. Il t'a emmenée...*

« *NON !* » cria-t-elle, et sa main s'abattit sur la table. D'entendre son propre cri la terrifia mais cela fonctionna, faisant joliment et complètement dérailler le train dangereux de ses pensées. Il se reformerait cependant – c'était bien là le problème.

Lisey considéra la boîte en cèdre sur la table. Du même regard qu'une femme pourrait adresser à un brave toutou bien-aimé qui l'aurait mordue sans aucune raison apparente. *Toi tu retournes sous le lit,* pensa-t-elle. *Sous le lit* mein Gott, *et ensuite ?*

« Ensuite, Nard, Fin », dit-elle. Puis elle sortit de la maison et traversa la cour direction la grange en tenant la boîte en cèdre loin devant elle comme si elle renfermait quelque chose d'extrêmement fragile ou de hautement explosif.

2

La porte de son bureau était ouverte. Partant du seuil, un brillant rectangle de lumière électrique se projetait sur le sol de la grange. La dernière fois que Lisey s'était trouvée là, elle était ressortie en riant. Ce qu'elle avait *oublié*, c'est si elle avait laissé la porte ouverte ou fermée. Elle *pensait* que la lumière était éteinte, pensait ne l'avoir jamais allumée pour commencer. Mais si l'on va par là, à un certain moment, elle aurait mis sa main à couper que la boîte en cèdre de Bonne Ma était au grenier. Était-il possible que l'un des adjoints soit entré ici jeter un coup d'œil et ait laissé cette lumière allumée ? Lisey supposa que c'était possible. Elle supposa que tout était possible.

Serrant la boîte contre sa poitrine, presque comme une arme défensive, elle s'approcha de la porte ouverte du bureau et regarda à l'intérieur. Le bureau était désert... *semblait* désert... mais...

Sans se sentir le moins du monde ridicule, elle colla un œil à la fente entre la porte et le chambranle. Il n'y avait pas de « Zack McCool » embusqué derrière. Il n'y avait personne embusqué derrière. Mais quand elle regarda pour la deuxième fois dans le bureau, elle vit que le voyant des messages sur le répondeur affichait encore un **1** rouge lumineux. Elle entra, et coinçant la boîte sous un bras, appuya sur le bouton **LECTURE**. Il y eut une seconde de silence, puis la voix calme de Jim Dooley s'éleva.

« Médème, je croyais qu'on s'avait mis d'accord pour huit heures hier au soir, dit-il. Main'nant je vois des flics partout dans les entours. On dirait que vous comprenez pas bien que cette affaire est tout ce qu'y a de sérieux, quoique j'aurais cru qu'un chat crevé dans la boîte aux lettres serait un truc pas trop difficile à comprendre pourtant. » Un silence. Elle posa les yeux sur le répondeur, fascinée. *Je l'entends respirer*, pensa-t-elle. « Je vous dis à plus, médème », conclut-il.

« Va te faire touffe, chuchota-t-elle.

– Oh, médème, v'là qu'est pas – qu'*n'est* pas – gentil-gentil », dit Jim Dooley, et un instant, elle crut que le répondeur lui avait, ben, quoi, répondu. Puis elle s'avisa que cette deuxième version de la voix de Dooley était en technicolor, pour ainsi dire, et s'était élevée derrière elle. Avec encore une fois l'impression d'être l'habitante d'un de ses rêves, Lisey Landon se retourna pour lui faire face.

3

Elle fut affligée par sa banalité. Même planté comme il l'était sur le pas de la porte de son petit bureau avec un revolver dans une main (il tenait ce qui ressemblait à un sac contenant un casse-croûte dans l'autre), elle n'était pas sûre qu'elle aurait pu l'identifier dans une rangée de suspects, pour peu que les autres hommes alignés soient également minces, vêtus de vêtements de travail kaki en tissu d'été léger, et coiffés de casquettes de base-ball des *Sea Dogs* de Portland. Il avait un visage étroit et sans une ride, des yeux bleu vif – la physionomie d'un million de Yankees, autrement dit, sans parler de six ou sept millions d'hommes du centre-Sud et du Sud profond. Il pouvait faire un mètre quatre-vingt ; il pouvait faire un petit peu moins. Les poils follets qui s'échappaient de la bordure de sa casquette de base-ball étaient d'un châtain blondasse parfaitement ordinaire.

Lisey regarda dans l'œil noir du revolver qu'il tenait et sentit la force quitter ses jambes. Ça c'était pas un .22 bas de gamme, c'était le truc balèze, le gros automatique (elle pensait que c'était un automatique) capable de faire un gros trou. Elle s'assit sur le bord de son bureau. Si le bureau n'avait pas été là, elle était à peu près sûre qu'elle se serait étalée par terre. L'espace d'un instant, elle fut quasiment certaine qu'elle allait se pisser dessus, mais elle réussit à se retenir. Pour le moment, du moins.

« Prenez ce que vous voulez, murmura-t-elle entre des lèvres comme anesthésiées à la Novocaïne.

– Montez, médème, dit-il. On en parlera là-haut. »

L'idée de se trouver dans le bureau de Scott avec ce bonhomme l'emplit d'horreur et de répulsion. « Non, non. Prenez ses papiers et allez-vous-en. Fichez-moi la paix. »

Il la dévisagea patiemment. Au premier regard, tu lui aurais donné trente-cinq ans. Puis tu distinguais les petites pattes-d'oie aux coins de ses yeux et de sa bouche et tu te rendais compte qu'il devait en avoir cinq de plus, cinq au moins. « En haut, médème, sauf si vous z'avez'envie de commencer par une balle dans le pied. Ça serait pas z'agréable pour causer z'affaires. Y a un tas d'os et de tendons dans le pied de qu'unqu'un.

– Vous n'allez pas... vous n'oserez pas... le bruit... » Sa voix lui semblait plus lointaine à chaque mot. C'était comme si sa voix était dans un train, et que le train quittait la gare ; sa voix, penchée à la fenêtre, lui souhaitait affectueusement au revoir. *Ciao-ciao, petite Lisey, Petite Voix doit s'en aller maintenant, bientôt tu seras muette.*

« Oh, le bruit me gênerait pas un poil, dit Dooley, l'air amusé. Vos voisins d'à côté sont partis – au travail, j'imagine – et vôtre 'tit flic de compagnie l'est allé faire un tour. » Son sourire s'estompa, mais il réussit encore à paraître amusé. « Hé, z'êtes toute grise. Je crois que vous z'avez'eu z'un choc au système. Je crois que vous z'allez joliment nous tomber dans les pommes, médème. M'économiser du tracas si vous faites ça.

– Arrêtez... arrêtez de m'appeler... » *Médème* était le mot par lequel elle souhaitait finir, mais il lui sembla qu'une série d'ailes se repliaient sur elle, des ailes d'une nuance de gris de plus en plus sombre. Avant qu'elles ne soient trop noires et trop épaisses pour voir au travers, elle eut faiblement conscience de Dooley se coinçant le revolver dans la ceinture du pantalon (*Fais-toi sauter les couilles*, pensa Lisey comme dans un rêve, *fais-nous une fleur*) et se précipitant en avant pour la rattraper. Elle ne sut pas s'il y parvint. Avant que l'issue ne soit décidée, Lisey s'était évanouie.

4

Elle prit conscience d'une caresse mouillée sur son visage et crut d'abord qu'un chien la léchait – Louise, peut-être. Sauf que Lou était leur Colley autrefois à Lisbon Falls, et Lisbon Falls ça faisait un bail. Scott et elle n'avaient jamais eu de chien, peut-être bien parce qu'ils n'avaient jamais eu d'enfants et que les deux semblaient tout naturellement aller de pair comme le beurre de cacahuètes et la gelée, comme le cul et la ch...

*Montez médème... sauf si vous z'avez'envie de commencer par une balle dans le pied.*

Voilà qui la réveilla tout à fait. Elle ouvrit les yeux et vit Dooley accroupi devant elle, un linge humide dans une main, l'observant ; ces yeux bleu vif. Elle tenta de leur échapper. Il y eut un cliquetis métallique, suivi d'un choc de douleur sourde à l'épaule lorsque quelque chose se tendit et la retint. « *Aohh !*

– Tirez pas brusquement et vous vous ferez pas de mal », dit Dooley comme si c'était la chose la plus raisonnable au monde. Et Lisey supposa que pour un percuté du bulbe comme lui, ça l'était sans doute.

De la musique jouait sur la chaîne stéréo de Scott pour la première fois depuis des lustres, peut-être bien avril ou mai 2004, la dernière fois qu'il était monté pour écrire. *Waymore's Blues*. Pas le Vieux Hank, mais une reprise – par les Crickets, peut-être. Pas à bloc, pas à faire tomber les murs comme Scott poussait toujours le volume, mais assez fort tout de même. Elle devinait très bien

*(je m'en va vous arranger)*

pourquoi Monsieur Jim « Zack McCool » Dooley avait allumé la chaîne stéréo. Elle n'avait pas

*(dans des endroits que vous laissiez pas les garçons toucher)*

envie de penser à ça – ce dont elle avait envie, c'était d'être de nouveau inconsciente, en fait – mais elle semblait incapable de s'en empêcher. « L'esprit est un singe », avait coutume de dire Scott, et même là, assise par terre derrière le bar, un poignet apparemment menotté à une canalisation sous l'évier, Lisey se souvint de l'origine de cette citation : *Dog Soldiers*, de Robert Stone.

*Tu iras te chercher un bon point, petite Lisey ! Cela dit, si tu peux encore, encore* un jour, *aller quelque part.*

« Est-ce que c'est pas la chanson la plus extra ? » dit Dooley en s'asseyant en tailleur à l'entrée du bar. Son sac à casse-croûte en papier brun se trouvait maintenant dans le losange formé par ses jambes repliées. Le revolver était par terre à côté de sa main droite. Dooley considéra Lisey avec sincérité. « Et bourrée de vérité, aussi. Vous z'avez bien fait, vous savez, de vous z'évanouir comme ça – j'vous le dis. » Maintenant elle percevait le Sud dans sa voix, non pas exagérément affecté, comme l'autre trou du cul de fiente molle de Nashville, mais juste un accent, une chose de la vie : *bieng féé... z'évanouireuh con-çà.*

De son sac il sortit un bocal de mayonnaise vide avec l'étiquette Hellman's encore collée dessus. À l'intérieur, un chiffon blanc froissé flottait dans un fond de liquide clair.

« Du chloroforme, annonça-t-il, aussi fier de lui que Smiley Flanders de son orignal. Un type qui disait s'y connaître m'a espliqué comment faire, mais il m'a dit aussi que c'était facile de se planter. Au mieux du mieux, vous vous auriez réveillée avec un méchant mal de crâne, médème. Mais je savais que vous voudreriez pas monter ici. J'avais la tuition de ça. »

Il pointa un doigt vers elle comme un revolver, tout en souriant, et sur la chaîne-stéréo Dwight Yoakam commença à chanter *A Thousand Miles from Nowhere*[1]. Dooley devait avoir trouvé un des CD de compil de musiques de bastringue que Scott s'était faits sur mesure.

« Puis-je avoir un verre d'eau, monsieur Dooley ?

– Hein ? Oh, bien *sûr* ! Le gosier un peu sec, c'est ça ? Un choc au système, ça fait toujours ça à qu'unqu'un. » Il se leva, laissant le revolver où il était – probablement hors d'atteinte, même si elle se jetait en avant jusqu'à la limite autorisée par la chaîne des menottes... et puis, tenter son coup et le rater serait forcément une très mauvaise idée.

Il tourna le robinet. Les canalisations éructèrent et gargouillèrent. Au bout d'une minute ou deux, Lisey entendit le robinet commencer à cracher de l'eau. D'accord, le revolver était sans

---

1. À mille milles de nulle part.

doute hors d'atteinte, mais l'entrejambe de Dooley se trouvait presque exactement au-dessus de sa tête, à une trentaine de centimètres, guère plus. Et elle avait une main libre.

Comme s'il avait lu dans ses pensées, Dooley dit : « Vous pourriez me secouer joliment les burettes de là où vous z'êtes, j'imagine. Mais c'est des Doc Martens que j'ai aux pieds, et vous vous z'avez rien aux mains. Alors faites pas l'idiote, médème, et contentez-vous d'un bon verre d'eau fraîche. Ce robinet a pas z'été t'ouvert depuis belle lurette, mais ça y est, v'là qu'è commence à venir bien bien claire.

– Rincez le verre avant de le remplir », dit-elle. Sa voix rendait un son éraillé, au bord de se briser. « Ils n'ont pas servi depuis longtemps eux non plus.

– Bien reçu, ézécution. » Aussi obligeant que tout un chacun. Rappelait à Lisey n'importe quel habitant du patelin. Lui rappelait son propre Pa, en fait. Sûr, Dooley lui rappelait aussi Gerd Allen Cole, le déséquilibré original 50/51. Un instant, elle faillit tendre la main et lui tordre quand même les roubignoles, rien que pour avoir osé la mettre dans cette posture. Un instant, elle eut le plus grand mal à se retenir.

Puis Dooley se pencha en lui tendant l'un des lourds verres Waterford rempli aux trois quarts. Même si l'eau n'avait pas assez coulé pour être tout à fait limpide, elle paraissait assez claire pour être bue. Elle paraissait même savoureuse. « Doucement mais sûrement, dit Dooley d'un ton empreint de sollicitude. Je vous laisse tenir le verre, mais si vous me le bazardez dessus, je vous pète la cheville. Et si vous me *frappez* avec, je vous pète les deux, même si vous m'avez pas fait saigner. Je suis sérieux, vu ? »

Elle fit oui de la tête, et but l'eau à petites gorgées. Sur la chaîne-stéréo, Dwight Yoakam céda la place au Vieux Hank lui-même posant les éternelles questions : Pourquoi tu ne m'aimes plus comme tu m'aimais ? Pourquoi faut-il que tu me traites comme un soulier usé ?

Dooley s'accroupit, ses fesses touchant presque les talons soulevés de ses bottes, un bras entourant ses genoux. Il aurait pu être un paysan regardant une vache boire au ruisseau dans le coin nord de son champ. Elle jugea qu'il était en alerte, mais pas en alerte *maximum*. Il ne comptait pas qu'elle lui balance le gros verre à eau dans les gencives, et évidemment il avait raison de ne pas y compter. Lisey ne tenait pas du tout à avoir les chevilles pétées.

*Bon sang, j'ai même pas encore pris cette première et super importante leçon de roller en ligne,* pensa-t-elle, *et le mardi soir c'est soirée-célibataires à la patinoire d'Oxford.*

Sa soif étanchée, elle lui tendit le verre. Dooley le prit, l'examina. « Vous êtes sûre que vous voulez pas finir ces deux gorgées, médème – deux petites gorgées de rien du tout ? »

Lisey eut sa soudaine « tuition » perso que Dooley exagérait le côté brave garçon de la campagne. Peut-être intentionnellement, peut-être sans même s'en rendre compte. Cela avait-il quelque importance ? Sans doute pas.

« J'ai assez bu. »

Dooley liquida lui-même les deux dernières gorgées, sa pomme d'Adam coulissant le long de son cou maigre. Puis il lui demanda si elle se sentait un peu mieux.

« Je me sentirai mieux quand vous serez parti.

– Je comprends ça. Je vais pas vous déranger très longtemps. » Il se coinça de nouveau le revolver dans la ceinture et se mit debout. Ses genoux craquèrent et Lisey pensa encore (presque avec émerveillement), *Non, ce n'est pas un rêve. C'est vraiment en train d'arriver.* Il heurta d'un pied distrait le verre qui alla rouler sur la moquette blanc nacré du bureau. Dooley remonta son pantalon. « J'peux pas me permettre de lanterner t'façon, médème. Vôôtre 'tit flic va revenir, lui ou un autre, et j'ai cru comprendre que vous z'avez'aussi une histoire de sœurs su'l'dos, vrai ? »

Lisey ne répondit rien.

Dooley haussa les épaules comme pour dire *Comme vous voudrez* et puis se pencha hors du coin-bar. Pour Lisey, ce fut un instant surréel, parce qu'elle avait vu Scott faire exactement le même geste un nombre incalculable de fois, une main sur chaque montant de l'embrasure sans porte, les pieds sur le plancher brut côté bar, tête et torse dépassant côté bureau. Mais jamais tu aurais fait porter du kaki à Scott, pour rien au monde ; il avait été un inconditionnel du blue-jean toute sa vie. Et aussi, Scott ne s'était jamais dégarni sur l'arrière du crâne. *Mon mari est mort avec une belle tête de cheveux,* pensa-t-elle.

« Vache de beau bureau, commenta-t-il. C'est quoi ? Grenier à foin aménagé ? Sûrement qu'oui. »

Lisey ne dit rien.

Dooley continua de se pencher en se balançant à présent d'avant en arrière, et en tournant la tête d'abord à gauche, puis à droite. *De Dieu, voilà-t-il pas qu'il inspecte à présent*, pensa-t-elle.

« *Vraiment* beau bureau, dit-il. À peu près ce à quoi je m'attendais. Trois pièces – j'appellerais ça des pièces – avec chacune un Velux, autant dire qu'y a un maximum de lumière naturelle. Chez moi dans le Sud, on appelle des endroits tout en long comme ça des maisons en canon de fusil, ou des fois des cabanes en canon de fusil, mais ici ça a rien d'une cabane, pas vrai ? »

Lisey ne dit rien.

Il se tourna vers elle, la mine sérieuse. « Oh, c'est pas que je le jalouse, médème – ni vous non plus, main'nant qu'il est mort. Voyez-vous, j'ai fait un peu de temps à la prison d'État de Brushy Mountain. Peut-être le Prof vous l'aura dit. Et c'est vôtre mari qui m'a aidé à traverser le pire. J'ai lu tous ses livres, et vous savez lequel que j'ai préféré ? »

*Bien sûr*, se dit Lisey. *Les* Démons vides. *Vous avez dû le lire neuf fois.*

Mais Dooley l'étonna. « *La Fille du garde-côte.* Et je l'ai pas seulement aimé, médème, je l'ai *adoré*. Je me suis fait un devoir de relire ce bouquin-là tous les deux trois ans après que je l'ai découvert à la bibiothèque de la prison, et je pourrais vous en réciter des longs passages. Vous savez quel moment que j'ai préféré ? Quand le Gene y finit par se rebiffer et qu'y dit à son père qu'y s'en va, que ça lui plaise ou non au vieux. Vous savez ce qu'y lui dit à ce misérable vieux débrile, 'scusez mon français ? »

*Ouais, qu'il n'a jamais compris le devoir d'amour*, pensa Lisey, mais elle ne dit rien. Dooley ne sembla guère s'en soucier ; il était lancé maintenant, dans un état second.

« Le Gene y dit que son vieux il a jamais compris le devoir d'amour. Le *devoir d'amour* ! C'est-y pas beau, ça ? Combien qu'on est à avoir *ressenti* quéchose con-ça dans nôtre vie mais sans z'avoir jamais z'eu les mots pour le *dire* ? Mais vôtre mari y l'a fait. Pour tous ceux d'entre nous qui sans ça seraient restés muets, v'là ce qu'il a dit, le Prof. Le bon Dieu a dû l'aimer votre homme, médème, pour lui avoir donné une langue pareille. »

Dooley leva les yeux au plafond. Les tendons de son cou saillirent.

« Le DEVOIR ! D'AMOUR ! Et ceux que Dieu aime, il les ramène au bercaille plus tôt pour être avé Lui. Amen. » Il baissa brièvement la tête. Son portefeuille dépassait de sa poche arrière. Il était retenu par une chaîne. Comme de bien entendu. Les types comme Jim Dooley portaient toujours leur portefeuille retenu par une chaînette fixée à leurs passants de ceinture. Voilà qu'il releva les yeux et dit : « Il méritait un beau bureau comme çui-ci. J'espère qu'il en a bien profité, quand il suait pas sang et eau sur ses créations. »

Lisey pensa à Scott assis au bureau qu'il appelait Grosse Maman Jumbo, assis devant son Mac grand écran et riant d'un truc qu'il venait d'écrire. Mâchouillant une paille en plastique ou alors ses ongles. Chantant parfois avec la musique. S'amusant à péter avec ses aisselles si c'était l'été, qu'il faisait chaud et qu'il était torse nu. Voilà comment il suait sang et eau sur ses toufues créations. Mais elle continua à ne rien dire. Sur la chaîne-stéréo, le Vieux Hank céda la place à son fils. Junior chantait *Whiskey Bent and Hell Bound*[1].

Dooley dit : « Le bon vieux silence méprisant, hein ? D'accord, bonne chance à vous, mais ça vous réussira pas, médème. Pasque je m'en vais vous administrer une petite correction. Je vous servirerai pas le vieux couplet comme quoi ça va me faire plus mal à moi qu'à vous, ça fait pas longtemps qu'on se connaît mais je vous dirai que j'ai appris à bien aimer votre cran et que ça va nous faire mal à tous les deux. Laissez-moi vous dire aussi que j'irai aussi mollo que possible, pasque je veux pas vous le casser tout votre beau courage. Mais – on avait passé un accord et vous vous y avez pas tenu. »

*Un accord ?* Lisey sentit un frisson glacé lui parcourir le corps. Pour la première fois elle eut une représentation claire de l'étendue et de la complexité de la démence de Dooley. Les ailes grises menacèrent de descendre obscurcir sa vision et cette fois-ci elle les repoussa férocement.

Dooley entendit cliqueter la chaîne des menottes (il devait avoir apporté les menottes dans son sac en papier, avec le bocal de mayonnaise) et se tourna vers elle.

---

1. Penchant pour le whisky, penché vers l'enfer.

*Tranquille, babylove*, murmura Scott. *Parle-lui, parle à ce gaillard – fais marcher ton moulin à paroles éperdu.*

Voilà un conseil que Lisey aurait pu se donner toute seule. Tant que la parlotte était de mise, la correction restait différée.

« Écoutez-moi, monsieur Dooley. Nous n'avions passé aucun accord, vous faites erreur sur ce point. » Elle vit son front commencer à se creuser, son expression commencer à s'assombrir, et elle reprit vivement. « Parfois, il n'est pas facile de se comprendre au téléphone, mais je suis prête à collaborer avec vous maintenant. » Elle déglutit et entendit distinctement un cliquetis dans sa gorge. Elle aurait bien avalé un peu plus d'eau, de bonnes longues rasades bien fraîches, mais ça ne semblait pas être le bon moment pour demander. Elle se pencha en avant, fixa ses yeux sur les siens, bleu sur bleu, et parla avec tout le sérieux et la sincérité qu'elle put rassembler. « Je veux dire qu'en ce qui me concerne, j'ai bien compris ce que vous vouliez. Et vous savez quoi ? Vous venez juste de regarder les manuscrits que votre... hmm... votre collègue désire particulièrement. Avez-vous remarqué les classeurs à dossiers noirs dans le bureau du milieu ? »

Voilà qu'il la regardait, les sourcils en haut du front et un petit sourire sceptique errant sur ses lèvres... mais peut-être était-ce seulement sa mine de maquignon. Lisey s'autorisa un espoir. « M'a semblé qu'y avait un bon paquet de cartons en bas, aussi, dit-il. D'autres bouquins, j'ai bien l'impression.

– Ça c'est... » Qu'allait-elle lui dire ? *Ça c'est des nards, pas de l'art ?* Elle supposait que la plupart l'étaient, mais Dooley ne comprendrait pas. *C'est des blagues, la version Scott du poil à gratter et du vomi en plastoc ?* Ça il comprendrait, quant à le croire, sûrement pas.

Il continuait à la regarder avec ce sourire sceptique. Pas une mine de maquignon du tout. Non, ça c'était une mine qui disait *Pendant que vous y êtes, pourquoi que vous essayez pas aussi de me faire courir, médème ?*

« Il n'y a rien dans ces cartons d'en bas que des vieilles copies carbone, des photocopies et des feuilles blanches », dit-elle, et ça résonna comme un mensonge parce que *c'était* un mensonge, et elle était censée dire quoi ? *Vous êtes trop zinzin pour comprendre la vérité, monsieur Dooley ?* Elle préféra poursuivre à toute vitesse. « Tout le bazar que veut Hurluberlu – le bon bazar – se trouve ici en haut. Nouvelles inédites... doubles de lettres à d'autres écrivains... les lettres qu'ils lui ont adressées... »

Dooley renversa la tête en arrière et rit. « Hurluberlu ! Médème, on peut dire que vous avez le même chic que vôtre mari avé les mots. » Puis le rire s'éteignit, et quand bien même le sourire resta sur ses lèvres, il n'y avait plus un brin d'amusement dans ses yeux. Ses yeux ressemblaient à de la glace. « Alors qu'est-ce vous me conseillez de faire ? Du stop jusqu'à Ossford ou Mechanique Fallz pour aller me louer une camionnette, p'is revenir ici embarquer ces classeurs à dossiers ? Et on disait que peut-être, vous pourreriez embaucher un de vos 'tits shérifs adjoints pour m'aider ?

– Je...

– La ferme. » Un doigt pointé sur elle. Plus l'ombre d'un sourire maintenant. « Quoi, si j'étais à partir et à revenir, je pense bien que vous aureriez'une douzaine de dos-gris de la Police d'État en train de m'attendre ici. C'est eux qui m'embarqueraient et médème, laissez-moi vous dire une chose, je mériterais bien dix ans de plus derrière les barreaux pour avoir cru à vos salades.

– Mais...

– Et d'ailleurs, c'est pas ça l'arrangement qu'on avait convenu. L'arrangement, c'était que vous appelleriez le Prof, le vieux Hurluberlu – ah, j'*aime* ça, ma petite médème – et qu'y m'envoirait un émile comme qu'on a l'habitude de faire, et que *lui* y s'arrangerait ensuite pour les papiers. Pas vrai ? »

Une part de lui le croyait réellement. *Devait* le croire, sans quoi pourquoi s'acharnerait-il sur ce couplet quand il n'y avait qu'eux deux en scène ?

« Médème ? » interrogea Dooley. De la sollicitude résonnait dans sa voix. « Médème ? »

S'il y avait une part de lui qui avait besoin de continuer à débiter des mensonges alors qu'ils n'étaient que tous les deux en scène, peut-être était-ce parce qu'il y avait une autre part de lui qui avait besoin qu'on lui mente. Dans ce cas, c'était *cette* part-là de Jim Dooley que Lisey devait essayer d'atteindre. La part qui risquait d'être encore saine d'esprit.

« Monsieur Dooley, écoutez-moi. » Elle avait adopté une voix basse et une élocution lente. C'était la façon qu'elle avait de parler à Scott quand Scott était prêt à s'emballer pour n'importe quoi, d'une mauvaise critique à un travail de plomberie salopé. « Le Professeur Hurlyburly n'a aucun moyen de vous contacter, et quelque part tout au fond de vous, vous le savez. Mais *moi* je peux le contacter. Je l'ai fait. Je l'ai appelé hier soir.

– Vous mentez », dit-il, mais cette fois-ci elle ne mentait pas et il *savait* qu'elle ne mentait pas, et pour une raison étrange, cela le perturbait. Cette réaction-là était exactement l'inverse de celle qu'elle souhaitait provoquer – elle voulait l'apaiser – mais elle pensa qu'elle devait continuer, en espérant que la part saine d'esprit de Jim Dooley était quelque part en lui, à l'écoute.

« Non, je ne mens pas, dit-elle. Vous m'avez laissé son numéro et je l'ai appelé. » Retenant du sien le regard de Dooley. Rassemblant la plus petite parcelle de sincérité qu'elle était capable de trouver avant de replonger dans la Mer de l'Invention. « Je lui ai promis les manuscrits et lui ai demandé d'annuler votre mission, et il m'a dit qu'il ne *pouvait pas* annuler votre mission parce qu'il n'avait plus aucun moyen de vous contacter, il a dit que ses deux premiers e-mails étaient passés, qu'après ça les autres lui étaient reven...

– À menteur, menteur et demi », dit Jim Dooley, et après ça les choses s'enchaînèrent avec une vitesse et une férocité que Lisey trouva difficilement croyables, même si la moindre fraction de seconde de la série de coups et de la mutilation qui suivirent conservèrent leur clarté dans son esprit pour le restant de sa vie, jusqu'au bruit de la respiration rapide et sèche de Dooley, jusqu'à la façon dont sa chemise kaki tendue à craquer au niveau des boutons laissa voir par petits clins d'œil le T-shirt blanc qu'il portait en dessous lorsqu'il la gifla à toute volée, d'abord du revers et puis du plat de la main, du revers et du plat de la main, du revers et du plat de la main, et encore du revers et du plat de la main. Huit baffes en tout, *à-la-huit-on-me-déshérite* chantaient-elles quand elles étaient petites en sautant à la corde dans la poussière de la cour, et la peau de Dooley sur la sienne fit un bruit de petit bois qu'on rompt sur un genou, et même si la main dont il se servit ne portait pas de bague – de ça au moins elle pouvait se réjouir – les quatrième et cinquième gifles lui éclatèrent les lèvres, les sixième et septième firent gicler le sang, et la huitième atterrit assez haut pour s'écraser sur son nez et le transformer en geyser, lui aussi. À la fin de la série, elle pleurait de frayeur et de douleur. Sa tête heurtait à coups répétés la colonne de l'évier du bar, et ses oreilles sifflaient. Elle s'entendit lui crier d'arrêter, qu'il aurait tout ce qu'il voulait si seulement il voulait bien arrêter. Et alors il *arrêta*, et elle s'entendit dire, « Je peux vous donner le manuscript d'un nouveau roman, son dernier roman, il est fini, il l'a achevé un mois avant sa mort sans jamais pouvoir le réviser, c'est un authentique trésor, Hurluberlu va l'adorer. » Elle eut le temps de penser, *Ça c'est plutôt inventif, que vas-tu faire s'il te prend au mot*, mais Jim Dooley se souciait peu de la prendre au mot. Agenouillé devant elle, il haletait bruyamment – on étouffait déjà ici en haut, et si elle avait su qu'elle allait se prendre une raclée dans le bureau de Scott aujourd'hui, elle aurait mis la clim première des choses, c'est sûr – et farfouillait à nouveau dans son sac en papier brun. De grandes auréoles de sueur s'étalaient sous ses bras.

« Médème, je suis z'affreusement désolé de faire ça, mais au moins c'est pas vôtre mouniche », dit-il, et elle eut le temps de remarquer deux choses avant qu'il n'abatte d'un geste vif sa main gauche sur sa poitrine, déchirant d'abord son chemisier puis faisant sauter l'agrafe de devant de son soutien-gorge, exposant ses petits seins qui roulèrent à l'air libre. La première était qu'il n'était pas désolé pour deux sous. La deuxième était que l'objet qu'il tenait dans la main droite sortait à coup quasi sûr du Tiroir du Bazar de sa propre cuisine. Scott l'appelait *la clé d'église de compète de Lisey*. C'était son super ouvre-boîte-décapsuleur Oxo, avec poignées-caoutchouc pour une meilleure prise.

## X. Lisey et les Arguments Contre la Folie
## (Le Bon Frère)

1

*Les arguments contre la folie s'échouent dans un petit froissement doux.*

Ce vers n'arrêtait pas de trotter dans la tête de Lisey tandis qu'elle s'extrayait en rampant du coin-bar, puis traversait lentement l'espace central du long bureau en soupente de son mari défunt en abandonnant une vilaine piste derrière elle : les taches de sang de son nez, sa bouche, et son sein mutilé.

*Le sang s'en ira jamais de cette moquette*, pensa-t-elle, et le vers revint, comme en réponse : *Les arguments contre la folie s'échouent dans un petit froissement doux.*

Il y avait de la folie dans cette histoire, sûr, mais le seul son dont elle se souvenait là tout de suite n'était ni un bourdonnement, ni un ronronnement, *ni* un froissement ; c'était le son de ses hurlements quand Jim Dooley lui avait accroché son ouvre-boîtes de compétition au sein gauche telle une sangsue mécanique. Elle avait hurlé, et puis elle avait tourné de l'œil, et puis il l'avait giflée pour la réveiller et lui dire encore une chose. Après quoi, il l'avait laissée retomber dans les pommes, mais il lui avait épinglé un petit mot au chemisier – après l'avoir obligeamment débarrassée de son soutien-gorge cassé et lui avoir reboutonné le chemisier jusqu'en haut, voyez-vous ça – pour s'assurer qu'elle n'oublie pas. Pas besoin du petit mot. Elle se rappelait parfaitement ce qu'il avait dit.

« J'ai intérêt à avoir des nouvelles du Prof d'ici huit heures ce soir, sinon la prochaine fois, ça saignera vachement plus. Et soignez-vous *vous-même*, médème, vous entendez bien ce que je vous dis, là ? Si vous dites à qu'unqu'un que chuis venu, je vous tue. » Voilà ce que Dooley avait dit. À quoi le billet épinglé à son chemisier avait ajouté : *Qu'on en finisse avec cette histoire, vous et moi serons plus heureux ensuite. Signé : votre bon ami, « Zack » !*

Lisey n'avait aucune idée du temps qu'elle était restée évanouie la seconde fois. Tout ce qu'elle savait c'était que lorsqu'elle avait repris connaissance, son soutien-gorge cassé gisait au fond de la corbeille à papiers et le petit mot était épinglé sur le côté droit de son chemisier. Le côté gauche était imbibé de sang. Elle l'avait déboutonné juste assez pour risquer un rapide coup d'œil et, gémissante, avait détourné le regard. Ça semblait pire que ce qu'Amanda s'était jamais infligé à elle-même, y compris le coup du nombril. Quant à la douleur... tout ce qu'elle se rappelait c'était un truc énorme, oblitérant tout.

Les menottes avaient été ôtées, et Dooley lui avait même laissé un verre d'eau. Lisey le but avec avidité. Quand elle voulut se mettre debout, cependant, ses jambes tremblaient trop pour la porter. Aussi s'était-elle extraite du coin-bar à quatre pattes, abandonnant une traînée de sang et de sueur sanguinolente sur la moquette de Scott (bah, elle n'avait jamais aimé ce blanc nacré de toute façon, ça attrapait toutes les saletés), cheveux plaqués au front, larmes séchant sur les joues, sang séchant en croûte sur le nez, les lèvres et le menton.

D'abord, elle avait pensé qu'elle se dirigeait vers le téléphone, sans doute pour appeler l'adjoint Buttercluck en dépit de l'avertissement de Dooley et de l'échec des services du Shérif de Castle County à la protéger du premier coup. Puis ce vers d'un poème

*(les arguments contre la folie)*

commença à lui trotter dans la tête et elle aperçut la boîte en cèdre de Bonne Ma qui gisait renversée sur la moquette entre l'escalier descendant à la grange et le bureau en érable que Scott s'amusait à appeler Grosse Maman Jumbo. Le contenu de la boîte jonchait la moquette comme des détritus épars. Elle comprit que la boîte et son contenu éparpillé avaient été sa destination depuis le début. Elle voulait tout particulièrement cette chose jaune qu'elle apercevait drapée sur la forme pourpre roulée du menu de *La Ramure de Cerf*.

*Les arguments contre la folie s'échouent dans un petit froissement doux.*

Un poème de Scott. Il en écrivait peu, et ceux qu'il écrivait il ne les publiait quasiment jamais – il prétendait qu'ils n'étaient pas bons, et qu'il les écrivait juste pour lui. Mais elle avait trouvé celui-là *très* bon, quand bien même elle n'était pas entièrement sûre de savoir ce qu'il signifiait, ni même de quoi il parlait. Elle avait particulièrement aimé ce premier vers, car parfois, c'est vrai, on entendait carrément les choses *tomber à côté*, non ? Elles chutaient, niveau après niveau, laissant un trou à travers lequel on pouvait regarder. Ou tomber soi-même, si on n'y prenait pas garde.

MIRALBA, *babylove. Tu es en train de pencher vers l'entrée du terrier, alors arrime-moi ça bien comme il faut.*

Dooley avait dû apporter la boîte en cèdre de Bonne Ma à l'étage, pensant qu'elle avait un rapport avec ce qu'il voulait. Des types comme Dooley et Gerd Allen Cole, alias Blondie, alias Mister Ding-Dong pour les Freesias, croyaient que *tout* avait un rapport avec ce qu'ils voulaient, non ? Leurs cauchemars, leurs phobies, leurs inspirations sous le coup de minuit. Qu'est-ce que Dooley avait pensé trouver dans la boîte en cèdre ? Une liste secrète des manuscrits de Scott (peut-être codée) ? Dieu sait. Toujours est-il qu'il l'avait vidée, n'avait vu là-dedans qu'un ramassis de babioles inintéressantes (inintéressantes pour lui, du moins), et puis avait traîné la veuve Landon un peu plus avant dans le bureau, cherchant un endroit où la menotter avant qu'elle ne reprenne connaissance. Les canalisations sous l'évier du bar avaient sympathiquement fait l'affaire.

Lisey rampait lentement mais sûrement vers le contenu répandu de la boîte, les yeux rivés sur le carré de laine jaune. Elle se demandait si elle l'aurait retrouvé toute seule. Elle avait idée que la réponse était non ; elle avait eu sa dose de souvenirs. Maintenant, cependant…

*Les arguments contre la folie s'échouent dans un petit froissement doux.*

C'est ce qu'il semblait. Et si son précieux rideau pourpre finissait par s'échouer, produirait-il ce même son triste et doux ? Elle n'en serait pas étonnée du tout. Il n'avait jamais été beaucoup plus que de la toile d'araignée filée, pour commencer ; vois un peu tout ce qu'elle s'est déjà rappelé.

*Pas plus, Lisey, tu n'oseras pas, chut.*

« Chut toi-même », croassa-t-elle. Son sein outragé palpitait et brûlait. Scott avait eu sa blessure à la poitrine ; à présent elle avait la sienne. Elle pensa à lui, remontant sa pelouse ce soir-là, émergeant des ombres pendant que Pluto aboyait aboyait aboyait à côté. Scott lui tendant ce qui auparavant était une main et n'était désormais plus qu'un caillot de sang d'où dépassaient des choses ressemblant vaguement à des doigts. Scott lui disant que c'était un nard-de-sang, et que c'était pour elle. Scott plus tard mettant cette viande hachée à tremper dans une cuvette remplie de thé peu corsé en lui disant que c'était quelque chose

*(c'est Paul qui y a pensé)*

que son frère lui avait montré. Lui disant que tous les Landon cicatrisaient vite, ils avaient intérêt. Ce souvenir alla s'échouer à l'étage en dessous auprès du précédent, celui d'elle et Scott assis sous l'arbre miam-miam quatre mois plus tard. *Le sang coulait comme un rideau*, lui avait raconté Scott, et Lisey avait demandé si Paul avait fait tremper ses coupures dans le thé ensuite et Scott avait dit non.

*Chut, Lisey – il n'a jamais dit ça. Tu n'as jamais demandé et il n'a jamais dit.*

Mais *si*, elle avait demandé. Elle lui avait demandé toutes sortes de choses et Scott avait répondu. Pas à ce moment-là, pas sous l'arbre miam-miam, mais plus tard. Ce soir-là, au lit. Leur deuxième nuit à *La Ramure de Cerf*, après avoir fait l'amour. Comment aurait-elle pu oublier ?

Lisey resta étendue un moment sur la moquette blanc nacré, à se reposer. « Jamais oublié, dit-elle. C'était dans le pourpre. Derrière le rideau. Grande différence. » Elle fixa son regard sur le carré jaune et recommença à ramper.

*Je suis à peu près sûr que le bain de thé est venu plus tard, Lisey. Ouais, j'en suis sûr.*

Scott étendu près d'elle, fumant, regardant la fumée de sa cigarette monter monter, jusqu'à cet endroit où elle disparaissait. De la façon dont Scott lui-même parfois disparaissait.

*Je le sais, parce qu'à cette époque, j'faisais des fractions.*

*À l'école ?*

*Non, Lisey.* Il avait dit ça sur un ton qui en disait plus long, qui insinuait qu'elle aurait dû s'en douter. Sparky Landon n'avait jamais été ce genre de Papa. *Moi et Paul on f'sait l'école à la maison. Papa appelait l'école publique Le Clos aux Ânes.*

*Mais les coupures de Paul ce jour-là – le jour où tu as sauté du banc – elles étaient profondes ? Pas juste des égratignures ?*

Un long silence pendant lequel il observe la fumée qui monte, s'accumule et disparaît, ne laissant dans son sillage que la traînée de sa fragrance douce-amère. Enfin, tout net : *Papa tranchait profond.*

À cette sèche certitude, il semblait n'y avoir aucune réponse possible, aussi avait-elle gardé le silence.

Et puis il avait dit : *De toute façon, c'est pas ça que tu veux demander. Demande ce que tu veux demander, Lisey. Vas-y. Je te dirai. Mais il faut que tu demandes.*

Soit elle n'arrivait pas à se rappeler ce qui s'était passé ensuite, soit elle n'était pas prête à le faire, mais maintenant elle se rappelait comment ils avaient quitté leur refuge sous l'arbre miam-miam. Il l'avait prise dans ses bras sous ce parapluie blanc et une seconde plus tard ils étaient dehors sous la neige. Et maintenant, rampant à quatre pattes en direction de la boîte en cèdre renversée, le souvenir

*(folie)*

s'échoue

*(dans un petit froissement doux)*

et Lisey autorisa enfin son esprit à croire ce que son second cœur, son cœur secret caché, avait su tout du long. L'espace d'un instant, ils ne s'étaient trouvés ni sous l'arbre miam-miam ni dehors sous la neige mais dans un *autre* endroit. Il y faisait bon et il était empli d'une brumeuse lumière rouge. Il était empli d'appels d'oiseaux lointains et d'odeurs tropicales. Certaines d'entre elles, Lisey les connaissait – frangipanier, jasmin, bougainvillée, mimosa, la terre humide et vivante sur laquelle ils étaient agenouillés tels les amants que bien évidemment ils étaient – mais les plus suaves lui étaient inconnues et elle brûlait de savoir leurs noms. Elle se souvint d'avoir ouvert la bouche pour parler et de Scott posant le bord de sa main

*(chut)*

sur sa bouche. Elle se souvint d'avoir pensé qu'il était bizarre qu'ils soient en tenue d'hiver dans un pays aussi tropical, et elle vit qu'il avait peur. Et puis ils s'étaient retrouvés dehors sous la neige. Ce déluge insensé de neige d'octobre.

Combien de temps étaient-ils restés dans cet endroit-du-milieu ? Trois secondes ? Peut-être même moins. Mais maintenant, rampant parce qu'elle était trop faible et trop choquée pour tenir debout, Lisey acceptait enfin de reconnaître la vérité. Le temps de revenir à *La Ramure de Cerf* ce jour-là, elle avait quasiment achevé de se convaincre que ça n'était pas arrivé. Or c'était arrivé.

« Et arrivé encore, une autre fois, dit-elle. Ce soir-là. »

Elle avait une de ces toufues soifs. Un désir terrible d'avaler un autre verre d'eau, mais évidemment le coin-bar était derrière elle, elle allait dans la mauvaise direction pour l'eau et elle se souvint de Scott chantant une chanson du Vieux Hank en voiture alors qu'ils rentraient chez eux ce dimanche-là, chantant « *All day I've faced the barren waste, Without a single taste of water, cool water*[1]. »

*Tu l'auras ta boisson, babylove.*

« Vrai, je l'aurai ? » Toujours rien qu'un croassement de corbeau. « Sûr qu'une gorgée d'eau me ferait du bien. Ça fait tellement mal. »

À cela il n'y eut aucune réponse, et peut-être n'avait-elle besoin d'aucune. Elle avait enfin rejoint l'éparpillement d'objets autour de la boîte en cèdre renversée. Elle tendit la main vers le carré de laine jaune, le cueillit sur le menu pourpre, et l'emprisonna dans son poing serré. Elle se coucha sur le flanc – celui qui ne la faisait pas souffrir – et le regarda attentivement : les petits rangs de mailles à l'envers et de mailles à l'endroit, les minuscules jours. Il y avait du sang sur ses mains et il s'étala sur la laine, mais elle le remarqua à peine. Bonne Ma avait tricoté des douzaines de couvertures afghanes à partir de carrés comme celui-ci, des « afghanes » rose et gris, des afghanes bleu et or, des afghanes vert mousse et orange flambé. Elles étaient la spécialité de Bonne Ma et elles jaillissaient de ses aiguilles, l'une après l'autre, pendant

---

1. *Tout le jour j'ai affronté le désert aride, Sans une seule gorgée d'eau, d'eau fraîche.*

qu'elle était assise le soir devant la télé allumée. Lisey se souvenait comment, quand elle était petite, elle avait cru que ces couvertures tricotées s'appelaient des « africaines ». Ses cousines (Angleton, Darby, Wiggens et Washburn, aussi bien que des Debusher à ne savoir les compter) avaient toutes reçu des africaines en cadeau quand elles s'étaient mariées ; chacune des filles Debusher en avait reçu au moins trois. Et chaque africaine était livrée avec un carré supplémentaire de même couleur ou même motif. Bonne Ma appelait ces carrés supplémentaires des « régals ». Ils étaient destinés à servir de napperons de table, ou à être encadrés et accrochés au mur. Parce que l'africaine jaune était le cadeau de mariage de Bonne Ma à Lisey et Scott, et parce que Scott avait toujours adoré cette couverture, Lisey avait conservé le régal qui l'accompagnait dans la boîte en cèdre. Maintenant elle était en train de saigner sur sa moquette, le carré de laine à la main, et elle renonça à essayer d'oublier. Elle pensa, *Nard ! Fin !*, et se mit à pleurer. Elle comprit qu'elle était incapable de cohérence, mais peut-être était-ce bien ainsi ; l'ordre viendrait plus tard, si un ordre était requis.

Et si, bien sûr, il y avait un « plus tard ».

*Les jobrés et la crapouasse. Pour les Landon et les Landreau avant eux, ça a toujours été l'un ou l'autre. Et ça ressort toujours.*

Il n'y avait vraiment rien de surprenant à ce que Scott ait reconnu Amanda pour ce qu'elle était – les attitudes tranchantes, il avait connu ça de première main. Combien de fois s'était-il coupé lui-même ? Elle l'ignorait. On ne pouvait déchiffrer ses cicatrices comme on pouvait déchiffrer celles d'Amanda parce que... eh bien, parce que. Le seul épisode d'automutilation dont elle était sûre à cent pour cent – le soir des Serres – avait été spectaculaire pourtant. Et Scott avait appris à couper avec son père, lequel ne portait son couteau sur ses fils que lorsque son propre corps ne suffisait pas à évacuer la crapouasse.

*Les jobrés et la crapouasse. Ça a toujours été l'un ou l'autre. Ça ressort toujours.*

Et si Scott avait réchappé au pire de la crapouasse, que restait-il ?

En décembre 1995, le temps avait viré au froid polaire. Et quelque chose alors commença de se détraquer chez Scott. Il avait une tournée de ses « concerts parlés » programmée pour après le Nouvel An dans des facs du Texas, de l'Oklahoma, du Nouveau

Mexique et de l'Arizona (ce qu'il appelait le Grand Rodéo de l'Ouest Scott Landon 1996), mais il avait appelé son agent littéraire pour lui faire tout annuler. L'agence de réservation avait hurlé au scandale (aucune surprise de ce côté-là, il y avait pour trois cent mille dollars de frais engagés qu'il parlait d'envoyer au fond de la chaise percée), mais Scott avait tenu bon. Il avait dit que la tournée était impossible, dit qu'il était malade. Et il était malade, sûr ; à mesure que cet hiver-là plantait plus profondément ses griffes, Scott Landon avait été un homme malade, en vérité. Lisey avait su dès novembre que quelque chose

2

Elle sait que *quelque chose* va mal chez lui, mais ce n'est pas une bronchite, comme il le prétend. Il ne tousse pas, et sa peau est fraîche au toucher, alors même s'il ne lui laisse pas prendre sa température, ne lui laisse même pas poser sur son front une de ces bandelettes qui affichent la température, elle est à peu près sûre qu'il n'a pas de fièvre. Ça semble être un problème mental plutôt que physique, et ça lui flanque une trouille mortelle. La seule fois qu'elle rassemble assez de courage pour suggérer qu'il aille voir le Dr Bjorn, c'est tout juste s'il ne *lui saute pas à la gorge*, l'accusant d'être une accro aux toubibs « comme tes autres toquées de sœurs ».

Et comment est-elle censée répondre à ça ? Quels sont, exactement, les symptômes qu'il présente ? Est-ce qu'un médecin – même un médecin bien disposé comme Rick Bjorn – les prendrait au sérieux ? Scott a cessé d'écouter de la musique quand il écrit, voilà le symptôme numéro un. Et il écrit peu, voilà pour le deux, bien plus inquiétant que le un. Sa progression sur son nouveau roman – que Lisey Landon, pas grande critique littéraire de son propre aveu, se trouve aimer – s'est ralentie, passant de sa course de lièvre habituelle au train laborieux de la tortue. Plus grave encore... bon Dieu, où est passé son sens de l'humour ? Cette bonne humeur exubérante peut être épuisante, mais son absence soudaine, alors que l'automne laisse la place au temps froid, est parfaitement sinistre ; c'est comme le moment, dans les films d'aventures dans la jungle, où les tambours des indigènes se taisent subitement. Il boit davantage, aussi, et de plus en plus tard dans la nuit. Elle s'est toujours couchée plus tôt que lui – beaucoup plus tôt généralement – mais elle sait quasiment toujours quand il vient la rejoindre et ce qu'elle sent dans son haleine quand il arrive. Elle sait aussi ce qu'elle voit dans les poubelles de son bureau, et à mesure que ses craintes augmentent, elle se fait un devoir de monter regarder tous les deux ou trois jours. Elle a l'habitude de voir des canettes de bière, parfois en grande quantité, Scott a toujours aimé la bière, mais en décembre 1995 et début janvier 1996, elle commence aussi à voir des bouteilles de Jim Beam. Et Scott est maintenant sujet à la gueule de bois. Pour une raison étrange, cela l'inquiète plus que le reste. Parfois il déambule dans la maison – pâle, silencieux, souffrant – jusque dans le milieu de l'après-midi, avant de s'animer enfin. À plusieurs reprises, elle l'a entendu vomir derrière la porte fermée de la salle de bains, et elle sait, à la vitesse à laquelle disparaît l'aspirine, qu'il souffre de douloureux maux de tête. Rien d'étonnant à ça, me direz-vous ; buvez un carton de bières ou une bouteille de Jim Beam entre neuf heures et minuit, et vous en paierez le prix, Patrick. Et peut-être que c'est seulement ça, en effet, mais Scott a toujours été un gros buveur, depuis le soir où elle l'a rencontré dans ce foyer d'université, quand il avait une bouteille planquée dans la poche de son blouson (il l'a partagée avec elle), et jamais il n'a eu plus qu'un léger mal aux cheveux. Maintenant, quand elle voit les cadavres dans sa corbeille à papier et qu'une page ou deux seulement ont été ajoutées au manuscrit de *Lune de Miel d'un hors-la-loi* sur son gros bureau (certains jours il n'y a aucune page nouvelle), elle se demande tout ce qu'il peut bien s'enfiler en plus de ce qu'elle sait.

Pendant un court laps de temps, elle arrive à oublier ses inquiétudes dans la ronde des visites de fin d'année et la cavalcade des courses de Noël. Scott n'a jamais été fana des magasins même quand les affaires sont calmes et les boutiques désertes, mais en cette fin d'année il se jette dans la bousculade avec un formidable entrain. Diable, il sort avec elle tous les jours, jouant des coudes au centre commercial d'Auburn ou dans les boutiques de la grand-rue de Castle Rock. Il est souvent reconnu mais se soustrait avec bonne humeur aux fréquentes demandes d'autographes de gens qui flairent la bonne aubaine, le cadeau unique-facile-et-pascher, en leur disant que s'il ne colle pas aux basques de sa femme, il ne la reverra sûrement pas avant Pâques. Il a peut-être perdu son sens de l'humour mais elle ne le voit jamais se départir de son calme, même quand certains de ceux qui réclament des autographes se font un peu trop pressants, et donc là, pendant un temps, il semble *à peu près* bien, à peu près lui-même malgré la boisson, la tournée annulée, et sa lente progression sur son nouveau livre.

Le jour de Noël lui-même est un jour heureux, avec plein de cadeaux échangés et un gros câlin énergique sous les draps sur le coup de midi. Le déjeuner de Noël a lieu chez Canty et Rich, et au dessert Rich demande à Scott quand il va se décider à produire l'un des films tirés de ses livres. « C'est *là* qu'il y a de l'argent à se faire », dit Rich, semblant ignorer le fait que sur quatre adaptations cinématographiques réalisées à ce jour, trois ont fait un bide. Seule la version tirée des *Démons vides* (que Lisey n'a jamais vue) a cartonné.

Sur le chemin du retour, le sens de l'humour de Scott fait un retour en flèche comme un gros vieux bombardier B-1 et le voilà qui fait une imitation tordante de Rich qui plie Lisey en deux à en avoir des crampes d'estomac. Et quand ils sont de retour à Sugar Top Hill, ils remontent l'escalier pour un *deuxième* câlin sous les draps. Dans le rayonnement d'après l'amour, Lisey se prend à penser que si Scott est malade, alors peut-être que plus de gens devraient attraper ce qu'il a, le monde s'en porterait mieux.

Elle se réveille autour de deux heures du matin dans la nuit du 25, avec une envie pressante, et – l'histoire décidément se répète – il n'est pas au lit. Mais cette fois-ci il ne s'en est pas *allé*. Elle a appris à faire la différence, sans même s'autoriser à savoir ce qu'elle veut dire quand elle pense

*(en allé)*

à cette chose qu'il fait parfois, cet endroit où parfois il va.

Elle fait pipi les yeux fermés en écoutant le vent dehors. À l'entendre, ce vent-là est froid, mais elle ne sait pas ce qu'est le froid. Pas encore. Encore deux semaines et elle saura. Encore deux semaines et elle saura toutes sortes de choses.

Quand elle a fini, elle risque un coup d'œil par la fenêtre de la salle de bains. La fenêtre donne sur la grange et le bureau de Scott dans le grenier à foin aménagé. S'il était là-haut – et quand il est agité en pleine nuit, c'est habituellement là qu'il va –, elle verrait

les lumières, peut-être même entendrait, très ténus, les échos de joyeux carnaval de sa musique rock. Cette nuit, la grange est obscure, et la seule musique qu'elle entend est le sifflement aigu du vent. Cela l'emplit d'un certain malaise ; cela fait naître des pensées dans un coin de sa tête
*(crise cardiaque)*
qui sont trop désagréables pour s'y attarder plus longtemps, et pourtant un peu trop insistantes, compte tenu... compte tenu de son *absence* ces derniers temps... pour qu'elle les ignore tout à fait. Alors au lieu de regagner la chambre en somnambule, elle pousse l'autre porte de la salle de bains, celle qui donne sur le couloir de l'étage. Elle l'appelle et n'obtient aucune réponse, mais elle aperçoit un mince rai d'or de lumière filtrant sous la porte fermée au fond du couloir. Et maintenant, très faiblement, elle entend de la musique venant de là-bas. Pas du rock mais de la country. C'est Hank Williams. Le Vieux Hank qui chante *Kaw-Liga*.

« Scott ? » appelle-t-elle de nouveau, et quand il n'y a aucune réponse, elle se dirige vers cette porte en repoussant ses cheveux de ses yeux, ses pieds nus chuchotant sur une moquette qui finira plus tard au grenier, effrayée sans aucune raison clairement définissable, sinon qu'elle a à voir avec
*(en allé)*
des choses qui ou bien sont finies ou bien devraient l'être. *Tout rangé bouclé*, aurait pu dire Pa Debusher ; en voilà une que ce bon vieux Dandy avait chopée dans la mare, celle où tous nous descendons boire, celle où nous lançons nos filets.

« Scott ? »

Elle reste debout un moment devant la porte de la chambre d'amis tandis qu'une horrible prémonition lui vient : il est assis dans le fauteuil à bascule, mort devant la télévision, mort par sa propre main, pourquoi ne l'a-t-elle pas vu venir, est-ce que tous les symptômes n'étaient pas apparents depuis un mois ou plus ? Il a tenu bon jusqu'à Noël, tenu bon pour elle, mais à présent...

« Scott ? »

Elle tourne le bouton et pousse la porte, et il est dans le fauteuil à bascule tout comme elle l'avait imaginé, mais tout à fait en vie, emmailloté dans son africaine de Bonne Ma préférée, la jaune. Sur l'écran de la télé, le son au minimum, passe son film préféré : *La Dernière Séance*. Ses yeux ne se déplacent pas de l'écran pour se poser sur elle.

« Scott ? Ça va ? »

Ses yeux ne bougent pas, ne cillent pas. Elle commence alors à avoir très peur, et dans un coin de sa tête, un des étranges mots de Scott

*(jobré)*

saute d'une chaîne d'assemblage hantée, et elle le réexpédie d'une tape dans son subconscient avec un juron

*(sapristouffe !)*

à peine articulé. Elle entre dans la pièce et prononce son nom encore une fois. Cette fois-ci, il *cligne* des yeux – merci mon Dieu –, tourne la tête pour la regarder, et sourit. C'est le sourire Scott Landon dont elle est tombée amoureuse la première fois qu'elle l'a vu. Surtout cette façon qu'il a de lui relever le coin des yeux.

« Ohé, Lisey, dit-il. Qu'est-ce que tu fais debout ?

– Je pourrais te poser la même question », dit-elle. Elle cherche l'alcool des yeux – une canette de bière, peut-être une bouteille à moitié vidée de Jim Beam – et n'en voit aucune. C'est bon signe. « Il est tard, tu sais, très tard. »

Il s'ensuit un long silence durant lequel il semble méditer ceci très soigneusement. Puis il dit, « Le vent m'a réveillé. Il faisait battre une gouttière contre le mur de la maison et je n'arrivais pas à me rendormir. »

Elle ouvre la bouche pour parler, puis se tait. Quand on est mariés depuis longtemps – elle suppose que *long* varie d'un mariage à un autre, pour eux il aura fallu à peu près quinze ans – une sorte de télépathie s'installe. Là tout de suite la télépathie lui dit qu'il a quelque chose à ajouter. Alors elle se tait, attendant de voir si elle a raison. D'abord il semble que oui. Il ouvre la bouche. Puis le vent souffle en rafale dehors et elle entend – un trépidement rapide et sourd comme le claquement de dents de métal. Il incline la tête vers le bruit... esquisse un sourire... pas un joli sourire... le sourire de quelqu'un qui cache un secret... et referme la bouche. Au lieu de dire ce qu'il avait l'intention de dire, il reporte son attention sur l'écran de télé, où Jeff Bridges – un très *jeune* Jeff Bridges – et son meilleur copain sont maintenant en route pour le Mexique. Quand ils reviendront, Sam le Lion sera mort.

« Crois-tu que tu pourrais dormir maintenant ? » lui demande-t-elle, et quand il ne répond pas, elle recommence à avoir peur. « Scott ! » dit-elle, un peu plus sévèrement qu'elle n'en avait l'intention, et quand il ramène ses yeux sur elle (à contrecœur, se figure Lisey, bien qu'il ait vu ce film au moins deux douzaines de fois), elle répète sa question plus calmement. « Crois-tu que tu pourrais te rendormir maintenant ?

— Peut-être », accorde-t-il, et elle se rend compte d'une chose qui est à la fois terrible et triste : il a peur. « Si tu dors emboîtée contre moi.

— Bien sûr, alors éteins cette télé et reviens te coucher. »

Il cède, et couchée contre lui elle écoute le vent et savoure la chaleur d'homme qui monte de lui.

Bientôt elle commence à voir les papillons. C'est ce qui lui arrive pratiquement toujours quand elle commence à sombrer dans le sommeil. Elle voit de grands papillons rouges et noirs qui ouvrent leurs ailes dans le noir. Il lui est déjà venu à l'esprit qu'elle les verra quand viendra l'heure de sa mort. L'idée la terrifie, mais rien qu'un peu.

« Lisey ? » C'est Scott, de très loin. Il sombre, lui aussi. Elle le sent.

« Hmmmm ?

— Il aime pas que je parle.

— Qui n'aime pas ?

— Je sais pas. » Très faible et très loin. « Peut-être que c'est le vent. Le vent du nord. Celui qui descend tout droit... »

Les derniers mots pourraient être *du Canada*, le sont sans doute, mais rien ne permet de l'affirmer car à ce moment-là elle est perdue dans le pays du sommeil et lui aussi, et lorsqu'ils vont là-bas ils n'y vont jamais ensemble, et elle craint que cela aussi soit un avant-goût de la mort, un lieu où il peut bien y avoir des rêves mais jamais d'amour, jamais de maison, jamais une main pour tenir la tienne quand des escadrons d'oiseaux traversent le soleil orange flambé à la tombée du jour.

3

Une période de temps s'écoule – quinze jours, peut-être – pendant laquelle elle continue à vouloir croire que les choses s'arrangent. Plus tard, elle se demandera comment elle a pu être aussi stupide, aussi complaisamment aveugle, comment elle a pu confondre la lutte acharnée de Scott pour se cramponner au monde (et à elle !) avec une espèce d'amélioration, mais forcément, quand des fétus de paille sont tout ce que tu as, tu te raccroches à eux.

Et il y en a de beaux, à quoi se raccrocher. Dans les premiers jours de 1996, il semble entièrement cesser de boire, à part un verre de vin pour dîner en deux ou trois occasions, et il sort vaillamment rejoindre son bureau tous les jours. Ce ne sera que plus tard – *plus tard, plus tard, cabochard,* chantaient-elles quand elles étaient petites et bâtissaient leurs premiers châteaux de mots dans le sable du bord de la mare – qu'elle se rendra compte qu'il n'a pas ajouté une seule page au manuscrit de son roman durant ce temps-là, n'a rien fait que boire du whisky en cachette, manger des Certs et s'écrire à lui-même des petits mots incohérents. Fourré sous le clavier du Mac dont il se sert couramment, elle trouvera un papier plié – une feuille de son papier à lettres, en fait, qui porte l'en-tête **EN DIRECT DU BUREAU DE SCOTT LANDON** – où il a gribouillé ces mots *Chaîne de tracteur dit t'arrives trop tard Scoot vieux scoot, encore maintenant.* C'est seulement quand ce vent froid, celui qui descend tout droit de Yellowknife, tonnera autour de la maison, qu'elle verra enfin les profondes coupures en forme de croissant de lune dans la paume de ses mains. Des coupures qu'il n'a pu se faire qu'avec les ongles alors qu'il luttait pour s'accrocher à sa vie et à sa santé mentale comme un alpiniste tente de s'accrocher à une touffue saillie rocheuse en plein blizzard. Ce n'est que plus tard qu'elle découvrira sa planque de bouteilles de Jim Beam vides, plus d'une douzaine en tout, et sur ce point-là au moins elle peut se donner l'absolution, car ces cadavres-là étaient bien cachés.

4

Les deux premiers jours de 1996 sont étonnamment doux pour la saison ; c'est ce que les vieux appellent le Dégel de Janvier. Mais dès le trois janvier, les prévisions météo mettent en garde contre un gros changement, une formidable vague de froid déferlant des étendues glacées du centre du Canada. Les habitants du Maine sont invités à s'assurer que leurs citernes de fioul sont pleines et leurs canalisations parfaitement isolées, et qu'ils disposent de suffisamment d'espace abrité pour leurs bêtes. Les températures vont chuter à moins trente et plus, mais les températures ne sont pas tout, car les vents de tempête porteront le facteur d'abaissement à moins cinquante ou soixante.

Lisey, n'ayant pas réussi à susciter une réelle inquiétude chez Scott, est assez effrayée pour appeler leur entrepreneur en bâtiment. Gary lui certifie que les Landon ont la maison la mieux isolée de tout Castle View et promet qu'il s'assurera que tout va bien chez les sœurs de Lisey (surtout Amanda, cela va sans dire), et lui rappelle que la froidure fait partie des charmes de la vie dans le Maine. Quelques nuits de froid polaire à se blottir entre trois chiens de traîneau et ensuite, en route pour le printemps, dit-il.

Mais quand le froid sous zéro et les vents hurlants finissent par déferler le cinq janvier, c'est pire que tout ce que Lisey peut se rappeler, même en remontant à l'enfance, quand le moindre coup d'orage que petite fille elle chevauchait allègrement semblait prendre les proportions d'une tempête épique et que deux trois flocons de neige étaient un blizzard. Elle règle tous les thermostats de la maison sur vingt-cinq et la nouvelle chaudière tourne en continu, mais entre le six et le neuf, la température à l'intérieur ne monte jamais au-dessus de dix-sept. Le vent ne se contente pas de siffler sous les avant-toits, il pousse des cris stridents comme une femme égorgée pouce par pouce par un forcené : un forcené maniant un couteau émoussé. La neige restée au sol après le Dégel de Janvier est soulevée par les bourrasques qui soufflent à soixante-cinq kilomètres à l'heure (les rafales poussent des pointes à cent, assez pour mettre par terre une demi-douzaine de tours hertziennes en centre Maine et dans le New Hampshire), et emportée par-dessus les champs tels des esprits dansants. Quand ils heurtent les vitres-tempête, leurs particules granuleuses crépitent comme de la grêle.

Au cours de la deuxième nuit de cet extravagant froid canadien, Lisey se réveille à deux heures du matin et Scott a disparu de leur lit encore une fois. Elle le découvre dans la chambre d'amis, encore une fois emmitouflé dans l'africaine jaune de Bonne Ma et regardant encore une fois *La Dernière Séance*. Hank Williams susurre *Kaw-Liga* ; Sam le Lion est mort. Elle a du mal à le tirer de sa torpeur mais finalement elle y réussit. Elle lui demande s'il va bien et Scott répond Ouais, ça va. Il lui dit de regarder par la fenêtre, lui dit que c'est magnifique mais de faire attention, de pas regarder trop longtemps. « Mon père disait que ça peut te brûler les yeux quand c'est aussi lumineux », prévient-il.

Elle reste bouche bée devant tant de beauté. De gigantesques manteaux d'Arlequin dérivent dans le ciel, et ils changent de couleurs sous ses yeux : le vert se transforme en pourpre, le pourpre en vermillon, le vermillon en une sanglante nuance de rouge étrange pour laquelle elle n'a pas de mot. Grenat s'en rapproche peut-être, mais ce n'est pas ça, pas exactement ; elle se dit que personne n'a jamais nommé la nuance qu'elle est en train de voir. Quand Scott la tire par le dos de sa chemise de nuit et lui dit que ça suffit, qu'elle devrait arrêter, elle est stupéfaite de lire l'heure sur l'horloge du magnétoscope et de découvrir qu'elle a contemplé l'aurore boréale par la fenêtre ourlée de givre durant dix minutes.

« Ne regarde plus, dit-il, avec ces inflexions appuyées, traînantes, de quelqu'un qui parle dans son sommeil. Reviens te coucher avec moi, petite Lisey. »

Elle est bien contente de retourner au lit, bien contente de couper ce film assez horrible, de faire sortir Scott de ce fauteuil à bascule et de cette chambre retirée et glaciale. Mais alors qu'elle le conduit par la main dans le couloir, il dit quelque chose qui fait se hérisser sa peau. « Le vent parle comme la chaîne de tracteur et la chaîne de tracteur parle comme mon Papa, dit-il. Et s'il était pas mort ?

– Scott, c'est des conneries tout ça », répond-elle, mais des choses pareilles ressemblent-elles à des conneries en plein milieu de la nuit ? Surtout quand le vent pousse des cris stridents et que le ciel est tellement rempli de couleurs qu'on dirait qu'il lui renvoie ses cris.

Quand elle se réveille la nuit suivante, le vent mugit toujours et cette fois-ci quand elle entre dans la chambre d'amis la télé n'est pas allumée mais il est quand même là en train de la regarder. Il est dans le fauteuil à bascule, emmitouflé dans l'africaine jaune de Bonne Ma, mais il ne lui répond pas, ne la regarde même pas. Scott est là, mais Scott s'est barré aussi.

Il s'est barré jobré.

5

Lisey roula sur le dos dans le bureau de Scott et regarda par la fenêtre de toit juste au-dessus. Son sein la lançait. Sans y penser, elle y appliqua le carré de laine jaune. D'abord, la douleur fut pire encore... et puis elle en retira une petite dose de réconfort. Elle regarda le ciel, pantelante. Elle flairait l'âcre brouet de sueur, de larmes et de sang dans lequel sa peau marinait. Elle gémit.

*Tous les Landon cicatrisent vite, tu avais intérêt.* Si c'était vrai – et elle avait toutes les raisons de croire que ça l'était – alors elle n'avait jamais autant désiré être une Landon qu'en cet instant. Plus Lisa Debusher de Lisbon Falls, l'idée après-coup de Ma et Pa, la petite dernière.

*Tu es qui tu es*, répondit patiemment la voix de Scott. *Tu es Lisey Landon. Ma petite Lisey.* Mais il faisait chaud et elle avait *tellement* mal, maintenant c'était *elle* qui voulait de la glace, et voix ou pas, Scott Landon n'avait jamais semblé aussi touffement mort.

MIRALBA, *babylove*, insista-t-il, mais cette voix-là était lointaine. Lointaine.

Même le téléphone posé sur Grosse Maman Jumbo, d'où elle pouvait théoriquement appeler de l'aide, semblait lointain. Et qu'est-ce qui semblait proche ? Une question. Une question simple, en fait. Comment a-t-elle pu trouver sa propre *sœur* dans cet état et ne pas s'être souvenue d'avoir trouvé son *mari* dans le même état durant la vague de froid de 1996 ?

*Je me suis souvenue*, chuchota son esprit à son esprit alors qu'elle gisait, les yeux tournés vers le ciel, le carré de laine jaune virant au rouge contre son sein. *Je me suis souvenue. Mais me souvenir de Scott dans le fauteuil à bascule, c'était me souvenir de* La Ramure de Cerf *; me souvenir de* La Ramure de Cerf, *c'était me souvenir de ce qui s'était passé quand nous sommes sortis de sous l'arbre miam-miam pour nous retrouver sous la neige ; me souvenir de ça, c'était affronter la vérité sur son frère Paul ; affronter le souvenir vrai de Paul signifiait revenir à cette chambre d'amis glaciale avec l'aurore boréale remplissant le ciel tandis que le vent descendu du Canada, du Manitoba, descendu tout droit de Yellowknife soufflait en rafales. Tu ne vois donc pas, Lisey ? Tout était lié, tout l'a toujours été, et dès lors que tu t'es autorisée à établir le premier lien, à faire tomber le premier domino...*

« Je serais devenue *folle*, geignit-elle. Comme *eux*. Comme les Landon et les Landreau et quiconque encore est au courant de ça. Pas étonnant qu'ils soient devenus dingos, de savoir qu'il y a un monde juste à côté de celui-ci... et que le mur qui les sépare est si *mince*... »

Mais même ça, ce n'était pas le pire. Le pire c'était la chose qui l'avait tellement hanté, la *chose* tigrée à l'interminable flanc pie...

« *Non !* » cria-t-elle d'une voix suraiguë au bureau désert. Elle continua de crier quand bien même la douleur irradiait jusqu'au fond de son être. « *Oh, non ! Arrête ! Fais que ça s'arrête ! Fais que ces CHOSES s'arrêtent !* »

Mais c'était trop tard. Et trop vrai pour le nier plus longtemps, si grand soit le risque de folie. Il y avait réellement un endroit où la nourriture surissait, virait carrément au poison parfois, après la tombée de la nuit et où cette chose au flanc pie, le petit gars long de Scott

*(je vais te faire le bruit que ça fait quand ça te cherche des yeux)*
risquait d'être réel.

« Oh, il est réel, ça oui, chuchota Lisey. Je l'ai vu. »

Dans l'air hanté, désert, du bureau de l'homme défunt, elle se mit à pleurer. À cet instant précis, elle ne savait plus très bien si c'était vrai, ni quand exactement elle avait vu *ça*, si c'était vrai... mais elle le *ressentait* comme vrai. Le genre de bourreau d'espoir que les cancéreux entrevoient dans le verre à eau aux contours flous posé à leur chevet quand tout le médicament est bu, que la pompe à morphine marque **0**, que l'heure est indéfinissable et la douleur encore là, rongeant sans relâche pour s'enfoncer toujours plus loin dans la moelle éveillée de leurs os. Et un bourreau *vivant*. Vivant, malveillant, et avide. Un genre de chose dont elle était sûre que son mari avait cherché, et échoué, à se débarrasser par la boisson. Par le rire. Par l'écriture. Cette chose qu'elle avait failli voir dans ses yeux vides quand il était assis dans la chambre glaciale d'amis avec la télé éteinte et silencieuse cette fois. Il était assis

6

Il est assis dans le fauteuil à bascule, emmitouflé jusqu'aux yeux, fixes, dans l'africaine de Bonne Ma au jaune d'une gaieté infernale. Il regarde à la fois Lisey et à travers Lisey. Il ne répond pas à son nom qu'elle répète avec un affolement croissant et elle ne sait que faire.

*Appeler quelqu'un,* pense-t-elle, *voilà quoi,* et elle repart à toute vitesse dans le couloir vers leur chambre. Canty et Rich sont en Floride et y seront jusqu'à la mi-février, mais Darla et Matt sont tout près et c'est le numéro de Darla qu'elle compte faire, elle se soucie peu de les réveiller au beau milieu de la nuit, elle a besoin de parler à quelqu'un, elle a besoin d'*aide*.

Elle n'obtient pas la communication. La tempête cinglante, celle qui la fait grelotter même en chemise de nuit de flanelle avec en prime un pull par-dessus, celle qui fait ronfler continûment la chaudière au sous-sol pendant que la maison grince et grogne et parfois même *crrraque* de façon alarmante, ce grand vent froid descendu tout droit du Canada a abattu une ligne quelque part sur le View et tout ce qu'elle entend quand elle décroche le téléphone c'est un *mmmmm* idiot. Elle pianote quand même deux ou trois fois sur la touche connexion-déconnexion, parce que c'est ce que tu fais dans ces cas-là, mais elle sait que ça n'y changera rien, et c'est le cas. Elle est seule dans cette grande vieille maison victorienne rénovée sur Sugar Top Hill tandis que le ciel se drape de manteaux d'Arlequin aux teintes folles et que les températures chutent dans des zones de froid qu'il vaut mieux laisser à l'imagination. Si elle tente d'aller frapper chez ses voisins d'à côté, les Galloway, elle sait qu'il y a de fortes chances qu'elle y perde le lobe d'une oreille ou un doigt – peut-être même plusieurs – par engelure. Elle risque, en fait, de mourir gelée sur le pas de leur porte avant d'avoir pu les réveiller. C'est le genre de froid avec lequel tu n'as absolument pas intérêt à plaisanter.

Elle repose le téléphone inutile sur sa base et se hâte, chaussons murmurant, de rebrousser chemin vers lui dans le couloir. Il est tel qu'elle l'a laissé. La bande-son de *La Dernière Séance* en pleine nuit – musique country geignarde typique des années cinquante – était une plaie mais le silence est pire pire archi-pire. Et juste avant qu'une monstrueuse rafale de vent n'empoigne la maison et menace de l'arracher à ses fondations (elle a peine à croire qu'ils aient encore l'électricité, sûrement que ça ne va pas durer), elle comprend pourquoi même le grand vent est un soulagement : elle ne peut pas l'entendre respirer. Il n'a pas l'air mort, il y a même un peu de couleur sur ses joues, mais comment sait-elle qu'il ne l'est pas ?

« Chou ? murmure-t-elle en s'approchant de lui. Trésor, peux-tu me parler ? Peux-tu me regarder ? »

Il ne dit rien, et il ne la regarde pas, mais quand elle pose ses doigts glacés contre son cou, elle trouve la peau chaude à cet endroit-là et elle sent son cœur dans la grosse veine, ou artère, qui bat juste sous la peau. Et quelque chose d'autre. Elle le sent se tendre vers elle. En plein jour, même un plein jour froid, un plein jour venteux (comme celui qui semble saturer tous les extérieurs de *La Dernière Séance*, maintenant qu'elle y pense), elle est sûre qu'elle rigolerait de cette idée, mais pas maintenant. Maintenant elle sait ce qu'elle sait. Il a besoin d'aide, tout autant qu'il en a eu besoin ce jour de Nashville, d'abord quand le forcené l'a touché et puis quand il gisait tremblant sur le macadam brûlant, mendiant de la glace.

« Comment est-ce que je fais pour t'aider ? murmure-t-elle. Comment est-ce que je fais pour t'aider maintenant ? »

C'est Darla qui répond, Darla telle qu'elle était adolescente – « Tout en bec et petits tétons arrogants », avait dit Bonne Ma un jour où elle avait dû être exaspérée outre mesure, car ce style de vulgarité ne lui ressemblait pas.

*Tu vas pas l'aider, alors pourquoi tu parles de l'aider ?* demande Darla, et cette voix-là est si réelle que Lisey renifle presque la poudre Coty pour le visage que Darla avait le droit de mettre (à cause de ses taches) et entend presque claquer son Malabar. *Et vas-y donc !* Darla est descendue à la mare, y a lancé son filet, et a ramené de fameuses prises ! *Il est à la masse, Lisey, il travaille du chapeau, il ondule de la coiffe, il a un pépin dans sa timbale, et la seule façon que t'as de l'aider c'est d'appeler les types en blouse blanche dès que le bigophone sera rétabli.* Lisey entend le rire de Darla – ce rire de parfait mépris adolescent – au centre exact de son crâne tandis qu'elle regarde son mari aux yeux grands ouverts assis dans le fauteuil à bascule. *L'aider !* renifle Darla. *L'AIDER ? D-ou-oux Ché-é-é-ssus !*

Et, malgré, tout Lisey pense qu'elle peut. Lisey pense qu'il y a un moyen.

L'ennui c'est que le moyen de l'aider est potentiellement dangereux et pas du tout garanti. Elle a l'honnêteté de reconnaître qu'elle a créé certains des problèmes elle-même. Elle a délibérément écarté certains souvenirs, comme leur surprenante sortie de sous l'arbre miam-miam, et dissimulé d'insupportables vérités – la vérité sur Paul le Frère Sacré, par exemple – derrière une sorte de rideau dans son esprit. Il y a un certain son

(*le halètement, mon Dieu, cet ignoble grognement rauque*)

là-derrière, et certaines visions

(*les croix le cimetière les croix dans la lumière sanglante*)

aussi. Elle se demande parfois si tout le monde a un rideau comme ça dans son esprit, un rideau avec une zone *interdit-de-penser* derrière. Tout le monde devrait. C'est pratique. Évite des tas de nuits d'insomnie. Il y a toutes sortes de vieux machins poussiéreux derrière le sien ; des trucs *con-ci*, et des trucs *con-ça*, et des trucs *que-personne-i-peut-savoir*. Tout bien considéré, c'est un fameux dédale. *Oh bidide Lizzy, du me stubéfies, mein Gott...* et comment disent les mômes ?

« Z'y va pas », marmonne Lisey, mais elle pense qu'elle va le faire ; elle pense que si elle a la moindre chance de sauver Scott, de le ramener, elle *doit y* aller... où que soit ce *y*...

Oh, mais c'est juste la porte à côté.

Voilà où réside toute l'horreur.

« Tu le sais, hein ? » dit-elle en commençant à pleurer, mais ce n'est pas à Scott qu'elle pose la question, Scott s'est barré là où vont les jobrés. Il était une fois, sous l'arbre miam-miam où ils étaient assis protégés du monde par une étrange neige d'octobre, il avait parlé de son métier d'écrire des histoires comme d'une espèce de folie. Elle avait protesté – elle, pragmatique Lisey, pour qui tout était idem – et il avait dit, *Tu ne comprends pas l'aspect* barré *de la chose. J'espère que tu auras toujours cette chance-là, petite Lisey.*

Mais ce soir, pendant que tonne le vent descendu tout droit de Yellowknife et que le ciel se drape de teintes folles, son stock de chance est épuisé.

### 7

Couchée sur le dos dans le bureau de son mari défunt, tenant le régal ensanglanté contre son sein, Lisey dit : « Je me suis assise à côté de lui et j'ai extrait sa main de sous l'africaine pour pouvoir la tenir. » Elle déglutit. Il y eut un cliquetis dans sa gorge. Elle voulait encore de l'eau mais ne se faisait pas confiance pour tenir debout, pas encore. « Sa main était chaude mais le plancher

### 8

Le plancher est froid même à travers la flanelle de sa chemise de nuit et la flanelle de ses caleçons longs et la culotte en soie en dessous des caleçons. Cette pièce, comme toutes les autres à l'étage, a un chauffage par les plinthes qu'elle peut sentir si elle tend la main qui ne tient pas celle de Scott, mais c'est un piètre réconfort. La chaudière qui tourne sans relâche envoie la chaleur vers le haut, les plinthes la restituent dans la pièce, elle rampe sur environ vingt centimètres sur les lames du plancher... et puis, pouf ! Disparue. Comme les bandes rouges sur les poteaux des échoppes de barbiers. Comme la fumée de cigarette quand elle arrive au plafond. Comme les maris, parfois.

*Peu importe que le plancher soit froid. Peu importe que ton cul vire bleu. Si tu peux faire quelque chose pour lui, fais-le.*

Mais quel est ce quelque chose ? Par où est-elle censée commencer ?

La réponse semble apportée par le coup de vent suivant. *Commence par la cure de thé.*

« Il-m'en-a-jamais-parlé-parce-que-j'ai-jamais-demandé. » Cela sort si vite d'elle que ça pourrait quasiment être un seul long mot exotique.

Auquel cas, c'est un mensonge exotique en un seul mot. Il a répondu à sa question sur la cure de thé ce soir-là à *La Ramure de Cerf*. Au lit, après l'amour. Elle lui a posé deux ou trois questions, mais celle qui comptait, la question *clé*, c'était en fait celle-là, la première. Simple, aussi. Il aurait pu répondre par un bon vieux oui ou non, mais quand Scott Landon avait-il jamais répondu à *aucune* question par un bon vieux oui ou non ? Et cette question en définitive était le bouchon qui fermait le goulot de la carafe. Pourquoi ? Parce qu'elle les avait ramenés à Paul. Et parce que l'histoire de Paul était, essentiellement, l'histoire de sa mort. Et que la mort de Paul conduisait à...

« Non, de grâce », chuchote-t-elle, et elle s'avise qu'elle est en train de lui presser la main beaucoup trop fort. Scott, naturellement, n'émet aucune protestation. Dans la parlure des Landon, il est barré jobré. Ça avait un côté marrant dit de cette façon, un peu comme une blague dans *Hee-Haw*.

*Dis, Buck, où est Roy ?*
*Ben, j'vais te dire, Minnie – Roy est barré jobré !*
*(Le public hurle de rire.)*

Mais Lisey ne rit pas, et elle n'a besoin d'aucune de ses voix intérieures pour lui dire que Scott est barré en Pays Jobré. Si elle veut le ramener, primo elle doit le suivre.

« Oh Seigneur *non*, gémit-elle, car ce que cela signifie se profile déjà à l'arrière-plan de son esprit, une grande forme dissimulée sous de nombreux voiles. Oh Seigneur, oh Seigneur, est-ce que je dois vraiment ? »

Le Seigneur ne répond pas. Elle ne tient pas non plus à ce qu'Il le fasse. Elle sait ce qu'elle doit savoir, ou au moins par où elle doit commencer : elle doit se souvenir de leur deuxième nuit à *La Ramure de Cerf*, après l'amour. Ils commençaient à s'assoupir, et elle avait pensé, *Que diantre, c'est sur le Grand Frère Sacré que tu veux savoir des choses, pas sur le Vieux Papa Démon. Vas-y et demande-lui.* Alors elle l'a fait. Assise par terre, la main de Scott (qui se rafraîchit) entre les siennes, le vent tonnant au-dehors et le ciel s'emplissant de couleurs folles, elle glisse un œil sous le rideau qu'elle a tendu pour dissimuler ses pires, ses plus troublants souvenirs, et se revoit lui demander pour la cure de thé. Lui demander

9

« Après cet épisode du banc, est-ce que Paul a fait tremper ses coupures dans du thé, comme toi ta main ce soir-là à mon appartement ? »

Il est au lit près d'elle, le drap remonté jusqu'aux hanches si bien qu'elle aperçoit les premières boucles de sa toison pubienne. Il est en train de fumer ce qu'il appelle *la post-coïtum toujours fabuleuse cigarette*, et la seule lumière dans la chambre est celle de la lampe sur son chevet à lui. À la lueur rose fanée de cette lampe, la fumée s'élève et disparaît dans l'ombre, l'incitant à s'interroger brièvement

*(y a-t-il eu un son, un brusque tassement de l'air sous l'arbre miam-miam quand nous sommes partis, quand nous sommes sortis)*

sur une chose qu'elle travaille déjà à se sortir de l'esprit.

Entretemps, le silence s'étire. Elle a pratiquement décidé qu'il ne répondrait pas quand il le fait. Et au ton de sa voix elle est convaincue que, s'il se taisait, c'était parce qu'il réfléchissait soigneusement et non par réticence. « Je suis quasiment sûr que la cure de thé est venue plus tard, Lisey. » Il réfléchit encore un peu, approuve de la tête. « Ouais, je sais que c'est plus tard, parce qu'à ce moment-là j'faisais des fractions. Un tiers plus un quart égale sept douzièmes, des machins con-ça. » Il se fend d'un grand sourire... mais Lisey, qui commence à bien connaître son répertoire d'expressions, pense que c'est un sourire nerveux.

« À l'école ? demande-t-elle.

— Non, Lisey. » Son ton de voix dit qu'elle devrait s'en douter, et quand il parle encore, elle sent revenir dans sa voix cette puérilité

*(j'a 'ssayé, 'ssayé)*

proprement effrayante. « Moi et Paul on f'sait l'école à la maison. Papa appelait l'école publique le Clos aux Ânes. » Sur la table de chevet, à côté de la lampe, il y a un cendrier posé sur la couverture de son vieil exemplaire d'*Abattoir Cinq* (Scott emporte un livre avec lui où qu'il aille, sans aucune exception), et il y expédie sa cigarette d'une pichenette. Dehors, le vent souffle en rafales et la vieille auberge craque.

Il semble soudain à Lisey que ce n'est peut-être pas une si bonne idée que ça en fin de compte, que la bonne idée serait de rouler simplement sur le côté et de s'endormir, mais elle a double cœur et sa curiosité l'aiguillonne. « Et les coupures de Paul ce jour-là – le jour où tu as sauté du banc – elles étaient profondes ? Pas juste des égratignures ? Je veux dire, tu sais comment les gosses voient les choses... n'importe quelle canalisation crevée ressemble à une inondation... »

Elle laisse sa phrase en suspens. Il y a un très long silence pendant lequel il observe la fumée de sa cigarette qui s'élève hors du halo de la lampe et disparaît. Quand il reprend la parole, sa voix est froide, nette, sûre. « Papa tranchait profond. »

Elle ouvre la bouche pour dire un truc conventionnel qui mettra fin à cette discussion (toutes sortes de sirènes d'alarme se déclenchent dans sa tête, maintenant ; des bancs entiers de voyants rouges clignotent), mais avant qu'elle ait pu le faire, il continue :

« De toute façon, c'est pas ça que tu veux demander. Demande ce que tu veux demander, Lisey. Vas-y. Je te dirai. J'ai pas l'intention de te cacher des secrets – pas après ce qui s'est passé cet après-midi – mais il faut que tu demandes. »

*Que s'est-il passé cet après-midi ?* Voilà qui semblerait la question logique, mais Lisey comprend que ceci n'est pas une discussion logique parce que c'est de folie qu'il est question, c'est autour de la folie qu'ils tournent, *la folie*, et désormais elle en fait partie, elle aussi. Parce que Scott l'a *emmenée* quelque part, elle le *sait, ce n'était pas son imagination*. Si elle lui demande ce qui s'est passé, il le lui dira, il l'a pour ainsi dire promis... mais ce n'est pas la bonne porte d'entrée. Sa somnolence d'après l'amour s'est dissipée maintenant et elle ne s'est jamais sentie aussi éveillée de sa vie.

« Après que tu as sauté du banc, Scott...

– Papa m'a donné un baiser, la récompense de Papa c'était un baiser. Pour montrer que le renard-de-sang était parti.

– Oui, je sais, tu me l'as déjà dit. Après que tu as sauté du banc, quand Paul était coupé, est-ce que Paul... est-ce qu'il est allé quelque part pour cicatriser ? Est-ce pour ça que si vite après il a pu courir au magasin chercher votre came en bouteilles et ensuite galoper à travers la maison pour te préparer le traque-nard ?

– Non. » Il écrase sa cigarette dans le cendrier perché sur le livre.

Elle éprouve le mélange d'émotions le plus singulier qui soit en entendant ce simple *non* : soulagement exquis et profonde déception. C'est comme d'avoir un cumulo-nimbus dans la poitrine. Elle ne sait pas exactement à quoi elle pensait, mais ce *non* signifie qu'elle n'aura plus besoin d'y pens...

« Il pouvait pas. » Scott parle toujours de ce ton de voix froid et net. Avec cette même certitude. « Paul pouvait pas. Il pouvait pas y aller. » L'accent mis sur le dernier mot est léger mais distinct. « Il fallait que je le prenne avec moi. »

Scott roule vers elle et *la* prend... mais seulement dans ses bras. Son visage contre son cou brûle d'émotion réprimée.

« Il y a un endroit. On l'appelait Na'ya Lune, j'ai oublié pourquoi. La plupart du temps, c'est beau comme endroit. » *Beaw.* « Je l'y ai emmené quand il a été coupé et je l'y ai emmené quand il a été mort, mais j'ai pas pu l'emmener quand il était crapouasse. Après quand Papa l'a tué je l'a emmené là-bas, à Na'ya Lune, et je l'a enterré. » Le barrage cède et il se met à sangloter. Il parvient à étouffer un peu le bruit en gardant la bouche fermée, mais la force de ces sanglots fait trembler le lit, et durant un petit moment, tout ce qu'elle peut faire c'est le tenir contre elle. Au bout d'un moment, il lui demande d'éteindre la lumière et quand elle lui demande pourquoi, il répond, « Parce que voici le reste, Lisey. Je crois que je peux le raconter, tant que tu me tiens contre toi comme ça. Mais pas avec la lumière allumée. »

Et bien qu'elle ait plus peur que jamais – plus peur même que le soir où il a émergé de l'ombre avec sa main en charpie sanglante – elle libère un bras assez long pour éteindre la lampe de chevet, effleurant au passage son visage avec le sein qui souffrira plus tard la folie Jim Dooley. D'abord la chambre est obscure et puis les meubles réapparaissent vaguement à mesure que ses yeux accommodent ; tout prend même une clarté ténue et hallucinatoire qui annonce l'approche de la lune à travers les nuages qui s'effilochent.

« Tu penses que Papa a assassiné Paul, hein ? Tu penses que c'est ainsi que s'achève cette partie de l'histoire.

– Scott, tu as dit qu'il l'a fait avec sa carabine.

— Mais c'était pas un meurtre. C'est comme ça qu'ils l'auraient appelé au tribunal s'il y avait été pour ça, mais j'y étais et je sais que c'en était pas un. » Il s'interrompt. Elle se dit qu'il va allumer une nouvelle cigarette, mais non. Dehors le vent souffle en rafales et la vieille bâtisse grogne. Un instant, l'éclat des meubles s'avive, juste un peu, et puis la pénombre revient. « Papa *aurait* pu l'assassiner, c'est sûr. Des tas de fois. Je le sais. Il y a des fois où il l'*aurait* fait, si j'avais pas été là, mais à la fin c'est pas comme ça que ç'a été. Tu sais ce que ça signifie euthanasie, Lisey ?

— Abréger les souffrances.

— Ouais. C'est ce que Papa a fait avec Paul. »

Dans la chambre au-delà du lit, les meubles encore une fois frissonnent au seuil du visible, puis encore une fois se replient dans l'ombre.

« C'était la crapouasse, tu vois pas ? Paul l'a chopée exactement comme Papa. Sauf que Paul en avait trop pour que Papa la fasse couler en coupant. »

Lisey comprend vaguement. Toutes ces fois où le père a coupé ses fils — et lui-même aussi, présume-t-elle —, il pratiquait une sorte de médecine préventive folle.

« Papa disait qu'ça sautait en général deux générations et p'is que ça revenait deux fois plus fort. "Ça te tombe dessus comme cette chaîne de tracteur sur ton pied, Scott", qu'il m'a dit. »

Elle secoue la tête. Elle ne sait pas de quoi il parle. Et une partie d'elle n'a pas envie de savoir.

« On était en décembre, dit Scott, et ça s'est mis au froid. Le premier froid de l'hiver. On habitait dans cette ferme dans un coin perdu de campagne avec des champs à perte de vue alentour et juste une route, celle qui allait chez Mulet et puis à Martensburg. On était plutôt coupés du monde. Plutôt seuls au monde, t'vois ? »

Elle voit. Elle voit très bien. Elle imagine que le facteur remontait cette route une fois de temps en temps, et bien sûr « Sparky » Landon l'empruntait au volant de son camion pour aller à

*(aux Platrouilles U.S.)*

son travail, mais ça devait être à peu près tout. Pas de car scolaire, parce que moi et Paul, on f'sait l'école à la maison. Les cars scolaires allaient au Clos aux Ânes.

« Avec la neige c'était pire, et avec le froid encore plus pire – avec le froid, on était obligés de rester dedans. Pourtant, cette année-là ç'a pas été trop dur au début. On a eu un arbre de Noël, au moins. Y avait des années où Papa se chopait la crapouasse… ou alors il broyait juste du noir… et y avait ni arbre ni cadeaux. » Il lâche un rire bref, dépourvu d'humour. « Un Noël, il a bien dû nous garder debout jusqu'à trois heures du matin, à nous lire l'Apocalypse, avec des jarres qu'on ouvrait, et des fléaux, et des cavaliers montés sur des chevaux de différentes couleurs, et finalement il a jeté la Bible dans la cuisine et il a rugi, *"Qui s'amuse à écrire ces conneries crasses ? Et qui sont les abrutis qui y croient ?"* Quand il était d'humeur à rugir, Lisey, il pouvait rugir comme Achab dans les derniers jours du *Pequod*. Mais ce Noël-là semblait s'annoncer plutôt bien. Tu sais ce qu'on a fait ? On est allés à Pittsburgh tous ensemble faire les courses, et Papa nous a même emmenés au cinéma – Clint Eastwood qui jouait un flic canardant dans toute la ville. Ça m'a filé mal à la tête, et le pop-corn m'a filé mal au ventre, mais j'ai trouvé que c'était le truc le plus sacrément formidable que j'avais jamais vu. Je suis rentré à la maison et j'ai commencé à écrire une histoire exactement pareille et je l'ai lue à Paul ce soir-là. Elle puait sans doute à plein nez mais il a dit qu'elle était bonne.

– On dirait que c'était un chouette frère », dit prudemment Lisey.

Sa remarque gentille tombe à plat. Il ne l'a même pas entendue. « Ce que je veux te dire c'est qu'on s'entendait bien tous, que ça durait depuis des mois, presque comme une famille normale. Si une telle chose existe, ce dont je doute. Mais… *mais*. »

Il s'arrête, réfléchit. Finalement, il reprend :

« Et puis un jour, pas longtemps avant Noël, j'étais en haut dans ma chambre. Il faisait froid – plus froid que des tétons de sorcière – et ça sentait la neige. J'étais sur mon lit, en train de lire ma leçon d'histoire, quand j'ai regardé par la fenêtre et vu Papa qui traversait la cour avec un chargement de bois dans les bras. J'ai descendu l'escalier de derrière pour aller l'aider à le ranger dans la caisse à bois pour que les bûches laissent pas de l'écorce partout – c'était un truc qui le rendait toujours fou. Et Paul était

10

Paul est assis à la table de la cuisine quand son petit frère, à peine dix ans et besoin d'une bonne coupe de cheveux, arrive en bas de l'escalier de derrière, les lacets de ses tennis défaits. Scott pense qu'il va demander à Paul s'il a envie d'aller faire de la luge dans la pente derrière la grange une fois que le bois sera rangé. Si Papa n'a plus de corvées à faire, cela dit.

Paul Landon, mince, grand et déjà beau à treize ans, a un livre ouvert devant lui. Le livre s'intitule *Introduction à l'algèbre*, et Scott n'a aucune raison de croire que Paul se livre à d'autres calculs que trouver la valeur de $x$, jusqu'à ce que Paul tourne la tête pour le regarder. Scott est encore à trois marches du bas de l'escalier quand Paul fait ça. Il ne se passe qu'une fraction de seconde avant que Paul ne bondisse sur son petit frère, sur qui il n'a jamais ne serait-ce que levé la main au cours de leur vie ensemble, mais une fraction de seconde suffit pour voir que non, Paul n'était pas juste assis là. Non, Paul n'était pas juste en train de lire. Non, Paul n'était pas en train d'étudier.

Paul était *à l'affût*.

Ce n'est pas du vide qu'il voit dans les yeux de son frère quand Paul jaillit de sa chaise si brusquement qu'il l'envoie promener en arrière contre le mur, mais la crapouasse pure. Ces yeux-là ne sont plus bleus. Quelque chose a éclaté dans le cerveau derrière et les a remplis de sang. Des graines écarlates perlent aux coins.

Un autre enfant aurait pu se figer sur place et être tué par le monstre qui une heure avant était un frère ordinaire sans rien d'autre en tête que ses devoirs ou peut-être ce que lui et Scott pourraient acheter à Papa pour Noël s'ils rassemblaient leurs économies. Scott, cependant, n'est pas plus ordinaire que Paul. Des enfants ordinaires n'auraient jamais pu survivre à Sparky Landon, et c'est à coup sûr l'expérience d'avoir vécu avec la folie de son père qui sauve Scott maintenant. Il sait reconnaître la crapouasse quand il la voit, et il ne perd pas de temps à douter. Il se retourne instantanément et tente de remonter l'escalier à toute vitesse. Il ne grimpe que trois marches avant que Paul le saisisse aux jambes.

Grondant comme un chien dont le périmètre a été envahi, Paul arrondit les bras autour des mollets de Scott et tire sur les jambes du petit frère pour le faire tomber. Scott se cramponne à la rampe et tient bon. Il lance un seul hurlement, trois mots – « *Papa, au secours !* » – et puis se tait. Hurler gaspille l'énergie. Il a besoin de toute la sienne pour tenir bon.

Il n'a pas assez de force pour ça, évidemment. Paul a trois ans et vingt-cinq kilos de plus, et il est beaucoup plus fort. En plus de tout ça, il est devenu fou. Si Paul l'arrache à la rampe à présent, Scott sera salement blessé ou tué malgré sa réaction rapide, mais au lieu de choper Scott, ce que chope Paul c'est le pantalon en velours côtelé de Scott et ses deux tennis, que Scott a oublié de lacer quand il a sauté à bas de son lit.

(« *Si j'avais lacé mes tennis,* dira-t-il à sa femme beaucoup plus tard alors qu'ils sont couchés au premier étage de l'auberge *À la Ramure de Cerf* dans le New Hampshire, *nous ne serions sans doute pas ici ce soir. Parfois, je me dis que c'est à ça que tient toute ma vie, Lisey – une paire de tennis Ked, pointure 38, aux lacets défaits.* »)

La chose qui avant était Paul rugit, part à la renverse en étreignant un pantalon dans ses bras, et trébuche sur la chaise où un beau jeune garçon était assis une heure avant pour tracer des coordonnées cartésiennes. Une chaussure de tennis tombe sur le lino cabossé, bosselé. Scott, pendant ce temps, se débat pour repartir, atteindre le palier du premier étage tant qu'il en est encore temps, mais ses pieds en chaussettes dérapent sous lui sur la marche lisse de l'escalier et il retombe sur un genou. Son caleçon loqueteux est à moitié baissé, il sent un courant d'air froid lui souffler dans la raie des fesses, et il a le temps de penser, *Pitié mon Dieu, je veux pas mourir comme ça, avec mon derrière à l'air.* Puis la chose-frère est debout, braillant et rejetant le pantalon au loin. Le pantalon part en glissade sur la table de la cuisine, évite le livre d'algèbre mais flanque le bocal de sucre par terre – *le chambarde*, aurait pu dire leur père. La chose qui était Paul bondit sur lui et Scott se prépare à recevoir ses mains sur lui et à sentir ses ongles mordre sa peau mais il y a soudain un formidable choc de bois *townk !* et un cri rauque, furieux : *Laisse-le tranquille, 'spèce de toufu bâtard ! Fouteur de crapouasse !*

Il avait complètement oublié Papa. Le courant d'air sur les fesses, c'était Papa entrant avec le bois. Et puis les mains de Paul *l'attrapent* oui, les ongles le *mordent* oui, et il est tiré en arrière, son étreinte sur la rampe est brisée aussi facilement que celle d'un bébé. Dans un instant il sentira les dents de Paul. Il le sait, ça c'est la vraie crapouasse, la *profonde* crapouasse, pas ce qui arrive à Papa quand Papa se met à voir des gens qui sont pas là ou à faire des nards-de-sang sur lui-même ou sur l'un d'eux (une chose qu'il fait de moins en moins souvent à Scott à mesure que Scott grandit), mais le truc balèze, ce que Papa voulait dire toutes les fois qu'il se contentait de rire en secouant la tête quand les garçons lui demandaient pourquoi les Landreau avaient quitté la France même si ça signifiait laisser tout leur argent et toutes leurs terres derrière eux, et ils étaient riches, les Landreau étaient riches, et il va mordre *maintenant*, y va me mordre *là tout de suite*, ILLICO...

Il ne sentira jamais les dents de Paul. Il sent un souffle brûlant sur la peau dénudée de son flanc gauche juste au-dessus de la hanche, et puis il y a un autre choc de bois sourd *townk !* quand Papa abat encore la bûche sur la tête de Paul – à deux mains, de toute sa force. Le bruit est suivi par tout un tas de glissades molles tandis que le corps de Paul dégringole vers le lino de la cuisine.

Scott tourne la tête. Il est vautré de tout son long sur les marches d'en bas, vêtu seulement d'une vieille chemise de flanelle, de son caleçon et de chaussettes de sport blanches avec des trous aux talons. L'un de ses pieds touche presque par terre. Il est trop hébété pour crier. L'intérieur de sa bouche a un goût de tirelire. Ce second coup a retenti d'une façon atroce, et un instant son imagination puissante a repeint la cuisine au sang de Paul. Il tente de pousser un cri, mais ses poumons comprimés, en état de choc, ne parviennent à émettre qu'un seul couinement atterré. Il cille et voit qu'il n'y a pas de sang, seulement Paul couché à plat ventre dans le sucre du bocal maintenant HS, comme dirait Papa, cassé par terre en quatre gros morceaux et des miettes. *En voilà un qui dansera plus jamais le tango*, dit parfois Papa quand quelque chose se casse, un verre ou une assiette, mais il le dit pas maintenant, il se contente de rester debout dans sa veste de travail jaune au-dessus de son fils inconscient. Il y a de la neige sur ses épaules et dans ses cheveux hirsutes qui commencent à grisonner. Dans une main gantée, il tient encore la bûche. Derrière lui, éparpillé dans l'entrée comme un jeu de mikado, gît le reste de sa brassée. La porte est restée ouverte et le courant d'air froid continue à souffler dans la maison. Et maintenant Scott voit qu'il y a du sang, *oui*,

juste un peu, un filet qui coule de l'oreille gauche de Paul et glisse sur sa joue.
— *Papa, il est mort ?*
Papa balance la bûche dans la caisse à bois et brosse en arrière ses longs cheveux. De la neige fond dans ses poils de barbe — *Non il l'est pas. Ça serait trop facile.* Il va d'un pas lourd à la porte de derrière et la claque à toute volée, coupant le courant d'air dans son élan. Chacun de ses gestes exprime le dégoût, mais Scott l'a déjà vu agir ainsi — quand il reçoit des lettres recommandées des Impôts ou des Affaires Scolaires ou des trucs comme ça — et il est presque sûr que ce qu'il a, en vrai, c'est la trouille.
Papa revient et se poste au-dessus de son garçon mis au tapis. Il se balance d'un pied botté sur l'autre un moment. Puis il lève les yeux vers son autre garçon.
— *Aide-moi à le descendre à la cave, Scoot.*
C'est pas prudent de raisonner avec Papa quand il te demande de faire un truc, mais Scott a peur. Et puis, il est pas loin d'être tout nu. Il descend dans la cuisine et commence à enfiler son pantalon.
— *Pourquoi, Papa ? Qu'est-ce que tu vas faire avec lui ?*
Et merveille, Papa lui en colle pas une. Lui gueule même pas dessus.
— *Je veux bien être bougredamné si je le sais. Le ligoter en bas pour commencer pendant que je réfléchis à la question. Dépêche. Y va pas rester longtemps dans le cirage.*
— *C'est vraiment la crapouasse ? Comme avec les Landreau ? Et ton oncle Théo ?*
— *À ton avis, Scoot ? Attrape sa tête, sauf si tu veux qu'elle rebondisse jusqu'en bas. Y va pas rester longtemps dans le cirage, je te le dis, et si y recommence, tu risques de pas être aussi chanceux. Moi pareil. La crapouasse* est *puissante.*
Scott fait comme dit son père. C'est les années mil neuf cent soixante, c'est l'Amérique, des hommes bientôt marcheront sur la lune, mais ici ils ont à s'occuper d'un petit gars qui s'est apparemment changé en fauve au détour d'un instant. Le père accepte simplement le fait. Après ses premières questions choquées, le fils accepte aussi. Quand ils arrivent au bas des marches de la cave, Paul recommence à s'agiter et à émettre des gargouillis profonds dans sa gorge. Sparky Landon ferme les mains autour du cou de

son fils aîné et commence à l'étrangler. Scott hurle d'horreur et tente d'agripper son père.

– *Papa, non !*

Sparky Landon relâche une main et interrompt ce qu'il est en train de faire, juste le temps d'en retourner une à son plus jeune fils. Scott part à la renverse et heurte la table qui occupe le centre du sol en terre battue de la cave. Posée sur cette table, il y a une vieille presse typographique à bras que Paul a réussi, par on ne sait trop quelle cajolerie, à remettre en état de marche. Avec, il a imprimé quelques-unes des histoires de Scott ; les premières publications du petit frère. La manivelle de ce monstre d'un quart de tonne mord cruellement le dos de Scott et il s'écroule, grimaçant, en regardant son père se remettre à étrangler Paul.

– *Papa, le tue pas ! SI TE PLAÎT, LE TUE PAS !*

– *Je le tue pas*, répond Landon sans le regarder, *je devrais, mais je le fais pas. Pas encore, en tout cas. Je suis un con, mais c'est mon propre fils, mon troufoutu de fils aîné, et je le tuerai pas sauf si je dois. Et j'ai peur de devoir. Sainte Mère Machree ! Mais pas encore. Je veux bien être bougredamné si je le fais. Mais ça serait pas bon de le laisser se réveiller. Toi t'as jamais vu ça, mais moi oui. J'ai eu de la chance là-haut parce que j'étais derrière lui. Ici en bas je pourrais lui faire la chasse pendant deux heures sans jamais l'attraper. Il grimperait aux murs et cavalerait au plafond. Et puis, quand il m'aurait épuisé...*

Landon ôte ses mains du cou de Paul et scrute d'un regard fixe le visage blanc immobile. On dirait que le petit filet de sang s'est arrêté de couler de l'oreille de Paul.

– *Là. Qu'est-ce tu dis de ça, 'spèce de foutriqueur, 'spèce de fouteur de mère ? L'est de nouveau dans le cirage. Mais pas pour longtemps. Va me chercher cette corde sous l'escalier. Ça fera l'affaire jusqu'à ce qu'on trouve une chaîne à la remise. Ensuite je sais pas. Ensuite ça dépend.*

– *Ça dépend de quoi, Papa ?*

La trouille. Est-ce qu'il a déjà eu autant la trouille ? Non. Et son père le regarde d'une façon qui lui fout encore plus les jetons. Parce que c'est un regard *entendu*.

– *Ben, je suppose que ça dépend de toi, Scoot. Tu l'as fait récupérer un paquet de fois... et pourquoi tu me regardes avec ces grands yeux de veau ? Tu crois que je savais pas ? Saiiigneur, pour un garçon intelli-*

*gent, ce que tu peux être neuneu !* Il tourne la tête et crache sur le sol en terre battue. *Tu l'as fait récupérer d'un paquet de trucs. Peut-être que tu pourras le faire récupérer de ce truc-là. Quoique j'aie jamais entendu parler de quelqu'un qu'ait récupéré de la crapouasse... pas de la* vraie *crapouasse... mais jamais j'ai entendu parler de quelqu'un comme toi non plus, alors peut-être que tu peux. Tu peux toujours t'escrimer à t'en péter la sous-ventrière, qu'aurait dit mon vieux. Mais pour le moment va me chercher cette corde sous l'escalier. Et magne-toi, 'spèce de p'tit empoté de fouteur de mère, parce qu'*

11

« Il se réveille déjà, dit Lisey allongée sur la moquette blanc nacré du bureau de son mari défunt. Il

12

se réveille déjà, dit Lisey assise sur le parquet froid de la chambre d'amis, tenant la main de son mari – une main qui est chaude mais horriblement molle et cireuse dans la sienne. Scott a dit

13

*Les arguments contre la folie s'échouent dans un petit froissement*
   *doux ;*
*ce sont les sons des voix mortes sur des enregistrements défunts*
*s'écoulant dans le conduit cassé de la mémoire.*
*Quand je me tourne vers toi pour te demander si tu te souviens*
*Quand je me tourne vers toi dans notre lit*

14

Au lit avec lui, c'est là qu'elle entend ces choses ; au lit avec lui à *La Ramure de Cerf*, à la fin d'une journée où il s'est passé quelque chose qu'elle ne peut absolument pas expliquer. Il lui raconte alors que les nuages s'effilochent, que la lune approche comme une déclaration, et que les meubles nagent à l'extrême lisière du visible. Elle le tient contre elle dans le noir et écoute, refusant de croire (impuissante à ne pas croire), tandis que le jeune homme qui deviendra dans peu de temps son mari raconte, « Papa m'a dit d'aller chercher cette corde-là sous l'escalier. 'Et tu vas te magner le train, 'spèce de p'tit empoté de fouteur de mère, qu'il dit, parce qu'il va pas rester longtemps dans le cirage. Et quand il émergera

15

— *Quand il émergera, il sera un sale cafard.*
*Sale cafard.* Comme *Scooter* et *crapouasse*, *sale cafard* est un idiotisme interne à la famille Landon qui hantera ses rêves (et son langage) jusqu'à la fin de sa productive et néanmoins trop courte vie.

Scott va chercher la corde sous l'escalier et l'apporte à Papa. Papa ligote Paul avec une économie de gestes vive et dansante, son ombre grossit et tournoie sur les murs de pierre de la cave à la lumière des trois ampoules de soixante-quinze watts pendues au plafond, commandées par un rotateur en haut de l'escalier. Il lui attache les bras si serrés dans le dos que ses épaules ressortent comme des boules sous sa chemise. Même avec la trouille qu'il a de son père, Scott se sent poussé à encore ouvrir la bouche.

— *Papa, c'est trop serré !*

Papa jette un coup d'œil dans la direction de Scott. Ce n'est qu'un bref coup d'œil, mais Scott y lit la peur. Ça le terrifie. Plus encore, ça l'*intimide*. Jusqu'à aujourd'hui, il aurait juré que son père avait peûreur de ri'n sauf de la Ministration des Affaires Scolaires et leurs maudites Lettres Recommandées.

— *Tu sais pas, alors ferme-la ! J'ai pas envie qu'y se libère ! Il nous tuerait peut-être pas avant que tout soit fini si ça arrive, mais moi je serais sûrement obligé de le tuer. Je sais ce que je fais !*

*Non tu sais pas,* pense Scott en observant son père pendant qu'il ligote ensemble les jambes de Paul, d'abord au niveau des genoux, puis aux chevilles. Déjà Paul a recommencé à s'agiter, et à marmonner tout au fond de sa gorge. *Tu supposes seulement.* Mais il comprend la vérité de l'amour de Papa pour Paul. C'est peut-être du sale amour, mais il est vrai et fort. S'il l'était pas, Papa supposerait même pas. Il aurait juste continué à assommer Paul avec cette bûche jusqu'à ce qu'il aurait été mort. Pendant un bref moment, une partie de l'esprit de Scott (une partie froide) se demande si Papa aurait couru le même risque pour *lui*, pour Scooter vieux Scoot qui a même pas osé sauter d'un banc de trois pieds de haut tant que son frère a pas été tout coupé et pissant le sang devant lui, et puis il chasse cette pensée d'une tape et la réexpédie dans l'obscurité. C'est pas *lui* qui a chopé la crapouasse.

Du moins, pas encore.

Papa termine en attachant Paul par la taille à l'un des poteaux métalliques peints qui soutiennent le plafond de la cave.

– *Voilà*, dit-il en se reculant, haletant comme un homme qui vient d'attraper un bouvillon au lasso dans un cercle de rodéo. *Ça le tiendra tranquille un moment. Tu vas aller à la remise, Scott. Prendre la petite chaîne légère qui est posée par terre juste derrière la porte en entrant et la grosse chaîne de tracteur bien lourde qui est dans le renfoncement à gauche, avec les pièces détachées du camion. Tu sais où je veux dire ?*

Paul s'est affaissé par-dessus la corde qui lui entoure le torse. Voilà maintenant qu'il se redresse si brusquement qu'il se cogne la tête contre le pilier avec une violence écœurante. Ça fait grimacer Scott. Paul le regarde avec des yeux qui étaient bleus à peine une heure plus tôt. Il se fend d'un large sourire, et les coins de sa bouche remontent beaucoup plus haut qu'ils devraient pouvoir le faire... quasiment jusqu'aux lobes de ses oreilles, on dirait.

– *Scott*, dit son père.

Pour une fois dans sa vie, Scott ne l'écoute pas. Il est hypnotisé par le masque d'Halloween qui était naguère le visage de son frère. La langue de Paul sort en frétillant d'entre ses lèvres écartées et danse la gigue dans l'air humide et froid de la cave. En même temps, son entrejambe s'assombrit tandis qu'il se pisse dess...

Un coup sur le sommet de la tête envoie Scott balader et il heurte encore la table où est posée la presse.

– *Le regarde pas, neuneu, regarde-moi ! Ce sale cafard va t'hypnotiser comme un serpent un oiseau ! Tu f'rais mieux d't'réveiller, vieux Scooter – ça là c'est plus ton frère.*

Scott regarde son père bouche bée. Derrière eux, comme pour confirmer les dires de Papa, la chose attachée au pilier lâche un rugissement beaucoup trop sonore pour sortir d'une poitrine humaine. Mais c'est logique, puisque c'est pas un son humain. Même pas un peu humain.

– *Va nous chercher ces chaînes, Scotty. Les deux. Et dépêche. Cette foutriquette de corde va pas le tenir longtemps. Moi je vais en haut chercher ma .30-06. S'il arrive à se libérer avant que tu me ramènes ces chaînes…*

– *Papa, si te plaît, lui tire pas dessus ! Ne tire pas sur Paul !*

– *Ramène les chaînes. Ensuite on verra ce qu'on peut décider.*

– *Cette chaîne de tracteur, elle est trop longue ! Elle est trop lourde !*

– *Sers-toi de la brouette, neuneu. La grande bérouette. Vas-y, maintenant, magne-toi le cul.*

Une seule fois, Scott jette un regard en arrière et voit son père reculer vers le pied de l'escalier. Il le fait lentement, comme un dompteur de lions quittant la cage lorsque le spectacle est terminé. En dessous de lui, sous le projecteur d'une ampoule nue, il y a Paul. Il se cogne la tête contre le pilier avec une telle rapidité que Scott pense à un marteau-piqueur. En même temps, il tressaute d'un côté à l'autre. Scott trouve incroyable que Paul saigne pas ou s'assomme pas, mais non. Et il se rend compte que son père a raison. La corde ne résistera pas. Pas s'il continue ses assauts constants.

*Il pourra pas*, pense-t-il pendant que son père part dans une direction (chercher sa carabine dans le placard de l'entrée) et Scott dans l'autre (enfiler ses bottes). *Il va se tuer s'il continue comme ça.* Mais ensuite il se rappelle le rugissement qu'il a entendu jaillir de la poitrine de son frère – cet impossible rugissement de fauve écorché – et n'y croit pas vraiment.

Et alors qu'il court sans manteau dans le froid, il se dit qu'il pourrait bien savoir ce qui est arrivé à Paul. Il y a un endroit où il peut aller quand Papa lui a fait du mal, et il y a emmené Paul quand Papa a fait du mal à *Paul*. Oui, des tas de fois. Il y a de bonnes choses dans cet endroit-là, des beaux arbres et de l'eau qui guérit, mais il y a aussi des choses mauvaises. Scott essaie de ne pas aller là-bas la nuit, et quand il le fait il reste silencieux et revient *vite*, parce que la profonde intuition de son cœur d'enfant lui dit que c'est la nuit que sortent surtout les mauvaises choses. La nuit c'est là qu'elles chassent.

S'il peut aller *là-bas*, est-ce si difficile de croire que quelque chose – un quelque chose avec la crapouasse – a pu rentrer à l'intérieur de Paul et puis revenir *ici* avec lui ? Quelque chose qui l'aurait vu et marqué d'une croix, ou alors rien qu'un microbe imbécile qui lui serait rentré par le nez et se serait planté dans son cerveau ?

Et si c'est le cas, à qui la faute ? Qui a emmené Paul là-bas pour commencer ?

Dans la remise, Scott jette la chaîne légère dans la brouette. C'est facile, un travail d'à peine quelques secondes. Arriver à y mettre la chaîne de tracteur est une autre paire de manches. La chaîne de tracteur est vach'tement *hhhénaurme*, elle parle tout le temps dans sa langue de claquements, tout en voyelles d'acier. Par deux fois de lourds anneaux glissent entre ses bras tremblants, lui pincent et lui déchirent la peau la deuxième fois, lui tirent du sang en rosaces écarlates. La troisième fois, il a presque réussi à la mettre dans la brouette quand une brassée de vingt livres de maillons atterrit de traviole, sur le côté de la brouette et pas au centre du plateau, et le chargement entier bascule sur le pied de Scott, l'enterrant dans l'acier, et la douleur lui tire un parfait cri de soprano.

– *Scooter, tu vas te ramener avant l'an deux mille ?* braille Papa de la maison. *Si tu comptes te ramener, tu ferais mieux de te ramener et vite !*

Scott regarde par là-bas, les yeux agrandis par la terreur, puis il redresse la brouette et se penche sur le gros tas de chaîne plein de cambouis. Son pied sera encore tout violet un mois après et il y aura mal jusqu'à la fin de sa vie (c'est un problème que ne pourront jamais guérir les voyages jusqu'à cet autre endroit-là), mais sur le moment il ne sent rien, passée la première flambée de douleur. Il reprend la tâche de charger les maillons dans la brouette, sent la sueur rouler dans son dos et sur ses flancs, renifle sa puanteur sauvage, sait que s'il entend un coup de feu cela voudra dire que la cervelle de Paul est répandue sur le sol de la cave et que c'est sa faute. Le temps devient une chose physique avec un poids, comme de la terre. Comme une chaîne. Il continue de s'attendre à ce que Papa l'appelle encore en gueulant depuis la maison et comme il l'a pas encore fait au moment où Scott repart en poussant péniblement la brouette vers la clarté jaune des lumières de la cuisine, Scott commence à avoir une autre terreur : que Paul ait finalement réussi à se libérer. C'est pas la cervelle de Paul qui est répandue sur la terre battue à l'odeur âcre, c'est les tripes de Papa, arrachées à son estomac palpitant par la chose qui, pas plus tard que cet après-midi, était le frère de Scott. Paul est en haut de l'escalier et se cache dans la maison et, dès que Scott entrera, le traque-nard commencera. Sauf que cette fois ce sera *lui* la récompense.

Tout ça c'est son imagination, bien sûr, sa vieille imagination maudite qui galope comme un cheval aux yeux fous dans la nuit, mais quand son père bondit sur le perron de derrière, son imagination a fait assez de travail pour que, l'espace d'un instant, Scott ne voie pas Andrew Landon mais Paul, ricanant comme un gobelin, et il glapit de frayeur. Quand il lève les mains pour protéger son visage, la brouette manque encore basculer. Aurait basculé si Papa n'avait pas avancé les mains pour la stabiliser. Puis il lève une de ces mains-là pour en coller une à son fils mais la rabaisse presque aussitôt. Plus tard, il y aura peut-être des baffes, mais pas maintenant. Maintenant il a besoin de lui. Alors au lieu de frapper, Papa crache dans sa main droite et la frotte contre sa main gauche. Puis il se penche, en tricot de corps, oublieux du froid là-dehors sur le perron de derrière, et saisit l'avant de la brouette.

– *Je vais la tirer, Scooter. Toi tu tiens bon les poignées et tu diriges et tu laisses pas cette foutriquette chavirer. J'y ai flanqué une autre tougne – obligé – mais ça va pas le garder HS longtemps. Si on fout en l'air ce chargement de chaîne, j'ai bien peur qu'il voie pas la fin de la nuit. Je pourrais pas le laisser. Tu comprends ?*

Scott comprend que la vie de son frère est maintenant embarquée à bord d'une brouette sérieusement surchargée qui pèse au moins trois fois son poids. Pendant un instant de panique, il envisage sérieusement de prendre simplement ses jambes à son cou et de courir dans le noir venteux, aussi vite qu'il peut. Puis il saisit les poignées. Il n'a pas conscience des larmes qui giclent de ses yeux. Il fait un signe de la tête à son Papa et son Papa le lui rend. Ce qui passe entre eux c'est rien d'autre que la vie et la mort.

– *À trois. Un... deux... tiens-la droite maintenant, 'spèce de chien de ta chienne... trois !*

Sparky Landon soulève la brouette du sol et la hisse sur le perron dans un cri d'effort qui s'échappe en vapeur blanche. Son maillot de corps craque sous une aisselle et une folle touffe de poils roux jaillit. Pendant que la brouette surchargée est en l'air, le maudit engin penche d'abord sur la gauche puis sur la droite et le petit garçon pense *reste d'aplomb 'spèce de fouteuse de mère, 'spèce de chienne de ta chienne de troufouteuse de mère.* Il corrige chaque mouvement en se criant en lui-même de pas pousser trop fort, d'y aller mollo 'spèce de toufoutu p'tit con, crapouasse de p'tit con de foutriqueur de chien de ta chienne. Et ça marche, mais Sparky Landon perd pas de temps en félicitations. Ce que fait Sparky Landon, c'est rentrer à reculons dans la maison en tirant la brouette devant lui. Scott boitille derrière sur son pied qui enfle comme un ballon.

Dans la cuisine, Papa fait faire un demi-tour à la brouette et la pousse droit vers la porte de la cave, qu'il a fermée et verrouillée. La roue trace une piste dans le sucre renversé. C'est un truc que Scott oubliera jamais.

– *La porte, Scott.*
– *Papa, et s'il... y est ?*
– *Je le chambarderai en lui bazardant ce bordel dans les pattes. Si tu veux avoir une chance de le sauver, économise ta salive et ouvre cette trouffue porte !*

Scott tire le verrou et ouvre la porte. Paul n'y est pas. Scott aperçoit l'ombre démesurée de Paul toujours attaché au pilier, et quelque chose qui s'était tendu à craquer au-dedans de lui se détend un peu.

– *Écarte-toi, fils.*

Scott obéit. Son père pousse la brouette au sommet des marches de la cave. Puis, avec un autre grognement, il la renverse, en freinant la roue avec un pied quand elle fait mine de rouler en arrière. La chaîne heurte les marches avec un fracas puissant à t'écorcher les oreilles, fend les deux premières et dévale presque jusqu'en bas en cliquetant. Papa bazarde la brouette sur le côté et s'élance à son tour dans l'escalier, rattrape la chaîne qui s'est arrêtée à mi-chemin et la pousse du pied devant lui jusque tout en bas. Scott suit et il a à peine posé le pied sur la première marche fendue qu'il voit la tête de Paul se détacher du pilier en dodelinant, le côté gauche de son visage à présent couvert de sang. Le coin de sa bouche a des tressaillements incontrôlés. Une de ses dents est posée sur l'épaule de sa chemise.

– *Qu'est-ce que tu lui as fait ?* hurle presque Scott.

– *Dérouillé avec une planche, obligé*, répond son père, le ton singulièrement défensif. *Il était en train de se réveiller et toi t'étais encore en train de te branlouiller dans la remise. Y s'en remettra. Tu peux pas leur faire grand mal quand ils sont dans la crapouasse.*

Scott l'entend à peine. Voir Paul couvert de sang comme ça a effacé de son esprit ce qui s'est passé à la cuisine. Il essaie de foncer en contournant son père pour rejoindre son frère, mais Papa le chope au passage.

– *Sauf si tu as pas envie de continuer à vivre*, dit Sparky Landon, et ce qui arrête Scott c'est pas tant la main refermée sur son épaule que la terrible tendresse qu'il entend dans la voix de son père. *Parce qu'il va te renifler si tu t'approches de trop. Même dans les vapes. Te renifler et revenir.*

Il voit son plus jeune fils lever les yeux vers lui et faire oui de la tête.

– *Oh ouais. Il est comme une bête sauvage maintenant. Un bouffeur d'hommes. Et si on trouve pas un moyen de le tenir, il nous faudra le tuer. Tu comprends ?*

Scott fait oui de la tête, puis émet un seul sanglot bruyant qui résonne comme un braiment d'âne. Avec cette même terrible tendresse, Papa tend la main, essuie de la morve sous son nez, et d'une secousse s'en débarrasse par terre.

– *Alors arrête de geindre et aide-moi avec ces chaînes. On va l'attacher d'un côté au pilier central et de l'autre à la table avec la presse. Cette satanée presse doit bien peser dans les quatre cents, cinq cents livres.*

– *Et si ça suffit pas à le tenir ?*

Sparky Landon secoue lentement la tête.

– *Alors j'sais pas.*

## 16

Au lit près de sa femme, écoutant *La Ramure de Cerf* craquer dans le vent, Scott dit : « Ça *a* suffi. Pendant trois semaines, au moins, ça a suffi. C'est là que mon frère Paul a passé son dernier Noël, son dernier premier de l'an, les trois dernières semaines de sa vie – cette cave puante. » Il secoue lentement la tête. Elle sent le mouvement de ses cheveux contre sa peau, sent combien ils sont moites. C'est la sueur. Il en a sur le visage, aussi, tellement mêlée aux larmes qu'elle est incapable de dire où finit la sueur et où commencent les larmes.

« Tu peux pas imaginer ce qu'ont été ces trois semaines, Lisey, surtout quand Papa partait travailler et que c'était plus que lui et moi, *ça* et moi.

– Ton père allait *travailler* ?

– Il fallait bien qu'on mange, non ? Et il fallait payer le Numéro Deux aussi, parce qu'on pouvait pas chauffer toute la *maison* au bois, et Dieu sait qu'on a essayé. Surtout, on pouvait pas se permettre d'éveiller les soupçons. Papa m'a tout bien expliqué. »

*Tu parles qu'il a dû tout bien expliquer*, pense Lisey avec amertume, mais elle ne dit rien.

« J'ai demandé à Papa de le couper pour faire sortir le poison comme il avait l'habitude de faire avant et Papa a dit que ça servirait à rien, que le couper lui ferait pas deux sous de bien parce que la crapouasse lui était montée au cerveau. Et je savais que c'était vrai. Cette chose pouvait quand même penser, au moins un peu. Quand Papa s'en allait, ça m'appelait par mon nom. Ça me disait que ça avait fait un nard, un *bon nard*, et qu'à la fin il y avait une barre au chocolat *et* un RC. Parfois, ça avait même assez la voix de Paul pour que j'aille à la porte de la cave et que je pose ma tête contre le bois pour écouter, même si je savais que c'était dangereux. Papa *disait* que c'était dangereux, il disait de pas écouter et de toujours rester loin de la porte de la cave quand j'étais tout seul à la maison, et d'enfoncer mes doigts dans mes oreilles et de dire des prières vraiment vraiment fort ou de gueuler *"Va te faire troufouter foutriqué, va te faire troufouter fouteur de mère, allez vous faire troufouter toi et les chevaux que t'as montés pour venir ici"*, parce que ça ou les prières c'était du pareil au même et au moins ça le faisait taire, mais de pas écouter, parce qu'il disait que Paul était parti et qu'y avait rien dans la cave qu'un démonnard du Pays des Renards-de-Sang, et il disait *"Le Démon peut fasciner, Scott, personne le sait mieux que les Landon à quel point le Démon peut fasciner. Et les Landreau avant eux. D'abord il fascine l'esprit et ensuite il avale le cœur."* Presque toujours, je faisais ce qu'il disait mais des fois j'allais tout près et j'écoutais... et je faisais semblant que c'était Paul... pasque je l'aimais et je voulais qu'y revienne, pas pasque je le croyais vraiment... et j'ai jamais ôté le verrou... »

Là un long silence se fait. Sa chevelure lourde glisse sans cesse contre le cou et le buste de Lisey et enfin il dit d'une petite voix réticente d'enfant : « Enfin si, *une fois* je l'a fait... mais j'a pas ouvert la porte... j'ouvrais jamais la porte de la cave sauf quand Papa était à la maison, et quand Papa était à la maison, il faisait que crier et faire s'entrechoquer les chaînes et des fois il ululait comme un hibou. Et quand il faisait ça, des fois Papa, il répondait pareil... c'était comme un jeu, tu sais, comment ils se répondaient en ululant... Papa dans la cuisine et la... tu sais... enchaînée à la cave... et alors j'avais peûreur même si je savais que c'était un jeu pasque c'était comme si z'étaient fous tous les deux... comme si z'étaient fous et qu'y se parlaient avec des ululements de hiboux d'hiver... et moi je me disais, "Y en a plus qu'un, et c'est moi. Y en a plus qu'un qu'est pas dans la crapouasse jusqu'au cou et çui-là il a même pas onze ans et qu'est-ce ils diraient chez Mulet si j'y allais et je leur disais ?" Mais ça servait à rien de penser à aller chez Mulet pasque s'il aurait été à la maison il m'aurait couru après et m'aurait ramené de force chez nous. Et s'il y aurait pas été... si des fois ils m'auraient cru et auraient revenu à la maison avec moi, ils auraient tué mon frère... si mon frère il était encore là quelque part... et ils m'auraient emmené... et ils m'auraient mis au Foyer des Pauvres. Papa il disait que sans lui pour s'occuper de moi et Paul, il faudrait qu'on aille au Foyer des Pauvres oùsqu'ils te mettent une pince à linge à la quéquette si tu pisses au lit... et les grands... les grands tu dois leur tailler des pipes toute la nuit... »

Il se tait, en lutte, pris quelque part entre ici et là-bas. Dehors, le vent souffle en rafales et *La Ramure de Cerf* gronde. Elle veut croire que ce qu'il lui raconte ne peut pas être vrai – qu'il s'agit d'une hallucination enfantine effroyablement riche et colorée – mais elle sait que c'est vrai. Le moindre épouvantable mot est vrai. Quand il reprend, elle l'entend s'efforcer de retrouver sa voix d'adulte, son *être* adulte.

« Il y a des gens dans des institutions de santé mentale, souvent des gens qui ont souffert des traumatismes catastrophiques du lobe frontal, qui régressent à un état animal, j'ai lu des choses là-dessus. Mais c'est un processus qui s'étend généralement sur des années. C'est arrivé à mon frère *d'un seul coup*. Et une fois que ce fut fait, une fois qu'il eut franchi cette frontière... »

Scott déglutit. Le clic dans sa gorge est aussi sonore qu'un commutateur électrique qu'on tourne.

« Quand je descendais l'escalier de la cave avec sa nourriture – de la viande et des légumes dans un plat à tarte, comme tu donnerais à manger à un grand chien, un danois ou un berger allemand – il se ruait au bout des chaînes qui le retenaient au pilier central et à la table, une par le cou et une par la taille, et de la bave voltigeait des coins de sa bouche et puis les chaînes se tendaient et il partait les quatre fers en l'air, en continuant à hurler et à aboyer comme un démonnard, un peu étranglé seulement, jusqu'à ce qu'il reprenne son souffle, tu sais ?

– Oui, dit-elle faiblement.

– Il fallait poser le plat par terre – je me souviens encore de cette terre âcre quand je me penchais, je ne l'oublierai jamais – et ensuite le pousser jusque là où il pouvait l'atteindre. On avait un manche de râteau cassé pour ça. Il aurait pas fallu s'approcher trop près. Il t'aurait planté ses griffes, peut-être attiré. J'avais pas besoin de Papa pour me dire que s'il m'avait chopé, il m'aurait mangé vivant, il aurait mangé le plus qu'il aurait pu de moi, vivant et hurlant. Et c'était le frère qui me faisait les bons nards. Le frère qui m'aimait. Sans lui, je m'en serais jamais sorti. Sans lui, Papa m'aurait tué avant que j'atteigne les cinq ans, pas parce qu'il en avait l'intention mais parce qu'il était dans sa propre crapouasse. Moi et Paul on s'en est sortis ensemble. Solidarité entre frères. Tu comprends ? »

Lisey fait oui de la tête. Elle comprend.

« Sauf que ce mois de janvier-là, mon grand frère était doublement enchaîné à la cave – au pilier central et à la table de la presse – et tu pouvais mesurer les limites de son monde à cet arc de cercle... cet arc de cercle de merdes... là où il allait au bout de ses chaînes... pour s'accroupir... et chier. »

Un instant, il presse la base de ses paumes sur ses yeux. Les tendons saillent dans son cou. Il respire par la bouche – de longues aspirations tremblantes et râpeuses. Elle ne pense pas qu'elle a besoin de lui demander où il a appris comment exprimer son chagrin en silence ; ça, désormais, elle le sait. Quand il est redevenu calme, elle demande : « Comment a fait ton père pour lui passer les chaînes ? Tu t'en souviens ?

— Je me souviens de tout, Lisey, mais ça ne veut pas dire que je *sais* tout. Une demi-douzaine de fois, il a mis un truc dans la nourriture de Paul, de ça je suis sûr. Je pense que c'était une espèce de calmant pour animaux, mais comment il se l'est procuré je n'en ai pas la moindre idée. Paul avalait tout ce qu'on lui donnait sauf les légumes verts, et en général manger le rechargeait en énergie. Il jappait et aboyait et faisait des bonds ; il courait jusqu'au bout de ses chaînes – il tentait de les briser, je suppose – ou il sautait sur place et cognait avec ses poings sur le plafond à en avoir les jointures en sang. Peut-être qu'il cherchait à trouver une issue, ou alors c'était peut-être juste pour le plaisir que ça lui procurait. Parfois il se couchait par terre et se masturbait.

« Mais de temps en temps il restait actif seulement dix ou quinze minutes et puis s'arrêtait. C'était les fois où Papa devait lui avoir donné le calmant. Il s'accroupissait, en grommelant, puis il basculait sur le côté, mettait ses mains entre ses jambes et s'endormait. La première fois qu'il a fait ça, Papa lui a mis les deux ceintures en cuir qu'il avait fabriquées, sauf que je devrais plutôt appeler celle pour le cou un collier, non ? Il avait fixé des grosses manilles en métal derrière. Il y a passé les chaînes, la chaîne de tracteur dans la manille de la ceinture et la chaîne plus légère dans celle du collier sur la nuque. Puis avec une lampe à souder, il a soudé les manilles pour les fermer. Et voilà comment Paul a été entravé. Quand il s'est réveillé, il est devenu fou de se retrouver comme ça. Comme s'il allait démolir la maison à force de la secouer. » Les inflexions plates, nasales de la Pennsylvanie rurale sont si bien revenues dans sa voix que le mot *maison* en acquiert presque une sonorité germanique, presque *meûsson*. « On était en haut de l'escalier, on le regardait, et j'ai supplié Papa de le relâcher avant qu'il se brise le cou ou s'étrangle, mais Papa l'a dit qu'il s'étranclerait pas, et Papa l'avait raison. Ce qu'y a eu au bout de trois semaines, c'est qu'il a commencé à déplacer la table et même le pilier – le pilier en acier qui soutenait le plancher de la cuisine – mais y s'est jamais brisé le cou et y s'est jamais étranclé.

« Les autres fois où Papa l'a mis dans le cirage, c'était pour voir si je pouvais l'emmener à Na'ya Lune – je t'ai dit que c'était con-ça que moi et Paul on l'appelait, l'aut'endroit ?

— Oui, Scott. » Elle aussi pleure maintenant. Laissant couler ses larmes, ne voulant pas qu'il la voie s'essuyer les yeux, ne voulant pas qu'il la voie prendre en pitié le petit garçon de la ferme.

« Papa y voulait voir si je pouvais l'emmener et le faire récupérer comme les fois où Papa l'avait coupé, ou comme cette fois-là où Papa lui avait enfoncé ses pinces dans l'œil et l'œil il ressortait un peu con-ça et Paul y criait criait pasqu'y pouvait plus voir bien, ou alors la fois où Papa y m'avait gueulé dessus en disant "Scoot, chien de ta chienne, 'spèce de fou-tueur de mère !" pasque j'avais pataugé dans la bouillasse au printemps et y m'avait jeté par terre et cassé mon coccyx et je pouvais plus marcher trop bien. Sauf qu'après y être *allé* et avoir eu un bon nard... tu sais, une récompense... mon coccyx il est revenu bien comme il faut. » Il hoche la tête contre elle. « Et Papa, il le voit il me donne un baiser et il dit, "Scott, t'es unique toi. Je t'aime, 'spèce de p'tit fouteur de mère." Et moi je lui donne un baiser et je dis "Papa, c'est *toi* qu'es unique. Je t'aime, 'spèce de grand fouteur de mère." Et il a ri. » Scott s'écarte un peu d'elle et même dans l'obscurité elle peut voir que son visage est presque devenu un visage d'enfant. Et elle y voit ce ravissement gauche de pélican, de prince des nuées exilé sur le sol. « Il a ri tellement fort qu'il a failli en tomber de sa chaise – j'avais fait *rire* mon père ! »

Elle a mille questions et n'ose pas en poser une seule. N'est pas sûre qu'elle *pourrait* en poser une seule.

Scott porte une main à son visage, se frotte les joues, la regarde de nouveau. Et il est de nouveau là. Juste comme ça. « Seigneur, Lisey, dit-il. Je n'ai jamais raconté ça à personne, jamais. Ça va, tu tiens le coup ?

— Oui, Scott.

— Tu es une femme sacrément courageuse, alors. Ou bien as-tu déjà commencé à te dire que tout ça c'est des conneries ? » Il va même jusqu'à sourire un peu. C'est un petit sourire hésitant, mais il est plutôt sincère, et elle le trouve assez touchant pour l'embrasser : d'abord un coin, puis l'autre, pour pas faire de jaloux.

« Oh, j'ai essayé, dit-elle. Ça n'a pas marché.

— À cause de comment on a fait dard-dard de sous l'arbre miam-miam ?

— C'est comme ça que tu dis ?

– C'est Paul qui disait comme ça pour un petit voyage. Un petit voyage dard-dard qui nous transportait d'ici à là-bas. Ou bien un traque-dard.
– Comme traque-nard, mais avec un *d*.
– Exact, dit-il. Ou comme un livre. Un livre est un traque-narre, avec deux *r* et un *e*. »


17

*Je suppose que ça dépend de toi, Scott.*
Ce sont les mots de son père. Ils persistent et signent.
*Je suppose que ça dépend de toi.*
Mais il n'a que dix ans. Et la responsabilité de sauver la vie et la santé mentale de son frère – peut-être même son âme – pèse sur lui et lui vole son sommeil tandis que Noël et Nouvel An passent et que janvier froid et neigeux s'installe.
*Tu l'as fait récupérer un paquet de fois, tu l'as fait récupérer pour un paquet de trucs.*
C'est vrai, mais il n'y a jamais rien eu de comparable à *ça* et Scott découvre qu'il ne peut plus manger sauf si Papa est debout derrière lui et l'exhorte à avaler chaque bouchée. Le moindre cri étouffé de la chose dans la cave fait coulisser la fermeture de son mince sommeil et il se réveille, mais la plupart du temps cela l'arrange, parce que ce qu'il laisse derrière lui, ce sont d'atroces cauchemars barbouillés de rouge. Dans nombre d'entre eux, il se retrouve seul à Na'ya Lune après la tombée de la nuit, parfois dans certain cimetière près de certaine mare, une étendue désertique de stèles en pierre et de croix en bois, à écouter les gloussements des rires et à respirer la brise jusque-là suave qui commence à sentir mauvais près du sol, là où elle fouille l'enchevêtrement des broussailles. Tu peux venir à Na'ya Lune après la tombée de la nuit, mais ce n'est pas une bonne idée, et si tu t'y trouves après le lever complet de la lune, tu évites de faire du bruit. Tu te tais. Tu la fermes comme un petit foutriqué. Mais dans ses cauchemars, Scott oublie toujours et il est atterré de se découvrir chantant *Jambalaya* à pleine voix.
*Peut-être que tu pourras le faire récupérer de ça.*

Mais la première fois que Scott essaie, il sait que c'est sans doute impossible. Il le sait aussitôt qu'il risque un bras hésitant autour de la chose ronflante, puante, conchiée, roulée en boule au pied du pilier central de la cave. Autant vouloir s'arrimer un piano à queue sur le dos et puis danser le cha-cha-cha avec. Avant, lui et Paul sont allés facilement dans cet autre monde-là (qui n'est en vérité que *ce* monde-*ci* retourné comme un gant, dira-t-il plus tard à Lisey). Mais la chose ronflante à la cave est une enclume, un coffre-fort... un piano à queue arrimé sur l'échine d'un môme de dix ans.

Il bat en retraite vers Papa, sûr de recevoir la fessée et tant pis pour lui. Il a le sentiment de mériter la fessée. Ou pire. Mais Papa, qui est resté assis au pied de l'escalier avec une bûche à la main pour tout observer, ne donne pas de fessée ni ne frappe avec le poing. Ce qu'il fait, c'est dégager les cheveux sales et emmêlés de la nuque de Scott pour planter là un baiser avec une tendresse qui fait frémir le garçon.

– *Ça m'étonne pas vraiment, Scott. La crapouasse se plaît exactement là où elle est.*

– *Papa, est-ce que Paul est encore un peu là-dedans ?*

– *J'sais pas.*

Maintenant il a pris Scott entre ses jambes écartées si bien qu'il y a deux bottes en caoutchouc vert de chaque côté du garçon. Les mains de Papa sont mollement refermées autour du torse de Scott et son menton est posé sur l'épaule de Scott. Ensemble ils regardent la chose endormie roulée en boule au pied du pilier. Ils regardent les chaînes. Ils regardent l'arc de cercle de merdes qui marque la frontière de son monde souterrain. – *Qu'est-ce que tu en penses, Scott ? Qu'est-ce que tu ressens ?*

Il envisage de mentir à Papa, mais pas plus d'une seconde. Il fera pas ça tant que les bras de l'homme l'entourent, pas tant qu'il sent l'amour de Papa se transmettre à lui, clair comme les ondes de WWVA la nuit. L'amour de Papa est en tout point aussi sincère que sa colère et sa folie, même s'il est moins fréquemment vu et moins fréquemment démontré.

– *P'tit bonhomme, on peut pas continuer comme ça.*

– *Pourquoi pas ? Il mange, au moins...*

– *Tôt ou tard quelqu'un viendra et l'entendra là en bas. Un toufoutu voyageur de commerce, un minable vendeur de Brosses à Mieux Reluire, il en faudra pas plus que ça.*

– *Il se tiendra tranquille. La crapouasse le fera tenir tranquille.*
– *Peut-être, peut-être pas. On peut pas dire ce que fera la crapouasse, pas vraiment. Et il y a l'odeur. Je peux bien répandre de la chaux jour et nuit, cette puanteur de merde remontera toujours par le plancher de la cuisine. Mais surtout... Scooter, tu vois pas ce qu'il est en train de faire à cette pauvre table avec la presse dessus ? Et le pilier ? Le foutriqué pilier ?*

Scott regarde. Au début il peut à peine en croire ses yeux, et bien sûr il ne *veut* pas en croire ses yeux. Cette grosse table, même avec ses cinq cents livres de vieille presse à bras Stratton posées dessus, a été déplacée d'au moins un mètre par rapport à sa position initiale. Il distingue les marques carrées laissées par les pieds dans la terre battue. Le pire c'est le pilier en acier, dont le sommet appuie contre un patin métallique peint en blanc fixé à la poutre qui court juste en dessous de leur table de cuisine. Scott aperçoit un angle droit tatoué sur cette pièce de métal blanc et il comprend que c'est là que le sommet du pilier de soutènement venait buter. Scott évalue à l'œil le pilier lui-même, cherchant à repérer une inclinaison. Il ne peut pas, pas encore. Mais si la chose continue à tirer dessus de toute sa force inhumaine... jour après jour...

– *Papa, je peux encore essayer ?*

Papa soupire. Scott tourne la tête pour regarder son visage détesté, redouté, aimé.

– *Papa ?*

– *Tu peux toujours t'escrimer à t'en péter la sous-ventrière*, dit Papa. *Tu peux toujours t'escrimer et bonne chance à toi.*

18

Silence dans le bureau au-dessus de la grange, où il fait chaud, elle est blessée, et son mari est défunt.

Silence dans la chambre d'amis, où il fait froid et son mari s'en est *allé*.

Silence dans la chambre à *La Ramure de Cerf*, où ils sont couchés côte à côte ; Scott et Lisey, **Maintenant nous sommes deux.**

Puis le Scott vivant parle pour celui qui est mort en 2006 et s'en est *allé* en 1996, et les arguments contre la folie font plus que s'échouer ; pour Lisey Landon, ils finissent par s'effondrer complètement : tout idem.

19

Hors de leur chambre à *La Ramure de Cerf*, le vent souffle et les nuages s'effilochent. À l'intérieur, Scott s'interrompt assez longtemps pour boire un peu d'eau dans le verre qu'il garde toujours au chevet du lit. Cette interruption rompt la régression hypnotique qui s'est à nouveau emparée de lui. Quand il reprend, il semble raconter plutôt que *revivre*, et pour Lisey le soulagement est énorme.

« J'ai réessayé deux autres fois », dit-il. *Essayé*, pas *'sayé*. « J'ai longtemps pensé que c'était moi qui l'avais fait tuer, avec cette dernière fois. Jusqu'à ce soir j'ai cru ça, mais d'en parler – de *m'entendre* en parler – m'a aidé plus que je ne l'aurais jamais imaginé. Je suppose que les psychanalystes tiennent un truc, en fin de compte, avec leur histoire de cure par la parole, tu ne crois pas ?

– Je n'sais pas. » Pas plus qu'elle ne s'en soucie. « Est-ce que ton père t'en a voulu ? » Pensant, *Bien sûr qu'il t'en a voulu.*

Mais une fois de plus, elle semble avoir sous-estimé la complexité du petit triangle qui exista un temps dans une ferme isolée sur une colline de Martensburg, Pennsylvanie. Car, après avoir hésité un instant, Scott secoue la tête.

« Non. Il aurait pu me rassurer s'il m'avait pris dans ses bras – comme il l'avait fait après ma première tentative – en me disant que c'était pas ma faute, que c'était la faute de *personne*, que c'était juste la crapouasse, comme le cancer ou la paralysie cérébrale, mais il a pas fait ça, non plus. Il m'a juste soulevé d'une main pour m'écarter... et je suis resté là suspendu comme une marionnette aux fils sectionnés... et après ça on a juste... » Dans la pénombre lumineuse, Scott explique d'un seul geste terrible tout son long silence sur son passé. Il pose un doigt sur ses lèvres une seconde – un point d'exclamation pâle sous ses yeux dilatés – et le garde là : *Chhhhht.*

Lisey se rappelle comment ça a été quand Jodi a quitté la maison après être tombée enceinte et elle hoche la tête pour dire qu'elle comprend. Scott lui adresse un regard reconnaissant.

« Trois tentatives en tout, reprend-il. La deuxième, trois ou quatre jours seulement après la première. J'ai essayé de toutes mes forces, mais ce fut exactement comme la première fois. Sauf qu'à ce moment-là, on *pouvait* voir l'inclinaison du pilier auquel il était enchaîné, et il y avait un deuxième arc de cercle de merdes, à l'extérieur du premier, parce qu'il avait déplacé un peu plus la table et gagné encore un peu de mou sur sa chaîne. Papa commençait à avoir peur qu'il arrache un pied de la table, même s'ils étaient en acier, eux aussi.

« Après ma deuxième tentative, j'ai dit à Papa que j'étais à peu près sûr de savoir ce qui n'allait pas. J'y arrivais pas – j'arrivais pas à l'*emmener* – parce qu'il était toujours HS quand je m'approchais de lui. Et Papa m'a dit : "Alors, c'est quoi ton plan, Scooter, tu veux le choper pendant qu'il est réveillé et écumant ? Il t'arracherait ta trouffue tête." J'ai dit que je savais. J'en savais même plus que ça, Lisey – je savais que s'il m'arrachait pas la tête dans la cave, il me l'arracherait de l'autre côté, à Na'ya Lune. Alors j'ai d'mandé à Papa s'il pouvait le mettre HS juste un peu – tu sais, juste dans les vapes. Assez pour que je puisse m'approcher et le tenir comme je t'ai tenue, aujourd'hui, sous l'arbre miam-miam.

– Oh, Scott », dit-elle. Elle tremble pour le petit garçon de dix ans, même si elle sait que tout a forcément bien tourné ; elle sait qu'il a vécu pour donner naissance au jeune homme allongé près d'elle.

« Papa a dit que c'était dangereux. "C'est jouer avec le feu ça, Scoot", il a dit. Je savais que je jouais avec le feu, mais y avait aucun autre moyen. On pouvait pas le garder beaucoup plus longtemps à la cave ; même moi, je me rendais compte de ça. Alors Papa – y m'a un peu ébouriffé les cheveux comme ça et il a dit, "Qu'est-ce il est dev'nu le p'tit trouillard qu'avait peur de sauter du banc de l'entrée ?" J'ai été étonné qu'il se souvienne de ça, vu comme il était profond dans la crapouasse, et j'ai été fier. »

Lisey pense que cela a dû être une vie bien sinistre, dans laquelle faire plaisir à pareil homme pouvait remplir de fierté un enfant, et elle se souvient qu'il n'avait que dix ans. Dix ans, et tout seul avec un monstre enchaîné à la cave la plupart du temps. Le père aussi était un monstre, mais du moins était-il un monstre rationnel une petite partie du temps. Un monstre capable de distribuer au compte-gouttes ses baisers.

« Et puis... » Scott lève les yeux vers la pénombre ambiante. Un instant la lune perce. Elle lance une patte de chat claire et joueuse sur son visage avant de se replier à nouveau dans les nuages.

Quand il reprend, elle entend encore l'enfant revenir. « Papa – t'vois, Papa jamais l'a d'mandé quoi que j'ai vu ni où qu'j'ai été ni quoi que j'ai fait quand j'étais là-bas et je crois pas qu'il a jamais d'mandé à Paul – j'sais même pas si Paul y s'souvenait trop – mais là l'a b'en failli. Y m'a dit, "Et si tu l'emmènes comme ça, Scoot. Qu'est-ce y s'passe si y s'réveille ? Est-ce qu'y s'en va d'un coup être guéri ? Parce que sinon, je s'rai pas là pour t'aider."

« Mais j'y avais pensé, t'vois ? J'y avais pensé pensé pensé jusqu'à qu'j'aurais dit que mon cerveau l'allait 'xploser. » Scott se dresse sur un coude pour la regarder. « Je savais aussi bien que Papa, peut-être même mieux, qu'y fallait en finir. À cause du pilier. Et de la table. Mais aussi à cause qu'y maigrissait, et qu'il avait des vilaines taches sur la figure de pas manger la nourriture qui fallait – quand on lui donnait des légumes, y jetait tout loin, sauf les patates et les oignons, et un de ses yeux – celui que Papa lui avait abîmé avant – il était devenu tout blanc laiteux en dessus le rouge. Aussi ses dents, elles continuaient à tomber et un de ses coudes, l'était devenu tout tordu. Y se déglinguait d'être là en bas, Lisey, et ce qui était pas déglingué du manque de soleil et de bonne nourriture, il le bousillait en se cognant à mort. Tu comprends ? »

Elle fait oui de la tête.

« Alors j'ai eu cette petite idée que j'ai dite à Papa. Il a dit, "Tu te crois foutriquement malin pour dix ans, c'est ça ?" Et j'ai dit non, j'étais pas trop malin pour rien, et s'y pensait qu'y avait un autre moyen qu'était meilleur et plus sûr, alors d'accord. Sauf qu'il en avait pas. Il a dit, "*Moi* je le crois que t'es foutriquement malin pour dix ans, j'te le dis. Et t'as fini par te choper du cran en grandissant. Sauf si tu t'débines."

« "Je me débinerai pas", j'ai dit.

« Et il a dit, "T'auras pas besoin, Scooter, parce que je serai là posté au pied de l'escalier avec ma foutroudue carabine de chasse

## 20

Papa est posté au pied de l'escalier avec sa carabine de chasse, sa .30-06 dans les mains. Scott est debout à côté de lui, il regarde la chose enchaînée au pilier en métal et à la table avec la presse dessus, en tâchant de ne pas trembler. Dans sa poche droite, il a l'instrument long et fin que Papa lui a donné, une seringue hypodermique avec un capuchon en plastique sur l'aiguille. Scott a pas besoin que son Papa lui dise que c'est un mécanisme fragile. Si y a une bagarre, elle risque de se casser. Papa a proposé de la mettre dans une petite boîte en carton blanc qui a contenu un stylo à plume, mais sortir la seringue de la boîte prendrait encore une ou deux secondes – au moins – et ça risquerait d'être toute la différence entre la vie et la mort s'il arrive à faire passer la chose enchaînée au pilier à Na'ya Lune. À Na'ya Lune y aura plus de Papa armé d'une carabine de chasse .30-06. À Na'ya Lune ça sera juste lui et la chose qui s'est glissée à l'intérieur de Paul comme une main dans un gant volé. Rien que tous les deux en haut de la Colline Câline.

La chose qui était son frère avant est vautrée, les jambes écartées, le dos appuyé au pilier central. Toute nue, sauf le tricot de corps de Paul. Les jambes et les pieds tout sales. Les flancs plâtrés de merde. Le plat à tarte, tout léché, sans plus du tout de graisse, est posé près d'une main crasseuse. Le hamburger géant qui était posé dessus a disparu dans le gosier de la chose-Paul en quelques secondes, et pourtant Andrew Landon s'était bien cassé la tête pendant une demi-heure sur le mélange de viande hachée, bazardant sa première création dans la nuit après avoir décrété qu'il avait eu la main trop lourde avec « la came ». « La came », c'est des cachets blancs, qui ressemblent beaucoup aux Tums et aux Rolaids que Papa prend parfois. La seule fois où Scott a demandé à Papa d'où ils venaient, ces cachets, Papa a dit – *Dis donc, Georges le petit curieux, pourquoi tu fermes pas ton maudit clapet avant que ça soit moi qui te le ferme* et quand Papa dit un truc comme ça, tu te le fais pas dire deux fois si t'as un pet de jugeote. Papa a écrasé les cachets avec le cul d'un verre. Il a parlé en faisant ça, peut-être pour lui tout seul, peut-être pour Scott, pendant qu'en dessous d'eux la chose enchaînée à la presse à bras réclamait son souper avec des grondements monotones. – *Facile à calculer quand tu veux le mettre HS*, disait Papa, son regard passant du petit tas de poudre blanche à la viande hachée. – *S'rait plus facile si je voulais zigouiller l'emmerdeur petit fouteur de mère, hè ? Mais non, je veux pas faire ça, je veux juste* lui *donner une chance de zigouiller çui des deux qu'est encore d'attaque, pauv'con que j'suis.*

*M'enfin, foutriqué et troufiqué, l'bon Dieu aime pas les trouillards.* Il s'est servi du côté de son petit doigt avec une étonnante délicatesse pour séparer du tas une petite ligne de poudre blanche. Il en a pris une pincée, l'a saupoudrée sur la viande comme du sel, l'a incorporée en la pétrissant, puis en a repris un tout petit peu qu'il a incorporé en pétrissant encore. Il s'enquiquinait pas beaucoup à *cuziner chaud,* comme il disait, pour la chose en bas, disait que *ça* serait bien content de manger sa viande crue – encore sanglante et palpitante sur l'os, même.

À présent, Scott est debout à côté de son Papa, seringue en poche, épiant la chose dangereuse qui dodeline contre le pilier et ronfle, lèvre supérieure retroussée. Ça geint par les côtés de la bouche. Les yeux sont à moitié ouverts mais il n'y a pas trace d'iris ; Scott voit seulement le blanc lisse et brillant... *Sauf que le blanc l'est plus du tout blanc,* pense-t-il.

– *Vas-y, bougredamné,* dit Papa en lui filant une bourrade sur l'épaule. *Si tu dois le faire, alors fais-le avant que je m'énerve ou que je chope une foutroudue crise cardiaque... ou bien tu crois qu'y fait semblant ? Semblant d'être dans le cirage ?*

Scott secoue la tête. La chose essaie pas de les rouler, il le sentirait – et puis il regarde son père avec étonnement.

– *Quoi ?* demande Papa irrité. *Qu'est-ce qui te germe dans le crâne à part ta toufue tignasse ?*

– *Est-ce que t'as vraiment... ?*

– *Est-ce que j'ai vraiment peur ? C'est ça que tu veux savoir ?*

Scott hoche la tête, soudain intimidé.

– *Ouais, j'suis mort de trouille, merde. Tu croyais que t'étais le seul ? Maintenant ferme ton clapet et fais-le si tu dois le faire. Finissons-en avec ça.*

Il ne comprendra jamais pourquoi il se sent plus courageux maintenant que son père a reconnu qu'il avait peur ; toujours est-il que c'est ce qu'il ressent. Il marche vers le pilier central. En marchant, il touche encore une fois le corps de la seringue dans sa poche. Il atteint le premier arc de cercle de merdes et l'enjambe. Le pas suivant lui fait franchir le cercle intérieur et le mène dans ce qu'on pourrait appeler l'antre de la chose. Ici l'odeur est intense ; pas l'odeur de merde, même pas de cheveux et de peau mais plutôt de fourrure et de cuir. La chose a un pénis plus grand qu'était celui de Paul. L'entrejambe de Paul, qui était parsemé d'un duvet de pêche, s'est couvert du chaume dru des gros poils pubiens rugueux de la chose, et les pieds, à l'extrémité des jambes de Paul (ces jambes-là sont les seules choses qui paraissent encore les mêmes), sont bizarrement tournés vers l'intérieur, comme si les os au niveau des chevilles étaient en train de se déformer. *Des planches laissées sous la pluie*, pense Scott ; et c'est pas une absurdité complète.

Puis ses yeux retournent au visage de la chose – à ses yeux. Les paupières sont encore à moitié baissées, et il n'y a toujours pas trace d'iris, rien que du blanc injecté de sang. La respiration est de même inchangée ; les mains sales continuent de retomber mollement, paumes ouvertes, comme en reddition. Scott sait pourtant qu'il a pénétré la zone rouge. Ça servira à rien d'hésiter à présent. La chose le flairera et s'éveillera d'une seconde à l'autre. Ça arrivera en dépit de « la came » que Papa a mise dans le hamburger, et donc s'il peut le faire, s'il peut *emmener* la chose qui a volé son frère...

Scott continue d'avancer, sur des jambes qu'il peut à peine sentir maintenant. Une partie de son esprit est absolument convaincue qu'il marche vers sa mort. Il sera même pas capable de rentrer dard-dard, pas une fois que la chose-Paul l'aura attrapé. N'importe, il s'avance à portée de son étreinte mortelle, au cœur de son plus intime concentré de puanteur sauvage, et pose ses mains sur ses flancs nus et moites. Il pense

*(Paul viens avec moi maintenant)*
et
*(Nard Na'ya Na'ya Lune eau sucrée la mare)*

et l'instant d'un battement de cils, d'un craquement de cœur, cela manque se produire. Il y a cette sensation familière des choses qui se dérobent ; monte le bourdonnement d'insectes et le délicieux parfum diurne des arbres de la Colline Câline. Puis les mains aux grands ongles de la chose sont autour du cou de Scott. Ça ouvre sa bouche et son rugissement balaye les sons et les parfums de Na'ya Lune qui sont emportés au loin sur le courant d'air de son haleine de charogne. Pour Scott, c'est comme si quelqu'un venait juste de catapulter un boulet rouge sur le délicat réseau en formation de son... de son quoi ? Ce n'est pas son esprit qui l'emporte vers cet autre endroit, pas précisément son *esprit*... et il n'y a guère de temps pour réfléchir plus avant parce que la chose l'a pris, *ça* l'a *pris*. Tout ce que Papa redoutait s'est réalisé. Sa bouche s'est déboîtée d'une façon cauchemardesque, défiant les lois de la normalité, semblant laisser pendre sa mâchoire inférieure à hauteur de son

*(poitrail)*

torse, déformant la face crasseuse pour en faire quelque chose d'où tout vestige ultime de Paul – d'où toute humanité même – a disparu. C'est la crapouasse démasquée. Scott a le temps de penser *Y va m'avaler la tête d'une seule bouchée, comme une sucette.* Cette monstrueuse bouche bâille, les yeux rouges étincellent dans l'éclat des ampoules nues qui pendent du plafond, et Scott ne s'en va nulle part sauf vers sa mort. La tête de la chose se renverse en arrière, assez pour taper dans le pilier, puis se propulse en avant.

Mais Scott une fois encore a oublié Papa. La main de Papa surgit de la pénombre, saisit la chose-Paul par les cheveux, et parvient à lui tirer la tête en arrière. Puis l'autre main de Papa apparaît, pouce enroulé autour du fût de sa carabine de chasse là où le fût est le plus mince, index collé à la détente. Il enfonce le canon de la carabine dans le menton levé de la chose.

– *Papa, non !* hurle Scott.

Andrew Landon n'écoute pas, ne peut pas se *permettre* d'écouter. Il a beau avoir saisi une pleine poignée des cheveux de la chose, ils échappent quand même à son poing fermé. Maintenant la chose braille, et son braillement résonne épouvantablement comme un mot. Un seul.

Comme *Papa*.

– *Dis bonjour à l'enfer, 'spèce de fouteur de mère de crapouasse*, dit Sparky Landon, et il presse la détente. La détonation de la .30-06 est assourdissante dans l'espace clos de la cave ; elle résonnera pendant encore deux heures ou plus dans les oreilles de Scott. Les cheveux hirsutes derrière la tête de la chose sont soulevés, comme par un soudain coup de vent, et un grand éclaboussement cramoisi repeint le pilier central incliné. Les jambes de la chose se détendent dans un spasme fou de dessin animé, un seul, et s'immobilisent. Les mains autour du cou de Scott tressaillent en se resserrant momentanément avant de retomber, paumes ouvertes, *floump,* sur la terre battue. Le bras de Papa encercle Scott et le soulève.

– *Ça va, Scoot ? Tu peux respirer ?*

– *Ça va, Papa. Est-ce qu'il fallait que tu le tues ?*
– *Tu as pas de cervelle ?*

Scott pend, tout mou, dans le cercle du bras de son père, incapable de croire que c'est arrivé, même s'il savait que ça risquait d'arriver. Il aimerait pouvoir tomber dans les pommes. Il aimerait – un peu, en tout cas – pouvoir mourir lui aussi.

Papa le secoue.

– *Il allait te tuer, oui ou non ?*
– *O-O-Oui.*
– *J'veux que oui, merde. Bon Dieu, Scotty, y s'démenait comme un foutriqueur de diable de mère pour te choper. Pour te choper ta troufoutue gorge !*

Scott sait que c'est vrai, mais il sait autre chose aussi.

– *R'ga'de-le, P'pa – R'ga'de-le maint'nant !*

Durant une seconde de plus ou deux, il pend, comme une poupée de chiffons ou une marionnette dont on aurait sectionné les fils, hors du cercle formé par le bras de son père, puis Landon lentement le rabaisse à terre et Scott sait que son père voit ce que Scott voulait qu'il voie : rien qu'un petit gars. Rien qu'un petit gars innocent qui a été enchaîné dans la cave par son cinglé de père et son béni-oui-oui de petit frère, puis affamé jusqu'à n'avoir plus que la peau sur les os et être couvert de plaies ; un petit gars qui s'est battu si pitoyablement dur pour sa liberté qu'il a bel et bien déplacé le pilier d'acier et la table cruellement lourde auxquels il était enchaîné. Un petit gars qui a vécu trois semaines de cauchemar, prisonnier dans ce cul-de-basse-fosse, avant de finir avec une balle dans la tête.

– *Je le vois*, dit Papa, et la seule chose plus lugubre que sa voix est sa figure.

– *Pourquoi est-ce qu'il est plus comme avant, Papa ? Pourquoi…*

– *Parce que la crapouasse est* partie, *nunuche.* Et il y a là une ironie que même un enfant de dix ans sérieusement ébranlé est capable d'apprécier, du moins un enfant intelligent comme Scott : maintenant que Paul est mort, enchaîné à un pilier dans la cave et la cervelle explosée, Papa a jamais eu l'air ni la chanson de quelqu'un de plus sain d'esprit. *Et si quelqu'un d'autre le voit comme ça, je suis bon pour la prison d'État de Waynesburg ou pour être bouclé dans c'tte toufu asile de fous là-bas à Reedville. À condition que je me fasse pas lyncher d'abord. Y va falloir qu'on l'enterre, et pour être coton ça va être coton avec le sol dur comme il est, dur de dur.*

Scott dit,

— *Je vais l'emmener, Papa.*

— *Comment ça tu vas l'emmener ? T'as pas pu l'emmener quand il était en vie !*

Il a pas les mots pour expliquer que maintenant ça sera pas plus difficile que d'aller là-bas avec ses habits sur son dos, comme il le fait toujours. Ce poids d'enclume, ce poids de coffre-fort, ce poids de piano à queue s'en est allé de la chose enchaînée au pilier ; la chose enchaînée au pilier est rien de plus maintenant que la spathe verte qu'on arrache autour d'un épi de maïs. Scott se contente de dire,

— *Je peux le faire maintenant.*

— *T'es qu'un petit sac gonflé de vantardise et de vent*, dit Papa, mais il appuie la carabine de chasse contre la table qui supporte la presse. Il passe une main dans ses cheveux et soupire. Pour la première fois il ressemble pour Scott à un homme qui pourrait vieillir.

— *Vas-y donc, Scott, autant qu't'essayes. Peut pas faire de mal.*

Mais maintenant qu'y a plus de véritable danger, Scott est pudique.

— *Tourne-toi, Papa.*

— *PUTAIN QU'EST-CE TU DIS ?*

Y a des coups qui attendent de pleuvoir dans la voix de Papa, mais pour une fois Scott recule pas. C'est pas le truc de s'en *aller* qui le gêne ; il s'en fiche que Papa voie ça. Mais ce qui heurte sa pudeur, c'est que Papa le voie prendre son frère dans ses bras. Il va pleurer. Il sent que ça vient déjà, comme la pluie sur la fin d'un après-midi de printemps, quand la journée a été rendue brûlante par un avant-goût d'été.

— *S'il te plaît*, dit-il de sa voix la plus tranquillisante. *S'il te plaît, Papa.*

Un instant Scott est à peu près sûr que son père va franchir d'un bond l'espace entre lui et son fils survivant, avec son ombre triple fonçant à côté de lui sur les murs de pierre, et lui en retourner une – peut-être l'expédier direct dans les bras morts de son frère. Il lui en a retourné des centaines et d'habitude à cette seule pensée Scott rentre la tête dans les épaules, mais là il se tient droit entre les jambes écartées de Paul, et regarde son père dans les yeux. C'est dur de faire ça, mais il y arrive. Parce qu'ils ont franchi ensemble un terrible passage, et qu'ils devront garder ça pour eux pour toujours : *Chhhhhht.* Alors il mérite de demander, et il mérite de regarder Papa dans les yeux pendant qu'il attend sa réponse.

Papa ne se jette pas sur lui. Non, il prend une forte inspiration, l'expulse, et se détourne.

— *Bientôt t'vas m'dire quand passer la serpière et curer les chiottes, j'imagine*, grommelle-t-il. *J'compte jusqu'à trente, Scoot, et après*

## 21

« "Je compte jusqu'à trente et après je me retourne", dit Scott à Lisey. Je suis à peu près sûr que c'est ce qu'il a dû dire, mais j'ai pas entendu la fin parce que j'étais déjà parti, disparu de la surface de la terre, et Paul aussi, en laissant sur place ses chaînes. Une fois qu'il a été mort, je l'ai emmené avec moi aussi facilement qu'avant ; peut-être plus facilement. Je parie que Papa a jamais fini de compter jusqu'à trente. Bon Dieu, je parie même qu'il avait pas encore commencé à compter quand il a entendu cliqueter les chaînes ou peut-être l'air s'engouffrer pour remplir l'espace que nous avions laissé vacant, et qu'en se retournant il a vu qu'il avait la cave pour lui tout seul. » Scott s'est laissé aller contre elle ; la sueur sur son visage, ses bras et son corps est en train de sécher. Il l'a raconté, il a fait sortir de lui le pire de cette histoire, il l'a vomi.

« Le bruit de l'air, dit-elle. Je me suis demandé, tu sais. S'il y avait eu un souffle d'air quand nous... tu sais... sommes sortis sous la neige.

— Quand on a fait dard-dard.

— Oui, quand nous... ça.

— Quand on s'est traque-dardés, Lisey. Dis-le.

— Quand on s'est traque-dardés. » Se demandant si elle est folle. Se demandant si *lui* l'est, et si c'est contagieux.

Maintenant *oui* il allume une autre cigarette, et dans la clarté de la flamme, son visage est franchement curieux. « Tu as vu quoi, Lisey ? Tu te souviens ? »

Hésitante, elle dit : « Il y avait beaucoup de pourpre, couvrant la pente d'une colline... et j'avais une sensation d'ombre fraîche, comme s'il y avait des arbres juste derrière nous, mais tout ça fut si *rapide*... une seconde ou deux, pas plus... »

Il rit, et d'un bras l'étreint. « C'est de la Colline Câline que tu parles.

– La Colline Câline ?

– C'est Paul qui l'avait appelée comme ça. Il y a de la bonne terre autour de ces arbres – souple, profonde, je ne pense pas que ça soit jamais l'hiver là-bas – et c'est là que je l'ai enterré. C'est là que j'ai enterré mon frère. » Il la considère solennellement et dit, « Veux-tu aller voir, Lisey ? »

22

Lisey s'était endormie sur la moquette du bureau malgré la douleur...

Non. Elle était pas endormie, parce que tu peux *pas* dormir avec une douleur pareille. Pas sans médicaments. Alors elle était quoi ?

*Subjuguée.*

Elle essaya le mot pour vérifier sa taille et décida qu'il allait à la perfection. Elle avait glissé dans une sorte de double (peut-être même triple) réminiscence. *Total recall.* Mais au-delà de ce point, ses souvenirs de la chambre d'amis glaciale où elle l'avait trouvé catatonique et ceux de la chambre du premier étage de *La Ramure de Cerf* (ces souvenirs-là antérieurs de dix-sept ans mais encore plus nets que les précédents) étaient oblitérés. *Veux-tu aller voir, Lisey ?* lui avait-il demandé – oui, oui –, mais quelque épisode qui avait suivi était noyé de brillante lumière pourpre, caché derrière ce rideau, et quand elle voulait tendre la main pour l'écarter, des voix d'autorité montant de l'enfance (les voix de Bonne Ma, de Dandy, de toutes ses grandes sœurs) poussaient des cris d'alarme. *Non, Lisey ! T'es allée assez loin comme ça, Lisey ! Arrête-toi là, Lisey !*

Son souffle s'entrecoupa. (S'était-il entrecoupé alors qu'elle gisait là avec son amour ?)

Ses yeux s'ouvrirent. (Ils étaient grands ouverts lorsqu'il l'avait prise dans ses bras, de cela elle était sûre.)

La lumière étincelante d'un matin de juin – la lumière d'un matin du vingt-et-unième siècle – remplaça le pourpre éblouissant, aveuglant d'un milliard de lupins. La douleur de son sein lacéré revint l'inonder avec la lumière. Mais avant que Lisey ait pu réagir à la lumière, ou aux voix emplies de panique lui ordonnant de ne pas aller plus loin, quelqu'un l'appela de la grange en bas, la faisant sursauter si fort qu'elle faillit hurler. Si la voix s'était arrêtée net à *M'dame*, elle aurait hurlé.

« M'dame Landon ? » Bref silence. « Vous êtes là-haut ? »

Pas trace de la frontière entre le Nord et le Sud dans cette voix-là, rien qu'un accent yankee traînant et monotone qui changea les mots en un seul, ZETLAO ?, et Lisey sut aussitôt qui était AMBALABA : l'adjoint Alston. Il l'avait assurée qu'il reviendrait veiller sur elle de temps en temps, et il était là, comme promis. Elle tenait sa chance de lui dire que bon sang oui, elle était là-haut, couchée par terre et baignant dans son sang parce que le Prince Noir des Incups l'avait blessée, qu'Alston devait l'embarquer illico pour No Soapa avec le gyrophare et la sirène, qu'elle avait besoin de points de suture au sein, des tas de points, et besoin de protection, aussi, besoin de protection vingt-quatre heures sur vingt-quatre...

*Non, Lisey.*

C'était son propre esprit (là-dessus elle était formelle) qui avait lancé cette pensée en l'air comme une fusée éclairante dans un ciel obscur (enfin... *presque* formelle), mais cette pensée lui vint avec la voix de Scott. Comme si habillée de sa voix, elle pourrait gagner en autorité.

Et le subterfuge dut fonctionner, car « Oui, je suis ici, monsieur l'Adjoint ! » fut tout ce qu'elle répondit.

« Tout baigne ? Tout est OK, j'veux dire ? »

– Au poil, affirmatif », répondit-elle, stupéfaite d'entendre sa voix résonner effectivement au poil. Surtout pour une femme dont le chemisier était imbibé de sang et le sein gauche palpitait comme un... ben, y a vraiment aucune comparaison adéquate. Il *palpitait*, voilà.

En bas – exactement au pied de l'escalier, d'après les calculs de Lisey –, l'adjoint Alston eut un rire approbateur. « Je faisais juste un saut en passant. Je file à Cash Corners. » LAKASHKONEUZ.

« Z'ont une maison qui brûle là-bas. Incendie criminel probab'. Ça ira si je vous laisse seule deux trois heures ? » *LDETRWAZEU*.

« Impec.

– Z'avez votre portable ? »

Oui, elle avait son portable sur elle et aurait préféré être en train de susurrer dedans. Si elle devait continuer à brailler pour qu'il l'entende, elle allait tomber dans les pommes à tous les coups. « Oui, LÉLA ! » cria-t-elle.

« Sûuur ? » Un brin dubitatif. De Dieu, et s'il montait et la voyait ? Y serait toufument dubitatif alors, dubitatif à la puissance $n$. Mais quand il parla de nouveau, sa voix s'éloignait. Elle eut peine à croire qu'elle était soulagée, mais si, elle l'était. Maintenant que tout ceci était commencé, elle entendait le terminer. « Bien, vous appelez si vous avez besoin de quoi que ce soit. Et je ferai un saut au retour. Si vous sortez, laissez un mot que je sache que tout va bien et quand je dois attendre votre retour, ça marche ? »

Et Lisey, qui maintenant commençait à voir – vaguement – le cours des événements qui l'attendaient, cria en réponse « Ça marche ! » Elle devrait commencer par regagner la maison. Mais d'abord, avant toute autre chose, un verre d'eau. Si elle reprenait pas un peu d'eau, et vite, sa gorge risquait de prendre feu comme cette maison *LAOAKASHKONEUZ*.

« Je passe devant chez Patel au retour, m'dame Landon, voulez-vous que je vous prenne quelque chose ? »

*Oui ! Un pack de six Cokes bien glacés et une cartouche de Salem Lights !*

« Non merci, m'sieur l'Adjoint. » Si elle devait parler plus longtemps, sa voix allait craquer. Et même si elle ne craquait pas, il entendrait qu'un truc clochait.

« Même pas des beignets ? Ils ont des super-beignets. » Un sourire dans la voix, l'adjoint.

« Régime ! » Fut tout ce qu'elle osa.

« Oh-oh, message *reçu*, dit-il. Passez une bonne journée, m'dame Landon. »

*De grâce mon Dieu de grâce*, pria-t-elle, avant de répondre, « Vous aussi, m'sieur l'Adjoint ! »

Clop-clop-clopeti-clop, enfin il était parti.

Lisey guetta un bruit de moteur et au bout d'un moment crut en entendre démarrer un, mais très loin. L'adjoint avait dû se garer près de la boîte à lettres et remonter à pied toute la longueur de l'allée.

Lisey resta étendue où elle était, à récupérer, quelques minutes de plus, puis se redressa en position assise. Dooley avait découpé le sein en diagonale en remontant vers le creux de l'aisselle. L'entaille zigzaguante, en dents de scie, avait durci et s'était un peu refermée, mais le mouvement que fit Lisey pour s'asseoir la rouvrit. La douleur fut énorme. Lisey poussa un cri, ce qui ne fit qu'aggraver les choses. Elle sentit du sang frais lui dégouliner le long de la cage thoracique. Les ailes noires revinrent obscurcir sa vision et elle les força à reculer en répétant le même mantra encore et encore jusqu'à ce que le monde se solidifie : *Je dois aller au bout, je dois passer derrière le pourpre. Je dois aller au bout, je dois passer derrière le pourpre. Je dois aller au bout, je dois passer derrière le pourpre.*

Oui, derrière le pourpre. Sur la colline, c'était des lupins qui poussaient ; dans son esprit, c'était le lourd rideau qu'elle s'était fabriqué – peut-être bien avec l'aide de Scott, en tout cas avec son accord tacite.

*Je suis déjà passée derrière avant.*

Ah oui ? Oui.

*Et je peux le refaire. Passer derrière ce satané truc ou l'arracher si je dois.*

Question : avait-elle jamais reparlé de Na'ya Lune avec Scott après cette nuit à *La Ramure de Cerf* ? Lisey pensait que non. Ils avaient leurs mots codés, bien sûr, et Dieu sait que ces mots-là avaient parfois plané entre eux, sortant du pourpre, les fois où elle l'avait cherché partout dans des galeries marchandes et des épiceries... sans parler de la fois où la petite infirmière l'avait égaré dans son toufu lit d'hôpital... et il y avait eu l'évocation marmonnée de son petit gars long quand il gisait sur le parking après que Gerd Allen Cole lui avait tiré dessus... et le Kentucky... Lexington, tandis qu'il agonisait...

Stop, Lisey ! reprit le chœur des voix. *Tu ne dois pas, petite Lisey !* s'écria le chœur. Mein Gott, *tu n'oserasenzie !*

Elle avait tenté de laisser Na'ya Lune derrière elle, même après l'hiver 96, quand...

« Quand j'y suis retournée. » Sa voix était sèche mais claire, dans le bureau de son mari défunt. « L'hiver 1996, j'y suis retournée. Je suis allée le rechercher. »

Voilà c'était dit, et le monde ne s'arrêtait pas de tourner. Des hommes en blouse blanche ne se matérialisaient pas, surgissant des murs pour l'emmener, En fait, elle croyait qu'elle se sentait même un peu mieux, et ce n'était peut-être pas si surprenant, après tout. Peut-être que quand on se décidait à appeler un toufu bois un foutu bois, la vérité était un nard, qui ne demandait qu'à s'éventer.

« D'accord, elle est éventée maintenant – en partie, la partie Paul – alors je peux avoir mon foutu verre d'eau ? »

Rien ne lui dit que non, alors prenant pour appui le bord de Grosse Maman Jumbo, Lisey parvint à se mettre debout. Les ailes noires revinrent, mais elle baissa la tête, tâchant de conserver autant de sang que possible dans son misérable semblant de cerveau, et l'étourdissement passa plus vite cette fois. Elle mit le cap sur le coin-bar, remontant sa propre piste de sang, à pas lents, les pieds largement écartés, pensant qu'elle devait ressembler à une vieille dame à qui on a volé son déambulateur.

Arrivée à destination, elle n'accorda qu'un bref regard au verre gisant sur la moquette. Elle ne voulait plus rien avoir à faire avec celui-là. Elle en sortit un autre du placard, en se servant encore de sa main droite – la gauche étreignait toujours le carré de laine ensanglanté – et fit couler l'eau froide. À présent l'eau coulait à nouveau et les tuyauteries s'étranglaient à peine. Elle ouvrit l'armoire à miroir au-dessus de l'évier, et trouva à l'intérieur ce qu'elle espérait y trouver : un flacon d'Excedrin de Scott. Pas non plus de bouchon de sécurité pour la ralentir. Elle grimaça à l'odeur vinaigrée qui monta du flacon une fois le bouchon ôté, et vérifia la date de péremption : **JUIL. 05**. *Ben ouais,* pensa-t-elle, *une fille doit faire ce qu'une fille doit faire.*

« Je crois que Shakespeare a dit ça », croassa-t-elle, et elle avala trois comprimés d'Excedrin. Elle ignorait quel bien ils lui feraient, mais l'eau était divine et elle but à en avoir une crampe d'estomac. Elle attendit que ça passe, agrippée à l'évier du bar de son mari défunt. Finalement, la crampe passa. Ce qui ne laissait plus que la douleur dans son visage tuméfié et la palpitation beaucoup plus sourde dans son sein lacéré. À la maison, elle avait quelque chose de beaucoup plus fort que le détartrant à cafetière de Scott (mais non moins périmé sans doute). De la Vicodine datant de la précédente aventure tranchante d'Amanda. Darla aussi en avait, et Canty avait le flacon de Percocet de Manda-Bunny. Elles étaient toutes tombées d'accord sans même en avoir vraiment discuté sur le fait qu'Amanda elle-même ne pouvait disposer du libre accès aux drogues dures ; elle risquait d'avoir un coup de mou et de décider de tout avaler d'un coup. Appelez ça un Tequila Sunset[1].

Lisey allait tenter de rallier la maison – et la Vicodine – sans trop tarder, mais pas tout de suite. Marchant toujours aussi prudemment, les pieds largement écartés, un verre d'eau à moitié plein dans une main et le carré d'africaine imbibé de sang dans l'autre, elle prit le chemin du serpent-livres poussiéreux et s'assit là, attendant de voir ce que trois Excedrin gériatriques pourraient bien faire pour sa douleur. Et pendant qu'elle attendait, ses pensées s'orientèrent une fois de plus vers la nuit où elle l'avait trouvé dans la chambre d'amis – *dans* la chambre d'amis, mais.

*J'arrêtais pas de me dire qu'on était coupés du monde. Ce vent, ce toufu vent*

### 23

Elle écoute ce vent monstre hurler tout autour de la maison, écoute la tempête de neige fouetter les vitres, sachant qu'ils sont tout seuls, coupés du monde – qu'*elle* est toute seule. Tandis qu'elle écoute, ses pensées s'orientent une fois de plus vers cette nuit-là dans le New Hampshire quand l'heure était indéfinissable et la lune ne cessait de taquiner les ombres de sa lumière inconstante. Elle se rappelle comment elle a ouvert la bouche pour demander s'il pouvait vraiment le faire, pouvait vraiment l'emmener, puis l'a refermée, sachant que c'est le genre de question que tu poses seulement quand tu veux jouer la montre... et est-ce que tu joues pas la montre seulement quand tu es dans l'autre équipe ?

*On est dans la même équipe*, se rappelle-t-elle avoir pensé. *Si on doit se marier, on a intérêt à l'être.*

Mais il y avait *une* question qui devait être posée, peut-être parce que ce soir-là à *La Ramure de Cerf* c'était son tour à *elle* de sauter du banc. « Et si c'est la nuit là-bas ? Tu as dit qu'il y a de mauvaises choses la nuit là-bas. »

---

1. Coucher de soleil.

Il lui sourit. « C'est pas la nuit, trésor.
– Comment le sais-tu ? »
Il secoua la tête, souriant toujours. « Je le sais. Comme le chien d'un môme sait que c'est l'heure d'aller se poster près de la boîte à lettres parce que le car scolaire va pas tarder. C'est presque le coucher du soleil là-bas. C'est souvent le cas. »
Elle ne comprenait pas ça, mais elle n'insista pas – une question en entraînait toujours une autre, c'était son expérience, et le temps des questions était révolu. Si elle comptait lui donner sa confiance, le temps des questions était révolu. Alors elle avait pris une inspiration profonde et dit, « Très bien. C'est notre lune de miel avancée. Emmène-moi quelque part qui n'est pas le New Hampshire. Cette fois-ci, je veux avoir le temps de bien voir. »
Il écrasa sa cigarette à moitié fumée dans le cendrier et la prit légèrement par le haut des bras, une lueur d'excitation et de bonne humeur dansant dans ses yeux – oh, comme elle se souvient bien du contact de ses doigts sur sa peau ce soir-là. « On peut dire que t'en as dans le ventre, petite Lisey – je le crierai sur les toits. Tiens bon et voyons ce qui se passe. »
*Et il m'a emmenée*, pense Lisey alors qu'elle est assise dans la chambre d'amis, tenant maintenant la main à la fraîcheur de cire de l'homme-poupée qui respire dans le fauteuil à bascule. Mais elle sent le sourire sur son visage – petite Lisey, grand sourire – et se demande depuis combien de temps ce sourire est là. *Il m'a emmenée, je sais qu'il l'a fait. Mais c'était il y a dix-sept ans, quand nous étions tous deux jeunes et courageux et qu'il était complètement présent et répondant à l'appel. Maintenant il est* barré.
Sauf que son *corps* est encore ici. Est-ce que cela veut dire qu'il ne peut plus y aller physiquement, comme il le faisait quand il était enfant ? Comme elle sait qu'il l'a fait de temps en temps depuis qu'elle-même le connaît ? Comme il l'a fait depuis l'hôpital de Nashville, par exemple, quand l'infirmière n'arrivait pas à le retrouver ?
C'est alors que Lisey sent la faible contraction de sa main sur la sienne. C'est quasi imperceptible, mais il est son amour et elle le sent. Par-dessus les plis de l'africaine jaune, ses yeux regardent encore fixement l'écran de télé éteint mais oui, sa main est en train de presser la sienne. Comme une sorte de pression *longue distance*, et pourquoi pas ? Il est très très loin, même si son corps

*est* ici, et là où il est, il se peut qu'il presse sa main de toutes ses forces.

Lisey a une intuition soudaine et lumineuse : Scott maintient un conduit ouvert pour elle. Dieu sait l'effort que cela lui coûte de le faire, ou combien de temps il peut tenir, mais c'est bien ce qu'il fait. Lisey lui lâche la main et se redresse à genoux, ignorant l'accès de fourmis dans ses jambes qui s'étaient presque endormies, ignorant pareillement la nouvelle rafale de vent qui secoue la maison. Elle écarte assez de laine pour pouvoir glisser ses bras autour de la taille et des bras inertes de Scott, refermer ses mains derrière son dos et l'étreindre. Sur la trajectoire de son regard fixe, elle place son visage fervent.

« Attire-moi, lui souffle-t-elle, et elle inflige une secousse à son corps inerte. Attire-moi là où tu es, Scott. »

Rien ne se passe, et elle hausse la voix jusqu'au cri.

« *Attire-moi, nom d'un chien ! Attire-moi où tu es, que je puisse te ramener à la maison ! Fais-le !* SI TU VEUX REVENIR À LA MAISON, EMMÈNE-MOI OÙ TU ES ! »

## 24

« Et tu l'as fait, marmonna Lisey. *Tu* l'as fait et *je* l'ai fait. Je veux bien être bougredamnée si je sais comment ce truc-là est censé marcher, maintenant que t'es mort et parti pour de bon et pas seulement jobrisé dans la chambre d'amis, mais c'est bien de ça qu'il est question depuis le début, hein ? Le début de *tout* ceci ? »

Et elle *avait* bien une idée de la façon dont c'était censé marcher. C'était bien loin, dans le fond de son esprit, juste une forme derrière son rideau perso, mais c'était là.

Entretemps, l'Excedrin avait fait son effet. Pas énorme, mais peut-être assez pour qu'elle puisse regagner le rez-de-chaussée de la grange sans tourner de l'œil et se rompre le cou. Si elle pouvait arriver jusque-là, elle pourrait arriver jusqu'à la maison où était stockée la vraiment *bonne* came... en admettant qu'elle soit encore valable. Elle avait *intérêt* à l'être, parce que Lisey avait des choses à faire et des endroits où aller. Dont certains plutôt loin.

« Voyage de mille milles commence par un seul petit pas, Lisey-san », dit-elle, et elle se mit sur ses pieds devant le serpent-livres.

Toujours à pas lents, traînants, Lisey mit le cap sur l'escalier. Il lui fallut trois bonnes minutes pour le négocier en se cramponnant à la rampe à chaque marche et en s'arrêtant par deux fois lorsqu'elle se sentit défaillir, mais elle arriva en bas entière, s'assit un petit moment sur la housse du lit *mein Gott* pour reprendre son souffle, avant d'entamer la longue expédition vers la porte de service de sa maison.

# XI. Lisey et la Mare
## (Chhhht – Plus Un Bruit Maintenant)

### 1

La plus grande terreur de Lisey – que la chaleur de l'approche de midi la terrasse et qu'elle s'évanouisse à mi-chemin entre la grange et la maison – ne déboucha sur rien. Le soleil lui fit une fleur en se cachant derrière un nuage, et une bouffée de brise fraîche se matérialisa pour apaiser sa peau échauffée, son visage tuméfié et empourpré. Le temps qu'elle parvienne aux marches de derrière, la plaie profonde de son sein la lançait à nouveau, mais les ailes noires se tinrent à distance. Elle passa un mauvais quart d'heure en ne retrouvant pas sa clé de maison, mais ses doigts tâtonnants finirent par effleurer le porte-clés – un petit elfe d'argent – sous l'amas de Kleenex qu'elle transportait toujours dans sa poche avant droite, et donc, *de ce côté-là*, tout rentra dans l'ordre. Et la maison était fraîche. Fraîche, silencieuse, et délicieusement *sienne*. Si seulement elle pouvait le rester le temps qu'elle se soigne. Pas d'appel téléphonique, pas de visiteur, pas de Shérif-Adjoint d'un mètre quatre-vingt-dix montant les marches de derrière à pas pesants pour venir s'enquérir de sa santé. Et aussi, merci mon Dieu (merci, le mot *magique*), pas de retour intempestif du Prince Noir des Incups.

Elle traversa la cuisine et se munit au passage de la cuvette en plastique blanc sous l'évier. Se pencher fut douloureux, *super* douloureux, et une fois de plus elle sentit un flot de sang chaud couler sur sa peau et tremper les restes de son chemisier en lambeaux.

*Il a pris son pied en le faisant – tu sais ça, tu le sais ?*
Bien sûr qu'elle le savait.
*Et il reviendra. Peu importe ce que t'as promis – peu importe ce que tu donnes – il reviendra. Tu sais ça, aussi ?*
Oui, elle savait ça, aussi.
*Parce que pour Jim Dooley, tous ses micmacs avec Hurlyburly et avec les manuscrits de Scott, c'est rien que ding-dong pour les freesias. Y a une raison s'il s'en est pris à ton nichon plutôt qu'au lobe de ton oreille ou peut-être à un de tes doigts.*
« Sûr, confia-t-elle à la cuisine vide, ombreuse, puis soudainement étincelante quand le soleil émergea de sous un nuage. C'est la version Jim Dooley du pied sexuel. Et la prochaine fois, ça *sera* ma chatte qu'il visera, si les flics l'arrêtent pas avant. »
*C'est toi qui vas l'arrêter, Lisey. Toi.*
« Ffais ppas l'idiotte, *dollink* », lança-t-elle à sa cuisine vide dans sa meilleure imitation de Zsa-Zsa Gabor. De la main droite, encore, elle ouvrit le placard au-dessus du grille-pain, prit une boîte de sachets de thé Lipton, et la déposa dans la cuvette blanche. Elle y ajouta le carré sanglant d'africaine rescapé de la boîte en cèdre de Bonne Ma, même si elle n'avait pas la moindre toufue idée de la raison pour laquelle elle le transportait encore. Puis elle prit lourdement le chemin de l'escalier.
*Qu'y a-t-il d'idiot à ça ? T'as arrêté Blondie, non ? On t'en a peut-être pas attribué le crédit, mais c'est toi qui l'as fait.*
« C'était différent. » Debout au pied de l'escalier, la cuvette blanche coincée sous le bras droit et pressée contre la hanche pour éviter que la boîte de thé et le carré de laine n'en tombent, elle leva les yeux vers le haut des marches. Le palier semblait culminer à au moins dix mille mètres d'altitude. Lisey se demanda pourquoi elle ne voyait pas de nuages s'entortiller au sommet.
*Si c'était différent, pourquoi montes-tu là-haut ?*
« Parce que c'est en haut qu'est la Vicodine ! cria-t-elle à la maison déserte. Les bonnes vieilles pilules du bonheur ! »
La voix dit encore une chose, puis se tut.
« C'est ça, MIRALBA, babylove a raison, approuva Lisey. Et tu as intérêt à y croire. » Et elle attaqua la longue, la lente ascension des marches.

2

À mi-hauteur les ailes noires revinrent, plus obscures que jamais, et un instant Lisey fut convaincue qu'elle allait tourner de l'œil. Elle s'intima l'ordre de tomber en avant, *contre* les marches, plutôt qu'en arrière dans le vide, mais sa vision redevint claire. Elle s'assit sur une marche, la cuvette ramenée sur les genoux, et demeura ainsi prostrée, tête baissée, le temps de compter jusqu'à cent en intercalant *Mississippi* entre chaque nombre. Puis elle se releva et termina son ascension. L'étage était parcouru de courants d'air et plus frais encore que la cuisine, mais le temps que Lisey y parvienne elle était de nouveau en nage. La sueur ruissela dans son sein ouvert, et l'exaspérante brûlure du sel se superposa à la douleur plus profonde. Et voilà qu'elle avait encore soif. Soif du haut en bas de l'œsophage et jusqu'au fin fond de l'estomac, aurait-on dit. À cela au moins il y avait un remède, et le plus tôt serait le mieux.

Passant lentement devant la chambre d'amis, elle risqua un œil à l'intérieur. La pièce avait été refaite depuis 1996 – deux fois, exactement – mais elle découvrit qu'il était d'une facilité déconcertante de revoir le fauteuil à bascule noir avec le blason de l'Université du Maine sur le dossier... l'œil vide de la télévision... les fenêtres ourlées de givre qui changeaient de couleur à mesure que les couleurs changeaient dans le ciel...

*Lâche prise, petite Lisey, tout ça c'est dans le passé.*

« Tout est dans le *passé* mais rien n'est *achevé* ! cria-t-elle avec irritation. C'est ça le toufu *problème* ! »

À cela, il n'y eut aucune réponse, mais enfin, voilà que se profilait la grande chambre à coucher avec sa salle de bains-toilettes adjacente – que Scott, qui n'avait jamais été connu pour sa finesse, s'amusait à appeler *Il Grande Cacatoerum*. Elle posa la cuvette, vida le verre à dents (toujours deux brosses, hélas toutes deux siennes désormais), et l'emplit à ras bord d'eau froide qu'elle engloutit à longs traits. Puis elle prit un moment pour se *regarder*. Regarder son visage, en tout cas.

Ce qu'elle vit ne fut guère encourageant. Ses yeux étaient deux braises bleues étincelant au fond de deux grottes noires. La peau, en dessous, avait viré au marron noirâtre foncé. Bien qu'il soit dévié vers la gauche, Lisey ne pensait pas avoir le nez cassé, mais comment savoir ? En tout cas, il lui permettait encore de respirer. En dessous, une grosse croûte de sang séché qui s'était scindée de part et d'autre de la bouche lui faisait une grotesque moustache à la Fu Manchu. *T'as vu, Ma, j'suis un biker*, voulut-elle dire, mais les mots ne voulurent pas sortir. Cette blague était nulle, de toute façon.

Ses lèvres étaient si méchamment tuméfiées qu'elles s'ourlaient vers l'extérieur, lui faisant une moue lascive ridiculement exagérée.

*Et je m'imaginais aller à Greenlawn, patrie du célèbre Hugh Alberness, dans cet état ? Je me l'imaginais vraiment ? Elle est bien bonne, celle-là – au premier coup d'œil, ils appelleraient une ambulance pour m'emmener dans un vrai hôpital, avec unité de soins intensifs.*

*C'est pas ça que t'imaginais. Ce que t'imaginais...*

Mais elle referma prestement ce clapet-là en se souvenant d'un truc que Scott avait l'habitude de dire : *Quatre-vingt-dix-huit pour cent de ce qui passe par la tête des gens n'est pas leurs toufus oignons.* Peut-être était-ce vrai, et peut-être pas, mais pour le moment elle avait intérêt à négocier cette étape comme elle avait négocié l'escalier : tête baissée et une marche à la fois.

Lisey passa un autre mauvais quart d'heure en ne trouvant pas la Vicodine. Elle allait renoncer, pensant qu'une des trois filles venues faire le grand ménage de printemps avait dû repartir avec le flacon, quand elle le trouva planqué derrière les multivitamines de Scott. Et, merveille des merveilles, la date de péremption sur ces bouts d'chou était justement ce mois-ci.

« Économisez, il en restera toujours quelque chose », dit Lisey, et elle en avala trois avec de l'eau. Puis elle emplit la cuvette en plastique d'eau tiède et y jeta une poignée de sachets de thé. Durant une minute ou deux, elle regarda l'eau claire commencer à se teinter d'ambre, puis, haussant les épaules, elle y vida le reste des sachets de thé. Ils coulèrent au fond de l'eau qui s'assombrissait et elle se souvint d'un jeune homme disant *Ça pique un peu mais ça marche vraiment vraiment bien.* Dans une autre vie. Maintenant elle allait constater par elle-même.

Elle prit un linge de toilette propre sur la tringle proche du lavabo, le trempa dans la cuvette et l'essora légèrement. *Que toufu,*

*Lisey ?* se demanda-t-elle à elle-même... mais la réponse était évidente, non ? Elle continuait à suivre la piste que son défunt mari lui avait laissée. Celle qui conduisait dans le passé.

Elle laissa glisser les lambeaux de son chemisier sur le carrelage de la salle de bains, et, avec une grimace d'anticipation, appliqua le linge imbibé de thé sur son sein. Cela *piquait*, en effet, mais comparé à la brûlure d'ortie de la sueur, c'était presque agréable, avec un côté astringent genre bain de bouche sur aphte.

*Ça marche. Ça marche vraiment vraiment bien, Lisey.*

Il fut un temps où elle l'avait cru – plus ou moins – mais en ce temps-là elle avait vingt-deux printemps et voulait croire quantité de choses. Ce à quoi elle croyait maintenant, c'était à Scott. Et à Na'ya Lune ? Oui, elle pensait y croire, aussi. Un monde qui attendait, juste la porte à côté derrière le rideau pourpre dans son esprit. La question était de savoir si ce monde serait accessible à la copine du célèbre écrivain dès lors qu'il était mort et elle toute seule.

Lisey essora du sang et du thé, trempa encore le linge de toilette, le reposa sur son sein mutilé. Cette fois-ci, la piqûre fut plus diffuse. *Mais ce n'est pas ce qui guérit*, pensa-t-elle. *Ce n'est qu'un autre jalon sur la route du passé.* Tout haut, elle dit, « Un autre nard. »

Tenant délicatement le linge contre elle, Lisey prit le carré jaune ensanglanté – le régal de Bonne Ma – dans l'autre main repliée sous son sein, entra à pas lents dans la chambre et s'assit sur le lit, les yeux rivés sur la bêche d'argent dont la lame gravée portait l'inscription COMMENCEMENT, BIBLIOTHÈQUE SHIPMAN. Oui, elle distinguait bien un petit enfoncement dans le métal là où il était entré en collision d'abord avec le revolver de Blondie puis avec le visage de Blondie. Elle avait la bêche, et même si l'africaine jaune dans laquelle Scott s'emmitouflait au cours de ces nuits froides de 1996 avait depuis longtemps disparu, elle avait ce reste, ce régal.

Nard, Fin.

« J'aimerais *bien* que ce soit la fin », dit Lisey, et elle s'allongea en tenant le linge contre son sein. La douleur refluait, comme aspirée par un siphon, mais ce n'était que l'effet de la Vicodine d'Amanda, pas du bain de thé de Paul ni de l'aspirine périmée de Scott. Quand l'effet de la Vicodine passerait, la douleur reviendrait. Comme reviendrait Jim Dooley, l'auteur de la douleur. La question était de savoir ce qu'*elle* ferait dans l'intervalle. Si elle *pouvait* faire quelque chose.

*La seule chose que tu ne peux* absolument *pas faire, c'est t'assoupir.*

Non, ce serait mauvais.

*J'ai intérêt à avoir des nouvelles du Prof d'ici huit heures ce soir, sinon la prochaine fois, ça saignera vachement plus*, lui avait dit Dooley, et Dooley avait monté son plan pour qu'à tous les coups elle perde. Il lui avait dit aussi de se soigner elle-même et de ne dévoiler à personne qu'il était venu. Jusque-là elle avait obtempéré, mais pas par peur d'être tuée. Non. D'une certaine façon, savoir qu'il avait l'intention de la tuer dans tous les cas lui donnait l'avantage. Elle n'avait plus à se soucier d'essayer de raisonner avec lui, c'était au moins ça de gagné. Mais si elle appelait le Bureau du Shérif... ben...

« Tu peux pas te lancer dans un traque-nard avec la maison pleine de gros balèzes d'adjoints clutterbuckant dans tous les coins, dit-elle. Et puis... »

*Et puis, je crois que Scott a encore son mot à dire. Ou qu'il essaie.*

« Chou, dit-elle à la pièce vide. Si seulement je savais ce que c'est. »

3

Elle tourna la tête vers le réveil digital sur la table de chevet et fut stupéfaite de constater qu'il était seulement onze heures moins vingt. Déjà, cette journée semblait durer depuis mille ans, mais elle soupçonnait que c'était parce qu'elle en avait passé une bonne partie à revivre le passé. Les souvenirs distordent la perspective, et les plus vivaces ont le pouvoir d'annihiler complètement le temps pendant qu'on est sous leur emprise.

Mais suffit le passé ; où en était-on là tout de suite ?

*Voyons voir*, pensa Lisey. *Dans le Royaume de Pittsburgh, l'ancien Roi des Incups est sans doute en train de mariner dans le genre de terreur que feu mon mari appelait couramment le Syndrome des Couilles Puantes. L'Adjoint Alston,* LÉLAOAKASHKONEUZ. *Jim Dooley ? Peut-être bien tapi dans les bois tout près d'ici, en train de se sculpter un bâton, ma super clé d'église de compète dans la poche, attendant que la journée se passe. Son PT Cruiser pourrait être planqué dans n'importe laquelle de la demi-douzaine de granges et remises désaffectées sur le View, ou dans le Deep Cut de l'autre côté, à la sortie de Harlow. Darla est probablement en route pour le Jetport de Portland pour aller chercher Canty. Bonne Ma dirait qu'elle est sortie donner quelques coups de corne. Et Amanda ? Oh, Amanda est barrée,* babylove. *Tout à fait comme Scott savait qu'elle le serait, tôt ou tard. Est-ce qu'il est pas allé jusqu'à lui réserver une toufue chambre ? Qui se ressemble s'assemble. Comme dit le proverbe.*

Tout haut elle dit : « Suis-je censée aller à Na'ya Lune ? C'est ça la prochaine station du chemin de nard ? C'est ça, hein ? Scott, tête de lard va, comment je fais maintenant que t'es mort ? »

*Voilà encore que tu parles trop vite, hein ?*

Sûr — s'inquiéter de pas être capable de rallier un endroit qu'elle ne s'était pas encore autorisée à se rappeler entièrement.

*Tu as à faire beaucoup plus que soulever le rideau pour lorgner par-dessous l'ourlet.*

« Faut que je l'arrache, dit-elle d'un ton lugubre. C'est ça ? »

Pas de réponse. Lisey prit ça pour un oui. Elle roula sur le côté et ramassa la bêche d'argent. L'inscription cligna de l'œil dans le soleil du matin. Lisey enroula le régal ensanglanté autour du manche, puis l'empoigna par là.

« D'accord, dit-elle, je vais l'arracher. Quand il m'a demandé si je voulais y aller, j'ai dit d'accord. J'ai dit Géronimo. »

Lisey s'interrompit, réfléchissant.

« Non. J'ai pas dit ça. J'ai dit comme lui. J'ai dit *Géromino*. Et qu'est-ce qui est arrivé ? Qu'est-ce qui est arrivé alors ? »

Elle ferma les yeux, vit seulement du pourpre éclatant, et retint un cri de dépit. Elle préféra penser MIRALBA, *babylove :* ArRIMe Le BardA *quand faut y aller faut y aller*, en resserrant son étreinte sur le manche de la bêche. Elle se vit en train d'en balancer un coup. Elle vit la lame d'argent étinceler dans le brumeux soleil d'août. Et le pourpre s'écarta devant elle, s'ouvrit comme les lèvres d'une plaie, et ce qui s'en épancha n'était pas du sang mais de la lumière : une féerique lumière orangée qui emplit son cœur et son esprit d'un mélange terrible de joie, terreur, et chagrin. Pas étonnant qu'elle ait refoulé ce souvenir toutes ces années. C'était trop. Beaucoup trop. Cette lumière semblait donner à l'air du soir une texture soyeuse, et le cri d'un oiseau frappa son oreille comme un petit caillou de verre. Un front de brise emplit ses narines de cent parfums exotiques : frangipanier, bougainvillée, roses anciennes, et oh miracle, reines de la nuit. Mais surtout, ce qui la transperça fut le souvenir de sa peau à lui sur la sienne, la pulsation de son sang qui galopait en contrepoint de la pulsation du sien, car ils étaient couchés nus dans le lit de *La Ramure de Cerf* et à présent ils étaient agenouillés nus dans le lupin pourpre près du sommet de la colline, nus dans les ombres qui s'épaississaient sous les arbres câlins. Et, montant au-dessus d'un horizon, apparut la demeure orangée de la lune, bouffie, brûlant d'un feu froid pendant que le soleil chavirait par-dessus l'autre, bouillonnant dans une maison de feu cramoisie. Elle avait cru que ce furieux mélange de lumière allait la tuer de sa beauté.

Gisant sur son lit de veuve, les mains cramponnées à la bêche, une Lisey beaucoup plus âgée poussa un cri de joie et de chagrin, joie pour ce qui remontait à la mémoire et chagrin pour ce qui s'en était allé. Son cœur fut réparé alors même qu'il était à nouveau brisé. Les tendons saillirent dans son cou. Ses lèvres tuméfiées tirèrent vers le bas et s'ouvrirent comme on cède, exposant ses dents et faisant gicler du sang frais qui se répandit dans les sillons des gencives. Des larmes coulèrent du coin de ses yeux et lui glissèrent le long des joues, jusqu'aux oreilles, où elles demeurèrent suspendues comme des bijoux exotiques. Et la seule pensée claire dans son esprit était *Oh Scott, nous n'avons jamais été faits pour semblable beauté, nous n'avons jamais été faits pour semblable beauté, nous aurions* dû *mourir alors, oh mon chéri, nous aurions dû, nus et dans les bras l'un de l'autre, tels les amants d'une histoire.*

« Mais nous ne sommes pas morts, murmura Lisey. Il m'a tenue et il a dit qu'on ne pouvait pas rester longtemps parce qu'il commençait à faire nuit et que ce n'était pas sûr après la tombée de la nuit, même la plupart des arbres câlins devenaient mauvais à ce moment-là. Mais il a dit qu'il y avait une chose qu'il voulait

4

« Il y a une chose que je veux te montrer avant qu'on reparte, dit-il, et il l'aide à se relever.
— Oh, Scott, s'entend-elle dire, d'une voix très faible et ténue. Oh, Scott. » Il semble que ce soit la seule chose qu'elle puisse faire. D'une certaine façon, cela lui rappelle la première fois qu'elle a senti un orgasme approcher, sauf que là cela s'étire s'étire s'étire, comme arrivant toujours et n'arrivant jamais.

Il l'entraîne quelque part. Elle sent de l'herbe haute chuchoter contre ses cuisses. Puis il n'y a plus d'herbe et elle voit qu'ils sont sur un sentier bien rodé qui coupe à travers les vagues de lupins. Il mène à ce que Scott appelle les arbres câlins, et elle se demande s'il y a des gens ici. *S'il y en a, comment le supportent-ils ?* s'étonne Lisey. Elle voudrait regarder encore monter cette lune de gobelins, mais n'ose pas.

« Chut sous les arbres, dit Scott. On devrait être tranquille encore un petit moment, mais prudence est mère de sûreté. C'est un bon adage à suivre, même à l'orée de la Forêt Enchantée. »

Lisey ne croit pas qu'elle pourrait parler beaucoup plus haut qu'un murmure, même s'il l'exigeait. C'est déjà bien qu'elle arrive à sortir, *Oh, Scott.*

Le voilà debout sous l'un des arbres câlins. On dirait un palmier, sauf que son tronc velu semble couvert de fourrure verte plutôt que de mousse. « Bon Dieu, j'espère que rien l'aura fichu en l'air, dit-il. Ça tenait d'aplomb la dernière fois que j'étais ici, le soir où t'étais si furieuse et où j'ai flanqué ma main dans cette saloperie de serre – ah, bien, là ! » Il l'entraîne à l'écart du sentier, vers la droite. Et près de deux arbres en avancée qui semblent garder l'endroit où le sentier s'enfonce dans les bois, elle voit une simple croix faite de deux planches. Pour Lisey, elles ne ressemblent qu'à deux lattes de caisse. Il n'y a pas de monticule funéraire – le terrain ici est plutôt légèrement affaissé – mais la croix suffit à lui dire que c'est une tombe. Sur la branche horizontale, un mot est soigneusement écrit : **PAUL**.

« La première fois, je l'ai fait au crayon », dit-il. Sa voix est claire, mais elle semble provenir de très loin. « Puis j'ai essayé au bic, mais bien sûr ça a pas marché, pas sur du bois brut comme ça. Le marqueur magique a mieux marché, mais ça s'est fané. Finalement, je l'ai fait à la peinture noire, avec un petit pot d'un vieux kit de modèle réduit de Paul. »

Elle regarde la croix dans l'étrange mélange de lumière de jour finissant et de nuit grandissante, et pense (pour autant qu'elle est *capable* de penser), *Tout ceci est vrai. Ce qui a semblé se produire quand nous sommes sortis de sous l'arbre miam-miam s'est* vraiment *produit. C'est en train de se produire maintenant, mais plus longuement et plus clairement.*

« Lisey ! » Il est délirant de joie, et diable pourquoi pas ? Il n'a pu partager ce lieu avec personne depuis la mort de Paul. Les quelques fois où il y est venu, il a dû y venir seul. Se recueillir seul. « Il y a autre chose – laisse-moi te montrer ! »

Quelque part, une cloche tinte, très ténue – une cloche dont le son semble familier. « Scott ?

– Quoi ? » Il est à genoux dans l'herbe. « Quoi, babylove ?

– Tu as entendu... ? » Mais ça s'est arrêté. Et c'*était* sûrement son imagination. « Rien. Qu'est-ce que tu voulais me montrer ? » Pensant, *Comme si tu m'en avais pas montré assez.*

Il passe ses mains dans l'herbe haute près du pied de la croix mais on dirait qu'il n'y a rien là et lentement son sourire heureux, béat, commence à s'estomper. « Peut-être quelque chose l'a pris... », commence-t-il, puis il s'interrompt. Son visage se contracte en une grimace involontaire, puis se détend, et il laisse échapper un rire à moitié hystérique. « La voilà et du diable si j'ai pas cru que je m'étais piqué ! Ç'aurait été une bonne blague, vraiment – après toutes ces années ! – mais le capuchon y est toujours ! Regarde, Lisey ! »

Elle aurait parié que rien n'aurait pu la distraire de l'émerveillement d'être là – le ciel rouge orangé à l'est et à l'ouest s'assombrissant au-dessus de leurs têtes en un étrange bleu verdâtre, les exotiques senteurs mêlées, et quelque part, oui, un autre tintement ténu d'une cloche égarée – mais ce que Scott brandit dans la dernière lueur de jour déclinant rompt le sortilège. C'est la seringue hypodermique que son père lui a donnée, celle avec laquelle Scott était censé piquer Paul une fois les garçons arrivés ici. Il y a de petits points de rouille sur l'anneau en métal à sa base, mais autrement elle paraît neuve.

« C'était tout ce que j'avais à laisser, dit Scott. J'avais pas de photo. Les mômes qui allaient à l'École des Ânes, on leur donnait des photos, au moins.

— Tu as creusé la tombe... Scott, tu l'as creusée de tes mains nues ?

— J'ai essayé. Et j'ai réussi à dégager un petit creux – le sol est souple ici – mais l'herbe... arracher l'herbe me prenait un temps fou... de ces vieilles mauvaises herbes si dures, mon vieux... et puis il a commencé à faire nuit et les rieurs ont commencé...

— Les rieurs ?

— Comme des hyènes, je crois, mais *méchants*. Ils vivent dans la Forêt Enchantée.

— La Forêt Enchantée – c'est Paul qui lui a donné ce nom ?

— Non, moi. » Du geste, il désigne les arbres. « Paul et moi on n'a jamais vu les rieurs de près, juste entendus. Mais on a vu d'autres choses... *j'ai* vu d'autres choses... y a cette *chose*... » Scott regarde en direction de la masse des arbres câlins qui s'assombrissent rapidement, puis vers le sentier, qui s'estompe rapidement en pénétrant dans la forêt. Il y a une prudence manifeste dans sa voix quand il reprend la parole. « Nous devons repartir bientôt.

— Mais tu peux nous ramener, dis ?

— Avec toi pour m'aider ? Sûr.

— Alors raconte-moi comment tu l'as enterré.

— Je peux te raconter ça quand on sera rentrés, si tu... »

Mais elle secoue lentement la tête, le réduisant au silence.

« Non. Je comprends mieux maintenant pourquoi tu veux pas avoir d'enfants. Si jamais tu venais me trouver pour me dire, "Lisey, j'ai changé d'avis, je veux prendre le risque", on pourrait en parler alors parce qu'il y a eu Paul... et parce qu'il y a toi.

— Lisey...

— On pourrait en parler *à ce moment-là*. Sinon, on ne reparlera jamais des jobrés et de la crapouasse, et de cet endroit, je me trompe ? » Elle voit comment il la regarde et radoucit le ton. « C'est pas seulement toi, Scott – tout ne tourne pas autour de toi, tu sais. Il se trouve que ça *me* concerne. C'est beau ici... » Elle regarde à l'entour. Et elle frissonne. « C'est *trop* beau. Si je passais trop de temps ici – ou même trop de temps à y penser – je crois que la beauté me rendrait folle. Alors si nous avons peu de temps, pour une fois dans ta toufue vie, emploie *peu* de mots toi aussi. Dis-moi comment tu l'as enterré. »

Scott se détourne d'elle à demi. La lumière orange du soleil couchant rehausse le contour de son corps : collerette de l'omoplate, plissé de la taille, arrondi des fessiers, le long arc peu incurvé d'une cuisse. Il touche la branche de la croix. Dans l'herbe haute, à peine visible, le verre galbé de la seringue miroite comme une pièce oubliée d'un trésor de pacotille.

« Je l'ai recouvert d'herbe, puis je suis rentré à la maison. J'ai pas pu revenir pendant presque une semaine. J'ai été malade. J'avais la fièvre. Papa y me donne du porri'ge le matin et d'la soupe quand y rentre à la maison après le travail. J'avais peûreur du fantôme à Paul, mais j'ai jamais vu son fantôme. P'is j'a allé mieux et j'a 'ssayé de v'nir ici av'c la pelle à Papa de la remise, mais elle voulait pas *yaller*. R'en que moi. Je m'disais les animals – les *animaux* – y l'auraient mangé – les rieurs et tout ça – mais non, pas encore, alors j'suis rentré et j'a 'ssayé de r'venir, cette fois av'c une pelle en plastique que j'avais trouvée dans notre vieille caisse à jouets au grenier. Ça a marché et c'est avec ça que j'ai creusé la tombe, Lisey, une pelle en plastique rouge qu'on avait pour jouer au bac à sab' quand on était tout p'tits. »

Le soleil qui s'enfonce a commencé à virer au rose. Lisey passe son bras autour de Scott et l'étreint. Les bras de Scott l'encerclent et, une seconde ou deux, il cache son visage dans ses cheveux. « Tu l'aimais tellement très fort, dit-elle.

– C'était mon frère », voilà ce qu'il répond, et cela suffit.

Alors qu'ils sont là debout dans la pénombre croissante, elle voit quelque chose d'autre, ou croit le voir. Un autre morceau de bois ? Cela y ressemble, une autre latte de caisse gisant au-delà du point où le sentier quitte la colline de lupins (dont la nuance lavande est en train de virer au pourpre de plus en plus foncé). Non, pas juste une – deux.

*Est-ce une autre croix*, se demande-t-elle, *une qui se serait démolie ?*

« Scott ? Il y a quelqu'un d'*autre* enterré ici ?

– Hein ? » Il paraît surpris. « Non ! Il y a un cimetière, bien sûr, mais il est pas ici, il est près de... » Il aperçoit ce qu'elle regarde et lâche un petit gloussement. « Oh, ouaouh ! C'est pas une croix, ça, c'est un *panneau* ! Paul l'a fabriqué à peu près à l'époque des premiers traque-nards, quand il pouvait encore venir tout seul parfois. J'avais complètement oublié ce vieux panneau ! » Il se dégage de ses bras et se hâte vers l'endroit où il gît. Se hâte un peu le long du sentier. Se hâte sous les arbres. Lisey n'est pas très sûre d'aimer ça.

« Scott, il commence à faire nuit. Tu crois pas qu'on devrait y aller ?

– Dans une minute, babylove, juste une minute. » Il ramasse une des planches et la lui apporte. Elle distingue des lettres, mais elles sont pâles. Elle doit rapprocher la latte de ses yeux pour pouvoir déchiffrer les mots :

### *VERS LA MARE.*

« Une mare ? questionne Lisey.

– Une mare, confirme-t-il. Ça rime avec nard, tu savais pas ? » Et il rit carrément. Sauf que c'est à ce moment-là que quelque part au fond de ce qu'il appelle la Forêt Enchantée (où la nuit est sans doute déjà tombée), les premiers rieurs élèvent la voix.

Seulement deux ou trois, mais le son terrifie quand même Lisey plus que tout ce qu'elle a jamais entendu dans sa vie. Pour elle, ces choses-là ne ressemblent pas à des hyènes, mais à des *gens*, des déments jetés dans les profondeurs les plus profondes de quelque asile du dix-neuvième siècle. Elle agrippe le bras de Scott, lui enfonçant les ongles dans la peau, et lui dit, d'une voix qu'elle reconnaît à peine comme la sienne, qu'elle veut repartir, qu'il doit la ramener *illico*.

Faible et lointaine, une cloche tinte.

« Oui », dit-il en rejetant le panneau dans les herbes folles. Au-dessus d'eux, un obscur courant d'air agite les arbres câlins, les faisant soupirer et exhaler un parfum qui est plus puissant que le lupin – mielleux, presque écœurant. « C'est vraiment pas un endroit sûr après le crépuscule. La mare oui, et la plage... les bancs... peut-être même le cimetière, mais... »

D'autres rieurs rejoignent le chœur. En quelques instants, ils sont des douzaines. D'abord leur rire escalade une échelle en dents de scie puis explose en cris aussi perçants que des bris de verre qui donnent envie à Lisey de hurler à son tour. Puis ils redescendent, parfois jusqu'à des gloussements étouffés, glouglou-tant comme s'ils sortaient de la boue.

« Scott, c'est *quoi* ça ? » chuchote-t-elle. Par-dessus l'épaule de Scott, la lune est un gros ballon gonflé à l'hélium. « Ça ressemble pas du tout à des bêtes.
– Je sais pas. Ça galope à quatre pattes, mais parfois ça... peu importe. Je les ai jamais vus de près. On les a vus ni l'un ni l'autre.
– Parfois ça *quoi*, Scott ?
– Ça se tient debout. Comme des gens. Ça regarde à l'entour. Peu importe. L'important c'est de rentrer. Tu veux rentrer maintenant, pas vrai ?
– Oui !
– Alors ferme tes yeux et visualise notre chambre à *La Ramure de Cerf*. Vois-la aussi bien que tu peux. Ça m'aidera. Ça nous donnera de l'élan. »

Elle ferme les yeux et, durant une terrible seconde, rien ne vient. Puis elle arrive à voir comment le secrétaire et les tables de chevet qui flanquent le lit ont émergé de la pénombre quand la lune s'est dégagée des nuages, et cette image appelle celle du papier peint (des rosiers grimpants) et la forme du bois de lit et le grincement d'opéra comique des ressorts chaque fois que l'un d'eux bougeait. Soudain, le son terrifiant de ces choses qui rient dans
*(la Forêt la Forêt Enchantée)*
les bois qui s'obscurcissent semblent s'estomper. Les odeurs s'atténuent aussi, et une partie d'elle est triste de quitter cet endroit, mais c'est surtout du soulagement qu'elle ressent. Soulagement pour son corps (bien sûr) et son esprit (très certainement), mais soulagement surtout pour son âme, sa toufue *âme* immortelle, car peut-être bien que des gens comme Scott Landon peuvent s'éclipser vers des lieux tels que Na'ya Lune, mais tant d'étrangeté et de beauté n'est pas faite pour des gens ordinaires comme elle, sauf si c'est entre les pages d'un livre ou dans l'obscurité sans danger d'une salle de cinéma.

*Et je n'en ai vu qu'un tout petit peu*, pense-t-elle.

« Bien ! lui dit-il, et Lisey entend à la fois le soulagement et le plaisir étonné dans sa voix. Lisey, t'es un crack... » *sur ce coup-là*, c'est ainsi qu'il finit, mais avant même qu'il le dise, avant qu'il ne desserre les bras et qu'elle ouvre les yeux, Lisey sait

5

« Je savais qu'on était rentrés », acheva-t-elle, et elle ouvrit les yeux. L'intensité de sa réminiscence était telle qu'une seconde elle s'attendit à voir, immobile dans le clair de lune, la chambre qu'ils avaient partagée deux nuits durant dans le New Hampshire vingt-sept ans plus tôt. Elle étreignait si fort la bêche d'argent qu'elle dut forcer ses doigts à s'ouvrir l'un après l'autre. Elle reposa le carré de régal jaune – incrusté de sang mais réconfortant – sur son sein.

*Et puis quoi ? Tu vas pas me dire qu'après ça, après tout ça, vous avez juste roulé sur le côté tous les deux et que vous vous êtes endormis ?*

Si, c'était à peu près ce qui s'était passé, oui. Elle avait hâte de commencer à oublier tout ça, et Scott était plus que désireux de le faire. Car il lui avait fallu tout son courage pour faire ressurgir son passé. Et pas étonnant. Mais elle se souvint qu'elle lui avait posé une autre question ce soir-là et avait failli lui en poser une autre le lendemain, en voiture, alors qu'ils rentraient dans le Maine, avant de s'apercevoir que c'était inutile. La question qu'elle lui avait posée concernait ce qu'il avait dit juste avant que les rieurs ne commencent et que la terreur chasse toute curiosité de son esprit. Elle avait voulu savoir ce que Scott avait voulu dire par *quand il pouvait encore venir tout seul parfois*. Il, c'est-à-dire Paul.

Scott avait paru surpris. « Ça fait des années que j'ai plus pensé à ça, dit-il, mais ouais, il pouvait le faire. Sauf que c'était dur pour lui, comme pour moi de battre une balle de base-ball. Alors la plupart du temps il me laissait le faire, et je pense qu'au bout d'un moment il a dû perdre complètement le tour de main. »

La question qu'elle avait pensé poser dans la voiture concernait la mare indiquée autrefois par le panneau brisé. Était-ce celle dont il parlait dans ses conférences ? Lisey s'abstint de poser la question parce qu'après tout, c'était évident. Ses publics pouvaient bien croire que la mare-mythologique, la mare-du-langage (où tous nous descendons boire, nous baigner, ou attraper peut-être un petit poisson) était une métaphore ; Lisey n'était pas dupe. Il y avait une vraie mare. Elle le savait à l'époque, parce qu'elle connaissait Scott.

Elle le savait aujourd'hui parce qu'elle y était allée. Tu y accédais venant de la Colline Câline par le sentier qui traversait la Forêt Enchantée ; tu devais passer à la fois devant l'Arbre à la Cloche et devant le cimetière pour y arriver.

« Je suis allée le chercher », chuchota-t-elle, tenant la bêche. Puis elle dit brusquement, « Oh mon Dieu, je me souviens de la *lune* » et son corps se couvrit si douloureusement de chair de poule qu'elle se tordit sur le lit.

La lune. Oui, la lune. Une lune bouffie, junkie, d'un orange sanglant, si subitement différente des aurores boréales et du froid meurtrier qu'elle venait juste de laisser derrière elle. Elle avait, cette lune, la folie des étés lascifs, un éclat obscurément délicieux, elle illuminait mieux que Lisey ne l'aurait voulu la vallée derrière le défilé de pierre près de la mare. Lisey la voyait maintenant, presque aussi bien qu'elle l'avait vue alors, parce qu'elle avait tiré sur le rideau pourpre, l'avait arraché très consciencieusement, mais la mémoire est seulement la mémoire et Lisey avait idée que la sienne l'avait entraînée aussi loin qu'elle était capable de l'entraîner. Un tout petit peu plus, peut-être – une ou deux autres images extraites de son serpent-livres personnel – mais guère plus, et ensuite il faudrait vraiment qu'elle y retourne, là-bas à Na'ya Lune.

La question était, le pouvait-elle ?

Puis une autre question lui vint : *Et s'il est l'un des encapuchonnés maintenant ?*

Un instant, une image lutta pour gagner en netteté dans l'esprit de Lisey. Elle vit des douzaines de silhouettes silencieuses qui auraient pu être des cadavres enveloppés de suaires comme dans le temps. Sauf qu'ils se tenaient assis, le dos droit. Et elle avait l'impression qu'ils respiraient.

Un frisson la parcourut. Malgré la Vicodine qu'elle avait dans le coffre, il décocha une flèche de douleur dans son sein lacéré, et il n'y eut pas moyen de l'arrêter tant qu'elle n'avait pas terminé sa course. Quand le frisson fut passé, elle se découvrit de nouveau capable de faire face à des considérations pratiques. La principale étant de savoir si oui ou non elle pourrait passer dans cet autre monde toute seule... car encapuchonnés ou pas, elle *devait* y aller.

Scott avait été capable de le faire seul, et d'y emmener son frère Paul. À l'âge adulte, il avait été capable d'y emmener Lisey depuis

*La Ramure de Cerf.* La question cruciale pour elle était de savoir ce qui s'était passé dix-sept ans plus tard, par cette froide nuit de janvier 1996.

« Il était pas complètement *barré*, murmura-t-elle. Il a pressé doucement ma main. » Oui, et la pensée avait traversé l'esprit de Lisey qu'ailleurs, quelque part, il avait pu la serrer de toute sa force et de tout son être, mais cela signifiait-il qu'il l'avait emmenée ?

« Je lui ai gueulé dessus, aussi. » A ce souvenir, Lisey sourit carrément. « Pour lui dire que s'il voulait rentrer à la maison, il fallait d'abord qu'il m'emmène là où il était... et j'ai toujours pensé qu'il l'avait fait... »

*Foutaises, petite Lisey, tu n'y as jamais pensé du tout. Pas vrai ? Pas jusqu'à aujourd'hui en tout cas. Il a fallu que tu te fasses passer le sein à la moulinette pour ainsi dire pour t'en préoccuper. Alors si tu es en train d'y penser, penses-y* vraiment. *T'a-t-il attirée à lui cette nuit-là ? L'a-t-il* fait *?*

Elle était sur le point de conclure que c'était une question du genre qui-de-l'œuf-ou-de-la-poule à laquelle il n'y a aucune réponse satisfaisante, quand elle se souvint de l'avoir entendu dire, *Lisey, t'es un crack sur ce coup-là !*

Disons donc qu'elle y était arrivée *toute seule* en 1996. Mais Scott était *vivant* alors, et cette pression sur sa main, si faible soit-elle, avait suffi à lui dire qu'il était là de l'autre côté, ménageant un conduit pour elle...

« Ce conduit existe encore », dit-elle. Elle se cramponnait à nouveau au manche de la bêche. « Ce passage pour aller de l'autre côté existe encore, il *doit* exister, parce que tu as anticipé la venue de tout ceci. Tu m'as laissé un toufu traque-nard pour me préparer. Et hier matin, au lit avec Amanda... c'était *toi*, Scott, je le sais. Tu as dit que je devais m'attendre à un nard-de-sang... et une récompense... une boisson, as-tu dit... et tu m'as appelée babylove. Où es-tu donc maintenant ? Où es-tu maintenant que j'ai besoin de toi pour me faire traverser ? »

Aucune réponse, à part le tic-tac du réveil sur la table de chevet.

*Ferme tes yeux.* Il avait dit ça, aussi. *Visualise. Aussi précisément que tu peux. Ça m'aidera. Lisey, t'es un crack sur ce coup-là.*

« J'ai intérêt à l'être, confia-t-elle à la chambre ensoleillée, déserte, privée de Scott. Oh, chou, j'ai sacrément intérêt à l'être. »

Si Scott Landon avait eu un défaut rédhibitoire, ç'avait peut-être été de trop réfléchir, mais jamais Lisey n'avait eu *ce* problème. Si elle s'était arrêtée pour réfléchir à la situation, ce jour d'été brûlant à Nashville, Scott serait mort pratiquement à coup sûr. Au lieu de quoi, elle avait agi tout simplement, et lui avait sauvé la vie grâce à la bêche qu'elle avait maintenant en main.

*J'a 'ssayé de v'nir ici av'c la pelle à Papa de la remise, mais elle voulait pas yaller.*

La bêche d'argent de Nashville voudrait-elle y aller ?

Lisey pensait que oui. Et ce serait tant mieux. Elle voulait la garder avec elle. « Amis d'un jour, amis toujours », chuchota-t-elle, et elle ferma les yeux.

Elle était en train d'invoquer ses souvenirs de Na'ya Lune, de plus en plus intenses, quand une question troublante vint briser sa concentration : encore une pensée agaçante pour la distraire.

*C'est quel moment là-bas, petite Lisey ? Oh, pas l'heure, je me fiche de l'heure, mais jour ou nuit ? Scott savait toujours – il disait savoir, en tout cas – mais toi, tu es pas Scott.*

Non, mais un des airs de rock and roll favoris de Scott lui passa par la tête : *Night Time Is the Right Time*[1]. Sauf qu'à Na'ya Lune, la nuit était le *mauvais* moment, celui où les parfums viraient à l'infection et la nourriture au poison. La nuit était le moment où les rieurs s'éveillaient – des choses qui galopaient à quatre pattes mais parfois se tenaient debout, comme des gens, et regardaient à l'entour. Et il y avait d'autres choses encore, des choses pires.

Des choses comme le petit gars long de Scott.

*Il est tout près, trésor.* C'était ce qu'il lui avait dit alors qu'il gisait sous le soleil brûlant de Nashville, le jour où elle avait vraiment cru qu'il mourait. *Je l'entends bâfrer.* Elle avait essayé de lui dire qu'elle ne savait pas de quoi il parlait ; il l'avait pincée en lui disant de ne pas insulter leurs deux intelligences.

*Parce que j'y étais allée. Parce que j'avais entendu les rieurs et je l'avais cru quand il avait dit que le pire était à venir. Et c'était vrai. J'ai vu ce dont il parlait. Je l'ai vu en 1996, quand je suis allée le*

---

1. « Le bon moment c'est la nuit. »

*chercher pour le ramener à la maison. J'ai vu seulement son flanc, mais c'était assez.*

« Un flanc interminable », marmonna Lisey, et elle fut choquée de s'apercevoir qu'elle croyait vraiment que c'était vrai. Il faisait nuit en 1996. Nuit quand elle était passée dans l'autre monde de Scott depuis la chambre d'amis glaciale. Elle avait descendu le sentier, pénétré dans les bois, pénétré dans la Forêt Enchantée, et...

Un moteur démarra en pétaradant tout près. Les yeux de Lisey s'ouvrirent tout grands et elle faillit pousser un cri de frayeur. Puis elle se détendit à nouveau, lentement. C'était seulement Herb Galloway, ou alors le petit Luttrell qu'Herb embauchait parfois pour passer la tondeuse à côté. Les conditions étaient entièrement différentes de ce qu'elles étaient cette nuit de froid polaire de janvier 96, quand elle avait découvert Scott dans la chambre d'amis, présent et respirant, mais *barré* selon toute autre considération vitale.

Elle pensa : *Même si j'étais capable de le faire, je pourrais pas dans ces conditions – c'est trop bruyant.*

Elle pensa : *Le monde est trop avec nous.*

Elle pensa : *Qui a écrit ça ?* Et, comme c'était si fréquemment le cas, cette pensée en entraîna une autre, douloureuse lanterne rouge : *Scott le saurait.*

Oui, Scott le saurait. Elle repensa à lui dans toutes les chambres de motel, penché sur une machine à écrire portative **(SCOTT ET LISEY, LES JEUNES ANNÉES !)**, et par la suite le visage éclairé par la lueur de son ordinateur portable. Parfois avec une cigarette en train de se consumer dans un cendrier à côté de lui, parfois avec un verre, toujours avec cette boucle de cheveux rebelle lui tombant sur le front. Elle repensa à lui couché sur elle dans ce même lit, ou la pourchassant comme un dératé à travers cette horrible maison de Brême **(SCOTT ET LISEY EN ALLEMAGNE !)**, tous deux nus et riant, excités mais pas vraiment heureux, pendant qu'au bout de la rue camions et voitures tournaient tournaient avec fracas autour du rond-point. Elle repensa à ses bras autour d'elle, il avait tout le temps ses bras autour d'elle, à son odeur, au frottement râpeux de sa joue contre la sienne, et elle pensa qu'elle vendrait son âme, oui, sa toufue âme immortelle, pour seulement entendre le claquement de la porte d'entrée et sa voix appelant dans la maison : *Ohé, Lisey, je suis là – tout idem ?*

*Chut, ferme tes yeux.*

Ça, c'était sa voix à elle, mais c'était *quasiment* sa voix à lui, une excellente imitation, alors Lisey ferma les yeux et sentit les premières larmes, chaudes, presque réconfortantes, filtrer sous la frange de ses cils. Il y a quantité de choses qu'on ne te dit pas sur la mort, avait-elle découvert, et l'une des plus importantes, c'est le temps que prennent les êtres que tu aimes le plus pour mourir dans ton cœur. *C'est un secret*, pensa Lisey, *et c'est tant mieux, car qui voudrait jamais s'attacher à un autre être en sachant comme c'est dur de lâcher prise ? Dans notre cœur ils meurent tout doucement, un petit peu à la fois, pas vrai ? Comme une plante qu'on oublie de demander à un voisin de passer arroser de temps en temps quand on part en voyage, et c'est tellement* triste...

Elle n'avait pas envie de penser à cette tristesse-là, pas plus qu'elle ne voulait penser à son sein mutilé, où la douleur avait recommencé à irradier. Elle préféra réorienter ses pensées vers Na'ya Lune. Elle se rappela la stupeur et l'émerveillement absolus que cela avait été de passer, en l'espace d'un battement de cils de jeune fille en fleur, de l'âpre nuit du Maine avec sa température au-dessous de zéro à cette douceur tropicale. La texture en quelque sorte triste de l'air, et les arômes soyeux de frangipanier et de bougainvillée... Elle se souvint de la formidable lumière, soleil couchant d'un côté et lune montante de l'autre, et comment, dans le lointain, cette cloche tintait. Toujours cette même cloche.

Lisey s'avisa que le grondement de tracteur dans le jardin des Galloway semblait étrangement lointain maintenant. Comme une pétarade de moto décroissant sur la route. Quelque chose était en train de se produire, elle en aurait juré. Une source serpentait, un puits s'emplissait, une roue tournait. Peut-être le monde n'était-il pas trop avec elle[1], après tout.

*Mais si tu arrives là-bas et qu'il fait nuit ? En admettant que ce que tu ressens ne soit pas juste l'association d'un narcotique et de vains désirs, que se passera-t-il si tu arrives là-bas et que c'est la nuit,*

---

1. Comme disait le poète William Wordsworth (« Le monde est trop avec nous. »)

*l'heure où sortent les mauvaises choses ? Des choses comme le petit gars long de Scott ?*
*Alors je reviendrai ici.*
*Si tu as le temps, tu veux dire.*
*Oui, c'est ce que je veux dire, si j'ai le t...*

De façon soudaine, choquante, la lumière qui filtrait à travers ses paupières fermées vira du rouge au pourpre sourd presque noir. Comme si un store venait d'être tiré. Mais aucun store n'aurait pu expliquer le glorieux mélange de senteurs qui emplirent subitement ses narines : le parfum mélangé de toutes ces fleurs. Pas plus qu'il n'aurait expliqué cette herbe qui chatouillait maintenant ses mollets et son dos nu.

Elle avait réussi. Traversé. Franchi le passage.

« Non », dit Lisey, les yeux toujours clos – mais le murmure était faible, guère plus qu'une protestation symbolique.

*Tu sais ce que tu fais, Lisey,* chuchota la voix de Scott. *Et le temps presse. MIRALBA, babylove.*

Et parce qu'elle savait que cette voix-là avait absolument raison – oui, le temps pressait –, Lisey ouvrit les yeux et s'assit dans le refuge d'enfance de son talentueux époux.

Lisey ouvrit les yeux à Na'ya Lune.

6

Ce n'était ni nuit *ni* jour, et maintenant qu'elle était là, elle n'était pas étonnée. Lors de ses voyages précédents, elle était arrivée juste avant le crépuscule ; pourquoi aurait-elle dû être surprise d'y être encore juste avant le crépuscule ?

Le soleil, d'un orange vif, était posé au-dessus de l'horizon, au fond du champ apparemment infini de lupins. Regardant de l'autre côté, Lisey aperçut le fin croissant de la lune montante – une lune beaucoup plus grosse que la plus grosse lune des moissons qu'elle avait jamais vue de sa vie.

*Ça, ce n'est pas notre lune, si ? Comment est-ce possible ?*

Une brise effleura l'extrémité moite de sueur de ses cheveux, et quelque part non loin de là, la cloche tinta. Un son familier, une cloche familière.

*Tu ferais mieux de te dépêcher, tu ne crois pas ?*

Oui certes. La mare était un lieu sûr, du moins Scott l'avait dit, mais le sentier qui y menait traversait la Forêt Enchantée, qui ne l'était pas. La distance était courte, mais elle avait intérêt à faire vite.

Courant presque, elle gravit la pente jusqu'aux arbres, cherchant des yeux la croix de Paul. Elle ne la vit pas tout de suite, puis elle la repéra, très inclinée sur un côté. Elle n'avait pas le temps de la redresser... mais prit quand même le temps, parce que Scott aurait pris le temps. Elle posa un instant la bêche d'argent (la bêche était en effet venue avec elle, comme le carré de laine jaune), pour pouvoir se servir des deux mains. Il devait y avoir des intempéries ici, car le seul mot peint avec soin – **PAUL** – s'était décoloré pour n'être guère plus qu'un fantôme.

*Je crois l'avoir redressée la dernière fois aussi*, pensa-t-elle. *En 96. Et m'être dit que j'aurais aimé chercher la seringue hypodermique, sauf que je n'avais pas le temps.*

Elle ne l'avait pas davantage maintenant. C'était son troisième vrai voyage à Na'ya Lune. Le premier n'avait pas été si terrible car elle était avec Scott et ils n'étaient pas allés plus loin que le panneau brisé indiquant **VERS LA MARE** avant de regagner leur chambre à *La Ramure de Cerf*. La deuxième fois, par contre, en 1996, elle avait dû emprunter seule le sentier pénétrant dans la Forêt Enchantée. Elle n'arrivait pas à se rappeler la quantité de courage qu'elle avait dû rassembler, ne sachant si la mare se trouvait loin ni ce qu'elle trouverait quand elle y parviendrait. Et ce troisième voyage avait lui aussi son propre lot de difficultés. Elle avait les seins à l'air, et le gauche, grièvement blessé, recommençait à la lancer, et Dieu seul savait quelle sorte de choses l'odeur de son sang risquait d'attirer. Mais bon, il était trop tard pour s'inquiéter de ça à présent.

*Et si quelque chose s'approche de moi*, pensa-t-elle en se saisissant du court manche en bois de la bêche, *un de ces rieurs, par exemple, je lui flanquerai un bon coup de la Robuste Tapette à Tarés de la Petite Lisey, Modèle Déposé, 1988, Tous Droits Réservés.*

Quelque part en avant sur le sentier, la cloche tinta encore. Pieds nus, seins nus, barbouillée de sang, avec rien qu'un vieux short en jean sur le dos et une bêche à lame d'argent dans la main droite, Lisey se mit en route vers le son, sur le sentier qui s'obscurcissait rapidement. La mare était là-bas droit devant, à guère plus de cinq cents pas de distance. Là-bas, on était en terrain sûr même après la nuit tombée. Là-bas elle finirait de se déshabiller, et entrerait dans l'eau pour se laver.

7

Les ombres épaissirent très vite dès qu'elle fut sous la voûte des arbres. Instinctivement, Lisey voulut redoubler de vitesse, mais quand le vent fit de nouveau tinter la cloche – qu'elle savait toute proche, suspendue à une branche par un solide morceau de corde – elle s'arrêta, frappée par un assemblage complexe de souvenirs. Elle savait que la cloche était suspendue à une corde parce qu'elle l'avait vue lors de son dernier voyage, dix ans plus tôt. Mais Scott l'y avait accrochée longtemps avant, bien avant qu'ils soient mariés. Elle le savait parce qu'elle l'avait entendue en 1979. Déjà, elle avait trouvé le son familier, d'une déplaisante familiarité. Déplaisante parce qu'elle avait détesté le son de cette cloche longtemps avant de l'entendre ici à Na'ya Lune.

« Je lui avais dit », murmura-t-elle, changeant la bêche de main et repoussant ses cheveux en arrière. Le régal jaune était posé sur son épaule gauche. Autour d'elle, le bruissement des arbres câlins ressemblait à des voix chuchotantes. « Il avait pas dit grand-chose, mais je suppose que c'était pas tombé dans l'oreille d'un sourd. »

Elle reprit sa marche. Le sentier plongea, puis remonta vers le haut d'une pente où les arbres étaient plus clairsemés et une forte lumière rouge brillait au travers. Le soleil n'était pas encore couché. Bien. Et c'était là que pendait la cloche, oscillant d'un côté à l'autre avec juste assez de force pour produire le plus infime tintement. Cette cloche qui, il était une fois, avait été à sa place près de la caisse enregistreuse chez *Pat Pizza & Café* à Cleaves Mills. Pas le genre de cloche que tu heurtes de la paume, de ces sonnettes discrètes de réception d'hôtel qui émettent un seul *ding!* avant de se taire, mais une sorte de cloche miniature de cour d'école, dont tu tires la poignée et qui résonne *ding-i-ling* aussi longtemps que tu veux bien l'agiter. Et Chukie G, le cuisinier de service la plupart des soirs de l'année où Lisey avait travaillé chez Pat, *adorait* faire tinter cette satanée cloche. Parfois, se souvint-elle d'avoir raconté à Scott, elle entendait son *ding-i-ling* argentin jusque dans ses rêves, accompagné des vociférations rocailleuses de Chukie G : *Chaud devant, Lisey ! Allons, pressons ! Ces messieurs-dames ont faim !* Oui, au lit le soir elle avait dit à Scott combien elle haïssait l'exaspérante petite cloche de Chukie G – ce devait être au printemps 79, car peu de temps après l'exaspérante petite cloche avait disparu. Lisey n'avait jamais associé Scott à sa disparition, même pas quand elle l'avait entendue la première fois qu'elle était venue ici – trop d'autres choses insolites à ce moment-là, trop de données étranges à assimiler – et Scott n'en avait jamais soufflé mot. Et puis, en 96, quand elle était venue le chercher, elle avait encore entendu tinter l'ancienne cloche perdue de Chukie G, et cette fois-là elle avait

(*pressons, ces messieurs-dames ont faim, chaud devant*)

su que c'était elle. Et toute l'histoire lui était apparue dans sa logique parfaitement tordue. Scott Landon, après tout, n'était-il pas l'homme qui considérait le bazar d'Auburn comme la capitale mondiale de l'humour ? Pourquoi n'aurait-il pas trouvé formidable comme blague de barboter la cloche qui énervait tant sa petite amie pour l'embarquer à Na'ya Lune et la suspendre *iciGO* à côté du sentier, où le vent la ferait tinter ?

*Il y avait du sang dessus la dernière fois*, chuchota la voix profonde du souvenir. *Du sang en 1996.*

Oui, et ça l'avait effrayée, mais elle avait continué vaille que vaille... et aujourd'hui le sang avait disparu. Les intempéries qui avaient décoloré le nom de Paul sur la croix avaient aussi lavé le sang sur la cloche. Et le solide morceau de corde à laquelle Scott l'avait attachée vingt-sept ans plus tôt (en admettant que le passage du temps soit le même ici) était presque complètement usé – bientôt la cloche choirait sur le sentier. Et la blague serait terminée.

Et soudain l'intuition de Lisey lui parla plus puissamment qu'elle ne l'avait jamais fait dans toute sa vie, pas sous forme de mots mais d'une image. Lisey se vit déposer la bêche d'argent au pied de l'Arbre à la Cloche, ce qu'elle fit sans s'arrêter ni réfléchir. Ni se demander pourquoi ; la bêche paraissait parfaitement à sa place, couchée là au pied du vieil arbre tordu. Cloche d'argent en dessus, bêche d'argent en dessous... Quant à savoir *pourquoi* ça semblait parfait... autant se demander pourquoi Na'ya Lune existait pour commencer. Elle avait cru la bêche destinée à *la* protéger cette fois-ci. Apparemment non. Elle lui accorda un dernier regard (elle n'avait pas davantage de temps à perdre) et poursuivit son chemin.

8

Le sentier la conduisit dans le creux d'un autre repli de forêt. Ici la forte lumière rouge du soir s'était fondue en un orange étouffé et le premier des rieurs se réveilla quelque part en avant, dans les recoins les plus obscurs des bois, sa voix horriblement humaine gravissant les degrés de verre de cette échelle de folie et faisant venir la chair de poule sur ses bras.

*Dépêche, babylove.*

« Oui, d'accord. »

Là-dessus un deuxième rieur se joignit au premier, et quoiqu'elle sentît la chair de poule se propager jusqu'en haut de son dos nu, Lisey pensa qu'elle ne risquait rien. Juste devant elle, le sentier contournait un gros rocher gris dont elle se souvenait parfaitement bien. En contrebas de ce rocher s'étendait une profonde cuvette de pierre – oh oui, profonde et vach'tement *hhhénaurme* – et la mare. À la mare, elle serait en terrain sûr. Dans un cadre effrayant, mais en terrain sûr. À la...

Lisey fut subitement, bizarrement, certaine que quelque chose la traquait, attendant juste que les dernières lueurs s'estompent pour faire un pas en avant.

Un *bond* en avant.

Cœur battant, si fort qu'il faisait palpiter de douleur son sein mutilé, Lisey se baissa pour esquiver la grosse masse grise de la saillie rocheuse. Et la mare était là, immobile en contrebas tel un rêve exaucé. Alors que son regard descendait vers ce fantomatique miroir brillant, les derniers souvenirs se mirent en place, et le retour de la mémoire fut comme un retour au bercail.

9

Elle contourne le rocher gris et oublie tout de la tache de sang séché sur la cloche, qui l'a tellement troublée. Elle oublie les froides et étincelantes aurores boréales qu'elle a laissées derrière elle, le vent hurlant. Un instant, elle oublie même Scott, qu'elle est venue chercher ici pour le ramener... toujours en admettant qu'il veuille rentrer. Contemplant le fantomatique miroir brillant de la mare, elle oublie tout le reste. Parce que c'est beau. Et bien qu'elle ne soit jamais venue ici de sa vie, c'est comme un retour au bercail. Et même lorsqu'une de ces *choses* commence à rire, elle n'a pas peur, parce qu'elle est en terrain sûr. Elle n'a besoin de personne pour le lui dire ; elle le sait dans la moelle de ses os, comme elle sait que Scott parle de ce lieu dans ses conférences et écrit sur ce lieu dans ses livres depuis des années.

Elle sait aussi que c'est un endroit triste.

C'est la mare où tous nous descendons boire, nous baigner, attraper un petit poisson depuis le rivage ; c'est aussi la mare où quelques âmes intrépides s'aventurent à bord de leurs fragiles embarcations de bois pour traquer les gros. C'est la mare de la vie, la coupe de l'imagination, et Lisey a dans l'idée que des personnes différentes en voient des versions différentes, à l'exception de deux caractéristiques communes : c'est un lieu toujours enfoncé d'un mille au cœur de la Forêt Enchantée, et c'est un lieu toujours triste. Car il ne s'agit pas seulement d'imagination ici. Il s'agit aussi de

(*s'abandonner*)

attendre. S'asseoir simplement... contempler ces eaux rêveuses... et attendre. *Ça vient*, penses-tu. *Ça vient bientôt, je sens que ça vient.* Mais tu ne sais pas exactement quoi, et les années passent.

*Comment peux-tu savoir ça, Lisey ?*

La lune le lui a dit, suppose-t-elle ; et les aurores boréales qui te brûlent les yeux de leur brillance froide ; l'odeur poussiéreuse et douce des roses et des frangipaniers qui poussent sur la Colline Câline ; surtout, les yeux de Scott le lui ont dit tandis qu'il luttait pour tenir bon, tenir bon, tenir bon. S'empêcher de prendre le sentier conduisant ici.

D'autres voix ricanantes s'élèvent dans les recoins les plus profonds des bois et puis quelque chose rugit, les réduisant momentanément au silence. Derrière elle, la cloche tinte, puis se tait à nouveau.

*Je ferais bien de me hâter.*

Oui, encore qu'elle pressente que la notion de hâte est l'antithèse de ce lieu. Ils doivent réintégrer leur maison de Sugar Top aussi vite que possible, et pas à cause du danger que représentent bêtes sauvages, ogres et trolls,

*(vurts et mi-vivants)*

et autres créatures étranges vivant au plus profond de la Forêt Enchantée, où il fait toujours aussi sombre que dans un cachot et où le soleil ne brille jamais, mais parce que plus longtemps Scott restera ici, moins elle sera en mesure de pouvoir le ramener. Et aussi...

Lisey pense au spectacle que ce serait de voir la lune brûler comme une pierre froide sous la surface immobile de la mare en contrebas – et elle pense : *Je pourrais être fascinée.*

Oui.

De vieilles marches en bois conduisent au bas de la pente de ce côté-ci. De part et d'autre de chacune, une borne en pierre porte un mot gravé. Lisey peut lire ces mots ici à Na'ya Lune, mais elle sait qu'ils n'auraient aucun sens chez elle ; tout comme elle ne se souviendra d'aucun sauf du plus simple : XΓ veut dire *pain*.

Les marches se terminent par une rampe inclinée qui tourne vers la gauche et rejoint finalement le niveau du sol. Là, une plage de sable blanc scintille dans la lumière rapidement déclinante. Au-dessus de la plage, creusés dans le flanc d'une paroi rocheuse, s'étagent peut-être deux cents longs gradins de pierre courbes, tournés vers la mare. Il y aurait facilement de la place pour mille voire deux mille personnes, si ces gens étaient assis côte à côte, mais ce n'est pas le cas. Elle estime qu'ils ne peuvent pas être plus de cinquante ou soixante en tout, et la plupart d'entre eux sont dissimulés sous des voiles vaporeux qui ressemblent à des linceuls. Mais s'ils sont morts, comment peuvent-ils être assis ? Désire-t-elle seulement le savoir ?

Sur la plage, debout à distance les unes des autres, se trouvent peut-être deux douzaines de personnes de plus. Et quelques autres – six ou huit – sont carrément dans l'eau. Elles font trempette en silence. Alors qu'elle atteint le bas des marches et prend la direction de la plage, ses pieds foulant commodément l'ornière d'un sentier usé et adouci par maints autres pieds avant elle, Lisey voit une femme se pencher et commencer à bassiner son visage. Elle le fait avec les gestes lents de qui est immergé en plein rêve, et Lisey se souvient de ce jour de Nashville, comment tout s'est soudain mis à se dérouler au ralenti quand elle s'est aperçue que Blondie avait l'intention d'abattre son mari. Cela aussi ressemblait à un rêve, mais n'en était pas un.

Puis elle voit Scott. Il est assis sur un banc de pierre, neuf ou dix rangs au-dessus de la mare. Il a toujours l'africaine de Bonne Ma avec lui, sauf qu'ici il n'est plus emmitouflé dedans car la température est beaucoup trop douce. Elle est simplement ramenée sur ses genoux, et le gros de sa masse fait une boule sur ses pieds. Lisey ignore comment l'africaine peut être à la fois ici et dans la maison sur le View et elle pense : *Peut-être parce que certaines choses sont spéciales. Comme Scott est spécial.* Et elle ? Est-ce qu'une version de Lisey Landon se trouve encore dans la maison de Sugar Top Hill ? Elle ne croit pas. Elle ne se croit pas si spéciale que ça, pas elle, pas petite Lisey. Elle croit que, pour le meilleur ou pour le pire, elle est entièrement *ici*. Ou entièrement *en allée*, tout dépend de quel monde tu parles.

Elle prend une inspiration, se préparant à crier son nom, puis elle se ravise. Une puissante intuition l'arrête.

*Chhhht,* pense-t-elle. *Chhhht, petite Lisey, maintenant*

10

*Plus un bruit maintenant,* pensa-t-elle, comme elle l'avait fait en janvier 96.

Tout était tel qu'à l'époque, sauf que cette fois-ci, elle voyait tout un peu mieux car elle était arrivée un peu plus tôt : les ombres, dans la vallée de pierre formant la coupe de la mare, commençaient à peine à se rassembler. L'eau avait un peu la forme de hanches féminines. À l'extrémité de la plage, là où les hanches s'amincissaient au profit de la taille, il y avait une pointe de flèche de sable blanc. Sur ce sable blanc, debout à bonne distance les unes des autres, se tenaient quatre personnes, deux hommes et deux femmes, contemplant la mare avec extase. Il y en avait une demi-douzaine d'autres dans l'eau. Personne ne nageait. La plupart n'avaient de l'eau qu'à mi-mollet ; un homme était enfoncé jusqu'à la taille. Lisey aurait aimé pouvoir lire sur le visage de cet homme, mais elle était encore trop loin. Derrière ceux qui faisaient trempette, et ceux qui se tenaient debout sur la plage – ceux qui n'avaient pas encore trouvé le courage de se mouiller, Lisey en était persuadée –, se dressait le promontoire rocheux dans la pente duquel étaient taillées les douzaines, voire

même centaines, de bancs de pierre. Sur ces gradins, très largement dispersées, étaient assises au moins deux cents personnes. Il lui sembla se rappeler qu'elles n'étaient que cinquante ou soixante la dernière fois, mais ce soir leur nombre était nettement plus élevé. Et pour chaque personne qu'elle voyait, il n'y en avait pas moins de quatre enveloppées dans ces horribles
*(suaires)*
voiles.
*Il y a un cimetière, aussi. Tu te souviens ?*
« Oui », chuchota Lisey. Son sein la faisait de nouveau horriblement souffrir, mais elle regarda la mare et se souvint de la main déchiquetée de Scott. Elle se rappela aussi avec quelle rapidité il avait récupéré après avoir eu le poumon troué par le forcené – ah, les docteurs en avaient été soufflés. Il y avait meilleure médecine que la Vicodine pour elle, et cette médecine était proche.
« Oui », répéta-t-elle, et elle entreprit de descendre les marches taillées dans le sentier en pente, avec une seule triste différence cette fois : il n'y avait plus de Scott Landon assis sur les gradins.

Juste avant que la rampe inclinée ne débouche sur la plage, elle aperçut un second sentier, bifurquant sur la gauche à partir du premier pour s'éloigner de la mare. Une nouvelle fois Lisey fut submergée par les souvenirs en voyant la lune

11

Elle voit la lune se lever à travers une sorte de meurtrière dans le massif affleurement granitique qui forme la coupe de la mare. La lune est boursouflée et gigantesque, tout à fait comme elle l'était quand son futur mari l'avait emmenée à Na'ya Lune depuis leur chambre à *La Ramure de Cerf*, mais dans la vaste clairière sur laquelle ouvre cette meurtrière, sa face enflammée rouge-orangé est divisée en segments déchiquetés par des silhouettes d'arbres et de croix. Des croix en si grand nombre. Lisey contemple ce qui ressemblerait presque à un rustique cimetière de campagne. Tout comme la croix que Scott a faite pour son frère Paul, celles-ci semblent être en bois, et quoique certaines soient plutôt grandes, et quelques-unes décorées, toutes paraissent avoir été faites à la main et beaucoup sont très abîmées. Il y a des stèles arrondies aussi, dont certaines sont peut-être en pierre, mais dans la pénombre grandissante, Lisey ne peut pas en être sûre. La lumière de la lune montante gêne plutôt qu'elle ne favorise la vision, car tout dans le cimetière se découpe à contre-jour.

*S'il y a un cimetière* ici, *pourquoi a-t-il enterré Paul là-bas ? Est-ce parce qu'il est mort avec la crapouasse ?*

Elle l'ignore et s'en soucie peu. Son souci, c'est Scott. Il est assis sur un de ces gradins tel un spectateur dans les tribunes d'un stade pour un événement sportif peu suivi, et si elle a l'intention de faire quelque chose, elle ferait bien de s'activer. « Garde ta laine bien tendue », aurait dit Bonne Ma – voilà un dicton qu'elle a pêché dans la mare.

Lisey laisse le cimetière et ses croix rustiques derrière elle. Elle marche le long de la plage en direction des bancs de pierre où son mari est assis. Le sable est ferme et son contact chatouille curieusement la plante des pieds. C'est en le sentant sur sa peau qu'elle réalise qu'elle est pieds nus. Elle est toujours vêtue de sa chemise de nuit et de ses multiples couches de sous-vêtements, mais ses chaussons n'ont pas fait le voyage. Le contact du sable est à la fois surprenant et agréable. Il est aussi étrangement *familier*, et alors qu'elle atteint le premier rang des bancs de pierre, Lisey fait le rapprochement. Quand elle était petite, elle faisait toujours ce même rêve, dans lequel elle filait tout autour de la maison sur un tapis volant, invisible aux yeux de tous. Elle se réveillait de ces rêves exaltée, terrifiée, et trempée de sueur jusqu'à la racine des cheveux. Ce sable lui causait la même sensation de tapis volant... comme si, eût-elle fléchi les genoux et donné une impulsion vers le haut, elle aurait pu s'envoler au lieu de bondir seulement.

*Je fondrais en piqué sur cette mare comme une libellule, en laissant traîner, pourquoi pas, le bout de mes orteils dans l'eau... puis je voletterais vers le trop-plein où l'eau se déverse dans un petit ruisseau... longerais ensuite le ruisseau jusqu'où il grossit pour devenir rivière... volant bas... respirant l'humidité montant de l'eau, fendant les fines écharpes de brume qui s'en détachent jusqu'à ce que j'atteigne enfin la mer... et alors je pousserais plus loin... oui, loin loin encore plus loin...*

S'arracher à cette puissante vision est une des choses les plus dures que Lisey ait jamais eu à faire. C'est comme essayer de sortir du lit après des jours d'un labeur harassant et seulement quelques heures d'un lourd et merveilleux sommeil réparateur. Elle découvre qu'elle n'est plus sur le sable mais assise sur un gradin au troisième rang en contre-haut de la petite plage, les yeux posés sur l'eau, le menton dans la main. Et elle voit que le clair de lune est en train de perdre son rougeoiement orangé. Il a viré au beurre-frais, et ne va pas tarder à tourner à l'argent.

*Depuis combien de temps suis-je ici ?* se demande-t-elle, atterrée. Elle a idée que ça ne fait pas si longtemps que ça, quelque chose entre le quart d'heure et la demi-heure, mais même ça, c'est beaucoup trop long... encore qu'elle ait bien compris comment cet endroit fonctionne maintenant, non ? Lisey sent ses yeux attirés de nouveau par la mare – la paix de la mare, où à présent deux ou trois personnes seulement (dont une femme portant un gros ballot, à moins que ce ne soit un petit enfant, dans les bras) font trempette dans les ombres grossissantes du soir – et elle se force à détourner le regard, à l'élever vers les horizons rocheux qui enserrent ce lieu, et vers les étoiles qui clignotent à travers le bleu de plus en plus foncé qui forme un dôme par-dessus le granit et les quelques arbres qui en parsèment le sommet. Quand elle commence à se sentir à peu près redevenue elle-même, Lisey se lève, tourne le dos à l'eau, et repère Scott à nouveau. C'est facile. Cette africaine de laine jaune crève les yeux, même dans l'obscurité grandissante.

Elle va jusqu'à lui, grimpant d'un rang de gradins à l'autre comme elle le ferait dans un stade de foot. Elle se détourne d'une des créatures encapuchonnées... mais passe assez près cependant pour voir la forme tout à fait humaine sous les voiles vaporeux ; les orbites creuses et la main qui dépasse.

C'est une main de femme, avec du vernis rouge éraflé sur les ongles.

Quand elle rejoint Scott, son cœur bat fort et elle se sent un peu hors d'haleine, même si l'ascension n'a pas été difficile. Dans le lointain, les rieurs ont commencé à glousser, montant et descendant l'échelle des ricanements, savourant leur interminable plaisanterie. Du côté du sentier par où elle est venue, ténue mais encore audible, elle entend tinter par à-coups la cloche de Chuckie G, et elle pense, *Chaud devant, Lisey ! Allons, pressons !*

« Scott ? » murmure-t-elle, mais Scott ne la regarde pas. Scott contemple avec extase la mare, où la plus évanescente des brumes

– juste une exhalaison – a commencé à s'élever dans la clarté de la lune. Lisey ne s'accorde qu'un seul regard dans cette direction avant de reporter fermement son regard sur son mari. Elle sait ce qu'elle risque à regarder trop longtemps la mare, elle a appris sa leçon. Du moins l'espère-t-elle. « Scott, il est temps de rentrer à la maison. »

Rien. Pas la moindre réponse. Elle se souvient d'avoir affirmé qu'il n'était pas fou, qu'écrire des histoires ne faisait pas de lui un *fou*, et de Scott lui disant *J'espère que tu auras toujours cette chance, petite Lisey.* Mais elle ne l'a pas eue, si ? Elle en sait beaucoup plus maintenant. Paul Landon est tombé dans la crapouasse et il a fini sa vie au bout d'une chaîne, écumant comme un chien, entravé à un poteau dans la cave d'une ferme isolée. Son petit frère s'est marié et a eu une carrière indéniablement brillante, mais la facture est maintenant arrivée à échéance.

*Catatonique classique à l'état végétatif,* pense-t-elle, et elle frémit.

« Scott ? » murmure-t-elle encore, tout contre son oreille cette fois. Elle a pris ses deux mains dans les siennes. Elles sont fraîches et douces, cireuses et molles. « Scott, si tu es là et si tu veux rentrer à la maison, presse mes mains. »

Pendant un temps infini il n'y a rien, sinon l'écho des rires au fond des bois, et plus près, tout près, le cri choquant, presque féminin, d'un oiseau de nuit. Puis Lisey sent quelque chose qui n'est peut-être que la projection d'un désir vain, ou alors le frémissement imperceptible des doigts de son époux contre les siens.

Elle tente de réfléchir à ce qu'elle devrait faire ensuite, mais la seule chose dont elle soit sûre c'est de ce qu'elle ne *devrait pas* faire : laisser la nuit les engloutir, l'aveugler d'en haut de son clair de lune argenté tout en la noyant dans ses ombres qui montent d'en bas. Ce lieu est un piège. Elle est certaine que pour *quiconque* demeure très longtemps près de la mare, il devient impossible d'en repartir. Elle comprend que si tu la contemples un moment, tu peux y voir absolument tout ce que tu désires voir. Amours perdues, enfants morts, occasions manquées – tout.

L'aspect le plus surprenant de ce lieu ? Qu'il n'y ait pas plus de gens traînant sur ses bancs de pierre. Qu'ils ne soient pas une foule compacte tels les spectateurs d'un toufu match de Coupe du Monde.

Elle surprend un mouvement du coin de l'œil et se tourne vers le sentier qui remonte de la plage vers les marches. Là se tient un homme corpulent et élégant, vêtu d'un pantalon blanc et d'une chemise blanche ouverte jusqu'à la taille, qui ondule dans la brise. Une grande balafre rouge zèbre toute la hauteur de sa joue gauche. Ses cheveux gris acier se dressent à l'arrière de sa tête qui paraît bizarrement aplatie. Il promène un bref regard à l'entour, puis franchit le pas qui sépare le sentier de la plage.

À côté d'elle, parlant avec grand effort, Scott dit : « Accident de voiture. »

Le cœur de Lisey bondit sauvagement dans sa poitrine, mais elle prend bien garde à ne pas détourner les yeux ni à presser ses mains avec trop de ferveur, même si elle ne peut retenir un léger frémissement. S'efforçant de garder la voix égale, elle demande : « Comment le sais-tu ? »

Pas de réponse de Scott. Le bel homme corpulent en chemise flottante accorde un dernier regard condescendant aux êtres silencieux assis sur les bancs de pierre, puis leur tourne le dos et s'éloigne en pataugeant dans la mare. Des vrilles argentées de brume lunaire montent autour de lui, et Lisey, une fois de plus, doit s'arracher au spectacle.

« Scott, comment le sais-tu ? »

Il hausse des épaules qui semblent peser une tonne – c'est du moins l'impression de Lisey. « Télépathie, je suppose.

– Va-t-il guérir maintenant ? »

Il y a un long silence. Juste au moment où elle pense qu'il ne répondra plus, il parle. « Peut-être, dit-il. Il est... c'est profond... là-dedans. » Scott touche sa propre tête, indiquant, pense Lisey, une quelconque lésion du cerveau. « Parfois... les choses... vont trop loin.

– C'est alors qu'ils viennent s'asseoir ici ? Qu'ils s'enveloppent de voiles ? »

Pas de réponse de Scott. Ce qu'elle craint, à présent, c'est de perdre le peu qu'elle a retrouvé de lui. Elle n'a besoin de personne pour lui dire que cela pourrait très facilement arriver ; elle le sent. La moindre terminaison nerveuse de son corps le sait.

« Scott, je pense que tu veux rentrer. Je pense que c'est pour ça que tu t'es cramponné si fort tout le mois de décembre dernier. Et je pense que c'est pour ça que tu as emporté l'africaine. On peut difficilement la rater, même dans la pénombre. »

Il baisse les yeux, comme s'il voyait la couverture tricotée pour la première fois, puis esquisse un vrai petit sourire. « Tu es toujours... là pour me sauver, Lisey, dit-il.

– Je ne sais pas de quoi tu...

– Nashville. Je sombrais. » Avec chaque mot, il semble s'animer un peu plus. Pour la première fois, elle s'autorise vraiment à espérer. « J'étais perdu dans l'obscurité et tu m'as trouvé. J'avais chaud – tellement chaud – et tu m'as donné de la glace. Tu te souviens ? »

Elle se souvient aussi de l'autre Lisa

*(j'ai renversé les trois quarts de ce putain de Coke en revenant ici en courant)*

et comment les frissons de Scott s'étaient brusquement arrêtés quand elle avait déposé un copeau de glace sur sa langue sanglante. Elle se souvient de l'eau couleur cola dégouttant de ses sourcils. Elle se souvient de tout. « Bien sûr que je m'en souviens. Maintenant allons-nous-en d'ici. »

Il secoue la tête, lentement mais fermement. « C'est trop dur. Toi, Lisey, vas-y.

– Je suis censée partir *sans* toi ? » Elle cligne furieusement des yeux, s'apercevant qu'elle s'est mise à pleurer seulement quand elle sent la brûlure des larmes.

« Ça sera pas difficile – fais comme la fois dans le New Hampshire. » Il parle patiemment, mais toujours très lentement, comme si chaque mot pesait aussi une tonne, et il se méprend délibérément sur le sens de sa question. Elle en est pratiquement sûre. « Ferme simplement tes yeux... concentre-toi sur l'endroit d'où tu es venue... *vois*-le... et c'est l'endroit où tu retourneras.

– Sans *toi* ? » répète-t-elle farouchement, et en dessous d'eux, lentement, comme un nageur évoluant sous l'eau, un homme en chemise de flanelle rouge se retourne pour les dévisager.

Scott dit, « Chhhht, Lisey... ici, tu ne dois faire aucun bruit.

– Et qu'est-ce qui se passera si je n'ai pas *envie* d'obéir ? Merdre, on n'est pas dans une toufue *bibliothèque* ici, Scott ! »

Au cœur de la Forêt Enchantée, les rieurs se déchaînent comme si c'était la chose la plus drôle qu'ils aient jamais entendue, la meilleure de toutes les farces et attrapes du bazar d'Auburn. De la mare parvient un unique éclaboussement sonore. Lisey risque un œil dans cette direction et voit que l'élégant homme corpulent est parti... disons, ailleurs. Elle décide qu'elle se fiche comme de l'an quarante qu'il soit sous l'eau ou dans la quatrième dimension ; son souci, c'est son mari. Il a raison, elle est toujours là pour le sauver, appelons-la la toufue Cavalerie U.S. Et d'accord, c'est bon, elle savait en l'épousant que tout le bordel pratique serait jamais le fort de Scott, mais elle est quand même en droit de compter sur un minimum de participation, non ?

Le regard vide de Scott a encore dérivé vers l'eau. Elle a idée qu'une fois la nuit tombée, quand la lune commencera à y briller comme une lampe noyée, elle le perdra pour de bon. Ça la terrifie, et la fait enrager. Elle se lève, et s'empare de l'afghane de Bonne Ma. Et zut, cette couverture lui vient de *son* côté de la famille, et quand bien même ceci devrait signer leur divorce, elle est décidée à la récupérer – tout entière – même si cela doit le blesser. *Surtout* si cela doit le blesser.

Scott la regarde avec une expression de surprise somnolente qui exaspère sa colère.

« D'accord », dit-elle sur un ton cassant et désinvolte. C'est un ton qui ne lui ressemble pas et qui est semble-t-il tout aussi étranger à ce lieu. Plusieurs personnes se retournent, manifestement dérangées et – peut-être – irritées. Eh bien, qu'ils aillent se faire trouffer, eux et tous les chevaux (ou corbillards, ou ambulances) qu'ils ont pris pour venir ici. « Tu veux vraiment rester ici à manger des fleurs de lotus, ou je ne sais trop ce que dit l'autre[1] ? Très bien. Moi je repars par le sentier... »

Et pour la première fois, elle lit une forte émotion sur le visage de Scott. C'est de l'effroi. « Lisey, non ! dit-il. Pars directement d'ici ! Tu peux pas reprendre le sentier ! C'est trop tard, il fait presque *nuit* !

– *Chhhht !* » dit quelqu'un.

Très bien. Elle va faire *chhhht*. Remontant plus haut l'africaine jaune en boule dans ses bras, Lisey commence à descendre les gradins. À deux rangs du bas, elle risque un coup d'œil en arrière. Une partie d'elle est persuadée qu'il va la suivre ; c'est *Scott*, après tout. Si étrange que soit ce lieu, Scott est encore son époux, encore son amant. L'idée du divorce lui a traversé l'esprit

---

1. Tennyson (1809-1892), « Les mangeurs de lotus ».

mais c'est sûrement une idée absurde, un truc réservé aux autres, pas une idée pour Scott et Lisey. Il ne la laissera pas partir seule. Mais quand elle regarde par-dessus son épaule, il est toujours assis là-bas dans son T-shirt blanc et ses caleçons longs verts, genoux rapprochés et mains étroitement nouées comme s'il avait froid, même ici où l'air est carrément tropical. Il ne vient pas, et pour la première fois Lisey s'autorise à admettre que c'est peut-être parce qu'il ne *peut* pas. Si c'est le cas, elle n'a plus que deux choix possibles : soit rester ici avec lui, soit rentrer à la maison sans lui.

*Non, j'en ai un troisième. Je peux bluffer. Y aller au culot. À l'esbroufe, comme dirait l'autre. Alors à nous deux, Scott. Si le sentier est vraiment dangereux, lève ton cul de jobré et ramène-toi fissa pour m'empêcher de le prendre.*

Elle a envie de regarder en arrière pendant qu'elle traverse la plage, mais céder à l'envie serait trahir de la faiblesse. Les rieurs se sont rapprochés, ce qui signifie que toute autre chose susceptible de rôder autour du sentier qui ramène à la Colline Câline sera plus proche, aussi. Il fera nuit noire maintenant sous les arbres, et Lisey soupçonne qu'avant d'être allée bien loin, elle aura de nouveau cette impression d'être traquée par quelque chose ; cette impression de cercle qui se resserre. *Il est tout près, trésor,* lui a dit Scott, ce jour de Nashville, alors qu'il gisait sur le macadam brûlant, saignant du poumon et à l'article de la mort. Et quand elle avait essayé de lui dire qu'elle ne savait pas de quoi il parlait, il lui avait dit de ne pas offenser son intelligence.

Leurs deux intelligences.

*Je m'en fiche. J'affronterai ce qui se trouve dans les bois quand il le – s'il le faut. Tout ce que je sais, là tout de suite, c'est que la môme Lisey, la petite dernière de Dandy Debusher l'a finalement bien arrimé, le barda. Ce fameux « barda » dont Scott a dit que tu peux jamais prévoir à l'avance ce qu'il sera vu qu'il varie d'une situation à l'autre. Là, c'est le barda total.* MIRALBA, *babylove, et tu sais quoi ? Ben, ça fait fichtrement du bien.*

Elle commence à remonter le plan incliné qui conduit à l'escalier et derrière elle

12

« Il m'a appelée », murmura Lisey.

L'une des femmes qui se tenaient debout au bord de la mare était maintenant enfoncée jusqu'aux genoux dans l'eau immobile, regardant rêveusement vers l'horizon. Sa compagne se tourna vers Lisey, sourcils froncés en une grimace désapprobatrice. Lisey ne comprit pas tout de suite, puis réalisa. *Les gens n'aimaient pas que tu parles ici, ça n'avait pas changé.* Elle avait dans l'idée qu'à Na'ya Lune, peu de choses changeaient.

Elle inclina la tête comme si la femme avait exigé des explications. « Mon mari m'a appelée par mon nom, a tenté de m'arrêter. Dieu sait l'effort que ça lui a coûté de faire ça, mais il l'a fait. »

La femme sur la plage – elle était blonde, mais ses cheveux étaient noirs aux racines, comme si sa teinture commençait à dater – articula, « Taisez... vous, s'il vous plaît. J'ai besoin... de réfléchir. »

Lisey approuva d'un signe de tête – pas de problème, même si elle doutait que la femme blonde se livre à autant de réflexion qu'elle voulait bien le croire – et entra dans l'eau en pataugeant. Elle pensait qu'elle serait fraîche, mais en fait elle était presque brûlante. La chaleur remonta comme une flamme le long de ses jambes et fit fourmiller son sexe comme il n'avait pas fourmillé depuis belle lurette. Elle s'aventura plus loin, sans que l'eau lui arrive plus haut que la taille. Elle fit encore une demi-douzaine de pas, regarda autour d'elle, et vit qu'elle se trouvait largement au-delà des barboteurs les plus éloignés du rivage, et elle se souvint qu'à Na'ya Lune la bonne nourriture virait au poison après le coucher du soleil. Se pouvait-il que l'eau tourne aussi ? Et même si elle ne tournait pas, est-ce que des choses dangereuses ne risquaient pas de venir y rôder, là comme dans les bois ? Des requins-de-mare, pour ainsi dire ? Et si cela arrivait, ne risquait-elle pas d'être trop loin pour regagner le bord avant que l'un d'entre eux décide que le dîner était servi ?

*On est en terrain sûr ici.*

Sauf que ce n'était pas un terrain mais de l'eau, et elle fut prise d'un accès de panique qui la jeta dans la direction de la plage avant qu'une espèce de sous-marin armé de dents ne lui arrache une jambe. Lisey réprima sa terreur. Zut, elle était venue de loin, et pas juste une fois mais deux, son sein lui faisait un mal de chien, et foi de Debusher, elle ne repartirait pas avant d'avoir eu ce qu'elle était venue chercher.

Elle prit une forte inspiration et là, sans savoir à quoi s'attendre, elle s'agenouilla lentement sur le fond sablonneux, laissant l'eau couvrir ses deux seins – celui qui était intact et celui qui était grièvement blessé. Un instant, son sein gauche lui fit plus mal que jamais ; elle crut que la douleur allait lui faire exploser la cervelle. Mais là

13

Il crie encore son nom, d'une voix forte et pleine de panique – « *Lisey !* »

Sa voix tranche le silence de rêve de cet endroit comme une flèche à la pointe de feu. Lisey manque se retourner car il y a de la détresse autant que de la panique dans ce cri, mais quelque chose tout au fond d'elle-même lui dit qu'elle ne doit pas. Si elle veut avoir la moindre chance de le sauver, elle ne doit pas regarder en arrière. Elle a fait un pari. Elle dépasse presque sans un regard le cimetière dont les croix luisent à la clarté de la lune montante, et gravit les marches, les épaules droites et la tête haute, l'africaine de Bonne Ma toujours roulée en boule bien haut dans ses bras pour éviter de se prendre les pieds dedans, et elle ressent une folle exaltation, le genre d'exaltation que tu n'éprouves, se dit-elle, que lorsque tu as mis en jeu tout ce que tu possèdes – la maison la voiture le compte en banque le chien de la famille – sur un seul coup de dé. Au-dessus d'elle (et plus très loin) se profile le gros rocher gris qui marque l'entrée du sentier ramenant à la Colline Câline. Le ciel est empli d'étoiles étranges et de constellations inconnues. Quelque part une aurore boréale jaspe le ciel de longs rideaux de couleur. Il se peut que Lisey n'en revoie jamais une, mais elle pense qu'elle est prête à ça. Elle atteint le sommet des marches et contourne sans hésitation le rocher et c'est là que Scott la tire en arrière et la ramène contre lui. Son odeur familière n'a jamais paru aussi bonne à Lisey. Au même moment, elle prend conscience que quelque chose remue sur sa gauche, pas sur le sentier qui conduit à la colline aux lupins, mais juste à côté.

« Chhhht, Lisey », chuchote Scott. Ses lèvres sont si proches qu'elles lui chatouillent le pavillon de l'oreille. « De grâce pour ta vie et la mienne, plus un bruit maintenant. »

C'est le petit gars long de Scott. Elle n'a pas besoin qu'il le lui dise. Des années durant, elle a senti sa présence à l'arrière-plan de sa vie, comme un reflet surpris du coin de l'œil dans un miroir. Ou mettons, un ignoble secret caché dans la cave. À présent, le secret est lâché. Dans les espaces entre les arbres sur sa gauche, glissant à la vitesse d'un train express, lui semble-t-il, passe un grand fleuve de chair d'une hauteur vertigineuse. Sa surface est lisse en grande partie, mais par places elle présente des taches sombres ou des cratères qui pourraient être des excroissances, ou même, suppose-t-elle (elle n'a pas envie de supposer mais ne peut s'en empêcher), des cancers de la peau. Son esprit commence à se représenter quelque gigantesque ver, avant de se figer. Cette chose là-bas derrière ces arbres n'est pas un simple ver, et quoi qu'il s'agisse, il s'agit d'un être sentant, *car elle peut le sentir penser*. Ses pensées ne sont pas humaines, ne sont absolument pas compréhensibles, mais leur *étrangèreté* absolue exerce une terrible fascination…

*C'est la crapouasse*, pense Lisey tandis que le froid lui glace les os. *Ses pensées sont la crapouasse, et rien d'autre.*

L'idée est horrible mais *exacte* aussi. Un son lui échappe, qui tient à la fois du couinement et du geignement. Ce n'est qu'un petit son de rien du tout, mais elle voit, ou sent, que l'interminable progression de train express de la chose s'est brusquement ralentie, que ça l'a peut-être entendue.

Scott le sait, lui aussi. Le bras qu'il a passé autour d'elle, juste en dessous de ses seins, se resserre un peu plus. Une fois encore, ses lèvres remuent contre le pavillon de son oreille. « Si nous voulons rentrer à la maison, nous devons le faire tout de suite », murmure-t-il. Il est totalement avec elle de nouveau, totalement *présent*. Elle ne sait pas si c'est parce qu'il a cessé de contempler la mare, ou parce qu'il est terrifié. Peut-être les deux. « Comprends-tu ? »

Lisey hoche la tête. Sa propre frayeur est si violente qu'elle la paralyse, et toute l'exaltation qu'elle a pu ressentir d'avoir retrouvé Scott s'est évanouie. A-t-il vécu avec ça toute sa vie ? Si c'est le cas, *comment* a-t-il vécu avec ? Mais même là, même dans sa terreur extrême, elle croit savoir. Deux choses l'ont attaché à la terre, et sauvé du petit gars long. Son écriture en est une. L'autre a une taille qu'il peut enlacer et une oreille au creux de laquelle il peut chuchoter.

« Concentre-toi, Lisey. Fais-le maintenant. Explose tes neurones. »

Elle ferme les yeux et voit la chambre d'amis de leur maison sur Sugar Top Hill. Voit Scott assis dans le fauteuil à bascule. Se voit elle-même assise sur le plancher froid à côté de lui, lui tenant la main. Il se cramponne à sa main aussi solidement qu'elle-même se cramponne à la sienne. Derrière eux, les carreaux couverts de givre de la fenêtre s'emplissent d'une fantastique lumière mouvante. La télé est allumée et c'est encore *La Dernière Séance* qui passe. Les garçons sont dans la salle de billard en noir et blanc de Sam le Lion et dans le juke-box Hank Williams chante *Jambalaya*.

L'espace d'un instant, elle sent Na'ya Lune chatoyer, mais ensuite la musique qu'elle a dans la tête – une musique qui l'instant d'avant était si claire et si heureuse – faiblit. Lisey ouvre les yeux. Elle veut désespérément voir sa maison, mais le gros rocher gris et le sentier qui s'enfonce parmi les arbres câlins sont encore là l'un et l'autre. Ces étranges étoiles continuent à flamboyer, mais à présent les rieurs sont silencieux, le chuchotement râpeux des broussailles s'est tu, et même la cloche de Chukie G a cessé son tintement entrecoupé parce que le petit gars long s'est arrêté pour écouter et que le monde entier semble retenir son souffle et écouter avec lui. Il est par là, à moins de cinquante pas sur leur gauche ; Lisey peut carrément sentir son odeur maintenant. Ça sent comme des vieux pets dans des toilettes de relais autoroutiers, ou l'effluve empoisonné de bourbon et tabac froid qui te souffle parfois au visage quand tu tournes la clé et pousses la porte d'une chambre de motel bon marché, ou les couches pisseuses de Bonne Ma devenue vieille et sénile ; il s'est arrêté derrière le rang d'arbres câlins le plus proche, il a interrompu sa course express à travers bois, et Dieu Tout-Puissant, ils ne *s'en vont* pas, ils ne *rentrent* pas, ils sont, pour une raison ou une autre, coincés ici.

Le chuchotement de Scott est si bas maintenant qu'il semble presque ne pas parler. Sans la sensation infime de ses lèvres remuant contre la peau sensible de son oreille, Lisey pourrait presque croire à de la *télépathie*. « C'est l'africaine, Lisey – certaines choses passent dans un sens mais pas dans l'autre. Des trucs qui vont par *deux*, en général. Je sais pas pourquoi, mais c'est comme ça. Je la sens comme une ancre. Lâche l'africaine, Lisey. »

Lisey ouvre les bras et laisse tomber la couverture tricotée. Le son qu'elle produit en tombant est le plus doux des soupirs (comme les arguments contre la folie tombant dans quelque ultime sous-sol), mais le petit gars long l'entend. Elle sent un revirement dans la direction de ses pensées inconnaissables ; sent la pression hideuse de son regard dément. L'un des arbres craque dans un déchirement explosif lorsque la chose là-bas commence à se retourner, et Lisey referme les yeux et voit la chambre d'amis plus nettement qu'elle n'a jamais rien vu de sa vie, la voit avec une intensité désespérée, parfaitement grossie par la loupe de la terreur.

« Maintenant », murmure Scott, et la chose la plus stupéfiante se produit. Elle sent l'air se retourner comme un gant. Soudain Hank Williams chante *Jambalaya*. Il chante

14

Il chantait parce que la télé était allumée. Elle se le rappelait maintenant plus nettement qu'elle ne s'était jamais rien rappelé de sa vie, et elle se demanda comment diable elle avait jamais pu l'oublier.

*Temps de descendre de ta machine à remonter le temps, Lisey – temps de rentrer à la maison.*

Tout le monde hors du bassin, selon la formule consacrée. Lisey avait eu ce qu'elle était venue chercher, elle l'avait eu alors qu'elle était la proie de ce dernier souvenir terrible du petit gars long. Son sein la faisait encore souffrir, mais le palpitement féroce s'était réduit à une souffrance sourde. Elle avait connu pire, adolescente, après avoir porté tout un long jour brûlant un soutien-gorge trop petit pour elle. De là où elle était agenouillée, de l'eau jusqu'au menton, elle voyait que la lune, plus petite à présent et d'un argent quasi pur, s'était élevée au-dessus de tous les arbres sauf les plus hauts du cimetière. Et alors une frayeur nouvelle monta en elle, dérangeante : et si le petit gars long revenait ? S'il l'entendait penser à lui et revenait ? La mare était censée être en terrain sûr et Lisey voulait bien le croire – protégée au moins des rieurs et des autres choses affreuses qui vivaient peut-être dans la Forêt Enchantée – mais elle avait idée que le petit gars long risquait de n'être tenu à aucune des règles qui tenaient les autres créatures éloignées. Elle avait idée que le petit gars long était... différent. Le titre d'une vieille histoire d'horreur surgit dans son esprit, puis lui résonna sous le crâne comme un gong de fer : « Oh, siffle, et je viendrai à toi, mon gars. » Il fut suivi par le titre du seul roman de Scott Landon qu'elle eût jamais haï : *Les Démons vides.*

Avant d'avoir pu regagner le sable, avant même d'avoir pu se remettre debout, Lisey fut frappée par un autre souvenir, bien plus récent celui-ci. Celui de s'être réveillée dans le lit de sa sœur Amanda, juste avant l'aube, et d'avoir découvert que passé et présent s'étaient enchevêtrés. Pire, Lisey s'était persuadée qu'elle n'était pas couchée avec sa sœur, mais avec son mari défunt. Et dans un sens, ce n'était pas faux. Car même si la chose au lit portait la chemise de nuit d'Amanda et avait parlé avec la voix d'Amanda, elle avait employé la langue intime de leur couple et des expressions que seul Scott pouvait connaître.

*Attends-toi à un nard-de-sang,* lui avait dit la chose au lit avec elle, et voilà-t-il pas que le Prince Noir des Incups avait rappliqué avec sa super clé d'église de compète dans son écœurant sac à malices.

*Ça passe derrière le pourpre. Tu as déjà découvert les trois premières stations. Encore quelques-unes et tu auras ta récompense.*

Et quelle récompense lui avait promise la chose au lit avec elle ? Une boisson. Coke ou cola RC, avait-elle supposé car c'étaient les récompenses de Paul, mais à présent elle y voyait plus clair.

Lisey baissa la tête, plongea son visage tuméfié dans l'eau de la mare, et alors, sans s'autoriser à réfléchir à ce qu'elle faisait, avala deux gorgées rapides. Elle était immergée dans une eau presque brûlante, mais celle qu'elle prit dans sa bouche était froide, douce et rafraîchissante. Elle aurait pu boire encore, mais une intuition lui conseilla de s'arrêter à deux gorgées. Deux était le nombre juste. Elle effleura ses lèvres du bout des doigts et s'aperçut qu'elles avaient presque entièrement désenflé. Elle n'en fut pas surprise.

Sans se préoccuper de faire *chhhht* (et sans se donner la peine d'éprouver de la gratitude, du moins pas encore), Lisey se retourna et reprit en barbotant le chemin de la plage. Cela lui sembla prendre un temps infini. Plus personne ne faisait trempette près du rivage à présent, et la plage était déserte. Lisey crut voir la femme à qui elle avait adressé la parole assise sur un banc de pierre avec sa compagne, mais elle ne pouvait en être sûre car la lune n'était pas encore assez montée. Elle leva les yeux plus haut, et son regard se fixa sur l'une des silhouettes encapuchonnées assises une douzaine de rangs au-dessus de l'eau. Le clair de lune avait ourlé d'un mince liseré d'argent doré un côté de la tête vaporeuse de cette créature, et une curieuse certitude l'envahit : c'était Scott, et il l'observait. Cette idée folle était logique, non ? N'était-elle pas d'une logique folle, s'il s'était cramponné à suffisamment de conscience et de volonté pour venir à elle dans ces instants d'avant l'aube, alors qu'elle était au lit avec sa sœur catatonique ? Oui, cette idée folle se tenait, s'il avait son mot à dire, rien qu'une fois de plus, et entendait le dire.

Instinctivement, elle voulut crier son nom, même si faire une chose pareille relevait sans doute du délire dangereux. Elle ouvrit la bouche et l'eau qui ruissela de ses cheveux lui piqua les yeux. Faiblement, elle entendit le vent faire tinter la cloche de Chukie G.

C'est alors que Scott lui parla, et pour la dernière fois.
– *Lisey*.

D'une infinie tendresse, cette voix. L'appelant par son nom, la rappelant à la maison.
– *Petite*

15

« Lisey, dit-il. Babylove. »

Il est dans le fauteuil à bascule, et elle est assise sur le parquet froid, mais c'est lui qui frissonne. Lisey a un brusque souvenir lumineux de sa vieille Granny D disant : *Toute espppouvantée et trrremblante dans le noir* et elle comprend qu'il a froid parce que désormais toute l'africaine est à Na'ya Lune. Mais ce n'est pas tout – toute cette fichue chambre est froide. Il y faisait froid avant, mais maintenant il y fait un froid *glacial*, et il n'y a plus de lumières, non plus.

Le chuintement constant de la chaudière s'est tu, et quand elle regarde par la fenêtre couverte de givre, elle voit seulement les couleurs extravagantes de l'aurore boréale. Le réverbère des Galloway, à côté, est plongé dans l'obscurité. *Panne de courant*, se dit-elle, mais non – la télévision marche et c'est encore ce satané film qui passe. À Anarene, Texas, les garçons tuent le temps dans la salle de billard, bientôt ils iront faire un tour au Mexique et quand ils rentreront Sam le Lion sera mort, enveloppé de voiles vaporeux il sera assis sur l'un de ces bancs de pierre en surplomb de la m...

« Y a un truc pas normal », dit Scott. Ses dents claquent légèrement, mais elle entend quand même la perplexité dans sa voix. « J'ai pas mis en route ce fichu film, Lisey, je voulais pas te réveiller. Et puis... »

Elle sait que c'est vrai, quand elle est entrée dans la chambre cette fois-ci et qu'elle l'a trouvé, la télé n'était pas allumée, mais là tout de suite, quelque chose de nettement plus important lui trotte dans la tête. « Dis, Scott, est-ce que ça va nous suivre ?

– Non, baby, dit-il. Ça peut pas faire ça, sauf si ça capte vraiment ton odeur ou que ça s'immisce dans tes... » Il laisse sa phrase en suspens. C'est le film qui continue à le tracasser, apparemment. « Et puis, c'est pas *Jambalaya* dans cette scène. J'ai bien dû regarder *La Dernière Séance* cinquante fois, c'est peut-être le plus grand film jamais réalisé après *Citizen Kane*, et je sais que c'est pas *Jambalaya* pendant la scène du billard. C'est Hank Williams, sûr, mais avec *Kaw-Liga*, la chanson du chef indien. Et si la télé et le magnétoscope marchent, pourquoi y a pas de lumière ? »

Il se lève pour aller actionner l'interrupteur mural. Rien. Ce grand vent froid descendu de Yellowknife a fini par leur couper l'électricité, à eux et à tout le secteur de Castle Rock, Castle View, Harlow, Motton, Tashmore Pond, et une grande partie de l'ouest du Maine. Mais à l'instant précis où Scott actionne l'interrupteur inutile, la télé *s'éteint*. L'image se rétracte pour ne laisser qu'un point blanc lumineux au centre, qui luit un moment avant de disparaître. La prochaine fois que Scott voudra regarder sa cassette de *La Dernière Séance*, il s'apercevra qu'il y a un trou d'une dizaine de minutes au milieu du film, comme effacé par un puissant champ magnétique. Ils n'en reparleront jamais, mais Scott et

Lisey comprendront que même s'ils ont visualisé l'un comme l'autre la chambre d'amis, c'est sans doute Lisey qui les a rappelés à la maison avec le plus de force... et c'est *certainement* Lisey qui s'est représenté le vieux Hank chantant *Jambalaya* au lieu de *Kaw-Liga*. Tout comme c'est Lisey qui a furieusement visualisé la télé et le magnétoscope allumés, si bien que les deux appareils ont *bel et bien* fonctionné pendant près de deux minutes, alors que l'électricité avait sauté d'un bout à l'autre du comté.

Dans la cuisine, il charge la cuisinière avec des bûches de chêne qu'il prend dans la caisse à bois tandis qu'elle leur prépare un lit de fortune – couvertures et matelas pneumatique – sur le lino. Quand ils se couchent, il la prend dans ses bras.

« J'ai peur de m'endormir, confesse-t-elle. J'ai peur qu'à mon réveil demain matin la cuisinière soit éteinte et toi reparti. »

Il secoue la tête. « Je vais bien – c'est passé pour un moment. »

Elle le regarde avec espoir et doute. « C'est quelque chose que tu sais pour de vrai, ou tu dis ça pour rassurer ta petite femme ?

– D'après *toi* ? »

Elle pense que ce n'est pas là le Scott-fantôme avec qui elle vit depuis le mois de novembre, mais elle a encore du mal à croire à une métamorphose aussi miraculeuse. « Tu *sembles* mieux, mais bon, ça c'est moi qui n'ose pas prendre mes désirs pour des réalités. »

Dans la cuisinière, un nœud de chêne explose et elle sursaute. Il la serre plus fort. Elle se blottit presque farouchement contre lui. Il fait bon sous les couvertures ; bon dans ses bras. Il est tout ce qu'elle a jamais désiré *toute espppouvantée et trrremblante dans le noir.*

Il dit, « Cette... cette *chose* qui persécute ma famille... ça va, ça vient. Quand ça passe, c'est comme une crampe qui te lâche.

– Mais ça reviendra ?

– Peut-être que non, Lisey. » La force et l'assurance de sa voix la surprennent tellement qu'elle lève les yeux pour vérifier l'expression de son visage. Elle n'y lit aucune duplicité, même pas la plus excusable, la bienveillante, celle destinée à soulager le cœur torturé d'une femme. « Et si ça revient, ça risque d'être beaucoup moins fort que cette fois-ci.

– C'est ton père qui t'a dit ça ?

– Mon père savait pas grand-chose de l'*autre* côté. Moi j'ai ressenti cet appel vers... l'endroit où tu m'as trouvé... deux fois déjà. La première, l'année avant que je te rencontre. Cette fois-là, c'est l'alcool et la musique rock qui m'ont retenu. La deuxième fois...

– En Allemagne, dit-elle sur un ton neutre.

– Oui, dit-il. En Allemagne. Cette fois-là, c'est toi qui m'as retenu, Lisey.

– Étais-tu très près, Scott ? Étais-tu vraiment près de passer de l'*autre* côté à Brême ?

– Très près, oui », dit-il simplement, et ces mots la glacent. Si elle l'avait perdu en Allemagne, elle l'aurait perdu pour de bon. *Mein Gott.* « Mais c'était un vent léger, comparé à celui-ci. Celui-ci était un ouragan. »

Il y a d'autres choses qu'elle a envie de lui demander, mais ce qu'elle désire surtout c'est le tenir dans ses bras et le croire quand il dit que tout ira peut-être pour le mieux. Exactement comme on veut croire le médecin, suppose-t-elle, quand il dit que c'est une rémission et que le cancer ne reviendra peut-être pas.

« Mais tu vas bien. » Elle a besoin de l'entendre le dire encore une fois. Elle en a *besoin.*

« Oui. Bon pour le service, comme dirait l'autre.

– Et... *ça* ? » Elle n'a pas besoin d'être plus précise. Scott sait de quoi elle parle.

« Il connaît mon odeur depuis longtemps, et il sait la forme de mes pensées. Après tant d'années, nous sommes quasiment de vieux amis. Il pourrait sûrement me prendre s'il voulait, mais ça serait un gros effort, et ce gars-là est plutôt paresseux. Et puis... il y a quelque chose qui me protège. Quelque chose du côté lumineux de l'équation. Car *il y a* un côté lumineux, tu le sais. Tu *dois* le savoir, puisque tu en fais partie.

– Une fois, tu m'as dit que tu pouvais l'appeler, si tu voulais. » Elle l'a dit à voix très basse.

« Oui.

– Et parfois, tu *veux*. Hein ? »

Il ne le nie pas, et dehors le vent hurle une longue note froide le long des avant-toits. Mais ici sous les couvertures devant la cuisinière à bois, il fait chaud et bon. Il fait chaud et bon avec lui.

« Reste avec moi, Scott, dit-elle.

– Je reste, lui dit-il. Je resterai le plus

16

« Je resterai le plus longtemps possible », dit Lisey.
Elle prit conscience de plusieurs choses à la fois. La première était qu'elle avait réintégré sa chambre et son lit. La deuxième était qu'il lui faudrait changer les draps, car elle était revenue trempée comme une soupe, et ses pieds mouillés étaient enrobés du sable d'un autre monde. La troisième était qu'elle frissonnait alors qu'il ne faisait pas particulièrement froid dans la chambre. La quatrième était qu'elle n'avait plus la bêche d'argent ; elle l'avait laissée derrière elle. La dernière était que si la silhouette assise sur le banc était effectivement son mari, alors c'était presque assurément la dernière fois qu'elle le voyait ; son mari était désormais une de ces choses encapuchonnées, un corps non enseveli.
Couchée sur son lit mouillé, dans son short trempé, Lisey se mit à pleurer. Elle avait beaucoup à faire à présent, et elle était rentrée avec la plupart des étapes bien claires dans son esprit – elle pensa que c'était sans doute aussi une partie de sa récompense à la fin du dernier traque-nard de Scott – mais d'abord, elle avait besoin de finir de le pleurer. Elle ramena un bras sur ses yeux et, sans changer de position durant les cinq minutes suivantes, sanglota jusqu'à ce que ses yeux soient si bouffis qu'ils se fermaient presque et sa gorge à vif. Elle n'avait jamais pensé qu'elle le désirerait autant ni qu'il lui manquerait si cruellement. C'était un choc. Or dans le même temps, et bien que son sein blessé la fasse encore un peu souffrir, Lisey constata qu'elle ne s'était jamais sentie si bien, si heureuse d'être en vie, si prête à botter des culs et relever des noms.
Comme dit l'autre.

# XII. Lisey à Greenlawn
(L'*Ellébore*)

1

Tout en se dépouillant de son short trempé, elle jeta un coup d'œil au réveil sur la table de nuit et sourit, non qu'il y eût rien d'intrinsèquement drôle au fait qu'il soit midi moins dix un matin de juin, mais parce qu'une réplique de Stooge dans *Un Chant de Noël* de Dickens lui était revenue : « Les esprits ont tout fait en une nuit. »

*Mais n'oublie pas que j'ai vécu dans le passé, et que ça prend un temps fou dans la vie des gens*, pensa-t-elle... et après une seconde de réflexion, elle évacua un grand rire qui la secoua tout entière et quelqu'un l'écoutant du fond du couloir l'aurait sans doute prise pour une cinglée.

*C'est bon, tu peux rire, babylove, y a personne d'autre ici que nous autres les cigales*, pensa-t-elle en entrant dans la salle de bains. Ce grand rire débridé recommença à sourdre d'elle, puis s'arrêta subitement quand il lui vint à l'esprit que *Dooley* pourrait bien être dans les parages. Il pouvait être planqué à la cave ou dans l'un des nombreux placards de cette grande maison ; il pouvait être en train de transpirer au grenier en cette fin de matinée, pile au-dessus de sa tête. Elle n'en savait pas long sur lui et aurait été la première à l'admettre, mais l'idée qu'il puisse se terrer comme un renard ici dans la maison correspondait bien à ce qu'elle *savait*. Il avait déjà prouvé qu'il était un salopard culotté de première.

*T'en fais pas pour lui maintenant. Inquiète-toi plutôt de Darla et Canty.*

Bonne idée. Lisey pouvait devancer ses sœurs aînées à Greenlawn sans que ce soit pour autant une course de vitesse mais sans se permettre non plus de lambiner. *Garde ta laine bien tendue*, pensa-t-elle.

Mais elle ne pouvait se refuser un instant devant la glace en pied derrière la porte de sa chambre, debout les mains sur les hanches, les yeux posés calmement et sans préjugé sur son corps de femme d'âge mûr, svelte et dénué d'atout remarquable – et sur son visage, que Scott avait une fois décrit comme celui d'une fouine en été. Ses traits étaient un peu bouffis, sans plus. Elle avait l'air d'avoir dormi d'un sommeil exceptionnellement profond (après peut-être un ou deux verres de trop), et ses lèvres étaient encore un peu gonflées, ce qui leur donnait un aspect étrangement sensuel qui la troubla en même temps qu'il l'emplit d'une petite joie malicieuse. Elle hésita, ne sachant pas très bien quelle mesure prendre, avant de retrouver un bâton de Rose Fuchsia Revlon au fond de son tiroir à rouges à lèvres et d'en appliquer un peu. Elle approuva, d'un signe de tête un peu hésitant. Si les gens devaient regarder ses lèvres – et elle pensait qu'ils risquaient de le faire – autant leur donner matière à regarder plutôt que chercher à masquer ce qui ne pouvait l'être.

Le sein que Dooley avait chirurgiqué avec une belle intensité de maniaque était marqué d'une vilaine balafre écarlate qui l'encerclait en remontant depuis l'aisselle pour se perdre au-dessus de la cage thoracique. Cela ressemblait à une coupure assez profonde vieille de deux à trois semaines et en bonne voie de cicatrisation. Les deux blessures plus superficielles ne ressemblaient à rien de plus méchant que des marques rouges résultant du port d'un soutien-gorge trop serré. Ou à la rigueur – si tu avais une imagination fertile – à des brûlures de *corde* trop serrée. La différence entre leur aspect actuel et l'horreur que Lisey avait découverte en revenant à elle était sidérante.

« Tous les Landon cicatrisent vite, espèce de salopard », dit-elle, et elle entra dans la douche.

2

Un rinçage rapide était tout ce qu'elle avait le temps de s'accorder, et son sein était encore assez meurtri pour qu'elle décide de s'abstenir de soutien-gorge. Elle passa un pantalon de charpentier avec un T-shirt ample, et enfila une veste par-dessus pour éviter d'attirer les regards sur la pointe de ses seins, à supposer, cela dit, que les bonshommes se fatiguent à lorgner la pointe des seins des bonnes femmes de cinquante ans. D'après Scott, c'était effectivement ce qu'ils faisaient. Elle se souvenait d'un temps, plus heureux, où il lui avait dit que les types hétéros lorgnaient à peu près tout ce qui appartenait à la gent féminine et se situait en gros entre les âges de quatorze et quatre-vingt-quatre ans ; Scott prétendait que c'était juste un circuit imprimé reliant pine et rétine, et que le cerveau n'avait rien à voir là-dedans.

C'était midi. Lisey descendit l'escalier, jeta un coup d'œil dans le séjour, et vit le paquet de cigarettes resté sur la table basse. Elle ne ressentait en ce moment aucune envie irrésistible de fumer. Elle préféra prendre un nouveau bocal de beurre de cacahuètes au cellier (en serrant les dents au cas où Jim Dooley surgirait d'un coin sombre ou de derrière la porte) et la confiture de fraises au frigo. Elle se fit une tartine BDCC sur pain de mie blanc et préleva deux pâteuses et délicieuses bouchées avant d'appeler le Professeur Hurlyburly. Les sbires du Shérif de Castle County avaient emporté la lettre de menace de « Zack McCool », mais Lisey avait toujours eu la mémoire des chiffres, et ce numéro était d'une simplicité enfantine : code régional de Pittsburgh d'un côté, 81 et 88 de l'autre. Elle avait à peu près autant envie de parler à la Reine des Incups qu'à leur Roi. Mais tomber sur un répondeur l'aurait ennuyée. Elle pourrait laisser son message, mais n'aurait aucun moyen de savoir s'il tomberait dans la bonne oreille à temps pour être efficace.

Elle n'aurait pas dû s'en faire. Hurlyburly en personne répondit, et il n'avait pas la moindre intonation royale. Sa voix était plutôt abattue et méfiante. « Oui ? Allô ?

– Bonjour, Professeur Hurlyburly. Ici Lisey Landon.

– Je ne veux pas vous parler. J'ai consulté mon avocat et il dit que je n'ai pas à...

— Du calme », dit-elle, et elle épia son sandwich avec envie. Non, ça ne se faisait pas de parler la bouche pleine. Mais elle était confiante que cette conversation ne s'éterniserait pas. « Je ne vous causerai aucun problème. Aucun problème avec les flics, aucun problème avec la justice, rien de tout ça. Si vous me faites une toute petite faveur.

— Quelle faveur ? » Hurlyburly avait le ton soupçonneux. Lisey pouvait difficilement lui en vouloir.

« Il y a une chance minime que votre ami Jim Dooley vous appelle aujourd'hui...

— Ce type n'est *pas* mon ami ! » bêla Hurlyburly.

*Bien sûr*, pensa Lisey. *Et t'es bien parti pour te convaincre qu'il l'a jamais été.*

« D'accord, votre pote de comptoir. Connaissance de passage. Ce que vous voudrez. S'il vous appelle, dites-lui simplement que j'ai changé d'avis, vous voulez bien ? Dites par exemple que j'ai retrouvé mes esprits. Prévenez-le que je l'attendrai ce soir, à huit heures, dans le bureau de mon mari.

— Vous m'avez l'air de quelqu'un qui cherche les ennuis, madame Landon.

— Hé, vous parlez en connaissance de cause, hein ? » Le sandwich était de plus en plus tentant. L'estomac de Lisey gargouilla. « Professeur, il est probable qu'il ne vous appelle pas. Auquel cas, vous êtes verni. Et s'il appelle, et que vous lui passez mon message, vous êtes verni aussi. Mais s'il appelle et que vous ne lui passez *pas* mon message – simplement "Elle a changé d'avis, elle veut vous voir ce soir dans le bureau de Scott à huit heures" – et que je l'apprends... alors, cher monsieur, ouille ouille ouille, je ne vous raterai pas.

— Vous ne pouvez rien. Mon avocat dit...

— N'écoutez pas ce qu'il dit. Soyez sensé et écoutez ce que *je* dis. Mon mari m'a laissé vingt millions de dollars. Avec ça, si je décide de vous emmerder, vous passerez les trois ans qui viennent à chier des lames de rasoir. Compris ? »

Lisey raccrocha avant qu'il ait pu ajouter autre chose, arracha une bouchée de son sandwich à belles dents, attrapa la bouteille de Kool-Aid au frigo, pensa une seconde à prendre un verre, puis but directement au goulot.

Miam !

3

Si Dooley appelait chez elle dans les prochaines heures, elle ne serait pas là pour lui répondre. Par chance, Lisey savait sur quel poste il appellerait. Elle sortit pour aller à son bureau inachevé dans la grange, en face du cadavre encapuchonné du lit de Brême. Elle s'assit sur la banale chaise de cuisine (un vrai bon fauteuil de bureau était une des choses qu'elle n'avait jamais pris le temps de commander), enfonça le bouton **ENREGISTREMENT MESSAGE** du répondeur, et parla sans trop réfléchir. Elle n'était pas tant revenue de Na'ya Lune avec un plan précis qu'avec une série claire d'étapes à suivre et la conviction que, si elle jouait son rôle, Jim Dooley serait forcé de jouer le sien. *Oh, je vais siffler, et tu viendras à moi, mon gars*, pensa-t-elle.

« Zack – monsieur Dooley – ici Lisey. Si vous écoutez ce message, je suis allée voir ma sœur qui est hospitalisée à Auburn. J'ai parlé au Prof, et j'ai *vraiment* confiance, je sais que nous trouverons enfin un arrangement. Je serai dans le bureau de mon mari ce soir à vingt heures, ou alors appelez-moi ici à dix-neuf heures pour convenir d'autre chose, si vous vous inquiétez au sujet de la police. Il se peut qu'il y ait un adjoint du Shérif garé devant chez moi, ou même dans les fourrés de l'autre côté de la route, alors soyez prudent. J'écouterai mes messages. »

Elle craignait que ce soit trop long pour la bande magnétique du répondeur, mais non. Et qu'en penserait Jim Dooley s'il appelait à ce numéro et entendait ça ? Étant donné son degré de folie actuel, Lisey pouvait difficilement prévoir. Romprait-il le silence radio et appellerait-il le Prof à Pittsburgh ? Possible. Quant à savoir si le Prof transmettrait ou non le message, c'était tout aussi impossible à prévoir, et peut-être que ça n'avait pas grande importance. Elle se fichait bien que Dooley la croie prête à négocier ou pense qu'elle le menait en bateau. Elle voulait simplement le rendre nerveux et curieux, comme elle imaginait que l'était un poisson qui regardait sautiller un appât à la surface d'un lac.

Elle n'osa pas laisser un mot sur sa porte – il était plus que probable que les adjoints Boekman ou Alston le liraient bien avant que Dooley ait la chance de le faire – et c'était peut-être pousser le bouchon un peu trop loin, de toute façon. Pour le moment, elle avait fait tout ce qu'elle pouvait.

*Et tu comptes vraiment qu'il se pointe à huit heures ce soir, Lisey ? Qu'il s'amène comme une fleur en haut de l'escalier du bureau de Scott, plein de confiance et d'espoir ?*

Elle ne comptait pas qu'il s'amène comme une fleur, et elle ne comptait pas qu'il soit plein d'autre chose que de la dinguerie dont elle avait déjà fait les frais, mais elle comptait *vraiment* qu'il vienne. Il serait aussi prudent que n'importe quelle bête sauvage, flairant le piège ou le coup fourré, approchant en douce par les bois dès le milieu de l'après-midi peut-être, mais Lisey avait la conviction qu'il saurait tout au fond de lui que ce n'était pas une embuscade qu'elle avait préparée avec le Bureau du Shérif ou la Police d'État. Il le saurait à l'empressement à plaire qu'il détecterait dans sa voix, et parce qu'après ce qu'il lui avait fait, il aurait toutes les raisons de s'attendre à l'avoir matée. Elle réécouta le message deux fois et approuva de la tête. Ouais. En surface elle avait la voix d'une femme simplement impatiente d'en finir avec une affaire ennuyeuse, mais juste en dessous, elle pensait que Dooley détecterait la peur et la souffrance. Parce qu'il s'attendrait à les entendre, et parce qu'il était cinglé.

Et Lisey pensa qu'autre chose était en action, aussi. Elle avait eu sa boisson. Elle avait remporté son *nard*, et en avait retiré une sorte de force primitive. Cela risquait de ne pas durer, mais peu importe, car un petit peu de cette force – un petit peu de cette étrangeté primitive – se trouvait maintenant sur la bande magnétique du répondeur. Elle pensa que si Dooley appelait, il l'entendrait et y répondrait.

4

Son téléphone portable était toujours dans la BM, complètement rechargé à présent. Elle pensa retourner dans le petit bureau de la grange pour réenregistrer le message, en ajoutant le numéro du portable, puis elle s'aperçut qu'elle ne le connaissait pas. *C'est vrai que je m'appelle pas, ce sont les autres qui m'appellent,* pensa-t-elle, et elle lâcha encore son grand rire débraillé qui la secoua tout entière.

Elle roula lentement jusqu'au bout de l'allée, espérant y trouver l'adjoint Alston. Il y était, l'air plus balèze que jamais et plutôt primitif lui-même. Lisey descendit de voiture et lui adressa un petit salut militaire. Il ne se rua pas sur sa radio pour appeler du renfort ni ne s'enfuit en hurlant à la vue de son visage ; il se fendit simplement d'un grand sourire et rendit le salut illico.

Il était passé par l'esprit de Lisey de broder une fable, si elle tombait sur un adjoint en faction, un truc comme quoi « Zack McCool » l'avait rappelée pour lui dire qu'il avait décidé de s'en retourner au bercaille dans son petit patelin de Virginie de l'ouètse et d'oublier la vieuve de l'écrivain ; beaucoup trop de fliques yankees dans les parageuhs. Elle le ferait sans l'accent de *Délivrance*, bien sûr, mais elle pensait pouvoir être assez convaincante, surtout dans son présent état de grâce baptismale, et puis en fin de compte, elle avait décidé de s'en dispenser. Une telle fable risquait d'avoir l'effet inverse et de redoubler la vigilance du Shérif intérimaire Clusterfuck et de ses adjoints – ils risquaient de croire que Jim Dooley essayait de les endormir. Non, mieux valait laisser les choses en l'état. Dooley avait trouvé son chemin jusqu'à elle une fois ; il était sans doute capable de le retrouver une seconde fois. Bien sûr, s'il se faisait choper, les problèmes de Lisey seraient réglés... mais à vrai dire, voir Jim Dooley arrêté n'était plus la solution qui avait sa faveur.

De toute façon, elle n'aimait pas l'idée de mentir à Alston ni à Boeckman plus que nécessaire. C'étaient des flics, ils faisaient de leur mieux pour la protéger, et en plus de ça, c'était une paire de sympathiques lourdauds.

« Comment va, m'dame Landon ?

– Bien. Je m'arrête juste pour vous dire que je vais jusqu'à Auburn. Ma sœur est hospitalisée là-bas.

– Vous m'en voyez désolé. CMG ou Kingdom ?

– Greenlawn. »

Elle n'était pas sûre qu'il connaisse, mais à voir la petite grimace qui tordit son visage, elle devina que oui. « Eh ben, c'est pas de chance... mais au moins c'est une belle journée pour conduire. Vous voudrez sûrement être rentrée avant la fin de l'après-midi. La météo annonce de gros orages, surtout ici côté ouest. »

Lisey regarda à l'entour et sourit, d'abord à la beauté du jour, qui était effectivement d'une splendeur estivale (du moins pour le moment), et ensuite à l'adjoint Alston. « Je ferai de mon mieux. Merci du tuyau.

— Pas de quoi. Dites-moi, vous avez l'aile du nez un peu enflée. Vous vous êtes fait piquer ?

— Les moustiques me font ça des fois, dit Lisey. J'en ai aussi une au coin de la bouche. Vous la voyez ? »

Alston scruta sa bouche, que Dooley avait gratifiée d'un sympathique aller-retour il y a peu. « Non, du tout, dit-il. Peux pas dire que ça se voie.

— Tant mieux, le Benadryl doit faire de l'effet. Tant qu'il ne me fait pas somnoler.

— Si vous vous sentez somnolente, arrêtez-vous, d'accord ? Ne prenez pas de risque.

— Oui, papa », répondit Lisey, et Alston rit. Il rougit aussi un peu. « Au fait, m'dame Landon...

— Lisey.

— Oui, m'dam'. Lisey. Andy a appelé. Il aimerait que vous fassiez un saut au Bureau du Shérif quand vous pourrez pour faire une main courante. Vous savez, un procès-verbal que vous pourrez signer. Vous voulez bien faire ça ?

— Oui. J'essaierai de m'arrêter au retour d'Auburn.

— Ah, et laissez-moi vous confier un petit secret, m'dame Lan... Lisey. Nos deux secrétaires filent toujours tôt quand de grosses pluies sont annoncées. Elles habitent du côté de Motton, et leurs routes, par là-bas, ont vite fait d'être inondées : suffit de les regarder de travers. Toutes leurs buses sont à refaire. »

Lisey haussa les épaules. « On verra bien », dit-elle. Elle consulta ostensiblement sa montre. « Oh, regardez-moi l'heure qu'il est ! Faut vraiment que je file. Si vous avez besoin d'utiliser les toilettes, surtout ne vous gênez pas, adjoint Alston, il y a...

— Joe. Si vous êtes Lisey, je suis Joe. »

Elle fit top du pouce. « *Okay, Joe.* La clé de la porte de derrière est sous la première marche du perron. Si vous tâtonnez un peu, je suis sûre que vous la trouverez.

— Pas de problème, je suis un enquêteur diplômé », répondit l'adjoint Alston, le visage parfaitement sérieux.

Lisey éclata de rire et leva la paume de sa main. Et l'adjoint Alston, lui aussi un grand sourire aux lèvres à présent, lui en tapa cinq là, sous le soleil, près de la boîte à lettres où elle avait reçu le chat crevé des Galloway.

### 5

En route pour Auburn, elle resta rêveuse un petit moment en se rappelant la façon dont l'adjoint Joe Alston l'avait regardée alors qu'ils bavardaient tous les deux, plantés à l'entrée de son allée. Cela faisait un petit moment qu'elle n'avait pas attiré un regard masculin appuyé, du genre qui signifiait *poulette, t'es pas moche à regarder, tu sais*, mais voilà qu'elle venait d'en récolter un, nez légèrement enflé et tout. Sidérant. *Sidérant.*

« La Cure de Baffes-de-Beauté Jim Dooley, dit-elle, et elle rit. Je me vois bien la vanter sur la télé câblée. »

Et sa bouche gardait la plus merveilleuse des saveurs sucrées. Si l'envie de fumer une autre cigarette la reprenait, elle en serait étonnée. Peut-être bien qu'elle pourrait faire la réclame de *ça* aussi.

### 6

Le temps que Lisey arrive à Greenlawn, il était une heure vingt. Elle ne comptait pas voir la voiture de Darla, mais elle n'en poussa pas moins un soupir de soulagement après avoir vérifié qu'elle ne faisait pas partie de la douzaine de véhicules ou plus disséminés sur le parking. Elle aimait penser à Darla et Canty bien loin au sud d'ici, loin de la dangereuse folie Jim Dooley. Elle se souvenait d'avoir aidé M. Silver à trier ses pommes de terre quand elle était gamine (enfin, douze treize ans, pas si gamine que ça). M. Silver conseillait toujours de porter des pantalons longs et de bien retrousser ses manches quand on se trouvait à proximité de la trieuse-calibreuse de pommes de terre dans la vieille remise. *Tu te fais prendre dans cette machine-là, elle te déshabille de haut en bas*, disait-il, et Lisey avait pris l'avertissement au sérieux car elle avait compris que le vieux Max Silver ne parlait pas de ce que son ogresse de trieuse-calibreuse de patates ferait à ses *vêtements* mais de ce qu'elle lui ferait à *elle*. Amanda, elle, faisait partie de l'histoire depuis le début, depuis le jour où elle s'était pointée alors que Lisey attaquait sans enthousiasme le nettoyage du bureau de Scott. Lisey l'acceptait. Darla et Canty, en revanche, représenteraient une complication inutile. Si Dieu était bon, Il les retiendrait au Snow Squall, à se goinfrer de Homard Maison en buvant du blanc sec pétillant pendant un *long* moment. Genre, jusqu'à minuit.

Avant de descendre de voiture, Lisey palpa légèrement son sein gauche avec la main droite, grimaçant déjà dans l'attente du fulgurant élancement de douleur qu'elle pressentait. Elle ne ressentit rien qu'une palpitation diffuse. *Sidérant*, pensa-t-elle. *C'est comme toucher une ecchymose vieille d'une semaine. Chaque fois que tu douteras de la réalité de Na'ya Lune, Lisey, rappelle-toi comment était ton sein, n'y a même pas cinq heures, et comment il est maintenant.*

Elle descendit de sa voiture, la verrouilla d'un clic avec sa Clé-Clac, puis s'arrêta un instant pour regarder à l'entour, tâchant de graver l'emplacement dans son esprit. Elle n'avait aucune raison claire de faire ça ; aucune sur laquelle elle aurait pu mettre le doigt, même si elle l'avait voulu. C'était juste la suite logique de cette progression étape par étape, un peu comme quand on fait du pain pour la première fois en suivant la recette dans un livre de cuisine, et cela lui convenait.

Goudronné de frais et lignes au sol repeintes à neuf, le parking visiteurs de la clinique de Greenlawn lui rappela fortement celui où son mari était tombé dix-huit ans plus tôt, et elle entendit la voix fantomatique du Professeur-assistant Roger Dashmiel, alias fiente molle de poulet frit façon Tennessee, dire *Nous allons passèh à travèrs ce parking-lèh pour rejoindre le Hall Nelson – qui est fort heureusement climatisèh*. Pas de Hall Nelson ici ; le Hall Nelson était relégué dans les Terres du Passé, comme l'était l'Homme Qui Était Allé Là-Bas Creuser La Première Pelletée et inaugurer la construction de la Bibliothèque Shipman.

Ce qu'elle voyait se profiler au-dessus des haies soigneusement taillées n'était pas le bâtiment d'un département d'anglais mais l'architecture, briques unies et verre étincelant, d'un chouette asile de fous du vingt-et-unième siècle, le genre d'endroit propre et bien éclairé où son mari aurait bien pu finir si quelque chose, quelque spore inconnue que les médecins de l'hôpital de Lexington avaient finalement choisi d'appeler pneumonie (personne ne souhaitait écrire *Cause inconnue* sur le certificat de décès d'un homme dont la disparition ferait la une du *New York Times*), ne l'avait fini en premier.

De ce côté-ci de la haie se dressait un chêne ; Lisey s'était garée de telle manière que la BMW se trouve sous son ombre, même si – l'adjoint Alston n'avait peut-être pas tort au sujet des orages attendus pour l'après-midi – elle apercevait bel et bien des nuages s'amoncelant à l'ouest. Le chêne aurait fait un point de repère idéal s'il avait été seul dans son genre, mais ce n'était pas le cas. Une rangée entière de ses semblables bordait la haie, et aux yeux de Lisey ils étaient tous pareils... et quelle toufue importance cela avait-il, de toute façon ?

Elle s'engagea en direction de l'allée menant au bâtiment principal, mais quelque chose en elle – une voix qui ne ressemblait à aucune des variations de sa propre voix intérieure – la tira en arrière, exigeant qu'elle regarde encore sa voiture et sa place de parking. Elle se demanda si quelque chose désirait qu'elle déplace la BMW pour la garer ailleurs. Si tel était le cas, cette voix n'était pas très douée pour exprimer clairement ses désirs. Lisey préféra opter pour un tour complet du véhicule, comme son père lui avait toujours recommandé de le faire avant de se lancer dans un long trajet. *C'est seulement là que tu daignes te mettre en quête d'une usure inégale des pneus, d'un feu arrière bousillé, d'un pot d'échappement affaissé, ce genre de détails.* Sauf que là, elle ne savait vraiment pas en quête de *quoi* elle était.

*Peut-être que je retarde simplement le moment de la voir. C'est peut-être seulement ça.*

Mais non. Il y avait plus. Et c'était important.

Elle observa sa plaque d'immatriculation du Maine – numéro 5761RD – avec son idiot de plongeon arctique, et l'autocollant *très* décoloré sur le pare-chocs, cadeau en forme de plaisanterie de Jodi disant JÉSUS M'AIME, ON FAIT QUE ME LE DIRE, ALORS POURQUOI RALENTIR. C'était tout.

*Pas suffisant*, insista la voix, et c'est là qu'elle repéra quelque chose d'intéressant dans le coin le plus éloigné du parking, presque en dessous de la haie. Une bouteille verte vide. Une bouteille de bière, elle en était pratiquement sûre. Soit l'équipe de nettoyage l'avait loupée, soit ils n'étaient pas encore arrivés là. Lisey se hâta d'aller la ramasser, et le goulot la gratifia d'un âcre remugle agricole. Sur l'étiquette, légèrement fanée, un canidé montrait les dents. D'après ce qui y était mentionné, cette bouteille avait naguère renfermé une Bière Premium Nordic Wolf. Lisey ramena la bouteille à sa voiture et la posa sur le macadam exactement sous le plongeon du Maine figurant sur sa plaque d'immatriculation.

BMW crème, pas suffisant.

BMW crème à l'ombre d'un chêne, pas encore suffisant.

BMW crème à l'ombre d'un chêne avec une bouteille de bière Nordic Wolf vide sous la plaque d'immatriculation du Maine numéro 5761RD figurant le plongeon arctique... suffisant.

À peine.

Et pourquoi ça ?

Elle n'en avait pas la moindre toufue idée.

Elle se hâta vers le bâtiment principal.

7

Elle n'eut aucun problème pour entrer voir Amanda, même si les visites de l'après-midi ne commençaient officiellement qu'à quatorze heures, soit encore une demi-heure à attendre. Grâce au Dr Alberness – et à Scott, bien sûr – Lisey était un peu une star à Greenlawn. Dix minutes après avoir donné son nom à l'accueil (écrasé sous une gigantesque fresque style New Age représentant des enfants qui se tenaient par la main et levaient avec ravissement les yeux vers un ciel étoilé), Lisey était assise avec sa sœur dans le petit patio attenant à la chambre d'Amanda, sirotant un punch médiocre dans un gobelet en papier et contemplant une partie de croquet qui se déroulait sur la pelouse vallonnée à l'arrière, à laquelle la clinique devait très probablement son nom[1]. Quelque part, invisible, une tondeuse à gazon ronflait avec monotonie. L'infirmière de service avait demandé à Amanda si elle aussi ne voulait pas un verre de « pipi de chat », et avait pris le silence d'Amanda pour un oui. Le verre était maintenant posé près d'elle sur la table, intact, tandis qu'Amanda, vêtue d'un pyjama vert menthe et portant un ruban assorti dans ses cheveux lavés de frais, dirigeait un regard vide droit devant elle – pas sur les joueurs de

---

1. Greenlawn : gazon vert.

croquet, pensa Lisey, mais à travers eux. Ses mains étaient jointes sur ses genoux, mais Lisey distinguait la vilaine coupure qui faisait le tour de sa main gauche, ainsi que l'éclat luisant de la pommade qu'on y avait appliquée. Lisey avait tenté trois entrées en matière différentes et Amanda n'avait pas articulé un seul mot en guise de réponse. Ce qui, d'après l'infirmière, était ce à quoi il fallait s'attendre. Amanda était actuellement injoignable, en réunion, sortie déjeuner, en vacances, partie visiter la ceinture d'astéroïdes. Toute sa vie, Amanda avait été difficile, mais là, même pour elle, elle avait atteint un nouveau sommet.

Et Lisey, qui attendait de la visite dans le bureau de son mari dans moins de six heures, n'avait pas de temps pour ça. Elle préleva une gorgée de sa boisson pour tout dire insipide, regretta l'absence de cola – *verboten* en ces lieux *because* la caféine – et repoussa le verre. Elle jeta un coup d'œil à l'entour pour vérifier qu'elles étaient seules, puis se pencha en avant et souleva les mains d'Amanda de ses genoux en s'efforçant de ne pas grimacer au contact gluant de la pommade et, juste en dessous, des coupures boursouflées en train de cicatriser. Si le contact était douloureux pour Amanda, elle n'en montra rien. Son visage resta lisse et vide, comme si elle dormait les yeux ouverts.

« Amanda », dit Lisey. Elle chercha le regard de sa sœur, mais il était introuvable. « Amanda, écoute-moi, maintenant. Tu voulais m'aider à faire le ménage dans les affaires que Scott a laissées, et j'ai besoin de toi pour m'aider à le faire. J'ai besoin que tu m'aides. »

Pas de réponse.

« Il y a un méchant. Un cinglé. Un peu comme ce salopard de Cole à Nashville – beaucoup comme lui, en fait – seulement je peux pas m'occuper toute seule de celui-ci. Il faut que tu reviennes de là où tu es pour m'aider. »

Pas de réponse. Amanda regardait fixement les joueurs de croquet. À *travers* les joueurs de croquet. La tondeuse à gazon ronflait. Les gobelets en papier remplis de pipi de chat attendaient, posés sur la table sans coins du patio, car ici les coins étaient aussi *verboten* que la caféine.

« Tu sais ce que je pense, Manda-Bunny ? Je pense que t'es assise sur un de ces gradins de pierre avec les autres barrés azimutés, les yeux perdus dans la mare. Je crois que Scott t'a vue assise là lors d'une de ses visites et qu'il s'est dit : "Tiens, une joueuse de couteau. Je sais reconnaître les joueurs de couteau quand j'en vois, vu que mon père était membre de la tribu. Merde, je *suis* membre de la tribu." Il s'est dit, "Je vois une dame qui s'apprête à prendre une retraite anticipée dans le coin, à moins que quelqu'un lui mette des bâtons dans les roues, comme on dit." Est-ce que ça te paraît assez juste, Manda ? »

Rien.

« Je sais pas s'il avait prévu Jim Dooley, mais il avait prévu que tu atterrirais à Greenlawn, aussi sûr que la merdre colle à la semelle des souliers. Tu te rappelles quand Dandy disait ça, Manda ? Aussi sûr que la merdre colle à la semelle des souliers ? Et quand Bonne Ma l'engueulait, il disait que merdre était pas un gros mot, comme de dire diantre, c'était pas jurer. Tu te souviens ? »

Un peu plus de rien de la part d'Amanda. Rien qu'une béance vacante et horripilante.

Lisey pensa à cette nuit froide avec Scott dans la chambre d'amis, quand le vent tonnait et le ciel brûlait, et elle amena sa bouche tout près de l'oreille d'Amanda. « Si tu peux m'entendre, presse mes mains, chuchota-t-elle. Presse aussi fort que tu peux. »

Elle attendit et les secondes passèrent. Elle avait quasiment perdu espoir quand la quasi imperceptible étreinte se fit sentir. Ç'aurait pu être un spasme musculaire involontaire ou seulement le fruit de son imagination, mais Lisey n'en croyait rien. Elle croyait que quelque part, très loin d'ici, Amanda avait entendu sa sœur l'appeler par son nom. La rappeler très fort à la maison.

« Très bien », dit Lisey. Son cœur battait si fort qu'elle eut l'impression qu'il risquait de l'étouffer. « C'est bien. C'est un début. Je vais venir te chercher, Amanda. Je vais te ramener à la maison et tu vas m'aider. Tu entends ? *Il faut que tu m'aides.* »

Lisey ferma les yeux et une fois encore resserra son étreinte sur les mains d'Amanda, sachant qu'elle risquait de faire mal à sa sœur, s'en fichait. Amanda pourrait toujours se plaindre plus tard, quand elle aurait une voix pour se plaindre. *Si* elle avait une voix pour se plaindre. Ah, mais le monde était fait de *si*, c'était Scott qui le lui avait dit.

Lisey mobilisa sa volonté et sa concentration, et conçut la version la plus nette possible de la mare, visualisant la coupe rocheuse qui retenait l'eau, visualisant la plage blanche immaculée en pointe de flèche avec les gradins de pierre s'étageant au-dessus en courbes douces, visualisant la brèche dans le roc et le sentier secondaire, semblable un peu à un goulet, conduisant au cimetière. Elle en teinta l'eau d'un bleu scintillant, étincelant de centaines de points de soleil, elle se composa une mare à midi, parce qu'elle en avait sa claque de Na'ya Lune au crépuscule, merci bien.

*Maintenant*, pensa-t-elle, et elle attendit que l'air se retourne et que les sons de Greenlawn se dissipent. Un instant, il lui sembla que ces sons se dissipaient *bel et bien*, puis elle décida que c'était son imagination. Elle ouvrit les yeux et le patio était toujours iciGO, le verre de pipi de chat d'Amanda toujours posé sur la table sans coins ; Amanda était toujours dans sa profonde placidité catatonique, statue de cire respirante en pyjama vert menthe, fermé par des bandes Velcro parce que les boutons ça s'avale. Amanda avec son ruban assorti dans les cheveux et ses océans dans les yeux.

Un instant Lisey fut assaillie d'un terrible doute. Peut-être que toute l'histoire n'avait rien été d'autre que *sa* propre folie – toute, sauf Jim Dooley, cela dit. Des familles bousillées comme les Landon, ça n'existait que dans les romans de V.C. Andrews, et des lieux tels que Na'ya Lune seulement dans les contes fantaisistes des enfants. Elle avait été l'épouse d'un écrivain qui était mort, un point c'est tout. Elle l'avait sauvé une fois, mais quand il était tombé malade dans le Kentucky huit ans plus tard, elle n'avait rien pu faire, car tu ne peux pas aplatir un microbe avec une bêche, si ?

Elle commença à relâcher son étreinte sur les mains d'Amanda, puis la resserra. La moindre parcelle de son cœur solide et de sa considérable volonté s'élevèrent pour protester. *Non ! C'était réel ! Na'ya Lune est réel ! J'y ai été en 1979, avant de l'épouser, j'y suis retournée en 1996, pour le trouver quand il avait besoin d'être trouvé, pour le ramener à la maison quand il avait besoin d'être ramené, et j'y étais pas plus tard que ce matin. Tout ce que j'ai à faire, si je commence à douter, c'est comparer mon sein tel que Jim Dooley l'a laissé et tel qu'il est maintenant. Si j'arrive pas à y aller maintenant c'est...*

« L'africaine, murmura-t-elle. Il a dit que l'africaine nous retenait là-bas comme une ancre, il ignorait pourquoi. Est-ce que tu nous retiens *ici*, Manda ? Est-ce qu'une partie de toi effrayée et têtue nous retient ici ? *Me* retient ici ? »

Amanda ne répondit pas, mais Lisey pensa que c'était *exactement* ce qui était en train de se passer. Une partie d'Amanda voulait que Lisey vienne la chercher pour la ramener, mais une autre partie ne voulait pas être secourue. Cette partie-là désirait vraiment en avoir fini avec ce monde crade et les problèmes crades de ce monde. Cette partie-là se satisferait pleinement de continuer à absorber son déjeuner par un tuyau, de larguer ses colis dans une couche, et de passer de tièdes après-midis ici dehors dans ce petit patio, vêtue d'un pyjama vert menthe à bandes Velcro, le regard fixé sur les pelouses vertes et les joueurs de croquet. Et qu'est-ce qu'Amanda regardait *en fait* ?

La mare.

La mare le matin, la mare l'après-midi, la mare au coucher du soleil et la mare scintillant sous la lune et les étoiles, de petites volutes de vapeur montant de sa surface tels des rêves d'amnésie.

Lisey s'avisa qu'elle avait encore en bouche la saveur douce, sa saveur du matin, et pensa : *Ça vient de la mare. Ma récompense. Ma boisson. Deux gorgées. Une pour moi et une...*

« Une pour toi », dit-elle. D'un seul coup, l'étape suivante lui apparut avec une telle splendide clarté qu'elle se demanda pourquoi elle avait perdu tout ce temps. Tenant toujours Amanda par les mains, Lisey se pencha en avant de telle sorte que son visage se trouve en face de celui de sa sœur. Les yeux d'Amanda demeurèrent vagues et lointains sous sa frange rectiligne et grisonnante, comme si elle regardait droit à travers Lisey. C'est seulement lorsque Lisey fit remonter ses bras autour des coudes d'Amanda, la clouant d'abord sur place avant d'amener sa bouche contre la bouche de sa sœur, que les yeux d'Amanda s'agrandirent sous le coup d'une compréhension tardive ; c'est seulement alors qu'Amanda se débattit, et alors il était déjà trop tard. La bouche de Lisey *déborda* de douceur lorsque sa dernière gorgée d'eau de mare reflua. De la langue, elle força les lèvres d'Amanda à s'ouvrir, et lorsqu'elle sentit cette deuxième gorgée d'eau passer de sa bouche à celle de sa sœur, Lisey vit la mare comme en plein jour, avec une netteté qui ridiculisa ses premiers efforts de visualisation et de concentration, si intenses et opiniâtres qu'ils aient été. Elle sentit le frangipanier et le bougainvillée mêlés à un profond parfum d'olive qui avait comme la saveur du chagrin, et dont elle sut que c'était l'arôme diurne des arbres câlins. Elle sentit le sable chaud et compact sous ses pieds, ses pieds nus parce que ses tennis n'avaient pas fait le voyage. Ses tennis n'étaient pas passés mais elle si, elle avait réussi, elle avait traversé, elle était

8

Elle était de retour à Na'ya Lune, debout sur le sable tiède et compact de la plage, avec cette fois-ci un soleil éclatant au zénith qui dardait ses rayons et faisait jouer sur l'eau non pas des milliers de points de lumière mais ce qui ressemblait à des millions. Car cette eau-*ci* était plus vaste. Un instant, Lisey la regarda, fascinée, et regarda la vieille coque massive du navire à voile qui s'y balançait. Et alors qu'elle la regardait, elle comprit subitement quelque chose que lui avait dit le revenant dans le lit d'Amanda.

*Quelle est ma récompense ?* avait demandé Lisey, et la chose – qui avait curieusement semblé être Scott et Amanda en même temps – lui avait dit que sa récompense serait une boisson. Et quand Lisey avait demandé si ce serait un Coke ou un RC, la chose avait dit, *Chut. On veut contempler l'ellébore.* Lisey avait supposé que la chose parlait d'une fleur. Elle avait oublié qu'il y avait une fois où ce mot avait eu une signification très différente. Il y avait une fois lointaine. Une fois magique.

Ce navire ancré là-bas dans toute cette eau bleue scintillante était ce dont avait parlé Amanda... car c'était Amanda à ce moment-là ; comment Scott aurait-il eu connaissance de ce merveilleux vaisseau de rêve d'enfance ?

Ce n'était pas une mare qu'elle contemplait là ; c'était un port où un seul navire était à l'ancre, un navire fait pour de courageuses filles pirates qui osaient aller chercher fortune (et prince charmant). Et leur capitaine ? Eh bien, la courageuse Amanda Debusher, pardi, car ce vaisseau-là, il était une fois, n'avait-il pas été la plus heureuse fantaisie de Manda ? Il était une fois, avant qu'elle ne devienne si colérique extérieurement et si apeurée intérieurement ?

*Chut. On veut contempler l'*Ellébore.

*Oh, Amanda,* pensa – se lamenta presque – Lisey. C'était là la mare où tous nous descendons boire, la coupe exacte de l'imagination, et donc bien sûr, tous la voyaient un tout petit peu différemment. Ce refuge d'enfance était la version de Manda. Les gradins étaient les mêmes, cependant, ce qui conduisit Lisey à présumer qu'eux, au moins, étaient d'une réalité de roc. Aujourd'hui, elle voyait vingt à trente personnes assises là, contemplant rêveusement l'eau, et approximativement le même nombre de formes encapuchonnées. À la lumière du jour, celles-ci présentaient une ressemblance répugnante avec des insectes emmaillotés dans la soie par des araignées géantes.

Lisey repéra rapidement Amanda, à une douzaine de rangs de hauteur. Elle contourna pour la rejoindre deux des spectateurs silencieux et l'une des effrayantes créatures encapuchonnées. Elle s'assit à côté d'elle et une fois de plus prit dans les siennes les mains d'Amanda, qui ici n'étaient ni tailladées ni même scarifiées. Et, tandis que Lisey les tenait, les doigts d'Amanda se refermèrent très lentement mais très incontestablement sur les siens. Une bizarre certitude envahit alors Lisey. Amanda n'avait aucun besoin de l'autre gorgée d'eau de mare, pas plus qu'elle n'avait besoin que Lisey l'incite par la cajolerie à descendre jusqu'à l'eau prendre un bain de jouvence. Amanda voulait bel et bien rentrer à la maison. Une grande part d'elle avait attendu d'être secourue comme une princesse endormie dans un conte de fées... ou une courageuse fille pirate jetée dans la tourmente. Et combien de ces autres non-encapuchonnés se trouvaient dans la même situation ? Lisey voyait leurs visages extérieurement calmes et leurs regards lointains, mais cela ne signifiait pas que certains d'entre eux ne hurlaient pas intérieurement pour que quelqu'un les aide à trouver le chemin du retour à la maison.

Lisey, qui pouvait seulement aider sa sœur – *peut-être* – repoussa cette idée en frissonnant.

« Amanda, dit-elle, on rentre maintenant, mais tu dois y mettre du tien. »

Rien d'abord. Puis, très ténu, très lent, comme articulé dans le sommeil : « Lii-ssy ? Est-ce que t'as bu... de ce punch dégueu ? »

Lisey ne put s'empêcher de rire. « Un peu. Pour être polie. Maintenant regarde-moi.

– Je peux pas. Je contemple l'*Ellébore*. Je vais être pirate... et naviguer... » Sa voix s'estompait maintenant. « ... les sept mers... le trésor... les Îles Cannibales...

– C'était pour de faux », dit Lisey. Elle détesta la dureté qu'elle entendit dans sa propre voix ; c'était un peu comme dégainer une épée pour tuer un nouveau-né reposant placidement dans l'herbe, ne faisant de mal à personne. Car n'est-ce pas à ça que ressemble un rêve d'enfance ? « Ce que tu vois, c'est juste l'apparence que prend ce lieu pour te capturer. C'est rien que... rien qu'un *nard*. »

La surprenant alors – la surprenant et la *blessant* –, Manda reprit : « Scott m'avait dit que tu essaierais de venir. Que si un jour j'avais besoin de toi, tu essaierais de venir.

– Quand, Manda ? Quand t'a-t-il dit cela ?

– Il adorait venir ici, dit Amanda, et elle poussa un gros soupir. Il appelait ce pays Narnya Lube, ou quelque chose d'approchant. Il disait qu'il était facile à aimer. Trop facile.

– Quand, Manda, *quand t'a-t-il dit cela ?* » Lisey avait envie de la secouer.

Amanda parut faire un effort surhumain... et sourit. « La dernière fois que je me suis coupée. Scott m'a fait rentrer à la maison. Il m'a dit... que vous vouliez toutes que je revienne. »

À présent, tant de choses semblaient claires à Lisey. Trop tard pour y changer quoi que ce soit, hélas, mais c'était tout de même mieux de savoir. Et pourquoi Scott n'en avait-il jamais parlé à sa femme ? Parce qu'il savait que petite Lisey avait la terreur de Na'ya Lune et des choses – une chose en particulier – qui y vivaient ? Oui. Parce qu'il pressentait qu'elle le découvrirait par elle-même en temps utile ? Re-oui.

Amanda avait encore une fois reporté son attention sur le navire amarré dans le port qui était sa version de la mare de Scott. Lisey lui secoua l'épaule. « J'ai besoin que tu m'aides, Manda. Il y a un cinglé qui me veut du mal, et j'ai besoin que tu m'aides à mettre des bâtons dans *ses* roues. J'ai besoin que tu m'aides *maintenant* ! »

Amanda se retourna pour regarder Lisey avec un effarement quasi comique sur le visage. En contrebas, une femme vêtue d'un caftan et tenant à la main la photo d'un petit enfant au sourire brèche-dent se retourna et prononça sur un ton de remontrance des mots qui dérivent lentement vers elles. « Taisez... vous... pendant... que je... réfléchis... à... pourquoi... j'ai... fait ça.

— Occupe-toi de tes fesses, Fanny », lui lança vivement Lisey avant de se retourner vers Amanda. Elle fut soulagée de voir qu'Amanda la regardait toujours.

« Qui, Lisey... ?

— Un cinglé. Un qui s'est radiné à cause des satanés papiers et manuscrits de Scott. Sauf que maintenant c'est après moi qu'il en a. Il s'en est pris à moi ce matin, il m'a esquintée, et il m'esquintera encore si je... si *nous*... » Amanda venait de se retourner encore une fois vers le navire ancré dans le port et Lisey prit fermement sa tête dans ses mains pour ramener ses yeux en face des siens. « Écoute-moi, grande asperge.

— M'appelle pas grande as...

— Écoute-moi et je t'appellerai plus comme ça. Tu connais ma voiture ? Ma BMW ?

— Oui, mais Lisey... »

Les yeux d'Amanda cherchaient encore à dévier vers l'eau. Lisey faillit encore lui immobiliser la tête, mais un instinct lui dit que c'était juste un dernier petit coup avant la route. Si elle comptait vraiment tirer Amanda d'ici, elle devait le faire avec sa voix, avec sa volonté, et en définitive parce qu'Amanda désirait rentrer.

« Manda, ce type... qu'il m'ait blessée c'est une chose, mais si tu m'aides pas, je crois qu'il y a des chances qu'il me tue. »

Maintenant Amanda la regardait avec stupéfaction et perplexité. « *Te tuer*... ?

— Oui. *Oui*. Je promets de tout t'expliquer, mais pas ici. Si on reste longtemps ici, je vais finir par rien faire d'autre que béer avec toi devant l'*Ellébore*. » Elle ne pensait pas mentir en disant cela. Elle sentait l'attraction du navire, combien il désirait qu'elle regarde. Si elle cédait, vingt ans risquaient de passer comme vingt minutes et au terme de ces vingt années elle et gran'sœur Man'a-Bunny seraient encore assises ici, attendant d'embarquer sur un bateau pirate qui invitait sans cesse au voyage mais jamais ne hissait les voiles.

« Est-ce que je devrai boire de ce punch dégueu ? De ce... » Le front d'Amanda se plissa tandis qu'elle fouillait sa mémoire. Puis ses rides s'aplanirent. « De ce piii-piii d'chat ? »

La façon enfantine dont elle étira le mot tira un autre rire étonné à Lisey, et encore une fois la femme en caftan avec la photo à la main se retourna. Amanda réjouit le cœur de Lisey en braquant sur elle un regard hautain genre *Tu veux ma photo ?...* avant de lui présenter le majeur.

« Je devrai en boire, petite Lisey ?

– Plus de punch, plus de pipi de chat, je te promets. Pour le moment, contente-toi de penser à ma voiture. Tu sais de quelle couleur elle est ? Tu te rappelles bien, tu es sûre ?

– Crème. » Amanda pinça les lèvres et son visage prit son expression Tiens Une Petite Vérité Maison Que Ça Te Plaise Ou Non. Lisey fut absolument ravie de voir ça. « Je t'avais dit quand tu l'as achetée que c'est la couleur la plus salissante qui soit, mais t'as rien voulu entendre.

– Tu te rappelles l'autocollant ?

– Une blague sur Jésus, je crois. Un jour ou l'autre, un Chrétien en rogne va te l'arracher à coups de clé. Et rajouter en prime quelques rayures à ta carrosserie. »

D'en haut leur parvint la voix d'un homme, gravement désapprobatrice. « Si vous avez besoin de parler. Vous devriez aller. Ailleurs. »

Lisey ne se donna même pas la peine de se retourner, encore moins de lui présenter le majeur. « Sur l'autocollant il y a écrit JÉSUS M'AIME, ON FAIT QUE ME LE DIRE, ALORS POURQUOI RALENTIR. Je veux que tu fermes tes yeux maintenant, Amanda, et que tu voies ma voiture. De derrière, avec l'autocollant. Et à l'ombre d'un chêne. L'ombre est changeante car il y a de la brise. Tu peux faire ça pour moi ?

– Ou-u-ui... Je crois que je peux... » Ses yeux coupèrent en oblique, jetant un dernier regard nostalgique au navire ancré dans le port. « Je crois que oui, si ça doit empêcher quelqu'un de te faire du mal... même si je vois pas le rapport que ça peut avoir avec Scott. Ça fait plus de deux ans qu'il est mort maintenant... bien que... je crois qu'il m'a dit quelque chose à propos de l'afghane de Bonne Ma, et je crois qu'il voulait que je te le dise. Bien sûr je l'ai jamais fait. J'ai oublié tellement de choses de ces fois-là... exprès, je suppose.

– Quelles fois ? *Quelles* fois, Manda ? »

Amanda regarda Lisey comme si sa petite sœur était la plus stupide chose au monde. « Toutes les fois où je me suis *coupée*. Après la dernière fois – quand je me suis coupé le nombril – qu'on est venus ici. » Amanda posa un doigt sur sa joue, y imprimant une fossette passagère. « C'était quelque chose rapport à une histoire. *Ton* histoire, l'histoire de Lisey. Et à l'afghane. Sauf qu'il l'appelait l'*africaine*. A-t-il dit que c'était une tare ? Un phare ? Un lare ? Peut-être je l'ai seulement rêvé. »

Surgissant inopinément du champ gauche, cette balle-là surprit Lisey mais ne la décontenança pas. Si elle devait sortir Amanda – et elle-même – d'ici, il fallait que ce soit *maintenant*. « Oublie tout ça, Manda, contente-toi de fermer les yeux et de voir ma voiture. Jusqu'aux plus petits détails que tu pourras. Je ferai le reste. »

*Espérons*, pensa-t-elle, et quand elle vit Amanda fermer les yeux, elle en fit de même et étreignit fermement les mains de sa sœur. Maintenant elle savait pourquoi elle avait eu besoin de voir si précisément son véhicule : pour qu'elles puissent retourner sur le parking visiteurs plutôt que dans la chambre d'Amanda derrière les portes verrouillées du pavillon psychiatrique de base.

Elle visualisa sa BMW crème (et Amanda avait raison, cette couleur était un vrai désastre), puis laissa cette partie-là à sa sœur. Elle se concentra sur le numéro 5761 RD qu'elle colla sur la plaque d'immatriculation, puis passa à la *pièce de résistance*[1] : cette fameuse bouteille de bière Nordic Wolf posée sur l'asphalte juste un peu à gauche de l'autocollant JÉSUS M'AIME, ON FAIT QUE ME LE DIRE, ALORS POURQUOI RALENTIR. Pour Lisey, le tableau était parfait, et pourtant aucun changement ne se produisait dans l'air si singulièrement parfumé de ce lieu, et elle entendait toujours un faible claquement dont elle s'avisa que ce devait être une toile à voile lâche faseyant dans une brise légère. Elle sentait toujours sous ses fesses la pierre fraîche du banc, et elle éprouva un soupçon de panique. *Et si j'arrive pas à rentrer cette fois-ci ?*

Puis, comme venant de très loin, elle entendit Amanda murmurer sur un ton parfaitement exaspéré : « Oh, merdre de mer-

---

1. En français dans le texte.

dre. J'ai oublié ce con de plongeon du Maine sur la plaque d'immatriculation. »

L'instant d'après, le *flac* ondoyant de la toile à voile commença par se fondre dans le ronflement de la tondeuse à gazon, avant de disparaître. Sauf que maintenant le bruit de la tondeuse était lointain, car...

Lisey ouvrit les yeux. Amanda et elle étaient debout sur le parking derrière sa BM. Amanda tenait les mains de Lisey et ses yeux étaient étroitement clos, son front creusé par de profondes rides de concentration. Elle était toujours vêtue du pyjama vert menthe à bandes Velcro, mais à présent elle était pieds nus, et Lisey comprit que lorsque l'infirmière de garde repasserait dans le patio où elle avait laissé Amanda Debusher en compagnie de sa sœur Lisey Landon, elle trouverait deux fauteuils vides, deux gobelets en papier pleins de pipi de chat, une paire de pantoufles et une paire de tennis avec les chaussettes encore à l'intérieur.

Alors – et alors n'allait pas tarder – l'infirmière sonnerait l'alarme.

Dans le lointain, du côté de Castle Rock et du New Hampshire au-delà, le tonnerre roula. Un orage d'été approchait.

« Amanda ! » dit Lisey, et soudain une nouvelle frayeur : et si Amanda ouvrait les yeux et qu'il n'y avait rien dedans sinon ces mêmes océans vides ?

Mais les yeux d'Amanda étaient parfaitement alertes, encore que vaguement exorbités. Son regard passa du parking à la BMW, puis à sa sœur avant d'examiner son propre corps. « Arrête de me serrer si fort les mains, Lisey, dit-elle. Elles me font un mal de chien. Et puis, il me faut des vêtements. On voit tout à travers ce con de pyjama, et j'ai même pas de culotte, sans parler d'un soutien-gorge.

– On va te trouver des vêtements », dit Lisey, et là, saisie d'une sorte de panique à retardement, elle claqua la poche droite de son pantalon de charpentier et lâcha un soupir de soulagement. Son portefeuille était toujours là. Mais le soulagement fut de courte durée. Car sa Clé-Clac, qu'elle avait mise dans sa poche gauche – elle savait qu'elle l'y avait mise, elle le faisait systématiquement – avait disparu. Elle n'avait pas fait le voyage. Soit elle gisait par terre dans le patio attenant à la chambre d'Amanda en compagnie de ses chaussettes et de ses tennis soit...

« Lisey ! s'écria Amanda en lui agrippant le bras.

– Quoi ? *Quoi* ! » Lisey pivota sur elle-même, mais pour autant qu'elle pouvait le constater, elles étaient encore seules sur le parking.

« *Je suis vraiment réveillée comme avant !* » s'écria Amanda d'une voix rauque. Elle avait des larmes dans les yeux.

« Je le sais », dit Lisey. Elle ne pouvait s'empêcher de sourire, même avec cette ennuyeuse histoire de clé. « C'est toufoutument génial.

– Je vais chercher mes habits », dit Amanda, et elle s'élança vers le bâtiment. Lisey parvint de justesse à la rattraper par le bras. Pour une femme qui avait été catatonique à peine quelques minutes plus tôt, gran'sœur Man'a-Bunny était maintenant aussi frétillante qu'une truite au soleil couchant.

« Laisse tomber tes habits, dit Lisey. Tu retournes là-dedans maintenant et je te garantis que tu y passes la nuit. C'est ce que tu veux ?

– *Non* !

– Tant mieux, parce que j'ai besoin de toi avec moi. Mais manque de pot, on risque de devoir prendre l'urbus. »

Amanda glapit presque : « *Tu veux me faire prendre le bus à moitié à poil ?*

– Amanda, j'ai plus ma *clé de voiture*. Soit elle est dans ton patio soit sur un de ces gradins… tu te rappelles des gradins ? »

Amanda acquiesça à contrecœur, puis dit : « Dis donc, t'avais pas l'habitude de garder une clé de secours dans un bidule magnétique collé sous le pare-chocs de ta Lexus ? Qui, soit dit en passant, était d'une couleur sensée pour un climat du nord. »

Lisey entendit à peine la pique. Scott lui avait offert le « bidule magnétique » en cadeau d'anniversaire il y avait cinq ou six ans, et quand elle avait troqué sa Lexus contre la Béhème, elle avait transféré le double de sa nouvelle clé dans le boîtier magnétique sans même y penser. Il devait toujours être fixé sous le pare-chocs arrière. Sauf s'il s'était décroché. Elle posa un genou à terre, tâtonna sous le chassis, et juste au moment où elle commençait à désespérer, ses doigts le trouvèrent, calé bien haut et bien à l'abri comme avant.

« Amanda, je t'aime. Tu es un génie.

– Absolument pas, répondit Amanda avec autant de dignité qu'une femme pieds nus et en pyjama vert transparent pouvait en rassembler. Juste ta grande sœur. On pourrait monter en voiture maintenant ? Parce que ce bitume est plutôt chaud, même à l'ombre.

– Je te le fais pas dire, approuva Lisey en décliquant les portières avec sa clé de secours. Y faut qu'on se tire d'ici, même si, mince, ça m'embête de... » Elle se tut, lâcha un rire bref, secoua la tête.

« Quoi ? » questionna Amanda sur ce ton particulier qui insinue plutôt *Quoi encore ?*

« Rien. Enfin... je me rappelais juste un truc que papa m'a dit juste après que j'ai eu mon permis. Je ramenais toute une bande de copains de White's Beach un jour, et... tu te souviens de White, hein ? » Elles étaient montées en voiture, et Lisey faisait marche arrière pour quitter la place de stationnement ombragée. Jusqu'à présent, cette partie du monde était encore paisible, et c'était ainsi qu'elle souhaitait la laisser.

Amanda émit un reniflement et boucla sa ceinture, en prenant grand soin de ses mains abîmées. « White ! Hah ! Tu parles, une vieille carrière de gravier avec une source d'eau froide au fond ! » Sa grimace de mépris se fondit en une expression nostalgique. « Rien à voir avec le sable de Vent-du-Sud.

– C'est comme ça que tu l'appelais ? » demanda Lisey, curieuse malgré elle. Elle stoppa à la sortie du parking et attendit qu'une trêve dans la circulation lui permette de prendre à gauche pour remonter Minot Avenue et prendre la route de Castle Rock. Mais le trafic était dense et elle dut réprimer l'envie de tourner plutôt à droite pour les éloigner au plus vite de cet *endroit*.

« Ben oui, répondit Amanda d'un ton fâché contre Lisey. C'est dans le port de Vent-du-Sud que l'*Ellébore* venait toujours faire relâche pour s'approvisionner. C'est là aussi que les filles-pirates pouvaient descendre à terre voir leurs fiancés. Tu te souviens pas ?

– Vaguement », répondit Lisey en se demandant si elle entendrait une alarme se déclencher derrière elle quand ils découvriraient qu'Amanda n'était plus là. Sans doute que non. Fallait pas affoler les patients. Elle repéra une petite trouée dans le trafic et y inséra promptement la BMW, récoltant aussitôt un coup d'avertisseur de quelque conducteur pressé, lequel dut en effet réduire sa vitesse d'une petite dizaine de kilomètres à l'heure pour la laisser passer.

Amanda gratifia l'individu – à tous les coups un homme, coiffé d'une casquette de base-ball et mal rasé – d'un double doigt d'honneur, élevant ses deux poings à hauteur des épaules et imprimant à ses majeurs dressés un vif mouvement de piston... sans se retourner pour contrôler l'effet.

« Super technique, commenta Lisey. Un de ces quatre, elle te vaudra d'être violée et assassinée. »

Amanda roula un œil espiègle en direction de sa sœur. « Tu peux parler. » Puis, quasiment sans reprendre son souffle : « Il t'a dit quoi, Dandy, quand t'es rentrée de White ce jour-là ? Je parie que c'était encore un truc de jobard.

— Il m'a vue descendre de la vieille Pontiac sans tennis ni sandales aux pieds et il m'a dit que c'était illégal de conduire pieds nus dans l'État du Maine. » En finissant de dire ça, Lisey jeta un bref coup d'œil coupable à ses orteils nus sur la pédale de l'accélérateur.

Manda éructa un petit son rouillé. Lisey crut qu'elle pleurait, ou n'allait pas tarder à le faire. Puis elle s'avisa qu'Amanda riait. Lisey aussi se mit à sourire, en partie parce qu'elle apercevait le raccourci par la Route 202 qui lui permettrait de contourner le pire de la circulation urbaine.

« Quel couillon c'était ! articula Amanda entre ses petits éclats d'hilarité. Quel adorable vieux couillon ! Dandy Dave Debusher ! De la semoule à la place du cerveau ! Tu sais ce qu'il m'a dit un jour à *moi* ?

— Non, quoi ?

— Crache, si tu veux savoir. »

Lisey pressa la commande pour abaisser sa vitre, cracha, et essuya du talon de la main sa lèvre inférieure encore légèrement gonflée. « *Quoi*, Manda ?

— M'a dit que si j'embrassais un garçon avec la bouche ouverte, je tomberais enceinte.

— Tu déconnes, c'est pas vrai !

— C'est vrai, et je vais te dire autre chose.

— Quoi ?

— Je suis pratiquement sûre qu'il le *croyait* ! »

Et là elles rirent toutes les deux.

## XIII. Lisey et Amanda
## (Le Truc des Sœurs)

1

Maintenant qu'elle avait Amanda, Lisey n'était pas très sûre de ce qu'elle devait en faire. Jusqu'à Greenlawn, toutes les étapes s'étaient enchaînées de façon assez claire, mais alors qu'elles roulaient en direction de Castle Rock et des cumulo-nimbus massés au-dessus du New Hampshire, plus *rien* ne semblait clair. Elle venait d'enlever sa sœur censément catatonique d'un des cabanons les plus cotés du centre du Maine, au toufoutu nom du Ciel.

Amanda, cependant, semblait loin d'être zinzin ; toutes les craintes de Lisey de la voir sombrer derechef en catatonie se dissipèrent rapidement. Amanda Debusher n'avait pas eu l'esprit aussi acéré depuis des années. Après avoir écouté tout ce qui s'était passé entre Lisey et Jim « Zack » Dooley, elle dit : « Donc. Les manuscrits de Scott pouvaient bien être son obsession principale quand il s'est pointé, mais maintenant c'est après toi qu'il en a, parce que c'est le frappadingue de base que ça fait bander de s'en prendre à des femmes. Comme ce barjot de Rader, là-bas à Wichita. »

Lisey fit oui de la tête. Il ne l'avait pas violée, mais il avait bandé, ça c'était clair et net. Ce qui la sidérait, c'était le résumé concis qu'Amanda avait fait de sa situation, comparaison avec Rader comprise... ce type dont Lisey ne se serait même pas rappelé le nom. Manda avait l'avantage d'une certaine distance, évidemment, mais sa clarté d'esprit n'en était pas moins confondante.

Dans le lointain, un panneau se profila annonçant CASTLE ROCK 15. Comme elles le dépassaient, le soleil se cacha derrière les nuages qui s'amoncelaient. Quand Amanda reprit la parole, sa voix était plus basse. « T'as l'intention de le lui faire avant qu'il te le fasse, hein ? Le tuer et te débarrasser du corps dans cet autre monde. » Dans le lointain en face d'elles, le tonnerre gronda. Lisey attendit. *Est-ce qu'on est en train de faire le truc des sœurs, là ?* pensa-t-elle. *Est-ce que c'est ça qu'on fait ?*

« Pourquoi, Lisey ? À part le fait que je t'en crois capable ?

– Il m'a blessée. Il m'a fait *chier*. » Elle ne devait pas paraître dans son état normal en disant ça, pensa-t-elle, mais si la vérité est le truc des sœurs – et elle pensait que ça l'était –, alors elles étaient en plein dedans, pas de doute. « Et laisse-moi te dire, ma choute : la prochaine fois qu'il me fera chier sera la dernière qu'il fera chier quiconque. »

Amanda regardait la route droit devant elle, les bras croisés sous sa maigre poitrine. Enfin elle dit, comme se parlant à elle-même, « T'as toujours été son poil au cul. »

Lisey la dévisagea, plus qu'ahurie. Elle était choquée.

« T'as dit *quoi* ?

– Scott. Et il le savait. » Elle éleva l'un de ses bras et examina la cicatrice rouge qui s'y trouvait. Puis elle regarda Lisey. « Tue-le, dit-elle avec une indifférence à te faire froid dans le dos. J'y vois aucun inconvénient. »

2

Lisey déglutit et entendit un cliquetis dans sa gorge. « Écoute, Manda, je ne suis pas vraiment très fixée sur ce que je vais faire. Il faut que tu saches ça d'entrée de jeu. Je navigue plus ou moins à vue, là.

– Oh, à d'autres, répondit Amanda, le ton presque taquin. Tu as laissé des messages disant que tu le verrais à huit heures ce soir dans le bureau de Scott – l'un sur ton répondeur, l'autre chez ce prof de Pittsburgh, au cas où Dooley appellerait là-bas. T'as l'intention de le tuer, et ça m'est égal. Hé, t'as laissé leur chance aux flics, non ? » Et avant que Lisey ait pu répondre : « Ouais, tu leur as laissée. Et le gars leur est passé sous le nez comme une fleur. Et il a failli t'amputer d'un sein avec ton propre ouvre-boîtes. »

Lisey déboucha d'un virage et se retrouva derrière un autre camion de pâte à papier qui oscillait dangereusement sur la chaussée ; on aurait dit un remake du jour où elle et Darla étaient revenues de faire admettre Amanda à la clinique. Elle enfonça la pédale du frein, non sans se sentir à nouveau coupable de conduire pieds nus. Les vieux préjugés ont la peau dure.

« Scott avait un sacré courage, dit-elle.

– Vouais. Et il l'a tout employé pour se sortir vivant de son enfance.

– Que sais-tu de ça ? interrogea Lisey.

– Rien. Il n'a jamais rien dit de la vie qu'il a eue quand il était môme. Tu croyais que j'avais pas remarqué ? Darla et Canty peut-être pas, mais moi oui, et il savait que moi oui. On se connaissait tous les deux, Lisey – comme seules peuvent se connaître deux personnes qui boivent pas un soir de grosse beuverie. Je pense que c'est pour ça qu'il avait de l'affection pour moi. Et je sais autre chose.

– Quoi ?

– Que tu devrais dépasser ce poids-lourd avant que je m'asphyxie.

– J'ai pas assez de visibilité.

– T'as *plein* de visibilité. En plus, le bon Dieu aime pas les trouillards. » Un bref silence. « Ça, c'est un autre truc que les gens comme Scott et moi savons par cœur.

– Manda...

– Double-le ! Je suis en train de *m'asphyxier* !

– Je crois vraiment pas que j'ai assez...

– Elle est *amoureuse* ! Elle est *amoureuse* ! Lisey et Zeke, en haut de l'escalier, en train de s'embras...

– Grande asperge, t'es vraiment dégoûtante. »

Amanda, riant : « Sur la bou-che, sur la bou-che !

– Si une voiture s'amène en face...

– Mon premier c'est *l'Aâmour*, mon deuxième le *mariaâjj'*, et mon tout c'est Lisey et... »

Sans s'autoriser à réfléchir à ce qu'elle faisait, Lisey enfonça de son pied nu la pédale d'accélérateur de la Bêhème et déboîta. Elle était au coude à coude avec le camion de pâte à papier quand un *autre* camion de pâte à papier apparut en haut de la côte en face.

« Oh merde, passez-moi le bong, on est cuites ! » s'écria Amanda. Ce n'était plus des gloussements rouillés maintenant ; elle riait carrément à gorge déployée. Lisey riait aussi. « Appuie sur le champignon, Lisey ! »

Ce qu'elle fit. La Béhème s'arracha avec une pêche réjouissante, et Lisey réintégra la voie de droite avec du temps à revendre devant elle. Darla, se dit-elle, aurait déjà été en train de hurler comme une possédée.

« Voilà, dit-elle à Amanda, t'es contente ?

– Très », dit Amanda, et elle posa sa main gauche sur la droite de Lisey, la caressa, lui fit desserrer son étreinte mortelle sur le volant. « Contente d'être ici, très contente que tu sois venue me chercher. Tout de moi ne voulait pas rentrer, mais une grosse partie de moi était, ben... je sais pas... triste d'être loin. Et très effrayée qu'avant longtemps ça ne finisse par m'indifférer complètement. Alors merci, Lisey.

– Merci Scott. Il savait que tu aurais besoin d'aide.

– Il savait que tu en aurais besoin, aussi. » Maintenant le ton d'Amanda était très affectueux. « Et je parie qu'il savait qu'une seule de tes sœurs serait assez folle pour te l'apporter. »

Lisey quitta la route des yeux suffisamment longtemps pour lorgner Amanda. « Est-ce que t'as parlé de moi avec Scott ? Est-ce que vous avez parlé de moi, là-bas ?

– On a parlé. Ici ou là-bas, je me souviens pas et je pense pas que ça ait de l'importance. On a parlé de tout l'amour qu'on avait pour toi. »

Lisey ne put répondre. Son cœur était trop plein à craquer. Elle avait envie de pleurer, mais elle ne serait plus capable de voir la route si elle pleurait. Et peut-être y avait-il eu assez de larmes, de toute façon. Ce qui ne voulait pas dire qu'il n'y en aurait pas d'autres.

### 3

Après quoi, elles roulèrent un moment en silence. Passé le terrain de camping de Pigwockit, la circulation devint inexistante. Le ciel au-dessus de leurs têtes était toujours bleu, mais le soleil, maintenant enseveli sous les nuages qui avançaient, rendait le jour lumineux mais curieusement dépourvu d'ombres. Puis Amanda parla, sur un ton de curiosité pensive inhabituel chez elle. « Serais-tu venue me chercher même si tu n'avais pas eu besoin d'une complice ? »

Lisey considéra la chose. « J'aime à penser que oui », répondit-elle enfin.

Amanda souleva la main de Lisey la plus proche d'elle et y piqua un baiser – aussi léger qu'une aile de papillon, en vérité – avant de la reposer sur le volant. « J'aime à le penser aussi, dit-elle. C'est un drôle d'endroit, Vent-du-Sud. Quand tu y es, il te semble aussi réel que tout ce qui peut exister dans ce monde-*ci*, et meilleur que *tout* ce qui existe dans ce monde-ci. Mais quand tu es ici... » Elle haussa les épaules. Avec mélancolie, pensa Lisey. « Alors ce n'est plus guère qu'un rayon de lune. »

Lisey se revit couchée avec Scott dans leur lit à *La Ramure de Cerf*, contemplant la lutte de la lune pour s'extraire des nuages. Écoutant l'histoire de Scott, et puis s'en allant avec lui. *S'en allant*.

Amanda demanda, « Comment l'appelait Scott, déjà ?
– Na'ya Lune. »
Amanda hocha la tête. « J'étais vraiment pas loin, hein ?
– Tu brûlais.
– Je crois que tous les gamins ont un endroit où ils s'en vont quand ils ont peur ou qu'ils se sentent seuls ou qu'ils s'ennuient à mourir tout bonnement. Ils l'appellent le Pays de Nulle-Part ou la Comté, Na'ya Lune s'ils ont une imagination fertile et se le fabriquent eux-mêmes. La plupart oublient. Les rares talentueux – comme Scott – harnachent leurs rêves et les changent en chevaux.
– T'étais plutôt douée toi-même. C'est bien toi qui as inventé Vent-du-Sud, si je me souviens bien ? Les filles chez nous y ont joué pendant *des années*. Je serais pas surprise qu'il y ait encore des gamines dans Sabbatus Road qui en jouent une version ou une autre. »

Amanda rit et secoua la tête. « Les gens comme moi ont jamais été faits pour vraiment passer de l'autre côté. Mon imagination a juste été assez fertile pour m'embarquer dans des galères.
– Manda, c'est pas vrai...
– Si, répliqua Amanda. C'est vrai. Les boîtes à dingues sont remplies de gens comme moi. *Nos* rêves *nous* harnachent, et ils

nous fouettent avec de doux fouets – oh, des fouets délicieux – et nous courons, nous courons, toujours à la même place... parce que le navire... Lisey, les voiles jamais ne se déploient et le vaisseau jamais ne lève l'ancre... »

Lisey risqua un autre coup d'œil. Des larmes coulaient sur les joues d'Amanda. Peut-être les larmes ne tombaient-elles pas sur ces gradins de pierre là-bas, mais oui, ici elles étaient la toufue *con*-dition humaine.

« Je savais que je m'en allais, dit Amanda. Tout le temps qu'on a passé dans le bureau de Scott... tout le temps que j'ai passé à écrire ces chiffres débiles dans ce stupide petit carnet, je *savais*...

– Ce petit carnet s'est révélé être la clé de tout », dit Lisey, se souvenant qu'**ELLÉBORE** aussi bien que **mein Gott** y étaient écrits... un peu comme un message dans une bouteille à la mer. Ou un autre nard – *Lisey, coucou, je suis ici, trouve-moi s'te plaît.*

« T'es sérieuse ? questionna Amanda.

– Parfaitement.

– Ah, c'est marrant. C'est Scott qui m'a donné ces carnets, tu sais – bon sang, quasiment un stock à vie. Pour mon anniversaire.

– C'est vrai ?

– Oui, l'année avant sa mort. Il a dit qu'ils pourraient m'être utiles un de ces jours. » Elle força un sourire. « J'imagine qu'au moins l'un d'eux l'a été.

– Oui », dit Lisey, se demandant si **mein Gott** était écrit au dos de tous les autres, en minuscules lettres noires juste en dessous de la marque de fabrique. Un jour, peut-être, elle vérifierait. Cela dit, si elle et Amanda s'en sortaient vivantes.

4

Quand Lisey ralentit dans le centre de Castle Rock, se préparant à tourner dans le parking du Bureau du Shérif, Amanda lui agrippa le bras et lui demanda où diable elle croyait aller comme ça. Elle écouta la réponse de sa sœur avec une stupéfaction grandissante.

« Et que suis-je censée faire pendant que tu feras ta déposition et que tu rempliras des formulaires ? s'enquit Amanda d'un ton gravé à l'acide. T'attendre devant l'Immatriculation des Animaux, assise en pyjama sur le banc avec mes nénés qui pointent en haut et les moustaches de mon toutou qui frisent en bas ? Ou devrais-je attendre tranquillement ici en écoutant la radio ? Comment vas-tu expliquer que tu te balades pieds nus ? Et si quelqu'un de Greenlawn a déjà appelé pour prévenir les sbires du Shérif qu'ils ouvrent l'œil et le bon, que la veuve de l'écrivain était venue rendre visite à sa sœur là-haut à Crackerjack Manor et que maintenant toutes les deux se sont volatilisées ? »

Lisey en resta comme trois ronds de flan (une expression de leur loin-d'être-une-lumière de père). Elle avait fait une telle fixation sur les moyens de sortir sa sœur du Pays de Plus-Jamais-Jamais et de se sortir elle-même des pattes de Jim Dooley, qu'elle en avait oublié le côté un rien *déshabillé*[1] de leur tenue, sans parler de toute répercussion éventuelle de la Grande Évasion. Pour le moment, elles étaient garées sur une place de parking en épi devant le bâtiment en briques du Bureau du Shérif, avec un véhicule de patrouille de la Police d'État à leur gauche et une berline Ford frappée sur la portière de l'inscription **CASTLE COUNTY SHERIFF'S DEPT**. à leur droite, et Lisey commença à ressentir un indiscutable sentiment de claustrophobie. Le titre d'une chanson country – *À quoi est-ce que je pensais ?* – lui sauta dans la caboche.

Ridicule, naturellement – elle n'était pas en fuite, Greenlawn n'était pas une prison, ni Amanda exactement une prisonnière, mais ses pieds nus... comment irait-elle expliquer ses toufus pieds nus ? Et...

*Je pensais à rien du tout, en fait. Je continuais sur ma lancée. En suivant la recette. Et voilà qu'en tournant la page du livre de cuisine, je m'aperçois que la suivante est blanche.*

« Et puis, poursuivait Amanda, il y a Darla et Canty à ne pas oublier. Tu as très bien fait ce matin, Lisey, je critique pas, mais...

– Si, tu critiques, dit Lisey. Et tu as raison de critiquer. Si c'est pas déjà tout un pataquès, ça va pas tarder à l'être. Je tenais pas à aller trop tôt chez toi ni à y rester trop longtemps au cas où Jim Dooley surveille ta maison, aussi...

– Est-ce qu'il connaît mon existence ? »

---

1. En français dans le texte.

*J'ai cru comprendre que vous z'avez'aussi une histoire de sœurs su'l'dos, vrai ?*

« Je crois... », commença Lisey, avant de s'interrompre. Ce genre de faux-fuyant ne les avancerait à rien. « Je *sais* qu'il sait, Manda.

– Ouais, mais c'est quand même pas Karnak le Grand. Il peut pas être en deux endroits en même temps.

– Non, et je tiens pas non plus à ce que les flics débarquent. Je tiens pas du tout à ce qu'ils mettent le nez dans cette histoire.

– Alors qu'est-ce que tu fais là ? Conduis-nous au View[1], Lisey. Tu sais, Pretty View[2]. »

Pretty View était le nom que donnaient les gens du cru à l'aire de pique-nique surplombant Castle Lake et Little Kin Pond. C'était l'entrée du Parc National de Castle Rock, et il y avait des places de stationnement à revendre, et même des Sanisettes. Et en plein milieu de l'après-midi, avec des menaces d'orages, il y avait de fortes chances pour que l'endroit soit désert. Un lieu idéal où faire halte, réfléchir, évaluer la situation, et tuer un peu de temps. Peut-être Amanda était-elle *réellement* un génie.

« Dépêche, éloigne-nous de la rue principale, dit Amanda en tirant sur le col de sa veste de pyjama. Je me sens comme une strip-teaseuse à l'église. »

Lisey recula prudemment dans la rue – maintenant qu'elle ne voulait plus rien avoir à faire avec le Bureau du Shérif du Comté, elle avait l'absurde conviction qu'elle allait froisser de la tôle avant d'avoir creusé la distance entre elle et eux – et prit vers l'ouest. Dix minutes plus tard, elle tournait au panneau indiquant

PARC NATIONAL DE CASTLE ROCK
AIRE DE PIQUE-NIQUE, TOILETTES PUBLIQUES
OUVERT DE MAI À OCTOBRE
DU LEVER AU COUCHER DU SOLEIL
POUR VOTRE SÉCURITÉ
IL EST INTERDIT DE FOUILLER DANS LES POUBELLES

---

1. Vue, panorama.
2. Jolie Vue.

5

La voiture de Lisey était la seule sur le parking, et l'aire de pique-nique était déserte – pas même un randonneur se défonçant à la nature (ou à la sève d'érable). Amanda marcha vers l'une des tables de pique-nique. La plante de ses pieds était très rose, et le soleil n'avait pas besoin de paraître pour révéler qu'elle était tout à fait nue sous son pyjama vert.

« Amanda, tu crois vraiment que c'est...

– T'inquiète, si quelqu'un rapplique, je file me replanquer aussi sec dans la voiture. » Manda jeta un coup d'œil par-dessus son épaule et lui dédia un flamboyant sourire. « Essaye – ce gazon est positivement *soyeux*. »

Lisey marcha en équilibre sur les talons jusqu'à la lisière du macadam, puis s'aventura dans la verdure. Amanda avait raison, soyeux était le mot, le poisson parfait tiré de la mare des mots de Scott. Et la vue en direction de l'ouest était imprenable ; elle vous allait droit à l'œil et au cœur. Avançant vers elles, des cumulo-nimbus pleuvaient entre les sommets des White Mountains. Lisey compta sept points obscurs où l'océan des montagnes était oblitéré par des traînes de pluie. Des éclairs lumineux flamboyaient à l'intérieur de ces masses orageuses et, reliant deux d'entre elles tel un fantastique pont de fées, un arc-en-ciel enjambait le mont Cranmore dans une échappée de bleu tout effrangée. Sous les yeux de Lisey, cette trouée se referma et une autre, au-dessus d'un sommet dont elle ignorait le nom, s'ouvrit, et l'arc-en-ciel reparut. En dessous, Castle Lake était d'un gris cendré foncé et Little Kin Pond au-delà un œil-de-boeuf noir d'encre. Le vent se levait, mais il était d'une improbable tiédeur, et quand ses cheveux se soulevèrent aux tempes, Lisey écarta les bras comme pour s'envoler – non sur un tapis magique mais sur l'alchimie ordinaire d'un orage d'été.

« Manda ! dit-elle. Je suis heureuse d'être en vie !

– Moi aussi », répondit gravement Amanda, et elle tendit les mains. Le vent souffla ses cheveux grisonnants en arrière, les faisant voltiger comme ceux d'un enfant. Lisey referma délicatement ses doigts sur ceux de sa sœur, s'efforçant de prendre garde aux coupures d'Amanda mais sentant monter en elle un irrésistible vent de folie. Il y eut un craquement de tonnerre au-dessus de leurs têtes, le vent chaud souffla plus fort, et à quatre-vingt-dix milles à l'ouest, les cumulo-nimbus se déversèrent dans les défilés entre les vieilles montagnes. Amanda se mit à danser et Lisey dansa avec elle, leurs pieds nus dans l'herbe, leurs mains jointes dans le ciel.

« *Oui !* » Le tonnerre craqua et Lisey dut le hurler.

« Oui *quoi ?* » hurla à son tour Amanda. Elle riait de nouveau.

« *Oui, j'ai l'intention de le tuer !*

– *C'est bien ce que je disais ! Je t'aiderai !* » cria Amanda, et alors la pluie commença à tomber et elles coururent jusqu'à la voiture en riant toutes les deux, les mains au-dessus de la tête.

6

Elles furent à l'abri avant que la première de la demi-douzaine d'averses sérieuses de l'après-midi ne s'abatte, s'épargnant ainsi une belle saucée qu'elles n'auraient pas manqué de récolter si elles avaient lambiné ; trente secondes après la chute des premières gouttes, elles ne voyaient déjà plus la table de pique-nique la plus proche, à moins de vingt pas de là. La pluie était froide, l'habitacle de la voiture tiède, et le pare-brise s'embua aussitôt. Lisey alluma le moteur et mit le désembuage en route. Pendant ce temps, Amanda lui piqua son portable. « Temps d'appeler Miss Buggy Bumpers », dit-elle, employant un surnom d'enfance de Darla que Lisey n'avait pas entendu depuis des lustres.

Lisey jeta un coup d'œil à sa montre et vit qu'il était déjà trois heures passées. Peu de chance que Canty et Darla (connue naguère sous le nom de Miss Buggy Bumpers, et dieu sait qu'elle avait détesté ce nom) soient encore à table. « Elles doivent être sur la route entre Portland et Auburn à l'heure qu'il est, dit-elle.

– Oui, c'est probable, dit Amanda, s'adressant à Lisey comme à une enfant. Voilà pourquoi je vais appeler Miss Buggy sur son portable. »

*C'est la faute à Scott si la technologie et moi ça fait deux*, pensa dire Lisey. *Depuis qu'il est mort, j'arrête pas de perdre du terrain. Bon sang, je me suis même pas encore décidée à m'acheter un lecteur DVD, et tout le monde en a.*

Ce qu'elle dit ce fut plutôt, « Si t'appelles Darla Miss Buggy Bumpers, elle risque de te raccrocher au nez même si elle réalise que c'est toi.

— Je ferais jamais ça. » Amanda regardait fixement la pluie battante, qui avait transformé le pare-brise de la Béhème en rivière de verre. « Tu sais pourquoi Canty et moi on l'appelait comme ça, et pourquoi c'était si vache de notre part ?

— Non.

— Darla avait pas plus de trois ou quatre ans quand elle a eu une petite poupée rousse en caoutchouc. C'était *elle* l'originale Miss Buggy Bumpers. Darl adorait cette vieille poupée. Une nuit froide d'hiver, elle a laissé Miss Buggy sur un radiateur et elle a fondu. Oh-petit-Jésus-en-culottes-courtes, quelle puanteur. »

Lisey fit de son mieux pour ravaler un autre rire, et n'y réussit pas. Comme elle avait la gorge contractée et la bouche fermée, ça sortit par le nez et elle souffla un flot de morve claire sur ses doigts.

« Beuuah, charmant, Madame est servie, dit Amanda.

— Y a des Kleenex dans la boîte à gants, dit Lisey en rougissant jusqu'à la racine des cheveux. Tu veux bien m'en passer un ? » Puis elle repensa à Miss Buggy Bumpers fondue sur le radiateur, cette idée s'associa à ce qui avait été le juron le plus savoureux de Dandy — *oh-petit-Jésus-en-culottes-courtes* —, et elle se remit à rire, non sans reconnaître la tristesse dissimulée comme une perle douce-amère au cœur de son hilarité, quelque chose qui avait à voir avec la Darla adulte bien-sous-tous-rapports écoute-mon-conseil-ma-chérie et le spectre de l'enfant encore cachée juste en dessous, cette gamine barbouillée de confiture et souvent furibonde qui semblait toujours avoir *besoin* de quelque chose.

« Oh, essuie-toi donc sur le volant », dit Amanda, riant de nouveau elle aussi. Elle pressait contre son ventre la main qui tenait le téléphone. « Je crois que je vais me pisser à la culotte.

— Si tu pisses dans ce pyjama, Amanda, il va fondre. File-moi donc cette maudite boîte de Kleenex. »

Amanda, riant toujours, ouvrit la boîte à gants et lui tendit les mouchoirs.

« Tu crois que tu vas réussir à la joindre ? demanda Lisey. Avec toute cette pluie ?

– Si son téléphone est allumé, je l'aurai. Et à moins qu'elle soit au cinéma ou autre, elle l'a toujours allumé. Je lui parle quasiment tous les jours – parfois deux fois par jour, si Matt est en déplacement pour une de ses orgies pédagogiques. Pasque tu vois, des fois, Metzie l'appelle et Darla me raconte ce qu'elle a dit. Ces temps-ci Darl est la seule personne de la famille à qui Metzie veut parler. »

Lisey en resta encore comme trois ronds de flan. Elle n'avait pas la moindre idée qu'Amanda et Darla parlaient ensemble de la fille perturbée d'Amanda – Darla n'en avait jamais soufflé mot, assurément. Lisey aurait aimé pousser un peu plus loin l'investigation, mais jugea que le moment n'était pas le mieux choisi. « Que vas-tu lui dire, si elle répond ?

– Écoute, et tu verras. Je crois que j'ai ma petite idée, mais j'ai peur que si je te le dis, ça perde un peu de sa... je sais pas. Fraîcheur. Crédibilité. Tout ce que je veux c'est les envoyer promener assez loin pour qu'elles risquent pas de débarquer et de se retrouver...

– ... happées par la calibreuse de pommes de terre de Max Silver ? » suggéra Lisey. Au fil des années, elles avaient toutes travaillé pour le père Silver : un quart de dollar le baril de patates ramassées, et tu pouvais te curer la terre sous les ongles jusqu'au mois de février.

Amanda lui lança un regard aigu, puis sourit. « Quelque chose comme ça. Darla et Canty peuvent être agaçantes, mais je les aime, alors jette-moi la première pierre. Je voudrais vraiment pas qu'il leur arrive malheur sous prétexte qu'elles se seraient pointées au mauvais endroit au mauvais moment.

– Moi non plus », dit doucement Lisey.

Une brusque averse de grêle trépida sur le toit et le pare-brise ; puis ce fut la pluie battante à nouveau.

Amanda lui tapota la main. « Je le sais, Petite. »

Petite. Pas petite Lisey. Non, juste Petite. Depuis quand Amanda ne l'avait-elle pas appelée ainsi ? Et elle avait toujours été la seule à le faire.

7

Amanda composa le numéro avec quelque difficulté à cause de ses mains, se trompa une fois et dut recommencer. La deuxième fois fut la bonne, elle pressa la touche verte d'ENVOI, et colla le petit portable Motorola à son oreille.

La pluie s'était un peu calmée. Lisey constata qu'elle pouvait de nouveau distinguer la première table de pique-nique. Combien de secondes s'étaient-elles écoulées depuis qu'Amanda avait lancé l'appel ? Elle se tourna vers sa sœur, sourcils levés. Amanda commença par secouer la tête, puis redressa le dos dans son siège baquet et brandit l'index droit comme pour appeler un serveur dans un restaurant chic.

« Darla ?... Tu m'entends ?... Est-ce que tu sais qui c'est ?... *Oui !* Oui, *vraiment !* »

Amanda tira la langue et fit des yeux ronds, singeant la réaction de Darla avec une silencieuse et plutôt cruelle efficacité : un concurrent de jeu télévisé qui vient de remporter le bonus.

« Oui, elle est juste à côté de m... Darla, calme-*toi* ! D'abord je pouvais pas parler et maintenant je peux pas en placer une ! Je vais te passer Lisey dans une s... »

Amanda écouta plus longuement cette fois, hochant la tête, et en même temps mimant de la main droite le bec d'un canard cancanant.

« Mm-mm, je vais lui dire, Darl. » Sans se soucier de couvrir le micro du portable – sans doute parce qu'elle voulait que Darla entende sa retransmission du message – Amanda dit, « Darla et Canty sont ensemble, Lisey, mais elles sont encore au Jetport. L'avion de Canty a été retardé par des orages au départ de Boston. Quelle tuile, hein ? »

Et disant cela, Amanda fit top du pouce à l'adresse de Lisey avant de reprendre sa conversation téléphonique.

« Je suis bien contente de vous avoir chopées avant que vous ayez pris la route, les filles, parce que je suis plus du tout à Greenlawn, en fait. Lisey et moi sommes en ce moment au Centre de Santé Mentale Acadia à Derry... c'est ça, *Derry*. »

Elle écouta, hocha la tête.

« Oui, je crois bien que c'*est* une sorte de miracle. Tout ce que je sais, c'est que j'ai entendu Lisey m'appeler et que je me suis réveillée. La dernière chose que je me rappelle avant ça, c'est elle et toi me conduisant au Stephens Memorial à No Soapa. Et puis voilà que... j'ai entendu Lisey m'appeler et c'était comme d'entendre quelqu'un te tirer d'un profond sommeil... et maintenant les toubibs de Greenlawn m'envoient ici pour me faire tous ces examens du cerveau qui doivent coûter une fortune... »

Écouta encore.

« Bien sûr, ma choute, que je *veux* dire bonjour à Canty, et je suis sûre que Lisey aussi, mais on nous appelle maintenant et le téléphone pourra pas marcher dans la salle où ils font leurs examens. Mais vous allez arriver, hein ? Je suis sûre que vous pouvez être à Derry aux alentours de sept heures ce soir, huit grand maxi... »

À l'instant même, les cieux s'ouvrirent encore. Cette trombe fut encore plus diluvienne que la précédente, et subitement la voiture s'emplit de son battement de tambour caverneux. Pour la première fois, Amanda parut complètement sèche. Elle regarda Lisey. Yeux agrandis par la panique. Doigt pointé vers le toit de la voiture, d'où provenait le vacarme. Ses lèvres formant les mots, *Elle veut savoir ce qu'est ce bruit.*

Lisey n'hésita pas. Elle faucha le téléphone à Amanda et le plaqua contre son oreille. La ligne était parfaitement limpide malgré la tempête (ou peut-être à cause de la tempête, pour tout ce que Lisey en savait). Elle n'entendit pas seulement Darla mais Canty aussi, qui parlaient entre elles avec des voix jubilantes, désorientées, agitées ; à l'arrière-plan, elle entendit même un haut-parleur annonçant des vols retardés pour cause d'orages.

« Darla, c'est Lisey. Amanda est revenue ! Complètement revenue ! Est-ce que c'est pas génial ?

— Lisey, j'arrive pas à y croire !

— Voir c'est croire, répondit Lisey. Magnez-vous le train jusqu'à Acadia à Derry et vous verrez par vous-mêmes.

— Lisey, qu'est-ce que c'est que ce *bruit* ? On dirait que vous êtes sous la *douche* !

— Hydrothérapie, juste de l'autre côté du couloir ! cria Lisey, mentant étourdiment et pensant, *Jamais on réussira à expliquer ça plus tard – jamais de la vie.* Ils ont laissé la porte ouverte et ça fait un boucan épouvantable ! »

Durant un instant, il n'y eut pas un son sinon celui, soutenu, de la cataracte d'eau. Puis Darla dit, « Si elle va vraiment bien, peut-être que Canty et moi pourrions quand même nous arrêter au Snow Squall. La route est longue jusqu'à Derry et nous sommes toutes les deux affamées. »

Un instant Lisey fut furieuse contre elle, et puis elle se serait volontiers giflée pour sa réaction. Plus elles mettraient de temps, mieux ce serait – non ? Et pourtant, la mauvaise humeur vexée qu'elle entendit dans la voix de Darla lui noua quelque peu l'estomac. Et ça aussi c'était le truc des sœurs, supposa-t-elle.

« Bien sûr, pourquoi pas ? » dit-elle, et elle fit signe à Amanda « tout baigne » d'un cercle formé par le pouce et l'index, et Amanda répondit d'un sourire et d'un hochement de tête. « On va nulle part de toute façon, Darl. »

*Sauf peut-être à Na'ya Lune, se débarrasser d'un agité du bocal. Si la chance est avec nous, cela dit. Si le vent tourne de notre côté.*

« Peux-tu me repasser Manda ? » Darla avait toujours ce ton froissé, comme si elle n'avait pas vu de ses yeux cette épouvantable lourdeur catatonique et soupçonnait maintenant Amanda d'avoir simulé du début à la fin. « Canty veut lui parler.

– Je me doute », dit Lisey, et elle articula *Cantata* à l'adresse d'Amanda en lui tendant le téléphone.

Amanda assura plusieurs fois Canty que oui, elle allait très bien, et oui, c'était un vrai miracle ; non, ça ne la dérangeait pas un poil si Canty et Darla s'en tenaient à leur plan initial et s'arrêtaient déjeuner au Snow Squall, et non, elle était formelle, elle n'avait pas besoin qu'elles fassent un détour par Castle View pour passer prendre quoi que ce soit chez elle. Elle avait tout ce qu'il lui fallait, Lisey y avait pourvu.

Vers la fin de la conversation, la pluie cessa d'un coup, sans avoir donné le moindre signe de ralentissement, comme si Dieu avait tourné un robinet dans le ciel, et Lisey fut frappée par une étrange idée : c'est ainsi qu'il pleuvait à Na'ya Lune, par accès d'averses brèves et furieuses.

*Je l'ai laissé en arrière, mais pas très loin derrière*, pensa-t-elle, et elle s'aperçut qu'elle avait encore en bouche cette saveur propre et sucrée.

Alors qu'Amanda disait à Cantata qu'elle l'aimait puis coupait la communication, un improbable rai d'humide soleil de juin transperça les nuages et un autre arc-en-ciel se forma dans le ciel, plus proche celui-ci, brillant au-dessus de Castle Lake. *Comme une promesse,* pensa Lisey. *De celles auxquelles tu veux croire mais sans trop t'y fier.*

8

Le murmure de la voix d'Amanda la détourna de sa contemplation de l'arc-en-ciel. Manda demandait aux Renseignements le numéro de la clinique de Greenlawn, puis l'écrivait avec le bout de son doigt dans la buée en formation au bas du pare-brise de la Béhème.

« Tu sais que ça va rester même quand le pare-brise sera complètement désembué, lui signala Lisey quand Amanda eut raccroché. Il faudra du produit pour l'enlever. J'avais un stylo dans la boîte à gants – pourquoi tu m'as pas demandé ?

– Pasque chuis catatonique », répliqua Amanda, et elle lui tendit le téléphone.

Lisey le regarda seulement. « Qui suis-je censée appeler ?

– Comme si tu ne le savais pas.

– *Amanda...*

– Il faut que ce soit toi, Lisey. Je n'ai aucune idée de la personne à qui parler là-bas, ni même de la façon dont tu m'y as fait entrer. » Elle se tut un moment, pianotant des doigts sur ses jambes de pyjama. Les nuages s'étaient refermés, le jour était redevenu sombre, et l'arc-en-ciel aurait pu n'avoir été qu'un rêve. « Si, je sais, dit-elle enfin. Sauf que c'est pas *toi*, c'est Scott. Il avait arrangé ça, comme qui dirait. M'avait gardé la place. »

Lisey se contenta d'approuver d'un signe de tête. Elle ne se faisait pas confiance pour dire un traître mot.

« Quand ? Après mon dernier coup de mou ? Après notre dernière rencontre à Vent-du-Sud ? Qu'il appelait Gnagna Lune ? »

Lisey ne se fatigua pas à la corriger. « Il a vampé un toubib du nom de Hugh Alberness, dit-elle. Alberness a jeté un coup d'œil à ton dossier médical et convenu que tes ennuis n'étaient pas terminés, et quand tu as disjoncté cette fois-ci, il t'a examinée et admise. Tu n'as aucun souvenir de ça ? Rien du tout ?

– Rien. »

Lisey prit le téléphone portable et regarda le numéro inscrit sur le pare-brise encore en partie embué. « Je vois absolument pas quoi lui dire, Manda.

– Qu'est-ce que *Scott* lui aurait dit, Petite ? »

*Petite.* Encore ce mot. Une autre averse, furieuse mais d'une durée de pas plus de vingt secondes, martela le toit de la voiture, et pendant qu'elle tambourinait, Lisey se surprit à penser à toutes les lectures et conférences auxquelles elle avait accompagné Scott – ce qu'il appelait ses *concerts*. À l'exception notable de Nashville en 1988, il lui semblait qu'elle s'y était toujours bien amusée, et pourquoi pas ? Il leur racontait ce qu'ils avaient envie d'entendre ; son boulot à elle était seulement de sourire et d'applaudir au bon moment. Oh, et parfois elle devait incliner la tête et articuler un *merci* silencieux quand quelqu'un la saluait. Parfois Scott se voyait offrir des cadeaux – souvenirs, objets commémoratifs – et il les lui passait et elle devait les tenir. Parfois les gens prenaient des photos et parfois il y avait des types comme Tony Eddington – *Tonèh* – dont la mission était de consigner le tout par écrit et parfois elle était mentionnée dans ces écrits et parfois elle ne l'était pas et parfois son nom était épelé correctement et parfois il ne l'était pas et une fois elle avait été qualifiée de *copine* de Scott Landon et c'était très bien ainsi, *tout* était très bien ainsi parce qu'elle n'était pas contrariante, et qu'elle était douée pour se taire, mais elle n'était *pas* comme la jeune fille face à la fenêtre ouverte dans la nouvelle de Saki : l'improvisation romanesque n'était assurément *pas* son fort, et...

« Écoute, Amanda, si tu t'imagines que je peux communiquer avec l'esprit de Scott, tu te goures, j'ai pas la moindre inspiration. Si tu appelais simplement le Dr Alberness pour lui dire que tu vas bien... » Tout en disant cela, Lisey chercha à lui repasser le portable.

Amanda éleva ses mains mutilées contre sa poitrine en signe de refus. « Ça marcherait pas, peu importe ce que je lui dirais. Je suis *folle.* Toi, en revanche, t'es pas seulement saine d'esprit, t'es la veuve du grand écrivain. Alors appelle-le, Lisey. Dégage ce Dr Alberness de notre chemin. Et fais-le de suite. »

9

Lisey pianota le numéro, et ce qui suivit fut, au départ, presque trop semblable à l'appel qu'elle avait passé en ce long, long jeudi – le jour où elle avait commencé à suivre les stations du chemin de nard. Ce fut encore une fois Cassandra qui décrocha, et Lisey reconnut encore une fois la musique soporifique lorsqu'elle fut mise en attente, mais cette fois-ci Cassandra sembla tout à la fois excitée et soulagée de l'avoir au bout du fil. Elle lui dit qu'elle allait la mettre en communication avec le Dr Alberness à son domicile.

« Ne vous en allez pas, maintenant », enjoignit-elle à Lisey avant de disparaître dans ce qui avait pu être le vieux tube disco de Donna Summer *Love to Love You, Baby* avant qu'on lui fasse subir une lobotomie musicale. Son *Ne vous en allez pas, maintenant,* résonna comme un mauvais présage à l'oreille de Lisey, mais le fait que Hugh Alberness soit chez lui... voilà qui était sûrement de bon augure, non ?

*Il aurait pu appeler les flics de chez lui aussi facilement que de son bureau, tu sais. Ou les médecins de garde à Greenlawn auraient pu le faire. Et que vas-tu lui dire quand il décrochera ? Que diable vas-tu trouver à lui dire ?*

*Que lui aurait dit* Scott ?

*Scott lui aurait dit que la réalité c'est Ralph.*

Et, oui, voilà qui était indiscutablement vrai.

Lisey sourit vaguement à cette pensée, et au souvenir de Scott faisant les cent pas dans une chambre d'hôtel à... Lincoln ? Lincoln, Nebraska ? Ou plutôt Omaha, parce que c'était une vraie chambre d'hôtel, et une chouette, peut-être même partie intégrante d'une suite. Il lisait le journal quand un fax de son éditeur lui avait été glissé sous la porte. Carson Foray, l'éditeur, réclamait encore des modifications dans la troisième version du nouveau roman de Scott. Lisey ne se rappelait plus quel roman, seulement que c'était l'un de ses derniers, qu'il appelait parfois « Les histoires d'amour déchirantes de Scott Landon ». Carson, donc – qui était l'éditeur de Scott depuis M'as-tu-vu-Salem comme aurait dit ce bon vieux Dandy – trouvait qu'une rencontre fortuite entre deux personnages qui ne s'étaient pas vus depuis vingt ans était peu crédible. « Intrigue un peu tirée par les cheveux, ici, mon vieux », avait-il écrit.

« Et ça, c'est tiré par quoi, mon vieux ? » avait grommelé Scott en se mettant une main à l'entrejambe (et est-ce que cette mèche de cheveux délicieusement agaçante ne lui était pas tombée sur le front quand il l'avait fait ? bien sûr que si). Et là, avant qu'elle ait pu dire quoi que ce soit de nature à le pacifier, il avait attrapé le journal, l'avait refermé à grand bruit pour exposer la dernière page, et lui avait montré un petit article sous la rubrique *Un monde incroyable*. Il était intitulé TROIS ANS APRÈS : UN CHIEN RETROUVE LE CHEMIN DE CHEZ LUI. Il racontait l'histoire d'un colley nommé Ralph, qui s'était perdu à Port Charlotte, Floride, où sa famille était en vacances. Trois ans plus tard, Ralph était revenu à la maison familiale d'Eugène, en Oregon. Il était maigre, sans collier, un peu râpé sous les coussinets, mais pas plus mal en point que ça. Il avait remonté l'allée, s'était assis devant la porte, et avait aboyé pour qu'on lui ouvre.

« Qu'est-ce que *Monsieur* Carson Foray dirait de ça, à ton avis, si ça se trouvait dans un de mes bouquins ? avait demandé Scott, en repoussant sa mèche de son front (elle était retombée illico, évidemment). Tu crois qu'il m'expédierait un fax pour me dire que c'est un peu *tiré* par les cheveux là, *mon vieux* ? »

Lisey, à la fois amusée par son ressentiment et émue de façon quasi absurde à la pensée de Ralph réapparaissant après toutes ces années (et Dieu sait quelles aventures), convint que c'était sans doute ce que Carson aurait fait.

Scott avait repris le journal avec emportement, épié d'un œil torve la photo de Ralph, l'air très en forme avec son collier neuf et un bandana à motif cachemire autour du cou, puis l'avait rejeté. « Je vais te dire une chose, Lisey, avait-il poursuivi, les romanciers bossent sous la contrainte de handicaps énormes. La réalité c'est Ralph, qui repointe son nez trois ans après, sans que personne sache pourquoi. Mais un romancier ne peut pas raconter cette histoire-là ! Parce qu'elle est un peu *tirée* par les cheveux, mon vieux ! »

S'étant soulagé de sa diatribe, Scott s'était alors, si les souvenirs de Lisey étaient bons, remis à l'écriture des pages en question.

La musique d'attente cessa. « Madame Landon, vous êtes toujours là ? demanda Cassandra.

– Toujours là », répondit Lisey, qui se sentait considérablement plus calme. Scott avait raison. La réalité c'était un ivrogne achetant un billet de loterie, avec une cagnotte de soixante-dix millions de dollars à la clé, et le partageant avec sa barmaid préférée. C'était une fillette ressortant vivante du puits dans lequel elle était prisonnière depuis six jours au Texas. Un étudiant tombant du balcon du cinquième étage à Cancún et se fracturant seulement le poignet. La réalité c'était Ralph.

« Je vous le passe », dit Cassandra.

Il y eut un double clic, puis Hugh Alberness – un Hugh Alberness très préoccupé, jugea-t-elle à sa voix, mais pas dans tous ses états – demanda : « Madame Landon ? Où êtes-vous ?

– En route pour la maison de ma sœur. Nous y serons dans vingt minutes.

– Amanda est avec vous ?

– Oui. » Lisey avait résolu de répondre à ses questions, mais pas plus. Une partie d'elle-même était du reste assez curieuse de savoir ce que seraient ces questions-là.

« Madame Landon...

– Lisey.

– Lisey, il y a une foule de gens très inquiets cet après-midi à Greenlawn, tout particulièrement le Dr Stein, le médecin de garde, l'infirmière Burrell, qui est responsable du pavillon Ackley, et Josh Phelan, qui est le chef de notre petite mais d'ordinaire très efficace équipe de sécurité. »

Lisey décida que c'était là tout à la fois une question – *Qu'avez-vous fait ?* – et une accusation – *Vous avez mis certaines personnes aux cent coups aujourd'hui !* – et pensa qu'elle ferait aussi bien d'y répondre. Brièvement. Car ce serait tellement facile de se creuser un trou pour aller ensuite tomber dedans.

« Oui, bien sûr. J'en suis désolée. *Vraiment.* Mais Amanda tenait absolument à partir, elle était intraitable là-dessus, et tout aussi intraitable sur le fait de n'appeler personne à Greenlawn tant que nous n'en n'étions pas à bonne distance. Compte tenu des circonstances, j'ai pensé qu'il valait mieux me laisser porter par le courant. Et m'en remettre à mon jugement personnel. »

Amanda lui fit un vigoureux double top de ses deux pouces levés, mais Lisey ne pouvait se permettre d'être distraite. Le Dr Alberness avait peut-être bien été un *hhhénaurme* fan des livres de son mari, mais Lisey ne doutait pas un seul instant qu'il excellait aussi dans l'art de tirer les vers du nez aux gens.

Alberness, cependant, semblait enthousiaste. « Madame Landon... Lisey... votre sœur réagit-elle ? Est-elle consciente et réagit-elle ?

– Entendre c'est croire », dit Lisey, et elle passa le téléphone à Amanda. Amanda parut alarmée, mais prit le portable.

Lisey articula silencieusement les mots *Fais gaffe*.

10

« Allo, docteur Alberness ? » Amanda parla lentement et prudemment mais clairement. « Oui, c'est bien elle. » Elle écouta. « Amanda Debusher, exact. » Elle écouta. « Mon deuxième prénom est Georgette. » Écouta. « Juillet 1946. Ce qui me fait pas tout à fait soixante ans. » Écouta. « J'ai un enfant. Une fille du nom d'Intermezzo. Metzie pour les intimes. » Écouta. « George W. Bush, vous m'en voyez navrée – je crois bien que l'homme est affligé d'un complexe de Dieu au moins aussi dangereux que celui de ses ennemis déclarés. » Écouta encore. Secoua imperceptiblement la tête. « Je... je ne peux vraiment pas entrer dans tous ces détails maintenant, docteur Alberness. Je vous passe Lisey. » Elle lui rendit le téléphone, mendiant du regard une bonne note... ou au moins la moyenne. Lisey hocha vigoureusement la tête. Amanda se laissa retomber contre le dossier de son siège comme une femme qui vient de courir un cent mètres.

« ... toujours là ? croassait le téléphone lorsque Lisey le ramena contre son oreille.

– C'est Lisey, docteur Alberness.

– Lisey, *que s'est-il passé* ?

– Je vais devoir faire bref, docteur...

– Hugh. J'insiste. Hugh. »

Lisey jusque-là s'était tenue droite comme un I derrière le volant. À ces mots, elle s'autorisa à se détendre un peu contre le confortable dossier en cuir de son siège. Il lui avait demandé de l'appeler Hugh. Ils étaient potes à nouveau. Elle devrait quand même rester sur ses gardes, mais il était probable que tout irait comme sur des roulettes.

« Je lui rendais visite – nous étions dans son petit patio – et elle est soudain revenue à elle. »

*S'est ramenée en boitillant et sans son collier, mais à part ça impeccable,* pensa Lisey, et elle dut réprimer sauvagement une folle envie de rire. Sur la rive opposée du lac, des éclairs lumineux flamboyèrent. Tout à fait comme dans sa tête.

« Je n'ai jamais entendu une chose pareille », dit Hugh Alberness. C'était pas une question, donc Lisey ne moufta pas. « Et comment avez-vous... hmm... négocié votre sortie ?

– Je vous demande pardon ?

– Comment avez-vous franchi la réception du pavillon Ackley ? Qui vous a ouvert la porte ? »

*La réalité c'est Ralph,* se souvint Lisey. Prenant soin de n'exprimer qu'une très légère surprise, elle dit : « Personne ne nous a demandé de signer de décharge, ni rien – tout le monde paraissait très occupé. Nous sommes sorties comme ça.

– Et la porte ?

– Elle était ouverte, dit Lisey.

– Nom de D... », dit Alberness, avant de se clouer lui-même le bec.

Lisey attendit la suite. Elle était à peu près sûre qu'il y aurait une suite.

« Les infirmières ont retrouvé un porte-clés, une pochette de clés, et une paire de chaussons. Ainsi qu'une paire de tennis avec les socquettes à l'intérieur. »

Un instant, Lisey resta coite. Elle n'avait pas réalisé qu'elle avait aussi perdu toutes ses autres clés, et mieux valait sans doute n'en rien laisser deviner à Alberness. « Je garde une clé de secours sous le pare-chocs de ma voiture dans un compartiment magnétique. Quant aux autres, sur mon porte-clés... » Lisey s'essaya à un rire à demi authentique. Elle n'eut aucun moyen de juger de son effet, mais Amanda du moins ne pâlit pas de façon notable. « Je serais vraiment ennuyée de les perdre ! Vous voudrez bien demander qu'on me les garde, n'est-ce pas ?

– Naturellement, mais il faudra que nous voyions Mlle Debusher. Il y a certaines procédures à observer si vous voulez que nous la placions sous votre garde. » Le ton du Dr Alberness laissait entendre qu'il jugeait l'idée exécrable, mais il n'y avait là aucune question. Ce fut dur, mais Lisey attendit. Sur la rive opposée de Castle

Lake, le ciel avait de nouveau viré au noir d'encre. Un autre grain se ruait à leur rencontre. Lisey désira très fort en avoir fini avec cette conversation avant que ça pleuve à nouveau, mais elle continua d'attendre patiemment. Elle avait dans l'idée qu'Alberness et elle étaient arrivés au point critique.

« Lisey, reprit-il enfin, pourquoi vous et votre sœur êtes-vous parties *pieds nus* ?

— Je ne sais vraiment pas. Amanda était intraitable, elle voulait que nous partions sans attendre, que nous partions pieds nus, et que je ne prenne pas mes clés...

— Avec les clés, elle pouvait craindre le détecteur de métal, dit Alberness. Bien que, vu son état, je m'étonne qu'elle ait même... enfin, peu importe, continuez. »

Lisey détourna les yeux du grain imminent, qui avait déjà effacé les collines de l'autre côté de Castle Lake. « Te souviens-tu pourquoi tu voulais que nous partions pieds nus, Amanda ? s'enquit-elle, et elle orienta le téléphone vers sa sœur.

— Non, répondit Amanda d'une voix sonore, avant d'ajouter : Seulement que j'avais envie de sentir le gazon sous mes pieds. Le gazon soyeux.

— Vous avez entendu ça ? demanda Lisey à Alberness.

— Une histoire de gazon sous les pieds ?

— Oui, mais je suis sûre qu'il y avait plus. Elle était vraiment intraitable.

— Et vous avez fait ce qu'elle demandait ?

— C'est ma grande sœur, Hugh — ma *plus* grande sœur, en fait. Et puis, je dois avouer que j'étais trop excitée de l'avoir de retour sur la planète Terre pour me poser beaucoup de questions.

— Mais je — *nous* — aurons vraiment besoin de la voir, pour nous assurer qu'il s'agit d'un véritable rétablissement.

— Si je la ramène demain pour que vous l'examiniez, cela vous convient-il ? »

Amanda secouait furieusement la tête, ses cheveux voltigeant, les yeux agrandis par l'horreur. Lisey se mit à branler du chef avec la même insistance.

« Cela me convient très bien », dit Alberness. Lisey entendit un tel soulagement dans sa voix qu'elle se sentit mal de lui mentir. Certaines choses, toutefois, devaient être faites tant qu'on avait le barda bien arrimé. « Je pourrais être à Greenlawn demain autour de quatorze heures et vous recevoir toutes les deux personnellement. Cela vous va-t-il ?

— Ce sera très bien. » *En admettant que nous soyons encore en vie demain à quatorze heures.*

« Très bien, dans ce cas. Lisey, je me demandais si... » Au même moment, exactement au-dessus d'elles, un éclair aveuglant zigzagua en dessous des nuages et tomba de l'autre côté de la nationale. Lisey entendit le craquement ; elle flaira l'odeur d'électricité et de brûlé. C'était la première fois de sa vie qu'elle voyait tomber la foudre aussi près. Amanda poussa un cri perçant, dont le son fut perdu dans le monstrueux roulement de tonnerre qui suivit.

« *Qu'est-ce que c'était que ça ?* » s'écria Alberness. Lisey trouva que la communication était aussi bonne que jamais, mais le médecin que son époux avait si assidûment courtisé dans l'intérêt d'Amanda cinq ans plus tôt semblait soudain très lointain et très insignifiant.

« La foudre, répondit-elle calmement. Nous avons un fameux orage ici, Hugh.

— Vous feriez mieux de vous arrêter au bord de la route.

— C'est déjà fait, mais je voudrais maintenant couper cette communication avant d'être électrocutée, ou autre chose. Je vous dis à demain...

— Pavillon Ackley...

— Oui. Quatorze heures. Avec Amanda. Merci de... » Un éclair fulgura et elle serra les fesses, mais il était plus diffus cette fois-ci et le coup de tonnerre qui suivit, bien que sonore, ne menaça pas de lui exploser les tympans. « ... d'avoir été si compréhensif », acheva-t-elle, et elle pressa le bouton de fin de communication sans dire au revoir. La pluie s'abattit aussitôt, comme si elle avait attendu qu'elle ait fini de passer son coup de fil. Elle cinglait la voiture d'une fureur blanche. Plus la peine de chercher des yeux les bancs de pique-nique ; Lisey ne voyait même plus le capot de sa voiture.

Amanda lui planta ses serres dans l'épaule, et Lisey pensa à une autre chanson country, celle dont le refrain dit qu'à bosser à t'esquinter les doigts jusqu'à l'os, tu récoltes que des doigts osseux. « Je retourne pas là-bas, Lisey, j'y retourne *pas* !

— Aoh, Manda, tu me fais *mal* ! »

Amanda desserra son étreinte mais sans lâcher prise. Ses yeux lançaient des éclairs. « Je retourne pas là-bas.

– Si, tu y retournes. Juste le temps de parler au Dr Alberness.

– Non.

– *Ferme-la et écoute-moi.* »

Amanda battit des paupières et se renfonça dans son siège, comme pour se protéger de la fureur contenue dans la voix de Lisey.

« Darla et moi n'avons pas eu d'autre choix que de te coller là-bas, tu m'entends ? T'étais rien d'autre qu'un tas de viande respirante avec fuite de bave par en haut et fuite de pisse par en bas. Et mon mari, qui savait que ça te pendait au nez, s'est pas contenté de s'occuper de toi dans un monde mais dans *deux*. Tu me le *dois*, gran'sœur Man'a-Bunny. Voilà pourquoi tu vas m'aider ce soir, et t'aider toi-même demain, et je veux rien entendre d'autre que "Oui, Lisey, d'accord, Lisey." Compris ?

– Oui, Lisey, marmonna Amanda, d'accord, Lisey. » Puis, baissant les yeux sur ses mains coupées et recommençant à pleurer : « Mais s'ils me remettent dans cette chambre ? S'ils m'enferment à clé et me forcent à me laver au gant et à boire du pipi de chat ?

– Ils le feront pas. Ils *peuvent pas* le faire. Ton internement était purement volontaire – c'est Darla et moi qui avons signé la prise en charge volontaire, puisque t'étais total timbrette. »

Amanda lâcha un petit hennissement douloureux. « C'est Scott qui disait ça. Et parfois, quand il trouvait quelqu'un snob, il disait qu'il était total reniflette.

– Ouais, dit Lisey, non sans un coup au cœur. Je me souviens. Mais maintenant, tu vas bien. C'est ça qui compte. » Elle prit une des mains d'Amanda, en se rappelant d'être délicate. « Tu vas aller là-bas demain et me charmer ce toubib-là à te lui en couper la chique.

– J'vais essayer, dit Amanda. Mais pas parce que je te le dois.

– Ah non ?

– Parce que je t'aime », dit Amanda avec dignité. Puis, d'une toute petite voix : « Tu viendras avec moi, n'est-ce pas ?

– Et comment que je vais venir.

– Peut-être... peut-être que ton petit copain nous aura et alors j'aurai plus à me soucier du tout de Greenlawn.

– J't'ai dit de pas l'appeler mon petit copain. »

Amanda sourit mollement. « Je crois que je pourrai m'en souvenir, si t'arrêtes les cucuteries genre Man'a-Bunny. »

Lisey éclata de rire.

« Pourquoi tu démarres pas, Lisey ? La pluie se calme. Et j't'en prie, allume le chauffage. On commence à se les cailler ici. »

Lisey actionna la commande du chauffage, fit marche arrière pour quitter la place de parking et tourna la béhème vers la route. « On va aller chez toi, dit-elle. S'il pleut aussi fort là-bas qu'ici, je doute que Dooley soit en train de surveiller ta maison – du moins j'espère pas. Et même s'il la surveille, que verra-t-il ? On va chez toi, puis on va chez moi. Deux femmes d'âge mûr. Est-ce qu'il va s'en faire pour deux femmes d'âge mûr ?

– Sans doute pas, répondit Amanda. Mais je suis contente qu'on ait envoyé Canty et Miss Buggy Bumpers traîner leurs guêtres ailleurs. Pas toi ? »

Lisey l'était, même si elle savait que, comme cette bonne vieille Lucy Ricardo de la série *I Love Lucy*, elle aurait quelques *'splications* à donner au bout du compte. Elle reprit la nationale, maintenant déserte, espérant ne pas rencontrer un arbre tombé en travers de la chaussée et sachant que cela risquait fort d'arriver. Le tonnerre grondait au-dessus de leurs têtes d'un ton hargneux.

« Je pourrai au moins mettre des vêtements qui me vont, discourait Amanda. Aussi, j'ai un kilo de bonne viande hachée au congélateur. Elle décongèlera facilement au micro-ondes. J'ai une faim de *loup*.

– *Mon* micro-ondes », dit Lisey, sans quitter la route des yeux. La pluie avait complètement cessé pour le moment, mais d'autres nuages noirs s'amoncelaient en face. *Noir comme le cul d'un merle*, qu'aurait dit Scott, et elle fut frappée par le vieux désir douloureux de lui, cette place vide qui désormais ne pourrait jamais être comblée. Cette place qui appelait.

« Tu m'as entendue, petite Lisey ? » demanda Amanda, et Lisey s'aperçut que sa sœur avait dit quelque chose. Un truc à propos d'un truc. Vingt-quatre heures plus tôt, elle avait craint que Manda ne reparle plus jamais, et maintenant voilà qu'elle ne l'écoutait déjà plus. Mais n'était-ce pas ainsi que tournait le monde ?

« Non, avoua Lisey. Je crois pas. Scuse-moi. »

– C'est bien toi, t'as toujours été comme ça. Toujours dans... » Amanda ne termina pas, et fit mine de s'absorber dans la contemplation du paysage derrière la vitre.

« Toujours dans mon petit monde à moi ? demanda Lisey en souriant.

– Excuse-moi.

– Pas de quoi. » Elles sortaient d'un virage et Lisey dut faire un écart pour éviter une branche de sapin tombée sur la chaussée. Elle envisagea de s'arrêter pour la mettre sur le bas-côté, puis décida de la laisser pour le suivant. Le suivant n'aurait sans doute pas de pychopathe à ses trousses. « Si c'est à Na'ya Lune que tu penses, c'est pas vraiment mon monde à moi, tu sais. J'ai l'impression que tous ceux qui vont là-bas en ont leur propre version. Qu'est-ce que tu disais ?

– Juste que j'ai quelque chose que tu risques de vouloir. Sauf si t'as déjà arrimé le barda, je veux dire. »

Lisey sursauta. Elle quitta une seconde la route des yeux pour regarder sa sœur. « Quoi ? Qu'est-ce que tu viens de dire ?

– Oh, c'était juste une façon de parler, répondit Amanda. Ce que je veux dire, c'est que j'ai un revolver. »

## 11

Il y avait une longue enveloppe blanche posée en appui contre la porte à moustiquaire d'Amanda, largement sous l'avant-toit du perron et donc à l'abri de la pluie. La première pensée alarmée de Lisey en la voyant fut *Dooley est déjà passé ici*. Mais l'enveloppe que Lisey avait trouvée après le chat crevé dans sa boîte à lettres était blanche recto verso. Celle-ci était libellée au nom d'Amanda. Elle la tendit à sa sœur. Amanda jeta un coup d'œil à l'adresse manuscrite, retourna l'enveloppe pour lire le blason en relief au dos – **Hallmark** – et articula alors un seul mot dédaigneux : « Charles ».

Un instant le nom ne signifia rien pour Lisey. Puis elle se souvint qu'à une lointaine époque, avant que toute cette folie actuelle ne commence, Amanda avait eu un copain.

*Vas-y-du-mou*, pensa-t-elle, et un étrange bruit étranglé monta dans sa gorge.

« Lisey ? » interrogea Amanda. Ses sourcils se soulevèrent.

« Je pensais juste à Canty et Miss Buggy, en train de foncer vers Derry, dit Lisey. Je sais c'est pas drôle, mais...

– Oh, cela a son côté humoristique, répondit Amanda. Ceci aussi, sans doute. » Elle ouvrit l'enveloppe et en retira la carte. La parcourut. « Oh. Là. Là. Regarde. Ce qui vient de tomber. Du cul du chien.

– Je peux voir ? »

Amanda la lui passa. Il y avait au recto la photo d'un petit garçon brèche-dent, jean rapiécé et pull trop grand (l'idée que se faisait Hallmark du petit dur mais attendrissant), tendant une fleur qui piquait du nez. *Voyons, j'te demande pardon !* disait le message imprimé sous les baskets en lambeaux du sacripant. Lisey ouvrit le rabat et lut :

> **Je sais j't'ai fait d'la peine, et p'is t'es en colère**
> **Mais je t'nais à te dire que je me sens pas fier !**
> **Alors j't'envoie cette carte pour te d'mander pardon,**
> **Savoir que t'as l'cafard, ça me fil' le bourdon !**
>
> **Alors va faire un tour ! Respire les fleurs sauvages !**
> **Remets ton gai sourire sur ton joli visage !**
> **Si hier j't'ai rendue triste, dis-moi vite que demain**
> **T'm'en voudras pas du tout, on s'ra toujours copains !**

C'était signé *Fidèle en amitié (À la vie, à la mort ! Souviens-toi des bons moments !!), Bien à toi, Charles « Charlie » Corriveau.*

Lisey fit un gros effort pour rester sérieuse, mais c'était perdu d'avance. Elle éclata de rire. Amanda l'imita. Debout toutes deux sur le perron, elles rirent. Quand leur gaieté commença à passer, Amanda se redressa de toute sa taille et, tenant la carte ouverte devant elle comme une partition de chorale, déclama à l'adresse de son jardin trempé de pluie :

« Mon cher et dévoué Charles, je crois que vous charriez, de votre exquise prose, laissez-moi me torcher. »

Lisey s'écroula contre le mur de la maison, assez fort pour ébranler la fenêtre la plus proche, hurlant de rire, les mains sur la poitrine. Amanda lui adressa un sourire hautain et descendit d'un pas altier les marches du perron. Elle fit quelques pas spongieux sur la pelouse, retourna le petit nain de jardin qui montait la garde sur ses rosiers, et pêcha en dessous la clé de secours qu'elle y gardait cachée. Mais pendant qu'elle était pliée en deux, elle en profita pour passer d'un geste vif la carte de Charlie Corriveau sur son postérieur vêtu de vert.

Sans plus s'inquiéter de savoir si Jim Dooley les observait, embusqué dans les fourrés, sans plus penser à Jim Dooley du tout, Lisey se laissa tomber en position assise contre le mur, sifflant de rire par le nez parce qu'elle n'arrivait presque plus à respirer. Elle avait peut-être bien ri deux ou trois fois aussi fort avec Scott, mais peut-être pas. Peut-être bien qu'elle n'avait jamais autant ri.

12

Il y avait un seul message sur le répondeur d'Amanda, et il était de Darla, pas de Dooley. « Lisey ! disait-elle avec exubérance. Je ne sais pas ce que tu as fait, mais ouaouh ! Nous sommes en route pour Derry ! Lisey, je t'adore ! T'es un crack ! »

Elle entendit Scott dire, *Lisey, t'es un crack sur ce coup-là !* et son rire se tarit quelque peu.

Le revolver d'Amanda se révéla être un Pathfinder .22, et quand Amanda le lui passa, il épousa parfaitement la main de Lisey, comme s'il avait été conçu pour elle. Amanda le gardait dans une boîte à chaussures sur l'étagère du haut de la penderie de sa chambre. Avec un minimum de manipulation, Lisey fut capable de basculer le barillet.

« Oh-petit-Jésus-en-culottes-courtes, Manda ! Ce machin est *chargé* ! »

Comme si Quelqu'Un-Là-Haut s'était formalisé du blasphème de Lisey, le ciel s'ouvrit et un nouveau déluge s'abattit. Un instant plus tard, fenêtres et gouttières trépidaient sous un crépitement de grêle.

« Qu'est-ce qu'une femme seule est censée faire si un violeur entre ? interrogea Amanda. Braquer sur lui un revolver vide et crier *pan* ? Lisey, agrafe-moi ça, tu veux ? » Amanda avait passé un jean. Maintenant elle présentait à Lisey son dos osseux et l'agrafe de son soutien-gorge. « Chaque fois que j'essaie, mes mains me *tuent*. C'est *moi* que tu aurais dû emmener faire trempette dans ta fameuse mare.

— J'ai eu assez de mal à t'en déloger sans aller en plus t'y baptiser, s'il te plaît merci, dit Lisey en agrafant le soutien-gorge. Mets ton T-shirt rouge avec les fleurs jaunes, tu veux ? J'adore ce T-shirt sur toi.

— Il laisse voir mon ventre.

— Amanda, t'as *pas* de ventre.

— Si, j'en ai – Mais pourquoi au nom de Jésus, Marie et Jojo le charpentier, *retires*-tu ces cartouches ?

— Je tiens pas à me faire sauter la rotule. » Lisey rangea les balles dans la poche de son jean. « Je le rechargerai plus tard. » Quant à savoir si elle pourrait le braquer sur Jim Dooley et presser effectivement la détente... la question restait ouverte. Peut-être. Si elle ranimait le souvenir de son super ouvre-boîtes Oxo de compète.

*Mais tu comptes bien te débarrasser de lui. Non ?*

Elle comptait bien, oui. Il l'avait blessée, première mauvaise balle. Il était dangereux, deuxième mauvaise balle. Elle ne pouvait faire confiance à personne d'autre pour le faire, troisième mauvaise balle. Trois balles, t'es mort. Pourtant, elle continuait de regarder le Pathfinder avec fascination et répulsion. Scott avait fait des recherches sur les blessures par arme à feu pour l'un de ses romans – *Reliques*, elle en était à peu près sûre –, et elle avait commis l'erreur de regarder dans un dossier rempli de très vilaines photos. Jusque-là elle n'avait pas mesuré la chance qu'avait eue Scott ce jour de Nashville. Si le projectile de Cole avait heurté une côte et fait éclater...

« Pourquoi ne pas l'emporter dans la boîte à chaussures ? suggéra Amanda en enfilant un T-shirt au message douteux (MAISON À VENDRE – TAPISSÉE PARTOUT – MÊME DANS LES TOILETTES) au lieu du rouge chic que Lisey aimait. « Elle contient d'autres munitions. Tu n'as qu'à la fermer à l'adhésif pendant que je retire la viande du congélateur.

— Comment l'as-tu eu, Manda ?

— C'est Charles qui me l'a offert », dit Amanda. Elle se détourna, attrapa une brosse dans son vanity pas si vaniteux, se regarda dans la glace, et s'en prit furieusement à sa chevelure. « L'an dernier. »

Lisey remit le revolver, si semblable à celui dont Gerd Allen Cole s'était servi contre son mari, dans la boîte à chaussures et observa Amanda dans la glace.

« J'ai couché avec lui deux fois par semaine et parfois trois pendant quatre ans, dit Amanda. Ce qui est intime. Tu n'es pas d'accord avec moi ?
— Si.
— J'ai aussi lavé ses caleçons pendant quatre ans, et frictionné les pellicules sur son crâne une fois par semaine pour qu'elles ne pleuvent pas sur ses costumes sombres et ne l'embarrassent pas en public, et il me semble que ces choses-là sont fichtrement plus intimes que baiser. Non ? Dis-moi ce que tu en penses ?
— Je crois que tu as raison.
— Ouais, dit Amanda. Quatre ans de ce régime et je reçois une carte Hallmark en guise d'indemnité de licenciement. Cette bonne femme qu'il s'est dégotée là-bas dans la Sin-Jin, grand bien lui fasse d'hériter de lui. »

Lisey eut envie de crier hourrah. Non, à son avis, Manda n'avait pas besoin de faire trempette dans la mare.

« Prenons la viande dans le congélo et filons chez toi, dit Amanda. Je *meurs* de faim. »

13

Alors qu'elles approchaient de *Patel's Market*, le soleil parut, jetant un arc-en-ciel par-dessus la route comme un portail de fées.
« Tu sais ce que j'aimerais pour dîner ? demanda Amanda.
— Non, quoi ?
— Une bonne grosse plâtrée de Hamburger Helper. J'imagine que t'as pas ce genre de chose chez toi, si ?
— J'en avais, dit Lisey avec un sourire coupable, mais je l'ai mangé.
— Arrête-toi chez Patel, dit Amanda. Je fonce en chercher une boîte. »

Lisey se rangea sur le parking. Amanda avait insisté pour prendre avec elle son bas de laine qu'elle gardait dans un pichet bleu sur une étagère de sa cuisine, et elle y préleva un billet de cinq froissé. « Tu veux quelle variété, Petite ?
— N'importe, répondit Lisey, sauf Cheeseburger Pie. »

# XIV. Lisey et Scott
# (Babylove)

## 1

À sept heures et quart, ce soir-là, Lisey eut une prémonition. Ce n'était pas la première de sa vie ; elle en avait eu au moins deux autres. Une à Lexington, peu de temps après avoir passé la porte de l'hôpital où son mari avait été admis suite à un malaise lors d'une réception universitaire. Et elle en avait eu assurément une le matin de leur départ à Nashville, le matin du verre à dents brisé. La troisième lui vint alors que les orages se dissipaient et qu'une somptueuse lumière d'or commençait à briller entre les nuages qui se dispersaient. Elle et Amanda se trouvaient dans le bureau de Scott à l'étage de la grange. Lisey passait en revue les papiers rangés dans le ventre de Grosse Maman Jumbo, autrement dit le bureau principal de Scott. Jusque-là, ce qu'elle avait trouvé de plus intéressant était un paquet de cartes postales olé olé avec sur le dessus un papillon autocollant portant cette mention, rédigée de la main de Scott, *Qui m'a envoyé ces MACHINS-LÀ ?* Posée à côté de l'écran aveugle de l'ordinateur, il y avait la boîte à chaussures contenant le revolver. Le couvercle n'avait pas été ôté mais Lisey avait fendu la bande adhésive avec l'ongle. Amanda était de l'autre côté, dans l'alcôve renfermant la télé et l'équipement audio de Scott. De temps à autre, Lisey l'entendait grommeler à propos du manque d'ordre régnant sur les étagères. Une fois, Lisey entendit Amanda s'étonner tout haut que Scott ait jamais réussi à retrouver *quoi que ce soit* dans ce foutoir.

C'est là que survint la prémonition. Lisey referma le tiroir qu'elle inspectait et se renversa contre le dossier haut du fauteuil de bureau. Elle ferma les yeux et se contenta d'attendre, tandis que quelque chose venait à elle. Elle découvrit que c'était une chanson. Un juke-box mental s'illumina et la voix nasale mais indiscutablement joviale de Hank Williams se mit à chanter. « *Goodbye Joe, me gotta go, me-oh-my-oh ; me gotta go, pole the pirogue down the bayou...*[1] »

« Lisey ! » appela Amanda depuis l'alcôve où Scott avait l'habitude de s'asseoir pour écouter sa musique ou regarder des films sur son magnétoscope. Quand il ne les regardait pas dans la chambre d'amis au beau milieu de la nuit, soit dit en passant. Et Lisey entendit la voix du Professeur du département d'anglais du Pratt College – Lexington, cent petits kilomètres de Nashville. À peine plus qu'un long crachat, m'ame.

*Je pense qu'il serait sage que vous arriviez sans tarder*, lui avait dit le Professeur Meade au téléphone. *Votre mari est tombé malade. Très malade en fait, j'en ai peur.*

« *My Yvonne, sweetest one, me-oh-my-oh...*[2] »

« Lisey ! » La voix d'Amanda brillait comme un sou neuf. Qui aurait cru que huit heures avant seulement elle était complètement à la masse ? Vous, madame ? Vous, mon bon monsieur ? Que nenni, personne.

*Les esprits ont tout fait en une nuit*, pensa Lisey. *Youpi, les esprits.*

*Le Dr Jantzen estime que l'intervention chirurgicale s'impose. Il s'agit d'une thoracotomie.*

Et Lisey pensa, *Les petits gars sont rentrés du Mexique. Ils sont rentrés à Anarene. Parce qu'Anarene c'était chez eux. À la maison.*

Quels petits gars, dis-moi ? Les petits gars en noir et blanc. Jeff Bridges et Thimothy Bottoms. Les petits gars de *La Dernière Séance*.

*Dans ce film, c'est toujours maintenant et ils sont toujours jeunes*, pensa-t-elle. *Ils sont toujours jeunes et Sam le Lion est toujours mort.*

« Lisey ? »

---

1. « Au revoir Joe, faut qu'je prenne le bateau, moi-oh-oui-oh ; faut qu'je pousse la pirogue, pour descendre le bayou... »
2. « Mon Yvonne, ma douce, moi-oh-ma-oh... »

Elle ouvrit les yeux et gran'e sœur était là, debout sur le pas de la porte de l'alcôve, ses yeux aussi brillants que sa voix, et bien sûr, à la main, elle tenait le boîtier de la cassette vidéo de *La Dernière Séance* et l'impression de Lisey se... précisa. S'installa comme chez elle, *me-oh-my-oh*.

Et pourquoi ça ? Parce que boire l'eau de la mare avait ses petits bénéfices et avantages ? Parce qu'il arrivait que tu rapportes dans ce monde-ci ce que tu cueillais dans ce monde-là ? Cueillais ou... avalais ? Oui, oui, oui.

« Lisey, mon petit chou, tu te sens bien ? »

Une telle sollicitude *maternelle*, une telle toufue *inquiétude*, était si étrangère à la nature d'Amanda que Lisey se sentit irréelle. « Oui, très bien, dit-elle. Je me reposais un peu les yeux, c'est tout.

— Ça te dérangerait si je regardais un petit bout de ça ? Je l'ai trouvée avec les autres cassettes de films de Scott. La plupart ont l'air plutôt naze, mais j'ai toujours eu envie de voir celui-ci et j'ai jamais eu l'occasion. Peut-être que ça me changera les idées...

— Ça me dérange pas, dit Lisey, mais je te préviens, je suis quasiment sûre qu'il y a un passage effacé en plein milieu. C'est une vieille cassette. »

Amanda était en train d'examiner le dos du boîtier. « Jeff Bridges a tellement l'air d'un *gosse*.

— Ah oui, tu trouves aussi ? dit Lisey mollement.

— Et Ben Johnson est mort, bien sûr... » Elle se tut. « Peut-être que je devrais pas. On risque de pas entendre ton petit... on risque de pas entendre Dooley, s'il arrive. »

Lisey écarta le couvercle de la boîte à chaussures, sortit le Pathfinder, et le braqua vers l'escalier menant à la grange. « J'ai verrouillé la porte de l'escalier extérieur, dit-elle, donc il peut arriver que par ici. Et je surveille cette issue.

— Il pourrait mettre le feu en bas dans la grange, dit nerveusement Amanda.

— Il me veut pas grillée – quel plaisir il en retirerait ? »

*Et de toute façon*, pensa Lisey, *il y a un endroit où je peux aller. Tant que j'ai cette saveur sucrée dans la bouche, il y a un endroit où je peux aller, et je crois que j'aurais aucun mal à t'y emmener avec moi, Manda.* Même deux plâtrées de Hamburger Helper et deux verres de Kool-Aid à la cerise n'avaient pas effacé de sa bouche cette délicieuse saveur douce.

« Ben, si tu es sûre que ça te dérangera pas...
— Est-ce que j'ai l'air de bûcher mes exams ? Vas-y. »

Amanda retourna dans l'alcôve. « J'espère que ce magnétoscope marche encore. » Elle avait le ton d'une femme découvrant un gramophone à manivelle et une pile de vieux 78 tours.

Lisey regarda les nombreux tiroirs de Grosse Maman Jumbo, mais passer leur contenu en revue ressemblait maintenant à un pensum inutile... et l'était sans aucun doute. Dans son idée, il y avait bien peu de chose d'un réel intérêt ici en haut. Rien dans les tiroirs, rien dans les classeurs à dossiers, rien dans les disques durs de l'ordinateur. Oh, peut-être un petit trésor pour les plus enragés des Incups, collectionneurs et universitaires qui conservaient leurs postes en grande partie grâce à l'examen de l'équivalent littéraire du miel de leur nombril dont ils se tartinaient mutuellement dans leurs abstruses publications ; crétins ambitieux et surinstruits qui avaient perdu le contact avec ce qu'était la quintessence des livres et de la lecture et pouvaient s'estimer heureux de continuer pendant encore d'interminables décennies à filer de la paille en or pour les gogos de la note en bas de page. Mais tous les vrais chevaux avaient quitté l'écurie. Les bouquins de Scott Landon qui avaient séduit ses lecteurs fidèles – des gens coincés dans des avions entre L.A. et Sydney, des gens coincés dans des salles d'attente d'hôpitaux, des gens condamnés à coincer la bulle d'un bout à l'autre de longues vacances d'été pluvieuses, alternant séances de puzzle géant sur la véranda plein sud et lecture du livre de la semaine – tous ces bouquins-là avaient été publiés. *La Perle secrète*, paru un mois après sa mort, ayant été le dernier.

*Non, Lisey,* chuchota une voix, et elle crut d'abord que c'était celle de Scott, et puis – c'était complètement dingue – elle crut que c'était la voix du Vieux Hank. Mais *ça* c'était *vraiment* dingue, parce que ce n'était pas du tout une voix d'homme. Était-ce la voix de Bonne Ma, y allant de ses chuchotis-chotas dans sa tête ?

*Je crois qu'il voulait me dire quelque chose. Quelque chose au sujet d'une histoire.*

Pas la voix de Bonne Ma – même si l'afghane de Bonne Ma figurait quelque part dans l'histoire – mais la voix d'Amanda.

Elles étaient assises côte à côte sur ces bancs de pierre, les yeux tournés vers l'*Ellébore*, qui toujours dansait à l'ancre mais ne se décidait jamais à hisser les voiles. Lisey n'avait jamais remarqué à quel point les voix de sa mère et de sa grande sœur se ressemblaient jusque-là. Mais...

*Quelque chose au sujet d'une histoire.* Ton *histoire.* L'histoire de Lisey.

Amanda avait-elle vraiment dit cela ? C'était comme un rêve maintenant et Lisey ne pouvait en être complètement sûre, mais elle pensait que oui.

*Et de l'afghane. Sauf que...*

« Sauf qu'il l'appelait l'africaine, dit Lisey à voix basse. Il l'appelait l'africaine, et il disait que c'était un nard. Pas un lare, pas un phare, un nard. »

« Lisey ? appela Amanda depuis l'autre pièce. Tu as dit quelque chose ?

— Non, je me parlais à moi-même, Manda.

— Alors c'est que tu as de l'argent à la banque », répondit Amanda, et puis on n'entendit plus que la bande-son du film. Lisey avait l'impression de se souvenir de la moindre de ses répliques, des moindres séquences de musique grésillante.

*Si tu m'as laissé une histoire, Scott, où est-elle ? Pas ici en haut dans le bureau, je parierais un merle blanc. Pas dans la grange non plus – rien là en bas sinon de faux nards comme* Le Retour de Ike.

Mais ce n'était pas tout à fait vrai. Il y avait eu au moins deux vraies récompenses dans la grange : la bêche d'argent de Scott et le coffre en cèdre de Bonne Ma rangé sous le lit de Brême. Avec son petit carré de régal à l'intérieur. Était-ce de cela qu'Amanda avait parlé ?

Lisey ne le pensait pas. Il y avait en effet une *histoire* dans ce coffre, mais c'était *leur* histoire – **Scott et Lisey : Maintenant Nous Sommes Deux**. Alors, *son* histoire à *elle,* c'était quoi ? Et *où* était-elle ?

Et en parlant de *où, où* était le Prince Noir des Incups ?

Pas sur le répondeur d'Amanda ; pas non plus sur celui d'ici en haut. Lisey n'avait trouvé qu'un seul message, sur le répondeur de la maison. Un message de l'adjoint Alston.

« Madame Landon, cet orage a fait de sérieux dégâts en ville, surtout dans la partie sud. Quelqu'un – moi ou Dan Boeckman j'espère – viendra vérifier si tout va bien chez vous dès que possible, mais entre-temps je tiens à vous rappeler de bien verrouiller toutes vos portes et de ne laisser entrer personne que vous ne soyez en mesure d'identifier. Autrement dit, demandez-leur d'ôter leur chapeau et de repousser en arrière la capuche de leurs cirés même s'il pleut comme vache qui pisse, d'accord ? Et ayez toujours sur vous votre petit téléphone portable. Souvenez-vous, en cas d'urgence, tout ce que vous avez à faire, c'est presser la touche Flash et faire le 1. L'appel aboutira directement au Bureau du Shérif. »

« Formid', avait commenté Amanda. Notre sang sera encore liquide au lieu d'être coagulé quand ils arriveront. Leurs tests ADN en seront sûrement facilités. »

Lisey ne s'était pas fatiguée à répondre. Elle n'avait aucune intention de laisser le Bureau du Shérif de Castle County s'occuper de Jim Dooley. En ce qui la concernait, Jim Dooley aurait aussi bien pu se trancher la gorge avec son super ouvre-boîtes Oxo de compète.

Le voyant clignotait sur le répondeur de son bureau dans la grange, le chiffre 1 s'affichant sur l'écran des MESSAGES REÇUS, mais quand Lisey avait pressé le bouton LECTURE, il y avait seulement eu trois secondes de silence, le bruit d'une inspiration et le clac d'un combiné qu'on raccroche. Ce pouvait être un faux numéro, les gens se trompent toujours, composent de faux numéros et raccrochent sans rien dire, mais elle savait que ce n'était pas ça.

Non. C'était Jim Dooley.

Lisey se renversa contre le dossier du fauteuil de bureau, passa un doigt sur la crosse caoutchoutée du .22, puis le ramassa et fit basculer le barillet pour l'ouvrir. C'était assez facile à faire, dès lors qu'on l'avait déjà fait deux ou trois fois. Elle chargea le cylindre de cartouches, puis bascula de nouveau le barillet en position fermée. Il émit un petit mais définitif *clic*.

Dans l'autre pièce, Amanda riait de quelque anecdote dans le film. Lisey elle-même sourit un peu. Elle ne croyait pas que Scott avait exactement prémédité tout ceci ; il ne préméditait même pas ses livres, si complexes qu'étaient certains d'entre eux. Monter l'intrigue de A à Z, disait-il, c'était se priver de tout l'amusement. Il affirmait que, pour lui, écrire un livre était comme trouver un fil de couleur vive dans l'herbe et le suivre pour voir où il pourrait bien conduire. Parfois le fil se rompt et te laisse les mains vides. Mais parfois – si tu es chanceux, si tu as du courage, si tu persévères – il te conduit à un trésor. Et le trésor n'est jamais l'argent que tu touches pour le livre ; le trésor *est* le livre. Lisey soupçonnait que les Roger Dashmiel de ce monde ne le croyaient pas et que les Joseph Hurlyburly pensaient que ce devait être un truc plus grandiose – de plus haut vol – mais Lisey avait vécu avec lui, et elle le croyait. L'écriture d'un livre était un traque-narre. Ce qu'il ne lui avait jamais dit (mais elle supposait qu'elle l'avait toujours deviné), c'était que si le fil ne se rompait pas, il remontait toujours jusqu'à la berge. Jusqu'à la mare où tous nous descendons boire, jeter nos filets, nous baigner, et parfois nous noyer.

*L'a-t-il su ? À la fin, a-t-il* su *que c'était la fin ?*

Elle se redressa un peu sur son siège, cherchant à se rappeler si Scott l'avait dissuadée de l'accompagner à Pratt College, une faculté d'arts libéraux petite mais bien cotée où il avait lu des extraits de *La Perle secrète* pour la première et la dernière fois. Il avait fait un malaise à la moitié de la réception qui avait suivi. Quatre-vingt-dix minutes plus tard, elle était dans un avion et l'un des invités à cette réception – un chirurgien cardiovasculaire traîné à la lecture de Scott par son épouse – l'opérait pour tenter de lui sauver la vie, ou du moins la prolonger suffisamment longtemps pour le transporter dans un plus grand hôpital.

*L'a-t-il su ? A-t-il délibérément cherché à me tenir à distance parce qu'il savait que ça allait arriver ?*

Elle ne croyait pas *exactement* cela, mais quand elle avait reçu le coup de fil du Professeur Meade, n'avait-elle pas compris que Scott avait su que *quelque chose* allait arriver ? Sinon le petit gars long, du moins *ceci* ? N'était-ce pas la raison pour laquelle leurs affaires financières étaient si parfaitement en ordre, toutes les dispositions testamentaires soigneusement notariées ? N'était-ce pas la raison pour laquelle il avait été si attentif à veiller aux problèmes futurs d'Amanda ?

*Je pense qu'il serait sage que vous partiez dès que vous aurez donné votre accord pour l'intervention chirurgicale,* avait dit le Professeur Meade. Et c'était exactement ce qu'elle avait fait, appelant la compagnie de jets privés dont ils étaient familiers après avoir parlé à une voix anonyme à la direction du Lexington Community Hospital. Au fonctionnaire de l'hôpital, elle s'était présentée comme l'épouse de Scott Landon, Lisa, et avait donné à un certain Dr Jantzen l'autorisation de pratiquer une thoracotomie (un mot qu'elle pouvait à peine prononcer) et « toutes les procédures afférentes ». Avec l'employé de la compagnie de charters, elle avait été plus assurée. Elle voulait l'appareil le plus rapide dont ils disposaient. Le Gulfstream était plus rapide que le Lear ? Très bien. Dans ce cas, elle prendrait le Gulfstream.

Dans l'alcôve audio-vidéo, dans le pays en noir et blanc de *La Dernière Séance*, où Jeff Bridges et Thimothy Bottoms seraient toujours des petits gars et où à Anarene c'était à la maison, le Vieux Hank chantait une ode au valeureux chef indien Kaw-Liga.

Dehors, l'air avait commencé à devenir rouge – comme il le faisait à l'approche du coucher du soleil dans certain pays mythique jadis découvert par une paire de petits gars terrifiés de Pennsylvanie.

*Tout ceci est survenu très vite, madame Landon. J'aimerais avoir des réponses à vous apporter, mais hélas, je n'en ai pas. Peut-être le Dr Jantzen en aura-t-il.*

Mais le Dr Jantzen n'en avait pas eu. Il avait pratiqué une thoracotomie, mais la thoracotomie n'avait fourni aucune réponse non plus.

*J'ignorais ce que c'était*, pensa Lisey, cependant que dehors le soleil rougissant se rapprochait des collines de l'ouest. *J'ignorais ce qu'était une thoracotomie, j'ignorais ce qui se passait... sauf que, en dépit de tout ce que j'avais caché derrière le pourpre, je savais.*

Les pilotes lui avaient commandé une limousine alors qu'elle était encore en l'air. Il était onze heures passées quand le Gulfstream avait atterri, et plus de minuit quand elle était arrivée devant ce petit tas de parpaings qu'ils appelaient un hôpital, mais la journée avait été chaude et la nuit l'était aussi. Quand le chauffeur avait ouvert la portière, elle se rappela avoir eu l'impression qu'en tendant les mains devant elle et en les tordant, elle aurait pu essorer l'air.

*Et des chiens aboyaient, évidemment – comme si tous les chiens de Lexington hurlaient à la lune – et Dieu du ciel, pour une impression de* déjà-vu[1] *parlons-en, il y avait un vieux bonhomme occupé à polir*

---

1. En français dans le texte.

*le sol du hall d'entrée et deux vieilles dames assises dans la salle d'attente, des vraies jumelles à les voir, quatre-vingts balais au moins, et juste en face*

2

Juste en face d'elle il y a deux ascenseurs peints en gris bleu. Devant, sur un chevalet, une pancarte indique **HORS SERVICE**. Lisey ferme les yeux un instant et tend une main aveugle pour se retenir au mur, presque certaine qu'elle va se trouver mal. Et pourquoi pas ? Il lui semble avoir voyagé non pas juste à travers l'espace (plus d'un millier de kilomètres) mais aussi à travers le temps. Ce n'est pas Lexington, 2004 mais Nashville, 1988. Son mari a un problème au poumon, oui, mais du genre calibre .22. Un cinglé lui a collé une dragée, et lui en aurait collé quelques autres si Lisey ne l'avait pas pris de vitesse avec la bêche d'argent.

Elle attend que quelqu'un lui demande si elle se sent bien, peut-être même la prenne par le bras pour la raffermir sur ses guiboles flageolantes, mais on n'entend que le *whouuzzz* de la polisseuse du vieil homme de ménage, et quelque part dans le lointain, le ding-ding étouffé d'une cloche qui lui fait penser à certaine autre cloche, dans certain autre lieu, une cloche dont le tintement parfois lui parvient de derrière le rideau pourpre qu'elle a soigneusement tiré sur certaines parties de son passé.

Elle ouvre les yeux et constate que le bureau d'accueil est désert. La lumière est allumée derrière la vitre marquée INFORMATION, et Lisey en déduit que quelqu'un devrait être de garde à ce poste, mais cette personne s'est absentée, peut-être pour aller aux cabinets. Les deux vieilles dames jumelles dans la salle d'attente ont les yeux fixés sur ce qui ressemble à deux magazines de salle d'attente rigoureusement identiques. Derrière les portes d'entrée, sa limousine ronronne derrière le flot de lumière jaune de ses phares, pareille à un exotique poisson de grand fond. De ce côté-ci des portes, un petit hôpital de province somnole dans la première heure d'un nouveau jour, et Lisey comprend qu'à moins de *se mett'à gurler*, comme dirait Dandy, elle est toute seule et livrée à elle-même. Le sentiment engendré n'est ni la peur, ni l'irritation, ni la perplexité, mais plutôt un profond chagrin. Plus tard, dans l'avion qui la ramènera dans le Maine, avec sous ses pieds le cercueil contenant la dépouille mortelle de son mari, elle pensera : *C'est là que j'ai su qu'il ne quitterait pas cet endroit vivant. Qu'il était arrivé au bout du rouleau. J'avais une prémonition. Et tu sais quoi ? Je crois que c'est le panneau devant les ascenseurs qui a été décisif. Ce toufu panneau* HORS SERVICE. *Ouais, ça.*

Elle pourrait se mettre à la recherche d'un organigramme de l'hôpital, ou demander son chemin à l'homme de ménage qui polit le sol, mais Lisey ne fait ni l'un ni l'autre. Elle est certaine qu'elle trouvera Scott à l'unité de soins intensifs de cet hôpital, s'il est sorti du bloc, et qu'elle trouvera l'unité de soins intensifs au troisième étage. Cette intuition est si forte qu'elle s'attend presque à voir un tapis volant fait d'un ordinaire sac à farine planer au bas des escaliers quand elle les rejoint, un rectangle de coton poussiéreux frappé des mots FARINE PILLSBURY'S BEST. Il n'y a rien de tel, évidemment, et quand elle atteint le palier du troisième étage, elle est moite de sueur et son cœur cogne fort dans sa poitrine. Mais la porte indique bel et bien **LCH – SOINS INTENSIFS**, et cette impression d'être dans un rêve éveillé où passé et présent se sont rejoints pour former un anneau sans début ni fin s'accentue encore.

*Il est en chambre 319*, songe Lisey. Elle en est certaine, bien qu'elle se rende compte que bien des choses ont changé depuis la dernière fois qu'elle est venue dans un hôpital au chevet de son mari. Le changement qui saute aux yeux est la présence d'écrans de contrôle devant chaque chambre ; ils affichent toutes sortes de données en rouge et vert, dont les seules que Lisey puisse identifier sont le pouls et la tension artérielle. Ah, et les noms des patients aussi, ceux-là elle peut les lire. COLVETT-**JOHN**, DUMBARTON-**ADRIAN**, TOWSON-**RICHARD**, VANDERVEAUX-**ELIZABETH** (*Lizzie Vanderveaux, quelle fricassée de nom*, pense-t-elle), DRAYTON-**FRANKLIN**. Elle approche maintenant de la 319, et pense *L'infirmière va sortir en marche arrière avec le plateau de Scott dans les mains ; je ne veux pas lui faire peur mais évidemment je vais lui faire peur. Elle va lâcher le plateau. L'assiette et la tasse à café vont pas se casser, c'est du vieux fourniment costaud de cafète, mais le verre de jus d'orange, lui, va se briser en mille morceaux.*

Mais c'est le milieu de la nuit et non le matin, aucun ventilateur ne brasse l'air au-dessus de sa tête, et le nom qui figure sur l'écran est YANEZ-**THOMAS**. Pourtant, son impression de *déjà-vu* est telle qu'elle passe la tête à la porte et découvre une énorme baleine d'homme – Thomas Yanez – échoué dans le lit étroit. Elle a alors une sensation de réveil, comme en éprouvent peut-être les somnambules ; elle regarde autour d'elle avec une frayeur et une stupeur croissantes, et pense *Qu'est-ce que je fais là ? Je suis bonne pour attraper la mort à me promener ici toute seule.* Puis elle pense, *THORACOTOMIE.* Elle pense DÈS QUE VOUS AUREZ DONNÉ VOTRE ACCORD POUR L'INTERVENTION CHIRURGICALE, et elle voit presque le mot *CHIRURGICALE* palpiter en lettres rouge sang, et loin de rebrousser chemin elle continue d'un pas rapide jusqu'à la lumière plus vive au centre du couloir, où doit se situer le poste des infirmières. Une terrible pensée commence à faire surface dans son esprit

*(et s'il était déjà)*

et elle la repousse, la repousse tout au fond.

Au poste central, une infirmière vêtue d'un uniforme sur lequel gambadent joyeusement des personnages de dessins animés de Tex Avery annote des graphiques étalés devant elle. Une autre, lisant apparemment des chiffres sur un écran, parle à mi-voix dans un tout petit micro fixé au revers de sa blouse plus traditionnelle en viscose blanche. Derrière elles, un grand rouquin filiforme est étalé dans un relax, le menton sur le plastron de sa chemise blanche. Sur le dossier du fauteuil est drapé un veston sombre assorti à son pantalon de costume. Il a ôté ses chaussures, et aussi sa cravate – Lisey en aperçoit le bout qui dépasse de sa poche de veston. Ses mains jointes reposent mollement sur ses genoux. Elle a peut-être eu la prémonition que Scott ne quitterait pas vivant le Community Hospital de Lexington, mais elle n'a pas le plus petit soupçon qu'elle est en train de contempler le médecin qui l'a opéré, prolongeant sa vie suffisamment longtemps pour qu'ils puissent se dire au revoir après leurs vingt-cinq bonnes pour la plupart – bonnes ? *excellentes,* tu veux dire – années ensemble ; elle donne dix-sept ans à tout casser au jeune homme endormi, et suppose qu'il doit être le fils d'une infirmière du service.

« Excusez-moi », dit Lisey. Les deux infirmières sursautent sur leur chaise. Cette fois, Lisey a réussi à effrayer deux infirmières au lieu d'une. Celle au petit micro aura un « *Oh !* » sur sa cassette. Lisey s'en fiche royalement. « Je suis Lisa Landon, et je crois que mon mari, Scott...

– Madame Landon, oui. Bien sûr. » C'est l'infirmière avec Bugs Bunny sur un sein et Elmer sur l'autre qui le vise avec un fusil de chasse pendant que Daffy Duck lève les yeux de la vallée en contrebas. « Le Dr Jantzen est resté pour vous parler. C'est lui qui a administré les premiers soins à la réception universitaire. »

Lisey ne comprend pas encore le sens de tout ça, peut-être en partie parce qu'elle n'a pas eu le temps de chercher *thoracotomie* dans le dictionnaire. « Scott... que, il s'est trouvé mal ? Évanoui ?

– Le Dr Jantzen vous donnera les détails, j'en suis sûre. Vous savez qu'il a pratiqué une pleurectomie pariétale en plus de la thoracotomie ? »

Pleuro-*quoi* ? Il semble plus facile de dire juste oui. Pendant ce temps, l'infirmière qui dictait au micro tend la main et secoue le rouquin endormi. Quand ses yeux s'ouvrent en papillonnant, Lisey se rend compte qu'elle s'est trompée sur son âge, il est sans doute assez âgé pour consommer de l'alcool dans un bar, mais personne n'ira lui dire que c'est lui qui a ouvert la poitrine de son mari. Si ?

« L'opération », dit Lisey, sans savoir à qui, du trio, elle s'adresse. Elle a dans la voix un accent de désespoir évident, qu'elle n'aime pas, mais contre lequel elle ne peut rien. « A réussi ? »

L'infirmière en uniforme Tex Avery hésite à peine, et Lisey lit tout ce qu'elle redoute dans les yeux qui soudain fuient les siens. Puis l'infirmière la regarde à nouveau et dit, « Voici le Dr Jantzen. Il vous attendait. »

3

Après ce flottement vaseux initial, Jantzen se réveille vite. Lisey se dit que ce doit être un truc de toubib – sans doute un truc de flic et de pompier aussi. *Ça a jamais été un truc d'écrivain. On pouvait même pas lui adresser la parole tant qu'il avait pas bu son deuxième café.*

Elle se rend compte qu'elle vient de penser à son mari au passé, et un souffle froid lui hérisse les poils de la nuque et couvre ses bras de chair de poule. Le souffle d'air froid est suivi par une sensation de légèreté qui est tout à la fois merveilleuse et horrible. C'est comme si d'un moment à l'autre elle allait s'envoler comme un ballon lâché. S'envoler vers
*(chut maintenant petite Lisey ne dis rien de tout ça)*
quelque autre endroit. La lune, peut-être. Lisey doit s'enfoncer profondément les ongles dans les paumes pour ne pas vaciller sur ses jambes.

Pendant ce temps, Jantzen est en conciliabule avec l'infirmière Tex Avery. Elle écoute et hoche la tête. « Vous n'oublierez pas de me le mettre par écrit plus tard, hein ?

– Ce sera fait. Avant que l'horloge au mur n'indique deux heures, assure Jantzen.

– Et vous êtes catégorique ? C'est bien ce que vous voulez ? insiste-t-elle – non pour discuter les ordres du médecin, pense Lisey, mais juste pour s'assurer qu'elle a parfaitement bien compris.

– Absolument », lui dit-il, puis il se tourne vers Lisey et lui demande si elle est prête à monter à l'UI Alton. C'est là, explique-t-il, que se trouve son mari. Lisey dit qu'elle est prête. « Bien, dit Jantzen avec un sourire qui paraît fatigué et un peu forcé. J'espère que vous avez vos chaussures de randonnée aux pieds. C'est au cinquième étage. »

Pendant qu'ils rebroussent chemin en direction des escaliers – passant devant YANEZ-**THOMAS** et VANDERVEAUX-**ELIZABETH** – l'infirmière Tex Avery parle au téléphone. Plus tard, Lisey comprendra que le conciliabule était l'instruction de Jantzen à l'infirmière d'appeler le cinquième étage pour qu'ils retirent le respirateur à Scott. Pour peu, cela dit, qu'il soit assez conscient pour reconnaître sa femme et entendre son adieu. Peut-être même lui dire le sien, si Dieu lui prête un dernier souffle d'air pour faire vibrer ses cordes vocales. Plus tard elle comprendra que lui retirer l'oxygène a réduit sa vie de quelques heures à quelques minutes, mais que Jantzen a estimé que c'était là un moindre mal, puisqu'à son avis nulle heure gagnée ne pouvait offrir le moindre espoir de guérison à Scott Landon. Plus tard elle comprendra qu'ils l'ont placé dans ce qui s'apparente le plus, pour ce petit hôpital de province, à une quarantaine pour pestiférés.

Plus tard.

4

Pendant leur lente, régulière ascension jusqu'au cinquième étage dans la cage d'escalier étouffante, elle apprend le peu que Jantzen est en mesure de lui apprendre sur le mal dont souffre Scott – le précieux peu qu'il sait. La thoracotomie, dit-il, n'est pas un remède, mais seulement une mesure destinée à retirer un excès de liquide ; la procédure subséquente ayant été de dégager l'air emprisonné dans les cavités pleurales de Scott.

« De quel poumon s'agit-il, docteur Jantzen ? » lui demande-t-elle, et il la terrifie en répondant : « Les deux. »

5

C'est là qu'il lui demande depuis quand Scott est malade, et s'il a vu un médecin avant que « son affection courante ne s'aggrave ». Elle lui indique que Scott n'a pas *eu* d'affection courante. Il n'était pas malade. À peine enrhumé depuis une dizaine de jours, nez qui coule, éternuements, mais rien de plus terrible que ça. Il n'a même pas pris d'Allerest, bien qu'il pense que ce soit allergique, et qu'elle le pense aussi. Elle a plus ou moins les mêmes symptômes, comme chaque année en fin de printemps et début d'été.

« Pas de toux caverneuse ? demande-t-il alors qu'ils approchent du palier du cinquième. Pas de toux sèche et caverneuse, comme une toux de fumeur ? Désolé pour les ascenseurs, vraiment.

– Ce n'est pas grave, dit-elle en s'appliquant à ne pas haleter. Il *toussait*, comme je vous l'ai dit, mais c'était très léger. Il a fumé autrefois, mais cela fait des années qu'il a arrêté. » Elle réfléchit. « Peut-être que sa toux a été un *peu* plus forte ces deux derniers jours, il m'a réveillée dans la nuit.

– La nuit dernière ?

– Oui, mais il a bu de l'eau et c'est *passé*. » Jantzen pousse la porte qui donne sur un autre couloir d'hôpital silencieux et Lisey pose une main sur son bras pour l'arrêter. « Écoutez – des lectures comme celle qu'il a faite hier soir ? Il fut un temps où Scott en aurait enchaîné une demi-douzaine comme de simples formalités même avec plus de quarante de fièvre. Il se shootait aux applaudissements. Mais tout ça, ça fait bien cinq ans, peut-être même sept, que c'est fini. S'il avait été vraiment malade, je suis sûre qu'il aurait appelé le Professeur Meade – c'est le directeur du département d'anglais – pour annuler le touf... toute cette histoire.

– Madame Landon, au moment de son admission, votre mari avait une température de quarante et un degrés. »

Là, elle peut seulement dévisager le Dr Jantzen, aux traits si juvéniles, avec une horreur muette et ce qui est encore de l'incrédulité. Peu à peu, toutefois, une image commencera à se dessiner. Il y a suffisamment de témoignages concordants, associés à certains souvenirs qui ne veulent pas rester complètement enfouis, pour lui faire voir tout ce qu'elle a besoin de voir.

Scott a pris un vol charter de Portland à Boston, puis embarqué à Boston à bord d'un vol United pour le Kentucky. Une hôtesse du vol United qui lui a demandé un autographe a raconté plus tard à un journaliste que M. Landon toussait « presque constamment » et que son visage était congestionné. « Quand je lui ai demandé s'il se sentait bien, a-t-elle confié au journaliste, il m'a dit que c'était juste un rhume des foins, qu'il avait pris deux aspirines et que ça allait passer. »

Frederic Borent, l'étudiant de troisième cycle qui est venu le chercher à l'aéroport, a lui aussi évoqué cette toux, et dit que Scott l'avait prié de faire un saut dans une pharmacie de nuit pour qu'il prenne un flacon de sirop. « Je crois que je couve la grippe, » avait dit Scott à Borent. Borent, qui se réjouissait d'assister à la lecture, s'était inquiété de savoir si Scott pourrait la faire. Et Scott avait répondu : « Vous risquez d'être étonné. »

Borent l'avait été. Et enchanté. De même que la majeure partie du public de Scott ce soir-là. D'après le *Daily News* de Lexington, il avait fait une lecture « fascinante ou peu s'en fallait », à peine interrompue par quelques toussotements tout à fait polis, qu'une gorgée d'eau prélevée dans le verre posé près de lui sur l'estrade avait semblé facilement apaiser. Parlant à Lisey plusieurs heures plus tard, Jantzen restait stupéfait de la vitalité de Scott. Et ce fut cette stupéfaction, associée au message relayé au téléphone par le directeur du département d'anglais, qui causa une brèche dans le rideau du refoulement que Lisey avait maintenu soigneusement tiré jusque-là. La dernière chose que Scott avait dite à Meade, après la lecture et juste avant que la réception ne commence, avait été, « Appelez ma femme, voulez-vous ? Dites-lui qu'elle risque de devoir prendre l'avion pour venir ici. Dites-lui que j'ai dû manger quelque chose qu'il ne fallait pas après le coucher du soleil. C'est une blague entre nous. »

6

Sans même y réfléchir, Lisey bredouille, lâchant sa pire crainte au jeune Dr Jantzen : « Scott va mourir de ça, n'est-ce pas ? »

Jantzen hésite, et tout d'un coup elle voit bien qu'il est peut-être jeune mais qu'il est loin d'être un gosse. « Je veux que vous le voyiez, dit-il après un moment qui semble très long. Et je veux qu'il vous voie. Il est conscient, mais cela pourrait ne pas durer. Voulez-vous m'accompagner ? »

Jantzen marche très vite. Il fait halte au poste des infirmières et l'infirmier de garde lève les yeux de la revue qu'il est en train de lire – *Gériatrie Moderne*. Jantzen s'adresse à lui. Leur conversation est menée à voix basse, mais l'étage est très silencieux, et Lisey entend l'infirmier prononcer très clairement une phrase. Qui la terrifie.

« Il l'attend », dit l'infirmier.

Tout au bout du couloir, deux portes fermées portent cette inscription en orange vif :

**UNITÉ D'ISOLEMENT ALTON**
**ENTRÉE NON ACCOMPAGNÉE INTERDITE**
OBSERVER TOUTES LES PRÉCAUTIONS
POUR **VOUS**
POUR **EUX**
MASQUE ET GANTS PEUVENT ÊTRE EXIGÉS

À gauche de la porte, il y a un évier où Jantzen se lave les mains et il prescrit à Lisey d'en faire autant. À droite, sur un chariot, il y a des masques de gaze, des gants de latex sous plastique stérile, des bottes élastiques jaunes dans une boîte en carton marquée TAILLE UNIQUE, et une pile au carré de blouses chirurgicales vertes.

« Isolement, dit-elle. Oh, Seigneur, vous pensez que mon mari a attrapé la toufue variété Andromède ? »

Jantzen élude la question. « Nous pensons qu'il a pu contracter une pneumonie d'un genre exotique, peut-être même la grippe aviaire, mais quel que soit le virus en cause, nous n'avons pu l'identifier, et il est... »

Il ne termine pas, ne semble pas trouver ses mots, alors Lisey lui vient en aide : « ... très virulent, comme on dit.

– Un masque devrait suffire, madame Landon, à moins que vous ayez des coupures aux mains. Je n'ai pas observé que...

– Je ne crois pas que j'aie à me soucier de coupures et je n'ai pas besoin de masque. » Elle pousse le battant gauche de la porte avant que le médecin ait pu émettre d'objection. « Si c'était contagieux, je l'aurais déjà attrapé. »

Jantzen la suit dans l'Unité d'Isolement Alton en passant un masque vert par-dessus son nez et sa bouche.

7

Il y a seulement quatre chambres au fond du couloir du cinquième étage, et un seul écran de contrôle est allumé ; d'une seule chambre émanent les blip-blip caractéristiques de la machinerie d'hôpital et le sifflement doux, régulier, de l'écoulement d'oxygène. Le nom qui figure sur l'écran sous les chiffres alarmants du pouls – 178 – et de la tension artérielle – 79/44 – est **LANDON-SCOTT**.

La porte est entrouverte. Un pictogramme est apposé sur le battant : une flamme orange barrée d'un X. En dessous, en lettres rouge vif, ces mots : **NI FLAMME, NI ÉTINCELLE**. Lisey n'est pas écrivain, certainement pas poète, mais dans ces mots-là, elle lit tout ce qu'elle a besoin de savoir sur la façon dont les choses se terminent ; c'est le trait tiré sous son mariage comme on tire un trait sous des colonnes de chiffres pour les additionner. *Ni flamme, ni étincelle.*

Scott, qui l'a quittée en lançant son cri habituel, impudent, « À toute, ma loute ! », suivi d'une rafale de rock-rétro des Flamin' Groovies lâchée par le lecteur CD de sa vieille Ford, gît maintenant, les yeux tournés vers elle au milieu d'un visage aussi blanc que du petit-lait. Seuls ses yeux sont pleinement vivants, mais ils brûlent trop. Ils sont aussi brillants que ceux d'un hibou pris dans un conduit de cheminée. Il est couché sur le côté. Le respirateur a été écarté du lit, mais elle voit bien l'amas de glaires visqueuses dans le tube et sait

*(chut petite Lisey)*

qu'il y a dans cette sanie verte des germes ou des microbes ou les deux que personne ne sera jamais en mesure d'identifier, même avec le meilleur microscope électronique du monde et toutes les bases de données existant sous le soleil.

« Ohé, Lisey... »

Il n'y a presque plus rien dans ce chuchotement – *pas plus qu'un pffffuit de vent sous la porte*, comme aurait pu dire le vieux Dandy – mais elle l'entend et s'approche de lui. Un masque à oxygène en plastique dans lequel siffle de l'air pend autour de son cou. Deux cathéters en plastique lui poussent dans la poitrine, où deux incisions agrafées de frais évoquent un oiseau sur un dessin d'enfant. Les cathéters qui lui poussent dans le dos semblent énormes et grotesques comparés à ceux de devant. Au regard atterré de Lisey, ils paraissent aussi gros que des durites de radiateur. Ils sont transparents, et elle peut voir le fluide trouble et les fragments sanguinolents de tissu organique qui filent à l'intérieur en direction d'un récipient en forme de valise qui est posé sur le lit derrière lui. Ce n'est pas Nashville ; ce n'est pas une balle de .22 ; le cœur de Lisey a beau s'insurger, un seul regard suffit pour convaincre son esprit que Scott sera mort d'ici au lever du soleil.

« Scott, que toufu ? dit-elle en s'agenouillant à côté du lit et en prenant sa main brûlante dans ses mains froides. Qu'as-tu fait pour te mettre dans cet état ?

– Lisey. » Il arrive à presser un peu sa main. Sa respiration est un sifflement erratique et strident dont elle ne se souvient que trop bien, sur le parking, ce jour-là. Elle sait exactement ce qu'il va dire ensuite, et Scott ne la déçoit pas. « Je brûle, Lisey. Glace ?... Te plaît ? »

Elle jette un coup d'œil à sa table de chevet et il n'y a rien dessus. Par-dessus son épaule, elle regarde le médecin qui l'a amenée ici, le Rouquin Vengeur Masqué pour elle désormais. « Docteur..., commence-t-elle, et elle s'aperçoit qu'elle a un trou. Excusez-moi, j'ai oublié votre nom.

– Jantzen, madame Landon. Et je comprends tout à fait.

– Mon mari peut-il avoir de la glace ? Il dit qu'il...

– Oui, bien sûr. Je vais vous la chercher moi-même. » Aussitôt, il a disparu. Lisey comprend qu'il cherchait seulement un prétexte pour les laisser seuls.

Scott lui presse à nouveau la main. « M'en vais, dit-il de ce même chuchotement à peine audible. Pardon. T'aime.

– Scott, non ! » Et par un réflexe absurde : « La glace ! La glace arrive ! »

Avec ce qui doit être un effort surhumain – sa respiration est plus stridente que jamais – il soulève la main et lui caresse la joue d'un doigt brûlant. Alors, les larmes de Lisey commencent à tomber. Elle sait ce qu'elle doit lui demander. La voix emplie de panique qui jamais ne l'appelle Lisey mais toujours *petite* Lisey, la gardienne des secrets en elle, clame encore une fois qu'elle ne doit pas, mais elle la fait taire. Tout long mariage a deux cœurs, l'un clair, l'autre obscur. Ici encore c'est le cœur obscur du leur.

Elle se penche plus près, dans sa chaleur d'agonisant. Elle capte les derniers fantômes évanescents de la mousse à raser et du shampoing au tea-tree qu'il a utilisés hier matin avant de partir. Elle se penche jusqu'à ce que ses lèvres effleurent le pavillon incandescent de son oreille. Elle chuchote : « *Vas-y*, Scott. *Traîne*-toi jusqu'à cette toufue mare, s'il le faut. Si le docteur revient et trouve le lit vide, j'inventerai un truc, t'inquiète, mais file à la mare et guéris-toi, fais-le, fais-le pour moi, sacré toi !

– Peux pas », chuchote-t-il, et il est pris d'une toux semblable à un froissement de papier qui la fait se reculer un peu. Elle pense que cette toux va le tuer, le déchirer, mais d'une façon ou d'une autre, il parvient à la dominer. Et elle sait pourquoi. Parce qu'il n'a pas dit son dernier mot, et qu'il entend le dire. Même ici, sur son lit de mort, dans une unité d'isolement déserte à une heure du matin dans un bled paumé du Kentucky, il a son mot à dire, et le dira. « Ça... marchera... pas.

– Alors *j'y* vais ! Aide-moi juste ! »

Mais il secoue la tête. « Couché sur le sentier... de la mare. Ça. »

Elle sait tout de suite de *quoi* il parle. Elle jette un coup d'œil désemparé vers l'un des verres à eau, où la chose tigrée peut parfois être aperçue. Là, ou dans un miroir, ou du coin de l'œil. Toujours tard dans la nuit. Toujours quand quelqu'un est perdu, ou souffrant, ou les deux. Le vieux compagnon de Scott. Le petit gars *long* de Scott.

« En... dormi. » Un bruit inquiétant monte des poumons en décomposition de Scott. Elle croit qu'il étouffe et tend la main vers la sonnette, puis elle observe l'éclat mordant de ses prunelles fiévreuses et comprend qu'il rit ou cherche à le faire. « Endormi... sur le sentier. Flanc... haut... ciel... » Ses yeux roulent vers le plafond et elle est sûre qu'il essaie de dire que le flanc de la chose est aussi haut que le ciel.

Scott griffe le masque à oxygène posé sur sa poitrine mais ne peut le soulever. Elle le fait pour lui, le lui place sur la bouche et le nez. Scott prend plusieurs inspirations profondes, puis lui fait signe de retirer à nouveau le masque. Elle le fait, et pendant un petit moment – qui dure peut-être une minute – il a la voix plus forte.

« Suis allé à Na'ya Lune de l'avion, dit-il avec une sorte d'émerveillement. Jamais essayé de faire ça avant. Pensais que je risquais de tomber, mais j'ai débarqué sur la Colline Câline, comme toujours. Y suis retourné des toilettes... de l'aéroport. Dernière fois... du foyer, juste avant la lecture. Toujours là. Ce vieux Freddy. Toujours là en plein milieu. »

*Oh Jésus, il a même un nom pour ce toufu truc.*

« Pas pu aller jusqu'à la mare, alors j'ai mangé des baies... elles sont bonnes en général, mais... »

Il ne peut terminer. Elle lui redonne le masque.

« C'était trop tard, dit-elle pendant qu'il respire. C'était trop tard, hein ? Tu les as mangées après le coucher du soleil. »

Il fait oui de la tête.

« Mais c'est tout ce que tu as pu penser à faire. »

Il fait encore oui de la tête. Lui fait signe de retirer encore le masque.

« Mais tu étais en forme pour la lecture ! dit-elle. Ce Professeur Meade m'a dit que tu as été touffement *géant* ! »

Il sourit. C'est peut-être bien le sourire le plus triste qu'elle ait jamais vu. « La rosée, dit-il. Je l'ai léchée sur les feuilles. La dernière fois, quand j'y suis allé... du foyer. Pensé que peut-être...

– Tu as pensé qu'elle avait peut-être la vertu de guérir. Comme l'eau de la mare. »

Il dit *oui* avec les yeux. Des yeux qui ne la quittent pas.

« Et ça t'a fait du bien. Pendant un petit moment ?

« Ouais. Petit moment. Maintenant... » Il esquisse un petit haussement d'épaules désolé et détourne la tête. La toux est pire cette fois-ci, et elle observe avec horreur que le flux dans les cathéters est d'un rouge plus brillant, plus dense. Il tâtonne et reprend sa main. « J'étais perdu dans l'obscurité, chuchote-t-il. Tu m'as trouvé.

– Scott, non... »

Il incline la tête. *Oui*.

« Tu m'as vu tout entier. Tout... » Il se sert de sa main libre pour esquisser un faible geste circulaire : *Tout idem*. Il sourit un peu maintenant en la regardant.

« Tiens bon, Scott ! Tiens encore bon ! »

Il opine comme si elle avait enfin compris. « Tiens bon... attends que le vent tourne.

– Non, Scott, ta glace ! » C'est tout ce qu'elle peut penser à dire. « Attends la *glace* ! »

Il dit *baby*. Il l'appelle *babylove*. Et puis le seul bruit est le sifflement régulier de l'oxygène dans le masque qu'il a autour du cou. Lisey porte ses mains à son visage

8

et quand elle les retira, elles étaient sèches. Elle en fut à la fois étonnée, et pas. En tout cas, elle en fut soulagée ; peut-être bien qu'elle en avait enfin terminé avec son travail de deuil. Elle estimait qu'il lui restait encore beaucoup de travail à faire ici en haut dans le bureau de Scott – Amanda et elle y avaient fait tout au plus une brèche – mais elle trouvait qu'elle avait accompli des progrès inattendus dans son propre ménage intérieur au cours de ces deux ou trois derniers jours. Elle toucha son sein blessé et ne ressentit quasiment aucune douleur. *Voilà qui donne une nouvelle dimension à l'autoguérison*, pensa-t-elle, et elle sourit.

Dans l'autre pièce, Amanda cria avec indignation à l'adresse de la télé, « Oh, tête de fromage ! Laisse tomber cette salope, tu vois pas qu'elle ne vaut rien ? » Lisey tendit l'oreille dans cette direction et en déduisit que Jacy s'apprêtait à manipuler Sonny pour qu'il l'épouse. Le film touchait à sa fin.

*Elle a dû faire défiler certains passages en accéléré*, pensa Lisey, mais quand elle vit l'obscurité qui se pressait contre les lucarnes de toit au-dessus d'elle, elle sut que non. Elle était restée assise devant Grosse Maman Jumbo, à revivre le passé, pendant plus d'une heure et demie. *À faire un peu de travail sur soi-même*, comme aimaient dire les adeptes du Nouvel Âge. Et quelles conclusions en avait-elle tirées ? Que son mari était mort, un point c'est tout. Mort, passé, trépassé. Il ne l'attendait pas au bord du sentier à Na'ya Lune, ni assis sur un de ces gradins de pierre où elle l'avait trouvé une fois ; il n'était pas non plus encapuchonné dans l'un de ces répugnants machins-suaires. Scott avait laissé Na'ya Lune derrière lui. Comme Huckleberry Finn, il avait décampé pour les Territoires.

Et qu'est-ce qui avait causé sa maladie fatale ? Pneumonie, prétendait son certificat de décès, et Lisey ne voyait aucun inconvénient à ça. Ils auraient pu indiquer *Picoré à mort par des canards* qu'il aurait été tout aussi mort – mais elle ne pouvait s'empêcher de s'interroger. Avait-il trouvé sa mort sur une fleur qu'il avait cueillie et respirée, dans la trompe d'un insecte qui s'était introduite sous sa peau à l'heure où le soleil se couchait, rouge, dans sa maison de tonnerre ? L'avait-il attrapée lors d'un bref passage à Na'ya Lune une semaine ou un mois avant son ultime lecture dans le Kentucky, ou bien avait-elle attendu des décennies en lui, progressant comme le tic-tac d'une horloge ? Elle avait pu se trouver dans un seul grain de terre qui s'était introduit sous un seul ongle pendant qu'il creusait la tombe de son frère. Un seul et unique mauvais germe qui avait sommeillé pendant des années, pour se réveiller un jour devant son ordinateur quand un mot qu'il avait sur le bout de la langue lui était enfin revenu et qu'il avait claqué des doigts de satisfaction. Peut-être – terrible pensée, mais qui savait ? – l'avait-elle rapportée elle-même d'une de ses propres expéditions, un microbe mortel logé dans un minuscule grain de pollen qu'il avait ôté d'un baiser sur le bout de son nez.

Et merdre, *voilà* qu'elle pleurait maintenant.

Elle avait repéré un paquet de Kleenex tout neuf dans le tiroir supérieur gauche du bureau. Elle le prit, l'ouvrit, en retira deux, et entreprit de se tamponner les yeux. Dans l'autre pièce, elle entendit Thimothy Bottoms s'écrier, « Il était en train de *balayer*, espèce de salopards ! » et sut que le temps avait encore fait un de ses disgracieux sauts-de-corbeau en avant. Il ne restait plus qu'une scène dans le film. Sonny retourne voir la femme de l'entraîneur. Sa maîtresse d'âge mûr. Puis c'est le générique de fin.

Sur le bureau, le téléphone émit un bref *ting*. Lisey sut ce qu'il signifiait aussi sûrement qu'elle avait su ce que Scott avait voulu dire quand il avait fait ce faible geste circulaire de la main à la fin de sa vie, celui qui voulait dire *tout idem*.

La ligne téléphonique était coupée, câbles sectionnés ou arrachés. Dooley était ici. Le Prince Noir des Incups était venu la trouver.

## XV. Lisey et Le Petit Gars Long (Pafko est au Mur)

### 1

« Amanda, viens ici !
– Dans une minute, Lisey, le film est presque...
– *Amanda, tout de suite !* »

Elle décrocha le téléphone, confirma contre son oreille sa vacuité intérieure, le reposa. Elle savait tout. Tout semblait avoir été là depuis le début, comme la saveur sucrée dans sa bouche. Ce serait ensuite le tour de la lumière, et si Amanda ne venait pas avant qu'il la coupe...

Mais Amanda était là, debout entre l'alcôve de divertissement et la longue pièce principale, l'air soudain vieille et effrayée. Sur la cassette vidéo, la femme de l'entraîneur n'allait pas tarder à balancer le café contre le mur, furieuse de ce que ses mains tremblaient trop pour le servir. Lisey ne fut pas surprise de voir ses propres mains trembler. Elle ramassa le .22. Amanda la vit faire et eut l'air plus effrayé que jamais. Comme une dame qui aurait préféré être à Philadelphie, tout compte fait. Ou catatonique. *Trop tard, Manda*, pensa Lisey.

« Lisey, il est là ?
– Oui. »

Dans le lointain, le tonnerre gronda, comme pour confirmer.

« Lisey, comment le sai...
– Parce qu'il a coupé le téléphone.
– Le porta... »

— Resté dans la voiture. La lumière va pas tarder. » Elle atteignit l'extrémité du grand bureau en bois rouge – *Grosse Maman Jumbo, tu portes bien ton nom,* pensa-t-elle, *on pourrait presque faire atterrir un chasseur à réaction sur ton toufu dos* – et sa sœur n'était plus maintenant qu'à huit pas en ligne droite peut-être, de l'autre côté de ses taches de sang marron sur la moquette.

Quand elle rejoignit Amanda, les lumières étaient toujours allumées, et Lisey eut un moment de doute. N'était-il pas possible, après tout, qu'une branche cassée par les orages de l'après-midi ait fini par tomber, entraînant avec elle une ligne de téléphone ?

*Bien sûr, mais ce n'est pas ça qui est en train d'arriver.*

Elle voulut donner le revolver à Amanda, qui refusa de le prendre, et il tomba sur la moquette avec un bruit mat. Lisey se crispa dans l'attente de la détonation, qui serait suivie par un hurlement de douleur, le sien ou celui d'Amanda, quand l'une des deux se prendrait une balle dans le pied. Le coup ne partit pas, le revolver se contenta de regarder fixement dans le lointain de son œil stupide de cyclope. Comme Lisey se penchait pour le ramasser, elle entendit un bruit sourd au rez-de-chaussée, comme quelqu'un qui aurait trébuché contre quelque chose en bas et l'aurait renversé. Un carton, mettons, rempli de pages blanches pour la plupart – un carton dans une pile d'autres cartons.

Quand Lisey releva les yeux vers sa sœur, les deux mains d'Amanda étaient pressées, gauche par-dessus droite, sur l'étroite corniche de ses seins. Son visage avait pâli ; ses yeux étaient deux obscures mares de consternation.

« Je peux pas tenir ce revolver, chuchota-t-elle. Mes mains... t'vois ? » Elle les tourna paumes en l'air pour exposer les coupures.

« Prends ce toufu truc, dit Lisey. T'auras pas à le buter. »

Cette fois, Amanda referma les doigts à contrecœur autour de la crosse caoutchoutée du Pathfinder. « Tu me promets ? »

— Non, dit Lisey. Mais c'est tout comme. »

Elle jeta un coup d'œil vers l'escalier descendant à la grange. Cette extrémité-là du bureau était plus sombre, et beaucoup plus inquiétante, surtout maintenant qu'Amanda tenait le revolver. Peu fiable Amanda, capable de faire n'importe quoi. Y compris, peut-être cinquante pour cent du temps, ce qu'on lui demandait.

« C'est quoi, ton plan ? » chuchota Amanda. Dans l'autre pièce, le Vieux Hank chantait à nouveau, et Lisey sut que le générique de fin de *La Dernière Séance* se déroulait à l'écran.

Elle posa un doigt sur ses lèvres pour lui faire *Chhhht*
*(plus un bruit maintenant)*
et s'éloigna d'Amanda à reculons. Un pas, deux pas, trois pas, quatre. À présent elle se trouvait au centre de la pièce, à un point équidistant de Grosse Maman Jumbo et du seuil de l'alcôve où Amanda tenait gauchement le .22, canon pointé vers la moquette tachée de sang. Le tonnerre roulait. La musique country résonnait. En bas : silence.

« Je crois pas qu'il soit en bas », chuchota Amanda.

Lisey fit un autre pas en direction du grand bureau en érable rouge. Elle se sentait encore totalement crispée, vibrante de tension, mais la part rationnelle d'elle-même devait admettre qu'Amanda avait peut-être raison. Le téléphone était coupé, mais ici, en haut du View, tu pouvais compter que ta ligne soit en dérangement au moins deux fois par mois, surtout pendant ou après un orage. Ce coup sourd qu'elle avait entendu quand elle s'était penchée pour ramasser le revolver... *avait*-elle entendu un coup sourd ? Ou était-ce juste son imagination ?

« Je crois pas qu'il y ait *qui que ce soit* en b... » commença Amanda, et c'est là que les lumières s'éteignirent.

2

Durant quelques secondes – d'interminables secondes – Lisey ne vit rien, et se maudit de n'avoir pas apporté la lampe de poche de la voiture. Ç'aurait été si *facile*. Elle eut le plus grand mal à rester où elle était, et elle devait veiller à ce qu'Amanda reste où *elle* était.

« Manda, ne bouge pas ! Reste où tu es jusqu'à ce que je te le dise !

— Où est-il, Lisey ? » Voilà qu'Amanda commençait à pleurer. *« Où est-il ?*

— Ben, juste ici, mamiselle, dit tranquillement Jim Dooley depuis la noirceur d'encre qu'était la cage d'escalier. Je vous vois bien bien bien toutes les deux av'c ces lunettes-là que je m'ai achetées. Vous êtes z'un poil vert-de-grises, mais je vous vois bien correct.

– C'est pas vrai, il ment », dit Lisey, mais elle sentit quelque chose chavirer dans sa poitrine. Elle n'avait pas compté qu'il s'équiperait d'un quelconque attirail de vision nocturne.

« Oh, médème, croix de bois, croix de fer, si je mens, je vais en enfer. » La voix provenait toujours du haut de l'escalier, et à présent Lisey commençait à entrevoir là-bas une vague silhouette. Elle ne distinguait pas son sac d'horreurs, mais oh Jésus, elle l'entendait craquer. « Je vous vois bien t'assez pour savoir que c'est Mamiselle Grande-Gigogne qu'a la sarbacane. Je veux que tu lâcherais ce revolver par terre, Mamiselle Grande-Gigogne. Deuss-suite. » Sa voix monta dans les aigus et claqua comme l'extrémité plombée d'une lanière de fouet. « Tu vas m'écouter ! J'ai dit *deuusssuite !* »

C'était la pleine nuit dehors à présent, et s'il y avait une lune, soit elle n'était pas encore levée soit elle était masquée par les nuages, mais il y avait suffisamment de lumière artificielle filtrant par les lucarnes de toit pour que Lisey voie Amanda abaisser le revolver. Pas le lâcher encore, mais l'abaisser. Lisey aurait donné n'importe quoi pour l'avoir elle-même en main, mais...

*Mais j'ai besoin de mes deux mains libres. Pour que le moment venu je puisse te choper, espèce de salopard.*

« Non, Amanda, garde-le. Je crois pas que t'auras à le buter. C'est pas le plan.

– Lâche-le, mamiselle, c'est *ça* le plan. »

Lisey poursuivit : « Il débarque ici sans y être invité, il te traite de noms d'oiseaux, et puis il te dit de lâcher le revolver ? *Ton propre revolver ?* »

Le fantôme à peine présent qu'était sa sœur éleva à nouveau le Pathfinder. Amanda ne le pointa pas vers l'ombre chinoise qui se profilait dans la pénombre près de l'escalier, elle se contenta de le tenir, canon pointé vers le plafond, mais elle le *tenait*, bon sang. Et ses épaules s'étaient redressées.

« Je t'ai dit de le *lâcher* ! » gronda presque hargneusement la vague silhouette, mais quelque chose dans sa voix dit à Lisey qu'il savait qu'il avait perdu cette bataille. Son toufu sac à malices fit entendre un froissement de papier et un cliquetis métallique.

« Non ! cria Amanda. Je le lâcherai pas ! Vous... vous allez partir d'ici ! Partez et laissez ma sœur tranquille !

– Il le fera pas, dit Lisey avant que l'ombre au sommet des marches ait pu répondre. Il le fera pas parce qu'il est cinglé.

– Je te prillerais de surveiller ta langue, dit Dooley. T'oublies que je peux te voir comme que si t'étais sous les projecteurs.

– Mais vous *êtes* cinglé. Tout aussi cinglé que le gamin qui a tiré sur mon mari à Nashville. Gerd Allen Cole. Ça vous dit quelque chose ? Je suis sûre que oui, vous savez *tout* de Scott. On rigolait bien d'allumés comme vous, Jimmy.

– Ça suffit comme ça, médème...

– On vous appelait les Cow-boys de l'HyperEspace. Cole en était un, et vous en êtes un autre. Plus sournois et plus mauvais – parce que plus âgé – mais pas très différent. Un Cow-boy de l'HyperEspace ça reste un Cow-boy de l'HyperEspace. Vous *zo-o-onez* par-delà la touffue Voie Lactée.

– Vous *z'arrêtez* de parler con-ça », dit Dooley. Il grondait à nouveau, et cette fois-ci, pensa Lisey, ce n'était pas juste pour l'effet. « Chus z'ici pour *affaires.* » Le sac en papier cliqueta et soudain elle put voir l'ombre bouger. L'escalier pouvait être situé à deux mètres du coin du bureau le plus proche, dans la partie la plus sombre de la grande pièce principale. Mais Dooley se déplaçait vers elle comme si ses paroles l'aimantaient et les yeux de Lisey étaient maintenant parfaitement habitués à l'obscurité. Quelques pas de plus et ses lunettes branchées achetées par correspondance ne feraient plus aucune différence. Ils seraient sur un pied d'égalité. Visuellement parlant, du moins.

« Pourquoi j'arrêterais ? C'est la vérité. » Et ça l'était. D'un coup, elle sut tout ce qu'elle avait besoin de savoir sur Jim Dooley, alias Zack McCool, alias le Prince Noir des Incups. La vérité était dans la bouche de Lisey, comme cette saveur sucrée. C'*était* cette saveur sucrée.

« Ne le provoque pas, Lisey, dit Amanda d'une voix épouvantée.

– Il se provoque lui-même. Toute la provocation dont il a besoin sort tout droit de la boîte à vitesses enrayée surchauffée qu'il a sous le casque. Exactement comme Cole.

– Chus *du tout pas* comme lui ! » cria Dooley.

Révélation étincelante dans toutes les terminaisons nerveuses. *Explosion* dans toutes les terminaisons nerveuses. Dooley avait pu apprendre l'existence de Cole en lisant tout ce qui concernait son héros littéraire, mais Lisey savait que ce n'était pas ça. Et tout s'éclaira soudain parfaitement, divinement.

« Vous avez jamais mis les pieds à Brushy Mountain. C'est rien qu'une histoire à dormir debout que vous avez racontée à Hurlyburly. Du bla bla de bar. Mais vous avez été interné, pas de doute. Ça, c'est vrai. Vous avez été dans le nid de coucous. Vous avez été dans le nid de coucous avec Cole.

– Ferme-la, médème ! Tu m'écoutes à la fin et tu la fermes *deusssuite* !

– Lisey, *arrête* ! » cria Amanda.

Lisey ne prêta attention ni à l'un ni à l'autre. « Est-ce que vous discutiez tous les deux des bouquins de Scott Landon que vous préfériez... quand Cole était assez drogué pour tenir des propos cohérents, je veux dire ? Je parie que oui. Lui, c'était *Les Démons vides* qu'il préférait, hein ? Évidemment. Et vous, c'était *La Fille du garde-côte*. Une jolie paire de Cow-boys de l'HyperEspace causant bouquins pendant qu'on leur retapait leur GPS endommagé...

– Ça *suffit*, j'ai dit ! » Nageant vers elle à travers la pénombre. Nageant vers elle tel un plongeur remontant du noir des profondeurs vers le vert des hauts-fonds, binocles sur le nez et tout. Bien sûr, les plongeurs ne tenaient pas de sacs en papier rivés sur leur cœur pour parer les coups des veuves cruelles qui en savaient trop. « Je vous préviendrerai pas deux fois. »

Lisey n'écoutait rien. Elle ignorait si Amanda avait toujours le revolver à la main et ne s'en souciait plus. Elle était déchaînée. « Avez-vous parlé des bouquins de Scott en thérapie de groupe avec Cole ? Oh oui, bien sûr. Le thème du père. Et après ça, quand ils vous ont laissé sortir, voilà-t-y pas le père Hurlyburly qui se radine, tout à fait comme un papa dans un livre de Scott Landon. Un des *bons* papas. Quand ils vous ont laissé sortir de la cage aux follingues. Quand ils vous ont laissé sortir de l'*usine à cris*. Quand ils vous ont laissé sortir de l'*académie de l'esclaffade*, comme dirait... »

Avec un hurlement strident, Dooley lâcha son sac en papier (qui fit cloc) et se jeta sur Lisey. Elle eut le temps de penser, *Oui. Voilà pourquoi j'avais besoin d'avoir les deux mains libres.*

Amanda aussi glapit, sa voix couvrant celle de l'autre. Des trois, seule Lisey était calme, parce que seule Lisey savait précisément ce qu'elle faisait... à défaut de savoir précisément pourquoi. Elle ne fit aucun effort pour fuir. Elle ouvrit ses bras à Jim Dooley et le chopa comme une fièvre.

### 3

Sans la présence du bureau, il l'aurait renversée par terre et serait monté sur elle – Lisey n'avait aucun doute sur ses intentions. Elle laissa son poids l'entraîner en arrière, sentit l'odeur de sueur dans ses cheveux et sur sa peau. Elle sentit encore l'arête de ses lunettes lui mordre la tempe et entendit un claquement bref, bas, juste en dessous de son oreille.

*Ce sont ses dents*, pensa-t-elle. *Ce sont ses dents qui cherchent mon cou.*

Ses fesses heurtèrent le long flanc de Grosse Maman Jumbo. Amanda poussa un autre cri perçant. Il y eut une détonation bruyante et un bref éclair fulgurant.

« *Laisse-la tranquille, enfoiré !* »

*Bien parlé, mais t'as tiré au plafond*, pensa Lisey en resserrant son étreinte autour du cou de Dooley tandis qu'il la ployait en arrière tel un danseur de tango à la fin d'un numéro particulièrement langoureux. Elle flairait l'odeur de poudre du revolver, elle avait les oreilles qui sifflaient, et elle sentait contre son ventre le sexe de Dooley, lourd, presque en érection complète.

« Jim, chuchota-t-elle en le maintenant contre elle. Je vais vous donner ce que vous désirez. Laissez-moi vous donner ce que vous désirez. »

L'étreinte de l'homme se relâcha d'un poil. Elle perçut son trouble. C'est alors qu'avec un miaulement félin, Amanda atterrit sur son dos et Lisey ploya encore en arrière, quasiment couchée sur le bureau à présent. Sa colonne vertébrale fit entendre un craquement alarmant, mais elle distinguait maintenant la tache ovale du visage de Dooley – assez nettement pour voir à quel point il avait l'air effrayé. *A-t-il eu peur de moi depuis le début ?* se demanda-t-elle.

*Maintenant ou jamais, petite Lisey.*

Elle chercha ses yeux sous les bizarres cercles de verre, les trouva, et y riva les siens. Amanda miaulait toujours comme une chatte sur un toit brûlant, et Lisey voyait ses poings qui martelaient les épaules de Dooley. Ses deux poings. Elle avait donc tiré ce seul coup de feu au plafond, puis lâché le revolver. Ah bah, peut-être était-ce mieux ainsi.

« Jim. » De Dieu, son poids allait la tuer. « *Jim.* »

La tête de Dooley pencha, comme attirée par l'aimant de ses yeux et la puissance de sa volonté. Un instant, Lisey douta d'être capable de l'atteindre malgré ça. Puis, au prix d'une ultime détente désespérée – *Pafko est au mur*, aurait dit Scott, citant Dieu sait qui – elle y arriva. Elle flaira les relents de viande et d'oignons du dîner de Dooley au moment où elle posa sa bouche sur la sienne. De la langue, elle força ses lèvres à s'ouvrir, accentua son baiser, et transmit de la sorte sa deuxième gorgée d'eau de mare. Elle sentit la douceur sucrée s'en aller. Et le monde qu'elle connaissait vacilla puis commença à s'en aller lui aussi. Cela survint vite. Les murs devinrent transparents et les senteurs mêlées de cet autre monde emplirent ses narines : frangipaniers, bougainvillées, roses, reines de la nuit.

« Géromino », dit-elle dans la bouche de Dooley, et comme si elle n'avait attendu que ce mot-là, la surface solide du bureau se changea en pluie sous elle. L'instant d'après elle avait complètement disparu. Lisey tomba ; Jim Dooley tomba par-dessus elle ; Amanda, toujours miaulant, tomba par-dessus eux.

*Nard*, pensa Lisey. *Nard, Fin.*

4

Elle atterrit sur un épais tapis d'herbe qu'elle connaissait si bien qu'elle aurait pu s'y être roulée toute sa vie. Elle eut le temps de repérer les arbres câlins avant que son souffle ne soit expulsé d'elle dans un grand *woufff* bruyant. Des points noirs dansèrent devant ses yeux dans l'air coloré par le couchant.

Elle aurait pu s'évanouir si Dooley n'avait pas roulé sur le côté. Quant à Amanda, il se débarrassa de son poids sur son dos comme si elle n'était guère plus qu'un chaton agaçant. Dooley se dressa sur ses pieds, fixant d'abord des yeux la colline tapissée de lupin pourpre puis se tournant dans l'autre direction, vers les arbres câlins formant les avant-postes de ce que Paul et Scott Landon avaient appelé la Forêt Enchantée. Lisey fut choquée par l'aspect de Dooley. Sa tête ressemblait à quelque étrange tête de mort tendue de peau et de poils. Il lui fallut un moment pour réaliser que c'était l'étroitesse de son visage combinée aux ombres du soir et à ce qui était arrivé à ses lunettes. Les verres n'avaient pas fait le voyage jusqu'à Na'ya Lune. Les yeux exorbités de Dooley regardaient à travers les trous qui les remplaçaient. Sa bouche béait. De la salive s'étirait en fils d'argent entre ses lèvres supérieure et inférieure.

« Vous avez... toujours aimé... les livres de Scott », dit Lisey. Elle parlait comme un coureur essoufflé, mais elle était en train de reprendre haleine et les mouches noires commençaient à se dissiper devant ses yeux. « Comment trouvez-vous son *monde*, monsieur Dooley ?

– Où... » Sa bouche continua de remuer, mais il ne put terminer.

« Na'ya Lune, à la lisière de la Forêt Enchantée, près de la tombe du frère de Scott, Paul. »

Elle savait que Dooley serait aussi dangereux pour elle (et pour Amanda) ici que dans le bureau de Scott, une fois que le peu d'esprit qu'il possédait lui serait revenu, mais elle s'accorda néanmoins un instant pour jeter un coup d'œil à cette longue pente pourpre, et au ciel qui s'obscurcissait. Une fois de plus, le soleil sombrait dans un feu orange tandis que la pleine lune montait à l'opposé. Elle pensa, comme elle l'avait fait avant, que ce mélange de feu et d'argent froid risquait de la tuer de sa fiévreuse beauté.

Mais ce n'était pas de beauté qu'elle avait à s'inquiéter maintenant. Une main brûlée par le soleil s'abattit sur son épaule.

« C'est quoi-là qu't'u me fais, médème ? » demanda Dooley. Ses yeux s'écarquillaient dans les montures vides de ses lunettes. « Tu cherches z'à m'hynop-tiser ? Pasque ça va pas marcher.

– Pas du tout, monsieur Dooley, dit Lisey. Vous vouliez ce qui appartenait à Scott, pas vrai ? Et ceci vaut certainement mieux que n'importe quelle histoire inédite, ou même que découper sa femme avec son propre ouvre-boîtes, qu'en dites-vous ? Regardez ! Tout un autre monde ! Un endroit fait d'imagination ! Des rêves tissés en étoffe véritable ! Bien sûr, c'est dangereux dans la forêt – dangereux *partout* la nuit, et il fait presque nuit maintenant – mais je veux croire qu'un brave et solide illuminé comme vous... »

Elle vit ce qu'il avait l'intention de faire, vit son meurtre clairement inscrit dans ces étranges yeux *inorbités*, comme aurait pu dire..., et elle cria le nom de sa sœur. L'appelant au secours, certes, mais commençant aussi à rire. Malgré tout. À rire de *lui*. En partie parce qu'il avait l'air plutôt niais avec ses binocles aux verres tombés, mais surtout parce qu'à cet instant fatidique, la chute d'une vieille blague de maison close venait de lui sauter dans la tête : *Hé, les filles, votre enseigne est tombée !* Le fait qu'elle n'ait aucun souvenir du reste de la blague n'en rendait la chose que plus drôle.

Puis Lisey perdit le souffle et ne fut plus capable de rire. Elle put seulement exhaler un râle.

5

Elle griffa Dooley au visage de ses ongles courts mais loin d'être inexistants et lui laissa trois sillons sanglants sur une joue, mais l'étau qu'il avait refermé autour de son cou ne se desserra pas – au contraire, la pression s'accentua. Le râle qui sourdait d'elle était plus sonore maintenant, un bruit de vieille mécanique primitive aux rouages ensablés. La calibreuse de pommes de terre de M. Silver, peut-être.

*Amanda, que toufu ?* pensa-t-elle, et soudain Amanda fut là. Marteler à coups de poing le dos et les épaules de Dooley n'ayant servi à rien, Amanda se jeta à genoux, et de ses mains blessées lui empoigna l'entrejambe à travers le jean... et *tordit*.

Dooley poussa un hurlement et rejeta Lisey loin de lui. Elle valdingua dans l'herbe haute, retomba sur le dos, et puis se remit précipitamment sur ses pieds en hoquetant, faisant descendre de l'air dans sa gorge en feu. Dooley était plié en deux, tête baissée, les mains entre les jambes, une posture douloureuse qui rappela à

Lisey un accident de tape-cul dans la cour de l'école et la remarque pleine de bon sens de Darla à l'époque : « C'est pour ça, *entre autres,* que je suis bien contente de pas être un garçon. »

Amanda chargea Dooley.

« *Manda, non !* » cria Lisey, mais trop tard. Même blessé, Dooley était d'une scélérate rapidité. Il esquiva aisément Amanda, puis la balaya d'un coup de son poing osseux. Arrachant ses binocles inutiles de l'autre main, il les balança dans l'herbe : il les largomucha. Toute prétention au bon sens avait déserté ces yeux bleus. Il aurait pu être la chose morte dans *Les Démons vides,* remontant implacablement du fond du puits pour assouvir sa vengeance.

« Je sais pas où t'est-ce qu'on est, mais laisse-moi te dire une chose, médème : t'es pas prête de rentrer à ta maison.

— Sauf si vous m'attrapez, c'est *vous* qui n'êtes pas près de rentrer chez vous », dit Lisey. Puis elle se remit à rire. Elle était effrayée — terrorisée — mais c'était bon de rire, peut-être parce qu'elle comprenait que son rire était son canif. Chaque éclat sourdant de sa gorge à vif entamait un peu plus profondément la chair de l'autre.

« Arrête de te moquer de *moi,* salope, je vais te faire ravaler tes *hi-han* ! » rugit Dooley, et il fonça sur elle.

Lisey se détourna pour prendre la fuite. Elle n'avait pas couru deux foulées en direction du sentier s'enfonçant dans les bois qu'elle entendit Dooley pousser un cri de douleur. Elle regarda par-dessus son épaule et le vit agenouillé. Quelque chose saillait de son biceps, et sa chemise noircissait rapidement autour. Dooley se remit sur ses pieds en titubant et tira sur l'objet en poussant un juron. La chose protubérante remua mais ne ressortit pas. Lisey aperçut un éclair jaune qui s'en s'éloignait en ligne droite. Dooley poussa encore un cri, puis empoigna de sa main libre l'objet planté dans sa chair.

Lisey comprit en un éclair, trop parfait pour ne pas être vrai. Il s'était élancé à sa poursuite, mais Amanda l'avait arrêté d'un croc-en-jambe. Et il s'était affalé sur la croix de bois marquant la tombe de Paul Landon. L'extrémité taillée en biseau saillait de son biceps comme une aiguille géante. Voilà qu'il l'arrachait maintenant d'un grand coup et la rejetait sur le côté. Un nouveau flot de sang coula de la plaie ouverte, teignant en écarlate sa manche de chemise jusqu'au coude. Lisey savait qu'elle devait à tout prix empêcher Dooley de reporter sa fureur sur Amanda, qui gisait sans défense dans l'herbe pratiquement à ses pieds.

« *Tu m'attraperas pas, tu m'attraperas pas !* » scanda-t-elle, piochant dans un folklore de cour de récré qu'elle ignorait même se rappeler. Puis elle lui tira la langue, se plantant les pouces dans les oreilles et agitant les doigts pour faire bonne mesure.

« Salope ! *Connasse !* » glapit Dooley, et il chargea.

Lisey courut. Elle ne riait plus, elle était finalement trop effrayée pour rire, mais un sourire terrifié errait encore sur ses lèvres quand ses pieds trouvèrent le sentier et qu'elle s'engouffra dans la Forêt Enchantée, où il faisait déjà nuit.

6

Le panneau indiquant **VERS LA MARE** avait disparu, mais alors que Lisey s'engageait dans la première section du sentier – une pâle ligne blanche qui semblait flotter parmi les masses plus sombres des arbres environnants – des gloussements saccadés s'élevèrent devant elle. *Les rieurs*, pensa-t-elle, et elle risqua un regard par-dessus son épaule, pensant que si son ami Dooley entendait *ces* bébés-là, il risquait de changer d'avis au sujet...

Mais non. Dooley était toujours là, visible en pointillé dans la lumière déclinante car il avait gagné du terrain sur elle, il filait vraiment comme une flèche en dépit du sang noir qui enduisait maintenant sa manche gauche de l'épaule au poignet. Lisey trébucha sur une racine, faillit perdre l'équilibre et parvint à le conserver par miracle, et sans doute aussi en se rappelant que Dooley serait sur elle dans les cinq secondes qui suivraient sa chute. La dernière chose qui la toucherait serait son souffle, la dernière chose qu'elle sentirait serait l'arôme surissant des arbres environnants alors qu'ils se métamorphosaient en leur être nocturne plus dangereux, et la dernière chose qu'elle entendrait serait le rire dément de ces êtres-hyènes qui vivaient plus au cœur de la forêt.

*Je l'entends haleter. Je l'entends parce qu'il se rapproche. J'ai beau courir de toutes mes forces – et je pourrai pas tenir longtemps à ce rythme – il est capable de courir un tout petit peu plus vite que moi. Pourquoi est-ce que de lui avoir serré les couilles comme elle l'a fait le ralentit pas un peu ? Et de saigner aussi ?*

La réponse à ces questions était simple, la logique imparable : bien sûr qu'il était ralenti. Sans quoi, elle aurait déjà été rattrapée. Lisey filait en quatrième vitesse. Elle tâcha de passer la cinquième, sans succès. Apparemment, elle n'avait *pas* de cinquième. Derrière elle, la respiration rauque et rapide de Jim Dooley continuait à se rapprocher, et elle sut que dans pas plus d'une minute, moins peut-être, elle sentirait le premier frôlement de ses doigts sur son dos.

Ou dans ses cheveux.

7

Le sentier s'inclina et devint plus abrupt pendant quelques secondes ; les ombres devinrent plus profondes. Elle pensa que peut-être enfin elle pourrait gagner un peu de terrain sur Dooley. Elle n'osait pas regarder en arrière pour vérifier, et elle priait pour qu'Amanda ne cherche pas à les suivre. On était peut-être en sécurité sur la Colline Câline, on l'était peut-être à la mare, mais on ne l'était pas du tout dans ces bois. Et Jim Dooley était loin d'y être la pire menace. Elle entendait maintenant le faible tintement irréel de la cloche de Chuckie G, subtilisée par Scott dans le cours d'une autre vie et suspendue dans un arbre au sommet de la prochaine pente.

Lisey vit une lumière plus claire en avant, non plus un rouge orangé à présent mais la lueur résiduelle d'un rose mourant. Elle filtrait entre des arbres clairsemés. Le sentier était un peu plus lumineux, aussi. Elle distinguait sa pente douce. Derrière la prochaine colline, elle s'en souvenait, il plongeait à nouveau, pour serpenter à travers une forêt encore plus dense avant de rejoindre le gros rocher et la mare au-delà.

*J'y arriverai pas*, pensa-t-elle. Le souffle qui lui déchirait la gorge était brûlant et elle commençait à avoir un point de côté. *Il m'attrapera avant que je sois à mi-hauteur de cette colline.*

Ce fut la voix de Scott qui répondit, rieuse en surface, emplie d'une surprenante colère sous-jacente. *T'as pas fait tout ce chemin pour rien. Vas-y, babylove.* MIRALBA.

MIRALBA, parfaitement. ArRIMer LE BardA quand faut y aller faut y aller n'avait jamais été aussi approprié qu'en cet instant.

Lisey fonça vers le sommet de la colline, cheveux collés au crâne par la sueur, bras fouettant l'air. Elle inhalait par bouffées avides, exhalait par explosions brutales. Elle regrettait la douceur sucrée dans sa bouche, mais elle avait donné sa dernière gorgée d'eau de mare au toufu fada lancé à ses trousses et elle n'avait plus désormais qu'un goût de cuivre et d'épuisement dans la bouche. Elle l'entendait se rapprocher à nouveau, il avait cessé de hurler, économisant tout son souffle pour la traque. Son point de côté s'accentua. Un sifflement doux, aigu, lui emplit d'abord une oreille, puis les deux. Les rieurs gloussaient plus près maintenant, comme s'ils voulaient assister à la mise à mort. Elle flairait la métamorphose des arbres, comment leur arôme, auparavant si doux, s'était fait âpre, pareil à l'odeur du vieux henné qu'elle et Darla avaient trouvé dans la salle de bains de Granny D après sa mort, une odeur de poison, et...

*C'est pas les arbres.*

Tous les rieurs s'étaient tus. Désormais il n'y avait plus que le bruit de la respiration hachée de Dooley tandis qu'il martelait le sol derrière elle, cherchant à combler les derniers pas qui les sépareraient. Et ce à quoi elle pensa, ce furent les bras de Scott se refermant sur elle, Scott l'attirant contre son corps, Scott chuchotant, *Chhhht, Lisey. De grâce pour ta vie et la mienne, plus un bruit maintenant.*

Elle pensa : *Il n'est pas couché en travers du sentier, comme il l'était quand Scott a cherché à rejoindre la mare en 2004. Cette fois-ci, il galope à côté du sentier. Comme il galopait quand je suis venue chercher Scott l'hiver du grand vent froid de Yellowknife.*

Mais juste au moment où elle apercevait la cloche, toujours suspendue à son bout de corde pourrissant, son galbe reflétant la dernière lueur du jour, Jim Dooley accéléra dans un ultime accès de fureur et Lisey sentit *vraiment* ses doigts glisser sur le dos de son T-shirt, cherchant une prise, n'importe quoi, même une bretelle de soutien-gorge ferait l'affaire. Elle parvint à ravaler le cri perçant qui lui monta dans la gorge, mais c'était moins une. Elle bondit en avant, parvenant à gagner un peu de vitesse elle-même, vitesse qui ne lui aurait sans doute servi à rien si Dooley, trébuchant à nouveau, ne s'était écroulé dans un cri – *SALOPE !* – dont Lisey pensa qu'il le regretterait toute sa vie.

Autant dire peut-être pas longtemps.

8

Ce tintement timide retentit encore, provenant de ce qui naguère avait été
*(Chaud devant, Lisey ! Allons, pressons !)*
l'Arbre à la Cloche et qui était maintenant l'Arbre à la Cloche et à la Bêche d'Argent. Et elle était bien là, la bêche d'argent de Scott. Quand elle l'y avait déposée – suivant une intuition puissante qu'elle comprenait maintenant – les rieurs avaient été saisis de bégaiements hystériques. Maintenant, la Forêt Enchantée était silencieuse si l'on exceptait les bruits de sa propre respiration torturée et le vomissement d'injures hoquetant de Dooley. Le petit gars long dormait – somnolait, du moins – et les hurlements de Dooley l'avaient réveillé.

Peut-être était-il écrit que cela devait se passer ainsi, mais ça n'en facilitait pas plus les choses. C'était horrible pour Lisey de sentir dans l'outremonde de son esprit le réveil chuchotant de pensées pas-tout-à-fait-étrangères. Elles étaient semblables à des mains fiévreuses tâtonnant à la recherche de planches disjointes ou éprouvant la solidité du couvercle fermé d'un puits. Elle se découvrit en train de considérer trop de choses terribles qui avaient, à une époque ou une autre, sapé les fondements de son cœur ; deux dents sanglantes qu'elle avait un jour trouvées par terre dans les toilettes d'un cinéma, deux petits gosses en pleurs dans les bras l'un de l'autre devant une épicerie de quartier, l'odeur de son mari agonisant sur son lit de mort et la fixant de ses yeux brûlants, Granny D mourante dans son poulailler avec son pied tac-tac-tac agité de soubresauts.

Des pensées terribles. Des images terribles, de celles qui reviennent vous hanter au cœur de la nuit quand la lune est couchée, le médicament bu et l'heure indéfinissable.

Toute la crapouasse en d'autres mots. Juste au-delà de ces quelques arbres.

Et *maintenant*...

Dans le toujours parfait, à-jamais-sans-fin moment de *maintenant*

9

Haletante, gémissante, son cœur plus qu'un tonnerre de sang à ses oreilles, Lisey se penche pour saisir la bêche d'argent. Ses mains, qui surent quoi faire dix-huit ans plus tôt, savent quoi faire aujourd'hui, même si sa tête s'emplit d'images de perte, de souffrance et de désespoir douloureux. Dooley approche. Elle l'entend. Il a cessé de jurer mais elle entend sa respiration se rapprocher. Ça va se jouer à très peu, bien moins qu'avec Blondie, même si *ce* forcené n'est pas armé, car si Dooley arrive à mettre la main sur elle avant qu'elle-même puisse se retourner...

Mais il n'y parvient pas. Pas tout à fait. Lisey pivote comme un batteur lancé après une balle vicieuse, elle balance la bêche d'argent aussi fort qu'elle peut. La lame cueille un dernier bouton de lumière rose, une fleur sur le déclin, et son bord supérieur percute en pleine vitesse la cloche suspendue. La cloche articule un mot ultime – *TING!* – et s'envole dans le crépuscule, traînant après elle son bout de corde pourrissant. Lisey voit la bêche poursuivre sa trajectoire en avant et vers le haut, et une fois de plus elle pense *Sapristouffe! J'y suis pas allée de main morte!* Puis le plat de la lame entre en collision avec le visage tendu par la course de Jim Dooley, sans bruit de craquement – le son qu'elle se rappelle de Nashville – mais avec une sorte de vibration de gong étouffée. Dooley glapit de surprise et de douleur. Il est déséquilibré sur le côté, projeté hors du sentier et au milieu des arbres, battant des bras, cherchant à retrouver son aplomb. Elle a juste le temps de voir que son nez est carrément de biais, exactement comme l'était celui de Cole ; le temps de voir que sa bouche pisse le sang par en bas et par les deux côtés. Puis un mouvement se produit sur sa droite, non loin de l'endroit où Dooley se débat en tentant de se redresser. C'est un mouvement *démesuré*. Un instant, les pensées sombres et d'une redoutable tristesse qui peuplent l'esprit de Lisey deviennent plus tristes et plus sombres encore ; Lisey pense qu'elles vont soit la tuer soit la rendre folle. Puis elles prennent une direction légèrement différente, et tandis qu'elles se réorientent, la chose là-bas juste au-delà des arbres change aussi de direction. On entend le son compliqué de branchages qui cassent, d'arbres et de broussailles qui craquent et s'arrachent. Puis, et d'un seul coup, le *voilà*. Le petit gars long de Scott. Et elle comprend qu'une fois que tu as vu le petit gars long, passé et futur ne sont plus que rêves. Une fois que tu as vu le petit gars long, il n'y a plus que, oh petit Jésus, il n'y a plus que l'unique moment de *maintenant* étiré telle une note insoutenable qui n'a jamais de fin.

10

Quasiment avant que Lisey ait pris conscience de ce qui arrivait, et certainement avant qu'elle soit prête – encore que l'idée de pouvoir jamais être *prête* pour une telle chose soit parfaitement grotesque –, soudain ça arriva. La chose pie. L'incarnation vivante de ce dont parlait Scott quand il parlait de la crapouasse.

Ce qu'elle vit fut un énorme flanc cuirassé pareil à de la peau de serpent crevassée. Ça survint en s'enflant parmi les arbres, en faisant ployer certains, en sectionnant d'autres, semblant passer à travers quelques-uns parmi les plus gros. C'était impossible, bien sûr, mais l'impression ne faiblit pas. Il n'y avait aucune odeur mais il y avait un son désagréable, un halètement, un bruit *viscéral* d'une certaine façon, et puis soudain sa tête bigarrée apparut, plus haute que les arbres et oblitérant le ciel. Lisey vit un œil, mort et pourtant vigilant, aussi noir que l'eau d'un puits et aussi large que son orifice, guettant à travers le feuillage. Elle vit une cavité s'ouvrant dans la chair de sa vaste tête chercheuse aux contours émoussés et eut l'intuition que tout ce qui était absorbé par ce profond tunnel de chair ne mourait pas précisément mais vivait et *hurlait*... vivait et *hurlait*... vivait et *hurlait*.

Elle-même ne pouvait pas hurler. Elle ne pouvait émettre absolument aucun son. Elle fit deux pas en arrière, des pas qui lui apparurent d'un calme surnaturel. La bêche, dont la plaque d'argent dégouttait une fois de plus du sang d'un dément, lui tomba des mains et atterrit sur le sentier. Elle pensa, *Ça me voit... et ma vie ne m'appartiendra plus jamais. Ça ne la* laissera *plus jamais m'appartenir.*

Un instant la chose se cabra, informe, interminable, des touffes de poils poussant par plaques sur ses nappes de chair moites et palpitantes, son œil géant avide et terne rivé sur elle. Le rose mourant du jour et l'éclat d'argent naissant de la lune illuminèrent le reste, qui gisait encore tel un serpent dans les fourrés.

Puis l'œil passa de Lisey à la créature hurlante qui se débattait en cherchant à se dégager du petit bosquet d'arbres qui l'avait piégée, Jim Dooley, du sang pissant par sa bouche et son nez fracturés et par un œil enflé ; Jim Dooley, du sang jusque dans ses cheveux. Dooley vit ce qui le regardait et il cessa de hurler. Lisey le vit tenter de couvrir son œil valide, vit ses mains retomber le long de son corps, sut qu'il avait perdu sa force, et éprouva une seconde de pitié pour lui en dépit de tout, un instant d'empathie qui fut abominable dans son intensité et presque insoutenable dans son harmonieuse humanité. En cet instant-là, elle aurait pu tout retirer si cela avait signifié seulement sa propre mort, mais elle pensa à Amanda et s'efforça de durcir son cœur et son esprit horrifiés.

L'énorme chose enchevêtrée parmi les arbres s'avança presque délicatement et cueillit Dooley. La chair autour du trou dans son mufle émoussé sembla se plisser brièvement, presque se froncer, et Lisey se souvint de Scott gisant sur le macadam brûlant, ce jour-là à Nashville. Alors que les ébrouements et les craquements de mâchoire commençaient et que Dooley faisait entendre ses ultimes et, sembla-t-il, interminables cris, elle se souvint de Scott chuchotant, *Je l'entends bâfrer.* Elle se rappela comment il avait plissé les lèvres pour former un **O** rigide, et elle revit avec une parfaite netteté comment le sang avait jailli d'entre ses lèvres froncées quand il avait produit ce halètement d'une indescriptible horreur : de fines gouttelettes rubis qui semblèrent demeurer en suspension dans l'étuve de l'air.

Elle se mit à courir alors, bien qu'elle aurait juré qu'elle ne savait plus comment faire. Elle rebroussa chemin comme une flèche par le sentier qui la ramènerait à la colline de lupin et l'éloignerait de l'Arbre à la Cloche et à la Bêche d'Argent près duquel le petit gars long dévorait vivant Jim Dooley. Elle savait qu'il leur faisait une faveur, à elle et Amanda, mais elle savait aussi que cette faveur était au mieux un cadeau empoisonné, car si elle survivait à cette nuit, elle ne serait pas plus libérée du petit gars long que Scott ne l'avait été, non, pas un seul jour de sa vie depuis son enfance. Désormais, il l'avait marquée elle aussi, l'avait incluse dans son moment à-jamais-sans-fin, dans son terrible regard englobant le monde. Dorénavant elle se devrait d'être prudente, surtout s'il lui arrivait de s'éveiller au cœur de la nuit... et Lisey eut comme une idée que ses nuits de sommeil profond étaient révolues. Aux petites heures du jour, il lui faudrait détourner son regard des vitres, des miroirs, et surtout, Dieu sait pourquoi, de la surface incurvée des verres. Elle devrait se protéger du mieux qu'elle pourrait.

Si elle survivait à cette nuit.

*Il est tout près, trésor,* avait chuchoté Scott gisant secoué de frissons sur le macadam brûlant. *Tout près.*

Derrière elle, Dooley hurlait comme s'il ne devait jamais s'arrêter. Lisey crut devenir folle. Ou que c'était déjà fait.

11

Juste avant qu'elle n'émerge des arbres, les clameurs de Dooley cessèrent enfin. Elle ne vit pas Amanda. Ce qui l'emplit d'une terreur nouvelle. Suppose que sa sœur se soit enfuie vers Dieu sait quel point cardinal ? Ou suppose qu'elle soit encore quelque part tout près mais recroquevillée en position fœtale, catatonique à nouveau et dissimulée par les ombres ?

« Amanda ? *Amanda ?* »

Il y eut un moment interminable durant lequel elle n'entendit rien. Il fut suivi – mon Dieu, enfin ! – par un froissement dans l'herbe haute sur la gauche de Lisey, et Amanda se mit debout. Son visage, déjà pâle et plus livide encore dans le clair de lune qui se levait, ressemblait maintenant à celui d'une apparition. Ou d'une harpie. Elle s'avança en trébuchant, bras tendus, et Lisey la reçut entre les siens. Amanda frissonnait. Ses mains sur la nuque de Lisey se serrèrent en un étau glacé.

« Oh, Lisey, j'ai cru qu'il s'arrêterait jamais !

– Moi aussi.

– Et des cris si aigus... je savais pas dire... ils étaient si *aigus*... j'espérais que c'était lui, mais je pensais, "Et si c'était Petite ? Et si c'était Lisey ?" » Amanda se mit à sangloter dans le cou de sa sœur.

« Je suis saine et sauve, Amanda. Je suis là et je vais bien. »

Amanda releva la tête pour pouvoir regarder sa jeune sœur dans les yeux. « Il est mort ?

– Oui. » Elle s'abstiendrait de partager avec Amanda son intuition que Dooley risquait fort d'avoir accédé à une sorte d'immortalité infernale à l'intérieur de la chose qui l'avait dévoré. « Mort.

– Alors je veux rentrer ! Est-ce qu'on peut rentrer ?

– Oui.

– Je sais pas si je peux me représenter mentalement le bureau de Scott... je suis si bouleversée... » Amanda promena un regard effrayé autour d'elle. « Ça ressemble pas *du tout* à Vent-du-Sud.

– Non, convint Lisey en reprenant Amanda dans ses bras. Et je sais que tu as peur. Fais simplement de ton mieux. »

En réalité, Lisey ne se faisait aucun souci quant à leur capacité à réintégrer le bureau de Scott, réintégrer Castle View, réintégrer le monde. Elle pensait que le problème désormais serait plutôt d'y *rester*. Elle se souvenait d'un médecin qui lui avait dit, un jour qu'elle s'était rudement bien foulé la cheville en faisant du patin à glace, qu'elle devrait être particulièrement prudente avec cette cheville-là. *Parce qu'une fois qu'on commence à étirer ces tendons*, avait-il dit, *c'est d'autant plus facile à faire la fois d'après.*

Largement plus facile à faire la fois d'après, vrai de vrai. Et ça l'avait vu. Cet œil, aussi gros que l'orifice d'un puits, à la fois mort et vif, s'était braqué sur elle.

« Lisey, tu es si courageuse », dit Amanda d'une petite voix. Elle regarda une dernière fois la pente de lupins, mordorée et étrange dans la clarté de la lune montante, puis pressa de nouveau son visage dans le cou de Lisey.

« Continue à parler comme ça et je te ramène à Greenlawn demain. Ferme tes yeux.

– C'est fait. »

Lisey ferma les siens. Un instant elle revit cette tête émoussée qui n'était pas du tout une tête mais seulement une gueule, un tube, un entonnoir plongeant au fond d'une noirceur emplie d'un interminable tourbillon de crapouasse. Dans cette gueule, elle entendait encore Jim Dooley hurler, mais le son était faible à présent, et mêlé à d'autres hurlements. Avec ce qui lui parut être un effort surhumain, elle balaya ces visions et ces sons, et les remplaça par l'image du bureau en érable rouge et par la voix du Vieux Hank – qui d'autre ? – chantant *Jambalaya*. Elle eut le temps de penser à la fois où Scott et elle avaient commencé par ne pas pouvoir rentrer alors qu'ils devaient absolument le faire, avec le petit gars long tellement proche, le temps de penser à

*(c'est l'africaine Lisey je la sens comme une ancre)*

ce qu'il avait dit, le temps de se demander pourquoi il fallait que cela lui rappelle encore Amanda contemplant avec un désir si intense l'*Ellébore* (un regard d'adieu, s'il en fut jamais), et puis ce temps s'écoula. Une nouvelle fois elle sentit l'air *se retourner*, et le clair de lune disparut. Elle le sut même avec les yeux fermés. Il y eut cette sensation de chute brève, accompagnée de secousses. Puis elles se retrouvèrent dans le bureau, et le bureau était obscur car Dooley avait coupé l'électricité, mais Hank Williams chantait quand même – *My Yvonne, sweetest one, me-oh-my-oh* – car même avec l'électricité coupée, le Vieux Hank avait son mot à dire et le disait.

### 12

« Lisey ? *Lisey !*
– Manda, tu m'écrases, *sors*-toi de...
– Lisey, on est rentrées ? »

Deux femmes dans le noir. Étalées sur la moquette, bras et jambes enchevêtrés.

« *Kinfolk come to see Yvonne by the dozens*[1]... » Leur parvenant de l'alcôve.

« Oui, et veux-tu bien te dégager de moi, tu *m'étouffes* !
– Oh pardon... Lisey, tu es sur mon bras... »

« *Son-of-a-gun, we'll have big fun... on the bayou !* »

Lisey parvint à rouler sur sa droite. Amanda libéra son bras, et l'instant d'après, le poids de son corps s'ôtait du sternum de Lisey. Elle aspira une forte – et diablement satisfaisante – goulée d'air. Alors qu'elle l'exhalait, Hank Williams cessa de chanter au milieu d'une phrase.

« Lisey, pourquoi fait-il si noir ici ?
– Parce que Dooley a coupé l'électricité, tu te souviens ?

---

1. « Parents et alliés, venez voir Yvonne par douzaines... »

– Il a coupé la *lumière*, rétorqua Amanda d'une voix raisonnable. S'il avait coupé *l'électricité*, la télé n'aurait pas été allumée. »

Lisey aurait pu demander à Amanda pourquoi la télé avait subitement *cessé* d'être allumée, mais elle préféra ne pas se fatiguer. D'autres sujets méritaient d'être discutés. Elles avaient *d'autres chattes à fouetter*, comme aurait dit quelqu'un qu'elle connaissait. « Allons à la maison.

– Je suis cent pour cent pour », dit Amanda. Ses doigts effleurèrent le coude de Lisey, tâtonnèrent le long de son bras, et se saisirent de sa main. Les deux sœurs se levèrent ensemble. Amanda ajouta, sur le ton de la confidence : « Ne le prends pas mal, Lisey, mais si je dois jamais remonter ici, ce sera contrainte et forcée. »

Lisey comprenait ce qu'Amanda ressentait, mais ses propres sentiments avaient changé. Le bureau de Scott l'*avait* sans conteste intimidée. Il l'avait tenue à distance pendant deux longues années. Mais elle pensait que la tâche majeure qui devait y être accomplie venait de l'être. Elle et Amanda en avaient fait partir le fantôme de Scott, en douceur et – le temps le dirait, mais elle en était pratiquement sûre – pour de bon.

« Viens, dit-elle. Allons à la maison. Je vais nous faire un chocolat chaud.

– Et peut-être un petit brandy pour commencer ? suggéra Amanda avec espoir. Ou bien les dames piquées de la ruche ont pas droit au brandy ?

– Les dames piquées de la ruche n'y ont pas droit. Toi oui. »

Se tenant par la main, elles gagnèrent l'escalier à tâtons. Lisey ne s'arrêta qu'une fois, lorsqu'elle marcha sur quelque chose. Elle se courba et ramassa un disque de verre épais d'un bon pouce. Comprenant que c'était l'un des verres des lunettes infrarouge de Dooley, elle le laissa retomber avec une grimace de dégoût.

« Quoi ? demanda Amanda.

– Rien. J'arrive à y voir un peu. Et toi ?

– Un peu. Mais me lâche pas la main.

– Compte sur moi, mon lapin. »

Elles descendirent l'escalier de la grange ensemble. Cela leur prit plus de temps, mais elles se sentirent beaucoup plus en sécurité.

13

Lisey sortit ses plus petits verres et leur versa à chacune un doigt de brandy d'une bouteille dénichée tout au fond du bar de la salle à manger. Elle leva son verre et trinqua avec Amanda. Elles étaient debout au comptoir de la cuisine. Toutes les lumières de la pièce étaient allumées, y compris la lampe à col de cygne dans le coin où Lisey rédigeait ses chèques sur un pupitre d'écolier.

« Derrière la cravate, dit Lisey.

— Dans la carafe, dit Amanda.

— Et hop, tirelire : fais gaffe ! », dirent-elles en chœur, et elles burent.

Amanda se plia en deux et expulsa de l'air en rafale. Quand elle se redressa, des roses avaient fleuri sur ses joues auparavant si pâles, un trait rouge barrait son front, et une minuscule selle écarlate était jetée sur l'arête de son nez. Des larmes lui étaient montées aux yeux.

« Nom de Dieu de merde ! C'était *quoi* ce truc ? »

Lisey, qui avait la gorge aussi en feu que le visage de Manda, attrapa la bouteille et lut l'étiquette. STAR BRANDY. *A PRODUCT OF ROMANIA.*

« Du brandy roumain ? s'étrangla Amanda. Jamais entendu parler d'un animal pareil ! D'où tu tiens ça ?

— C'est un cadeau fait à Scott. Pour — j'ai oublié quoi — mais je pense qu'ils avaient dû y ajouter une parure de sylos.

— C'est sûrement du poison. Vide-moi ça dans l'évier, moi je vais prier pour qu'on meure pas.

— Toi, vide-le. Moi je vais préparer le chocolat chaud. Suisse. *Pas* roumain. »

Elle pivotait déjà, quand Amanda lui toucha l'épaule. « Peut-être qu'on devrait se passer de chocolat chaud et dégager d'ici avant qu'un de tes petits shérifs ne revienne vérifier que tu vas bien.

— Tu crois ? » Alors même qu'elle posait la question, Lisey comprit qu'Amanda avait raison.

« Oui. Tu auras le courage de remonter au bureau ?

— Bien sûr que oui.

– Alors va récupérer mon petit revolver. Oublie pas, y a pas de lumière là-haut. »

Lisey souleva le plateau du petit pupitre où elle rédigeait ses chèques et sortit la longue lampe torche cylindrique qu'elle y gardait. Elle l'alluma. Le faisceau était bien lumineux.

Amanda rinçait leurs verres. « Si quelqu'un découvrait que nous sommes passées par ici, ça serait pas la fin du monde. Mais si tes petits shérifs découvraient que nous sommes venues avec un revolver... et que ce type a disparu de la surface de la terre à peu près en même temps... »

Lisey, qui n'avait pas réfléchi plus loin qu'emmener Dooley à l'Arbre à la Cloche et à la Bêche d'Argent (le petit gars long n'avait *jamais* fait partie de ses projets), s'avisa qu'elle avait encore du pain sur la planche et qu'elle ferait bien de s'activer. Le Professeur Hurlyburly ne signalerait jamais la disparition de son pote de comptoir, mais l'homme pouvait avoir de la famille *quelque part*, et s'il y avait quelqu'un au monde ayant un motif pour se débarrasser du Prince Noir des Incups, c'était bien Lisey Landon. Certes, il n'y avait pas de cadavre (ce que Scott s'était parfois amusé à nommer le *corpus delicius*), mais ça ne les empêchait pas, elle et sa sœur, d'avoir passé ce qui apparaîtrait aux yeux de certains comme un après-midi et une soirée extrêmement suspects. Plus, le Bureau du Shérif du Comté était au courant que Dooley la harcelait ; elle les avait affranchis elle-même sur le sujet.

« Je monte chercher son bordel, dit-elle.

– Bien », commenta Amanda sans sourire.

## 14

Le faisceau de la lampe ouvrait une large trouée et le bureau n'était pas aussi sinistre toute seule que Lisey l'avait craint. Avoir des choses à y faire comptait sans doute pour beaucoup. Elle commença par remettre le Pathfinder dans sa boîte à chaussures, puis entreprit de prospecter au ras du sol avec la lumière. Elle retrouva les deux verres des lunettes infrarouge, et une demi-douzaine de piles A dont elle supposa qu'elles provenaient du bloc d'alimentation électrique du gadget. Le bloc avait dû faire le voyage, bien qu'elle n'ait pas le souvenir de l'avoir vu ; les piles apparemment pas. Puis elle ramassa l'ignoble sac à malices de Dooley. Ou bien Amanda avait oublié le sac ou bien elle ne s'était même pas aperçue que Dooley l'avait, mais si quelqu'un le trouvait, son contenu ferait mauvais effet pour elle. Surtout associé au revolver. Lisey savait que des analyses pourraient être faites sur le Pathfinder qui révéleraient qu'il avait servi récemment ; elle n'était pas idiote (et elle regardait *Les Experts* à la télé). Elle savait aussi que les analyses ne révéleraient pas qu'il n'avait servi qu'une fois, pour tirer au plafond. Elle tâcha de manipuler le sac en papier de telle sorte que ça ne s'entrechoque pas à l'intérieur, mais ça s'entrechoqua quand même. Elle vérifia autour d'elle, cherchant d'autres signes du passage de Dooley, et n'en vit aucun. Il y avait des taches de sang sur la moquette, mais si *ça* c'était analysé, groupe sanguin et ADN correspondraient aux siens. Associé au contenu du sac qu'elle avait en main, le sang sur sa moquette ferait très mauvais effet, mais une fois le sac escamoté, personne n'y trouverait à redire. *Probablement* personne.

*Où est sa bagnole ? Son PT Cruiser ? Parce que je sais que cette bagnole que j'ai vue était la sienne.*

C'était pas le moment de s'inquiéter de ça. Il faisait nuit. Ce dont elle avait à s'inquiéter, c'était de ce bazar-ci. Et de ses sœurs. Darla et Canty, parties pour *Le Voyage de Crapaud pour Nulle Part en Particulier*, expédiées au diable vauvert au Centre de Santé Mentale d'Acadia à Derry. Pour qu'elles ne se trouvent pas prises dans la version Jim Dooley de la calibreuse de pommes de terre de M. Silver.

Mais devait-elle vraiment se tracasser pour ces deux-là ? Non. Elles seraient dans une fameuse rogne, sûr... et fameusement *curieuses*... mais au bout du compte, elles garderaient le silence pour peu qu'Amanda et elle leur disent qu'elles n'avaient pas pu faire autrement. Et pourquoi ça ? À cause du truc des sœurs, voilà pourquoi. Il faudrait qu'Amanda et elle soient prudentes avec elles, et qu'elles *inventent* une histoire quelconque (quel genre d'histoire pourrait bien couvrir tout ceci, Lisey n'en avait aucune idée, même si elle était sûre que Scott aurait trouvé quelque chose). Oui, il faudrait inventer une histoire, car contrairement à Lisey et Amanda, Darla et Cantata avaient des maris. Et les maris, bien trop souvent, sont la porte dérobée par où les secrets s'échappent dans le monde extérieur.

Comme Lisey se retournait pour partir, son œil fut attiré par le serpent-livres endormi contre le mur. Toutes ces revues trimestrielles et publications annuelles, tous ces bulletins universitaires, rapports reliés et copies de thèses écrites sur l'œuvre de Scott. Beaucoup renfermaient des photos d'une vie enfuie – appelons-la **SCOTT ET LISEY! LES ANNÉES DE MARIAGE!**

Elle se représentait aisément deux ou trois étudiants en train de démanteler le serpent et d'entasser ses éléments dans des cartons portant des marques d'alcool imprimées sur les côtés, puis empilant ces cartons à l'arrière d'un camion et les emportant au loin. À Pitt? *Tu rigoles*, pensa Lisey. Elle ne se considérait pas comme une femme rancunière, mais après Jim Dooley, il neigerait en enfer avant qu'elle place les affaires de Scott dans un endroit où Hurluberlu pourrait les consulter sans devoir d'abord se payer un billet d'avion. Non, la Bibliothèque Fogler de l'Université du Maine ferait très bien l'affaire – à une encablure de Cleaves Mills. Elle se voyait bien debout à l'écart, assistant à l'embarquement final, puis apportant un pichet de thé glacé aux jeunes gens une fois le travail terminé. Et quand ils auraient bu leur thé, ils reposeraient leurs verres et la remercieraient. L'un risquait de lui dire combien il avait adoré les livres de son mari, et l'autre dirait combien ils compatissaient à sa perte. Comme si Scott était mort il y a quinze jours. Elle les remercierait. Puis les regarderait s'éloigner avec toutes ces images figées de sa vie avec lui enfermées dans leur camion.

*Tu peux vraiment t'en défaire ?*

Elle pensait qu'elle pouvait. Pourtant, ce serpent somnolent contre le mur attirait l'œil. Tant de livres fermés, dans un sommeil profond – ils attiraient l'œil. Elle regarda encore un moment, pensant qu'il y avait eu naguère une jeune fille du nom de Lisey Debusher avec des seins hauts et fermes de jeune fille. Solitaire? Un peu, oui. Effrayée? Sûr, un poil, comme on peut l'être à vingt-deux ans. Et un jeune homme était entré dans sa vie. Un jeune homme dont les cheveux ne voulaient jamais tenir à l'écart de son front. Un jeune homme qui avait beaucoup à dire.

« Je t'ai toujours aimé, Scott », dit-elle au bureau vide. Ou peut-être le dit-elle aux livres endormis. « Toi et ton moulin à paroles éperdu. J'étais ta copine. Vrai ? »

Puis, dirigeant le faisceau de la lampe devant elle, elle redescendit l'escalier avec la boîte à chaussures dans une main et l'horrible sac à malices de Dooley dans l'autre.

15

Amanda était postée à la porte de la cuisine quand Lisey revint.
« Bien, dit Amanda. Je commençais à m'inquiéter. Qu'est-ce qu'il y a dans cette poche ?
— Tu ne veux pas le savoir.
— Oh... non, dit Amanda. Est-ce qu'il... tu sais, s'en est allé du grenier ?
— Je crois bien, oui.
— Je l'espère. » Amanda frissonna. « Ce type faisait froid dans le dos. »
*T'en sais pas la moitié*, pensa Lisey.
« Bon, dit Amanda, je crois qu'on ferait mieux d'aller là-bas.
— Où ça ?
— Lisbon Falls, dit Amanda. La vieille ferme.
— *Pourq...* » Lisey s'interrompit. C'était assez bizarrement logique.
« J'ai repris conscience à Greenlawn, rappelle-toi, exactement comme tu l'as dit à ce Dr Alberness, et tu m'as emmenée chez moi pour que je puisse me changer. Ensuite je me suis mise à débloquer en parlant de la vieille ferme. Allons, Lisey, partons, giclons d'ici avant que quelqu'un rapplique. » Amanda l'entraîna dehors dans l'obscurité.
Lisey, perplexe, se laissa emmener. La vieille ferme des Debusher se dressait toujours sur ses cinq arpents de terre au bout de Sabbatus Road à Lisbon, à une petite centaine de kilomètres de Castle View. Léguée conjointement à cinq femmes (et trois maris vivants), elle continuerait sans doute à se dresser là, tombant en ruines parmi hautes herbes et champs en jachère, pendant des années encore, à moins que les prix de l'immobilier flambent assez pour les inciter à renoncer à leurs idées différentes sur ce qu'il convenait d'en faire. Un fonds en fidéicommis institué par Scott à la fin des années quatre-vingt payait les taxes foncières.

« Et pourquoi voulais-tu aller à la vieille ferme ? demanda Lisey en se glissant derrière le volant de la BMW. C'est pas très clair dans ma tête.

— Parce que ça l'était pas dans la *mienne*, répondit Amanda tandis que Lisey décrivait un cercle pour faire demi-tour et remonter la longue allée. J'ai juste dit que je devais aller là-bas et revoir notre vieille maison pour ne pas, tu sais, repartir dans la Quatrième Dimension, alors bien sûr, tu m'as emmenée.

— Bien sûr, je t'ai emmenée », dit Lisey. Elle regarda des deux côtés, ne vit rien venir – et surtout pas de voitures du Bureau du Shérif du Comté, Dieu en soit loué – et prit à gauche, direction Mechanic Falls, Poland Springs, et enfin Gray et Lisbon au-delà. « Et pourquoi avons-nous envoyé Darla et Canty à l'opposé ?

— Parce que j'ai absolument insisté, dit Amanda. J'avais peur que si elles se pointent, elles me rembarquent chez moi ou chez toi ou même à Greenlawn sans me laisser le temps d'aller voir M'man et P'pa et de passer ensuite un petit moment chez nous. » Un instant, Lisey n'eut pas la moindre idée de ce que Manda racontait – *passer voir M'man et P'pa ?* Puis elle pigea. La concession de la famille Debusher se trouvait au cimetière proche de Sabbatus Vale. Bonne Ma et Dandy y étaient enterrés tous les deux, auprès de Grampy et Granny D et Dieu sait combien d'autres ancêtres Debusher.

Elle demanda : « Mais tu n'avais pas peur que *moi* je te ramène ? »

Amanda lui adressa un regard indulgent. « Pourquoi aurais-tu voulu me ramener ? C'est *toi* qui m'avais fait *sortir*.

— Peut-être parce que tu commençais à dérailler justement, à réclamer d'aller en visite dans une ferme déserte depuis trente ans si ce n'est plus ?

— Bah ! » Amanda balaya l'argument d'une main désinvolte. « Je t'ai toujours menée par le bout du nez, Lisey – Canty et Darla le savent aussi bien l'une que l'autre.

— Mon œil, oui ! »

Amanda se contenta de lui décocher un sourire exaspérant, son teint d'un vert plutôt inquiétant dans la clarté des lumières du tableau de bord, et ne dit rien. Lisey ouvrit la bouche pour réitérer l'argument, puis la referma. Elle pensa que l'histoire fonctionnerait, car elle se résumait à deux propositions d'une simplicité enfantine : Amanda s'était mise à dérailler (rien de nouveau sous le soleil) et Lisey s'était pliée à ses caprices (facilement compréhensible, vu les circonstances). Elles pourraient broder à partir de là. Quant à la boîte à chaussures contenant le revolver... et au sac à malices de Dooley...

« Nous allons nous arrêter à Mechanic Falls, dit-elle à Amanda. Là où le pont enjambe le fleuve Androscoggin. J'ai un ou deux trucs dont je dois me débarrasser.

– En effet », dit Amanda. Puis elle joignit les mains sur ses genoux, se renversa contre l'appui-tête, et ferma les yeux.

Lisey alluma la radio, et ne fut pas étonnée le moins du monde de tomber sur le Vieux Hank chantant *Honky Tonkin*. Elle l'accompagna à mi-voix. Elle connaissait les paroles par cœur. Rien d'étonnant à ça, non plus. Y a des choses que tu oublies jamais. Elle en était venue à croire que ces choses mêmes que le monde pragmatique relègue au rang d'éphémères – chansons, clair de lune, baisers – sont parfois celles qui durent le plus longtemps. Elles peuvent bien être simplettes, elles défient le temps et l'oubli. Et c'était bien comme ça.

C'était bien comme ça.

TROISIÈME PARTIE

# L'HISTOIRE DE LISEY

« Tu es l'appel et je suis la réponse,
Tu es le vœu, et moi l'exaucement
Tu es la nuit, et moi le jour.
Quoi encore ? C'est assez parfait.
C'est parfaitement complet,
Toi et moi,
Quoi de plus… ?
Étrange, combien nous souffrons malgré tout ! »

D. H. LAWRENCE, « Bei Hennef »

# XVI. Lisey et l'Arbre aux Histoires (Scott Dit Son Dernier Mot)

## 1

Une fois que Lisey se mit pour de bon au travail, vider le bureau de Scott fut plus rapide qu'elle ne l'aurait jamais cru. Tout comme elle n'aurait jamais cru qu'elle finirait par s'y coller avec Darla et Canty en plus d'Amanda. Darla se montra distante et soupçonneuse pendant un temps – un temps qui parut bien *long* à Lisey – mais Amanda demeura absolument imperturbable et imperturbée. « Elle fait son cinéma. T'inquiète, elle finira par arrêter son char et par descendre. Laisse-lui juste le temps, Lisey. La solidarité entre sœurs est la plus forte. »

En effet, Darla finit par arrêter son char et par descendre, même si Lisey garda l'impression qu'elle ne se déferait jamais complètement de l'idée qu'Amanda avait simulé pour Attirer l'Attention, et qu'elle et Lisey avaient Comploté Quelque Chose. Et Sûrement Quelque Chose de Louche. Canty était intriguée par le rétablissement d'Amanda, et par l'étrange excursion des deux sœurs à la vieille ferme de Lisbon, mais elle, du moins, ne crut jamais qu'Amanda avait simulé. Même sans l'avoir vu de ses propres yeux.

Quoi qu'il en soit, les quatre sœurs nettoyèrent et vidèrent la longue suite biscornue sous les combles de la grange pendant le week-end qui suivit le 4 juillet, louant les services de deux lycéens baraqués pour soulever les trucs les plus lourds. Le pire des dits trucs lourds s'avérant être Grosse Maman Jumbo, laquelle dut être démontée (ses pièces détachées rappelant à Lisey l'Homme

Éclaté des classes de biologie du lycée, sauf qu'en ce cas présent il aurait fallu l'appeler le Bureau Éclaté), et descendue ensuite à l'aide d'un treuil de location. Les lycéens s'encouragèrent mutuellement à grands braillements à mesure que les morceaux descendaient. Lisey resta debout à l'écart avec ses sœurs, priant frénétiquement pour qu'aucun des deux petits gars ne laisse un pouce ou un autre doigt dans la manœuvre, entre élingues et poulies. Rien de tel n'arriva, et à la fin de la semaine, tout avait été débarrassé du bureau de Scott et étiqueté, soit pour être donné soit pour être remisé le temps que Lisey ait décidé quoi diable en faire.

Tout, sauf le serpent-livres. Celui-là resta, somnolent, dans la longue pièce principale vide – l'*étouffante* pièce principale maintenant que la clim en avait été retirée. Même avec les lucarnes de toit ouvertes dans la journée et deux ou trois ventilateurs pour entretenir une circulation d'air, il y faisait une chaleur à crever. Et quoi d'étonnant à ça ? Même nantis d'un pedigree littéraire, ce n'étaient rien de plus que des combles de grange améliorés.

Et il y avait aussi ces vilaines taches marron sur la moquette – la moquette blanc nacré qui ne pourrait pas être retirée tant que le serpent-livres ne serait pas parti. Lisey les avait fait passer pour des gouttes de vernis à bois malencontreusement tombées du pinceau, lorsque Canty avait demandé ce que c'était, mais Amanda n'était pas dupe, et il sembla à Lisey que Darla avait ses propres soupçons. La moquette devrait dégager, mais les livres devraient dégager les premiers, et Lisey n'était pas encore prête à s'en séparer. Pourquoi, elle n'en savait trop rien. Simplement peut-être parce que c'était tout ce qui restait des affaires de Scott au grenier, tout ce qui restait de lui.

Alors elle attendit.

2

Le troisième jour de la fièvre de nettoyage des sœurs, l'adjoint Boeckman appela pour prévenir Lisey qu'un PT Cruiser immatriculé dans le Delaware avait été retrouvé dans une carrière de gravier sur la route de Stackpole Church, à cinq kilomètres environ de chez elle. Lisey voudrait-elle faire un saut au Bureau du Shérif pour y jeter un coup d'œil ? Le PT Cruiser avait été ramené dans leur parking à l'arrière, indiqua l'adjoint, là où ils gardaient les mises en fourrière et les rares « mises en fumette d'un soir » (peu importe ce qu'il entendait par là). Lisey y alla avec Amanda. Ni Darla ni Canty n'étaient particulièrement intéressées ; tout ce qu'elles savaient, c'était qu'un énergumène était venu fourrer son nez dans les parages, et avait empoisonné l'existence de leur sœur au sujet des papiers de Scott. Les énergumènes n'avaient rien de nouveau dans la vie de leur sœur ; au fil des années, la célébrité de Scott aidant, un certain nombre d'entre eux s'étaient manifestés, attirés vers lui comme des papillons de nuit vers une lampe. Le plus célèbre, évidemment, ayant été Cole. Ni Lisey ni Amanda n'avait rien dit qui puisse donner à penser à Darla et Canty que cet énergumène-ci marchait sur les brisées de cet énergumène-là. Aucune mention assurément d'un chat crevé dans la boîte aux lettres, et Lisey s'était appliquée à prescrire la discrétion aux adjoints du shérif également.

Le véhicule garé sur l'emplacement 7 était un PT Cruiser, ni plus ni moins, de couleur beige, d'aspect banal une fois mis de côté son profil vaguement extravagant. Ç'aurait pu être celui que Lisey avait vu en rentrant de Greenlawn ce long, long jeudi ; ç'aurait pu en être un parmi plusieurs milliers d'autres. C'est ce qu'elle confia à l'adjoint Boeckman, en lui rappelant qu'elle l'avait vu quasiment surgir du soleil couchant. Il hocha tristement la tête. Ce qu'elle savait dans l'intimité de son cœur, c'est que c'était *bien* celui-là. Elle flairait l'odeur de Dooley dessus. Elle pensa : *Je m'en vais vous arranger dans qu'unques endroits que vous laissiez pas les garçons toucher aux bals du lycée* et dut réprimer un frisson.

« C'est un véhicule volé, n'est-ce pas ? demanda Amanda.

— Vous avez trouvé le schmilblik », répondit Boeckman.

Un adjoint que Lisey ne connaissait pas les rejoignit. Il était grand, sans doute un mètre quatre-vingt-dix ; ça semblait être la règle chez ces types d'être grands. Et taillés comme des armoires à glace, aussi. L'homme se présenta comme l'adjoint Andy Clutterbuck et serra la main de Lisey.

« Ah, dit-elle, le shérif par intérim. »

Il lui renvoya un sourire étincelant. « Niet, Norris est de retour. Il est au tribunal cet après-midi, mais il est bel et bien là. Me voilà redevenu le simple bon vieil adjoint Clutterbuck.

– Félicitations. Voici ma sœur, Amanda Debusher. »

Clutterbuck serra la main d'Amanda. « Enchanté, madame Debusher. » Puis, à toutes les deux : « Ce véhicule a été volé devant une galerie marchande à Laurel, Maryland. » Il le fixait des yeux, pouces accrochés à sa ceinture. « Saviez-vous qu'en France, ils appellent les PT Cruisers *le car Jimmy Cagney*[1] ? »

Amanda ne sembla guère impressionnée par cette information. « Y avait-il des empreintes ?

– Peau d'zébi, répondit-il. Nettoyées, liquidées. Plus, le type qui l'a emprunté a bazardé le cache du plafonnier et cassé l'ampoule. Qu'est-ce que vous pensez de ça ?

– Je pense que c'est *beaucoup* suspect », dit Amanda.

Clutterbuck éclata de rire. « Ouais, vous pouvez le dire. Mais il y a un charpentier retraité dans le Delaware qui va être très heureux de récupérer son véhicule, plafonnier bousillé et tutti quanti. »

Lisey dit, « Avez-vous du nouveau sur Jim Dooley ?

– Plutôt John Doolin, madame Landon. Né à Shooter's Knob, Tennessee. Déménage à Nashville à l'âge de cinq ans avec sa famille, puis part vivre avec son oncle et sa tante à Moundsville, Virginie occidentale, quand ses parents et sa sœur aînés trouvent la mort dans un incendie pendant l'hiver 1974. Doolin a neuf ans à l'époque. La cause officielle des décès est imputée à des guirlandes de Noël défectueuses, mais j'ai parlé à un inspecteur retraité qui a travaillé sur le dossier. Il dit qu'ils ont soupçonné le gosse de pas être étranger à l'affaire. Aucune preuve. »

Lisey ne vit aucune raison de prêter beaucoup d'attention à la suite, car peu importe le nom qu'il se donnait, son persécuteur ne reviendrait jamais de là où elle l'avait emmené. Néanmoins elle entendit Clutterbuck signaler que Doolin avait passé bon nombre d'années dans une institution psychiatrique du Tennessee, et elle continua à croire qu'il y avait rencontré Gerd Allen Cole, et chopé l'obsession de Cole

*(ding-dong pour les freesias)*

comme un virus. Scott avait une drôle de formule, une que Lisey n'avait jamais totalement comprise jusqu'à l'épisode

---

1. En « français » dans le texte.

McCool/Dooley/Doolin. Certaines choses doivent bien être vraies, disait Scott, puisqu'elles n'ont pas le choix.

« En tout état de cause, vous ne manquerez pas d'ouvrir l'œil et le bon, dit Clutterbuck aux deux femmes, et si vous avez l'impression qu'il est encore dans les parages…

– Ou qu'il a décidé de revenir après un petit congé », intervint Boeckman.

Clutterbuck acquiesça de la tête. « Ouaip, ça aussi, c'est une possibilité. S'il repointe son nez, je pense que nous devrons réunir les membres de votre famille, madame Landon – les mettre tous dans la confidence. Vous en êtes d'accord ?

– S'il repointe son nez, c'est certainement ce que nous ferons », dit Lisey. Elle prononça ces mots avec sérieux, presque solennité, mais comme Amanda et elle quittaient la ville, elles cédèrent à un accès de rire hystérique à la pensée de Jim Dooley repointant jamais son nez.

### 3

Une heure ou deux avant l'aube le lendemain matin, alors qu'elle entrait dans la salle de bains en traînant les pieds, un œil ouvert et sans penser à rien d'autre que pisser et retourner se coucher, Lisey crut voir quelque chose bouger dans la chambre derrière elle. Réveillée en cinq sec, elle fit aussitôt volte-face. Il n'y avait rien. Elle prit une serviette de toilette sur la tringle à côté du lavabo et la drapa par-dessus le miroir de l'armoire à pharmacie dans lequel elle avait vu bouger, en coinçant soigneusement le bord jusqu'à ce que la serviette tienne toute seule. C'est alors et alors seulement qu'elle fit ce qu'elle était venue faire.

Elle était sûre que Scott aurait compris.

### 4

L'été passa en coup de vent, et un beau jour Lisey s'avisa que les réclames pour les fournitures scolaires avaient fait leur apparition dans les vitrines de plusieurs magasins de la grand-rue de Castle Rock. Et pourquoi pas ? On était subitement à la mi-août.

Le bureau de Scott – à l'exception du serpent-livres et de la moquette blanche tachée sur laquelle il somnolait – attendait la suite. (S'il devait y avoir une suite ; Lisey avait commencé à envisager de mettre la maison en vente.) Le quatorze août, Canty et Rich donnèrent leur soirée annuelle « Songe d'une Nuit d'Été ». Lisey entreprit de se pinter vertueusement au Thé Glacé Long Island de Rich Lawlor, chose qu'elle n'avait plus faite depuis la mort de Scott. Elle réclama un double à Rich pour commencer, puis le reposa sans y avoir touché sur l'une des tables du traiteur. Elle avait cru voir quelque chose bouger, soit à la surface du verre, comme reflété par lui, soit dans les profondeurs ambrées du breuvage, comme nageant en elles. C'était de la connerie pure, évidemment, mais elle découvrit que sa grosse envie de se prendre la cuite du siècle était passée. En vérité, elle n'était pas très sûre qu'elle *oserait* se soûler (ou même s'émécher). Pas sûre qu'elle oserait abaisser sa garde à ce point-là. Parce que si elle avait attiré l'attention du petit gars long, si par hasard il l'observait de temps en temps... voire se contentait de *penser* à elle... eh bien...

Une partie d'elle était sûre que c'était n'importe quoi.

Une partie d'elle était convaincue que non.

Tandis qu'août tirait à sa fin et que les températures les plus chaudes de l'été accablaient la Nouvelle-Angleterre, éprouvant les nerfs et le réseau électrique du nord-est, quelque chose d'encore plus perturbant se mit à arriver à Lisey... sauf que, à l'instar de ces choses qu'elle croyait *parfois* apercevoir dans certaines surfaces réfléchissantes, elle n'était pas tout à fait sûre que cela lui arrivait.

Quelquefois, le matin, elle émergeait du sommeil en se débattant, une heure ou peut-être deux avant son heure habituelle, haletante et en sueur malgré la clim, avec la même sensation qu'en se réveillant de ses cauchemars quand elle était petite : sensation de n'avoir pas vraiment échappé aux griffes de ce qui la pourchassait, que la chose, quelle qu'elle soit, était encore sous le lit et ne tarderait pas à enrouler sa main froide et difforme autour de sa cheville ou passerait carrément à travers son oreiller pour la saisir à la gorge. Lors de ces réveils paniqués, elle passait les mains sur les draps et les faisait remonter jusqu'à la tête du lit avant d'ouvrir les yeux, afin de s'assurer, bien s'assurer, qu'elle n'était pas... eh bien, quelque part ailleurs. *Parce qu'une fois qu'on commence à étirer ces tendons,* pensait-elle parfois en ouvrant les yeux sur sa chambre familière avec un inexprimable soulagement, *c'est d'autant plus facile à faire la prochaine fois*. Et certains tendons, ne se les était-elle pas copieusement étirés ces temps derniers ? D'abord en embarquant Amanda, puis en embarquant Dooley. Oui. Elle se les était pas mal étirés.

Il lui semblait qu'après une demi-douzaine de réveils suivis de la découverte qu'elle était exactement à sa place, c'est-à-dire dans la chambre qui avait naguère été la leur, à elle et Scott, et qui était maintenant à elle seule, les choses auraient dû s'arranger, mais non. Elles s'aggravèrent plutôt. Lisey se sentait comme une dent branlante dans une alvéole enflammée. Et alors, le premier jour de la grosse vague de chaleur – une vague de chaleur à rivaliser avec la vague de froid qui avait sévi dix ans plus tôt, et l'ironie de cette symétrie, toute fortuite qu'elle puisse être, ne lui échappa pas –, ce qu'elle redoutait finit par arriver.

5

Elle s'était juste étendue sur le canapé du séjour pour se reposer les yeux un instant. Le sans conteste stupide mais à l'occasion divertissant Jerry Springer clabaudait dans l'abrutissoir – Ma Mère M'a Piqué Mon Petit Copain, Mon Petit Copain M'a Piqué Ma Mère, un truc dans le genre. Alors que Lisey tendait la main pour attraper la zapette et éteindre cette fichue téloche – ou peut-être avait-elle seulement rêvé qu'elle le faisait –, elle ouvrit les yeux pour voir où était la zapette et, elle n'était plus couchée sur le canapé du séjour mais sur la colline de lupins à Na'ya Lune. Il faisait grand jour et il n'y avait aucune impression de danger – aucune sensation, assurément, que le petit gars long de Scott (car c'était ainsi qu'elle pensait à lui et y penserait toujours, bien qu'elle soupçonnât qu'il était son petit gars long à elle désormais, le petit gars long de Lisey) était proche, mais elle fut néanmoins terrifiée, et à deux doigts de hurler de façon irrépressible. Au lieu de quoi elle ferma les yeux, visualisa sa salle de séjour, et soudain elle entendit les « invités » du *Springer Show* s'aboyer au visage et sentit la forme oblongue de la télécommande dans sa main gauche. Une seconde plus tard, elle bondissait hors du canapé, les yeux écarquillés et la peau fourmillante. Elle aurait presque pu croire qu'elle avait rêvé toute la scène (c'était parfaitement plausible, vu son degré d'anxiété actuel à ce sujet), mais la netteté de ce qu'elle avait vu pendant ces quelques secondes allait à l'encontre de cette idée, si rassurante soit-elle. Tout comme la tache de pourpre sur le dos de la main qui tenait la télécommande.

6

Le lendemain elle appela la Bibliothèque Fogler et parla à M. Bertram Partridge, le responsable des Collections Particulières. L'excitation de ce monsieur alla grandissant à mesure que Lisey lui décrivit les livres qui restaient encore dans le bureau de Scott. Il les désigna sous le nom de « volumes associationnels » et déclara que les Collections Particulières Fogler seraient honorées d'en hériter, « et de régler avec elle la question du crédit d'impôt ». Lisey lui assura qu'elle en serait enchantée, comme si elle-même se posait la question du crédit d'impôt depuis des années. M. Partridge annonça qu'il enverrait « une équipe de déménageurs » dès le lendemain pour emballer les ouvrages dans des cartons et les ramener sur le campus de l'Université du Maine à Orono, à quelque deux cents kilomètres de là. Lisey lui rappela que la météo annonçait un temps caniculaire, et que le bureau de Scott, privé désormais de climatisation, était redevenu ce qu'il était avant, c'est-à-dire un grenier étouffant. Peut-être, suggéra-t-elle, M. Partridge voudrait-il retarder l'envoi de ses déménageurs jusqu'à une période plus clémente ?

« En aucun cas, madame Landon, se récria Partridge avec force gloussements réjouis, et Lisey comprit qu'il craignait qu'elle se ravise si elle disposait de trop de temps pour méditer la question. J'ai en tête une paire de jeunes gens qui feront parfaitement l'affaire. Attendez de voir. »

7

Moins d'une heure après sa conversation avec Bertram Partridge, le téléphone de Lisey sonna pendant qu'elle se faisait un sandwich thon-pain de mie de seigle pour le dîner : jour maigre, mais elle n'avait envie de rien d'autre. Dehors, la chaleur pesait sur la terre comme une couverture. Le ciel était parfaitement décoloré ; blanc pur frémissant d'un horizon à l'autre. Alors qu'elle mélangeait le thon et la mayonnaise avec un peu d'oignon haché, elle repensait au jour où elle avait trouvé Amanda assise sur un de ces gradins, le regard perdu vers l'*Ellébore*, et c'était étrange, car elle ne repensait plus que rarement à cet épisode ; c'était comme un rêve pour elle. Elle se souvint d'Amanda demandant si elle serait obligée de boire de ce

*(piiipiii de chat)*

punch dégueu si elle rentrait – sa façon de chercher à savoir, supposait Lisey, si elle serait obligée de rester incarcérée à Greenlawn – et Lisey lui avait promis qu'il n'y aurait plus de punch, plus de pipi de chat. Amanda avait accepté de rentrer, encore qu'il fût clair qu'elle n'en avait pas réellement envie, qu'elle aurait été heureuse de rester assise sur ce banc, le regard perdu vers l'*Ellébore* jusqu'à ce que, pour reprendre les mots de Bonne Ma, « l'éternité soit à moitié passée ». Assise là sans rien faire parmi les spectateurs silencieux et les effrayantes choses encapuchonnées, une ou deux rangées au-dessus de la femme en caftan. Celle qui avait assassiné son enfant.

Lisey posa son sandwich sur le comptoir, soudain glacée de partout. Elle ne pouvait pas savoir ça. Elle n'avait aucun *moyen* de savoir ça.

Pourtant elle le savait.

*Taisez-vous*, avait dit la femme. *Taisez-vous pendant que je réfléchis à pourquoi j'ai fait ça.*

Et c'était là qu'Amanda avait dit une chose totalement inattendue, non ? Une chose au sujet de Scott. Rien de ce qu'Amanda avait dit *alors* ne pouvait être important *aujourd'hui*, Scott étant mort et Jim Dooley mort aussi (*pourvu* qu'il le soit...), mais Lisey aurait bien voulu se souvenir exactement de ce que ça pouvait bien être.

« Elle a dit qu'elle rentrerait, murmura Lisey. Dit qu'elle rentrerait si ça devait empêcher Dooley de me faire du mal. »

Oui, et Amanda avait tenu parole, Dieu la bénisse, mais Lisey voulait se souvenir d'une chose qu'elle avait dite *après* ça. *Je vois pas le rapport que ça peut avoir avec Scott*, avait dit Amanda de cette voix vaguement distraite qui était la sienne. *Ça fait si long-*

*temps qu'il est mort... pourtant... je crois qu'il m'a dit quelque chose à propos de...*

C'est là que le téléphone sonna, fracassant le verre fragile du souvenir de Lisey. Et comme elle décrochait, une certitude folle lui vint : c'était Dooley. *Jour, mdème*, dirait le Prince Noir des Incups. *J'appelle de dedans le ventre de la bête. Comment t'est-ce que ça va pour vouzôtres aujourd'hui ?*

« Allô ? » dit-elle. Elle savait qu'elle étreignait trop fort le récepteur, mais était impuissante à se dominer.

« Ici Danny Boeckman, m'dame Landon, annonça la voix au bout du fil, et même si le *m'dame* résonna avec une inconfortable proximité, la prononciation du *ihici* était assez yankee pour être rassurante, et le shérif adjoint Boeckman semblait dans un état d'excitation inhabituel, quasi pétillant, et donc plutôt gamin. Devinez quoi ?

– Comment pourrais-je deviner ? » dit Lisey, mais une autre idée folle lui vint : il s'apprêtait à dire qu'ils avaient tiré à la courte paille au Bureau du Shérif pour savoir qui appellerait pour lui proposer de sortir un soir, et c'était lui qui l'avait eue la courte paille. Sauf que, pourquoi aurait-il été excité par *ça* ?

« Nous avons retrouvé le cache du plafonnier ! »

Lisey ne comprit pas de quoi il parlait. « Je vous demande pardon ?

– Doolin – le type que vous avez connu sous le nom de Zack McCool puis de Jim Dooley – a volé ce PT Cruiser et s'en est servi pendant qu'il vous traquait, m'dame Landon. Nous étions affirmatifs là-dessus. Et entre deux expéditions il le gardait planqué dans cette vieille carrière de gravier, là-dessus aussi nous étions affirmatifs. Mais nous ne pouvions simplement pas le prouver, parce que....

– Il avait effacé toutes ses empreintes.

– Ouaye, sans en laisser une seule. Mais d'temps à autre, moi et Le Sac allions faire un tour là-bas...

– Le Sac ?

– Pardonnez-moi, j'veux dire Joe. L'adjoint Alston ? »

*Le Sac*, pensa-t-elle. Consciente pour la première fois, avec une sorte de vision claire, que c'étaient là de vrais hommes menant de vraies vies. Portant des sobriquets. *Le Sac*, songea-t-elle. *L'adjoint Joe Alston, connu aussi sous le nom de Le Sac.*

« M'dame Landon ? Vous êtes là ?

– Oui, Dan. Vous permettez que je vous appelle Dan ?

– Sûr, pas d'problème. Je disais donc que d'temps à autre, nous allions fureter un peu par là-bas pour voir si on ne pourrait pas rafler quelques récompenses, parce qu'il ne manquait pas de signes montrant qu'il avait passé du temps dans cette carrière – des papiers de bonbons, deux trois bouteilles de RC, des choses comme ça.

– RC, dit-elle doucement, et elle pensa : *Nard, Dan. Nard, Sac. Nard, fin de l'histoire.*

– Exact, c'était sa marque favorite apparemment, mais pas une seule empreinte relevée sur les bouteilles abandonnées ne correspondait aux siennes. La seule identification que nous ayons obtenue est celle d'un type qui a volé une voiture à la fin des années soixante-dix et travaille aujourd'hui comme caissier au Quick-E-Mart d'Oxford. Nous en avons déduit que les autres empreintes trouvées sur les bouteilles étaient celles d'autres caissiers. Mais hier à mihidi, m'dame Landon –

– Appelez-moi Lisey. »

Il y eut un silence pendant qu'il y réfléchissait. Puis il poursuivit : « Hier à mihidi, Lisey, sur une petite piste desservant cette carrière, je l'ai eue ma grosse récompense – ce cache de plafonnier. Il l'avait retiré et jeté dans les orties. » La voix de Boeckman monta, devint triomphante – devint la voix non pas d'un Shérif Adjoint mais d'un être tout à fait humain. « Et voilà le seul truc qu'il a oublié de manipuler avec des gants ou d'essuyer après l'avoir touché ! Une grosse empreinte de pouce d'un côté, un gros vieil index bien graisseux de l'autre ! Nous avons eu les résultats par fax ce matin.

– John Doolin ?

– Ouaye. Neuf points de concordance. *Neuf !* » Il y eut un silence, et quand il parla encore, il y avait un peu moins de triomphe dans sa voix. « Maintenant, si seulement nous pouvions mettre la main sur ce fils de corniaud.

– Je suis sûr qu'il reparaîtra sous peu », dit-elle, tout en lorgnant avec convoitise son sandwich au thon. Elle avait perdu le fil de ses pensées sur Amanda, mais retrouvé l'appétit. Ça lui sembla une transaction honnête, surtout par une telle chaleur de bagne.

« Et quand bien même il ne reparaîtrait pas. Il a cessé de me harceler.

— Il a quitté le Comté de Castle, je suis prêt à parier ma réputation là-dessus. » Un accent de fierté indiscutable s'était introduit dans la voix du Shérif Adjoint Dan Boeckman. « Commençait à faire un peu trop chaud pour lui par ici, alors il a planté là sa caisse et filé. Le Sac est du même avis. Jim Dooley et Elvis ont tous les deux vidé les lieux.

— Le Sac, rapport à une fortune personnelle ?

— Oh non, m'dame, pas du tout. Au lycée, lui et moi jouions sur la première ligne de défense dans l'équipe des Castle Hills Knights qui a remporté le Championnat d'État en Série A. Seule équipe de la région à remporter un ballon d'or depuis 1950. Et Joey était déchaîné, toute cette saison-là. Il n'arrêtait pas de sacquer le quart-arrière. Alors nous l'avons appelé Sac, et je continue.

— Si je l'appelais Le Sac moi aussi, pensez-vous qu'il me sacquerait ? »

Dan Boeckman rit, ravi. « Non ! Ça lui ferait grand plaisir !

— Alors, d'accord. Moi c'est Lisey, vous c'est Dan, et lui c'est Sac.

— Ça m'va comme un gant.

— Et merci de m'avoir appelée. Vous avez fait un boulot de police impressionnant.

— Merci de nous le dire, m'dame. Lisey. » Elle entendit sa voix rayonner, et cela la remplit d'aise. « N'hésitez pas à nous appeler, surtout, s'il y a quoi que ce soit d'autre que nous puissions faire. Ou si vous entendez encore parler de cette crapule.

— Je n'y manquerai pas. »

Lisey retourna à son sandwich, un sourire aux lèvres, et ne repensa plus à Amanda, ni au bon vaisseau *Ellébore*, ni à Na'ya Lune, du reste de la journée. Cette nuit-là, toutefois, elle s'éveilla au son lointain de l'orage et avec la sensation que quelque chose de démesuré était en train — non pas exactement de la *traquer* (ça ne se donnerait pas cette peine), mais de l'*envisager*. L'idée d'occuper l'esprit inconnaissable d'une telle chose lui donna envie de pleurer et envie de hurler. En même temps. Ça lui donna envie aussi de rester debout à regarder des films sur TCM, en fumant des cigarettes et en buvant du café corsé. Ou de la bière. Oui, une bière risquait d'être mieux. Une bière risquait de faire revenir le sommeil. Au lieu de se lever, elle éteignit la lampe de chevet et ne broncha plus. *Jamais je me rendormirai*, pensa-t-elle. *Je vais rester étendue comme ça jusqu'à ce que la lumière blanchisse à l'est. Alors je pourrai me lever et faire le café dont j'ai envie maintenant.*

Mais trois minutes après avoir eu cette pensée, elle somnolait. Dix minutes après, elle dormait profondément. Plus tard encore, quand la lune se leva et qu'elle se vit en rêve flottant au-dessus de certaine plage exotique de fin sable blanc sur le tapis volant PILLSBURY'S, son lit quelques instants fut vide et la chambre s'emplit du parfum des frangipaniers, du jasmin et des reines de la nuit, des senteurs qui curieusement étaient à la fois terribles et désirables. Mais aussitôt elle revint et au matin ce fut à peine si Lisey se souvint d'avoir rêvé, rêvé d'avoir volé, d'avoir volé par-dessus la plage bordant la mare à Na'ya Lune.

8

En fin de compte, le démantèlement du serpent-livres ne différa que par deux aspects de la vision qu'elle en avait eue, et ce furent des différences mineures en vérité. Premièrement, l'équipe de deux de M. Partridge se révéla composée pour moitié d'une jeune fille – vingtaine d'années, costaude, queue-de-cheval caramel passée dans l'ouverture d'une casquette des Red Sox. Deuxièmement, Lisey n'avait pas imaginé la vitesse avec laquelle le boulot serait expédié. Malgré la chaleur effroyable qui régnait dans le bureau (même trois ventilateurs tournant à pleine puissance n'y pouvaient pas grand-chose), tous les livres furent chargés à bord d'une fourgonnette bleu foncé aux couleurs de l'UMO en moins d'une heure. Quand Lisey demanda aux deux bibliothécaires des Collections Particulières (qui s'étaient présentés – en ne plaisantant qu'à moitié, pensa Lisey – comme les Larbins de Partridge) s'ils désiraient du thé glacé, ils acceptèrent avec enthousiasme, et avalèrent deux grands verres pleins chacun. La fille s'appelait Cory. Ce fut elle qui dit à Lisey qu'elle adorait les livres de Scott, surtout *Reliques*, qu'elle prétendit avoir lu trois fois. Le gars s'appelait Mike, et ce fut lui qui dit qu'ils compatissaient beaucoup à sa perte. Lisey les remercia tous les deux de leur gentillesse, et elle était sincère.

« Ça doit vous rendre triste, de voir tout ça si vide », dit Cory en inclinant son verre dans la direction de la grange. Les cubes de glace tintèrent à l'intérieur. Lisey prit garde à ne pas regarder le verre en face, de crainte d'apercevoir dedans autre chose que de la glace .

« C'est un peu triste, mais c'est libérateur, aussi, dit-elle. J'ai reporté le travail de tri et de nettoyage pendant trop longtemps. Mes sœurs m'ont aidée. Je suis contente que nous l'ayons fait. Un peu plus de thé, Cory ?

— Non merci, mais pourrais-je aller aux toilettes avant que nous reprenions la route ?

— Bien sûr. Traversez le séjour, première porte à droite. »

Cory s'excusa. D'un geste absent — d'un geste *presque* absent — Lisey déplaça le verre de la jeune fille derrière le pichet en plastique marron contenant le thé glacé. « Encore un verre, Mike ?

— Non merci, dit-il. J'imagine que vous allez retirer la moquette aussi. »

Elle rit avec gêne. « Oui. Plutôt moche, hein ? Scott s'était mis en tête de teinter le bois. Un désastre. » Pensant : *Désolée, chou.*

« Ça ressemble un peu à du sang séché », dit Mike et il termina son thé glacé. Le soleil, brumeux et brûlant, courut à la surface de son verre et, l'espace d'un instant, un œil à l'intérieur sembla guetter Lisey. Quand il le reposa, elle dut réprimer l'impulsion de s'en saisir pour le cacher avec l'autre derrière le pichet en plastique.

« C'est ce que tout le monde dit, convint-elle.

— La coupure de rasoir du siècle », dit Mike, et il rit. Ils rirent tous les deux. Lisey trouva que son rire résonnait avec presque autant de naturel que le sien. Elle ne regarda pas son verre. Elle ne pensa pas au petit gars long qui était désormais *son* petit gars long. Elle pensa *seulement* au petit gars long .

« Sûr, vous n'en voulez pas un peu plus ? demanda-t-elle.

— Vaut mieux pas, je conduis », dit Mike, et ils rirent encore.

Cory revint et Lisey pensa que Mike allait demander lui aussi à aller aux toilettes, mais non — les gars ont des reins plus gros, des vessies plus grosses, d'autres trucs plus gros, c'était du moins ce que Scott prétendait — et Lisey en fut bien contente, car ça signifiait que seule la jeune fille lui adresserait ce drôle de regard avant qu'ils démarrent en emportant le serpent-livres démantelé à l'arrière de la fourgonnette. Oh, elle ne manquerait pas de raconter à Mike ce qu'elle avait vu dans le séjour et découvert dans les toilettes, elle aurait tout le temps de le lui raconter pendant le long trajet de retour à l'Université du Maine à Orono, mais Lisey n'y serait pas pour l'entendre. Le coup d'œil de la jeune fille ne la dérangeait pas tant que ça, à la réflexion, car Lisey n'avait pas compris ce qu'il signifiait sur le moment, même si elle s'était tapoté le côté de la tête, pensant que peut-être ses cheveux étaient tombés d'une façon bizarre sur une oreille, ou s'étaient hérissés ou autre. C'était ensuite (après avoir fourré les verres dans le lave-vaisselle sans daigner leur accorder un regard) qu'en allant elle-même aux toilettes, elle avait vu la serviette masquant le miroir. Elle se souvenait d'avoir placé l'essuie-mains sur le miroir de l'armoire à pharmacie à l'étage, elle se souvenait parfaitement de son geste, mais quand diable avait-elle neutralisé *celui-ci* ?

Lisey l'ignorait.

Elle retourna dans le séjour et vit qu'un drap pendait comme un baluchon devant le miroir du manteau de la cheminée. Elle aurait dû le remarquer en traversant la pièce, elle imaginait que Cory n'avait pas manqué de le faire, il sautait toufument aux yeux, mais la vérité était que la petite Lisey Landon ne passait pas beaucoup de temps à se regarder dans les glaces, ces temps-ci.

Elle fit un tour d'inspection et découvrit que tous les miroirs du rez-de-chaussée sauf deux avaient été recouverts de draps, ou de serviettes, ou (dans un cas) décroché et tourné à l'envers contre le mur ; tant qu'elle y était, les deux derniers survivants subirent illico le même sort. Tandis qu'elle leur faisait leur affaire, Lisey se demanda exactement ce que la jeune bibliothécaire à la casquette rose branchée des Red Sox avait pu penser. Soit que la veuve du célèbre écrivain était juive soit qu'elle avait adopté la coutume du deuil chez les Juifs, et que son deuil n'était pas terminé ? Qu'elle avait décidé que Kurt Vonnegut avait raison, à savoir que les miroirs ne sont pas des surfaces réfléchissantes mais des *fuites*, des hublots donnant sur une autre dimension ? Et honnêtement, n'était-ce pas *là* ce qu'elle pensait ?

*Pas des hublots, des fenêtres. Et qu'est-ce que cela peut me faire ce que pense une obscure bibliothécaire de U-Meuh ?*

Oh, sans doute rien. Mais il y avait tellement de surfaces réfléchissantes dans une vie. Pas que des miroirs. Il y avait les verres de jus de fruit dans lesquels il fallait éviter de plonger les yeux au saut du lit le matin et les verres de vin dans lesquels il ne fallait pas laisser tomber le regard à la tombée du jour. Il y avait toutes les fois où tu t'asseyais au volant de ta voiture et apercevais ton propre visage te renvoyant ton regard parmi les cadrans du tableau de bord. Toutes ces longues nuits où l'esprit de quelque chose... *d'autre*... risque de se braquer sur quelqu'un, si ce quelqu'un ne peut empêcher son esprit de se braquer sur la chose. Et comment, exactement, t'empêches-tu de faire cela ? Comment fais-tu pour ne pas penser à quelque chose ? L'esprit est un rebelle en kilt qui pratique la boxe pieds-poings, pour citer feu Scott Landon. Il est capable de se mettre dans... ben vas-y, pète des flammes et économise ton briquet, pourquoi ne pas le dire ? Il peut vraiment se mettre dans la crapouasse jusqu'au cou.

Et il y avait autre chose, aussi. Quelque chose d'encore plus effrayant. Peut-être même que si ça ne venait pas à *toi*, *tu* ne pourrais pas t'empêcher d'aller à *ça*. Parce qu'une fois que tu commences à étirer ces toufus tendons... une fois que ta vie dans le monde réel commence à te faire le même effet qu'une dent branlante dans une alvéole enflammée...

Elle serait en train de descendre l'escalier, ou en train de monter en voiture, ou en train de se retourner sous la douche, ou en train de lire un livre, ou en train d'ouvrir un magazine de mots croisés, et une sensation l'envahirait, absurdement semblable à celle qui annonce un éternuement ou

*(mein Gott, babylove, mein gott, bidide Leezy... !)*

l'approche d'un orgasme et elle penserait *Oh sapristouffe, j'arrive pas, je m'en vais, je m'en vais là-bas.* Le monde alors semblerait vaciller et il y aurait cette sensation de tout un autre monde sur le point de naître, un monde où la douceur tournait et virait au poison à la nuit tombée. Un monde distant d'à peine un pas de côté, d'à peine un geste de la main ou une rotation de la hanche. L'espace d'un instant, elle sentirait Castle View se dérober de toutes parts et elle serait alors Lisey marchant sur la corde raide, Lisey sur le fil du rasoir. Et puis elle serait de retour, une femme solide (quoique entre deux âges et un poil maigrelette) dans un monde solide, en train de descendre une volée de marches, de claquer une portière de voiture, de régler l'eau chaude, de tourner la page d'un livre, ou de résoudre le 8 horizontal : *Esprit tutélaire chargé de protéger la maison, quatre lettres, commençant par L, finissant par E.*

9

Deux jours après que le serpent-livres démantelé eut mis cap au nord, par une journée que l'antenne du Service de la Météo Nationale de Portland enregistrerait comme la plus chaude de l'année dans le Maine et le New Hampshire, Lisey monta dans le bureau vide avec une minichaîne et un disque compact intitulé *Les plus grands succès de Hank Williams*. Il n'y aurait aucun problème à faire marcher le poste, comme il n'y avait eu aucun problème à faire tourner les ventilateurs le jour où les Larbins de Partridge étaient venus ; tout ce qu'avait fait Dooley, en fin de compte, c'était ouvrir la boîte d'alimentation électrique au rez-de-chaussée et abaisser les trois coupe-circuits commandant le bureau.

Lisey n'avait aucune idée de la chaleur réelle qui régnait là-haut, mais elle savait qu'on devait avoisiner les quarante. Elle sentit son chemisier commencer à lui coller à la peau et son visage se couvrir de sueur dès qu'elle atteignit le sommet des marches. Elle se souvenait avoir lu quelque part que les femmes ne *transpirent* pas, elles *luisent*, et pour une connerie, c'était une *belle* connerie. Si elle restait longtemps là-haut, elle risquait fort d'avoir un coup de chaleur et de tourner de l'œil, mais elle ne comptait pas y rester longtemps. Il y avait une chanson country, qu'elle entendait parfois à la radio, dont le titre était *Je vais pas vivre longtemps ainsi*. Elle ignorait qui l'avait écrite et par qui elle était interprétée (pas par le Vieux Hank), mais elle se sentait en phase avec cette chanson. Elle ne pouvait passer le reste de sa vie à avoir peur de son propre reflet – ou de ce qu'elle risquait d'apercevoir tapi derrière – et elle ne pouvait continuer à vivre avec la peur de risquer à tout moment de perdre pied avec la réalité et de se retrouver à Na'ya Lune.

Il fallait que cesse cette merdre.

Elle brancha la minichaîne, puis s'assit en tailleur par terre devant elle et introduisit le CD. De la sueur lui coula dans l'œil, brûlante, et elle la chassa d'un coup de phalanges. Scott avait écouté beaucoup de musique ici, à s'en faire péter les tympans. Quand t'as une stéréo à douze mille dollars et une alcôve insonorisée où loger la plupart des haut-parleurs, tu peux vraiment envoyer la sauce. La première fois qu'il lui avait passé *Rockaway Beach*, elle avait cru que le plafond allait être soufflé au-dessus de leurs têtes. Ce qu'elle s'apprêtait à écouter rendrait un petit son de casserole en comparaison, mais elle pensait que ça suffirait.

*Esprit tutélaire chargé de protéger la maison, quatre lettres, commençant par L, finissant par E.*

*Amanda, assise sur un de ces gradins, le regard tourné vers le Port de Vent-du-Sud, assise au-dessus de la femme infanticide en caftan. Amanda disant, « C'était quelque chose rapport à une histoire. Ton histoire, l'histoire de Lisey. Et à l'afghane. Sauf qu'il l'appelait l'africaine. A-t-il dit que c'était une tare ? Un phare ? Un lare ?*

*Non, Manda, pas un lare, même si c'est bien un mot de quatre lettres, commençant par L et finissant par E, qui signifie esprit protecteur.*

Ce mot était *nard*, bien sûr. La sueur ruisselait sur le visage de Lisey comme des larmes. Elle la laissa couler. « Comme dans *Nard, Fin*. Et à la fin tu touches une récompense. Des fois une barre chocolatée. Des fois un jouet téléguidé de chez Mulet. Des fois un baiser. Et des fois... des fois une histoire. C'est ça, chou ? »

Ça n'avait rien de bizarre de lui parler. Parce qu'il était encore là. Même avec les ordinateurs partis, et les meubles, et le super équipement stéréo suédois, et les armoires de classement pleines de manuscrits, et les paquets d'épreuves (les siennes propres et celles adressées par des amis et des admirateurs), et le serpent-livres... même avec toutes ces choses disparues, elle sentait encore la présence de Scott. Bien sûr qu'elle la sentait. Parce qu'il n'avait pas dit son dernier mot. Il avait une dernière histoire à narrer.

L'histoire de Lisey.

Elle pensait savoir laquelle, parce qu'il n'y en avait qu'une qu'il n'avait jamais terminée.

Elle toucha l'une des taches de sang séché sur la moquette et pensa aux arguments contre la folie, ceux qui s'échouent dans un petit froissement doux. Elle pensa à l'impression ressentie sous l'arbre miam-miam : comme d'être dans un autre monde, un monde à eux. Elle pensa aux Porteurs de Crapouasse et aux Renards-de-Sang. Elle pensa à la façon dont Jim Dooley, quand il avait vu le petit gars long, s'était arrêté de hurler et comment ses bras étaient retombés le long de son corps. Parce que toute force s'en était retirée. Voilà l'effet que ça fait de regarder la crapouasse, quand la crapouasse te regarde aussi.

« Scott, dit-elle. Trésor, je t'écoute. »

Il n'y eut pas de réponse... sauf la réponse que Lisey se fit à elle-même. *La petite ville s'appelait Anarene. Sam le Lion était propriétaire de la salle de billard. Propriétaire du cinéma aussi. Et du restaurant, où toutes les chansons dans le juke-box semblaient être des chansons de Hank Williams.*

Quelque part quelque chose dans le bureau vide sembla soupirer son assentiment. Il se pouvait que ce soit juste son imagination. En tout cas, le moment était venu. Lisey ne savait pas encore exactement ce qu'elle recherchait, mais elle pensait qu'elle le saurait en le voyant – sûrement qu'elle le saurait en le voyant, si Scott l'avait laissé pour elle – et c'était le moment d'aller le chercher. Parce qu'elle ne vivrait pas longtemps ainsi. Elle ne pourrait pas.

Elle enfonça le bouton **LECTURE** et la voix lasse et gaie de Hank Williams s'éleva.

*« Goodbye Joe, me gotta go,*
*Me-oh-my-oh,*
*Me gotta go pole the pirogue*
*Down the bayou... »*

MIRALBA, *babylove*, songea-t-elle, et elle ferma les yeux. Un instant, la musique fut encore là mais rendant un son creux et, oh tellement lointain, comme une musique venant du fond d'un long corridor, ou montant de la gorge d'une grotte profonde. Puis la fleur rouge du soleil s'épanouit sous ses paupières closes et la température chuta d'une bonne quinzaine de degrés d'un coup. Une brise fraîche, parfumée de délicieuses senteurs de fleurs, caressa sa peau en sueur et souleva ses cheveux collés aux tempes.

Lisey ouvrit les yeux à Na'ya Lune.

10

Elle était toujours assise en tailleur, mais maintenant elle se trouvait au bord du sentier menant d'un côté au bas de la colline pourpre et de l'autre sous les arbres câlins. Elle était déjà venue ici ; c'était à cet endroit précis que son mari l'avait amenée avant qu'il ne soit son mari, disant qu'il y avait quelque chose qu'il voulait lui montrer.

Lisey se mit sur ses pieds, écartant de son visage ses cheveux trempés de sueur, savourant la brise. Savourant la douceur sucrée des arômes mêlés qu'elle portait – oui, certes – mais savourant plus encore sa fraîcheur. Elle estima que c'était le milieu de l'après-midi, avec une température parfaite de vingt-cinq degrés. Elle entendait des oiseaux chanter, des oiseaux parfaitement ordinaires d'après leur chant – mésanges et rouges-gorges, sûr, bouvreuils sans doute et peut-être une alouette pour faire bonne mesure – mais aucune horrible chose ricanant dans les bois. Il était trop tôt pour celles-là, supposa-t-elle. Aucune sensation du petit gars long non plus, et voilà qui était bien la meilleure nouvelle de toutes.

Faisant face aux arbres, elle pivota sur ses talons pour décrire un lent demi-cercle. Elle ne cherchait pas la croix, parce que Dooley l'avait rejetée après se l'être plantée dans le bras. C'était *l'arbre* qu'elle cherchait, celui qui se dressait un peu en avant des deux autres sur le côté gauche du sentier...

« Non, c'est faux, murmura-t-elle. Ils étaient *de part et d'autre* du sentier. Comme des sentinelles gardant l'accès à l'intérieur des bois. »

C'est juste à ce moment-là qu'elle les vit. Et un troisième dressé un peu en avant de l'arbre de gauche. Le troisième était le plus grand, avec un tronc couvert d'une mousse si dense qu'elle ressemblait à de la fourrure. À son pied, le sol paraissait toujours un peu affaissé. C'était là que Scott avait enterré le frère qu'il avait tenté de toutes ses forces de sauver. Et sur un côté de cet endroit affaissé, elle aperçut quelque chose dans l'herbe haute qui la regardait fixement avec d'énormes yeux caverneux.

Un instant elle crut que c'était Dooley, ou le cadavre de Dooley, tout à coup ranimé et revenu la traquer, et puis elle se rappela comment, après avoir écarté Amanda d'un coup de poing, il s'était défait de ses lunettes infrarouge inutiles et sans verres, et les avait jetées dans l'herbe. Et elles gisaient là, près de la tombe du bon grand frère.

*C'est encore un traque-nard*, pensa-t-elle en marchant vers elles. *Du sentier à l'arbre ; de l'arbre à la tombe ; de la tombe aux lunettes. Où ensuite ? Où maintenant, babylove ?*

La station suivante se révéla être la croix, avec sa branche horizontale de traviole qui ressemblait aux aiguilles d'une horloge indiquant sept heures cinq. Le sommet était souillé sur une dizaine de centimètres par le sang de Dooley, devenu du même marron en séchant que les taches un peu comme du vernis à bois sur la moquette du bureau de Scott. Elle distinguait encore le mot **PAUL** peint sur la branche horizontale, et alors qu'elle la ramassait (avec vraie révérence) dans l'herbe pour l'examiner de plus près, elle aperçut autre chose aussi : la longueur de fil de laine jaune feutrée enroulé plusieurs fois, puis noué solidement autour de la branche verticale de la croix. Noué, ça ne faisait aucun doute pour Lisey, avec le même style de nœud que celui qui avait retenu la cloche de Chuckie G à l'arbre dans les bois. Le fil de laine jaune – qui naguère s'était dévidé au bout des aiguilles cliquetantes de Bonne Ma pendant qu'elle regardait la télévision à la ferme de Lisbon – était attaché au piquet juste au-dessus de l'endroit où le bois était bruni par son contact avec la terre. Et en le regardant, elle se souvint de l'avoir vue filer dans l'obscurité juste avant que Dooley arrache la croix de son bras et la jette au loin.

*C'est l'africaine, que nous avions laissé tomber près du gros rocher au-dessus de la mare. Il est revenu plus tard, un peu plus tard, l'a ramassée, et apportée ici. En a détricoté un peu, l'a noué à la croix, puis l'a déroulé encore. En comptant que je découvre le reste tout au bout.*

Le cœur battant, lent et sourd dans la poitrine, Lisey lâcha la croix et entreprit de suivre le fil jaune qui l'entraîna à l'écart du sentier et le long de la lisière de la Forêt Enchantée, le faisant coulisser entre ses mains tandis que l'herbe haute chuchotait contre ses cuisses, que les sauterelles bondissaient et les lupins embaumaient l'air de leur senteur sucrée. Quelque part un criquet fit entendre sa stridulante chanson d'été et dans les bois un corbeau – était-ce *bien* un corbeau ? il en avait la voix, celle d'un corbeau parfaitement ordinaire – lança un appel rouillé, mais il n'y avait nulle voiture, nul avion, nulle voix humaine proche ou lointaine. Elle marcha parmi les hautes herbes, suivant le fil détricoté de la couverture afghane, celle-là même dans laquelle son mari insomniaque à la santé défaillante, en proie à la peur, s'était emmaillotté au cours de tant de nuits froides dix ans auparavant. Devant elle, un arbre câlin s'élevait un peu au-dessus de ses congénères, déployant sa ramure, offrant une flaque d'ombre engageante. En dessous, elle aperçut une haute corbeille à papier métallique et une flaque de jaune plus grande. La couleur était fanée à présent, la laine feutrée et informe, comme une grande perruque blonde qu'on aurait oubliée sous la pluie, ou peut-être le cadavre d'un gros vieux matou, mais Lisey sut de quoi il s'agissait dès qu'elle l'aperçut, et sa poitrine commença à se soulever plus vite. Dans sa tête, elle entendit les Swinging Johnsons jouer « *Trop tard pour faire demi-tour à présent* » et sentit la main de Scott alors qu'il la guidait vers la piste de danse. Elle suivit la ligne de fil jaune détricoté jusque sous l'arbre câlin et s'agenouilla près du peu qui restait du cadeau de mariage que sa mère avait fait à sa fille cadette et à l'époux de sa fille cadette. Elle la ramassa – avec ce qu'elle renfermait. Elle y pressa son visage. Cela sentait l'humidité et la moisissure, une odeur de vieille chose, de chose oubliée, une odeur plus évocatrice d'enterrements que de mariages désormais. C'était bien ainsi. C'était tout à fait ainsi que cela devait être. Elle respira toutes les années que l'africaine avait passées ici à l'attendre, attachée à la croix de Paul, comme une ancre à un navire.

11

Un petit moment plus tard, quand ses larmes eurent cessé, elle reposa le paquet (car c'était bien d'un paquet qu'il s'agissait) où elle l'avait trouvé et le contempla, touchant l'endroit où le fil de laine jaune se dévidait à partir du corps rétréci de la couverture afghane. Elle s'émerveilla que le fil n'ait pas cassé, soit quand Dooley était tombé sur la croix, soit quand il l'avait arrachée de son bras, soit quand il l'avait jetée au loin – quand il l'avait largomuchée. Bien sûr, que Scott ait noué son fil à la base y était pour beaucoup, mais c'était quand même joliment sidérant, surtout compte tenu du temps que cette fichue afghane avait passé ici, exposée aux éléments. C'était un *miracle de beauté*, pour ainsi dire.

Mais bien sûr il arrive que les chiens perdus rentrent à la maison ; il arrive que les vieux fils tiennent bon et te conduisent à la récompense à la fin du traque-nard. Elle commença à déplier ce qui restait de l'afghane fanée et feutrée, puis se ravisa, et jeta un œil dans la corbeille à papier. Ce qu'elle y vit lui tira un rire désabusé. La corbeille était presque pleine de bouteilles d'alcool. Une ou deux paraissaient relativement récentes, et elle était *sûre* que celle du dessus l'était, parce que la Limonade Forte Mike's n'existait pas dix ans plus tôt. Mais la plupart des bouteilles étaient anciennes. Voilà où il venait boire en 96, mais même ivre mort, il avait trop de respect pour Na'ya Lune pour laisser des bouteilles vides en joncher le sol. Et trouverait-elle d'autres cachettes si elle prenait le temps de chercher ? Peut-être. Sans doute. Mais celle-ci était la seule qui comptait pour elle. Elle lui disait que c'était ici qu'il était venu pour achever le travail de sa vie.

Elle pensa qu'elle avait toutes les réponses désormais sauf les réponses majeures, celles pour lesquelles elle était précisément venue – comment elle était censée vivre avec le petit gars long, et comment elle était censée éviter de glisser de ce côté-ci où il vivait, surtout quand il pensait à elle. Peut-être Scott lui avait-il laissé quelques réponses. Même s'il ne l'avait pas fait, il lui avait laissé *quelque chose*... et c'était très beau sous cet arbre.

Lisey ramassa de nouveau l'africaine et la palpa comme elle palpait naguère ses cadeaux de Noël quand elle était petite. Il y avait une boîte à l'intérieur, mais qui au toucher ne ressemblait pas du tout à la boîte en cèdre de Bonne Ma ; la matière en était plus souple, presque ramollie, comme si, même enroulée dans l'africaine et laissée sous l'arbre, elle s'était imprégnée d'humidité au cours des années... et pour la première fois Lisey se demanda de combien d'années il était question ici. La bouteille de Limonade Forte en suggérait assez peu. Et le toucher de cet objet suggérait...

« C'est une boîte à manuscrit, murmura-t-elle. Une de ses boîtes à manuscit en carton rigide. » Oui. Elle en était sûre. Sauf qu'après avoir passé deux ans sous cet arbre... ou trois... ou quatre... c'était devenu du carton *mou*.

Lisey entreprit de déplier l'africaine. Deux tours suffirent ; voilà tout ce qu'il en restait. Et c'était *bien* une boîte à manuscrit, sa teinte gris clair virée au gris ardoise par infiltration d'humidité. Scott collait toujours une étiquette sur la façade de ses boîtes et y inscrivait le titre. Les deux côtés décollés de celle-ci rebiquaient vers le haut. Lisey les aplatit avec les doigts et découvrit un seul mot à l'encre noire, de la main vigoureuse de Scott : **LISEY**. Elle ouvrit la boîte. Les feuillets qu'elle contenait étaient des pages rayées arrachées à un carnet de notes. Il y en avait peut-être trente en tout, couvertes de caractères serrés, rapides, tracés à l'aide d'un de ses stylos-feutres noirs. Elle ne fut pas étonnée de voir que Scott avait écrit au présent, que son histoire semblait formulée de temps en temps dans une prose enfantine, et qu'elle semblait commencer en plein milieu. Ce dernier point était vrai, réfléchit Lisey, seulement si tu ignorais comment deux frères avaient survécu à la folie de leur père, ce qui était arrivé à l'un d'eux et comment l'autre n'avait pas pu le sauver. L'histoire semblait commencer en plein milieu seulement si tu ne savais rien des barrés, des jobrés et de la crapouasse. Elle commençait au milieu seulement si tu ne savais pas que

### 12

En février il commence à me regarder tout drôle, du coin des yeux. Je m'attends tout le temps à ce qu'il me gueule dessus ou même ouvre d'un coup sec son vieux canif pour me trancher. Il n'a rien fait de tout ça depuis longtemps mais je crois que ce serait presque un soulagement. Ça n'évacuerait pas la crapouasse en dehors de moi parce qu'il <u>n'y en a pas</u> — j'ai vu la vraie crapouasse quand Paul était enchaîné à la cave, pas les fantasmes qu'en a Papa — et il n'y a <u>rien</u> qui ressemble à ça en moi. Mais il y a quelque chose de grave en <u>lui</u>, et ce n'est pas de couper qui peut l'évacuer. Pas cette fois, même s'il s'y est évertué. Je le sais. J'ai vu les chemises et les caleçons ensanglantés au linge sale. À la poubelle aussi. Si me couper <u>moi</u> pouvait l'aider <u>lui</u>, je le laisserais faire, parce que je l'aime encore. Plus que jamais depuis qu'on est plus que tous les deux. Plus que jamais depuis ce qu'on a traversé avec Paul. Cette espèce d'amour est une espèce de malédiction, comme la crapouasse. « La crapouasse est <u>puissante</u> », dit-il.

Mais il ne me coupe pas.

Un jour que je reviens de la remise où je suis allé m'asseoir un petit moment pour penser à Paul — pour penser à tout le bon temps qu'on a passé à folâtrer dans cette vieille ferme —, Papa me chope et me secoue. « <u>T'es allé là-bas !</u> » il me crie au visage. Je vois que j'avais beau le croire malade, c'est encore pire. Il n'a jamais été aussi grave que ça. « Pourquoi tu vas là-bas ? Qu'est-ce que tu fais là-bas ? À qui tu parles ? Qu'est-ce que tu prépares ? »

Sans cesser de me secouer, me secouer, et le monde tangue autour de moi. Puis ma tête heurte le côté de la porte, je vois des étoiles et je tombe là sur le seuil avec la chaleur de la cuisine devant et le froid de la cour dans le dos.

« Non, Papa, je dis. Je vais nulle part, j'étais juste... »

Il se penche au-dessus de moi, les mains sur les genoux, la figure au ras de ma figure, la peau blême sauf les deux boules de couleur tout en haut sur ses pommettes et je vois comment ses yeux roulent d'avant en arrière, d'avant en arrière, et je sais que lui et le fil à plomb ne s'entendent plus et ont arrêté de s'envoyer des lettres. Et je me rappelle de Paul disant <u>Scott, va pas jamais fâcher Papa quand il est pas d'aplomb.</u>

« <u>Me dis pas que t'as été nulle part espèce de petit menteur de fouteur de mère, j'ai fait</u> TOUT LE TOUR DE CETTE TROUFFUE BARAQUE ! »

Je pense lui dire que j'étais dans la remise, mais je sais que ça n'arrangera pas les choses, au contraire. Je pense à Paul disant *Va pas jamais fâcher Papa quand il est pas d'aplomb*, quand il devient grave, et comme je sais où il croit que j'étais, je dis oui, Papa, oui, je suis allé à Na'ya Lune, mais seulement pour mettre des fleurs sur la tombe de Paul. Et ça marche. Pour le moment, au moins. Il se détend. Il m'attrape même la main et me relève puis m'époussète, comme s'il voyait de la neige ou de la poussière ou quelque chose sur moi. Il n'y en a pas, mais peut-être qu'il en voit. Qui sait ?

Il dit : « Elle est comme il faut, Scott ? Sa tombe, elle est comme il faut ? Rien l'a attaquée, ni lui ?

— Tout est bien comme il faut, Papa », je dis.

Il dit : « Il y a des nazis à l'œuvre, Scooter, est-ce que je te l'ai dit ? J'ai dû te le dire. Ils adorent Hitler dans la cave. Ils ont une petite statue en céramique de ce salaud. Ils croient que je le sais pas. »

Je n'ai que dix ans, mais je sais qu'Hitler est crevé comme un chien depuis la fin de la Deuxième Guerre mondiale. Je sais aussi que personne aux Platrouilles U.S. n'adore une statue de lui à la cave. Je sais une troisième chose, aussi, et c'est de ne jamais fâcher Papa quand il est dans la crapouasse, alors je dis, « Qu'est-ce que tu vas faire pour ça ? »

Il se penche tout près de moi et je me dis qu'il va me frapper cette fois-ci c'est sûr, au moins recommencer à me secouer. Mais non, il accroche mes yeux avec les siens (je ne les ai jamais vus aussi grands ni aussi noirs) et puis il se chope l'oreille. « C'est quoi ça, Scooter ? À quoi ça ressemble à ton avis, vieux Scoot ?

— À ton oreille, Papa », je réponds.

Il fait oui de la tête, en se tenant toujours l'oreille et en retenant mes yeux avec les siens. Après toutes ces années, je vois encore ces yeux-là dans mes rêves parfois. « Je vais la garder bien ouverte, dit-il. Et quand l'heure viendra... » Il replie son index et fait le geste de presser plusieurs fois sur la détente. « Tous ces troufiqueurs, Scooter. Le moindre foutriqueur de nazi qui se présente. » Peut-être qu'il l'aurait fait. Mon père, auréolé de vieille gloire rance. Peut-être que ça aurait fait une de ces histoires aux infos — PENNSYLVANIE : POUR UN MOTIF INCONNU, UN FORCENÉ ABAT NEUF COLLÈGUES AVANT DE SE DONNER LA MORT —, mais avant qu'il passe à l'acte, la crapouasse le prend d'une autre façon.

Février a été clair et froid, mais quand mars arrive, le temps change et Papa change avec lui. À mesure que les températures augmentent, que le ciel se couvre de nuages et que les premières neiges fondues commencent à pleuvoir, il devient morose et silencieux. Il arrête de se raser, puis de se doucher, puis de nous préparer à manger. Et puis vient un jour, peut-être dans la deuxième semaine du mois, où je me rends compte que les trois jours de repos qu'il a parfois quand il fait les trois-huit sont passés à quatre... puis cinq... puis six. Finalement je lui demande quand il y retourne. J'ai la trouille de lui demander, parce que maintenant il passe la plus grande partie de ses journées soit en haut dans sa chambre soit en bas couché sur le canapé à écouter de la country sur WWVA, la station de Wheeling, en Virginie Occidentale. Qu'il soit en haut ou en bas il ne m'adresse pratiquement pas la parole, et je vois ses yeux rouler d'avant en arrière tout le temps maintenant tandis qu'il _les_ cherche, les Porteurs de Crapouasse, les Renards-de-Sang. Alors — _non_, je n'ai pas envie de lui demander mais je dois le faire, parce que s'il ne retourne pas au travail, que va-t-on devenir ? Dix ans, c'est assez grand pour savoir que s'il n'y a pas d'argent qui rentre, le monde va changer.

« Tu veux savoir quand je retourne au travail », dit-il d'un ton songeur. Couché là sur le canapé avec une barbe de plusieurs jours sur la figure. Couché là avec un vieux pull de marin sur le dos, un pantalon de survêt' et ses pieds nus qui dépassent. Couché là pendant que Red Sovine chante *Giddyup-Go*¹ à la radio.

« Oui, Papa. »

Il se soulève sur un coude et me regarde, et je vois alors qu'il n'est plus là. Pire, que quelque chose se cache à l'intérieur de lui, quelque chose qui grandit, grossit, devient plus fort, attend son heure. « Tu veux savoir. Quand. Je retourne. Au Travail. »

« Je pense que ça te regarde, je dis. Je venais juste te demander si je dois mettre le café à chauffer. »

Il me chope le bras, et ce soir-là je verrai des bleus presque noirs là où ses doigts se sont enfoncés dans ma chair. Quatre bleus presque noirs qui auront la forme de doigts. « Veux savoir. Quand. Je retourne. Là-bas. » Il me lâche et se redresse en position assise. Ses yeux sont plus grands que jamais, et ils ne veulent pas tenir en place. Ils tressautent dans leurs orbites. « Je retourne plus jamais là-bas, Scott. Cet endroit-là est fermé. Cet endroit-là a complètement pété. Tu connais donc rien à rien, 'spèce de p'tit couillon d'empoté de foutriqueur de mère ? » Il baisse les yeux vers le tapis crasseux de la salle de séjour. À la radio, Red Sovine laisse la place à Ferlin Husky. Puis Papa lève à nouveau les yeux et c'est Papa, et il dit quelque chose qui manque me fendre le cœur. « T'es peut-être couillon, Scooter, mais t'es courageux. T'es mon p'tit gars courageux. Je laisserai pas ça te faire du mal. »

Puis il se rallonge sur le canapé, et détourne son visage, et me dit de ne plus le déranger, qu'il veut faire une sieste.

Cette nuit-là, je me réveille au bruit de la neige fondue qui crépite à la fenêtre et il est assis au bord de mon lit, et il me sourit. Sauf que ce n'est pas lui qui sourit. Il n'y a quasiment rien dans ses yeux que la crapouasse. « Papa ? » je dis, et il ne répond rien. Je me dis : Il va me tuer. Me passer les mains autour du cou et m'étrangler, et tout ce qu'on a enduré, tout ce qu'on a traversé avec Paul, ç'aura été pour rien.

Mais non. Au lieu de ça, il me dit, d'une espèce de voix étranglée : « Ren'ors-toi », et il se lève du lit, et sort, de cette espèce de démarche saccadée, le menton en avant et le cul qui balance,

---

1. Debout, en route.

comme s'il jouait au sergent instructeur dans un défilé militaire, ou quelque chose. Quelques secondes plus tard, j'entends ce terrible fracas de viande aplatie et je sais qu'il est tombé dans l'escalier, ou peut-être même qu'il s'est jeté exprès en bas des marches, et je reste là sans bouger un moment, incapable de me lever du lit, espérant qu'il est mort, espérant qu'il ne l'est pas, me demandant ce que je ferai s'il l'est, qui s'occupera de moi, m'en souciant peu, ne sachant pas ce que j'espère le plus. Une partie de moi espère même qu'il terminera le travail, qu'il reviendra me tuer, terminer le travail voilà, mettre fin à l'horreur de vivre dans cette maison. Finalement, j'appelle : « Papa ? Ça va ? »

Pendant un long moment, il n'y a pas de réponse. Je reste couché là à écouter la neige fondue, à penser <u>Il est mort, il l'est, mon Papa est mort, je suis ici tout seul</u>, et puis, d'en bas, il braille dans le noir : « Oui, ça va ! Ferme-la, 'spèce de p'tit merdeux ! Ferme-la si tu veux pas que la chose qu'est dans le mur t'entende et sorte et nous bouffe crus tous les deux ! Ou tu veux qu'elle rentre en dedans de toi comme elle est rentrée en dedans de Paul ? »

Je ne réponds rien à ça, je reste juste là allongé et tremblant.

« Réponds-moi ! beugle-t-il. Réponds, neuneu, ou je monte te le faire regretter ! »

Mais je ne peux pas, j'ai trop la trouille pour répondre, ma langue n'est plus qu'un petit lambeau de pemmican tout dur abandonné au fond de ma bouche. Je ne pleure pas, non plus. J'ai même trop la trouille pour pleurer. Je reste juste allongé là à attendre qu'il monte me frapper. Ou carrément me tuer.

Puis, après ce qui semble un temps très long — au moins une heure, bien qu'il n'ait pas dû s'écouler plus d'une minute ou deux — je l'entends marmonner quelque chose comme <u>Putain je saigne de la tête</u> ou <u>Putain de neige à la fenêtre</u>. Peu importe ce qu'il dit, ça s'éloigne de l'escalier et va vers la salle de séjour, où je sais qu'il va s'affaler sur le canapé et s'endormir là. Demain matin soit il se réveillera soit il ne se réveillera pas, mais quoi qu'il arrive, il en a terminé avec moi pour cette nuit. Mais j'ai encore la trouille. J'ai la trouille parce qu'il y <u>a</u> une chose. Je ne crois pas qu'elle est dans le mur, mais il y <u>a</u> une chose. Elle a pris Paul, et elle va peut-être prendre mon Papa et ensuite il y a moi. J'ai beaucoup pensé à ça, Lisey,

13

De sa place sous l'arbre – assise dos au tronc, en fait – Lisey leva les yeux, presque aussi stupéfaite que si le spectre de Scott l'avait interpellée. Dans un sens, elle supposait que c'était tout juste ce qui s'était passé, et franchement, pourquoi cela aurait-il dû la surprendre ? Bien sûr qu'il lui parlait, à elle et à personne d'autre. Ceci était *son* histoire, l'histoire de Lisey, et bien qu'elle soit une lectrice lente, elle avait déjà déchiffré le tiers des pages de carnet manuscrites. Elle pensait qu'elle aurait largement fini avant la nuit. Tant mieux. Na'ya Lune était un endroit délicieux, mais seulement de jour.

Elle rabaissa les yeux sur le dernier manuscrit de Scott et fut une fois encore sidérée qu'il soit sorti vivant de son enfance. Elle remarqua que Scott était passé du présent au passé composé seulement pour s'adresser à elle, ici dans son présent à elle. Cela lui tira un sourire et elle reprit sa lecture en pensant que si elle avait eu un seul vœu à faire ç'aurait été de voler jusqu'à ce petit gosse solitaire, sur son tapis volant tout à fait hypothétique en toile de sac à farine, pour le réconforter ne serait-ce qu'en lui chuchotant à l'oreille qu'avec le temps viendrait la fin du cauchemar. Ou du moins de cette partie-là du cauchemar.

14

**J'ai beaucoup pensé à ça, Lisey, et j'en suis arrivé à deux conclusions. Premièrement, que la chose – quelle qu'elle soit – qui a pris Paul était réelle, et que c'était une sorte d'entité capable de possession pouvant fort bien avoir eu un fondement parfaitement rationnel, peut-être même viral ou bactériologique. Deuxièmement, que ce n'était <u>pas</u> le petit gars long. Parce que cette chose-<u>là</u> ne ressemble à <u>rien</u> que nous puissions comprendre. Elle est son propre maître, et mieux vaut éviter de penser à elle. À tout prix.**

**Quoi qu'il en soit, notre héros, le petit Scott Landon, finit par se rendormir, et dans cette ferme perdue dans un coin de campagne de Pennsylvanie, les choses continuent comme avant pendant encore quelques jours de plus, Papa répandu sur le canapé comme un fro-**

mage bien fait et bien puant et Scott préparant à manger et faisant la vaisselle (sauf que lui il dit « fè la vécèle ») et la neige fondue crépitant sur les vitres et la country de WWVA remplissant la maison — Donna Fargo, Waylon Jennings, Johnny Cash, Conway Twitty, « Country » Charlie Pride, et — bien sûr — le Vieux Hank. Et puis un après-midi aux alentours de trois heures, une berline Chevrolet marron avec PLÂTRES U.S. écrit sur les portières remonte la longue allée, projetant des gerbes de soupe de chaque côté. Andrew Landon passe l'essentiel de son temps sur le canapé de la salle de séjour maintenant, y dort la nuit et n'en a pas bougé de la journée, et Scott n'aurait jamais soupçonné que le paternel pourrait encore se bouger aussi vite qu'il le fait quand il entend cette voiture-là, qui n'est clairement pas la vieille camionnette Ford du facteur ni le fourgon du gars qui relève les compteurs. Papa est debout en un éclair et posté à la fenêtre qui donne sur le côté gauche du perron d'entrée. Il se courbe en deux derrière le rideau blanc crasseux qu'il tient un peu écarté. Ses cheveux sont en l'air derrière sa tête et Scott, qui est debout sur le seuil de la cuisine, une assiette dans une main et un torchon sur l'épaule, voit bien la grosse bosse violette sur la mâchoire de Papa de quand il est tombé dans l'escalier l'autre fois, et il voit bien comment une jambe du survêt' de Papa lui remonte en boule presque jusqu'au genou. Il entend Dick Curless à la radio qui chante *Tombstone every mile*[1] et il voit le meurtre dans les yeux de Papa et la façon dont ses lèvres s'écartent pour laisser voir ses dents du bas. Papa pivote brusquement pour s'éloigner de la fenêtre et la jambe de son pantalon retombe en place et il gagne le placard en faisant de grands pas comme des coups de ciseaux fous et l'ouvre juste au moment où la Chevrolet s'arrête et Scott entend la portière de la voiture qui s'ouvre là-bas, quelqu'un venir vers la porte de la mort sans le savoir, sans en avoir la moindre foutriquette d'idée, et Papa prend la .30-06 dans le placard, celle-là même dont il s'est servi pour mettre un terme à la vie de Paul. Ou la vie de la chose à l'intérieur de lui. Des souliers heurtent lourdement les marches du perron. Il y a trois marches, et celle du milieu grince comme elle le fait éternellement, pour les siècles des siècles, amen.

---

1. Une stèle tous les kilomètres.

« Papa, non », je dis d'une voix basse, implorante tandis qu'Andrew « Sparky » Landon se dirige vers la porte fermée, de sa nouvelle démarche étrangement gracieuse en coups de ciseaux, la carabine épaulée braquée devant lui. Je tiens toujours l'assiette mais maintenant mes doigts sont tout engourdis et je pense, <u>Je vais la lâcher. La foutroudue va tomber par terre et se casser, et cet homme là-dehors, les derniers bruits qu'il entendra jamais de sa vie ça sera une assiette qui se casse et Dick Curless à la radio qui chante sa chanson sur les Bois de Hainesville dans cette ferme perdue et puante</u>. « Papa, <u>non</u> », je dis encore, suppliant de tout mon cœur et tâchant de faire passer cette supplication dans mon regard.

Sparky Landon hésite, puis se poste contre le mur de telle sorte que si la porte s'ouvre (<u>quand</u> la porte s'ouvrira), elle le masquera. Et au moment où il le fait, une série de martèlements de phalanges retentit contre cette porte. Je n'ai aucun mal à lire les mots qui se forment silencieusement sur les lèvres entourées de poils de barbe hirsutes de mon père : <u>Alors débarrasse-nous de lui, Scott</u>.

Je vais à la porte. Je fais passer l'assiette que je voulais essuyer de ma main droite à ma main gauche et j'ouvre la porte. Je vois l'homme qui est debout là avec une terrible clarté. L'homme des Plâtres U.S. n'est pas très grand — un mètre soixante-cinq ou six, il n'est pas tellement plus haut que moi — mais on dirait l'apothéose même de l'autorité avec sa casquette à visière noire, son pantalon kaki aux plis fil de rasoir et sa chemise kaki visible sous son lourd pardessus noir à la fermeture à moitié baissée. Il porte une cravate noire et une sorte de petite sacoche, pas tout à fait une mallette (ce n'est que quelques années plus tard que j'apprendrai le mot <u>attaché-case</u>). Il est plutôt gras et rasé de près, avec des joues roses et luisantes. Il a des surchaussures en caoutchouc aux pieds, du genre à fermeture Éclair, pas à boucles. Je considère le tableau d'ensemble et pense que si jamais un homme a eu l'air destiné à être abattu sur un perron en pleine campagne, c'est bien celui-là. Même le poil unique qui sort en frisottant d'une de ses narines proclame que, oui, c'est ce type-là, pas de doute, celui-là même envoyé pour se prendre une balle de carabine par l'homme-aux-jambes-ciseaux. Même son nom, je me dis, est du genre que tu lis dans le journal sous un gros titre hurlant au MEURTRE.

« Salut, fils, il me dit, tu dois être un des p'tits gars de Sparky. Je suis Frank Halsey, de l'usine. Chef du personnel. » Et il me tend sa main.

Je me dis que je vais pas être capable de la prendre, mais si. Et je me dis que je vais pas être capable de parler, mais ça aussi, j'y arrive. Et le son de ma voix est assez normal. Je suis tout ce qui se dresse entre cet homme et une balle dans le cœur ou dans la tête, alors il vaut mieux. « Oui, m'sieur, c'est ça. Je suis Scott.
— Content de te connaître, Scott », il me dit en regardant derrière moi dans la salle de séjour, et j'essaie de me représenter ce qu'il voit. J'ai essayé de ranger la veille, mais Dieu sait quel genre de boulot j'ai fait ; je suis qu'un toufu môme, après tout. « Ton père nous a comme qui dirait manqué. »

Ben, je me dis, c'est vous qu'êtes à deux doigts de manquer à tout plein de gens, m'sieur Halsey. À votre boulot, à votre femme ; à vos gosses, si vous en avez.

« Il vous a pas appelé de Philly ? » je demande. Je n'ai absolument aucune idée d'où ça me vient, ni où ça va, mais je n'ai pas peur. Je pourrais raconter des salades toute la journée. Ce qui me fait peur, c'est que Papa perde les pédales et se mette à canarder à travers la porte. Touchant Halsey, peut-être ; nous touchant tous les deux, sans doute.

« Non, fils, ça il l'a pas fait. » La neige fondue continue à crépiter sur l'avant-toit, mais au moins le type est abrité et je ne suis pas <u>absolument</u> tenu de l'inviter à entrer, mais, s'il s'invite <u>lui-même</u> ? Comment puis-je l'arrêter ? Je suis qu'un môme, planté là dans mes pantoufles avec une assiette à la main et un torchon jeté sur mon épaule.

« Ben, il était archi-inquiet pour sa sœur », je dis, et je pense à la biographie du joueur de base-ball que je suis en train de lire. Le bouquin est sur mon lit en haut. Je pense aussi à la voiture de Papa, garée à l'arrière, sous l'avant-toit de la remise. Si M. Halsey marchait jusqu'à l'extrémité du perron, il la verrait. « Elle a la maladie qu'a tué ce célèbre joueur des Yankees, là.
— La sœur de Sparky a la maladie de Lou Gehrig ? Ooh, merde — je veux dire mouise. J'ignorais même qu'il <u>avait</u> une sœur. »

<u>Et moi donc</u>, je me dis en moi-même.

« Fils — Scott — c'est la tuile. Qui s'occupe de ton frère et toi pendant son absence ?

— Mme Cole un peu plus loin sur la route. » Jackson Cole est le nom du type qui a écrit *L'homme de fer des Yankees*. « Elle vient tous les jours. Et puis, Paul connaît quatre façons différentes de faire le pain de viande. »

M. Halsey se marre. « Quatre façons, hé ? Quand Sparky doit-il rentrer ?

— Ben, elle peut plus marcher, et elle respire comme ça. » Je prends une grosse inspiration rauque. C'est facile, parce que tout d'un coup j'ai le cœur qui bat très fort. Il battait lentement quand j'étais quasiment sûr que Papa allait tuer M. Halsey, mais maintenant que j'entrevois une chance de nous tirer de là, il va à toute pompe.

« Ooh, miel », dit M. Halsey. Maintenant il pense qu'il comprend tout. « Ça alors, c'est vraiment la pire chose que j'aie jamais entendue. » Il plonge la main sous son pardessus et en extirpe son porte-monnaie. Il l'ouvre et en sort un billet de un dollar. Puis il se souvient que je suis censé avoir un frère et il en prend un autre. Et tout d'un coup, Lisey, la chose la plus étrange se produit. Tout d'un coup j'aimerais que mon père le tue.

« Tiens, fils », dit-il, et là aussi tout d'un coup je sais, comme si j'avais lu dans ses pensées, qu'il a oublié mon nom, et je le déteste encore plus. « Prends ça. Un pour toi et un pour ton frère. Payez-vous donc quelques bonbons à cette petite épicerie là-bas sur la route. »

Je veux pas de son toufu dollar (et Paul n'a plus que faire du sien), mais je les prends et je dis Merci, m'sieur, et il répond, Pas de quoi, fils, et il m'ébouriffe les cheveux, et pendant qu'il fait ça, je jette un coup d'œil sur ma gauche et je vois un des yeux de mon père qui guette par la fente de la porte. Je vois la gueule de la carabine, aussi. Puis M. Halsey finit par redescendre les marches. Je ferme la porte et mon père et moi on le suit des yeux pendant qu'il remonte dans sa voiture de fonction et commence à faire marche arrière dans la longue allée. Il me vient à l'idée que s'il s'embourbe il reviendra jusqu'ici à pied pour demander à utiliser le téléphone et il finira par mourir de toute façon, mais non, il ne s'embourbe pas et il embrassera sa femme en rentrant ce soir en fin de compte, et lui racontera qu'il a donné deux dollars à deux petits garçons pauvres pour qu'ils s'achètent des bonbons. Je baisse les yeux et je vois que j'ai toujours les deux billets à la main et je les donne à mon père. Il les fourre dans la poche de son pantalon sans même les regarder.

« Il reviendra, dit Papa. Lui ou un autre. T'as fait du bon boulot, Scott, mais on garde pas du vin vieux dans une outre neuve. »

Je lui jette un regard appuyé et je vois que <u>c'est</u> mon Papa. À un moment donné pendant que je parlais avec M. Halsey, mon Papa est revenu. C'est la dernière fois que je le reverrai vraiment.

Il me voit en train de le regarder et fait comme un petit signe de tête. Puis il regarde la .30-06. « Je vais me débarrasser de ce truc, dit-il. Je plonge, n'y a rien...

— Non, Papa...

— ... à y faire, mais je veux bien être bougredamné si j'emmène avec moi une collection de gens comme ce Halsey, pour qu'ils aillent m'exposer au journal de six heures pour faire baver tous ces jobrés. Ils t'y exposeraient avec Paul aussi. Sûr qu'ils le feraient. Morts ou vifs, vous seriez les garçons du forcené.

— Papa, tu vas aller bien, je lui dis, et j'essaie de le serrer dans mes bras. Tu vas aller bien maintenant ! »

Il me repousse avec une espèce de rire. « Ouaye, et des fois les gens atteints de malaria sont capables de citer Shakespeare, il dit. Tu restes ici, Scotty, j'ai une corvée à faire. Ça prendra pas longtemps. » Il s'éloigne dans le couloir, dépasse le banc duquel j'ai fini par sauter il y a toutes ces années, et passe à la cuisine. Tête baissée, le calibre à gros gibier dans une main. Une fois qu'il est sorti par la porte de la cuisine, je le suis et je regarde par la fenêtre au-dessus de l'évier quand il traverse la cour, sans manteau sous la neige fondue, tête toujours baissée, tenant toujours la .30-06. Il la pose sur le sol gelé juste le temps qu'il faut pour repousser le couvercle qui ferme le puits à sec. Il a besoin de ses deux mains pour y arriver parce que la neige fondue a soudé le couvercle aux briques. Puis il ramasse la carabine, la regarde pendant une seconde — presque comme s'il lui disait au revoir — et la glisse dans l'ouverture qu'il a faite. Après quoi il revient vers la maison, la tête toujours baissée et sa chemise assombrie aux épaules par des gouttes de glace. C'est seulement là que je m'aperçois qu'il est pieds nus. Je ne crois pas que lui-même s'en soit même jamais aperçu.

Il n'a pas l'air étonné de me voir à la cuisine. Il sort de sa poche les deux billets de un dollar que M. Halsey m'a donnés, les regarde, puis me regarde. « T'es sûr que tu les veux pas ? » il demande.

Je secoue la tête. « Non, quand bien même ça serait les derniers billets de un dollar sur la terre. »

Je vois bien que cette réponse-là lui plaît. « Bien, dit-il. Mais maintenant, laisse-moi te dire quelque chose, Scott. Tu connais le vaisselier de ta grand-mère dans la salle à manger ?

— Bien sûr.

— Si tu regardes dans le pichet bleu sur l'étagère du haut, tu vas trouver un rouleau de billets. <u>Mes</u> billets, pas ceux de Halsey — tu saisis la différence ?

— Oui, je dis.

— Ouais, je me doute. T'es pas mal de trucs, Scott, mais couillon, ça, tu l'as jamais été. Si j'étais toi, Scott, je prendrais ce rouleau de billets — doit y avoir dans les sept cents dollars — et je m'en irais user mes semelles sur la route. Cinq fourrés dans ma poche et le reste dans ma botte. Dix ans, c'est trop jeune pour être sur la route, même pour pas longtemps, et je pense qu'y a quatre-vingt-quinze chances sur cent que quelqu'un te pique ta fortune avant que t'aies réussi à passer le pont pour entrer dans Pittsburgh, mais si tu restes ici, quelque chose de vraiment grave va arriver. Est-ce que tu sais de quoi je parle ?

— Oui, mais je peux pas partir, je dis.

— Y a des tas de choses que les gens pensent pas pouvoir faire et puis soudain ils découvrent qu'ils peuvent quand ils se trouvent pris à la gorge », dit Papa. Il baisse les yeux vers ses pieds, qui sont tout roses et ont l'air à vif. « Si tu devais arriver jusqu'au Burg, je crois bien qu'un garçon assez futé pour se débarrasser de M. Halsey avec une histoire de maladie de Lou Gehrig et une sœur que j'ai jamais eue serait encore assez futé pour regarder à la lettre A dans l'annuaire et trouver Assistance Publique. Ou bien tu pourrais frapper un peu à droite et à gauche et te trouver une situation encore meilleure, si tu réussissais à pas te faire piquer ce rouleau de fric. Sept cents dollars divisés en petits paquets de cinq ou dix à la fois, ça devrait durer quelque temps à un môme, s'il est assez malin pour pas se faire alpaguer par les flics et assez chanceux pour pas se faire voler plus que ce qu'il a dans sa poche. »

Je lui répète : « Je peux pas partir.
— Pourquoi non ? »

Mais je peux pas expliquer. En partie, il y a le fait d'avoir vécu pratiquement toute ma vie dans cette ferme, avec pratiquement personne d'autre comme compagnie que Papa et Paul. Ce que je sais d'autres endroits, je le tiens surtout de trois sources : la télévision, la radio, et mon imagination. Oui, j'ai été au cinéma, et j'ai été au Burg une demi-douzaine de fois, mais toujours avec mon père et mon grand frère. La pensée de me lancer tout seul dans cet univers étrange et rugissant me fout des chocottes d'enfer. Et, ce qu'il y a surtout, c'est que je l'aime. Pas de la façon simple et évidente (jusqu'aux dernières semaines en tout cas) dont j'aimais Paul, mais si, je l'aime. Il m'a coupé, il m'a frappé, il m'a appelé *troud'fion* et *neuneu* et *empoté de foutriqueur de mère*, il a terrorisé nombre de jours de mon enfance et m'a envoyé au lit nombre de soirs avec un sentiment de petitesse, de bêtise et de nullité, mais ces mauvais moments ont engrangé leurs propres trésors pervers ; ils ont changé chaque baiser en or, chacun de ses compliments, même le plus désinvolte, en cadeaux à chérir. Et même à dix ans — parce que je suis son fils, son sang ? peut-être — je comprends que ses baisers et ses compliments sont toujours sincères ; ce sont toujours des choses vraies. Lui, c'est un monstre, mais le monstre n'est pas incapable d'amour. C'était ça l'horreur de mon père, petite Lisey : il aimait ses garçons.

« Je peux pas c'est tout », je dis.

Il réfléchit à ça — à l'opportunité de me forcer, j'imagine — et puis se contente d'acquiescer de la tête. « D'accord. Mais écoute-moi, Scott. Ce que j'ai fait à ton frère, je l'ai fait pour te sauver la vie. Tu sais ça ?
— Oui, Papa.
— Mais si je devais te faire quelque chose à toi, ça serait différent. Ça serait tellement grave que je risquerais d'aller en enfer pour ça, même si c'était quelque chose en dedans de moi qui me poussait à le faire. » Ses yeux se détachent des miens alors, et je sais qu'il les voit à nouveau, *eux*, et que sans tarder ce ne sera plus à lui que je parlerai. Puis il me regarde de nouveau et je le vois clairement pour la dernière fois. « Tu me laisseras pas aller en

enfer, hein? il me demande. Tu laisserais pas ton Papa aller en enfer et y brûler pour l'éternité, aussi méchant que j'aie été avec toi certaines fois?

— Non, Papa, je dis, et j'arrive à peine à parler.
— Tu promets? Sur le nom de ton frère?
— Sur le nom de Paul. »

Il détourne les yeux, encore vers le coin. « Je vais m'allonger, il dit. Fais-toi quelque chose à manger si tu veux, mais me laisse pas cette toufue cuisine toute salopée. »

Cette nuit-là je me réveille — ou quelque chose me réveille — et j'entends la neige fondue s'abattre plus fort que jamais sur le toit. J'entends un fracas dehors, derrière la maison, et je sais que c'est un arbre qui craque sous le poids de la glace. Peut-être que c'est le bruit d'un autre arbre qui a craqué qui m'a réveillé, mais je crois pas. Je crois que je l'ai entendu monter les escaliers, même s'il essaie de pas faire de bruit. J'ai pas le temps de faire autre chose que me glisser hors de mon lit et me cacher en dessous, alors c'est ce que je fais, même si je sais que c'est sans espoir, sous les lits c'est là que les mômes se cachent <u>toujours</u>, et ça sera le premier endroit où il regardera.

Je vois ses pieds passer la porte. Ils sont encore nus. Il dit pas un seul mot, s'approche juste du lit et se plante à côté. Je pense qu'il va rester debout à côté comme il l'a fait avant, et puis peut-être s'asseoir dessus, mais non pas du tout. Au lieu de ça, je l'entends pousser le genre de grognement qu'il pousse quand il soulève quelque chose de lourd, une caisse ou quelque chose, et il se soulève sur la pointe des pieds, et on entend un sifflement dans l'air, et puis un bruit terrifiant SPPPRUNNGG, et le matelas et le sommier à ressorts s'affaissent tous les deux au milieu, et de la poussière est soufflée au ras du sol, et la pointe du pic de la remise transperce le fond de mon lit. Elle s'arrête devant ma figure, même pas à deux centimètres de ma bouche. J'ai l'impression de pouvoir distinguer la moindre écaille de rouille sur le métal, et l'endroit brillant où il a raclé contre un ressort du sommier. L'outil reste immobile pendant une seconde ou deux, et puis on entend encore un grognement et un terrifiant couinement de cochon qu'on égorge quand il essaie de le retirer. Il essaie de toutes ses forces, mais le pic est bien coincé. La pointe gigote et s'agite d'avant en arrière devant ma figure, et puis il laisse tomber. Je vois ses doigts apparaître sous le bord du lit à ce moment, et je sais qu'il a appuyé les paumes de ses mains sur ses genoux. Il se penche, s'apprête à regarder sous le lit pour s'assurer que j'y suis avant de décoincer le pic.

Je réfléchis pas. Je ferme juste les yeux et je m'en <u>vais</u>. C'est la première fois depuis que j'ai enterré Paul et c'est la première fois que je le fais depuis le premier étage. J'ai qu'une seconde pour penser <u>Je vais tomber</u>, mais je m'en fiche, tout vaut mieux que rester caché sous le lit et voir l'inconnu qui porte le visage de mon père regarder dessous et me voir lui renvoyer son regard, acculé ; tout vaut mieux que voir l'inconnu porteur de crapouasse qui le possède maintenant.

Et <u>oui</u>, je tombe, mais pas tellement, juste un petit mètre, et seulement, je pense, parce que je <u>croyais</u> que j'allais tomber. Beaucoup de ce qui concerne Na'ya Lune est simplement question de croire ; là-bas, voir c'est véritablement <u>croire</u>, du moins une partie du temps... et tant que tu t'aventures pas trop loin dans les bois pour risquer de t'y perdre.

C'était la nuit là-bas, Lisey, et je m'en souviens bien parce que c'est la seule fois que j'y suis allé de nuit exprès.

### 15

« Oh, Scott », dit Lisey en essuyant ses joues. Chaque fois qu'il interrompait sa narration au présent pour s'adresser directement à elle, c'était comme un coup qu'il lui portait, mais si doux. « Oh, comme je te plains. » Elle vérifia le nombre de pages qui restaient – pas beaucoup. Huit ? Non, dix. Elle se courba à nouveau sur elles, les retournant sur la pile qui augmentait contre sa poitrine à mesure qu'elle lisait.

### 16

Je tombe d'une chambre très froide où une chose qui porte la peau de mon père cherche à me tuer et quand je me redresse, je suis assis à côté de la tombe de mon frère par une nuit d'été plus douce que du velours. La lune est posée dans le ciel comme un dollar d'argent terni, et les rieurs font une sarabande au fond de la Forêt Enchantée. De temps en temps, autre chose — quelque chose qui se trouve encore plus profond, je pense — lâche un rugissement. Alors les rieurs se taisent un moment, mais j'imagine que ce qui les amuse est finalement plus que ce qu'ils peuvent supporter en silence, car voilà qu'ils remettent ça — d'abord un, puis deux, puis une demi-douzaine, puis toute la satanée Académie de la Ricanerie. Quelque chose de trop gros pour être un faucon ou un hibou vogue muet devant la lune, une sorte de rapace nocturne particulier à cet endroit, j'imagine, particulier à Na'ya Lune. Je peux sentir tous les parfums que Paul et moi on aimait tant, mais à présent ils sentent l'aigre, le tourné, comme une odeur de pipi au lit ; comme si, si tu les respirais trop profondément, ils allaient ouvrir des serres et te les planter tout en haut du nez. En bas de la Colline Pourpre je vois dériver des globes lumineux en forme de méduses. Je sais pas ce que c'est, mais ça me plaît pas. Je me dis que si elles me touchent, elles risquent de se cramponner, ou peut-être d'exploser et de laisser une démangeaison qui se propagerait comme le sumac vénéneux si tu y touches.

Ça fout les jetons près de la tombe de Paul. Je veux pas avoir peur de lui, et j'ai pas peur, pas vraiment, mais j'arrête pas de penser à la chose en dedans de lui, de me demander si des fois elle serait pas encore en lui. Et si les choses ici qui sont agréables le jour deviennent du poison la nuit, peut-être qu'une mauvaise chose endormie, même une qui hibernerait tout au fond de la terre dans de la chair morte et pourrie, pourrait revenir à la vie. Et si elle faisait jaillir du sol les mains de Paul ? Si elle le faisait m'attraper avec ses mains mortes toutes sales ? Et si sa figure montait à la rencontre de la mienne en grimaçant un sourire, avec de la terre dégoulinant du coin de ses yeux comme des larmes ?

Je veux pas pleurer, dix ans c'est trop grand pour pleurer (surtout si tu as traversé les choses que j'ai traversées), mais je commence à chialer, je peux pas m'en empêcher. Et puis je vois un arbre câlin qui se dresse un petit peu à l'écart de tous les autres, avec ses branches étendues qui forment comme un nuage bas.

Et cet arbre, Lisey, m'a paru... <u>gentil</u>. Je ne savais pas pourquoi à l'époque, mais je crois qu'aujourd'hui, après toutes ces années, je sais. C'est d'écrire ceci qui l'a fait remonter. Les lumières nocturnes, ces effrayants ballons froids qui dérivaient au ras du sol, ne passaient pas sous lui. Et quand je me suis approché de lui, je me suis aperçu que cet arbre-là, au moins, sentait aussi bon — ou quasiment aussi bon — la nuit que le jour. C'est l'arbre sous lequel tu es assise maintenant, petite Lisey, si tu es en train de lire cette dernière histoire. Et je suis très fatigué. Je ne crois pas que je pourrai rendre la justice qu'elle mérite à la suite, même si je sais que je dois essayer. C'est ma dernière chance de te parler, après tout.

Disons qu'un petit garçon reste assis dans le havre de cet arbre-là pendant — ma foi, qui le sait, vraiment ? Pas toute cette longue nuit, mais jusqu'à ce que la lune (qui semble toujours être pleine ici, l'as-tu remarqué ?) soit couchée et qu'il ait somnolé par à-coups, quittant et retrouvant une demi-douzaine de rêves étranges et parfois délicieux, dont l'un au moins constituera plus tard la base d'un roman. Assez longtemps pour qu'il donne à ce refuge merveilleux le nom d'Arbre aux Histoires.

Et assez longtemps pour qu'il sache que quelque chose d'horrible — quelque chose de bien pire que le mal dérisoire qui s'est emparé de son père — a tourné son regard désinvolte vers lui... et l'a repéré et marqué pour plus tard (peut-être)... avant de détourner à nouveau ailleurs l'attention de son esprit obscène et inconnaissable. C'est la première fois que j'ai perçu le lascar qui a tant rôdé derrière ma vie, Lisey, la chose qui a été l'envers obscur de ta lumière, et celui qui ressent aussi — comme je sais que tu l'as toujours ressenti — que tout est idem. C'est un concept formidable, mais il a son côté obscur. Je me demande si tu le sais ? Je me demande si tu le sauras jamais ?

17

« Je le sais, dit Lisey. Je le sais maintenant. Oh oui, Dieu m'en soit témoin, je le sais. »

Elle regarda à nouveau les feuillets. Encore six. Seulement six, et c'était tant mieux. Les après-midi à Na'ya Lune étaient longs, mais elle pensait que celui-ci touchait à sa fin. Il était vraiment temps de rentrer. Rentrer chez elle. Retrouver sa maison. Ses sœurs. Sa *vie*.

Elle commençait à avoir une idée de la façon dont elle devrait s'y prendre.

18

Il arrive un moment où j'entends que les rieurs commencent à se rapprocher de la lisière de la Forêt Enchantée, et je trouve que leur amusement a quelque chose de sardonique maintenant, presque de furtif. Je glisse un œil de l'autre côté du tronc de mon arbre-refuge et je crois voir des formes sombres qui glissent de la masse plus sombre des arbres à la lisière des bois. C'est peut-être seulement mon imagination galopante, mais je crois pas. Je crois que mon imagination, si fébrile soit-elle, a été épuisée par les nombreux chocs de cette longue journée et de cette nuit encore plus longue, et que j'en suis réduit à voir exactement ce qui est là. Comme pour le confirmer, un petit gloussement baveux me parvient en provenance des hautes herbes <u>à moins de vingt pas de là où je suis tapi</u>. Une fois de plus, je réfléchis pas à ce que je fais ; je ferme simplement mes yeux et sens le froid glacial de ma chambre se refermer autour de moi encore une fois. Un instant plus tard, j'éternue à cause de la poussière dérangée sous mon lit. Je me redresse, le visage grimaçant dans un effort presque épouvantable pour éternuer aussi silencieusement que possible, et je me cogne le front dans les ressorts du sommier crevé. Si le pic avait encore été là, j'aurais pu m'entailler sérieusement ou même me crever un œil, mais le pic n'y est plus.

Je sors de sous mon lit en me traînant sur les coudes et les genoux, conscient qu'une lumière blafarde de cinq heures du matin se répand par la fenêtre. Il pleut de la neige fondue plus fort que jamais, au bruit, mais je le remarque à peine. De ma position au ras du sol, en faisant pivoter ma tête, je balaye d'un regard stupide le foutoir qui était naguère ma chambre. La porte du placard a été arrachée du gond du haut et penche dans la pièce comme un ivrogne par le gond du bas. Mes habits ont été éparpillés et beaucoup d'entre eux — la <u>plupart</u> d'entre eux, on dirait — ont été déchirés, comme si la chose à l'intérieur de Papa s'en était prise à eux faute de pouvoir s'en prendre au petit garçon qui aurait dû se trouver à l'intérieur. Bien pire, la chose a déchiré mes quelques précieux livres de poche — des biographies de sportifs et des romans de science-fiction, surtout. Leurs couvertures souples gisent en pièces un peu partout. Mon bureau a été renversé, les tiroirs jetés aux quatre coins de la pièce. Le trou qu'a fait le pic en traversant mon matelas paraît aussi grand qu'un cratère lunaire, et je me dis : <u>C'est là qu'aurait été mon ventre, si j'avais été couché dans mon lit.</u> Et il y a une légère odeur aigre. Elle me rappelle l'odeur de Na'ya Lune la nuit, mais en plus familier. J'essaie de mettre un nom dessus mais j'y arrive pas. Tout ce qui me vient à l'esprit c'est <u>fruits gâtés</u>, et même si c'est pas tout à fait exact, ça se révèle très proche.

Je ne veux pas quitter ma chambre, mais je sais que je ne peux pas rester là parce qu'il finira par revenir. Je trouve un jean qui n'est pas déchiré et l'enfile. Mes tennis ont disparu, je sais pas où, mais peut-être que mes bottes seront encore dans l'entrée. Et ma veste. Je les mettrai et je courrai sous la neige fondue. Sur le chemin, en suivant les ornières de soupe à moitié gelées de la voiture de M. Halsey, et jusqu'à la route. Puis sur la route jusqu'à chez Mulet. Je courrai pour sauver ma vie, je courrai à la rencontre d'un futur que je peux même pas imaginer. À moins, en fait, qu'il me chope le premier et me tue.

Je dois escalader le bureau, qui bloque la porte, pour sortir dans le couloir. Une fois là, je vois que la chose a bazardé par terre tous les tableaux et fait des trous dans les murs à coups de poing, et je sais que je contemple sa colère décuplée de pas avoir pu mettre la main sur moi.

Ici dans le couloir l'odeur de fruit aigre est assez forte pour que je la reconnaisse. Il y a eu une fête pour Noël aux Platrouilles U.S. Papa y est allé parce qu'il a dit que ça « aurait l'air drôle » s'il y allait pas. L'homme qui a tiré son nom lui a remis une bonbonne de vin de mûres maison en cadeau. D'accord, Andrew Landon a des tas de problèmes (et il serait sans doute le premier à l'admettre, pris dans un moment honnête), mais l'alcool n'en fait pas partie. Il s'est servi un verre à moutarde de ce vin-là un soir avant dîner — entre Noël et le premier de l'An, c'était, quand Paul était enchaîné à la cave — il a pris une gorgée, fait la grimace, commencé à le vider dans l'évier, puis m'a vu en train de le regarder et me l'a tendu.

—Tu veux goûter ce truc, Scott ? il a demandé. Voir si y a vraiment de quoi fouetter un chat ? Hé, si t'aimes ça, tu peux avoir la foutriquette de bonbonne tout entière.

Je suis tout aussi curieux de goûter à l'alcool que n'importe quel môme, j'imagine, mais cette odeur sentait trop le fruit aigre. Peut-être que ce truc te rend gai comme j'ai vu à la télé, mais jamais j'aurais pu avaler cette odeur de fruit mort pourri. J'ai secoué la tête.

— T'es un <u>garçon sage, Scooter vieux Scoot</u>, il a dit, et a vidé le verre à moutarde dans l'évier.

Mais il a dû garder le reste de la bonbonne (ou juste l'oublier) parce que c'est ça que je sens maintenant, aussi sûr que le bon Dieu a fait les petits poissons, et fort. Le temps que j'arrive au pied de l'escalier, c'est une infection, et maintenant j'entends quelque chose en dehors du tambourinement régulier de la neige fondue sur les planches et son tic-toc aigrelet sur les vitres : George Jones. C'est la radio de Papa, réglée sur WWVA comme d'habitude, jouant en sourdine. Et j'entends aussi ronfler. Le soulagement est si immense que des larmes me giclent sur les joues. Ce dont j'avais le plus peur, c'était qu'il soit resté réveillé sur le canapé à attendre que je me montre. Maintenant, en écoutant ces longs ronflements saccadés, je sais que non.

Néanmoins, je suis prudent. Je fais un détour par la salle à manger pour pouvoir entrer dans la salle de séjour caché par le canapé. C'est le bordel aussi dans la salle à manger. Le vaisselier de Nan a été renversé, et j'ai l'impression qu'il a fait tout ce qu'il pouvait pour le réduire en petit bois. Toute la vaisselle est cassée. Le pichet bleu aussi, et l'argent qui était dedans est déchiré en mille morceaux. Des lambeaux verts ont été jetés dans tous les coins. Il y en a même qui pendent au lustre comme des serpentins de réveillon. Apparemment, la chose en dedans de Papa se fiche autant de l'argent que des livres.

Malgré ces ronflements, bien que je sois du côté aveugle du canapé, je surveille la salle de séjour comme un soldat qui glisse un œil hors de son abri après un tir de barrage d'artillerie. C'est une précaution inutile. Sa tête pend à un bout du canapé et ses cheveux, qu'il a pas coupés depuis avant que Paul aille mal, sont tellement longs qu'ils touchent presque le tapis. J'aurais pu traverser au pas de charge en entrechoquant des cymbales qu'il aurait pas bronché. Papa se contente pas de dormir au milieu du fouillis saccagé de cette pièce ; il est dans le toufu coaltar.

En m'avançant un peu plus je vois qu'il a une coupure en travers de la joue, et ses yeux fermés ont un aspect violacé, épuisé. Ses lèvres se sont retroussées, découvrant ses dents, lui donnant l'air d'un vieux chien qui se serait endormi en essayant de gronder. Il garde une vieille couverture navajo sur le canapé pour le protéger des taches de gras et de la nourriture renversée, et il en a ramené une partie sur lui. Le temps qu'il arrive ici, il devait être fatigué de bousiller des trucs, parce qu'il a crevé l'œil à la télé et explosé le verre sur la photo de studio de sa femme morte avant de décider que le compte était bon. La radio est à sa place habituelle sur la table d'appoint et cette bonbonne de vin est posée par terre à côté. Je regarde la bonbonne et en crois difficilement mes yeux : il n'en reste même pas un doigt au fond. Il m'est quasiment impossible de croire qu'il en a bu autant — lui qui n'a pas l'habitude de boire du tout — mais la puanteur qui l'entoure, tellement épaisse que je peux presque la voir, est très convaincante.

Le pic est appuyé contre la tête du canapé, et il y a un bout de papier collé sur l'extrémité qui s'est plantée dans mon lit. Je sais que c'est un mot qu'il a laissé pour moi, et j'ai pas envie de le lire, mais je dois. Il a écrit sur trois lignes, mais il y a huit mots seulement. Trop peu pour jamais les oublier.

**TUE-MOI
ET METS-MOI AVEC PAUL
S'IL TE PLAÎT**

### 19

Lisey, pleurant plus fort que jamais, retourna ce feuillet contre sa poitrine avec les autres. Il n'en restait plus que deux maintenant. L'écriture était devenue inégale, divaguant un peu hors des lignes, visiblement fatiguée. Elle savait ce qui suivait — *J'ui ai planté un pic dans la tête pendant qu'y dormait*, lui avait-il confié sous l'arbre miam-miam — et fallait-il qu'elle lise les détails ici ? Y a-t-il quoi que ce soit dans les vœux du mariage t'obligeant à te soumettre à la confession de parricide de ton défunt époux ?

Et pourtant ces pages l'appelaient, *l'imploraient* comme une chose solitaire qui a tout perdu sauf sa voix. Elle laissa tomber son regard sur les dernières pages, déterminée, si elle devait finir, à le faire aussi vite que possible.

## 20

Je veux pas le faire, mais je prends quand même le pic et je reste là debout le pic dans les mains à le regarder, lui le seigneur de ma vie, le tyran de chacune de mes journées. Je l'ai souvent haï et il m'a jamais donné de quoi l'aimer assez, je sais ça à présent, mais il m'en a donné un peu, surtout pendant ces semaines de cauchemar après que Paul est allé mal. Et dans cette salle de séjour à cinq heures du matin avec la première lumière grise du jour se glissant à l'intérieur, la neige fondue crépitant avec un tic-tac de pendule, le bruit de ses ronflements sifflants en dessous de moi, une réclame à la radio pour un magasin de meubles au rabais à Wheeling, West Virginia, où je mettrai jamais les pieds, je sais que ça se résume à un choix pur et simple entre ces deux-là, l'amour et la haine. C'est maintenant que je vais savoir lequel des deux règne sur mon cœur d'enfant. Je peux le laisser vivre et courir chez Mulet sur la route, courir à la rencontre d'une nouvelle vie inconnue, et voilà qui le condamnera à l'enfer qu'il redoute et à bien des égards mérite. Mérite <u>grandement</u>. D'abord l'enfer sur terre, l'enfer d'une cellule dans quelque asile de fous, et puis peut-être l'enfer pour l'éternité ensuite, et c'est ça qu'il redoute vraiment. Ou alors je peux le tuer et le libérer. Ce choix c'est à moi de le faire, et il n'y a aucun Dieu pour m'aider à le faire, car je crois à aucun.

Je prie plutôt mon frère, qui m'a aimé jusqu'à ce que la crapouasse lui vole son cœur et son esprit. Je lui demande de me dire quoi faire, s'il est là. Et je reçois une réponse — quant à savoir si elle émane vraiment de Paul ou si c'est juste mon imagination se faisant passer pour Paul, je suppose que je le saurai jamais. Au bout du compte, je vois pas en quoi ça importe ; j'ai besoin d'une réponse et j'en reçois une. À mon oreille, tout aussi clairement qu'il a jamais parlé quand il était en vie, Paul dit : « La récompense de Papa c'est un baiser. »

Je soulève le pic alors. La réclame se termine à la radio et puis c'est Hank Williams, qui chante « Pourquoi tu ne m'aimes plus comme tu m'aimais, Pourquoi faut-il que tu me traites comme un soulier usé ? » Et

21

Ici il y avait trois lignes de blanc avant que les mots reprennent, au passé cette fois et s'adressant directement à elle. Le reste était écrit très serré en ne tenant pratiquement aucun compte des lignes bleues tracées sur les pages de carnet, et Lisey fut certaine qu'il avait écrit l'ultime passage d'un trait. Elle le lut de la même façon. Retournant l'avant-dernière page et poursuivant sans s'arrêter sur la dernière, en essuyant continuellement ses larmes afin d'y voir suffisamment clair pour capter le sens de ce qu'il disait. La *vision mentale,* découvrit-elle, était diaboliquement facile. Le petit garçon, pieds nus, vêtu peut-être de son seul jean intact, élevant le pic au-dessus de son père endormi dans la lumière grise d'avant l'aube sur fond de radio allumée, et l'espace d'un instant le pic est seulement là, suspendu dans l'air qui empeste le vin de mûres et tout est idem. Et puis

22

**J'ai planté le pic. Lisey, je l'ai planté par amour — je le jure — et j'ai tué mon père. Je pensais que je risquerais peut-être de devoir lui donner un deuxième coup mais ce seul coup a suffi et toute ma vie il est resté dans ma tête, toute ma vie il a été la pensée à l'intérieur de chaque pensée, je me lève en pensant <u>J'ai tué mon père</u> et je me couche en le pensant. Il a rôdé comme un fantôme derrière la moindre ligne que j'ai jamais écrite dans le moindre roman, la moindre nouvelle : <u>J'ai tué mon père</u>. Je te l'ai dit sous l'arbre miam-miam, et je crois que ça m'a procuré juste assez de soulagement pour m'empêcher d'exploser complètement dans les cinq ans, dix ans ou quinze ans de là. Mais dire n'est pas comme <u>raconter</u>.**

**Lisey, si tu lis ces lignes, je m'en suis allé plus loin. Je crois que mon temps sera bref, mais le temps que j'ai eu (et ce fut du très bon temps) c'est à toi que je le dois. Tu m'as tant donné. Donne-moi juste ceci encore — tes yeux sur ces derniers mots, les plus durs que j'ai jamais écrits.**

Aucun récit ne pourra dire la laideur d'une telle mort, ni même si elle est instantanée. Dieu merci mon coup n'est pas parti de travers ce qui m'aurait obligé à recommencer ; Dieu merci il n'y a pas eu de cris, ni de rampements. Je l'ai frappé en plein milieu, pile où j'avais prévu, mais même la compassion est affreuse dans le souvenir obsédant ; voilà une leçon que j'ai bien apprise à tout juste dix ans. Son crâne a explosé. Les cheveux, le sang, la cervelle ont giclé en l'air, partout sur la couverture qu'il avait étalée sur le dossier du canapé. Un flot de morve a coulé de son nez et sa langue est tombée en dehors de sa bouche. Sa tête s'est tournée sur le côté et j'ai entendu des bruits de clapotements doux tandis que le sang et la cervelle coulaient de sa tête. Un peu a giclé sur mes pieds et c'était tiède. Hank Williams chantait toujours à la radio. Une des mains de Papa s'est crispée en poing, puis s'est rouverte. J'ai senti une odeur de merde et su qu'il avait rempli son pantalon. Et j'ai su aussi que c'en était fini de lui.

Et le pique qu'était toujours planté dans sa tête.

Je m'ai blotti dans le coin de la pièce et j'ai pleuré. J'ai pleuré pleuré. Je crois peut-être j'ai dormi un peu aussi, je sais pas, mais à un moment y s'est mis à faire plus clair et le soleil y brillait presque et je crois qu'y devait être dans les midi. Si c'était midi, alors il avait bien dû se passer 7 heures ou comme ça. C'est là la première fois que j'ai sayé d'amener mon Papa à Na'ya Lune et que j'ai pas pu. Je m'ai dit que peut-être si je mangeais quechose, alors j'ai mangé mais j'ai encore pas pu. Alors je m'ai dit que si je prenais un bain pour m'enlever tout la salté, son sang, et que je nettoie un peu autour de là qu'il est mais j'ai encore pas pu. J'ai essayé essayé. J'arrêtais et je recommençais. Comme ça pendant deux jours, je crois bien. Des fois je regardais son paquet dans la couverture et je jouais à qu'y me dirait <u>Continue à t'escrimer Scoot vieux troudfion va, t'y arriveras</u> comme dans une histoire. J'essayais, et pis je nettoyais, j'essayais et je nettoyais, manger quechose et sayer encore. Je l'ai nettoyé tout entière cette vieille baraque ! Du haut jusqu'en bas ! Une fois je suis allé à Na'ya tout seul pour me prouver que je savais encore, que j'avais pas perdu le truc, et j'y ai arrivé mais j'ai pas pu amener mon Papa. J'ai sayé tellement fort Lisey si tu savais.

23

Plusieurs lignes de blanc ici. Au bas de la dernière page il avait écrit : **Certaines choses sont comme une ANCRE, Lisey, tu te souviens ?**

« Je me souviens, Scott, murmura-t-elle. Je me souviens. Et ton père en était une, n'est-ce pas ? » Se demandant combien de jours et de nuits en tout. Combien de jours et de nuits seul avec le cadavre d'Andrew « Sparky » Landon avant que Scott finalement renonce à s'escrimer et aille au-devant du monde. Se demandant comment, au nom de Dieu, il avait résisté à ça sans devenir complètement fou.

Il y avait quelques lignes de plus au verso de la feuille. Elle la retourna vivement et vit qu'il avait répondu à l'une de ses questions.

**Cinq jours j'essayé. Laissé tombé finalment et l'enroulé dans cette couverture et fait tombé dans le puits à sec. La fois d'après quand la neige fondue s'a arrêté, j'ai été chez Mulet et jai dit : « Mon Papa il a pris mon grand frère et je crois ils ont levé le pied et y mon laissé. » On m'a emmené chez le Shérif du Comté, un gros homme du nom de Gosling qui m'a emmené à l'Assistance Publique et j'ai été « pupille du comté » comme on dit. Pour autant que je sache, Gosling a été le seul flic qui soit jamais allé là-bas jusqu'à notre maison, et grand bien nous fasse. Mon propre Papa il avait dit un jour « Le Shérif Gosling y retrouverait pas son propre cul après avoir chié. »**

En dessous il y avait un autre espace de trois lignes, et quand l'écriture reprit – pour les quatre dernières lignes de communication venant de son mari – elle vit bien l'effort qu'il avait fait pour se dominer, pour retrouver son être adulte. Il avait fait cet effort pour elle, pensa-t-elle. Non, *sut*-elle.

**Babylove : Si tu as besoin d'une ancre pour garder ta place dans le monde – pas Na'ya Lune mais celui que nous avons partagé, sers-toi de l'africaine. Tu sais comment la ramener. Bises – au moins mille,**

Scott

**P.S. : Tout idem. Je t'aime.**

24

Lisey aurait pu rester assise là avec sa lettre pendant longtemps, mais l'après-midi filait. Le soleil était encore jaune, mais il se rapprochait maintenant de l'horizon et prendrait bientôt cet éclat de tonnerre orange dont elle se souvenait si bien. Elle ne tenait pas à se trouver sur le sentier même seulement à l'approche du coucher du soleil, ce qui signifiait qu'elle avait intérêt à se bouger. Elle décida qu'elle laisserait ici l'ultime manuscrit de Scott, mais pas sous l'Arbre aux Histoires. Elle le déposerait à la tête de la légère dépression qui marquait le lieu du dernier repos de Paul Landon.

Elle retourna jusqu'à l'arbre câlin au tronc hirsute de mousse, celui qui ressemblait singulièrement à un palmier, portant les restes de l'afghane jaune et la boîte à manuscrit moite et ramollie. Elle les déposa sur le sol, puis ramassa la croix avec le nom **PAUL** écrit sur sa branche horizontale. Elle était fendue, ensanglantée et toute de guingois, mais pas vraiment brisée. Lisey put redresser la branche horizontale et réenfoncer la croix dans son emplacement d'origine. Ce faisant, elle repéra quelque chose tout près, quasiment dissimulé par l'herbe haute. Elle sut ce que c'était avant même de l'avoir ramassé : la seringue hypodermique qui n'avait jamais servi, plus rouillée que jamais, toujours recouverte de son capuchon.

*C'est jouer avec le feu ça, Scoot,* avait dit son père quand Scott avait suggéré que peut-être ils pourraient droguer Paul... et son père avait eu raison.

*Du diable si j'ai pas cru que je m'étais piqué !* avait dit Scott à Lisey la fois où il l'avait emmenée à Na'ya Lune depuis leur chambre à *La Ramure de Cerf.* Ç'aurait été une bonne blague, vraiment – après toutes ces années ! – *mais le capuchon y est toujours !*

Il y était encore aujourd'hui. Et la dose de chaud-dodo était encore à l'intérieur, comme si toutes les années intermédiaires n'avaient pas existé.

Lisey baisa le verre terni du corps de la seringue – pourquoi elle n'aurait su le dire – et la déposa dans la boîte avec la dernière histoire de Scott. Puis, ramassant en boule dans ses bras les restes en loques de la couverture de mariage tricotée par Bonne Ma, Lisey gagna le sentier. Elle jeta un bref coup d'œil au panneau gisant dans l'herbe haute d'un côté, portant encore la mention **VERS LA MARE**, plus décolorée et fantomatique que jamais mais encore lisible, et elle passa sous les arbres. Elle glissa d'abord sur la pointe des pieds plus qu'elle ne marcha, sa démarche rendue gauche par sa peur qu'un certain quelque chose puisse être tapi tout près, et que son esprit terrible et étrange ne la sente. Puis, petit à petit, elle se détendit. Le petit gars long était ailleurs. Il lui traversa l'esprit qu'il puisse n'être même pas à Na'ya Lune du tout. Et s'il y était, il s'était enfoncé profondément dans la forêt. Lisey Landon n'était qu'une petite partie de ce qui l'occupait de toute façon, et si ce qu'elle s'apprêtait à faire fonctionnait, elle en deviendrait une partie plus petite encore, car ses dernières intrusions dans ce monde exotique mais effrayant avaient été bien involontaires, et étaient sur le point de cesser. Débarrassée de Dooley, elle ne voyait pas pourquoi elle devrait jamais y revenir exprès.

*Certaines choses sont comme une ancre, Lisey, tu te souviens ?*

Lisey accéléra le pas, et quand elle arriva à l'endroit où la bêche d'argent gisait sur le sentier, sa plaque de métal encore brunie par le sang de Jim Dooley, elle l'enjamba sans plus qu'un simple regard absent.

À ce moment, elle courait presque.

## 25

Quand elle réintégra le bureau vide, le grenier de la grange était plus étouffant que jamais mais Lisey était assez fraîche, car pour la deuxième fois elle était rentrée trempée jusqu'aux os. Cette fois-ci, enroulés autour de son buste à la manière de quelque étrange obi, elle portait les restes de la couverture afghane jaune, elle aussi mouillée comme une soupe.

*Sers-toi de l'africaine*, avait écrit Scott, lui disant qu'elle savait comment la ramener – pas à Na'ya Lune mais dans *ce* monde-*ci*. Et bien sûr qu'elle savait. Elle était entrée dans la mare avec l'afghane enroulée autour d'elle, puis en était ressortie. Et ensuite, debout pour la dernière fois, sans nul doute, sur le sable blanc compact de cette plage, tournée non pas vers les spectateurs tristes et silencieux assis sur les gradins mais leur tournant le dos et regardant vers l'eau au-dessus de laquelle la lune éternellement pleine finirait par se lever, elle avait fermé les yeux et avait simplement – quoi ? fait le vœu de rentrer ? Non, c'était plus actif que ça, moins nostalgique... quoique non dénué de tristesse, malgré tout.

« Je me suis rappelée très fort à la maison », dit-elle à la longue pièce vide – vide désormais des bureaux et des ordinateurs de Scott, de ses livres et de sa musique, vide de sa vie. « C'est bien ce que j'ai fait. Hein, Scott ? »

Mais il n'y eut pas de réponse. Il semblait qu'il eût enfin dit son dernier mot. Et peut-être était-ce bien ainsi. Peut-être était-ce tant mieux.

À cet instant, alors que l'africaine était encore mouillée de l'eau de la mare, elle pouvait retourner à Na'ya Lune enroulée dans ses plis, si elle le voulait ; enveloppée d'une telle moiteur magique elle risquait même de pouvoir aller plus loin, jusqu'à d'autres mondes par-delà Na'ya Lune... car elle ne doutait pas que de tels mondes existaient, et que les gens qui se reposaient sur les gradins finissaient tôt ou tard par se lasser d'être assis et par se lever de leurs sièges et par trouver certains de ces mondes. Enroulée dans l'africaine trempée, elle risquait même d'être capable de voler, comme elle l'avait fait dans ses rêves. Mais elle ne le ferait pas. Scott avait rêvé éveillé, brillamment parfois – mais ç'avait été son talent et son métier. Pour Lisey Landon, un monde était plus qu'assez, même si elle soupçonnait qu'elle risquait d'avoir toujours dans le cœur un creux désespérément vide de désir pour cet autre monde, où elle avait vu le soleil se coucher dans sa maison de tonnerre pendant que la lune se levait dans sa maison de silence d'argent. Mais allons donc. Elle avait un endroit où accrocher son galure et une bonne voiture à conduire ; elle avait des nippes pour s'accoutrer et des tatanes pour se chausser. Elle avait aussi quatre sœurs, dont l'une allait avoir beaucoup besoin d'aide et de compréhension pour traverser les années à venir. Il vaudrait mieux laisser l'africaine sécher, laisser se dissiper son poids létal et magnifique de rêves et de magie, la laisser redevenir une ancre. Elle finirait par la découper à coups de ciseaux pour en avoir toujours un morceau sur elle, un peu d'anti-magie, un truc pour garder les pieds sur terre, un rempart contre le départ.

En attendant, elle avait envie de sécher ses cheveux et de quitter ses vêtements mouillés.

Lisey marcha vers l'escalier, laissant des gouttes sombres tomber sur certains des endroits où elle avait saigné. L'africaine se relâcha et glissa sur ses hanches, lui faisant comme une jupe, exotique, même un brin érotique. Elle tourna la tête et par-dessus son épaule regarda la longue pièce vide qui semblait rêver dans les rayons de soleil poussiéreux de cette fin d'août. Elle-même était dorée dans cette lumière-là et paraissait jeune à nouveau, même si elle ne le savait pas.

« Je crois bien que j'en ai fini ici, dit-elle, se sentant soudain hésitante. Je vais m'en aller. Ciao. »

Elle attendit. Quoi, elle l'ignorait. Il n'y avait rien. Il y avait un sentiment de *quelque chose*.

Elle éleva une main comme pour l'agiter, puis la laissa retomber, comme gênée. Elle esquissa un petit sourire et une larme roula, à son insu, le long de sa joue. « Je t'aime, chou. Tout idem. »

Lisey descendit l'escalier. Un instant son ombre s'attarda, et puis elle s'en fut, elle aussi.

La pièce soupira. Puis trouva le silence.

Center Lovell, Maine
4 août 2005

LE MOT DE L'AUTEUR

Il *existe* vraiment une mare où nous – et ici, j'entends par *nous* la vaste communauté des lecteurs et des auteurs – descendons boire et jeter nos filets. Dans un effort pour illustrer cette idée, *Histoire de Lisey* fait littéralement allusion à des dizaines de romans, chansons et poèmes. Je ne dis pas ça pour faire le malin ni chercher à impressionner quiconque – il y a plus de cœur ici que d'esprit – mais parce que je désire reconnaître certains de ces jolis poissons, et en attribuer le crédit à qui de droit.

*I'm so hot, please give me ice* : *Trunk Music*, Michael Connelly (*Le cadavre dans la Rolls* ; traduit ici par : « Je brûle... donne-moi... de la glace »).

*Suck-oven* : *Cold Dog Soup*, Stephen Dobyns (*Un chien dans la soupe* ; traduit ici par « four à succion »).

*Sweetmother* : Dow Mossman, *The Stones of Summer* (traduit ici par « foutriqué » et ses variantes – voir ci-après, Le mot de la traductrice).

*Pafko at the wall* : Don DeLillo, *Underworld* (*Outremonde* : « Pafko est au mur »).

*Worse things waiting* : titre d'un recueil de nouvelles de Manley Wade Wellman (traduit ici par *Le pire est à venir*).

*No one loves a clown at midnight* : Lon Chaney (traduit ici par « Personne n'aime un clown à minuit »).

*He was sweepin, ya sonsabitches* : *The Last Picture Show*, Larry McMurtry (*La Dernière Séance* : « Il était en train de balayer, espèce de salopards »).

*Empty Devils* (*Les Démons vides*) : *The Tempest*, William Shakespeare (*La Tempête*) ; (« Hell is empty, and all the devils are here » : « L'Enfer est vide, et tous les démons sont ici »).

*I Ain't Living Long Like This*, chanson écrite par Rodney Crowell. Outre la version de Crowell, elle a été enregistrée par Emmylou Harris, Jerry Jeff Walker, Webb Wilder et Ole Waylon (traduit ici par « Je vais pas vivre longtemps ainsi »).

Et, bien évidemment, tout ce qu'a chanté le Vieux Hank. S'il y a un fantôme dans ces pages, c'est le sien autant que celui de Scott Landon.

Accordez-moi encore un instant pour remercier mon épouse, aussi. Elle n'est pas Lisey Landon, pas plus que ses sœurs ne sont les sœurs de Lisey, mais j'ai pris grand plaisir au cours des trente dernières années à observer Tabitha, Margaret, Anne, Catherine, Stephanie et Marcella faire le « truc des sœurs ». Le truc des sœurs n'est jamais le même d'un jour à l'autre, mais il est toujours intéressant. Pour ce que j'ai pigé correctement, merci à elles. Pour ce que j'ai pigé de travers, soyez un peu indulgentes, d'accord ? J'ai un grand frère génial, mais j'ai été *en manque* de sœur.

Nan Graham a édité ce livre. Assez souvent les critiques de romans – surtout des romans écrits par des gens qui ont coutume de vendre beaucoup de livres – disent « Untel aurait gagné à un bon travail éditorial ». À ceux qui seraient tentés par cette remarque à propos d'*Histoire de Lisey*, je me ferai un plaisir de soumettre un échantillon de pages tirées du premier jet de mon manuscrit, avec les annotations de Nan. J'ai eu des devoirs de français de sixième qui me sont revenus moins barrés de rouge. Nan a fait un travail formidable, et je la remercie de m'avoir envoyé me présenter en public les pans de ma chemise rentrés et mes cheveux peignés. Quant aux rares cas où l'auteur a fait fi de son avis… tout ce que je peux dire c'est, « la réalité c'est Ralph ».

Merci à L. et R.D., qui furent là pour lire ces pages à leur stade de premier brouillon.

Et enfin, un grand merci à Burton Hatlen de l'Université du Maine. Burt a été le prof d'anglais le plus génial que j'ai jamais eu. C'est lui qui le premier m'a montré le chemin de la mare, qu'il appelait « la mare du langage, la mare du mythe, où tous nous descendons boire ». C'était en 1968. J'ai foulé maintes fois depuis le sentier qui y mène, et je ne peux penser à aucun endroit meilleur où passer ses journées ; l'eau y reste douce, et les poissons y nagent toujours.

S.K.

*I will holler you home.*
Je te rappellerai très fort à la maison.

LE MOT DE LA TRADUCTRICE

Je tiens d'abord à remercier Stephen King, bien sûr. Pour avoir bien failli me noyer dans sa vach'tement *hhhhénaurme* mare-des-mots à lui et m'avoir montré sans cesse le chemin pour en sortir vivante, sinon guérie. Merci pour cette fabuleuse traversée.

Parmi ceux qui m'ont aidée en me rappelant très fort à la maison, je veux remercier en premier lieu ma tribu, ma famille, les vivants et les morts *(« Morts ? ai-je dit, il n'y a pas de morts, seulement un changement de monde »)*, pour leurs mots à eux, nos mots à nous, qui jalonnent cette traduction.

Merci bien sûr à tous les auteurs, écrivains, poètes, chanteurs, dont j'ai attrapé mots et formules dans la grande mare du langage afin de les faire frétiller entre ces pages traduites. Merci en particulier pour son aide directe, inspirée et généreuse à l'écrivain Martin Winckler. Merci bien sûr à ma collègue traductrice et amie Christine Raguet pour ses recherches actives et fructueuses. Merci aussi aux étudiantes en traduction du Master Pro de Bordeaux3, promo 2006-2007, pour m'avoir cédé leurs trouvailles en atelier.

Je me dois moi aussi de reconnaître certains de ces jolis poissons et d'en attribuer le crédit à qui de droit :

*Que toufu ?* et *toufu* pour *foutu* ; *chirurgiquer* : Léa de Barros, « extracteuse de quinte essence ».

*Arvoire* : Raymond Queneau, *Le Chiendent*.

*Médème, esclaffade, jobrés, Ricanerie,…* : San-Antonio, *Ménage tes méninges* ; *Princesse Patte-en-l'Air…*

*Tapissée partout même dans les toilettes* : Bobby Lapointe.

*La frangine nicotine* : Bernard Lavilliers (« la frangine cocaïne »).

*Bout de ficelle, c'est la vie* : Serge Gainsbourg.

*HyperEspace* ; *Fouteur* et *fou-tueur de mère, foutriqueur, foutriqué*, et leurs variantes : Martin Winckler.

Merci à mon éditrice, Dominique Autrand, pour son inestimable confiance et son indéfectible soutien.

Merci enfin aux contributeurs anonymes de l'Internet, cette immense mare-mythologique moderne à laquelle j'ai abondamment puisé et qu'irriguent toutes vos précieuses sources.

Janvier 2007<br>
N.G.

Achevé d'imprimer
à Noyelles sous Lens
pour le compte de France Loisirs,
123, bd de Grenelle
75015 PARIS

*Imprimé en France*
Dépôt légal : juillet 2008
N° d'édition : 53403